*Karl Neumann*

Frank

Frank und Irene

Frank bleibt Kapitän

Karl Neumann

# Frank

*Erstes Buch:* Frank
*Zweites Buch:* Frank und Irene
*Drittes Buch:* Frank bleibt Kapitän

Der Kinderbuchverlag Berlin

*Illustrationen von Bernhard Nast*

ISBN 3-358-00342-6

1. Auflage dieser Ausgabe 1988

Lizenz-Nr. 304-270/80/88
Gesamtherstellung: Karl-Marx-Werk, Graphischer Großbetrieb, Pößneck V 15/30
LSV 7511
Für Leser ab 12 Jahre
Bestell-Nr. 633 246 5
01220

ERSTES BUCH

# Frank

## *Das Floß*

Der Baum stand schräg auf dem hohen Ufer. Seine Krone ragte über den Fluß. Ein Teil der Wurzeln lag bloß. Die nackten Stränge waren mit den herabhängenden Fetzen der Grasnarbe verfilzt. Von weitem glich das Gewirr einem mächtigen Zottelbart. Dahinter gähnte wie ein Maul die Höhlung, die der Strom unter den Wurzelstock gewühlt hatte.

In diesem Frühjahr führte die Mulde noch immer hohes Wasser. Wo die Ufer unbefestigt waren, fraß sie das Land in sich hinein, gierig, unersättlich. Ihre Stromwirbel unterspülten die Ufer. Scholle um Scholle rissen sie los. Lehmbraun und schlammfett wurde der Fluß. Den Sand und die blankgewaschenen Kiesel spie er am jenseitigen Ufer aus. Drüben lagen die Kiesbänke fahl und tot in der Sonne, bis das Wasser erneut über die Ufer trat und alles Erreichbare mit sich riß. Manchmal auch trug der Strom eine Schlammdecke auf die angeschwemmten Bänke. Dann grünte und wucherte es dort, und neue Inseln und Dickichte entstanden. Im Frühjahr wandelte die Uferlandschaft ihr Gesicht, ehe der Mond nur einmal wechselte.

Frank wies auf den schrägen Baum. »Los, wir kippen ihn!«

Pepo nickte. Die beiden Jungen spähten umher. Keine Menschenseele regte sich in der Umgebung. Der Uferpfad lag einsam in der Nachmittagssonne. Seine schlammige Sohle glänzte wie die Haut einer Ringelnatter. Auf den Wiesen summte es. Didu, didu, diodidu! rief eine Grasmücke.

Frank lief voran. Er kannte die Aue besser als seine Schulbücher. Seit Wochen hatte er beobachtet, wie sich der Strombogen immer tiefer unter die Fichte wühlte. Das Todesurteil über den Baum stand fest. Bald, vielleicht morgen schon, würde er stürzen.

Sie verkürzten den ungleichen Kampf. Immer wieder wuchteten sie ihre Körper gegen den schrägen Stamm. Noch hielt er stand, aber sein Wipfel bebte. Überjährige Nadeln rieselten auf die Jungen herab.

»Wir müssen die Wurzeln noch mehr lockern«, sagte Frank.

Sie legten sich über die Uferkante, beugten sich weit hinab und stocherten mit ihren Knüppeln in die Höhlung unter dem Wurzelstock. Erdbatzen bröckelten ab. Der Fluß verschlang sie, gurgelnd, schmatzend. Und weiter wühlten sie, der nagende Strom und die Jungen mit ihren Stöcken.

Ein Zittern lief durch die Fichte. Pepo sprang auf, Frank glitt zurück. Die Wurzeln ächzten. Langsam neigte sich der Stamm. Der Rasenboden beulte auf, barst, und rauschend tauchte die Krone in den Fluß. Sofort wurde sie von der Strömung herumgezogen. Die Drehung zerriß den letzten armdicken Strang, der noch im Erdreich saß. Wie ein Aufschrei kam der dumpfe Knall. Der Wurzelballen versank. Eine Fontäne schoß hoch. Wippend tauchte der Baum auf und trieb stromab.

»Wir müssen ihn kriegen!« schrie Frank.

»Wie denn?«

»Rüberziehen!«

»Zieh doch mal, Mann!«

Das Ufer war steil. Sie liefen neben dem schwimmenden Baum her. Buschwerk hinderte sie. Der Stamm in der Stromrinne kam schneller voran als die barfüßigen Jungen. Sie umgingen das Gestrüpp, rannten im weiten Bogen über die Wiese. Frank zerrte einen Strick aus der Tasche, gab ihn Pepo. »Anbinden müssen wir ihn! Paß auf, ich springe, und du wirfst den Strick!«

Das Ufer wurde niedriger. Drei Schritte entfernt trieb der Baum vorbei. Frank trat zurück, lief an und sprang. Er landete im Geäst der Fichte, krallte sich fest. Seine Füße suchten Halt in den Zweigen, aber der schwimmende Stamm drehte sich um seine Achse und warf den Jungen ab.

Prustend tauchte Frank auf. »Den Strick her!« rief er. »Binde deinen Knüppel dran und schmeiß das Ende rüber.«

Sie schafften es. Als die Sonne dicht über den Uferbüschen stand, hatten sie die Fichte aus dem Strom in den Entengraben bugsiert.

»Morgen nachmittag ...«, sagte Frank und tarnte den Stamm mit Schilf und Zweigen. »Junge, das wird ein Floß! Nägel brauchen wir, ein Beil, Bretter ...«

Sie trabten heimwärts, zerschrammt und durchnäßt. Aber das spürten sie nicht. Sie dachten nur an ihr Floß.

Zu Hause kam das andere: Schelte, Prügel, die versäumten Hausaufgaben.

Pepo vergaß das Floß. Sein Vater, der Fuhrunternehmer Franz Pohl mit der knolligen Nase, griff zum Riemen. »Bis Sonntag nicht auf die Straße!« schnaufte er, als sein erster Zornausbruch vorüber war.

Um zehn saß Pepo noch über seinem Hausaufsatz, und dennoch wurde nichts Rechtes daraus. Am anderen Tag, in der Schule, sagte er zu Frank: »Kann vielleicht gar nicht kommen. Zu Hause ist dicke Luft. Muß ... muß allerhand erledigen.«

»Kann ich dir helfen, daß du schneller fertig wirst?«

»Nein, bloß nicht! Mein Vater, du, der ...«

Frank kannte Pepos Vater und ging ihm aus dem Wege. Er wußte Bescheid. Es bestand wenig Hoffnung, daß Pepo am Nachmittag zum Entengraben kommen würde. Sie schoben sich in die Bank, und das Floß wurde nicht mehr erwähnt. Frank aber dachte an nichts anderes.

Pffft! zischte Rollers Vorderrad. Der Reifen wurde immer breiter, die Lenkstange fing an zu hoppeln, und der Gummi wetzte in der Gabel. Roller trat noch einmal kräftig zu. Aus dem wetzenden Geräusch wurde ein hohes Fiepen. Kaum noch eine Viertelstunde Fahrt, dachte er. Nun muß ich tippeln. Na, kann Mutter wenigstens nicht schimpfen, wenn ich später komme.

Er stieg ab. Vor ihm lag der Entengraben, ein verschilfter Querstich, der die Pastorlöcher mit der Mulde verband. Auf dem Steg lehnte er sein Rad gegen das krumme Eisengeländer. Schnüffelnd sog er den Dunst des Brackwassers ein. Da war alles drin: Kalmus, Wasserminze, Schlamm, Fischgeruch und der würzige Duft junger Triebe. Die ganze Welt der Aue lebte in diesem Geruch.

Was ist das? Roller lauschte. Wie eine Eidechse glitt er die Böschung hinab und duckte sich in das Gestrüpp. Kraut und Schilf und Brombeergesträuch überwucherten das Grabenufer. Die Zweige der Weiden und Schwarzerlen ragten von beiden Seiten wie ein Gewölbenetz über das Wasser. Der nahe Fluß war nicht zu sehen. Dichtes Buschwerk verdeckte die Grabenmündung.

Wieder ein Rascheln! Dort, bei den Teichrosen!

Die Wasserfläche erzitterte, die großen Blätter wippten. Roller spähte. Die Wellen spielten über die ganze Grabenbreite. Wildenten? Nein, die wären aufgeflogen. Er dachte an den Fischotter, der hier einmal geräubert haben sollte. Pepo hatte davon berichtet, und die Jungen der 8a waren tagelang auf der Suche gewesen, ohne eine Spur zu finden.

Die Unruhe der Wasserfläche verebbte. Im Gebüsch regte sich nichts mehr. Nur ein Blubbern stieg aus dem Grabenschlamm.

Roller schlich weiter. Da sah er den Jungen. Der stand bis zu den Knien im Graben. Es war Brinkmann, der speckige Frank aus Rollers Klasse. Was denn? Der stand gar nicht im Wasser, der saß rittlings auf einem schwimmenden Stamm. Das war eine Fichte mit Wurzeln und Zweigen, ein riesiger Baum, länger als ein Telegrafenmast.

Der Junge im Schilf hatte den anpirschenden Späher schon auf dem Steg gesehen und zuerst angenommen, Pepo sei es. Dann, seinen Irrtum erkennend, hatte er sich hinter dem Kraut verborgen. Dennoch wurde er entdeckt.

Ausgerechnet der! dachte Frank wütend. Dieser Heini hat mir

noch gefehlt. Ob Pepo ihm was von dem Floß erzählt hat?

Er zog die Füße aus dem Wasser, setzte sie auf den Stamm, drückte seinen Körper hoch und hielt sich an den Zweigen der Erle fest. »Was spionierst du hier herum, he? Wer hat dir was von dem Floß gesagt?«

Roller lachte. Der Stamm unter Franks Füßen drehte sich. Roller sprang hinzu, packte eine Wurzel und hielt den Baum fest. »Ich spioniere nicht, daß du es weißt«, sagte er und sah sich alles genau an. »Ein Floß? Ein Floß ist das noch lange nicht.«

»Schlauberger! Was verstehst du denn davon?«

»Mehr, als du vielleicht denkst, mein Lieber. Hier ...«, Roller drehte den Stamm ein wenig, »wenn ich noch mehr drehe, kippst du wie ein Sack in die Schlammbrühe.«

»Ha ...« Frank angelte nach dem dicken Ast über seinem Kopf und machte einen Klimmzug. »Dreh doch!« keuchte er.

Nicht dämlich, dieser Speckfrank, dachte Roller. Am Ufer sah er Werkzeug und Bretter liegen. »Mann, hast doch alles, was du zu einem Floß brauchst. Wenn wir die Wurzeln und Äste über dem Wasser abhacken, kann sich der Baum nicht mehr drehen. Das Zeug unten bildet ein Schwergewicht, verstehst du?«

»Dazu brauche ich dich gerade. Hast du vielleicht den Baum geholt?«

Roller überhörte den Vorwurf. Der Gedanke des Floßbaues hatte ihn gepackt. »Du, die Zweige und Wurzeln im Wasser wirken wie ein Kiel, wie ... wie Schwerter.«

»Habe ich noch gar nicht gewußt«, sagte Frank und setzte seine Füße wieder auf den Stamm. Ob der mitmacht, dieser Pinsel? Oder verjage ich ihn? Wenn er einen Schlammbatzen auf die Backe kriegt, haut er bestimmt ab.

Aber Roller packte mit zu, als hätten sie es vereinbart. Er vergaß das Fahrrad auf dem Steg. Und er dachte nicht mehr daran, daß er bisher über Speckfrank hinweggesehen hatte. Er kannte ihn gar nicht richtig, obwohl sie schon ein halbes Jahr zusammen in der 8a saßen. Heute bekam er Respekt vor Frank Brinkmann. Der hackte und zimmerte, als wäre er gelernter Floßbauer.

Sie nagelten Äste und Bretter zusammen, bis ein festes Gerüst den Baum über der Wasserfläche umgab und er sich nicht mehr um seine

Achse drehen konnte. Oben schwitzten beide tüchtig, aber von unten her wurde ihnen kühl; denn sie standen bis zum Bauch im schlammigen Wasser.

Fräulein Trapp, die Klassenlehrerin der 8a, hatte ihren Schülern vorgeschlagen, gemeinsam ein Herbarium anzulegen. Die Jungen waren davon nicht begeistert gewesen, aber einige Mädchen hatten sich zum Sammeln der Pflanzen bereit erklärt. Hanne Schröder, die Klassenbeste, hatte die Leitung dieser Gemeinschaftsarbeit übernommen.

Hanne enttäuschte Fräulein Trapp nicht. Sie war eine mustergültige Schülerin. Das wußte nicht nur die ganze Klasse, auch die Lehrer konnten es bestätigen, und Hanne selbst war davon durchdrungen. Obwohl ihre Leistungen in fast allen Fächern sehr gut waren und manche der Mädchen ihr nur wenig nachstanden, hielten die Jungen der 8a nicht viel von ihren Klassenkameradinnen. Sie zeigten ablehnende Gesichter, als die Durchführung der Pflanzensammlung mit Zustimmung einiger Mädchen beschlossen wurde. Zwar sprach sich keiner offen dagegen aus, aber eine murrende Unruhe bemächtigte sich der Jungen, die in der Überzahl waren. »Strebertanten!« zischte einer. Ein anderer erfand den Spottnamen »Kräuterhexen« für die sammelwilligen Mädchen.

Hanne ließ sich nicht beirren. Mochten die Jungen auch spotten, sie gab deswegen den Plan nicht auf. Ihre Gedanken waren dabei mit dem Urteil der Lehrerin beschäftigt. Sie ließ sich das nicht anmerken, die Jungen indessen spürten es. Sie kannten ihre »heilige Johanna«. Nur Purzel, die kleine rundliche Schwatztante, merkte nichts. Sie hielt kritiklos zu ihrer Freundin, der sie in allem nacheifern wollte. Sie hatte sich gleich nach Hanne für die Pflanzensammlung gemeldet. Und die stille Irene Sander war auch dabei. Die drei Freundinnen wanderten am Muldeufer entlang. Hanne hatte schon fleißig gesammelt. Ihr Netz barg viele Wiesenpflanzen. Auch Irene Sander suchte emsig. Purzel dagegen war nicht bei der Sache. Stinklangweilig, diese Sammlerei, dachte sie. Die Namen der vielen Kräuter werde ich nie behalten.

Wieder einmal bewunderte sie die unermüdliche Hanne. Anfangs hatte sie es der Freundin gleichtun wollen, aber das gelang ihr nicht. Sie hatte gar keine Lust. Schwatzend lief sie umher und versuchte, einen Grasfrosch zu fangen. Der entwischte in den Fluß; denn sie wagte nicht, ihn anzufassen. Sie peitschte das Wasser mit ihrer Gerte. »Ob man schon baden kann?« rief sie.

Hanne ging nicht auf die Frage ein. Sie ärgerte sich über Purzel und ließ sie das deutlich merken. Doch Purzels Energie wurde davon nicht angestachelt.

Irene sagte lachend: »Versuch's doch mal.«

Schon zog Purzel Schuhe und Strümpfe aus. Als ihre Füße im Wasser pantschten, sah sie das Floß. »Irene! Hanne!« kreischte sie und deutete auf den Baumstamm im Fluß.

Vorn saß Roller. Er paddelte mit einem Knüppel, der unten gegabelt und mit Weidenbast umwickelt war. Frank hockte hinten auf dem behauenen Wurzelstock und steuerte.

»Nanu ...«, sagte Hanne verwundert, »die beiden?«

Purzel winkte und rief: »Hallo, nehmt mich ein Stück mit!«

»Bloß nicht«, zischte Steuermann Frank. »Die fette Ziege brauchen wir gerade noch.«

»Geht nicht«, antwortete Roller, »wir haben zuviel Tempo drauf. Können nicht anlegen bei der starken Strömung.« Plötzlich fiel ihm sein Fahrrad ein. »Purzelchen, bring mein Rad mit. Das steht auf dem Steg am Entengraben ... am En-ten-gra-ben!« Er sah noch, wie Purzel nickte. »Die wird es schon holen«, murmelte er. »Ist gar nicht so übel, die Dicke.«

Was Frank darauf knurrend erwiderte, konnte er nicht verstehen. Ein Schmeichelwort war es gewiß nicht.

Das Floß glitt weiter. Die Jungen machten gute Fahrt. Vier bis fünf Stundenkilometer, schätzte Roller. Bald Fußgängertempo.

Frank spähte wie ein erfahrener Schiffer über den Fluß. »Backbord – rudern!« befahl er. »Stopp! Steuerbord – streichen!« Er verstand, das Floß in der Stromrinne zu halten.

Roller mußte tüchtig paddeln. Er hätte auch gern einmal gesteuert und Befehle gegeben, aber auf dem Floß hatte er nichts zu bestimmen. Er konnte froh sein, daß ihn Frank mitfahren ließ.

Der Zufall hatte sie beide zusammengeführt, und sie waren heute zum erstenmal durch eine gemeinsame Sache verbündet. Roller hatte bei der Arbeit am Floß noch klarer als bisher in der Schule gespürt, daß sich Frank nicht seinem Willen unterordnete. Er wäre mit seinem Rad davongefahren und hätte den Speckfrank weiterhin unbeachtet gelassen, wenn ihm das Floß und die Fahrt auf der Mulde nicht so verlockend erschienen wären. Frank war beim Floßbau geschickt zu Werke gegangen, und er gab klare Kommandos, das mußte ihm Roller lassen. Ob ich mal steuern kann? dachte er.

»Frank, jetzt will ich mal hinten sitzen und ...«

»Rechts streichen!« unterbrach ihn Frank. »Noch mehr, rechts, äh ... Steuerbord – streichen!« Das Floß lag schräg zum Strom. Sie paddelten, bis der Baum wieder in Stromrichtung schwamm. »Was ist denn?« fragte Frank.

»Ich will auch mal Steuermann sein.«

»Kannst du denn richtige Kommandos geben?«

»Klar, Mann, was denkst du!« Roller war wütend und verbarg seinen Groll nicht. »Bildet sich einen Zacken ein, dieser Specker ...«, brummelte er vor sich hin.

»Hm?«

Roller schwieg. Soll sich einsargen lassen mit seinem Einbaum, dachte er.

»Von mir aus kannst du mal«, sagte Steuermann Frank, »aber erst, wenn wir den Kirchturm sehen können. Dann kommen keine Kurven mehr. Ist nämlich schwerer, als du denkst.«

Roller lachte spöttisch. »Pa! Tust ja so, als wenn du nur was könntest und gar kein anderer.« Als er mit Frank die Plätze gewechselt hatte, merkte er, daß der ungefüge Stamm nicht leicht zu lenken war. Schnaufend mühte er sich ab. Linker Hand lag der Stadtpark. Weiter hinten ragte der Kirchturm von Eulenberg über die Dächer. Da – das Wehr! Roller erschrak. Er sah den silberhellen Strich über der Wasserfläche blitzen. In seinem Eifer hatte er nicht an das Mühlenwehr gedacht, das den Fluß oberhalb der Stadt staute.

»Ans Ufer«, rief Frank, »sonst knallen wir gegen den Wehrbalken.« Es war zu spät. Roller gab unklare Kommandos und setzte sein Paddel falsch ein. Sie erreichten das Ufer nicht mehr. Der schwere Baum trieb auf die Wehrkante zu.

»Streichen!« schrie Frank. »Beide streichen, damit wir an Fahrt verlieren!«

Sie konnten das Floß nicht mehr stoppen. Roller war erbost, daß Frank besser steuern konnte, und gehorchte nicht. Er paddelte, während Frank strich. Der Baum legte sich quer zur Strömung. Immer stärker wurde das Rauschen des stürzenden Wassers vor ihnen.

Wir werden über den Balken schlittern und hinunterkippen, dachte Frank. Nein, geht ja nicht, die Zweige und Wurzeln unter Wasser werden uns halten.

Er streckte ein Bein vor, um den Anprall zu mildern. Aber das half gar nichts. Mit unheimlicher Gewalt wurde der Stamm gegen die Wehrkrone gepreßt.

»Du Trottel!« schimpfte Frank. »Die große Klappe schwingen kannst du, mehr aber nicht. Mein Floß! Wer soll das jetzt ans Ufer kriegen?«

Der Stamm lag wie angeschmiedet. Sie mühten sich, ihn wegzuschieben, aber er bewegte sich nicht. Da gaben sie es auf und balancierten über den Wehrbalken ans Ufer.

Haumeister Püschel war ein gedrungener Mann mit breiten Schultern und kurzen Armen. Mochte die Sonne scheinen, oder mochte es regnen, immer trug er im Dienst seine lederbesetzte Joppe aus derbem Lodenstoff. Alle Eulenberger kannten ihn. Er hatte Augen wie ein Luchs.

Als er am späten Nachmittag durch die Aue heimwärts ging, suchte er am Ufer vergebens die einsame Fichte. Sollte ich mich verrechnet haben? grübelte er.

Püschel kannte den Holzbestand im Forstrevier von Eulenberg genau. Er vermochte alle Stämme, die um hundert Jahre und älter waren, aus dem Kopfe herzuzählen. Die Uferfichte hatte er in dieser Woche bergen wollen. Jetzt fand er sie nicht mehr. »Hat sie der Fluß doch schon geholt, dieser verdammte Räuber«, murmelte er vor sich hin und stapfte dem Entengraben zu. Er sah das Fahrrad und stutzte. Vom Fluß her kamen Rufe. Püschel erspähte den schwimmenden Stamm.

Die Jungen ahnten nicht, daß einer, der mehr Recht als sie auf den Baum hatte, ihrem Floß nachspürte. Der Mann in der lederbesetzten Joppe nahm das Fahrrad mit. Sorgsam nutzte er die Deckung des Ufergebüsches.

Aber weder Steuermann Frank noch sein Paddelgefährte Roller hatten Zeit, sich umzublicken. Sie waren vollauf beschäftigt, den Stamm im Strom zu halten, und die Spannung der Floßfahrt ließ irgendwelchem Argwohn in ihnen keinen Raum.

Püschel nickte vor sich hin. Hat doch nicht hurtiger gearbeitet, als ich errechnet habe, der Fluß. Müssen ein Beil benutzt haben, diese verdammten Bengel.

Er sah, daß die Wurzeln und Zweige der Fichte abgeschlagen waren, stümperhaft, und das verstärkte seinen Grimm. Wer außer ihm und den Forstarbeitern hatte hier draußen mit einem Beil zu hantieren!

Dem Haumeister und seinem Revierförster war schon manches Holz entführt worden. Der obere Fluß zwar hatte noch immer die vom Ufer gestürzten Stämme herausgegeben; denn am Wehr fand sich wieder an, was der Strom in seine Fluten riß. Aber es gab andere

Räuber, die im Schutze der Dunkelheit an ihr Diebeswerk gingen. Frech genug, daß sie sich jetzt schon bei Tage am Eigentum des Volkes vergriffen.

Püschels Grimm wuchs, je länger er den Baumdieben folgte. Diesmal hatte er sie auf frischer Tat ertappt, und sie sollten ihm nicht entgehen. So wahr ich Püschel heiße, dachte er und betrachtete abschätzend das Rad. Er reckte den kurzen Hals und brummelte vor sich hin, seines Erfolges gewiß. Die drei Mädchen auf der Wiese beachtete er nicht. Nur seine Fichte behielt er im Auge und jene Burschen, die auf ihr hockten, als sei der Stamm ihr unbestrittenes Eigentum.

Als das Floß vorüber war, trabte Purzel los, um Rollers Rad zu holen. Sie freute sich, heimwärts fahren zu können. Die unerwartete Abwechslung an diesem faden Sammeltag war ihr doppelt willkommen, da sie kein Fahrrad besaß.

Hanne blickte ihr nach und dachte: Die hält es auch ganz dicke mit den Jungen. Das will nun meine Freundin sein.

Da sah Purzel den Mann kommen. Sie erkannte Rollers Rad; er hatte sie manchmal darauf fahren lassen. Sie kannte auch den Haumeister.

Purzel kreischte fix mal auf. Schreigans, sagten die Jungen dann. War es verwunderlich, daß ihr auch jetzt ein Schreckensschrei im Halse saß? Sie schluckte schnell, und von dem Schrei blieb nur ein Stöhnen übrig. Hanne und Irene hörten es. Ihre Augen folgten Purzels erschrockenem Blick und wanderten zu Püschel hin. Sie begriffen sofort, was vor sich ging. Purzel bückte sich, als suchte sie etwas im Grase. Unauffällig, Schritt für Schritt, ging sie zu den Freundinnen zurück. Der Mann aber sah gar nicht herüber. Er hatte auf anderes zu achten.

»Der faßt die beiden bestimmt«, flüsterte Hanne Irene zu, und es war kein guter Ton in ihrer Stimme.

Purzel wisperte: »Kinder, Kinder ... wo er das Rad hat, Rollers Rad ... der ist geliefert. Dem Speckfrank wird es ja egal sein, aber Roller ...«

Hanne schob die Unterlippe vor. »Was regst du dich denn auf? Laß doch deinen Roller! Der hat auch über unsere Pflanzensammlung gelästert.«

»Wenn schon«, sagte Irene, und ihre Gedanken kamen von Rollers Rad, das Püschel jetzt mit sich führte, nicht weg.

Sie stand schweigend neben Hanne und blickte dem Mann in der Joppe nach, bis er hinter einem Busch verschwunden war. Was kann man nur tun? grübelte sie, und ihr Herz pochte heftig. Der derbe Mann und sein finsteres Gesicht hatten ihr einen Schreck eingejagt. Sie suchte nach einem Ausweg. Jäh drückte sie Hanne das Sammelnetz in die Hand und rannte los.

Wie gehetzt lief Irene über die Wiese. Ihre Zöpfe flogen. Warnen muß ich sie, warnen! ging es ihr immerfort durch den Sinn. Aber was hilft das denn? Er hat ja Rollers Rad.

Sie hastete den Uferpfad entlang, erreichte die Parkallee. Püschel schwang sich auf das Rad. Er ahnte sowenig wie die Jungen, daß er verfolgt wurde.

Keuchend lief Irene. Vor ihr lag das Wehr. Sie sah den Mann am Fuße der Böschung stehen. Er verbarg sich hinter dem Gerüst, das Rettungsring und Stangen trug, und beobachtete die Jungen auf dem Floß. Hinter ihm lag Rollers Fahrrad.

Was soll ich tun? dachte Irene. Schreien? Nein – das Rad! Ihre Augen waren weit geöffnet. Ihre Finger zupften unablässig am Gürtel des Kleides.

Drüben stiegen die Jungen vom Floß. Sie standen im überströmenden Wasser auf dem Wehrbalken und zerrten an dem Stamm. Frank schimpfte. Jetzt kamen sie herüberbalanciert, Roller voran.

Hatte Irene noch nie etwas genommen, auf das sie kein Recht besaß? Gewiß, ein Stück Zucker vielleicht aus Mutters Dose oder irgendeine Kleinigkeit. Nie aber war ihr so zumute gewesen wie jetzt, da sie nach dem Rade griff, kaum fünf Meter von dem Mann entfernt. Die Mulde rauschte, und das war ihr Glück. Sie meinte, tausend Augen sähen auf sie nieder. Ganz tief holte sie Atem, den Lenker schon mit einer Hand berührend. Sie packte zu, riß das Rad hoch und keuchte die Böschung hinauf. Dann stand sie still, erschöpft, verwundert.

Der Mann unten hatte nichts bemerkt. Er sah nur die Jungen und den Stamm.

Als das Rad rollte, schrie Irene los. Die Jungen sahen zu ihr hoch. Sie winkte, zeigte auf Püschel und rief: »Zurück, zurück! Hinüber ans andere Ufer!«

Die beiden glaubten erst, Irene wollte sie foppen; denn das Rauschen des Wassers verschluckte den angstvollen Ton in ihrer Stimme. Dann sahen sie den Mann mit der lederbesetzten Joppe hinter dem Rettungsgestell, und der Schreck fuhr ihnen in die Glieder.

Haumeister Püschel erwischte die Jungen nicht. Sie waren geübt genug im Klettern auf dem Wehr, um nach dem anderen Ufer zu entkommen. Der Mann hatte zuletzt nur den Stamm und eine nasse Hose. Sein Schimpfen hörte niemand mehr. Und den Stamm hatte er auch nicht richtig, den hatte noch das Wehr. Das hielt ihn fest. Daran konnte auch der stämmige Haumeister allein nichts ändern. Er mußte sich Verstärkung holen, um die Fichte ans Ufer zu bugsieren. Daß er die Sache für einen Holzdiebstahl ansah, ahnten weder die Jungen noch Irene.

Als Püschel, diesmal stark verspätet, Feierabend machte, war er sich nicht schlüssig, ob eine Anzeige bei der Polizei oder eine Beschwerde beim Direktor der Diesterweg-Schule richtig sei. Den Gedanken an die Polizei gab er auf; denn Namen konnte er nicht angeben. Er kannte die Jungen nicht. In Ruhe betrachtet, schaute die Sache nicht gerade bösartig aus. Eine jugendliche Diebesbande? grübelte Püschel. Wie Banditen hatten sie nicht ausgesehen. Er entschied sich für eine Beschwerde bei der Schule.

Sein Revierförster, dem er am anderen Morgen den Vorfall meldete, war der gleichen Meinung. »Schule«, sagte der Förster, »Direktor Bertram greift durch.« Vielleicht dachte der Mann dabei an seinen Jungen, der auch nicht zu den Frömmsten zählte.

## *Die 8a ist keine Musterklasse*

Sie lachten, daß ihr Klassenzimmer dröhnte. Der lange Behnke aus der anderen Achten war gestern vom Wehr gestürzt und ins Wasser geschlittert. Die von der 8b hatten es geheimhalten wollen, aber Purzel wußte wieder einmal Bescheid.

»Von wem hast du es?« fragte Karl, der den Beinamen »der Kahle« trug, weil ihm vor Jahren eine schwere Erkrankung das Haar gelichtet hatte.

Purzel spitzte die Lippen, kniff das linke Auge zu und flüsterte: »Betriebsgeheimnis!«

Karl der Kahle lachte meckernd. »Hört bloß das kurze Ende! Wie die sich dicke tut ...«

»Ach«, entgegnete Purzel, »du hättest es wohl rausgekriegt, was?« Und mit wichtigtuerischer Miene erzählte sie, was den anderen passiert war. Die hatten sich nämlich vorgenommen, den Rekord der 8a in der Wehrpartie zu brechen. Behnke hatte die Kletterstrecke über den Wehrbalken von einem Ufer zum anderen in drei Minuten schaffen wollen.

»Der ist dreimal verrückt, dieser Aufschneider!« schrie Kahlkopf. »Wo Roller fast vier Minuten für seinen Rekordlauf gebraucht hat.«

Der Rekordmann Roller saß auf dem Fensterbrett. Er beobachtete Frank Brinkmann und dachte: So ein sturer Bursche! Den interessiert überhaupt nicht, was hier gespielt wird.

Noch immer ärgerte sich Roller, daß er die Landung mit dem Floß verpatzt hatte. Wenn Irene nicht geholfen hätte, wäre es böse ausgegangen. Er hätte vielleicht das Fahrrad eingebüßt oder wäre angezeigt worden. Der Direktor hätte es erfahren, alle Lehrer und auch der Vater.

Roller wußte, daß ihm bei seinem Pech noch Glück widerfahren war. Franks Überlegenheit auf dem Floß jedoch konnte er nicht so schnell verwinden. Der Speckfrank tat seither, als wüßte er nichts mehr von der gemeinsamen Floßfahrt. Diese Nichtachtung verstimmte Roller mächtig. Kann doch jeder mal Pech haben, versuchte er sich zu trösten. Aber dieser Speckfrank will mich auf eine gemeine Tour fertigmachen. Sicher behält er die Sache nur für sich, um sie bei passender Gelegenheit auszuposaunen. Nein, kann er ja nicht! Dann fällt er selber rein.

Roller winkte Wanze zu sich. Ein guter Gedanke war ihm gekommen. Warte, Speckfrank! dachte er. Ich werde dir beweisen, wer was kann. Diesmal wirst du dich blamieren.

Lange flüsterte er mit Wanze.

Purzel berichtete indessen weiter, als wäre sie Zeuge des verunglückten Rekordversuches gewesen: »Die ganze Klasse war am Wehr, auch die Mädchen.« Sie sah schnell zu Hanne und Irene.

»Die Mädchen?« fragte Pepo verwundert. »Sind die auch geklettert?«

Purzel nickte. »Sie wollten. Eine Stoppuhr hatten sie dabei. Es sollte eine große Sache werden. Aber Behnke ist nur bis zur Mitte des Wehres gekommen, dann ...«

Die herumstehenden Jungen lachten und redeten durcheinander.

»Kopfüber ist er hinabgesaust«, schrie Purzel, »und rein in die Schaumbrühe! Hat sich den Arm verstaucht, der Lange, und das Kinn blutig geschlagen ...«

Die Tür ging auf, Fräulein Trapp betrat das Klassenzimmer. Sie fand lärmende Schüler vor, die das Klingelzeichen überhört hatten und nun eilig ihren Plätzen zustrebten. »Natüüürlich«, sagte Fräulein Trapp, »die 8a ist wieder nicht arbeitsbereit.«

Sie sah auf die Uhr, wartete.

Wanze, vorn an seiner Bank stehend, drehte sich um. Seine Augen suchten Roller. Er blinzelte ihm zu und feixte. Purzel unterbrach ihr Kichern, weil Hanne sie anstieß. Die Lehrerin stand und wartete. Ihr Gesicht sah aus wie eine Gewitterwolke. Allmählich wurde es ruhig in der Klasse.

»Setzen!« sagte Fräulein Trapp. »Vier Minuten über die Zeit. Je älter ihr werdet, desto schlimmer wird es mit euch. Ob die 8a noch einmal vernünftig wird?« Sie holte tief Luft. »Johanna Schröder, was meinst du?«

Hanne, die Klassenbeste, stand auf. Sie schwieg. Ihre Augen blickten an der Lehrerin vorbei, als sähen sie in die Ferne. Die Mädchen wären genauso daran schuld wie die Jungen, wenn es in der Klasse nicht stimmte, hatte ihr Irene nach der Floßgeschichte gesagt. Sie, Hanne, hatte es abgestritten, aber Irenes Worte saßen noch in ihr fest. Jedes der Mädchen sei nur auf sich bedacht, die Klassenerste am meisten. Das war zuviel gewesen. Und Freundschaft müsse man auch mit den Jungen halten. Freundschaft? Sie hatte Irene Vorwürfe machen, hatte ihr sagen wollen, daß sie nicht nötig habe, den Jungen nachzulaufen. Irene aber hatte gefragt, ob sie überhaupt wisse, was richtige Freundschaft sei. Da war Hanne verstummt, und auch jetzt schwieg sie beharrlich, obwohl Fräulein Trapp ungeduldig wurde. Freundschaft, dachte sie, davon reden alle. Als wenn das von mir abhinge! Oder hat Irene doch vielleicht – ach was, ich sage heute nichts. Gar nichts mehr werde ich zu solchen Dingen sagen.

Die Jungen wunderten sich über Hannes Schweigen. Sonst ließ sie Fräulein Trapp nie warten, und kritisieren konnte sie auch immer, spitz und schlau.

Die Lehrerin wendete sich von ihr ab. »Vielleicht sagen die Jungen mal etwas dazu. Helfring, findest du das in Ordnung hier bei euch?«

Roller trat aus der Bank, sah auf Hanne. Die glotzt Löcher in die Wand, und ich soll es ausbaden, dachte er. Kommt gar nicht in Frage.

Er antwortete nicht. In der Klasse war es sehr still.

»Na, Rolf Helfring, Gruppenratsvorsitzender, seit wann so schüchtern? Du müßtest dich als erster zu dieser Disziplinlosigkeit äußern.«

Roller blieb stumm. Die Gewitterwolke stand nun in seinem Gesicht.

»Jaja, da steht ihr wie Engel im Regen.« Verdrossen winkte die Lehrerin ab. Sie fuhr sich mit der Hand über die Stirn, als schiebe sie ihren Kummer beiseite. »Genug davon! Es ist das alte Lied. Ich wäre schon froh, wenn ich bei euch pünktlich beginnen könnte.«

Es war die fünfte Unterrichtsstunde. Grammatik gehörte zu Fräulein Trapps Spezialgebieten. In den Kastanienbäumen draußen kribbelte und summte es. Der Mai schickte seinen Duft in die Schulstube, und die Sonne machte alles hell. Der Tadel der Lehrerin war bald vergessen. Trotz ihrer strengen Augen wanderten viele Seitenblicke in den Sonnenschein hinaus, wo vor den Fenstern die Blütenkerzen standen. Wenn man genau hinlauschte, war ein ganz leises Knistern zu vernehmen.

Fräulein Trapp hatte sich zur Tafel gewendet, und Roller blickte durch halbgeschlossene Lider zu den Blüten hin. Diese Trappse! Die macht einen Wind um jeden Dreck, daß keiner mehr hinhören mag. Als wenn ausgerechnet ich an dem Quark in unserer Klasse schuld wäre! Immer haben sie mich beim Kragen. Ob ich den Kram hinwerfe? Lieber nicht, sonst denken sie, ich bin schlapp. Die Klasse hört doch auf mich, die meisten jedenfalls. Sind prima Kerle, bis auf ein paar Heinis, na, und die Mädchen. Wer könnte es denn besser machen? Keiner!

Roller blinzelte in die Sonne und lauschte. Das Gras kann man nicht wachsen hören, grübelte er, das ist blödes Gewäsch. Aber bei den Blüten dort hört man richtig, wie sie sich in der Wärme strecken.

Sie hatten zu schreiben. Augen und Hände waren mit den Heften beschäftigt, aber die Ohren horchten hinaus in den Frühling. Pink, pink! lockte es in den Zweigen, und das Spatzenvolk lärmte. Fräulein Trapps Stimme kam kaum dagegen an. Sie ließ die Fenster schließen. Das half wenig. Der Frühling war stärker als die Grammatik.

»Josef!« schrillte plötzlich die Stimme der Lehrerin, und viele erschraken, obwohl es nur einen Josef unter ihnen gab.

Dieser eine wurde »Wanze« genannt, weil sein Gesicht aussah, als wäre es unter die Wäschemangel geraten. Er zuckte zusammen. Es gelang ihm noch, die soeben geschriebene Klassennachricht Purzel zuzustecken, ehe Fräulein Trapp kam.

»Was treibst du? Warum machst du nicht mit?« fragte die Lehrerin.

Wanze schob sich hoch, murmelte etwas Unverständliches, fingerte an seinem Lehrbuch. Den Zettel hat sie nicht gesehen, dachte er.

»Wiederhole die von mir entwickelte Regel und nenne ein Satzbeispiel dazu!«

Wanze schielte zu Karl dem Kahlen, der die Lippen bewegte. Fräulein Trapp sah es. Sie ließ den Blick nicht aus den ratlosen Augen des

Jungen. Der quälte sich stotternd, stammelte ein paar Wortfetzen, schwieg. Draußen rumorten die Spatzen in der Dachrinne.

Die Lehrerin schüttelte den Kopf, ging nach vorn, griff zum Klassenbuch. Purzels Mäuschenaugen spähten. Sie zog den Zettel von Wanze hervor und las:

*Heute nachmittag um drei*
*neuer Rekordversuch am Wehr.*
*Speckfrank und die ~~die~~*
*Mädchen sind eingeladen. Die*
*sollen zeigen, ob sie Mut haben!*
*Roller will es in ~~D~~ drei*
*Minuten schaffen. Wer kann*
*eine Stopuhr mitbringen?*

*weitergeben!!!*

Hanne, die neben Purzel saß, übernahm den Zettel. Sie blickte schnell darauf, zog den Mund schief und schob das Papier unter die Bank.

»Weitergeben«, flüsterte Purzel.

Hanne tat, als höre sie nicht. Sie folgte aufmerksam den Worten Fräulein Trapps. Unsinn! dachte sie und übersah Wanzes Augenzwinkern und die fragenden Blicke von Roller.

Nach dem Klingeln holte Fräulein Trapp die versäumten vier Minuten nach. In solchen Dingen war sie sehr genau. Als sie das Klassenzimmer verlassen hatte, rief Wanze: »Ich finde es schäbig von der heiligen Johanna, daß sie eine Klassenbotschaft nicht weitergibt. Ihre

Streberei macht jede Kameradschaft zuschanden. Traurige Mädchen haben wir, das muß ich schon sagen.« Einige Jungen johlten beifällig.

Pepo schob sich zu Hanne hin, blickte sie verächtlich an und knurrte: »So etwas Schäbiges!«

Hanne sah an ihm vorbei, als wäre er Luft für sie.

Ihr hochmütiger Gesichtsausdruck machte Pepo noch wütender. »Hä, ich gratuliere zur dreißigsten Eins! Oder ist es schon die neunundneunzigste? Häng dir doch ein Plakat um: Ich heiße Johanna Schröder und habe die meisten Einsen.« So, dachte er befriedigt, jetzt hat sie es mal gekriegt, die Meckerziege. An mir und Frank läßt sie nie einen guten Faden.

»Was gehen euch meine Zensuren an? Kümmert euch lieber um eure Vieren«, entgegnete Hanne.

Die Verachtung der Jungen schmerzte sie, obwohl sie sich nichts anmerken lassen wollte. Irenes Worte fielen ihr ein. Sie wurde unsicher.

»Mit dem Zettel«, sagte sie leise, »das war dumm genug. Wenn Fräulein Trapp ihn gefunden hätte, wäre es schlimm ausgegangen. Sie ist sowieso nicht gut auf unsere Klasse zu sprechen. Mit solchem Kram macht ihr alles noch schlechter. Wanze hätte seinen Vorschlag ebensogut jetzt vor allen machen können.«

»Mit dem Zettel hat sie recht«, warf Irene ein.

Karl der Kahle und einige Mädchen pflichteten ihr bei. Frank Brinkmann stand am Fenster und hörte zu. Er sagte nichts.

»Was versteht die denn schon von sportlichen Leistungen«, verteidigte sich Wanze. »Hat ja gar keine Ahnung, die Zimperliese. Hört mal alle zu.« Er verlas den Zettel. »Speckfrank und die Mädchen sind eingeladen«, das betonte er besonders.

»Ihr habt einen Rekordfimmel«, sagte Hanne. »Die Sache am Wehr ist doch nur Großtuerei. Ich möchte wissen, was dabei sein soll. Mit Sport hat das nichts zu tun.«

»Bist du schon mal übers Wehr geklettert?« fragte Roller herausfordernd. »Von wegen kein Sport! Das ist leicht hingeschwatzt, aber was dazu gehört, kannst du nicht beurteilen.«

Hanne sah zum Fenster hinaus, und in ihrem Gesicht stand wieder der hochmütige Ausdruck, der die Jungen so ärgerte.

»Es ist eine Klassenunternehmung«, sagte Roller, »und jeder ist eingeladen, wenigstens hinzukommen. Bei der 8b waren gestern auch die Mädchen dabei.«

»Laß die Gänse«, knurrte Wanze, »auf die kann man doch nie rechnen.«

Während die Jungen ihr Vorhaben berieten, blickte Purzel fragend zu ihrer Freundin. Sie verehrte die um ein Jahr ältere Hanne, sie wollte so sein wie diese. Vielleicht war Purzel die einzige, die übersah, wie selbstsüchtig das Streben der Klassenbesten manchmal war. Sie besaß nicht Hannes kühle Überlegenheit den anderen gegenüber, und ihre Meinung konnte sie auch nicht so klar und entschlossen wie die Freundin vertreten. Was manche von Hanne abstieß, zog Purzel zu ihr hin.

Auf dem Heimweg, den sie beide täglich gemeinsam zurücklegten, sagte Hanne: »Du, ich gehe vielleicht doch mit zum Wehr. Ich möchte unseren Jungen mal beweisen, daß sie den Mut nicht allein gepachtet haben.«

»Willst du etwa hinüberklettern?«

»Was wird denn schon dabei sein. Denkst wohl auch, das können nur die Jungen?«

## *Hanne sucht einen Weg*

Mißmutig stocherte sie auf ihrem Teller.

»Schmeckt es dir nicht?« fragte die Mutter. »Kind, was soll ich dir denn noch kochen?« Sie seufzte. »Du müßtest dich auch besser halten. Nicht so krumm dahocken, Johanna.«

Hanne richtete sich auf. Ihr Blick blieb auf dem Tellerrand haften. Sie kaute, als hingen ihr Fäden zwischen den Zähnen.

Die Modezeichnerin Käthe Schröder sah bekümmert auf ihr einziges Kind. Der Vater war aus dem Kriege nicht wiedergekehrt, und die Frau hatte dem Mädchen alle Liebe zugewendet.

Hanne war bei der Einschulung krankheitshalber um ein Jahr zurückgestellt worden. Sie hatte dann bald ihre Mitschüler überflügelt. Die Mutter war stolz auf ihre Johanna, die so gut gewachsen war und in der Schule zu den Besten zählte. An Sorgfalt für eine gute Erziehung hatte sie es ihrer Meinung nach nie fehlen lassen.

»Was hast du nur, Hanna? Fühlst du dich nicht wohl? Hast du Ärger in der Schule gehabt?«

»Ach, laß nur, Mutti. Das kannst du doch nicht verstehen.«

»Aber Johanna, weshalb soll ich dich nicht verstehen? Hast du mit der Rechenarbeit Pech gehabt? Keine Eins geschrieben? Sprich doch, Kind.«

»Das ist es ja gerade, Mutti. Du fragst auch immer nach den Einsen. In der Klasse heißt es dauernd: Ja, die Johanna Schröder, seht sie euch an. Und wenn unsere Klasse nicht in Ordnung ist, dann soll ich auch dafür verantwortlich sein. Die anderen, die feixen und verachten mich. Was soll ich denn nur noch machen? Ich lerne, ich arbeite immer mit, ich bin Pionier – und doch sehen sie mich schief an.«

»Die Lehrer etwa?«

»Nein, nein ... die Schüler, besonders die Jungen unserer Klasse.«

»Mach dir nichts draus, Hanna. Die sind doch nur neidisch, weil du Erfolg hast und die Beste bist.«

»Das ist nicht bloß Neid, Mutti, das ist noch was anderes. Ich merke es schon seit längerer Zeit. Ich weiß nicht, was ich tun soll ...«

»Tu deine Pflicht wie bisher und sei freundlich zu allen, dann wirst du auch mit ihnen auskommen.«

»Freundlich, freundlich ... Ich kann ihnen doch nichts vorheucheln. Wie du dir das denkst! Ich muß doch meine Meinung sagen, wenn ich mit ihnen nicht einverstanden bin.«

»Man muß nicht alles aussprechen, was man denkt. Ist wahrhaftig nicht immer nötig und nützlich, Kind. Bist ja sonst klug genug.«

»Das wäre nicht ehrlich, Mutti. Und dann kämen wir auch nie weiter.«

»Was heißt denn weiterkommen? Du kommst doch weiter, und darum geht es schließlich.«

»Und die Klasse?«

»Aber Johanna, als wenn du die Klasse ändern könntest! Wer hat dir denn so etwas in den Kopf gesetzt?«

Nein, dachte Hanne, Mutti kann das nicht verstehen. Bei ihr früher war alles ganz anders.

Sie ging in ihr Zimmer, unzufrieden mit sich und ihrer Mutti.

»Lege dich hin und schlafe ein wenig, dann wird dir besser werden«, rief ihr Frau Schröder nach.

Hanne schlief nicht. Grübelnd saß sie über ihren Hausaufgaben. Sie kam nicht recht voran heute. Immer wieder sah sie auf die Uhr. Halb drei ging sie aus dem Zimmer. Behutsam schloß sie die Türen, um ihre Mutter nicht zu stören.

Frau Schröder hörte nicht, daß Hanne ging. Sie arbeitete an Entwürfen zu neuen Kleidermodellen, und sie dachte an ein besonders schönes Kleid für ihre Tochter Johanna.

Purzel und Hanne standen am Ufer vor dem alten Mühlenwehr. Zu ihren Füßen schoß die Flut der Mulde über den Wehrbalken. Das fallende Wasser schwang sich wie ein metallener Bogen hinab, toste auf die Planken und stürzte gurgelnd in das tiefer liegende Becken. Unten schäumte es wie siedende Milch. »Wenn ich das sehe, muß ich immer an Schlagsahne denken«, sagte Purzel und hatte sehnsüchtige Augen.

Hanne blickte den wirbelnden Schaumflocken nach. Die lösten sich von dem riesigen, watteartig gestauten Ballen wie Federn aus einem Vogelleib und tanzten davon. »Mich wundert«, sagte sie sinnend, »daß dieses Dreckwasser so weißen Schaum gibt.« Ich darf nicht reinschlittern, dachte sie, sonst bin ich blamiert. Gleich wenn die Jungen kommen, muß ich es wagen. Eine lange Strecke. So lang habe ich sie mir nie vorgestellt. »Wie breit schätzt du das Wehr, Purzel?«

»Na, vielleicht zwanzig Meter. Es kann auch breiter sein, ich weiß nicht recht ...«

Zwanzig Meter, ging es Hanne durch den Kopf, und im strömenden Wasser. Das ist anders als auf dem Schwebebalken in der Turnhalle. Es ist bestimmt breiter als zwanzig Meter. Ob einem von der Flut nicht die Füße weggerissen werden?

Ihre Glieder waren wie mit Strom geladen. Die Spannung kribbelte ihr im Blute. Jetzt verstand sie die Jungen, die immer von der Wehrpartie geprahlt hatten. Ihr war so beklommen zumute wie damals bei ihrem ersten Rundflug über der Messestadt. Als das Flugzeug dem Boden entschwebte, hatte sie das gleiche Gefühl in der Magengegend verspürt wie jetzt, da sie auf das stürzende Wasser starrte. Nein, leicht ist das bestimmt nicht. Was denn? Pah, Mut habe ich auch, das werde ich ihnen zeigen. Als wenn nur die Jungen Mut hätten!

Stimmen lärmten hinter ihnen. Die Jungen kamen angetobt. Roller war nicht dabei, auch Frank fehlte. »Oho, sportbegeisterte Damen!« sagte Wanze und grinste.

Hanne sah gar nicht zu ihm hin. Sie streifte den Rock ab, stand in der Turnhose, und sie verzog keine Miene. Sehr stolz sah Hanne aus. Sie hatte sich ihr Vorhaben gut überlegt.

Die Jungen staunten. »Macht ihr vielleicht mit?« fragte Pepo.

»Was denn sonst«, erwiderte Hanne mit erzwungener Ruhe. Sie bückte sich und zog die Senkel ihrer Turnschuhe fest.

»Ich nicht«, sagte Purzel schnell, »ich darf nicht.«

»Sie darf nicht, das Baby«, stichelte Wanze, und die Jungen lachten. »Wenn man immer erst fragen wollte. Wer darf denn was Interessantes tun, he? Nur kein Herzklopfen, Kinder. Ran an den Speck! Schnüffel ist nirgends zu sehen. Da dürfen wir mal, völlig kostenlos.«

Roller kam. Er hatte sich überzeugt, daß der Wächter nicht in seiner Bude war. »Keine Spur von dem Alten«, sagte er. »Wer weiß, wo der heute steckt.« Er sah Hanne im Turnzeug stehen, lächelte und zählte die Kletterer. »Habe mir gedacht, daß Speckfrank kneifen wird. Wie es aussieht, will ihn Hanne vertreten. Los geht's! Ich klettere zuerst.« Er sah auf die Uhr. »Es ist sieben nach drei. Drei Uhr zehn starte ich.«

Von der Brücke her kam Irene mit einigen Mädchen der 8a. Hanne winkte ihnen und war froh, daß die Jungen abgelenkt wurden. Sie hatte Rollers Lächeln wohl bemerkt. Zweifel und Spott und ein wenig nachsichtiges Mitleid hatte sie seinem Gesicht abgelesen. Ihr Stolz siegte über die Angst. Sie schluckte, holte tief Luft und sprang vor Roller die Uferböschung hinab. Purzel kreischte. Alle sahen, wie Hanne auf das Wehr stieg. Tastend schob sie ihre Füße über den Balken im Wasser.

»Zieh die Turnschuhe aus«, rief Kahlkopf. »Der Balken ist rutschig.«

Hanne verstand die Mahnung nicht. In ihren Ohren brauste es. Das kam nicht nur vom Rauschen des Wassers. Sie ruderte mit den Armen in der Luft und mühte sich, das Gleichgewicht zu halten. Behutsam setzte sie Schritt für Schritt. Die überströmende Flut drückte gegen ihre Füße. Sie schwankte, verhielt einen Augenblick, suchte sicheren Stand und schob sich weiter, noch immer aufrecht schreitend.

»Da staunt der Fachmann«, sagte Pepo. »Wer hätte ihr das zugetraut? Hat noch nie ein Mädchen gewagt.«

Wanze strich seinen Haarschopf zurück und kratzte sich im Nakken. Hannes Mut verschlug ihm die Spöttelei. »Wenn das bloß gut geht«, murmelte er.

»Sie kann ja schwimmen«, tröstete Purzel.

Unten, wo das Wehr begann, stand Roller wie erstarrt. Er sah Hanne rutschen. Sie beugte sich weit nach vorn. Ihre Hände griffen ins Wasser. Sie hockte auf dem Balken wie ein Käfer auf der Stange. Es gelang ihr, sich zu halten, aber sie kam nicht wieder hoch. Auf allen vieren krabbelte sie weiter.

Hanne hatte nicht nur den Kampf mit dem Wasser und dem

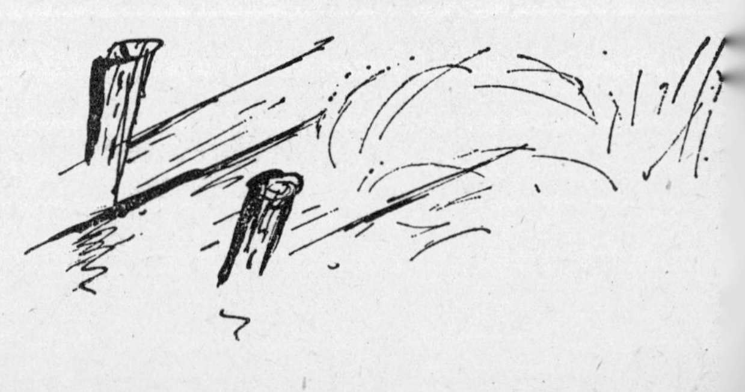

schlüpfrigen Balken zu bestehen; verbissen kämpfte sie mit sich selbst. Ob ich umkehre? Zurück ist es nicht weit. Nein, nein! Lieber stürzen wie Behnke aus der 8b. Das ist nicht so schlimm wie Aufgeben. Den Arm hat er verstaucht und das Kinn aufgeschlagen. Es kann gefährlicher ausgehen.

Ihre Glieder zitterten. Der Algenbelag auf dem Balken war glitschig wie Schmierseife. Sie hatte etwa die Hälfte der Wehrstrecke zurückgelegt.

»Vorsicht!« brüllte Roller. »Paß auf, die schwierige Stelle, da ist der Balken morsch!«

»Gleich wird sie baden gehen«, sagte Wanze. Purzel starrte mit offenem Munde auf Hanne. Ihr Atem ging so schwer, als müßte sie selbst die gefährliche Mutprobe bestehen.

Hannes Herz hatte stürmisch geklopft, als sie die ersten zögernden Schritte auf den Balken setzte. Sie hatte geglaubt, alle müßten das Hämmern in ihrer Brust vernehmen. Dann, als sie mit Not dem Abgleiten entgangen war und ihre Hände den Balken umkrampften,

raffte sie ihre Kräfte zusammen. Sie spürte das Herzklopfen nicht mehr und vergaß die Zuschauer hinter sich. Von links kam der Fluß auf sie zugeschossen, und rechter Hand rauschte er hinab. Unentwegt starrte sie auf den Balken im Wasser. Der blitzende Bogen des Gefälles drohte ihre Blicke, die Gedanken und alle Sinne hinunterzureißen in den brodelnden Schaum.

Vom Ufer hinter ihr erklangen Rufe. Hanne verstand nichts. Nur nicht umsehen, dachte sie, beugte schwankend das Knie, stützte es auf den Balken und rutschte weiter. Plötzlich brach dieser schmale, aalglatte Balken jäh ab. Da ertastete ihre Hand die Steine im Wasser. Sie schob den Fuß vor, richtete sich auf und wagte einen großen Schritt. Und nun balancierte sie von Stein zu Stein. Ihre Füße fanden den Balken wieder. Sie erreichte die Uferböschung und sank ins Gras, überrascht, daß sie es geschafft hatte. Ein schwieriges Stück, ging es ihr durch den Kopf, die Jungen haben recht.

Jenseits des Wassers schrien sie. Purzel fuchtelte mit den Armen und hüpfte umher. Die anderen lachten und winkten.

Hanne lächelte. Ich habe es geschafft! Vielleicht lassen sie mich jetzt in Ruhe.

»Fast sieben Minuten«, rief Roller. Er brüllte so laut er konnte: »Sieben, Hanne! Siiieben Mi-nu-ten, ich gra-tu-liiiere!«

»Immerhin, erster Mädchenrekord für unsere Klasse«, sagte Kahlkopf. »Jetzt sind wir dran. Los, Roller, hinüber.«

»Mal sehen, wer baden geht«, unkte Wanze.

## *Franks Rekordlauf*

»Ein sturer Dorfstoffel, ein speckiger«, hatte Roller gesagt, als Frank Brinkmann vor einem halben Jahr mißtrauisch und schweigsam in die Klasse gekommen war. Und die meisten Schüler hatten sich bedenkenlos Rollers Meinung untergeordnet.

Der Neue hatte eine viel zu weite Jacke an. Die mochte von seinem Vater stammen. Kragen, Taschen und Ellbogen glänzten speckig. Sie nannten ihn »Speckfrank«. Das war nicht nur ein Spitzname, wie ihn viele trugen, das war ein Urteil. Frank nahm es gelassen hin. Keiner wußte, ob er die Beschimpfung überhaupt heraushörte. Manche hielten ihn für dickfellig. Anderen war er unheimlich in seiner trotzigen Verschlossenheit. Die meisten verachteten ihn wegen seines schäbigen Äußeren. Ehrgeiz zeigte er nicht; er tat sich in keiner Weise hervor. Er prahlte nie, so daß sie ihn nicht einmal richtiggehend verlachen oder mit ihm streiten konnten. Sie wußten nichts mit ihm anzufangen. Aber niemand forderte ihn heraus, dazu erschien er zu gefährlich. Sie sahen einfach über ihn hinweg. Wie es bei ihm zu Hause stand, wußten sie nicht. Nur einer wußte es: Pepo.

Frank Brinkmann wohnte mit seiner Tante Hedwig und zwei jüngeren Geschwistern in dem alten Gartenhaus am Stadtrand, das die verstorbenen Großeltern hinterlassen hatten. Nach dem plötzlichen Tode der Mutter hatte Vater Brinkmann, Hedwigs Bruder, die drei verwaisten Kinder aus dem Heimatdorf in die Stadt gebracht, und ihnen war, als habe man sie aus einem behaglichen Traum gerissen. Die Stadt mit ihrem geschäftigen Treiben erschien Frank wie ein Wespennest. Da summten und hasteten unglaublich viele Wesen zwischen den Häuserzeilen. Sie glotzten und knurrten ihn feindlich an, wenn er Dinge tat, die ihnen nicht behagten. Sie stachen mit Worten und Gebärden, mit Gleichgültigkeit und Verachtung nach ihm, dem Fremden, der in ihr Nest gekommen war. Das begann morgens bei Tante Hedwig. Das ging in der Schule weiter. Und das endete nicht am Nachmittag auf der Straße und nicht am Abend im Gartenhaus, wo Hedwig Hilpert scheltend waltete. Der Vater, auf auswärtigen Baustellen arbeitend, hatte sich seit dem Einzug seiner Kinder in Eulenberg nicht mehr sehen lassen. Oft genug erwähnte die Tante, daß wohl bald eine Stiefmutter kommen und sie verdrängen würde.

Die Geschwister waren einander fremd geworden. Frank kümmerte sich jetzt, da er ständig Ermahnungen und Anordnungen zu hören bekam, nicht mehr um seinen Bruder Klaus und auch nicht mehr um Klein Katrin. Tagsüber war er fort; denn sobald er sich sehen ließ, saß ihm Tante Hedwig mit befehlendem Gezeter im Nakken.

Das Neue hatte wie Nebel, der sich nicht lichten wollte, um Frank gestanden. Er hatte sich krank gefühlt vor Sehnsucht nach seinen Dorfkameraden. Das Stadtleben war ihm trostlos erschienen, und er hatte sterben wollen; denn Geld für die Rückreise in das weit entfernte Dorf besaß er nicht. Mit dem Sterben aber wollte es nicht so schnell gehen, wie es bei der Mutter gegangen war. Er mußte weiterleben, immer weiter, er war gesund und kräftig.

Pepo, der Sohn des jähzornigen Fuhrmanns, saß in der Schule neben ihm. Sie halfen sich im Unterricht, wo es ging. Beide waren nachlässig in ihrer Schularbeit, und das verschaffte ihnen ein erstes Gefühl tröstlicher, wenn auch abseitiger Gemeinsamkeit. Allmählich wurden sie Freunde. Sie kletterten miteinander über das Mühlenwehr, streiften durch die Aue und fingen Krebse in der Rietschke. Frank spürte, daß Fluß und Aue, Pastorlöcher und Rietschke etwas waren, wofür sich weiterzuleben lohnte. Sein Dorf jedoch konnte er nicht vergessen. Der Gedanke, wieder dorthin zurückzukehren, verließ ihn lange nicht. Aber auf den weiten Wiesen und an den Flußufern begann er sich wohl zu fühlen. Das war seine Welt, für die er lebte. Da konnte er Indianer sein oder Jäger, manchmal auch Entdekker. Im Winter, wenn die Eisschollen trieben, war er Eskimo. Pepo wagte sich nicht weit auf die brüchigen Schollen, aber er war Frank, der Häuptling. Er ging immer voran. Das Mühlenwehr hatte er sich auch erobert. Jeden Fußbreit kannte er dort. Noch nie war er abgestürzt bei seinen Kletterversuchen. Und bald lief er so sicher über den Wehrbalken, wie er in seinem Dorf über das Geländer der Grabenbrücke balanciert war.

Was sollte Frank schon von Roller halten? Der war ein geriebener Bubi in seinen Augen, ein Großsprecher. Die Floßfahrt hatte es mehr noch als sein bisheriges Verhalten erwiesen. Über die Herausforderung zur Wehrpartie hatte Frank kein Wort verloren. Die ließ so einer wie Brinkmann nicht auf sich sitzen. Am Wehr rechneten sie gar nicht mehr mit seinem Kommen. Plötzlich aber, als Hanne auf dem Balken schwankte, stand er zwischen ihnen. Sie bemerkten ihn kaum in ihrer Aufregung. Als nach Hannes glücklicher Landung die Reihenfolge der Kletterer festgelegt wurde, sagte Frank: »Ich als letzter.« Ha! Er hat die Hose gestrichen voll, der Specker, dachte Roller und nahm sich vor, eine tolle Zeit hinzulegen.

Frank zog seine Speckjacke aus, setzte sich an die Böschung und beobachtete die Kletterer. Nur Pepo wußte, daß er den Wehrbalken genau kannte. Sie wechselten einen Blick stummen Einverständnisses. Pepo griente, und Frank prägte sich alle Schwierigkeiten der Kletterstrecke noch einmal ein.

Zur selben Stunde trottete der alte Krambusch mit krummen Knien der Mühlruine zu, wo seine Wächterbude stand. Neben ihm hinkte sein Freund Stoppelkalle über das Pflaster.

Seit alter, beinahe schon uralter Zeit verrichtete Krambusch im Stadtpark und in der verfallenen Mühle am Wehr sein Wächteramt. Er verkörperte, sozusagen halbamtlich und mehr auf eigene Faust, den gestrengen Teil einer längst entschwundenen Obrigkeit. Die blaue Wächterbinde am Arm und sein Eichenstock mit der langen Stahlspitze wiesen ihn dafür aus. Er war ein strenger Mann, der entschlossen eingriff, wo er die öffentliche Ordnung gefährdet wähnte. Edmund Krambusch sah sich oft genötigt, einzugreifen. Im Grunde seines Herzens war er friedfertig, und sein Diensteifer war häufig segensreich. Dennoch hatte er einen mächtigen Feind im Städtchen. Das war die Jugend aller Altersstufen. Dazu gehörten schon die Kleinen, die gerade trippeln und auf den Parkwiesen Blumen pflücken konnten, und auch noch die Halberwachsenen, die ihm grölend das Amt vergällten.

Betrüblich war das eine: Die Jugend verlachte nicht nur den eifrigen Wächter, sie nannte ihn auch »Schnüffel«, und zuweilen fürchtete sie ihn. Weniger den Mann, mehr seinen Stock.

Vor der Muldenbrücke, die knappe hundert Meter unterhalb des Wehres lag, blieb Edmund Krambusch stehen. Er blinzelte über das Wasser, wies mit seinem Krückstock nach dem Wehr und knurrte Stoppelkalle zu: »Die Lausewänster!«

Kalle nickte und rieb sich trübe grinsend das Kinn.

»Zum Deibel noch mal!« schimpfte der Wächter. »Heute will ich einen von den Burschen schnappen.«

Kalle bekam seine Instruktion. Er hinkte über die Brücke der Mühle zu. Dort sollte er Krambuschs Pfiff abwarten und dann am Wehr auftauchen, um die Flucht der Kletterer nach der Mühlenseite zu verhindern. Krambusch schlich indessen durch die Uferbüsche. Der kurze Atem stieß ihm schnaufend aus der Brust, und seine Augen blitzten zornig.

Nach Hannes Kletterpartie hatten alle Jungen bis auf Frank das Wehr überstiegen. Die bisher beste Zeit von drei Minuten und fünfzehn Sekunden hatte Roller erreicht. Das war neuer Rekord. Wanze war

Schlechtester. Mit sechs Minuten lag er knapp unter Hannes Leistung. Damit war wieder einmal erwiesen, daß Wanze zu den Theoretikern zählte. Zwar wollte er alles besser wissen, aber mit dem Können haperte es sehr.

Jetzt sahen sie gespannt zu Frank, der drüben auf das Startzeichen wartete. Hinten, verdeckt von dem Gemäuer der Mühle, hockte Stoppelkalle. Keiner ahnte, was bevorstand.

»Werdet euch wundern«, sagte Pepo, »wie Frank loslegt.«

»Achtung, gleich halb!« brüllte Roller hinüber. Wenn er besser sein sollte, dann laufe ich noch mal, dachte er. Ach, ist ja Quatsch. Drei fünfzehn sind nicht zu schlagen, von keinem. Er hob seinen Arm. »Auf die Plätze – feeertig – los!«

Das Wasser sprühte um Franks Beine. Seine Füße berührten kaum den Balken, und dennoch setzte er die trippelnden Schritte so sicher, als hätte er Saugnäpfchen an den nackten Sohlen. Sein Oberkörper war nach vorn geneigt. Mit den seitwärts gehaltenen Armen balancierte er wie ein Seiltänzer. Die Knie waren leicht gebeugt und glichen federnd jede Körperschwankung aus.

»Jetzt hat er schon die Hälfte«, sagte Hanne. »Gleich muß er über die Steine.«

»Eins dreißig«, meldete Pepo die bisherige Zeit.

Frank hatte die brüchige Stelle des Balkens erreicht. Seine Füße tappten über die Steine im Wasser. Er trippelte nicht mehr, er lief auch nicht, er nahm die gefährliche Strecke mit drei, vier großen Sprüngen.

»Der muß Radargeräte in den Beinen haben«, sagte Karl der Kahle.

Schon hatte Frank das Ufer erreicht. Er blickte tief atmend zu Roller. Seine Augen blitzten. Du Pinsel, sagten die Augen, so wird es gemacht.

Indessen kam Krambusch näher. Sie sahen ihn nicht, alle sahen zu Speckfrank hin. Das Rauschen der Mulde übertönte die Schritte des schnaufenden Mannes in den Büschen.

Hanne blickte auf die Uhr. »Zwei Minuten, dreißig Sekunden.« Roller und Wanze verglichen die Zeit. Es war kaum zu glauben, aber es stimmte.

Pepo hieb Frank auf die Schulter. »Mann, hast alle geschlagen, auch den Rekordhalter!«

Frank spürte erst jetzt den Schmerz in seinem Fuß. Er stand auf einem Bein und untersuchte die verletzte Zehe. Pepo stützte ihn. Sie sahen keine Wunde, nur einen dunklen Punkt, aus dem das Blut tropfte. Ist nicht schlimm, dachte Frank und versuchte, fest aufzutreten. Zweieinhalb Minuten, das ist was. Das kann sich hören lassen, wenn auch die Zehe sticht.

»Halt!« rief Roller. »So nicht!« Er trat ans Wehr. »Speckfrank hat absichtlich bis zuletzt gewartet. Er wußte, worum es ging. Ich protestiere, ich ... ich laufe noch mal. Hanne und Wanze, ihr nehmt die Zeit.«

»Los!« brüllte Wanze und feixte. Er wußte, daß Roller wenig Aussichten hatte, Frank zu schlagen. Aber so ein Kampf war spannend, wenn man selbst nichts zu wagen hatte.

Roller sprang aufs Wehr und trippelte wie ein Besessener los. In diesem Augenblick war Krambusch heran. Er pfiff gellend und fuchtelte mit seinem Eichenstock. Hanne und die Jungen wichen ihm aus.

Roller war kaum vier Meter vom Ufer entfernt, als er Krambuschs Pfiff und das Geschrei in seinem Rücken hörte. Er stoppte seinen Lauf, drehte sich um. Hinter ihm stand drohend der Wächter. Fort, nur weiter, dachte Roller. Dieser alte Schnüffel kriegt mich schon lange nicht.

Am jenseitigen Ufer sah er die Mädchen davonrennen. Purzel kreischte und winkte. Was denn? Aha, Stoppelkalle! Abgeriegelt! Prost Mahlzeit – eine schöne Falle. Kein Mensch hat aufgepaßt. Er blickte zurück, dachte: Ob sie Krambusch fortlocken können! Aber der Wächter verließ seine Lauerstellung nicht, sosehr die anderen auch tobten.

Plötzlich schwankte Roller. Ein Stein unter seinem Fuß gab nach, rutschte weg und zog ihn wie ein Magnet in die Tiefe. Sein Herz krampfte sich zusammen. Er sah noch das Boot unten am Ufer des Wehrbeckens. Was denn? blitzte es durch seine Gedanken, und: Wo kommt denn das Indianerkanu her? Dann drehte sich die Welt wie ein Riesenrad vor seinen Augen.

## *Das Kanu am Mühlenwehr*

Unterhalb des Wehres, wo die Schaumflocken wie Watte auf den Strudeln tanzten, hatten vier Kanufahrer mit ihrem Boot angelegt. Zwei von ihnen waren mit Wassersack und Einkaufsnetz der Stadt zugegangen. Hein, der Steuermann, und das Mädchen Regina, beide Studenten wie ihre Gefährten, waren am Ufer geblieben. Sie hatten das Boot an Land gezogen und Frank bei seinem Rekordlauf beobachtet.

»Ein toller Bursche«, sagte Regina. »Ich hätte nicht geglaubt, daß er es in diesem Tempo bis herüber schaffen würde.« Sie half Hein beim Ausladen des Bootes, das sie um das Mühlenwehr tragen mußten.

Da kam Krambusch aus den Büschen und bedrohte Roller. Hanne und die Jungen stürmten den abschüssigen Pfad zum Wehrbecken hinunter. Bei den Uferweiden, wo das Kanu der vier Studenten lag, blieben sie stehen und lärmten. Sie sahen Roller oben unschlüssig balancieren. Er drehte sich, schwankte, und plötzlich kippte er seitlich ab. Im Fallen krümmte er sich wie eine Katze zusammen. Der Wasserbogen verschluckte ihn. Unten, auf den schrägen Planken, tauchte er wieder auf und glitt den Strudeln zu. Er bekam einen Pfahlstumpf zu fassen. Das Wasser wirbelte gegen seinen Körper, aber Roller hatte sich festgeklammert.

»Ich hole ihn«, sagte Hein, der Kanufahrer, und schob das Boot ins Wasser. Regina wollte mitfahren. Hein wehrte ab: »Die Strudel sind gefährlich … und die Steinbrocken im Becken … genug, wenn es einer riskiert.«

Frank dachte nicht mehr an die schmerzende Zehe. Er packte ein Paddel, sprang zum Kanu. »Nimm mich mit! Ich kenne das Wehr. Der da, der ist nämlich aus meiner Klasse.«

Hein sah den sommersprossigen Jungen zweifelnd an. »Kannst du schwimmen?«

»Klar, bin Fahrtenschwimmer.« Die anderen bestätigten es, und Hein ließ Frank einsteigen.

»Halt«, kreischte plötzlich eine Stimme hinter ihnen. »Raus da! Ist verboten, alles verboten.«

»Der Schnüffel«, entfuhr es Wanze.

Krambusch kam angejapst. Sie wichen zurück, nur Regina blieb stehen. Krambuschs Stock mit der Stahlspitze wies auf das Uferschild. Das trug die Aufschrift: Betreten des Wehres verboten, Lebensgefahr!

»Könnt ihr nicht lesen?« brüllte der Wächter. »Weg vom Wasser! Raus aus dem Boot, sonst wird es beschlagnahmt!« Er pochte mit dem Knüppel auf die Bordleiste und schnaufte wütend.

»Hände weg von dem Kanu«, entgegnete Hein, »und immer schön sachte. So schnell wird nicht beschlagnahmt.«

»Firma Schnüffel und Stoppelkalle macht so was aus dem Handgelenk«, sagte Wanze.

Krambusch wurde blaß. Er sah sich um, schnappte nach Luft und deutete auf seine Armbinde. »Ich … ich bin hier Wächter, das wißt ihr wohl. Den da …«, er blickte drohend zu Roller, der wie festgenagelt an seinem Pfahl hockte, »den kriegen wir heute. Und die anderen Lausekerle, die hier immer herumturnen, die kriegen wir auch noch.«

»Erst mal können!« rief Wanze, warf einen sichernden Blick um sich und ging vorsichtshalber noch einen Schritt zurück.

»Wir wollen doch nur dem Jungen helfen«, erklärte Regina. »Sie sehen doch, daß er ...«

»Nichts da!« kläffte Krambusch und maß sie mit einem vernichtenden Blick. »Ist alles verboten am Wehr.« Er fuchtelte mit dem Stock, und Speichelflöckchen sprühten aus seinem Munde.

»Den Knüppel weg«, sagte Hein.

»Du hältst das Maul, sonst gibt es was!« herrschte ihn der Wächter an.

Hein erhob sich von seinem Bootssitz. »Vatting, du mußt dir abgewöhnen, mit deinem Prügel zu drohen. Die Zeiten sind schon lange vorbei. Keiner wird mich hindern, den Jungen zu holen. Du nicht, und dein Prügel erst recht nicht.«

Krambusch war verblüfft, daß Hein ebenfalls »du« zu ihm sagte und einen so entschlossenen Ton anschlug. Er wurde unsicher. »Wenn Sie ...«, er sagte wahrhaftig »Sie«, alle hörten es staunend, »wenn Sie ans Wehr rudern, machen Sie sich strafbar. Ich ... ich hole die Polizei.«

Regina trat auf den Alten zu. »Haben Sie denn gar keine Vernunft? Sie sehen doch, daß der Junge sich kaum noch halten kann. Soll er vielleicht in den Strudeln ertrinken?«

»Meinetwegen. Geschieht ihm ganz recht. Eher lassen sie ihre Pfoten doch nicht vom Wehr.«

Krambuschs Gesicht war verzerrt. Seine Hände zitterten. Jahrelang hatte sich in ihm der Ärger über das Treiben der Jungen angestaut. Unzählige Male hatten sie seinen Eifer verlacht, hatten ihn immer wieder gereizt und von neuem herausgefordert. Jetzt war ihm einer von diesen Quälgeistern hilflos ausgeliefert, und der Wächter, erfüllt von der Macht seines Amtes, verlor jegliche Vernunft. Zorn und Erbitterung beherrschten ihn. Den Jungen dort auf den Planken, den mußte er haben.

»Hein«, sagte Regina, »mit so einem rede ich kein Wort mehr.«

»Denkst du, ich?« brummte Hein und nickte Frank zu. Sie stießen vom Ufer ab.

Von dem Kreis der Zuhörer wich die Erstarrung.

Ein richtiges Indianerboot ist das, dachte Pepo. Und leicht! Hein hat es allein ins Wasser gesetzt. So ein Ding müßte ich haben, ich und Frank, Junge, Junge! Er stieß Kahlkopf an. »Liegt prima im Wasser, was? Das ist ein Kahn!«

»Kahn?« antwortete Karl der Kahle. »Wenn das ein Kahn sein soll, bist du eine Vogelscheuche. Guck bloß, wie die abrauschen. Das ist schon ein halbes Rennboot, Mann.«

Der Bug des Kanus schnitt in die Schaumschicht. Wie Pudding pappte der weiße Brei an den Bordwänden. Frank saß vorn. Er paddelte mit allen Kräften. Und er hatte Kräfte, der Speckfrank, man sah es.

Hein steuerte schräg auf die Planken zu. »Weiter so«, rief er, »wir schaffen es.«

Roller spähte nach dem Kanu, das sich langsam näher schob. Er wagte keine Bewegung. Seine Arme und Beine waren steif und gefühllos. Hinter ihm toste und sprühte der Wasserfall. Am Ufer brüllten die Jungen. Die kreuzbrave Johanna brüllte tüchtig mit. Krambusch spie Gift und Galle. Die Steine, dachte Roller. Sie werden nicht herankommen. Ich muß den richtigen Moment abpassen. Mal versuchen, wie es am besten gehen wird.

Er lockerte seinen Griff um den Pfahl, wollte die Beine ein wenig strecken, aber die Flut zerrte, und die Planken waren glatt wie eine Rutschbahn. Er mußte steif hockenbleiben. Keuchend äugte er nach den Rettern.

Das Kanu war nur wenige Meter entfernt. Es glich einem scheuenden Roß, es wippte und tänzelte auf den Strudeln. Hein wollte beidrehen und längsseits der Planken anlegen. »Achtung«, schrie er, »Gewicht gegen den Strom verlagern!«

Das Manöver mißlang. Kippelnd neigte sich das Boot. Wasser schwappte über Bord. Sie mußten den Bug gegen die Wellen richten, um nicht zu kentern. Sechs, acht Meter trieb das Kanu zurück, ehe sie es wieder in der Gewalt hatten. Erneut schoben sie sich gegen die Strudel vor.

»Aufpassen!« rief Hein. »Wir können nur mit dem Bug ran. Er muß über die Bootsspitze klettern.«

»Roller, hast du verstanden? Über die Bootsspitze!« brüllte Frank so laut, daß selbst die am Ufer es hörten.

Roller schätzte die Entfernung. Zwei Meter – anderthalb – jetzt? Nein, abwarten! Er hörte nicht das Knirschen, als der Bug gegen den Steinbrocken im Wasser stieß. Der Bootsrumpf erzitterte. Franks Füße wurden naß. Erschrocken blickte er auf das eindringende Wasser. Auch Hein sah das Leck. »Los!« schrie er. »Wir müssen zurück.«

Am Ufer hielten sie den Atem an. Selbst Krambusch hörte auf zu zetern. Roller wollte springen, aber seine Beine waren bleischwer. Sie gehorchten nicht mehr seinem Willen. Er ließ den Pfahlstumpf los, rutschte auf den Knien abwärts, stieß gegen die Steine und kippte vornüber. Im Fallen versuchte er, sich abzudrücken, und seine Hand erwischte die Kanuspitze.

»Rückwärts – streichen!« kommandierte Hein.

Roller hing am Bug und wurde durch den Schaumbrei gezogen. Er mühte sich, mit einem Klimmzug an der Spitze hochzukommen. Seine Haare trugen eine weiße Haube, auch die Schultern waren schaumbedeckt. Er sank wieder zurück. Nur die Arme blieben oben, der Kopf war nicht mehr zu sehen.

»Er beißt sich durch die Schlagsahne«, sagte Wanze am Ufer und schielte zu Krambusch hin. »Abstand, Kinder! Privatdetektiv Schnüffel sieht seine Beute entschwinden.«

Boot ist leck, wollte Hein Regina zurufen, da sah er den hartnäckigen Alten lauern. »Setz dich um«, sagte er zu Frank, »wir lassen das Heck vorn und paddeln noch ein Stück stromab. Bis an die Brücke werden wir deinen Freund schleppen können.«

Das eingedrungene Wasser schwappte schon um ihre Knöchel, dennoch gelangten sie schneller zur Brücke als der Wächter. Ehe Krambusch herankam, hatten sie Roller ans Ufer gebracht. Der Verunglückte war mit Hautabschürfungen und einer Prellung der Hüfte davongekommen. Er hinkte die Böschung zur Straße hinauf, verbarg sich hinter dem Stamm einer Linde und beobachtete den Wächter. Der stand am Ufer, wo Hein und Regina die gesplitterte Bordwand untersuchten. Die beiden beachteten den knurrenden Alten nicht, und die übrigen hielten sich aus der Reichweite seines Stockes. Wanze solle endlich das Spottmaul zumachen und den Mann in Ruhe lassen, gebot Hein.

Als die beiden anderen Kanufahrer vom Einkaufen zurückkamen, berichtete Regina, was geschehen war. »Werden heute nicht mehr weiterkommen«, sagte sie. »Hein braucht Werkzeug, Leinewand und schnelltrocknenden Lack. Wir müssen hier zelten.«

»Zelten ist verboten«, sagte Krambusch.

Roller auf der Straße oben hörte alles, und er wußte sogleich einen Ausweg. Er pfiff.

Karl der Kahle und Pepo kamen.

»Ich habe eine Idee«, sagte Roller zu ihnen. »Sie können bei uns im Garten zelten und das Kanu reparieren. Ist doch klar, daß wir ihnen helfen. Kahlplatte, du holst Werkzeug von deinem Vater. Frag Hein, was er braucht. Ich besorge Lack und spreche mit meinen Eltern. Wäre doch gelacht! Krambusch soll in die Röhre gucken.«

Krambusch guckte nicht in die Röhre. Er gab sein Schimpfen auf, da es keine Wirkung hatte, und betrachtete Heins Kanu sehr genau. »Haben Sie das gebaut?« fragte er.

Hein merkte, daß der Mann etwas von Booten verstand. Er nickte. »Wir vier haben es gebaut.«

»Die da … die Fräuleins auch mit?«

Die beiden Mädchen lächelten. Fräuleins! Erst kläfft er wie ein Köter, nun kommt er von dieser Seite.

Krambusch dachte an seine Lehrzeit. Vor dem ersten Weltkrieg, ehe ihn bei Verdun der Kopfschuß traf, hatte er Bootsbauer gelernt. Die ständigen Kopfschmerzen hatten ihn für seinen Beruf untauglich gemacht, und er war Parkwächter geworden. Das war ein Notnagel, ein recht erbärmlicher. Der Mann war seither unglücklich. Wohl hatte er nebenher noch manches Boot gebaut, denn er hing an seinem alten Beruf, aber es ging ihm immer schlechter von der Hand. Er wurde schrullig und bissig. Die Nebenarbeit in seinem Schuppen hatte er längst aufgegeben. Das alles ahnten Hein und die anderen nicht. Sie hielten es seiner Verschrobenheit zugute, daß er jetzt friedfertig den sauber gearbeiteten Bootsrumpf prüfte. Er fragte dies und jenes. Viele Erinnerungen, schon verblaßt und halb vergessen, tauchten in ihm auf. Die verhaßten »Lausewänster« schien er gar nicht mehr zu sehen.

»Aufpassen«, flüsterte Wanze. »Das ist bloß eine Masche.« Wanze irrte sich. Krambuschs Gedanken war weit weg. »Verdammt noch mal ...«, brummelte er vor sich hin. Regina befürchtete einen neuen Zornausbruch. Aber der Alte starrte sinnend auf das Kanu. Seine Augen waren feucht, oder täuschte sich Regina?

»Ja, Leute, zelten dürft ihr hier nun mal nicht«, sagte Edmund Krambusch. Und dann stapfte er zur Brücke hinauf, ohne sich noch einmal umzusehen. Verdammt, dachte er, ein Schnäpschen muß ich mir heute leisten.

Familie Helfring saß beim Abendessen, als Roller hereingestürmt kam. Sein Gesicht glühte. »Mutter«, stieß er hervor, »ich bin ... ich habe ...«

»Du bist wieder mal unpünktlich«, sagte Herr Helfring scharf, »und siehst aus wie ein Ferkel, das sich im Schlamm gewälzt hat.« Er wendete sich zu seiner Frau. »Kriegt kein Abendessen heute, damit er endlich lernt, was sich gehört. Seine faulen Ausreden kann er sich sparen.«

Rollers verschwitztes Gesicht wurde blaß.

»Vati böse ... nicht böse ...«, plapperte die kleine Inge.

Frau Helfring schüttelte den Kopf. »Iß schön weiter, Ingelein«, flüsterte sie und sah betrübt von ihrem Jungen zu dem Mann hin.

»Hausaufgaben gemacht?« fragte der Vater.

»Ja, nur ... nur den Aufsatz will ich noch mal schreiben. Der ist aber erst übermorgen dran.«

»Unsinn. Du sollst deinen Kram gleich erledigen, nicht immer aufschieben und Ausreden suchen.«

»Er ist ja fertig. Ich will aber einen anderen schreiben ... einen besseren ...«

»Was denn? Weißt du nicht, was du willst, oder schreibst du, was dir gerade paßt?«

Roller schwieg. Das Ticken der Wanduhr dröhnte in seinen Ohren. Wenn Vater ihnen nun das Zelten verbietet? Dann bin ich aufgeschmissen. Sie sind vielleicht schon unterwegs zu uns.

»Antworte gefälligst!«

Ich will ihn nicht noch mehr ärgern, nahm sich Roller vor und sagte: »Mir ist etwas anderes eingefallen. Ich will von einer Kanufahrt schreiben. Das Thema ist uns freigestellt. Ein Erlebnis soll es sein.«

Kanufahrt? dachte Vater Helfring. Was ist das wieder für eine Idee? »Waschen«, befahl er, »und dann gleich ins Bett!« Roller wußte, daß ihn der Vater jetzt nicht anhören würde. Er schlich hinaus.

Die Mutter ging ihm nach, und der Mann runzelte mißbilligend die Stirn. Als Frau Helfring aus der Küche zurückkam, warf er ihr vor, daß sie seine Maßnahmen durchkreuze und den Goldsohn verwöhne.

»Du hast ihn nicht einmal angehört«, entgegnete die Mutter und erzählte, was am Wehr geschehen war.

»Soso«, brummte Herr Helfring und dachte: Mir sagt er es nicht. Daher also das neue Aufsatzthema! »Rolf«, rief er, »komm mal zu mir.« Roller kam, Hoffnung in den Augen. Er sprudelte hervor, was er vorhin nicht hatte sagen dürfen.

»Woher sind die Bootsfahrer? Wie alt? Beruf?« fragte der Vater.

Roller wußte keine Antwort. Nicht einmal die Familiennamen konnte er nennen. »Ich glaube, sie sind in Ordnung«, sagte er leise, um den Vater nicht noch mehr zu erzürnen.

»Du glaubst … jaja. Wissen muß man so etwas, begreife das endlich …«

»Ich weiß es.«

Die Mutter mischte sich ein: »Sie sind auf dem Wege hierher. Wir können sie doch nicht wegschicken, wenn es so ordentliche junge Leute sind. Und … Rolf hat sie eingeladen.«

»Eigenmächtigkeit«, knurrte der Vater.

»Oder Selbständigkeit … und Gastfreundschaft. Sie haben ihm geholfen. Es wäre traurig, wenn unser Junge nicht zu gleichem bereit wäre.«

Herr Helfring stand auf, zündete sich eine Zigarre an. Das war ein gutes Zeichen für Roller. Vater paffte blaue Wolken in die Stube und marschierte wie ein wandelnder Schornstein auf und ab. »Diese blödsinnige Spielerei am Wehr«, schimpfte er vor sich hin. »Bei der letzten Elternversammlung haben wir uns die Köpfe heiß geredet über eure Klasse ... ich habe dir die Dummheit klargemacht ... und nun? Wieder das Wehr, das alte Lied!«

»Ich klettere dort nicht wieder, Vater, bestimmt nicht. Mag Brinkmann seinen Rekord behalten.«

Vater Helfring sah seine Frau mit den Augen zwinkern. »Meinetwegen«, sagte er, »macht, was ihr wollt mit euren Kanufahrern. Ich habe zu tun.«

Roller stürmte hinaus.

## *Spuk und Träume*

Wie ein Lampion stand die blasse Scheibe des Mondes über Helfrings Garten. Der letzte Schimmer des Tages war im fahlen Dämmerlicht zerflossen. Die Nacht breitete ihren Schleier über die Stadt.

Hein kroch ins Zelt. Soeben hatten sich die Mädchen und Jungen aus Rollers Gruppe verabschiedet. Fast alle waren von dem Boot im Garten herbeigelockt worden, nur Pepo hatte nicht kommen dürfen. Sie hatten beim Zeltbau geholfen, hatten die Luftmatratzen um die Wette aufgeblasen. Mit vielen Fragen waren die vier Kanufahrer bestürmt worden. Mutter Helfring hatte heißen Tee gebracht und die Gäste ihres Jungen begrüßt. Roller und Frank und Karl der Kahle waren Hein bei der Bootsreparatur zur Hand gegangen. Der ehemalige Zimmermann Hein hatte von dem Kanubau erzählt. Steven und Spanten, Bordwand und Bespannung waren von den Jungen gründlich untersucht worden, gründlicher noch, als es Krambusch nach Rollers Rettung getan hatte. Frank und Roller hatten sich von dem Kanu nicht trennen können. Erst als Frau Helfring zum drittenmal aus dem Küchenfenster gerufen und zu schelten begonnen hatte, waren sie gegangen.

Hein gähnte. Die drei anderen schliefen schon. Er löschte das Kerzenlicht der Zeltlaterne und legte seine Decke um sich. Der Leinewandflicken auf der reparierten Stelle muß noch einmal überlackiert

werden, grübelte er. Ich werde beizeiten aufstehen. Wir müssen morgen ein gutes Stück schaffen. Blöde Sache mit der Panne, gleich am zweiten Urlaubstag. Ging aber nicht anders, konnten doch den Burschen nicht sitzenlassen. Na, Regina ist nicht böse über die Fahrtunterbrechung. Macht ihre Studien an diesen Typen. Er lachte vor sich hin. Sehen anders aus in freier Wildbahn, die lieben Kinderchen. Ganz anders, mein künftiges Fräulein Lehrerin!

Sie schlief fest, die Studentin Regina, sie ahnte nichts von Heins Gedanken. Der grübelte weiter. Sie wird schon verdienen, wird eine Klasse solcher Rangen unterrichten, ehe ich mein Ingenieurdiplom in der Tasche habe. Diese ewige Schulbanksitzerei! Was denn? Regina studiert schon länger als ich. Nein, die murrt nie, die ist unermüdlich fleißig. Jawoll, Hein Kraftmeier! Von dem Mädchen kannst du allerhand lernen. Wenn sie die Leistungsprämie nicht bekommen hätte, wäre Essig aus den Luftmatratzen geworden. Liegt sich prima auf den Dingern. Vielleicht brauchen wir im nächsten Jahr das Zelt nicht mehr zu borgen. Das können wir schaffen, wir vier. Und dann auf dem Wasserwege zur Ostsee, die großen Schiffswerften besichtigen, das Meer kennenlernen. Die See, auf der einmal meine Schiffe fahren werden. Schiffe, die ich mit konstruiert und gebaut haben werde.

Er drehte sich auf die Seite, aber der Schlaf wollte nicht kommen.

Frank stand im Schatten der Mauer, die Helfrings Gartengrundstück zur Straßenseite hin begrenzte. Bei seinem Weggehen hatte Roller hinter ihm das Tor verschlossen. Ein paar Schritte war Frank noch gegangen und dann zurückgekehrt. Er lauschte, wartete. In seiner verletzten Zehe pochte es. Er wollte den Schmerz vergessen, aber der tickte im Blute wie ein Uhrwerk. Bis zum Knie spürte er das Stechen. Die Zehe ließ sich kaum noch bewegen.

Der Mond kroch höher, unmerklich fast, langsam wie eine Schnecke. Frank starrte hinauf. Ob man sehen kann, wie er steigt?

Vor seinen Augen begann es zu flimmern. Er sah schon mehrere Monde nebeneinander, aber die eine helle Scheibe stieg nicht höher. Er streckte den Arm aus, winkelte das Handgelenk ab und hielt die Fläche der Hand zwischen den Mond und die dunkle Kirchturmspitze. Im Zeichenunterricht hatte er diese Art des vergleichenden Messens gelernt. Die Entfernung zwischen Mond und Kirchturmspitze war gerade so hoch, wie seine Handfläche breit war.

Er ließ den Arm sinken. Eine halbe Stunde, dachte er, dann werden sie schlafen.

Zwei Gestalten kamen auf der anderen Straßenseite. Frank drückte sich an die Mauer, bis sie vorüber waren. Sie hatten ihn nicht bemerkt. Er hockte sich nieder, preßte seine Hände um den schmerzenden Fuß und zählte murmelnd bis tausend. Immerfort dachte er an das Kanu. Als die Rathausuhr zehn schlug, hielt er seine Hand wiederum vergleichend an die Turmspitze. Tatsächlich, der Mond war höher gestiegen. Kaum einen halben Finger breit, aber gestiegen war er.

Frank trat zurück, lief an, sprang. Die Zehen des gesunden Fußes krallten sich in die Fugen, die Hände erreichten den Mauerrand. Er zog sich hoch und spähte hinüber. Im Garten war es still. Er sah den Zeltgiebel und daneben das Kanu.

Auch Hein hatte die Schläge der Rathausuhr gehört. Plötzlich, schon im ersten Halbschlaf, vernahm er draußen ein Rascheln. Schritte tappten am Zelt vorbei. Das Geräusch verlor sich. Hein horchte. Nichts. Es war wieder so still wie vorher. Da – ein Schurren! Der Lauscher richtete sich auf. Das Boot! durchfuhr es ihn. Er kroch zum Zeltausgang, öffnete und spähte hinaus. Draußen lag unverändert das Kanu, ein langer Schatten im Mondlicht. Hein bemerkte nichts Verdächtiges. Spinnerei, sagte er sich. Leg dich hin, alter Spökenkieker, bist müde! Er schob sich zurück und zog die Decke bis zum Kinn. Aber schlafen konnte er nicht. Hellwach lauschte er den Geräuschen der Nacht. Eine ferne Stimme drang zu ihm, verebbte im Schweigen der Gassen. Und die Nachtigall rief, wie sie vor einer halben Stunde schon gerufen und gelockt hatte.

Ich kann mich nicht getäuscht haben. Ein Rundgang durch den Garten wird es beweisen. Die Nacht ist mild. Vielleicht schlafe ich dann ein.

Er griff zur Taschenlampe und kroch hinaus.

Unter dem Boot lag eine gekrümmte Gestalt. Der Junge! Im Lampenstrahl sah Hein die speckige Jacke. Der Schlafende hatte die nackten Beine an den Leib gezogen, die weite Jacke verbarg ihn fast völlig. Sein Gesicht war der hinteren Bordwand zugekehrt. Hein lächelte. Dieser Bursche! Wecken? Nein, was soll ich jetzt mit ihm anfangen? Vielleicht ist er zu spät nach Hause gekommen und hat nicht reingekonnt. Wird seine Gründe haben, daß er sich hier einquartiert.

Leise zog er die Persenning aus der Bootsspitze, breitete sie über die reglose Gestalt und ging ins Zelt zurück.

Der Junge unter dem Boot schlief nicht. Er hatte Hein kommen hören. Sein Herz klopfte heftig. Er verbarg sein Gesicht und wagte kaum zu atmen. Als Hein ihn zugedeckt hatte und gegangen war, kuschelte er sich an die Kanuwand. Er fühlte sich wunderbar geborgen in seiner Bootshöhle, nur das Stechen in der Zehe störte ihn. Noch ehe er einschlief, gingen seine Gedanken voraus auf große Fahrt.

Das spärliche Mondlicht versank in den schon träumenden Augen des Jungen, und seine Lider fielen zu. Er sah den Urwaldstrom vor sich, silbrig schimmernd, drohend und verlockend zugleich. Affenherden und Riesenschlangen bedrängten den einsamen Entdecker, aber sein Kanu war schneller. Behend wich er den Alligatoren aus und überwand tosende Stromschnellen. Er kannte den Amazonas so gut wie die Mulde. Nur breiter war der wilde Strom, viel breiter. Das jenseitige Ufer war nicht zu sehen. Erregend fremd kam ihm alles vor und doch bekannt auf eine seltsame Weise.

Fräulein Trapp hatte ihnen einen Film vom brasilianischen Urwald vorgeführt. Die Bilder lebten weiter in Frank. Er stöhnte im Schlaf. Er war weit, weit weg.

Roller stand im Nachthemd an der Tür seines Zimmers und lauschte in den Flur. Aus dem Wohnzimmer hörte er ein Räuspern. Es roch nach Zigarrenrauch. Vater darf mich nicht erwischen, dachte er und huschte in die Küche. Die Dielen knarrten. Er hielt den Atem an, schlich behutsam weiter. Im Garten sah er das Boot liegen. Lange verweilte er am Fenster. Die Erzählungen der Studenten gingen ihm durch den Kopf, und immerzu starrte er auf das Kanu. Was war das? Er hängte sich weit hinaus. Unten bewegte sich eine Gestalt auf das Boot zu. Das ist doch – ja, die große Jacke –, das muß Speckfrank sein! Auf einmal war der da unten weg, verschwunden, wie vom Erdboden verschluckt. Roller spähte hinab, bis ihm die Augen schmerzten.

Gespenster? Träume ich denn?

Nichts bewegte sich mehr. Nur Schatten waren im Garten, nebelgraue und dunkle, ungewisse Schatten.

Wenn der Vogelruf nicht wäre, wenn ich das alles da unten nicht kennen würde, müßte ich an Geister, an Mondnachtgespenster glauben.

Er dachte fortwährend an Gespenster. Er wollte es nicht. Verlachen wollte er die blöden Gedanken, doch sie kamen immer wieder. Sie ließen sich nicht abschütteln. Jetzt erschrak er aber richtig. Wieder die Gestalt! Nein, eine andere, größer als Speckfrank. Döskopf! sagte er sich, das ist doch Hein. Und Frank? Ist das vorhin Frank gewesen?

Er tappte in sein Zimmer zurück und lag noch wach, als die Uhr elf schlug. Ob Vater noch drüben sitzt? dachte er, stieg aus dem Bett und schaltete das Licht wieder ein. Er nahm das Lexikon vom Bücherbord und suchte. H – I – J – K, K, da stand es: Kanu oder Kanoe (aus der Indianersprache), leichtes Boot der Naturvölker, mit Tierhäuten oder Rinde bekleidet; Kanadier sind moderne Sportboote aus Holz.

Wie haben die Indianer ihre Boote wasserdicht gemacht? grübelte Roller. Kajak! fiel ihm ein. Die Eskimos bespannen ihre Kajaks mit Seehundsfellen. Die haben keinen wasserfesten Kaltleim, nicht einmal Schrauben kennen sie, und doch sind ihre Boote fest und dicht.

Das Licht in Rollers Zimmer brannte die ganze Nacht. Er war eingeschlafen, das dicke Buch neben sich. Alle Gedanken und Wünsche, die ihn an diesem Abend mit den Bootsfahrern überkommen hatten, sah er im Traum verwirklicht.

Es war gar nicht so schwierig mit dem Kanubau. Sie hatten sich eine Werft eingerichtet. Er mußte das Material beschaffen. Holz, Schrauben, Leim – alles war teuer. Woher sollte er das Geld nehmen! Die Sparbüchse! Auf Zehenspitzen schlich er zum Schrank, wo die Blechdose mit seinen Spargroschen verwahrt wurde. Die Dielen knarrten unter seinen Schritten, so behutsam er auch ging. Hastig schüttelte er das Geld aus dem Sparschlitz. Mit dem Taschenmesser half er nach. Die Münzen kollerten heraus wie die Dukaten beim Märchenesel Bricklebrit. Einige fielen zu Boden, und Roller erschrak, denn niemand sollte es erfahren. Ihm wurde heiß vor Angst, er sah die Mutter am Fenster stehen. Sie rührte sich nicht, sie sah ihn nur traurig an. Schnell schob er das Geld in die Tasche. Die wurde so schwer, daß er sich kaum noch bewegen konnte. Er wollte laufen und kam doch nicht voran. Rätsch – rätsch! ächzten die Dielen.

Auf der Bootswerft empfing ihn Hanne mit Vorwürfen. Das Geld nütze gar nichts, sagte sie, ein kluger Kopf und fleißige Hände seien mehr wert als alles Gold der Erde. Da warf er die Geldlast von sich. Purzel kroch auf dem Boden umher und sammelte die Münzen auf.

Kahlkopf arbeitete an der Bandsäge. Plötzlich schrie er auf und kippte um. Er hatte sich den Daumen abgesägt. Sein Blut tropfte auf die Hölzer. Irene und Pepo trugen ihn fort. Wanze war totenblaß geworden. Er wollte nicht mehr mitmachen, er schimpfte und jammerte. Speckfrank trieb ihn mit einem Knüppel aus der Werft.

Roller schnitt an Kahlkopfs Stelle weiter. Brett um Brett schob er unter die blitzenden Zähne der Säge. Die fertigen Stücke stapelten sich zu einem gewaltigen Berg. Eine ganze Flotte wollten sie bauen. Hanne mußte die Teile ordnen und für jedes Boot einen Namen finden. Da fuhr ein betäubendes Surren in Rollers Ohr. Das Band der Säge war gerissen und zuckte wie ein Blitz durch die Werft. Alle rannten fort, nur Hanne blieb. Sie fügte die zugeschnittenen Teile ineinander.

Es war Nacht, als sie das erste Kanu fertig hatten. Roller trug es zum Fluß. Der Himmel war brandrot. Sturmwind peitschte das Wasser und trieb Roller mit dem Kanu stromab. Er hörte Hanne hinter sich rufen. Sie stand am Ufer, hielt ein Paddel in der Hand, das er vergessen hatte. Sie winkte. Tränen rannen über ihr Gesicht. Er versuchte, mit den Händen zu paddeln und das Kanu zu wenden, aber der Strom riß ihn weiter. Die Wellen gingen hoch. Das Boot

schwankte. Ein Schreck durchfuhr ihn. Er sah, wie das Wasser hereinquoll. Das Kanu ist undicht! Es sank immer tiefer, bis nur noch Bug und Heck aus dem Wasser ragten. Vor ihm toste das Wehr. Es war ein riesiger Wasserfall geworden. Er stürzte in eine dunkle Tiefe. Die Angst würgte ihn. Er fiel und fiel.

»Rolf«, rief Frau Helfring, »es ist Zeit zum Aufstehen, komm! Du willst doch deine Freunde zum Fluß begleiten.«

Roller schrak auf, blickte verstört um sich.

»Junge, du bist ja total verschwitzt. Bist du krank?«

Roller gähnte. Er war gesund, nur ausgeschlafen hatte er nicht. Sinnend saß er im Bett. Was ist bloß aus dem Kanu geworden, das wir gebaut haben? Gebaut? Wie haben wir denn das fertiggebracht?

Die Uhr schlug sechs. Er sprang aus dem Bett.

## *Ein Plan wird geschmiedet*

Roller sah, wie die Gäste im Garten das Zelt abbauten. Er beugte sich aus dem Fenster, wollte ihnen einen Morgengruß zurufen, da erkannte er Frank Brinkmann. Nanu, das Gespenst? Ist er es gestern abend doch gewesen?

Hastig stopfte er den Rest seines Brötchens in den Mund, nahm die Schulmappe und sauste die Treppe hinunter. Er begrüßte die Freunde. Frank, ungewaschen, struwwelköpfig, lachte ihn an. »Schon da?« fragte Roller.

»Bin immer noch da«, sagte Frank und biß in ein Schmalzbrot, das ihm Regina gegeben hatte. Er war so vergnügt, wie ihn Roller nicht kannte. Das Pochen in seiner Zehe hatte nachgelassen. Nur wenn er auftrat, schmerzte der Fuß. Die weißen Blutkörperchen werden schon siegen, dachte Frank.

»Er ist bei Nacht und Nebel herangeschlichen wie ein Indianer«, erklärte Hein. »Hat unter dem Boot gepennt, der Bursche. Sagt, er habe hier besser geschlafen als zu Hause im Bett.«

Roller hätte so gern einmal draußen übernachtet, aber Vater und Mutter erlaubten es nicht. Er dachte: Was ich mir gestern heimlich gewünscht, was ich niemand zu sagen gewagt habe, das hat Speckfrank – unter dem Kanu – in unserem Garten getan.

Er sah auf die ausgefranste Hose des anderen, auf die speckige Jacke, in das sommersprossige Gesicht, und er mußte daran denken, wie sie ihn bisher verachtet hatten. Nein, er ist was wert, so schäbig er auch aussieht. Er kann besser paddeln als ich, er war schneller auf dem Wehr, und gestern hat er mich mit Hein vor Krambusch gerettet.

Roller ging zu ihm, wollte ihm anerkennend auf die Schulter hauen. Aber Franks Blick hielt ihn davon ab. »Bist ein toller Hecht«, sagte er nur.

Dem Jungen in der Speckjacke waren jegliche Freundschaftsbezeigungen von Roller fremd. Er hatte es mit seinem Banknachbarn Pepo gehalten. Den anderen war er aus dem Wege gegangen. Was wußten sie denn davon, wie einem zumute war, der kein rechtes Zuhause hatte, der nur Nörgelei zu hören bekam und Vorwürfe, daß er nichts verdiene. Pepo war der einzige, der ihn verstand. Der hatte auch nichts zu lachen, obwohl er bei seinen richtigen Eltern wohnte. Aber die anderen, der Bubi Roller zum Beispiel oder die hochnäsige Hanne, die hatten keine Ahnung. Die wußten vielleicht aus alten Märchen, wie es bei einer Stiefmutter zuging. Aber er, Frank, hatte nicht einmal eine Stiefmutter. Seine Tante war manchmal schlimmer zu ihm als eine Fremde.

In Franks Augen, die Roller bei der prahlerisch klingenden Anerkennung musterten, saß das Mißtrauen. Aber das Gesicht des anderen zeigte keine Spur von Spott, und gleichmütig kaute Frank weiter. Regina reichte ihm noch ein Schmalzbrot. Er sagte nicht danke, nur seine Augen glänzten freudig. Das Brot klappte er zusammen und schob es in die Tasche der großen Jacke, so wie es war, ohne Papier. Roller beobachtete ihn. Ob er sonst nie ein Frühstücksbrot mitkriegt? dachte er.

Am Gartentor lärmten Stimmen. Irene, Hanne und Pepo kamen, Wanze und Karl der Kahle folgten ihnen. Sie hielten Wort, sie hatten versprochen, die Kanufahrer zum Fluß zu geleiten. »Hast was verpaßt gestern«, sagte Kahlkopf zu Pepo. »Das war ein Gruppenabend, mein Lieber.«

Wanze lachte. »Wird Senge gekriegt haben, der gute Pepo, weil die Hose naß war. Mit der Fuhrmannspeitsche, was?«

Pepo lief rot an. »Quatsch doch nicht, du Spinner. Ich habe kein Wort vom Wehr gesagt, und meine Hose war längst trocken.«

Zuletzt kam Purzel angeschnauft. Sie halfen alle beim Packen, und dann zogen sie durch morgenstille Gassen dem Fluß zu. Die Frühaufsteher von Eulenberg schauten der Kolonne verwundert nach. Purzel marschierte mit dem Segelmast voran. Sie trug ihn stolz wie eine Fahne. Hinter ihr, im gleichen Schritt, gingen die fünf Jungen und Irene, das Kanu auf den Schultern. Vierzig Kilo wiege es, hatte Hein gesagt. Knapp sieben Kilo kamen auf jeden Träger. Sie spürten das leichte Boot kaum, aber alle hatten mit tragen wollen, auch Frank, obwohl er kaum auftreten konnte. Die Gäste folgten, mit ihren Bündeln bepackt. Den Schluß des Zuges bildeten Hanne und Regina.

»Euer Speckfrank hat Gemüt«, sagte Regina. »Geht nachts einfach nicht nach Hause. Kriegt er keinen Krach mit seinen Eltern?«

Der ist ja nun die Hauptperson, dachte Hanne, zuckte mit den Schultern und sah nach vorn, wo Purzel den Segelmast schwenkte. Aber Regina fragte weiter. Hanne wußte nicht viel zu sagen über Frank. Sie stritten, ob er ein komischer Kauz sei, wie Hanne ihn bezeichnet hatte. Purzels helle Stimme klang auf. »Wann wir schreiten Seit an Seit ...«, sang sie.

»Vielleicht seid ihr schuld daran, daß er sich absondert«, sagte Regina.

»Na, wir Mädchen bestimmt nicht.«

»Doch, ihr alle, eure Klasse, die Gruppe ... auch du. Das kann man nicht einfach von sich schieben. Sei ehrlich, du verachtest ihn. Weshalb eigentlich? Bösartig ist er doch nicht. Denk mal darüber nach.«

Sie standen am Fluß. Hein stieg als letzter ins Boot. Roller starrte auf das Kanu. Er sah heute mehr, als er gestern gesehen hatte. Sein Traum ging ihm nicht aus dem Sinn. Ist gar nicht so schwierig, dachte er. Mit dem Bodenbrett müßte man anfangen. Darunter sitzt der Kiel, obendrauf die Rippen – Spanten, sagt Hein. Die werden nach vorn und hinten immer enger und geben dem Boot die Form. An den Enden des Kielbrettes sind die Stevenbogen eingelassen. Steven und Rippen werden mit den Bordleisten verbunden. Außenwand drauf – Bespannung – fertig ist das Ding. »Du, Hein, war der Kanubau sehr teuer?« fragte Roller.

»Na, hundert Emmchen sind gut rangekommen, obwohl wir zu den Steven und Spanten alte Holzreste verwendet haben. Die waren richtig trocken, verstehst du. Nur das Holz für die Bootswandung mußten wir kaufen. Ist ganz dünn, wie Furnier. Es hängt aber noch allerhand dran: Messingschrauben, Leinwand, Stifte, Bootslack. Wenn wir alles hätten kaufen müssen, wären wir heute noch nicht fertig.«

»Hundert Mark«, sagte Frank, »ist ja ein Haufen Geld, Junge, Junge!«

Hein lächelte. »Wollt ihr etwa ein Boot auf Kiel legen?«

Da war es ausgesprochen. Nur Purzel hatte noch nichts begriffen. »Wir wollen so ein Kanu bauen?« fragte sie erstaunt.

»Macht's gut und viel Erfolg«, sagte Hein. Er stieß vom Ufer ab. Das Kanu glitt in den Strom.

Die Zurückbleibenden winkten. »Freundschaft!« riefen sie im Chor. »Freundschaft, Freundschaft!«

»Ich drücke beide Daumen«, rief Regina. »Ihr müßt zusammenhalten ... fest zu – sammen – halten!«

Sie sahen Hein noch einmal grüßend das Paddel heben, dann verschwand das Boot hinter der Flußbiegung.

Ob die anderen mitmachen? dachte Roller. Und wenn, das wäre

noch lange nicht die ganze Gruppe. Er blickte zu Pepo, zu Frank. Die sind nicht im Gruppenaktiv, überlegte er. Purzel und Wanze auch nicht. Haben sich kaum beteiligt, die vier. Aber auf Frank kann man jetzt rechnen. Der baut bestimmt mit, und Pepo auch.

Er sprach von dem Kanubau. Sie spürten seine Begeisterung, sie wollten mitmachen, auch Wanze, obwohl er Bedenken äußerte. Frank wußte schon, wie Material beschafft werden könnte.

»Klauen, was?« sagte Wanze.

Sofort protestierte Hanne. Mitmachen wolle sie, aber krumme Sachen dürfe es nicht geben. Roller pflichtete ihr bei. Wenn es nicht ehrlich zugehe, sagte er, jage sein Vater sie aus dem Garten. Eine bessere Bootswerft aber sei nicht zu finden. Im Gartenhaus könne Material und Werkzeug verschlossen werden.

»Und das Boot?« fragte Purzel.

»Das bleibt draußen auf dem Rasenplatz«, entgegnete Roller. »Wird doch mindestens sechs Meter lang. Heins Kanu ist fünfzwanzig. Wir müssen unseres größer bauen, für acht Mann Besatzung, vielleicht auch für zehn.«

»Aber … draußen? Wenn es nun regnet?«

»Muß ein gutes Kanu aushalten. Das liegt ja später immer im Wasser.«

»Da hilft nur Kaurit-Leim«, sagte Kahlkopf, der Tischlersohn. »Den hat Hein auch verwendet. Wird steinhart. Und Messingschrauben, die rosten nicht.«

»Erst mal haben«, warf Wanze ein.

Roller dachte: Der Schlaumeier hat recht. Wenn wir nur erst alles hätten. Die ganze Gruppe muß helfen. Zusammenhalten, hat Regina gesagt.

Irene gab zu bedenken, daß sie nicht tischlern könne. Sägen und Hobeln liege ihr nicht. Sie schwitzte jedesmal im Werkunterricht.

»Aus Angst?« fragte Karl der Kahle.

Er habe gut lachen, entgegnete sie, wo er in einer Tischlerfamilie groß geworden sei. Grammatik und Russisch bringe ihn ja auch zum Schwitzen.

»Jeder soll das machen, was er kann«, sagte Roller. »Auf die richtige Arbeitseinteilung kommt es an.«

»Klar«, rief Pepo. »In den Betrieben ist es auch so. Die Ingenieure und Techniker entwerfen die Pläne und knobeln alles aus, und die Arbeiter bauen. Einer ist mit dem Kopf auf Draht, der andere mit den Händen.«

Hanne widersprach ihm. Wer mit der Hand arbeite, müsse auch denken können. Die Verbesserungsvorschläge der Arbeiter seien Beweise dafür.

»Sie will Ingenieur werden«, sagte Wanze, »da kann sie ja die Oberleitung in der Werft übernehmen.«

»Mach ich auch! Mit Roller und Kahlkopf zusammen. Einverstanden, Roller? Nimmst du mich als Ingenieur?«

Roller wiegte den Kopf hin und her. »Wenn du tausend alte Nägel geradeklopfen kannst, ohne dir die Finger blutig zu hauen, läßt sich darüber reden.«

»Nägel, Nägel!« schrie Kahlkopf. »Ihr habt keine Ahnung. Nägel werden beim Bootsbau überhaupt nicht verwendet.«

## *Fräulein Trapp und Direktor Berti wundern sich*

Sie kamen zwanzig Minuten zu spät in den Unterricht. Daran war der Plan schuld und Franks geschwollene Zehe, die ihn am Gehen hinderte. Zuletzt hatten sie den Verletzten abwechselnd geschleppt.

Fräulein Trapp war sehr ärgerlich. »Johanna Schröder?« tadelte sie kopfschüttelnd. »Rolf Helfring auch? Und Irene Sander! Was ist denn in euch gefahren?«

Roller entschuldigte sich für die Verspätung und berichtete von dem Besuch der Kanufahrer. Seinen Sturz vom Wehr verschwieg er, obwohl das der Anlaß zu allem Weiteren gewesen war. Sie sahen der Lehrerin an, daß sie an seiner Erklärung zweifelte.

Irgend etwas stimmt hier nicht, dachte Fräulein Trapp und blickte auf Franks schmutzige Füße. Die rechte große Zehe war dick und rot wie eine Tomate. »Aber Brinkmann! Sauberkeit ist oberstes Gesetz der Gesundheitspflege. Das wenigstens müßtest du in Biologie gelernt haben.«

Alle sahen auf Franks Füße. Sie wisperten und kicherten.

»Ich ... ich habe doch einen weiten Weg«, stotterte Frank, »wo es überall so ... so dreckig ist. Ich wollte ... wegen der Zehe, die brennt wieder wie verrückt, da wollte ich gar nicht kommen.«

»Ich möchte wissen«, sagte Fräulein Trapp, »ob du überhaupt deine Füße badest, ehe du zu Bett gehst.«

Frank schwieg.

»Na, Brinkmann?«

»Manchmal. Aber …« Er wollte nicht sagen, daß er draußen übernachtet hatte.

»Was, aber?«

»Bei uns ist doch keine Wasserleitung, nur eine Pumpe. Und … eine Badewanne haben wir auch nicht.«

Die Klasse johlte. Sie kam auch nicht zur Ruhe, als eine schriftliche Aufgabe gestellt wurde. Fräulein Trapp untersuchte indessen Franks Zehe. Sie sah den roten Streifen, der sich bis zur Kniekehle zog. Angehende Blutvergiftung, dachte sie, höchste Zeit.

Frank wurde zum Arzt geschickt. Er humpelte zur Tür.

»Deine Bücher bringt dir ein Schüler nach Hause«, sagte die Lehrerin.

»Ich … ich habe doch gar keine mit.«

Da war es um den Rest der Biologiestunde geschehen. Fräulein Trapp atmete auf, als es läutete. Ihre Gedanken kamen von Franks schmutzigen Füßen nicht los. Ich muß endlich einen Elternbesuch bei Brinkmanns machen, dachte sie und suchte die Adresse im Klassenbuch. Brinkmann – Brinkmann? Aha, der wohnt bei Hilpert. Die Tante ist das, richtig. Seine Mutter ist tot, und der Vater wohnt auswärts.

Zur nächsten Stunde kam Fräulein Trapp mit strenger Miene in die Klasse. Sie deutete Schlimmes an.

Haumeister Püschel habe sich beschwert, daß zwei Schüler eine Fichte geräubert und mit dem Stamm das Wehr gefährdet hätten. Ein Mädchen sei auch beteiligt gewesen.

Und der Parkwächter habe soeben bei Direktor Bertram Klage über die Wehrkletterei geführt.

Krambuschs Beschwerde, die er mit zornrotem Gesicht dem Direktor vortrug, war nicht die erste dieser Art. Aber heute blieben seine Vorwürfe auf einer Klasse hängen. Er kannte die Jungen der 8a. Wohl kletterten andere auch auf dem Wehr; die aber hatten immer beizeiten ausrücken können, wenn der Wächter gekommen war. Und einen Baumstamm hatten sie noch nie in den Fluß gestürzt.

Herr Bertram, den die Schüler unter sich Glatzberti oder meistens kurzweg Berti nannten, betrat mit Krambusch das Klassenzimmer der 8a. Er begrüßte die Schüler nicht. Es war also ganz dicke Luft. Er schimpfte nicht, er sprach gar nicht laut, aber seine Augen waren schlimmer als ein polterndes Donnerwetter. Neben ihm stand der Wächter, mit grimmigem Gesicht auf seinen Eichenknüppel gestützt.

»Die dort, die war dabei«, sagte Krambusch, und die Stahlspitze seines Stockes wies auf Hanne. Fräulein Trapp und Herr Bertram meinten, der Mann irre sich. Sie fragten. Krambusch, heftig werdend, beharrte auf seiner Behauptung, und Hanne Schröder nickte bestätigend. Stumm sah sie auf die Tafel. Die verwunderten Blicke des Direktors und der Klassenlehrerin schien sie nicht zu bemerken.

Irene war erschrocken, als Fräulein Trapp von Püschels Beschwerde gesprochen hatte. Jetzt wurde ihr heiß. Wenn auch der Haumeister in die Klasse kommt, dachte sie. Er wird mich erkennen, wie Hanne erkannt worden ist. Hätte ich Rollers Rad nicht nehmen dürfen? Aber ich mußte ihm doch helfen. Püschel kam nicht. Seine Beschwerde lag schriftlich vor, unterschrieben vom Revierförster.

Wächte

Krambusch zeigte auf alle Jungen, die er am Wehr gesehen, die ihn geärgert hatten. Der alte Wächter erlebte eine Stunde der Genugtuung. Seine Augen blitzten, und seine Stimme war scharf, viel schärfer als die des Direktors. Wanze wäre er am liebsten an den Kragen gegangen. Aber Wanze, der wahrhaftig kein Held war, zuckte nicht mit der Wimper. Er wußte: Wenn Berti dabei ist, faßt dich keiner an, selbst der wütende Schnüffel nicht. Und Krambusch beherrschte sich, denn er sah Direktor Bertrams Gesicht. Wanze blieb ernst, nur in seinen Augen stand ein Lächeln. Mehr wagte er nicht, Herr Bertram sah alles.

Krambusch begnügte sich damit, seine allergrimmigste Miene zu ziehen. Er durchbohrte Wanze mit seinen Blicken und spähte weiter in die vielen Gesichter. Einen suchte er noch. Frank aber war nicht da. Der Sieger im Wehrklettern mußte seinen geschwollenen Fuß kühlen. Doktor Holzweißig hatte den Eiterherd aus der Zehe entfernt und dem Patienten Bettruhe verordnet.

Krambusch suchte vergebens. »So ein blonder Struwwelkopf, so ein verwilderter, der war am schlimmsten. Ich habe ihn übers Wehr tanzen sehen. Wer war das? Er ist nicht hier. Ich würde ihn unter Hunderten herausfinden.«

Speckfrank hat Schnüffel am meisten erzürnt, dachten die Schüler. Mehr noch als Wanze, weil er mit Hein im Boot gefahren ist. Speckfrank hat auch den Stamm geklaut.

Aber keiner nannte Brinkmanns Namen, so drohend Krambusch auch forschte.

Direktor Berti wußte Bescheid. »Genug, Edmund«, sagte er. »Ich bin im Bilde. Sie kriegen es schon, meine Schäfchen, kannst beruhigt sein.«

Es läutete zur Pause. Als der Alte ging, standen sie auf. Das gefiel ihm. An der Tür drehte er sich um. Sein Gesicht war nicht mehr grimmig. Er knurrte einen Gruß und stapfte hinaus.

»Auf die Pause müßt ihr verzichten«, sagte Herr Bertram. »Setzen!« Sie setzten sich ungewöhnlich leise.

Er forschte weder nach den Baumdieben, noch fragte er die Wehrkletterer aus. Er blickte von einem Schüler zum anderen. Jedem sah er einen Atemzug lang in die Augen. Das dauerte eine geraume Weile. Es war totenstill in der Klasse. Sie hatten das Gefühl, als wisse er alles. Vielleicht brauchte er deshalb kein Verhör vorzunehmen?

»Beschwerden und Kläger in der Schule wie in einem Gerichtshaus«, murmelte Direktor Berti. Sie mußten genau hinhören, um ihn zu verstehen. »Stunk um lächerlichen Quark ... und alles schweigt feige. Ein armseliger Verein, die 8a.«

»Nein!«

Roller hatte das gerufen. Er trat aus der Bank. »Wir sind nicht feige, Herr Bertram. Ich war auf dem Wehr, ich habe die Klasse aufgefordert ...«

Direktor Berti winkte ab.

Da sprang Hanne auf. »Ich war dabei.«

»Ich auch«, sagte Purzel, stolz auf ihren Mut.

Und jetzt standen alle, die bei Franks Rekordlauf am Wehr gewesen waren.

Die Hälfte der Klasse, die gute Hälfte, dachte Herr Bertram und blickte zu Fräulein Trapp. Die schüttelte traurig den Kopf. Sie sah nicht das feine Lächeln in Bertis Augen.

»Einer fehlt«, sagte der Direktor. »Nehmen wir mal den schlimmen Fall an, er wäre vom Wehr gestürzt und hätte sich unten den Schädel zerschlagen.« Er sah auf die Klasse, sehr ernst. Sie wußten alle, daß mit dem Fehlenden Frank Brinkmann gemeint war. »Das Gefälle reißt ihn ins Becken«, fuhr Berti fort. »Dort ertrinkt er, ohne wieder aufzutauchen. Und hier stünde nun eine Mutter, vor mir, vor euch, die fragte nach ihrem Jungen ...«

Sie begriffen alle, was gemeint war, sie sahen das Bild vor sich. Nur einer blieb nicht ernst. Einer grinste. Das war Pepo.

Herr Bertram reagierte sofort. »Pohl?« fragte er scharf.

Pepo stand auf. Er grinste noch immer. »Frank hat gar keine Mutter mehr. Die kann nicht kommen, die ist tot. Und die Hilperten, seine Tante, die kommt auch nicht.«

Otto Bertrams Gesicht blieb unverändert. Keiner bemerkte, wie er die Zähne aufeinanderpreßte. »Angenommen, Pohl! Wir haben nur etwas angenommen, an das keiner von euch bei der Spielerei am Wehr gedacht hat. Meinst du, Peter Pohl, daß so etwas nicht passieren könnte?«

»Nein, kann nicht passieren. Frank kenne ich. Der stürzt nicht vom Wehr. Er ist der beste Kletterer, hat es in zwei Minuten und dreißig

Sekunden geschafft. Er hat Rollers Rekord kassiert.«

Aha, dachte Otto Bertram, um Rekord ging es, nicht darum, den Wächter zu ärgern, wie mir Edmund Krambusch erzählt hat.

Hanne meldete sich. »Das ist nicht nur Spielerei, Herr Bertram. Dazu braucht man Mut und … und Gewandtheit.«

»Na, du mußt es ja wissen.«

»Ich weiß es, Herr Bertram. Ich habe es selbst probiert. Und weil … weil es eine gefährliche Mutprobe ist, hat es die Jungen immer wieder verlockt.«

Fräulein Trapp sah mit großen Augen auf ihre Klassenbeste. Die Jungen aber, die vergaben Hanne in dieser Minute ihre ganze Streberei.

Sie halten zusammen, dachte Otto Bertram, sie sind ehrlich. Und Mut haben sie auch, falschen Mut und echten. Turnlehrer müßte ich sein in dieser Klasse.

»Ich weiß Bescheid«, sagte er. »Feige seid ihr nicht. Aber das mit dem armseligen Verein kann ich nicht zurücknehmen, heute nicht. Vielleicht später, das liegt bei euch. Alle, die an der Geschichte mit dem Stamm beteiligt waren, kommen morgen mittag nach dem Unterricht zu mir. Alle, und ehrlich, sonst bleibt lieber weg.«

Sogleich meldete sich Irene Sander, um ihr Herz zu erleichtern. Herr Bertram ließ sie nicht zu Wort kommen. »Später«, sagte er. »Heute habe ich anderes zu tun. Ihr seid nicht die einzige Klasse der Schule.« Er überlegte einen Augenblick, ging zur Tafel. »Für die leidige Wehrgeschichte bleibt mir nichts weiter übrig, als bei der Stadtverwaltung zu beantragen, daß ein Stacheldrahtverhau, übermannshoch, zu beiden Seiten der Mulde um das Wehr gebaut wird. Das Geld dazu müßte von den Ferienspielen, von euren Ferienspielen, ihr wißt ja, Zeltlager in diesem Jahr – davon also müßte es eingespart werden. Und mancher Eulenberger würde sich über die Verschandelung des alten Mühlenwehres ärgern. Zur Erklärung müßte man ein Schild anbringen.«

Sie waren sehr gespannt. Sie sahen, wie er Kreide nahm und an die Tafel schrieb:

Erklärung

Dieser Stacheldraht soll unser Mühlenwehr nicht ewig verunzieren. Er soll nur den Schülern der Diesterweg-Schule, besonders der Klasse 8a, helfen, andere Gebiete für ihre Mutproben zu finden.

»Was meint ihr zu diesem Vorschlag?« fragte Herr Bertram. Sie meinten nichts dazu. Sie waren verblüfft, daß er sie so hereingelegt hatte, und wußten nicht recht, ob sie lachen oder sich ärgern sollten.

Direktor Berti verließ die Klasse. Sein Schmunzeln konnten sie nicht mehr sehen. Und Fräulein Trapp nahm sie bei der Leistungskontrolle gleich tüchtig heran. Unter die ERKLÄRUNG an der Tafel schrieb sie mit roter Kreide:

Bitte stehenlassen!

Trapp

Johanna Schröder saß über ihren Büchern, als geläutet wurde. Die Mutter schien es nicht zu hören. Hanne ging zur Flurtür und öffnete. Draußen stand Irene Sander mit einem Strauß Pfingstrosen im Arm.

»Tag, Hanne. Kommst du mit, Frank Brinkmann besuchen? Von unserer Klasse war überhaupt noch niemand bei ihm, nicht mal Pepo.«

Hanne blickte auf die roten Blüten. »Zu Speckfrank? Ich wußte gar nicht, daß du ihn näher kennst.«

»Nein, Hanne, ich kenne ihn kaum besser als du. Aber ... er ist ... er hat doch Blutvergiftung. Ich ... ich dachte, er wird sich freuen, wenn ihn mal jemand besucht.«

»Hm. Liegt er im Krankenhaus?«

»Nein, zu Hause. Bei seiner Tante, weißt ja.«

»Hm. Vielleicht lacht er dich aus, wenn du mit Blumen kommst. Kennst ja seine Grobheit. Wer hat dir denn den Namen Schleiereule gegeben? Doch bloß der Speckfrank. Ist genauso einer wie Pepo, stinkfaul und am liebsten herumstromern.«

Irene blickte auf das blanke Messingschild an der Tür. Hannes Worte hatten ihr den Mut genommen. Allein mochte sie nicht gehen. Und mit Purzel? Dann lieber nicht. »Meine Mutter hat heute mittag von ihm gesprochen. Sie ist doch im Elternbeirat, und da haben sie über unsere Klasse beraten. Der ... der Frank Brinkmann ist schlecht dran zu Hause. Vielleicht wäre er gar nicht so schlimm ...«

Schritte näherten sich der Tür.

»Pssst«, zischte Hanne, legte ihren Finger an den Mund und zwinkerte der Freundin zu.

Frau Schröder kam. »Ach, die Irene Sander! Warum geht ihr nicht rein? Oh, die schönen Blumen! Die sollen wohl für mich sein? Sicher aus eurem Garten.«

Irene schwieg verlegen. Sie trat in die Stube, und Frau Schröder nahm ihr die Blumen ab. »Hanne«, sagte die Mutter, »nimm dir ein Beispiel an Irene.«

Wieder zwinkerte Hanne der Freundin zu. Sie nahm sich ein Beispiel. »Ich möchte gern mitgehen, Irene. Darf ich, Mutti?«

»Natürlich, Kind. Komm nicht so spät zurück. Und bestell viele

Grüße und schönen Dank an Frau Sander. Sag ihr, ich hätte mich sehr gefreut.«

Die Mädchen gingen nicht zu Sanders. Sie kauften zwei Rollen Drops und besuchten Frank.

Im Gartenhaus am Stadtrand sah es verwahrlost aus. Die Wohnung roch dumpfig. Wie Kellerluft, dachte Hanne, als sie in der Stube standen. Auf dem Tisch lag ein angeschnittenes Brot, daneben stand schmutziges Geschirr. Die Betten waren grau. Franks Kopfkissen hatte keinen Bezug. Ein zweijähriges Mädchen hockte auf dem Fußboden. Es steckte die Finger in den Mund und sah unverwandt auf die Besucher. Irene gab ihm eine Dropsrolle. Die andere legte sie vor Frank auf die Bettdecke.

Den Mädchen ging es wie Frank: Sie wußten alle drei nicht, was sie nach der steifen Begrüßung sagen sollten.

»Was macht die Zehe?« brach Irene das Schweigen.

»Nicht schlimm«, sagte Frank. Er sah ungewaschen aus, und das struppige Haar hing ihm ins Gesicht. Sein verbundener Fuß lag frei. Fliegen krochen über die Binde.

»Wer pflegt dich denn?«

»Ist doch nicht schlimm«, brummte Frank wieder, und seine Stimme klang verdrossen.

Irene wagte nicht mehr zu fragen. Ein kleiner Junge kam. Es war Franks Bruder. Man sah die Ähnlichkeit. Er blieb stehen, ließ die Tür offen. Frank schimpfte. Der Junge rührte sich nicht. Er blickte auf die Dropsrolle in den Händen der Schwester.

»Was sagt der Arzt?« fragte Hanne.

»Halb so wild alles«, brummelte der Kranke. »Kann bald aufstehen. Sagt mir lieber, was der Kanubau macht. Habt ihr schon angefangen?«

Die Mädchen sprachen nicht von Krambuschs und Püschels Beschwerden bei Direktor Bertram. Und an dem Kanubau schienen sie wenig Interesse zu haben. Das verstimmte Frank noch mehr.

»Soweit ist es noch lange nicht«, sagte Hanne. »Morgen ist Gruppenversammlung. Da wird alles beraten. Du erfährst schon, was gemacht wird. Denk erst mal an dich. Wir wiederholen jetzt in der Schule. Weißt ja, die Abschlußprüfung.«

Franks Gesicht wurde noch finsterer.

»Sollen wir dir die Hausaufgaben bringen?«

Das hätte Hanne lieber nicht sagen sollen, dachte Irene. Ihre Blicke irrten umher, blieben auf der schmutzigen Tischplatte hängen. Ein Frösteln kroch ihr über die Haut. Wo macht er bloß seine Hausaufgaben?

Frank wälzte sich, schob den verbundenen Fuß auf die Seite, knurrte: »Laßt mich in Ruhe mit dem Schulkram, ich bin krank.«

Sie standen noch eine Weile stumm vor dem Bett. Der Kranke starrte zur Decke. Hanne stieß Irene an, und beide gingen aus der Kammer.

Frank brütete vor sich hin. Der Kanubau beschäftigte seine Gedanken. Die Gänse, darüber haben sie mir nichts sagen können. Denken nur an ihre Streberei.

Es klopfte, leise, zaghaft.

Frank hob den Kopf. »Herein.«

Irene kam, trat an sein Bett.

Was denn, dachte Frank, schon wieder?

»Ich wollte«, sagte sie, »daß ... daß du uns nicht falsch verstehst. Wir wollten dir bloß helfen, Hanne und ich.« Ihre Stimme wurde fester. Sie sah ihm in die Augen. »Du bist ja in der Schule nicht berühmt, das weiß jeder. Vielleicht ist dir das egal ... deine Abschlußprüfung willst du doch bestehen?«

Er schwieg, wich ihrem Blick aus.

»Oder willst du noch mal ein Jahr in die achte Klasse gehen? Wir haben gedacht ... wir wollen mit dir zusammen arbeiten, bei uns zu Hause. Da haben wir Ruhe und Platz. Kannst immer kommen. Ab drei Uhr machen wir unsere Hausaufgaben. Da kann einer dem anderen helfen.«

Franks Gesicht war nicht mehr mürrisch, es war hell, nur in den Augen saß noch ein Fünkchen Mißtrauen. »Und Hanne, die ... die heilige Johanna?« fragte er.

»Die ist einverstanden.« Und das stimmte, was Irene sagte. Aber jetzt schwindelte sie ein wenig: »Die hat mich reingeschickt, ich soll dich fragen.«

Frank blickte ungläubig.

Nun sagte Irene wieder die volle Wahrheit: »Meine Mutter ist auch einverstanden. Sie hat es nämlich vorgeschlagen, sonst ... sonst wären wir vielleicht gar nicht gekommen. Machst du mit, Frank?«

Er nickte, schränkte sogleich seine Bestätigung ein. »Mal sehen, vielleicht, wenn es paßt. Weißt ja, das Kanu.«

Als Irene draußen war, kreisten seine Gedanken mehr um die Schule als um das Kanu. Keine angenehmen Gedanken waren das, und er versuchte, sie immer wieder abzuschütteln. Aber sie ließen sich nicht beiseite schieben. Irene hatte recht, er stand miserabel in der Schule. Über diese Erkenntnis half ihm nichts hinweg, kein Pepo und kein Kanubau.

Am nächsten Vormittag hielt es Frank nicht mehr im Bett aus. Die Tante war mit den Kleinen weggegangen, und ihn plagte die Langeweile. Er stand auf, hüpfte auf einem Bein zum Fenster, öffnete es. Die Sonnenhelle blendete ihn. Er blinzelte, schnupperte in die frische Luft, und mit seiner Stubenruhe war es gänzlich vorbei.

Im Stall suchte er seinen Hockeyknüppel. Den Schmerz im Fuß spürte er nicht mehr. Nur wenn er mit der Zehe anstieß, zwickte es in der kaum verheilten Wunde. Aber was bedeutete das bißchen Zwicken schon gegen die Öde des Krankenlagers und das ewige Zetern der Tante! Gewiß, der Garten war verunkrautet. Frank staunte, wie schnell um diese Zeit alles wuchs. Der ganze Garten war ein grüner Teppich. Eine entsetzliche Arbeit, das alles auszujäten, dachte er. Was kann ich dafür? Bisher war ich krank, und ab morgen gehe ich wieder in die Schule. Da kann ich nicht jäten, da muß ich nachholen. Hä! Morgen ist Sonnabend, da gibt es keine Hausaufgaben.

Er hatte wahrhaftig ein bißchen Sehnsucht nach der Schule. Nur die Abschlußprüfung bereitete ihm Unbehagen. Na, soweit ist es noch lange nicht. Vielleicht – vielleicht gehe ich doch zu Irene Sander.

Endlich fand er den Knüppel. Das gekrümmte Ende des Hockeyschlägers bildete einen handlichen Griff, auf den er sich stützen konnte. Hinkend, noch ein wenig schlapp vom Liegen, marschierte er im Hofe herum. Wenn die Tante bis Mittag nicht da ist, haue ich ab, dachte er. Möchte wissen, was mit dem Kanubau wird. Ob die anderen vielleicht doch schon – zum Arzt! Klar, ich muß ja zum Arzt!

Er vergaß das Hinken und lief in die Stube.

Für Tante Hedwig schrieb er auf den Zettel.

Ich bin beim Artzt. Mit der Zehe. Frank Brinkmann

Er beschloß, einen kleinen Umweg zu machen. Muß trainieren, dachte er. Die muffige Bude macht ja den stärksten Mann fertig.

Der Wiesenweg führte am Bahndamm entlang. Bei den Gleisen sah er einen Stapel Schwellen liegen. Mächtige Holzbohlen waren das, ruppig und ölverkrustet. Sind ausgesondert, stellte er fest. Und plötzlich durchzuckte ihn eine großartige Idee. Sein ursprünglicher Lieblingsplan, der Bau eines Floßes, stand ihm vor Augen. Den Knüppel warf er ins Gras. Schweiß brach ihm aus, als er eine der Bohlen vom Stapel zerrte. Sie war unglaublich schwer. Sechs Stück von der Sorte würden für ein Floß genügen. Er stellte sich eine kleine Bude auf dem Schwellenfloß vor, eine Kajüte, zum Schlafen für zwei Mann. Einen Dieselmotor dazu! Junge, Mann, nicht auszudenken!

Er machte sich daran, die geeigneten Bohlen zu sortieren, aber die waren nicht zu bewältigen von einem kaum Vierzehnjährigen, der soeben dem Krankenbett entflohen war. Er machte schlapp, setzte sich neben den Stapel, verschnaufte. An Pepo dachte er und an einen Wagen. Und viele andere Gedanken schwirrten ihm durch den Kopf, als er mit seinem Stock der Stadt zuwanderte.

Den Arzt traf er nicht mehr an. Die Schwester erneuerte seinen Verband. Nächste Woche sei alles in Ordnung, sagte sie. Nächste Woche, das ist ja bald, dachte Frank. Da wird es auf einen Tag nicht ankommen.

Er humpelte die Stufen des Ambulatoriums hinab. Es ging sich trefflich mit dem Hockeystock, besonders, wenn man Zuschauer hatte. Mein Stock, ha, der ist gut, viel besser als eine lackierte Krücke!

Im Winter, als das Eishockeyspiel aufkam, hatte er lange suchen

müssen, bis ein Weidenknüppel mit dem geeigneten schrägen Astansatz gefunden war. Frank hatte ihn von oben bis unten mit Isolierband umwickelt. Die Bandage hatte sich beim Spielen bewährt. Sein Knüppel war nicht gesplittert. Und jetzt machte sich die Mühe wiederum bezahlt.

Vor Pohls Haus sah er den großen Rollwagen stehen. Frank wartete an der Straßenecke. Herrn Pohl wollte er nicht begegnen. Endlich kamen sie aus dem Tor, erst Pepo mit dem Fuchs, dann der Fuhrmann, den Apfelschimmel am Halfter. Sie schirrten die Pferde an, und Pepos Vater fuhr los. Als das Fuhrwerk in die Bahnhofstraße einbog, pfiff Frank vor dem Hause.

Ein Fenster wurde geöffnet. »Manometer, du bist es?« rief Pepo, und ihm fiel ein, daß er Frank nicht einmal besucht hatte. »Komm rein! Alles ausgeflogen. Ich muß mal wieder Hausmädchen spielen. Habe keinen Nachmittag frei gehabt. Mutter ist nämlich verreist.«

In der Stube beäugte der Freund den Verband um Franks Zehe und prüfte den Krückstock. »Verdammt praktisch«, sagte er anerkennend und probierte, mit Hilfe des Knüppels auf einem Bein zu humpeln.

Währenddessen löffelte Frank den Rest der Erbsensuppe, die Pepo gekocht hatte. Auch Frank äußerte sich anerkennend. Er half beim Abwaschen, und dann gingen sie zur Gruppenversammlung. Der Bootsbau stehe auf der Tagesordnung, hatte Hanne gesagt.

Frank hatte es mächtig eilig.

## *Wanze meckert, aber die anderen sind begeistert*

Im Pionierzimmer saßen sie dicht beieinander. Fast die gesamte 8a war versammelt. Roller stand vorn am Tischende. »Na«, fragte er den hereinhumpelnden Frank, »wieder repariert?«

Frank nickte. »Generalüberholt.«

Roller sprach von dem Plan. Sie spürten seine Erregung. Sie hatten Heins Kanu gesehen, hatten bei den Erzählungen der Studenten die Bootsfahrten miterlebt. Ja, dachten sie, das wäre etwas, so ein Boot, für unsere Gruppe!

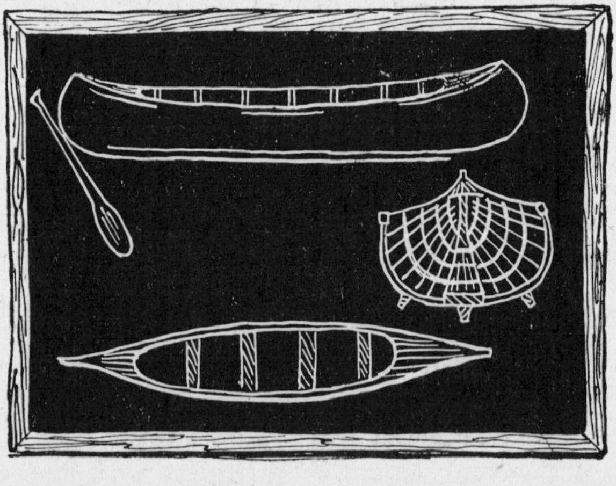

Rollers Worte führten ihre Gedanken hinaus in die toten Muldenarme, wo selten ein Mensch hinkam. Sie sahen sich als Entdecker, als Herren des Flusses. Da gab es einsame Inseln inmitten der Schlammwildnis, auf denen man Hütten bauen konnte, die niemand finden würde.

»Lagerfeuer«, sagte Roller. »Da werden Fische geröstet. Keiner kann uns stören auf so einer Insel, versteht ihr? Das ist nur mit dem Kanu möglich.«

Sie stimmten dem Plan zu, alle. Ob wir das schaffen? dachte mancher. Geld? Woher sollen wir das Geld kriegen? An die hundert Mark soll Heins Kanu gekostet haben.

Karl der Kahle drehte die Tafel um, die er vor Beginn der Versammlung hereingeschleppt hatte. Sie hatten alles überlegt, Hanne und Roller, Irene und Kahlkopf. Rollers Worte hatten die Gruppe gepackt. Reden konnte er. Und Karl war der beste Zeichner der Klasse. Sie sahen seine Skizzen an der Tafel. »Sechs Meter lang«, erläuterte Roller, »für acht Mann Besatzung. Auf den Mittelbänken sitzen zwei nebeneinander.« Er zählte auf, was sie brauchen würden. »Je mehr Material wir sammeln, desto billiger wird das Boot. Aber allerhand Geld brauchen wir doch. Wie kommen wir zu Pinke?«

»Muß organisiert werden«, sagte Frank.

Alle blickten zu ihm hin. Speckfrank? Der meldete sich als erster zu Wort?

»Hast du einen Vorschlag?« fragte Hanne.

»Klar.« Frank schob die blankgewetzten Ellenbogen auf den Tisch und stützte seinen Kopf mit beiden Händen. »Guckt mal auf die Baustellen, drüben, in der Gartenstraße. Was da alles rumliegt! Bretter, Balken, Latten, danach kräht kein Hahn. Das Geld liegt auf der Straße.«

Einige lachten. Wanzes hohe Stimme war herauszuhören. Sie klang wie das Meckern einer Ziege.

»Geklaut wird nicht, Frank«, sagte Roller. »Darüber sind wir uns einig.«

»Wer will denn klauen? Wir können doch den Polier fragen. Der kennt mich. Ich habe schon manchmal Bier für die Maurer geholt. Fällt immer was ab, hier ein Groschen, da ein Groschen. Und die Flaschen liegen rum. Dreißig Pfennig kriegt man für jede.«

»Wir müssen sammeln«, rief Purzel, »Altmaterial und so.«

»Quatsch!« Wanze, der Schlauberger, stand auf. »Ist alles abgegrast. Elf Tonnen hat damals die Schule für das Thälmann-Schiff gesammelt. Unsere Gruppe allein über zwei Tonnen. Seitdem ist der Schrott alle. Du findest kein Hufeisen mehr.«

»Hu – Hufeisen«, Purzel stotterte vor Aufregung, »wer redet denn von Hufeisen? Es liegt noch manches rum. Ich kenne zum Beispiel eine Gartenbude, in der eine Messinglampe hängt, ein uraltes Ding, aber massiv Messing. Die würde bestimmt drei Mark bringen, vielleicht auch noch mehr.«

Das war ein Hieb gegen Roller; denn Purzel meinte die verschnörkelte Petroleumlampe in Helfrings Gartenhaus.

»Prima«, sagte Pepo. »Wer hat den Apparat? Wir holen ihn heute noch. Drei Mark, Leute, das ist schon die halbe Miete. Wo hängt das Ding, Purzel?« Pepo ahnte nicht, daß es jetzt über Rollers Fell herging.

»Stopp!« rief Roller. »Immer der Reihe nach.« Er blickte zu Pepo, den er in mühsamer Arbeit von seiner Vier in Russisch auf eine Drei gebracht hatte, weil Pepos Vater jede Vier erbarmungslos mit dem Riemen quittierte. Das nämlich hatte er einmal erlebt, und seitdem nahm er Pepo manchmal ordentlich ran mit Vokabeln und Konjugation. Fast jede Woche bimse ich mit dem Trottel, dachte er, ich kriege kaum noch eine ausländische Briefmarke von ihm, und nun? Purzel ist auch so ein Schwatzkamel, aber dieser blöde Fuhrmann erst. Na, wahrscheinlich weiß der gar nicht, daß es um unsere Lampe geht. Ist ja auch egal. Sie blickten ihn fragend an, und er faßte einen Entschluß. »Das Ding, die Messinglampe, jawohl Pepo, unsere Lampe, mein Lieber! Die – das ist ein altes Erbstück von meinen Großeltern, die luchse ich meiner Mutter schon ab, kannst beruhigt sein. Und dann schlage ich vor, daß jeder etwas gibt, was er kann. Und wenn unsere Lampe drei Mark bringt, das wäre schon ein Anfang.«

»Was denn?« schrie Frank. »Drei Mark! Ist ja lächerlich. Wenn sie massiv Messing ist, schlage ich bei Schrottzärche mindestens das Doppelte raus. Ihr habt ja keine Ahnung.«

Hanne meldete sich zu Wort, sagte, die alte Lampe könnte den Kanubau auch nicht retten. Erst müßte man sie haben. Und dann wäre es fraglich, ob sie überhaupt drei Mark brächte. Sofort protestierte Frank, der Schrottspezialist.

»Die Lampe wird verkloppt«, sagte Roller, »für das Kanu. Und jetzt – ich mache den Anfang. Ich spendiere eine Mark von meinem Taschengeld in die Bootskasse. Irene, übernimmst du die Geldverwaltung?«

Irene nickte. »Ich gebe auch etwas«, sagte sie, »fünfzig Pfennig heute.«

»Ich auch«, rief Kahlkopf. »Eine Mark.«

»Schreib es auf, Irene«, mahnte Roller. »Und gleich kassieren.«

Viele nannten einen Spendenbetrag. Irene schrieb. Sie kam kaum mit. Hanne, die neben ihr saß, rechnete die Beträge zusammen. Neun Mark und vierzig Pfennig standen auf der Liste.

»Erst mal haben«, meckerte Wanze. Er schwieg, als einige gleich ihr Geld hergaben. Fünf Mark und zehn Pfennig konnte Irene kassieren.

»Ich schlage vor«, meldete sich Hanne wieder, »daß wir Heilkräuter sammeln. Lindenblüten! Die werden gut bezahlt. Da können sich auch die Kletterfritzen beteiligen, die Rekordmänner vom Wehr. Wir brauchen bei den Maurern nicht um Bierflaschen zu betteln.«

»Vielleicht trauen sich die Rekordleute nicht auf die Bäume«, stichelte Wanze. »Ins Wasser fällt man weich, aber vom Baum ... und wie wäre es mit Herbarientee, Hanne?«

Alle lachten, selbst Hanne. Und Direktor Berti lachte mit. Jetzt erst, als Herrn Bertrams Stimme hinter ihnen dröhnte, bemerkten sie, daß er in der Tür stand.

»Seid bereit!« sagte er, trat näher und fragte die Versammelten, ob er bei ihnen bleiben könnte. Er wolle mal wieder an einer Gruppenversammlung teilnehmen. Leider hätte er nicht pünktlich kommen können.

Roller schob ihm einen Stuhl hin. Herr Bertram setzte sich zwischen Pepo und Frank und hörte zu. Er sagte nichts. Wenn seine Glatze nicht so aufgefallen wäre, hätte man ihn gar nicht bemerkt unter den Pionieren. Der Meinungsstreit um Geld- und Materialbeschaffung wurde allmählich wieder hitziger. Die Versammlung währte noch eine gute Weile. Keiner verdrückte sich, alle blieben bis zum Schluß.

Wanze war der heftigste Kritiker des Planes. Er gab zu bedenken, daß ihr Kanu nur einen Teil der Gruppe fasse, und fragte, wo die übrigen bleiben sollten.

Dieser Klugprediger, dachte Direktor Bertram.

Kahlkopf erwiderte: »Werden wir denn immer paddeln können? Jeden Tag? Manche werden Lehrlinge, und viele gehen in die Mittelschule. Da hat jeder zu tun und kann nicht immer, wie er will. Wir müssen Mannschaften einteilen mit bestimmten Trainingstagen. Mal sind die dran, mal die. Läßt sich doch alles regeln.«

Wanze gab sich nicht geschlagen. Er brachte neue Einwände zur gleichen Sache. Wer mit wem paddeln sollte und ob die Arbeitsstunden, die jeder leiste, gezählt würden.

»Jetzt haben wir genug von deiner Quasselei«, rief Pepo. »Später werden wir ein zweites Kanu bauen und eine Kanusparte gründen, ob du dabei bist oder nicht. Nun weißt du alles. Hast fein gemeckert, aber nicht einen Pfennig hast du in die Bootskasse gegeben.«

»Hat Speckfrank vielleicht was gegeben? Man wird doch noch fragen können. Ich will ja mitmachen.«

»Das mußt du erst beweisen, du Meckerbolzen.« Frank, rot vor Zorn, war bei diesen Worten aufgesprungen. »Wenn ich Taschengeld kriegen würde, mein Lieber ...« Er beherrschte sich mühsam, weil Herr Bertram neben ihm saß.

Einer meinte, daß es auch ohne Wanze ginge, der könnte doch nie Frieden halten. Sie stritten sich, und Direktor Bertram wurde um Rat gefragt.

Beweisen, wie Frank Brinkmann vorgeschlagen hätte, das wäre gut, meinte Berti. Sie sollten Wanze die Gelegenheit dazu geben, eine richtige, handfeste Gelegenheit, einen klaren Auftrag zum Beispiel. Und für den Kanubau kenne er einen fachmännischen Berater, Bootsbauer von Beruf.

Wer das sei, wollten sie wissen.

»Edmund Krambusch, unser alter Parkwächter«, sagte Berti und verabschiedete sich lächelnd.

## *Der Anfang ist nicht leicht*

Am Tage nach der Gruppenversammlung gab Frank drei Mark in die Bootskasse. Das rechnete ihm die Gruppe hoch an; denn für drei Mark kann man sich allerhand kaufen. Frank hatte sich nichts gekauft. Er kam wie immer ohne Frühstücksbrote in die Schule. Die Speckjacke hatte er zu Hause gelassen, aber sein Sporthemd sah nicht viel besser aus. Er sagte keinem, daß er gestern abend von der Baustelle hatte flüchten müssen und dabei ein Jackenärmel in Fetzen gegangen war.

Das war ein Augenblick für Frank, als er sein Geld zu Irene trug! Stolz zählte er zwei Markstücke und zehn Groschen auf ihre Bank. Wanze stand daneben und zählte leise mit, während ihm immerfort eine spitze Bemerkung auf der Zunge lag. Zuletzt schluckte er sie doch hinunter; denn daß der Speckfrank tatsächlich drei Mark in die Kasse gab, verwirrte ihn nicht wenig. Auch Frank hielt leidlich Frieden. »Da staunst du, was, Kollege Schlauberger!« sagte er nur.

Wanze erschien es ratsam, zu schweigen. Er staunte wirklich, man sah es ihm an. Auch Irene Sander wunderte sich über Frank, der ihr immer ein wenig unheimlich vorkam. Sie ließ sich das aber nicht anmerken. Bedächtig zählte sie das Geld nach, nahm ihr Kassenbuch und schrieb die Summe ein. Frank sah ihr genau auf die Finger. Er war gestern nicht in der Lage gewesen, eine Spende für die Bootskasse zu nennen. Das hatte ihn mächtig geärgert, zumal Wanze ihn deswegen angegriffen hatte. Nach der Versammlung war es ihm gelungen, zehn Bierflaschen zusammenzutragen und einzulösen. Wen ging es an, was er dabei riskiert hatte? Der zerrissene Jackenärmel war noch das wenigste gewesen. Dem weinte Frank keine Träne nach. Irene fragte nicht, woher er das Geld habe, obwohl ihr dieser Gedanke kam. Vielleicht wird er dann grob, dachte sie und drückte das Löschblatt auf die Eintragung. Als sie »danke schön« sagte, wie das eine höfliche Kassiererin zu tun pflegt, blickte Frank verwundert. »Das … das ist doch für unser Kanu«, murmelte er.

Irene sah auf Franks Sommersprossen. Die saßen an der Nase ganz dicht beieinander. Wie ein gesprenkeltes Nest sah das aus. Sie lächelte. »Ich bin doch für die Kasse verantwortlich, und da freue ich mich über jeden Groschen.«

In der Rechenstunde war Frank gar nicht bei der Sache. Er grübelte vor sich hin. Sagt man denn auch danke, wenn man etwas kriegt, das einem gar nicht gehört? Die Kasse gehört ihr doch nicht. Ich werde nicht mehr Schleiereule zu ihr sagen, mag sie so lange Wimpern haben, wie sie will. Sind jedenfalls besser als kurze. Als ich meine mal

abgesengt hatte, habe ich wie ein Mondkalb ausgesehen. Nein, lange Wimpern sind prima. Die ganze Irene ist prima. Sie tut nicht so hochnäsig wie Hanne und ist längst nicht so affig wie die Parfüm-Elvira. Mann, kein Vergleich zwischen diesen beiden. Irene ist ganz anders. Speckfrank hat sie noch nie zu mir gesagt. Oder? Nein, die nicht. Und gestaunt hat sie über das Geld. Drei Mark! Das meiste, was bisher einer geben konnte. Dabei kriegen fast alle Taschengeld.

Im Werkunterricht fragten sie Herrn Schipke dies und jenes über Holzbearbeitung. Der Werklehrer war Metallfachmann, besaß jedoch auch auf anderen Fachgebieten seine Erfahrungen.

Als die Jungen mit ihrem Plan herausrückten, zeigte Herr Schipke ein bedenkliches Gesicht. Wanzes Skizzen bewiesen ihm, daß ihr Vorhaben mehr als eine fixe Idee war, dennoch schüttelte er den Kopf.

»Da habt ihr euch zuviel vorgenommen, das könnt ihr nicht schaffen.«

Roller dachte: Er versteht das Schruppen und Schlichten, er kann drehen und nieten und Zeichnungen lesen, aber Heins Kanu kennt er nicht. Vielleicht ist er noch nie in einem Boot gefahren oder kann Wasser nicht leiden. Es gibt ja Leute, bei denen das so ist. Die bleiben wasserscheu, bis sie alt sind, und wissen gar nicht, wie das ist, so auf dem Fluß herumzugondeln.

Ein Modell sollten sie bauen, meinte Herr Schipke. Die Zeichnungen wären gut zur Information, aber für eine ernsthafte Arbeit, selbst am Modell, wären sie nicht geeignet. Als Ideenskizzen könnte man sie gelten lassen. Was sie brauchten, seien genaue Maße sowie eine Stückliste über die einzelnen Teile. Und ohne ordentliches Werkzeug? Wie sie sich das gedacht hätten, ohne Hobelbank und Werkraum? Sie sollten warten, bis die Station Junger Techniker wieder arbeite, dann könnten sie richtige Schiffsmodelle bauen, mit Segel und allem, was dazu gehöre.

Sie wollten nicht warten, sie wollten auch keine Modelle bauen. Herr Schipke verstand ihre Begeisterung nicht. Kahlkopf, der Tischlersohn, winkte ab. Und Roller und Frank und Pepo, die fragten nicht weiter. Der Werklehrer sprach ihnen zu fachmännisch. Kannte er Robinson? Hatte der vielleicht eine Hobelbank gehabt? Als Roller das erwähnte, waren sie wieder zuversichtlich. Sie überlegten, wen sie noch um Rat fragen könnten. »Krambusch, den Bootsbauer«, sagte Wanze und grinste. Frank wollte dem Spötter sogleich zu Leibe gehen, aber Hanne vertrat ihm den Weg. Sie fragte, ob er keinen Spaß verstände. Er wüßte doch, wer diesen Witz erfunden hätte. Wenn ihn ein anderer aufwärme, sei das noch lange kein Grund zu einer Prügelei vor der Schule. Und ihre Blicke sagten zu Irene: Siehst du, so einer ist das, dein Speckfrank.

Frank ließ seine Fäuste sinken, steckte sie in die Tasche. Meine Herren, hat die mich im Magen! Dabei war sie erst vor ein paar Tagen zu Besuch bei mir. Sicher bloß aus Neugierde. Was sie nur an dem käsigen Wanze findet? Na, seine Wucht kriegt der noch, dieses Schandmaul.

Irene schlug vor, den Tischlermeister Schönbrod um Rat zu fragen. Karl der Kahle schüttelte den Kopf, meinte, das wäre zwecklos. Er hätte schon versucht, seinen Vater für das Vorhaben der Gruppe zu interessieren, doch nähme der den Plan nicht ernst. Auch wäre er immer beschäftigt und hätte nie Zeit. Frank war nicht für das viele Fragen und Herumhorchen. Jeder würde eine andere Meinung haben, und am Ende verlören sie noch alle die Lust. »Selbst ist der Mann«, sagte er. »Anfangen, los geht's! Das Weitere wird sich schon finden.«

Wie schwer der Anfang war, das spürten sie auf der Bootswerft.

Sie hatten sich nachmittags in Rollers Garten getroffen und die gesammelten Werkzeuge und Bretter sortiert. Acht Hämmer, etliche Schraubenzieher, fünf Zangen und eine altersschwache Säge waren beisammen, aber kein einziger Bohrer. Und Hobel, Raspel, Stichsäge, Zwingen – vieles fehlte. Karl der Kahle zählte auf, was noch alles gebraucht würde.

»Halt, halt«, seufzte Irene. »Das können wir doch nicht alles kaufen. Wo denkst du hin? Da müßten wir Hundertmarkscheine in der Kasse haben.«

Der Holzvorrat erwies sich als noch dürftiger. »Reicht zur Not für die Stevenbogen und für ein paar Sitzbänke«, sagte Kahlkopf. »Aber zuerst müssen wir ein langes Brett für den Innenkiel haben. Und die Spanten sind das wichtigste. Eschenholz brauchen wir dazu.«

Je näher sie sich mit den Einzelheiten beschäftigten, desto deutlicher wurde ihnen, was noch alles angeschafft werden mußte. Es war viel, allzuviel, und ihr Mut wurde gering vor den Schwierigkeiten des Beginns.

»Werklehrer Schipke hat schon recht«, sagte Hanne, »Stückliste, genaue Maße, Werkzeugaufstellung und Kostenüberschlag sind sicher nötig. Die Idee allein genügt eben nicht.«

Diese klugen Worte behagten Roller und Frank recht wenig. Sie ärgerten sich darüber. Und Schlaukopf Wanze brachte manches spöttische Sprüchlein vor. Er schürte das Glimmen der Unlust so lange, bis ihm einer den Mund stopfte. Das war Frank. Der besorgte es gründlich, obwohl die Mädchen protestierten. Maulheld Wanze ging nach Franks erstem Ansprung in die Knie. Die Jungen freuten sich unverhohlen, daß er an den Richtigen gekommen war. Nur Roller blickte finster drein. Hanne glaubt Herrn Schipkes Zweifel mehr als unserem Plan, dachte er, Wanze hat nur Stänkerei im Kopf, und Frank kann seine Rauflust nicht bezähmen. Was sind das für Bootsbauer? Als der geschlagene Spottvogel mit beleidigtem Gesicht davongeschlichen war, beschlossen sie, Herrn Schönbrod zu besuchen.

Kahlkopfs Vater arbeitete als Meister in der volkseigenen Holzverarbeitungsfabrik am Bahnhof. Dieses Werk hatte dem ehemals reichsten Mann von Eulenberg gehört. Früher war Herr Schönbrod einer der vielen gewesen, die mit ihrer Hände Arbeit zum Wohlleben des

Eulenberger »Holzfürsten« beigetragen hatten. Bei Kriegsende war der ehemals so großartige Besitzer mit seinem Anhang über Nacht geflohen. Die Villa hatte er nicht mitnehmen können und das Werk auch nicht. Aus dem Wohnpalast war ein Kindergarten geworden, und das Werk hatten die Arbeiter wieder in Gang gebracht und allmählich vergrößert. Kahlkopfs Vater hatte seine Meisterprüfung abgelegt. Er war ein erfahrener Praktiker, dieser fünfzigjährige Mann mit dem Tischlerbuckel.

Bei seiner Heimkehr an diesem Nachmittag wurde er von sieben künftigen Bootsbauern überrumpelt. Sie standen an der Hoftür und begrüßten ihn im Chor: »Guten Tag, Meister«, und sogleich begann Hanne mit der Einleitung.

Kahlkopf hatte zu diplomatischem Vorgehen geraten. Es klappte gut. Herr Schönbrod guckte erst verwundert und runzelte die Stirn. Dann lächelte er, zog seine Tabaksdose aus der Tasche, stopfte die Pfeife, brannte sie an und hörte zu. Roller wies die Zeichnungen vor.

»Mhm«, brummte der Mann, blies den Rauch durch die Nase, nahm die Blätter. »Wer hat die Skizzen angefertigt?«

»Kahl … äh, Karl«, sagte Roller. »Ihr Karl.«

»Mhm. Allein gemacht, Karl?«

»Gezeichnet, ja, Vater. Ausgedacht haben wir es alle zusammen, nach einem Kanu, das wir am Wehr gesehen haben. Sind erst mal Ideenskizzen, noch nicht maßstäblich.«

Das mit den Ideenskizzen war gut, das wirkte. Die Zeichnungen schienen Herrn Schönbrod zu gefallen. Er betrachtete sie, als sähe er zum erstenmal Zeichnungen seines Jungen. Vielleicht wußte er gar nicht, daß Kahlkopf der beste Zeichner seiner Klasse war. Schönbrods hatten sechs Kinder.

»Junge, ich habe immer gesagt, daß du gleich nach der Achten als Lehrling bei uns anfangen solltest. Noch zwei Jahre Mittelschule sind nicht nötig. Verlierst bloß Zeit.«

»Will doch mal auf Fachschule gehen, Vater, weißt doch. Du hast dir das auch immer gewünscht, früher.«

»Wir wollen alle die Mittelschule besuchen«, sagte Irene.

»Soso.« Was die anderen machen, wird mein Junge schließlich auch können, dachte Meister Schönbrod und ging auf die Fragen über das

Kanu ein. Zu schaffen wäre das schon, meinte er, auch für Bastler, für Laien. Ein Messemuster müßte es ja nicht gerade werden. Vielleicht schwimme das Ding sogar, wenn es fertig sei. Nur Ausdauer müßten sie haben. In drei Tagen würde so etwas nicht gebaut. Eine Stückliste? Natürlich, die sei notwendig. Danach müsse doch das Material beschafft werden.

Irene flüsterte mit Hanne. Roller konnte nicht verstehen, was sie besprachen. Er sah nur, wie Hanne den Kopf schüttelte. Da übernahm Irene die diplomatische Rolle der Freundin, und sie machte ihre Sache vortrefflich. Ob er ihnen nicht helfen könnte, fragte sie den Meister. Holz wäre schwer zu kriegen, und in der Fabrik gäbe es doch Abfälle, die vielleicht billig zu haben wären.

Alle Abfälle würden verwendet, antwortete Herr Schönbrod. Der Betrieb müsse sehr sparsam mit dem knappen Holzmaterial umgehen. Er könne ihnen keine Hoffnung machen. Besser wäre, wenn sie sich über die Schule an die Betriebsleitung wenden würden, dann sähe es nicht wie ein privates Anliegen aus.

Sie dachten sofort an Direktor Berti. Ob der ihnen helfen würde? Die 8a hatte ihm in letzter Zeit viel Ärger bereitet, und jene Sache mit Haumeister Püschel war auch noch nicht aus der Welt geschafft. Wer hätte den Mut, Herrn Bertram zu fragen?

Kahlkopfs Vater blickte in die ratlosen Gesichter. »Nicht gleich die Flinte ins Korn werfen«, sagte er. »Wenn ihr euch soviel vorgenommen habt, müßt ihr schon mit Schwierigkeiten rechnen. Na, das Kielbrett und die Bordleisten meinetwegen will ich euch spendieren, damit ihr erst mal anfangen könnt.«

»Es fehlt uns auch an Werkzeug«, sagte Irene tapfer.

»Mhm, was fehlt denn?« Herr Schönbrod sah seinen Jungen an, und Kahlkopf zählte auf. »Mhm, will mal sehen, was ich euch von meinem privaten Kram borgen kann«, brummte der Meister. »Borgen, versteht ihr! Das heißt, sorgsam behandeln und ganzbeinig wiederbringen. Karl, du weißt Bescheid. Und heute schon machst du eine maßstäbliche Zeichnung nach der Skizze da, eins zu zehn. Danach stellen wir die Stückliste auf. Wäre doch gelacht, wo dein Vater Tischlermeister ist.«

Roller und Frank wollten gern dabeisein. Auch Irene fragte Herrn Schönbrod, ob sie kommen dürfe. Eine Stückliste kenne sie noch nicht. Der Mann nickte, nahm seine Tabakspfeife aus dem Mund, klopfte sie aus und dachte: Sind verdammt begierig, was zu lernen, sind reineweg versessen.

## *Erste Erfolge*

In der stillen Frühe des Sonntags fand Frank das Tor zu Helfrings Garten verschlossen. Schläft noch, der Penner, dachte er und kletterte hinüber.

Der Tau blitzte auf den Gräsern. Eine Amsel huschte davon. Meisen, Stare und Spatzen wetteiferten miteinander in morgendlicher Emsigkeit. Frank ging auf das Gartenhäuschen zu. Die Tür war angelehnt. Er schlich näher, sah Roller drinnen vor dem Holzvorrat stehen. Die Tür knarrte. Roller fuhr herum. Der grübelnde Zug in seinem Gesicht wich einem Lächeln.

»Mensch, Alter! Gut, daß du kommst. Mir wachsen schon graue Haare. Ich habe einfach nicht mehr schlafen können.«

»Ich auch nicht«, sagte Frank.

Beide waren von dem gleichen Gedanken aus dem Bett getrieben worden. Die Stückliste, die sie gestern mit Herrn Schönbrod aufgestellt hatten, lag ihnen wie Blei im Hirn. Mindestens dreißig Eschenspanten waren erforderlich und viele laufende Meter Kiefernbrettchen für die Bootswandung. Dazu ein gutes Tausend Messingstifte. Ohne zu überlegen, hatte Kahlkopfs Vater die Materialliste diktiert. Sie wußten, daß er sein Fach beherrschte. Keiner zweifelte an der Richtigkeit seiner Ratschläge. Wenn, ja wenn sie über das Materiallager eines großen Betriebes verfügen könnten. Dieses Wenn hatte Meister Schönbrod vergessen. Und keiner hatte den Mut gehabt, ihn daran zu erinnern, auch Irene nicht. Er wollte ihnen das Kielbrett und die Bordleisten geben. Mehr konnte er nicht tun, das sahen sie ein. Er half ihnen auf seine Art, als Fachmann und nicht zuletzt auch als Kahlkopfs Vater, als Mitglied des Elternbeirates der Diesterweg-Schule. Es gab Gesetze seines Faches über werkgerechte Verarbeitung, die er nicht unbeachtet lassen konnte. Das spürten sie, auch wenn es ihnen keiner erklärte. Wer hätte ihm da dreinreden können? Was er sagte, war klipp und klar. Es schien ihnen, als könne das Kanu nicht anders gebaut werden. Und doch waren sie wie geprügelt nach Hause geschlichen. Was auf der Liste stand, kostete bestimmt weit über hundert Mark, und außerdem war es schwer zu beschaffen. Eschenspanten und Messingstifte! Der hatte gut reden, der Alte, und auch der Junge.

Dieser Kahlkopf, der war auch schon so ein halber Holzwurm. Dem konnte gleich am Anfang nichts gut genug gemacht werden. Roller und Frank waren sich einig, daß aus den Eschenspanten, aus den vielen Kiefernbrettchen und Messingstiften nichts werden könnte. Sie mußten eine andere Möglichkeit finden.

»Alles andere wird Pfuscharbeit«, sagte Karl der Kahle, als sie die Bretter und Leisten und Werkzeuge abluden, die ihm sein Vater für den Kanubau gegeben hatte.

Mit Irene und Hanne kam der Spötter Wanze in den Garten. Er wolle mitmachen, sagte Wanze und blinzelte zu Frank hinüber. Nur müsse ihn der Speckfrank in Ruhe lassen. Der gehöre doch gar nicht richtig dazu. Er jedenfalls habe viel ältere Rechte als der zugelaufene Dorfbengel.

Frank zahlte ihm den »Dorfbengel« nicht heim, wie es alle erwarteten. Frank blieb ruhig, unheimlich ruhig. Er sah Wanze überhaupt nicht an. »Genug jetzt«, sagte er. »Entweder er geht, oder ich gehe. Ich fordere eine Gruppenabstimmung darüber.«

»Liegt dir so wenig an dem Kanu«, fragte Roller, »daß dich die Blödelei von Wanze aus der Ruhe bringt?«

Und Irene vermittelte. Auf Irene hörte Frank, von der ließ er sich etwas sagen. Ein Raufbold wollte er in ihren Augen nicht sein. Wer hier störte, das war klar. Frank blieb und ließ Wanze unbeachtet. Was ihn das kostete, ahnte vielleicht nur Irene.

Pepo und noch einige Jungen und Mädchen der Gruppe kamen.

Für so viele ist gar keine Arbeit da, dachte Roller und sagte seine Meinung zu der Materialfrage. Aber Kahlkopf beharrte auf einer fachgerechten Ausführung des Bootsbaues, wie sie Zeichnung und Stückliste vorsahen.

»Wir müssen Haussammlungen durchführen«, schlug Irene vor, »wie damals, für das Thälmann-Schiff. Wißt ihr noch, was da alles zusammengekommen ist? Bis jetzt haben wir überhaupt noch nicht richtig gesammelt. Es ist nur geredet worden.«

»Sammle mal Eschenspanten und Messingstifte«, sagte Frank. Er grübelte noch immer nach einer Lösung der Spantenfrage, fand aber keinen Ausweg.

Sie waren ratlos und sahen keine andere Möglichkeit als die von Herrn Schönbrod empfohlene. Der Kostenüberschlag des Meisters erschreckte sie. Karl der Kahle verlas ihn. Nach Aufzählung der vielen Einzelposten kam das dicke Ende: »Gesamtsumme der reinen Materialkosten etwa 220 Mark.« Das war ein Brocken! »Ohne Innenkiel und Bordleisten«, sagte Karl, »bei sparsamer Verarbeitung.«

»Gelobt sei ein Fachmann«, stöhnte Roller, »aber so geht es einfach nicht.« Dennoch fingen sie an. Kahlkopf drängte, schob die Herumstehenden beiseite, kramte in den Werkzeugen. Roller teilte eine Kolonne zum Sammeln ein, Irene übernahm die Führung. Hanne wollte nicht mitgehen. Sie hätte sich von Anfang an für die Ingenieurbrigade interessiert, sagte sie und blieb. Wanze meckerte, als er Irenes Kolonne zugeteilt wurde.

»Bringt Schrott«, mahnte Roller, »besonders Buntmetall, das gibt Geld. Und denkt an Material für das Boot. Gutes Holz brauchen wir, keine Kistenbretter.«

»Ja, Eschenspanten und Messingstifte«, rief Wanze. »Und was wird aus deiner massiven Lampe?«

Ist wahrhaftig ein Ekel, dieser Wanze, dachte Roller und ärgerte sich, daß er keine Gruppenabstimmung über ihn zugelassen hatte. Frau Helfring war nicht geneigt gewesen, die Lampe herzugeben. Und heimlich wollte sie Roller nicht nehmen. Nein, dachte er, und wenn Wanze noch soviel lästert, ohne Erlaubnis verkloppe ich sie nicht. Vielleicht läßt Mutter noch mit sich reden. Ich werde ihr sagen, wie schwierig alles ist und daß jeder was opfern muß.

Den langen Innenkiel, der die Spanten zu tragen hatte, mußten sie schäften. Was das sei, schäften, fragten sie Karl den Kahlen, der noch den Beinamen »Holzwurm« angehängt bekam. Er war in seinem Element, der Kahlkopf-Holzwurm. Er zeigte ihnen, wie die beiden Teile des Kielbrettes abzuschrägen und aneinanderzupassen seien.

Die schrägen Stöße dürften keine »Luft« haben, erklärte er und arbeitete schnaufend mit der Raspel. Als die Schnittflächen geebnet waren, trug er Kaurit-Leim mit zugesetztem Härtepulver auf. Der klebte besser als Schusterpech. Die abgeschrägten Kielbretter wurden von beiden Seiten mit Brettstücken und Tischlerzwingen zusammengepreßt.

Indessen schärfte Frank die in Meister Schönbrods kleinen Schraubstock eingespannte Stichsäge. Das Kreischen der Feile auf den Sägezähnen erschien Hanne unerträglich; sie wäre am liebsten weggelaufen. Karl der Holzwurm hatte ihr den Auftrag gegeben, die Stevenbogen auf der buchenen Tischplatte aufzureißen. Die Platte stammte aus Helfrings Waschküche. Roller und Frank hatten sie durch Kistenbretter ersetzt. Frau Helfring war die Verwandlung ihres Waschküchentisches bisher entgangen; denn die findigen Bastler waren auf die Idee gekommen, altes Wachstuch über die ruppigen Bretter zu spannen.

Hanne hatte die Steven in ganzer Rundung aufgerissen. Das war falsch. Kahlkopf erläuterte, weshalb die Bogen aus zwei Teilen zusammengesetzt und überblattet werden mußten. »So«, sagte er, und Hanne stand mit rotem Kopf dabei, während er die Werkstücke neu aufriß. »Hier läuft die Holzfaser. Wenn sie quer geht, bricht der Kram wie Zunder.«

Das war ihnen schon im Werkunterricht beigebracht worden, aber Hanne hatte es nicht beachtet. »Was geleimt ist, kann doch nicht so fest sein wie gewachsenes Holz«, warf sie ein.

»Im Gegenteil«, brüllte Karl der Holzwurm. »Eine richtig geleimte Stelle bricht nie, eher reißt daneben das Holz.«

Abwechselnd schnitten sie die Teile der Stevenbogen aus. Das Blatt der Stichsäge wurde bei der Arbeit so heiß, daß man es nicht an-

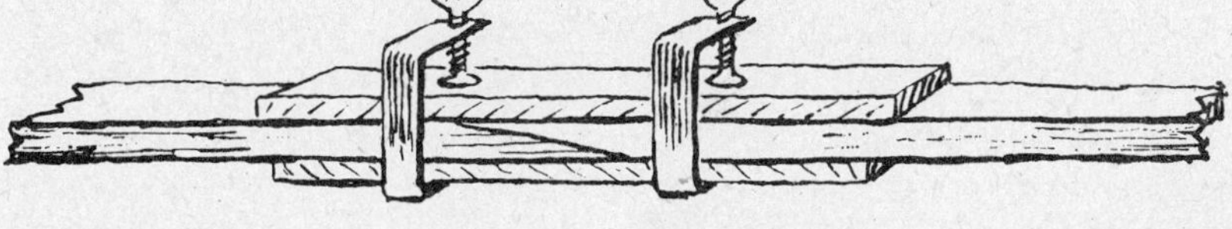

fassen konnte. Frank sägte unheimlich rasch. Er schaffte die größten Strecken. Wenn einer absetzte, ergriff der nächste die Säge. Jeder maß seine geschaffte Strecke mit dem Zollstock. Hanne wurde ganz kleinlaut bei diesem Wettbewerb. Sie lag als letzte im Rennen der Säger. Frank war nicht zu schlagen. Er wollte so schnell sägen, bis das Blatt glühen und sich von selbst durch das Holz fressen würde. Zuletzt rann ihm der Schweiß von Stirn und Nase, aber das Sägeblatt wurde nicht glühend.

»Schade«, sagte er, als das letzte Stück zugeschnitten war, »vielleicht hätte ich doch einen Schneidbrenner aus der Säge gemacht.«

Kahlkopf und Roller schnitten die Überblattungen zurecht. Dann verleimten sie die Teile und preßten sie mit Zwingen aufeinander. Als die fertigen Steven vor ihnen lagen, konnte man die geschwungene Form von Bug und Heck schon ahnen, und sie waren stolz auf ihre erste Arbeit. Die Blasen an den Händen spürten sie kaum. Nur Hanne kühlte ihre schmerzende Rechte mit Spucke. Sie drehte sich um dabei, wollte es heimlich tun, aber Frank sah es. Frank feixte, und Hanne ärgerte sich wieder über ihn.

»Morgen werden die Bordleisten geschäftet«, sagte Karl, »und dann wird alles eingepaßt. Den Balken dort hinter eurer Gartenbude, Roller, den werden wir als Helling nehmen.« Er sah die fragenden Blicke. »Das ist nämlich – eine Helling ist die stabile Unterlage für den Aufbau eines Bootes. Beim Schiffsbau geht es gar nicht ohne Helling. Sonst wackelt alles, die Spanten und der ganze Kram. Hier«, er nahm ein Brettstück, skizzierte, »so wird das Gerippe aussehen. Ist schon halb ein Boot.«

»Bis auf ein paar Kleinigkeiten, mein Lieber.« Roller dachte kummervoll an die zweihundertzwanzig Mark von Meister Schönbrods Kostenüberschlag.

Irene und ihrer Kolonne war anfangs kein Sammlerglück beschieden. Sie hatten sich überlegt, wo noch etwas zu holen sei. Da die

Rumpelecken zu Hause und bei Verwandten und Bekannten schon mehrmals abgesucht worden waren, versuchten sie es aufs Geratewohl.

Wanze bewies, daß er nicht nur spotten konnte. Auf der Werft hatten sie ihm sein Gerede von dem hergelaufenen Dorfbengel übel vermerkt; das hatte er deutlich gespürt, so dick sein Fell auch war. Er hätte sich sonst wohl kaum der langweiligen Sammelkolonne zuteilen lassen. Ich werde es ihnen zeigen, dachte er und trabte unverdrossen wie ein Handlungsreisender von Tür zu Tür, Irene an seiner Seite. Die anderen lauschten währenddessen in Hausfluren und Treppenhäusern auf das erlösende Wort: Na, wolln mal nachsehen. Dieses Wort aber wollte und wollte nicht fallen, sooft Wanze auch klingelte und fragte und Irene ihr erklärendes Verslein vorbrachte.

Verrostete Gardinenstangen, zwei alte Ofenrohre und ein durchgebrannter Grudeherd waren die magere Ausbeute nach einstündiger Bemühung.

»Verdorri«, sagte Wanze, »der Speckfrank und seine dicken Freunde haben sich geschnitten. Wenn die denken, sie können mich abschieben, die staubigen Brüder ...« Und er entwickelte seinen Plan. Bei alten Leuten liege manchmal Gerümpel herum, das noch einen guten Schrottwert habe. Man müsse nur verstehen, es lockerzumachen.

Das war kein neuer Gedanke, aber sie faßten wieder Mut und zogen mit ihrem rumpelnden Handwagen weiter, in die nächste Straße.

Als das Stimmungsbarometer sehr tief stand, kam das Glück über die verzagten Sammler. Wanzes und Irenes Verhandlung vor der Wohnungstür einer alten Dame zog sich in die Länge; denn die Frau hörte schwer. Wanze mußte so laut reden, daß die anderen an der Haustür jedes Wort verstehen konnten. »Boden aufräumen«, hörten sie und stürmten die Treppe hinauf.

Am Schluß der Bodenrazzia sahen sie aus wie die Müllfahrer. Aber

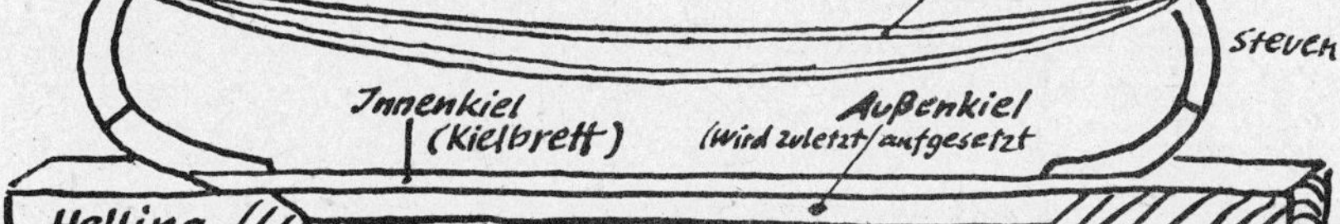

was hatten sie für Schätze geborgen! Jeder der drei fast meterhohen Bronzezwerge wog mindestens acht Kilo. Und daß der Eichentisch nur noch drei gedrechselte Beine hatte, war ein besonders günstiger Umstand; sonst hätte ihn die alte Frau womöglich behalten. Es war ein Ausziehtisch mit doppelter Platte, der eine Menge Holz enthielt. Gutes Holz, wenn es auch nicht gerade Eschenspanten waren. Dazu kam ein mächtiger Stapel staubiger Bücher. Die zernagten Schmöker waren wohl dreimal so alt wie die Sammler, deren lärmender Eifer das Haus mit Unruhe erfüllte. Und zuletzt durfte jeder eine Trophäe des Beutezuges für sich behalten. Wanze war glücklich über den Fund eines ledergebundenen Geographiealbums aus dem vorigen Jahrhundert. Das wollte er gleich morgen Direktor Berti zeigen. Pepo trug eine wurmstichige Armbrust auf der Schulter, um die ihn alle Jungen beneideten. Elvira hatte einen bemalten Fächer aufgestöbert, und die anderen erfreuten sich an ähnlichem Plunder. Die Glanzstücke ihrer Sammlung aber waren unbestreitbar die Kitschzwerge mit den dummen, grünspangesprenkelten Gesichtern. Wenn man ihnen auf die Zipfelmützen klopfte, gaben sie dumpfe, glockenähnliche Töne von sich.

Die schwerhörige Frau, sorgenvoll vor einem Umzug stehend, überhörte den Lärm. Ihr Brennholz war in Säcke gepackt worden, und Irene und Purzel hatten den Bodenraum und die Treppen gefegt. Beim Abschied bedankten sich alle bei der guten Frau.

Dreimal mußten sie zu Sanders Schuppen fahren, wo die Beute abgestellt wurde. Sie bedauerten, daß Schrottzärche sonntags nicht geöffnet hatte.

Stolz wie ein Pfau marschierte Wanze neben der Fuhre her. Hinter ihm ging Pepo, die Armbrust geschultert. Mit einem Bolzen seiner Waffe klopfte er auf die Bärte der bronzenen Wichte. Pong-pong-pong, dröhnte es, und alle strahlten vor Freude. Selbst die Straßenpassanten lächelten über die seltene Fuhre. Ein Mann fragte, ob sie von einer Theateraufführung kämen. Theater! Was wußte der schon von dem Sieg, den sie errungen hatten. Sie lachten ihn glattweg aus, und er hielt es für Ungezogenheit der heutigen Jugend.

Die von der Werft werden Augen machen, dachte Wanze. Und Dorftrottel Speckfrank, hä, wie haben wir es denn jetzt?

## *Frank hat eine Idee*

Auf der Bootswerft war es still geworden. Hanne, Frank und Kahlkopf waren zum Mittagessen gegangen. Roller hatte die Werkzeuge und Holzteile in das Gartenhaus getragen, nur den geschäfteten Innenkiel mußte er draußen liegenlassen.

Wenn die Steven mit Kielbrett und Bordleisten verbunden sind, ist das Bootsgerüst fertig, überlegte er. Und dann? Dann sitzen wir fest. Wie sollen wir zu den Spanten kommen?

Eschenleisten, hatte Meister Schönbrod ausdrücklich empfohlen. Die müßten im Wasserdampf des Waschkessels weich gemacht und in ein vorbereitetes Holzmodell gespannt werden, eine auf die andere. Das ergäbe die allmähliche Verjüngung der Spanten nach der Bootsspitze hin. Er hatte eine Skizze angefertigt und ihnen den Arbeitsvorgang genau erläutert.

Roller betrachtete die Zeichnung. Sieht einfach aus, aber – ob wir das schaffen? Zweimal müssen die Lagen eingespannt werden, einmal für die Bughälfte, dann für die Heckhälfte. Ohne Rippen geht es nicht. Die halten das ganze Boot zusammen wie die Gräten den Hering. Auch der Mensch hat Rippen. Müssen ja sein, als Gerüst. Aber zweihundertzwanzig Mark – die kriegen wir nie zusammen.

»Roller! Roller!« gellte eine Stimme vom Gartentor her. Irene kam gerannt, winkend, rufend. Sie sah sein trübes Gesicht und verstummte.

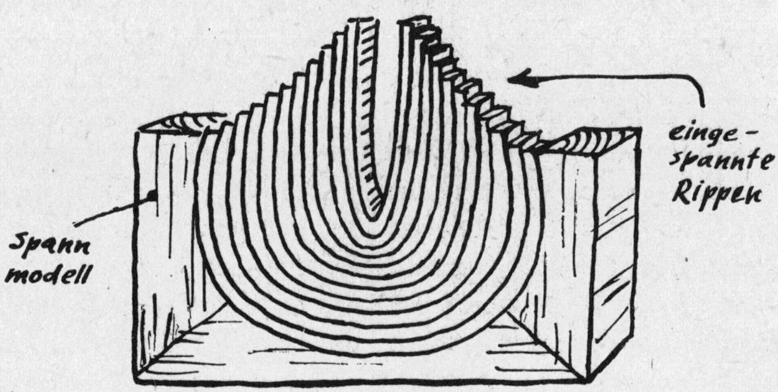

»Mist«, brummte Roller, »alles Mist.«

Irene verstand vieles. Sie verstand manchmal mehr als die kluge Hanne. Ihre Blicke blieben auf der Skizze hängen, die Roller verdrossen beiseite schob.

»Das schaffen wir nie, das da mit den Rippen.« Er war so verzweifelt, wie ihn Irene nie gesehen hatte.

Leise sagte sie: »Ich glaube, wir schaffen es doch, Roller, wenn ... wenn alle zusammenhalten. Du mußt es ja nicht allein machen. Wir sind auch noch da. Und Kahlkopf? Versteht der etwa nichts?«

»Ach, der! Ein Bürokrat ist das, ein Millimeterheini.«

»Willst du gleich am Anfang mutlos werden? Und erst warst du so begeistert. Was sollen die anderen denken? Der Millimeterheini, wie du ihn nennst, weiß jedenfalls, was er will.«

Roller erschrak. Sie hat recht, sie hat mehr Vertrauen in die anderen als ich. Aber – sie kennt die Schwierigkeiten nicht. Was versteht sie denn vom Kanubau?

Irene sah den Zweifel in seinem Gesicht. »Du, wir haben gut gesammelt. Wirst dich wundern. Wanze hat prima mitgemacht. Ohne ihn hätten wir vielleicht gar nichts bekommen. Ich glaube, ihr schätzt ihn falsch ein. Unser Kanu, das bauen doch nicht nur zwei, nicht nur du und Frank Brinkmann.«

Nanu, dachte Roller, seit wann ist sie gegen Frank? Heute morgen hat sie auf Wanze geschimpft, und jetzt hebt sie ihn hervor. Da soll sich einer auskennen. »Gut gesammelt?« fragte er. »Was denn?«

»Geh erst mal essen. Nachmittag kommen wir her und erzählen dir alles. Dann wird beraten, wie es weitergehen soll. Ich bringe Pepo und Wanze mit, ja?«

»Mm, ich habe Kahlkopf und Hanne bestellt und ... und Frank.«

»Macht nichts, ist sogar gut«, rief Irene und rannte davon, daß die Zöpfe auf ihren Schultern hüpften.

Frank ging wie ein Schlafwandler durch die Straßen. Er betrachtete heute nicht die blitzenden Wagen auf dem Parkplatz am Markt, er blieb auch nicht an der Tankstelle stehen. Seine Gedanken waren noch beim Bootsbau. Wie kommen wir ohne Eschenspanten weiter? grübelte er. Ob es nicht doch eine andere Möglichkeit gibt?

Im Fenster des HO-Geschäftes war ein Zelt aufgebaut. Daneben lag ein Boot, leuchtend rot abgesetzt, ein Faltboot. »Pax«, las Frank. Der Preis erschreckte ihn. Ist ja Käse, dachte er, nur für zwei Mann. Was denn? Sind da keine Spanten drin? Doch, aber nicht viel, nur vier oder fünf. Bei einem Kanu geht es nicht so. Muß stabil sein, viel fester als ein Gummiboot. So stabil, daß eine ganze Mannschaft reinkann, mit Gepäck.

Er kam spät zu Tante Hedwig. Das Essen war kalt. Er schlang es hinunter, noch immer grübelnd. Die Reden der Tante verhallten vor seinen Ohren.

»Nach dem Essen in den Garten«, befahl sie. »Vier Beete hast du heute zu säubern. Vorher laß ich dich nicht aus dem Hause.«

Er nickte abwesend. Er wollte sie nicht ärgern und seine Gedanken nicht stören lassen.

Herrje! Um drei zu Roller! durchfuhr es ihn, als die Tante wiederum scheltend mahnte. Kaum noch eine Stunde Zeit. Ob ich da vier Beete schaffen werde?

Sie hatte ihm viel aufgebrummt, erschreckend viel für einen Sonntagnachmittag. Wütend hieb er die Hacke in das Kraut. Was können wir bloß als Spanten nehmen? Blechrippen, aus alten Abfällen? Die sind biegsam, aber zu schwer. Leichtmetall vielleicht, Aluminium? Geht auch nicht. Wenn wir mal kentern, würde das Boot absacken.

Mit der Hacke kam er schlecht voran. Er warf sie beiseite, griff mit den bloßen Händen zu und schleuderte das Unkraut durch die gespreizten Beine hinter sich. Das ging besser. Wie bei einer Maschine ging das. Nur die Nesseln brannten ihm auf der Haut. Er stöhnte, verwünschte den Garten, das Unkraut, die Tante.

Es war gleich drei Uhr. Noch zwei Beete, zwei lange, überwucherte Erdstreifen lagen vor ihm. Er hob den Kopf, spähte zum Haus. Dort saß die Tante schwatzend in der Sonne. Besuch war gekommen. Das Unkraut flog nicht mehr so schnell wie bei einer Maschine durch die gespreizten Beine des Jungen. Er legte viele Pausen ein.

Vielleicht ist Roller inzwischen etwas eingefallen. Aber was? Der findet auch keine andere Lösung. Ich muß fort, muß zu ihm. Es ist sicher drei Uhr. Zwei Beete sind fertig. Ich dampfe ab.

Er pirschte an den hinteren Zaun. Vorn, beim Hause, tranken sie Kaffee. Tante Hedwig wähnte ihn bei der Arbeit. Er lief aber schon

draußen über den Acker, einen Weidenknüppel in der Hand. Schnell stocherte er in den Gang des tiefgelegenen Hamsterbaues am Feldrain. Da unten rührte sich nichts. Er nahm einen Kiesel auf, warf ihn hoch. Der Knüppel zischte durch die Luft, knallte auf den Stein, jagte ihn über das Feld. Eine Maus huschte durch die Saat. Frank hieb zu. Der Schlag ging daneben. Die Maus entfloh. Der Weidenknüppel war gerissen und ergab eine vortreffliche Schleuder. Als Frank einen großen Kiesel in den klaffenden Spalt zwängte, riß der Stock in seiner ganzen Länge auf. Da überkam ihn jäh wie ein Blitzstrahl der Gedanke, um den er so lange gerungen hatte. Er stand regungslos, die beiden Teile des gespaltenen Knüppels in den Händen. Die Lösung lag so nahe, daß ihn die Überraschung erstarren ließ. Dann jagte er los.

Helfrings waren ausgegangen, nur Roller war daheim geblieben. Er hatte Gäste in seinem Zimmer. Hanne, Kahlkopf, Irene und Wanze waren gekommen. Der Besuch hatte Roller vor dem Sonntagsspaziergang der Familie bewahrt.

Wanze berichtete von dem Beutezug. Das war ein Erfolg, der sich sehen lassen konnte. Damit ließ sich schon prahlen. Und Wanze versäumte nicht, seine Leistung ins rechte Licht zu rücken. Irene schwieg dazu.

»Gut, gut, Wanze, alter Knabe«, sagte Roller. »Bloß zweihundert Mark sind das noch lange nicht. Der Anfang ist gemacht, aber wie soll es nun weitergehen?« Karl der Kahle wußte auch keinen Rat. Die Eschenspanten erwähnte er nicht mehr. Er hatte eingesehen, daß der schöne Plan einen Haken hatte. Und mancher dachte heimlich ans Aufgeben. Selbst Roller war dieser Gedanke gekommen. Er dachte ihn nicht zu Ende, er wehrte sich dagegen. Sie drucksten herum, ratlos, mißgestimmt. Keiner sprach aus, was ihn bewegte.

Es klingelte. Roller ging hinaus. »Man ... ometer!« hörten sie ihn rufen. »Kommst spät, Alter.« Er schob den schnaufenden Frank ins Zimmer.

Der hätte heute nicht Speckfrank, sondern Lehmfrank heißen müssen. Er kam von der Gartenarbeit, war über den Acker gestürmt. Sie sahen es seinen Händen und Füßen, seinen Knien und Ellenbogen an.

»Setz dich«, sagte Roller und wies auf das Bett.

Frank blieb stehen. Er blickte in Hannes hochmütiges Gesicht. Bist mir zu dreckig für den Sonntagnachmittag, sagte dieses Gesicht. Oh, Frank wußte Bescheid. Er kämpfte mit sich, unschlüssig, ob er bleiben oder gehen sollte. Als er aber Wanzes hämisches Kichern hörte, blieb er. Vor dem renne ich noch lange nicht weg, dachte er und sagte: »Pinsel! Weißt du denn einen Ausweg?«

Wanze meckerte selbstbewußt. Die Bronzezwerge machten ihn stark. »Du vielleicht, Herr ... Herr Dorfpinsel?«

Den Dorfpinsel schien Frank zu überhören, aber heimlich notierte er ihn ganz dick auf Wanzes Konto, für die Zukunft. Jetzt sah er gelassen über den Spötter hinweg. »Ich habe es«, sagte er.

»Was?« fragte Roller.

»Die Spanten, Mann!« Er bog eine Hälfte des gespaltenen Weidenknüppels zu einem Halbkreis. »Hier! Knüppelrippen! Billiger und einfacher geht es nicht.«

Als sie begriffen hatten und Roller ihm immer wieder auf die Schulter hieb, kicherte Wanze nicht mehr. Und in Hannes Gesicht

stand ein verblüfftes Staunen. Es war so einfach, was Frank da erfunden hatte. Warum sollte es nicht gehen? Die Weide ließ sich beliebig biegen, ohne Spannmodell und ohne Wasserdampf. Wenn man die gespaltene Seite nach außen nahm und die Knüppelhälften dicht nebeneinandersetzte, mußte ein glattes und festes Gerippe entstehen.

»Und dann?« fragte Karl der Kahle.

»Leinewand«, sagte Frank, »kein Holz. Sackleinewand wird darüber gespannt, doppelt. Dann streichen wir sie von innen und außen, bis alles dicht ist. Wird fester als Segeltuch. Und wir sparen einen Haufen Geld. Brauchen keinen mehr zu fragen oder anzubetteln, weil wir das ohne fremde Hilfe schaffen können.«

Roller war am glücklichsten über den Vorschlag. Er holte den Radioapparat aus dem Wohnzimmer der Eltern. »Bist ein Schenie«, sagte er zu Frank, der sich nun doch auf das weiße Bett gesetzt hatte. »Ein Scharnier, du alter Hund. Ich gebe einen aus.« Er brachte eine

Flasche. Das war Kirschlikör. »Gleich aus der Pulle trinken«, forderte er sie auf. »Wenn ich Gläser hole, merkt es Mutter.«

Hanne wollte nicht trinken. Aber Irene schloß sich nicht aus. Sie nahm einen Schluck. Da probierte Hanne auch.

»Mann, du hast es gut«, staunte Frank und sah sich Rollers Stübchen genau an. Er betastete den kleinen Schreibtisch, blätterte in dem Briefmarkenalbum und ließ den Miniatur-Globus spielen. Von dem Bücherregal konnte er sich kaum trennen. »Gehört das alles dir?« mußte er sich noch einmal vergewissern.

Roller nickte. »Prost, Frank! Bist ein Erfinder. Kannst einen großen Schluck nehmen.«

Es wurde immer gemütlicher in Rollers Stube. Bis die Tür aufging und Herr Helfring auf der Schwelle stand.

Die Gäste hatten es plötzlich sehr eilig, und Roller mußte seine Spendierfreudigkeit allein ausbaden. Er trug das Unglück gelassen. Er trug es wie ein Mann, der durch nichts zu erschüttern ist, weil er sich einem ersehnten Ziele nahe glaubt.

## *Ein Geschäft geht in die Binsen*

In der großen Pause war beschlossen worden, daß jeder der Jungen fünf geeignete Weidenknüppel für die Spanten beschaffen sollte. Kahlkopfs Vater hatte gelacht, als er von Franks Idee hörte. Er sei nun nicht mehr zuständig, hatte er zu Karl gesagt; denn was sie da vorhätten, schlüge mehr ins Fach der Korbflechter.

Das beirrte die Kanubauer nicht. Sie waren zuversichtlich. Es ging voran. Sie sahen sich schon in dem fertigen Boot. Purzel verpflichtete sich, das Sackleinen für die Außenhaut zu liefern. Sie hatte ein Bündel alten Rupfens in der Bodenkammer einer Nachbarin aufgestöbert. Jetzt galt es, Schrauben für die Befestigung der Spanten zu besorgen. Und Farbe, viel Ölfarbe brauchten sie, um das grobe Gewebe abzudichten. Die Altstoffreserven mußten schleunigst in Geld umgesetzt werden. Obwohl Frank unbestreitbar Spezialist für Handelsgeschäfte mit Herrn Zärche war, dachte Wanze nicht daran, ihm die Beute seiner Sammelkolonne zum Verkauf zu überlassen. Wanze wollte die Bronzezwerge selbst verhökern.

»Wird ihn sauber über den Löffel balbieren, der alte Schrotthengst«, bemerkte Frank.

»Hoho«, entgegnete Wanze, »ich werde mehr rausschlagen, als du denkst. Wetten?« Dabei war er sich seiner Sache gar nicht gewiß; denn von Schrottpreisen hatte er keine Ahnung. Er wollte den Speckfrank nur aushorchen, wieviel zu erwarten wäre.

»Du wirst nicht mal soviel kriegen wie ich für Rollers Messinglampe«, sagte Frank und gab dem Schlauberger nicht den geringsten Hinweis.

Wanze vereinbarte mit seiner Kolonne, die Zwerge erst am nächsten Tage Schrottzärche anzubieten. Er wollte sich vorher gründlich informieren. Ob Messing wertvoller ist als Bronze? überlegte er. Sicher, denn es handelt sich nur um eine Bronzelegierung. Aber das Gewicht macht es, die Menge. Zwanzig Mark werden wir wenigstens kriegen.

Wanze kannte Schrottzärche nicht.

Frank wartete schon an der Post, als Roller die geputzte Messinglampe angeschleppt brachte. Sie glänzte wie neu, nur der verschnörkelte Kranz um den Petroleumbehälter und die Figuren darunter erinnerten an die Großvaterzeit. Prüfend beäugte Frank das prächtige Stück. Er faßte es an der Kette, schätzte das Gewicht und murmelte: »Wird schon hinhauen. Fünf Mark, denke ich.«

Roller sah, daß der andere etwas Längliches im geflickten Ärmel der Jacke verborgen trug. Es kam ihm vor wie ein dicker Stock. Vielleicht ein Gummiknüppel, dachte er. Immer wieder schielte er auf Franks rechte Hand, die ein graues Ende umklammert hielt. Sie bogen in die Muldenstraße ein, wo Zärche sein Gerümpellager hatte.

»Was ist das da, im Ärmel?« fragte Roller.

Frank schwang den rechten Arm nach vorn, und wie eine Schlange kam das graue Rohr herausgeflitzt. Er fing es mit sicherem Griff und fuchtelte damit vor Rollers Nase. »Blei«, sagte er, »heb mal an.«

»Gibst du das Ding fürs Kanu?«

Frank nickte. »Klar, Mann! Was denkst du? Mal sehen, was der alte Gauner dafür rausrückt.«

Sie öffneten Zärches Eisentor. Ein ausgedientes Glockenspiel schepperte. Im Hofe stank es nach alten Knochen. Herr Zärche kam. Sein stoppliges Gesicht mit dem Faltenwirrwarr und der grauen Hautfarbe ähnelte dem Schrottplatz, aus dessen Durcheinander er aufgetaucht war.

»Tag«, sagte Frank, und Roller nickte.

Der Alte brummte etwas Unverständliches, fuhr sich mit dem Rükken der schmutzigen Hand über das Kinn und sah auf die Lampe.

Frank, dessen Bleirohr längst wieder im Ärmel der Speckjacke verborgen war, fragte: »Was geben Sie für die Lampe, Herr Zärche? Ist massiv Messing, außerdem hat sie Altertumswert.«

»Als wenn du Rotzneese was davon verstehst.«

»Und ob, Mann.«

»Na ...«, Zärches Äuglein blinzelten listig, »zwei Mark. Keine Zeit, los, los!«

Frank lachte.

»Da schmeißen wir sie lieber in die Mulde. Die Putzarbeit allein ist schon soviel wert. Wo ich alter Kunde bei Ihnen bin! Tun Sie nur nicht so, als ob Sie mich nicht kennen. Ehrliches Geschäft, Herr Zärche.«

»Ist doch billiges Gußzeug, Junge.«

»Stimmt nicht. Der Ballon ist getrieben. Kratzen Sie mal dran.«

Zärche legte die Lampe auf die Waage. Er hantierte mit den Gewichten, klopfte und kratzte an dem Metall. »Drei Mark ist das höchste der Gefühle.«

»Sechs«, forderte Frank, »und keinen Pfennig weniger. Eigentlich müßte sie das Doppelte bringen.«

»Bist wohl nicht gesund, was?«

Sie feilschten zehn Minuten lang.

Roller hörte staunend zu. Sein Respekt vor Frank wuchs gewaltig. Bis auf fünf Mark trieb der Freund den Lampenpreis.

Als das Geld in Franks Tasche verschwunden war, ließ er das Bleirohr aus dem Ärmel flitzen.

Zärche blickte mißtrauisch. »Woher?«

»Meine Sache.«

»Geklaut, was?«

»Von wegen!«

»Woher? Das muß ich wissen.«

»Aus dem Keller meiner Oma. Nun wissen Sie es.«

In Zärches zerklüftetem Gesicht sammelten sich die Falten wie ein Strahlenkranz. Sein Lachen glich dem Scheppern des verrosteten Glockenspiels an der Eingangspforte. »Du siehst mir aus, als wenn du eine reiche Großmutter hättest.«

»Reich, wer sagt denn reich? Sie ist schon lange tot. Aber altes Zeug ist eine Menge da. Was denken Sie, was ich schon für die Schrottsammlung der Pioniere gegeben habe.«

»Kohl mir nichts vor, ich kenne eure Sippschaft.«

»Fragen Sie doch den da.« Frank wies auf Roller. »Der ist Gruppenratsvorsitzender bei uns. Sein Vater ist Abteilungsleiter.«

Ich kann ihn nicht sitzenlassen, dachte Roller, und er nickte bestätigend. Zärche drehte das Rohr abschätzend in der Hand, wog es, machte einen Vorschlag. Sie wurden diesmal schnell handelseinig. Roller wunderte sich, daß Frank gleich einverstanden war. Brummend bezahlte der Händler die zwei Mark.

Als die Jungen draußen waren, lachte Frank glucksend. »Sieben Mark, du. Mehr, als ich dachte. Habe nur mit fünf Emmchen gerechnet.«

»Ja, mit dem Rohr zusammen.«

»Quatsch! Der Filz hat sein eigenes Bleirohr gekauft. Das stammt doch von seinem Hof.« Rollers Gesicht machte Frank stutzig. »Brauchst nicht in Ohnmacht zu fallen, ist schon lange her. Und der alte Fuchs beschummelt auch jeden. Für unseren Kram kriegt er vielleicht den doppelten Preis oder noch mehr. Ich hatte bloß ein bißchen Dampf, daß er es merken würde. Ist halb so wild, Mann. Und jetzt zeige ich dir meine Raubzeugfalle.«

Roller hatte das Gefühl, als stäke ihm ein Brocken im Halse. Er schluckte. Der Brocken saß fest. »Hm, ist das was, Frank, ein Spitzbube gegen den anderen?«

Frank sah schweigend zu Boden.

Ob er mir den Spitzbuben übelnimmt oder nicht, das ist jetzt egal, dachte Roller. Er verspürte keine Lust mehr, Franks Raubzeugfalle anzusehen. Seine Hochachtung vor dem Freund hatte einen Knacks bekommen. Mißmutig blieb er stehen und guckte seine Schuhspitzen an. Ob ich die fünf Mark von ihm fordere, für meine Lampe? Wer weiß, was er sonst damit macht.

Er sah Franks nackte Füße. Die linke große Zehe bog sich aufwärts, zuckte, wühlte in der Rille zwischen den Pflastersteinen. Roller dachte an die gestörte Biologiestunde bei Fräulein Trapp. Sein Blick glitt an den verschrammten Beinen hoch.

»Alter Pinsel«, sagte Frank, und beide lachten. »Ich wußte doch, daß du kein Bubi bist. Komm.« Sie trotteten weiter. »Das Bleirohr habe ich nicht geklaut«, erzählte Frank. »Mein Stiefbruder hat es im Winter aus Zärches Hof geholt, die Raubzeugfalle auch. Ich habe draußen an der Mauer aufpassen müssen.«

»Dein Bruder? Ich denke, du hast bloß kleine Geschwister?«

»Stiefbruder, Mann. Ist doch nur ein halber Bruder. Meine Mutter war früher schon mal verheiratet, ehe unser richtiger Vater kam. Sie hat Anton mitgebracht. Der hat tolle Zicken gedreht. Zuletzt ist er nach dem Westen getürmt.«

Was kann man ihm glauben? dachte Roller. Falsch? Nein, falsch ist er nicht. Vielleicht schwindelt er nur manchmal. Aber wann? Das kann man nicht wissen. »Du, Frank«, sagte er und wollte das Geld verlangen. Er zögerte, besann sich. »Hm, Sommersprosse müßtest du eigentlich heißen. Aber Frank ist praktischer, nicht so lang.« Das Geld verlangte Roller nicht.

Sie trabten über die Muldenbrücke. Am Straßenrand stand ein Trecker. »Ifa-Pionier«, stellte Frank fest. Der Fahrer montierte an der Kraftstoffleitung. Frank schob sich neben ihn, guckte, half. Als der Motor lief, durften sie mitfahren. Auf dem Acker hinter der Stadt bettelte Frank so lange, bis der Fahrer ihn ans Lenkrad ließ.

Sie rumpelten feldauf, feldab, den Düngerstreu im Schlepp. Roller durfte auch ein Stück fahren. Aber der Traktorist war nicht zufrieden mit ihm. »Dein Freund kann es besser«, sagte er, und Frank wurde rot vor Freude.

Als sie sich auf dem Heimwege trennten, war in Roller die Hochachtung vor Frank wieder mächtig gestiegen. Wenn ich das Geld verlangt hätte, dachte er, dann müßte ich mich jetzt ohrfeigen. Er gibt es bestimmt Irene.

Die Jacke war von der Stuhllehne gerutscht. Tante Hedwig bückte sich danach und entdeckte das Geld von Zärche in der Jackentasche. Ehe Frank hinzuspringen konnte, hatte sie die Scheine ergriffen.

»Tante!« schrie Frank und zerrte an ihrem Arm. »Gib her!« Seine Stimme flehte. »Es gehört nicht mir.«

»Woher?«

»Ich habe Helfrings Messinglampe verkauft, das Geld ist für die Gruppe ... für unsere Bootskasse.«

»Dummkopf! Weißt genau, daß ich keinen Pfennig mehr habe. Dein Vater hat ewig nichts geschickt. Was sollen wir morgen essen? Das Geld kommt wie gerufen. In ein paar Tagen kriegst du es.«

»Nein! Nein!« Seine Stimme überschlug sich. Eine entsetzliche Angst würgte ihn. Er wußte, daß er von dem Geld nichts zurückbekommen würde.

»Sei doch vernünftig, Bengel. Schrei nicht so! Kannst mir auch mal helfen.«

Er krallte sich an ihrem Arm fest. Sie stieß ihn von sich. »Sobald ich was kriege, gebe ich es dir zurück. Mach nicht so ein Theater.«

Die Geschwister hockten im Bett und blickten erschrocken auf den Bruder. Der stand vor seiner Tante, hilflos, ungläubig. Er konnte nicht fassen, daß sie ihn in dieser Weise überrumpeln würde. Wer hätte daran gedacht? Tränen standen in seinen Augen.

»Glaubst wohl deiner Tante nicht, he? Du!« Sie nahm einen Fünfzigpfennigschein aus dem Küchenschrank. »Mein letztes Geld. Den Rest bekommst du später.«

Sechs Mark fünfzig Rest, dachte er. Die kriege ich nie zurück. Wo soll ich die hernehmen? Auf der Baustelle kann ich mich nicht mehr sehen lassen. Roller! Was wird Roller denken? Und Irene?

Er aß nichts, er beobachtete jeden Handgriff der Tante. Den Schein auf dem Tisch rührte er nicht an. Die Frau wurde zornig. »Für so dämlich hätte ich dich nicht gehalten! Kannst doch sagen, du hast nur fünfzig Pfennig gekriegt, und fertig.«

Er schüttelte den Kopf. Trotz und Scham standen in seinem Gesicht. Sie brüllte ihn an: »Ins Bett!« Dann ging sie fort. Die fünfzig Pfennig ließ sie auf dem Tisch.

Er lag lange still. Endlich stieg er zitternd aus dem Bett und schaltete das Licht ein. Die Geschwister schliefen. Er durchsuchte den Schrank, jede Schublade, die ganze Kammer. Es war ein sinnloses Tun. Weglaufen, dachte er. Wohin? Zum Vater? Zu Anton nach Hamburg?

Er fand nicht die Kraft zu einem Entschluß. Müde nahm er den Schein vom Tisch und legte ihn in sein Geschichtsbuch. Das Buch schob er unter den Strohsack.

Als er endlich eingeschlafen war, wich die Qual nicht von ihm. Schlimme Traumbilder peinigten ihn bis zum Morgen.

## *Zweifel*

Es war sechs Uhr, als Frank erwachte. Er blinzelte, rieb sich die Augen. Ein Schreck durchfuhr ihn: Das Geld! Soeben noch, im Traum, hatte er die sieben Mark von Zärche zwischen den Geschichtsbuchseiten gesehen.

Er äugte zum Nebenbett. Die Tante lag auf der Seite, ruhig schlafend. Auch die Kleinen regten sich nicht. Leise zog er das Buch hervor, schlug den Deckel auf. Da lag der Fünfzigpfennigschein, sonst nichts. Das Elend von gestern kroch wieder über ihn. Er schob das Geschichtsbuch in die Schultasche, zog sich an und stand lange unschlüssig. Dann stöberte er behutsam in den Kleidern der Tante. Er fand ihre Geldbörse nicht. Verzweifelt ging er aus der Stube.

Eine Stunde war noch Zeit, bis Roller an der Post vorbeikommen mußte. Die Stunde wurde endlos. Ich will ihm alles sagen, nahm er sich vor. Er stand und wartete. Er ging auf und ab und wartete. Viele Menschen kamen vorbei, hasteten zum Bahnhof, zur Arbeit. Frank sah sie kaum. Grübelnd rang er mit seiner Not. Wird Roller mir auch glauben? Die Sache mit Anton und dem Bleirohr gestern, die hat er nicht geglaubt. Und die Gruppe? Seine Angst wuchs.

Endlich tauchte der Erwartete auf. Aber Rollers Kommen erlöste Frank nicht von seiner Qual. Er schämte sich so sehr für seine Tante, als wäre es sein eigenes Vergehen, und kein erklärendes Wort kam über seine Lippen.

Roller begrüßte ihn freudig. »Wir können Schrauben kaufen, Sommersprosse, und Lack! Haben eine schöne Stange Geld beisammen.« Er rechnete Frank vor: »Unsere sieben Mark von Zärche, vier Mark Gruppengeld, weißt ja, die wir für einen Fußball sparen wollten, und acht Mark siebzig sind bisher gespendet worden. Junge, fast zwanzig

Mark! Wanzes Zwerge und die alten Bücher bringen auch noch allerhand.« Er sah in Franks grübelndes Gesicht. »Was hast du denn, Alter? Nicht zufrieden? Warte nur ab, da kommt noch mehr ein. Jetzt sind wir über den Berg. Mit fünfzig Mark können wir bestimmt rechnen.« Er stieß ihm den Ellenbogen in die Seite. »Du, neunzehn Mark siebzig in den paar Tagen, ist das nichts? Du mußt nicht so ungeduldig sein.«

Frank schwieg noch immer. Er sah den anderen nicht an. Wäre ich bloß nicht hergegangen! Jetzt ist es zu spät. Sechs Mark fünfzig – die kriege ich nie zusammen. Vielleicht, wenn ich Zeit hätte? Ich muß es versuchen. Wenn sie nur nichts merken.

Im Schulflur sagte er zu Roller: »Ich muß schnell mal.« Er kam erst nach dem Läuten in die Klasse. Hinter ihm erschien Fräulein Trapp. Der Unterricht begann. Es wurde Franks qualvollste Stunde.

In der Pause, als Roller draußen war, trat er zu Irene. »Hier, fünfzig Pfennig«, sagte er hastig und schob das Geld hin, »von Rollers Lampe.«

Elvira von der Nebenbank horchte auf, machte einen langen Hals.

Irene sah Frank verwundert an. »Fünfzig Pfennig? Sieben Mark hat Roller gesagt. Du hast doch sieben Mark bei Zärche bekommen? Hier«, sie blätterte in dem Kassenbuch, »ich habe es vorhin gleich eingeschrieben.« Sie las: »Sieben Mark für eine Lampe und ein Bleirohr von Roller und Frank.«

»Stimmt ja, stimmt«, erwiderte Frank mit rotem Kopf, »das andere kriegst du noch.«

Eine Stunde später wußten es alle. Das war etwas für Elviras Mundwerk! Frank, den Roller sogleich fragen wollte, war fort. Keiner hatte ihn weggehen sehen. Er fehlte in den folgenden Stunden. Roller hatte gelacht, als er von dem Klatsch hörte. Er hatte Frank wie seinen eigenen Bruder verteidigt. Jetzt saß er stumm, und seine Gedanken hingen bösen Ahnungen nach. Was keiner wußte, was viele heimlich vermuteten, was der eine nicht glauben wollte und der andere hämisch betratschte, das lag wie eine trübe Wolke über der Klasse. Wanze spottete boshaft. Pepo schwur auf Franks Ehrlichkeit in solchen Dingen. Irene und Hanne schwiegen betroffen. Kahlkopf und Purzel stritten sich.

Und Roller? Roller saß wie gelähmt. Es kann nicht sein, dachte er, es kann nicht sein. Frank ist kein Lump. Er wird doch nicht alles kaputtmachen?

Vom Kanubau sprach keiner mehr.

»Du mußt zu ihm gehen«, sagte Frau Helfring, »mußt ihn fragen. Ihr könnt ihn nicht einfach verurteilen.«

»Ich ... ich verurteile ihn doch nicht«, erwiderte Roller. Dabei glaube ich es auch schon halb, dachte er und hatte einen bitteren Geschmack im Munde. »Aber, Mutter, was kann er denn mit dem Geld gemacht haben? Wo soll es denn sein? Es gehört ihm doch nicht. Die fünf Mark von der Lampe jedenfalls nicht. Das Geld für sein Bleirohr mag er behalten. Aber das andere ...« Roller ahnte, daß der Kanubau scheitern würde, wenn Franks Unehrlichkeit erwiesen wäre.

»Vielleicht hat er das Geld verloren«, sagte die Mutter.

»Das ... dann wäre es gar nicht so schlimm, aber ...«

»Er wird sich nicht getraut haben, darüber zu sprechen, Rolf. Du gehst am besten zu ihm, heute noch.«

Davor fürchtete sich Roller. Er hatte Angst, Gewißheit zu erhalten über das, was er noch immer nicht glauben konnte. »Hat doch keinen Zweck, Mutter. Er ist nicht feige, bestimmt nicht, und wir sind Freunde, seit ... seit wir den Kanuplan haben. Hätte er es verloren, dann wäre er zu mir gekommen. Sie sind arm. Es steht schlecht bei ihm zu Hause, bei ... bei dieser Tante.«

»Gerade deshalb darfst du ihn nicht aufgeben.« Ihr kam ein Gedanke. »Wir wollen annehmen, daß er euer Geld verloren hat. Rolf, sieh mich mal an! Du hältst ihn für einen anständigen Kerl. Er wird es nicht immer leicht haben, anständig zu sein, wenn er kein richtiges Zuhause hat. Du mußt ihm helfen, sonst bist du der schlechtere von zwei Freunden.«

Roller blickte auf. Das ist richtig, was die Mutter sagt. Das ist gut. Ich muß zu ihm gehen.

»Nimm sechs Mark fünfzig mit, Rolf. Ich gebe sie dir.«

»Nein, das geht nicht! Wenn ... wenn er das Geld ...«

»Wenn er das Geld gestohlen, hm ... oder unterschlagen haben sollte, meinst du? Dann sage ich auch: nein! Aber wenn er es verloren hat, will ich ihm helfen. Du nicht, Rolf?«

Roller trat zu seiner Mutter hin. Er hob die Arme ein wenig, ließ sie wieder sinken. Nein, er umarmte sie nicht. Lange schon hatte er die Mutter nicht mehr umarmt. Stumm stand er vor ihr, nur seinen Augen sah sie an, was ihn bewegte. Sie dachte: Er ist schon so groß wie ich. Bald wird er ein Mann sein, mein Ältester. Behutsam schloß sie ihn in die Arme. »Bring Frank mal mit zu uns«, sagte sie. »Wenn du mit Karl Schönbrod, mit eurem Kahlkopf, hier arbeitest, kann er auch dabeisein.«

Roller rannte zu dem Gartenhaus am Stadtrand, wo Frank wohnte. In der Faust hielt er das Geld von der Mutter. Seine Gedanken drehten sich im Kreise, wie ein Mühlrad, immerfort: Wenn Frank es nur verloren hat – wenn Frank es nur verloren hat!

Zwei Frauen standen in der muffigen Stube, als Roller eintrat: Fräulein Trapp besuchte gerade Franks Tante. Verwundert sahen sie auf den keuchenden Jungen. »Wo ist Frank?« stieß er hervor.

Hedwig Hilpert zog gleichgültig die Schultern hoch. »Was weiß ich, wo der sich wieder rumtreibt.«

Roller schrie ihr seine Frage ins Gesicht: »Hat er das Geld verloren?«

Die Frau erschrak. Sie stellte sich unwissend. »Was denn für Geld? Der … der Junge hat kein Geld. Ich habe selbst keins, um die Kinder satt zu machen. Es sind gar nicht meine Kinder. Man hat nur Sorgen und Ärger. Ihr Vater läßt sich nicht sehen.«

Roller lief hinaus. Was jetzt? dachte er. Die Geldscheine in seiner Faust waren ein schweißfeuchter Klumpen.

In der Stube lamentierte Frau Hilpert vor der Lehrerin weiter. Sie könnte doch arbeiten, entgegnete Fräulein Trapp, und die Kleinen in den Kindergarten geben, wie es viele Frauen machten. Franks Tante zeterte, sie gäbe die Kinder nicht in fremde Hände, das wäre sie ihrem Bruder schuldig. Sie, die Lehrerin, wäre viel zu jung, um das zu verstehen.

Fräulein Trapp erreichte nichts bei der Frau. Sie ging, unzufrieden, ratlos. Ich muß mich nun erst recht um den Jungen kümmern, dachte sie. Mit dem Geld, nach dem Rolf Helfring gefragt hat, scheint auch etwas nicht zu stimmen. Aber was? Wie komme ich bloß an die Kinder heran? Freiwillig sagen sie mir nichts. Und rauskriegen werde ich das nie. Rauskriegen? Ich bin doch kein Detektiv, ich will nicht schnüffeln. Sie sind auch zu wachsam. Sie haben kein Vertrauen zu mir, das ist es. Zu mir? Habe ich denn Vertrauen zu ihnen?

Sie kam den ganzen Nachmittag nicht von ihrer Grübelei los. Eine strenge, respektgebietende Lehrerin hatte sie sein wollen. Bei diesem Wollen hatten Zweifel und kleinliche Ängste ihr Herz verriegelt.

Sie mußte an Direktor Bertram denken. Sie wünschte, so wie er mit den Kindern zu stehen. Zum Lehrerberuf gehöre mehr als nur ein bescheinigtes Staatsexamen, hatte Otto Bertram gesagt, als sie in der Diesterweg-Schule begann. Mehr, viel mehr gehörte dazu, das wußte Karin Trapp jetzt. Ihr gut bestandenes Examen hatte sie froh gemacht und stolz, damals, vor fast einem Jahr. Und dann war der schwere Anfang in der 8a gekommen.

Vielleicht kann mir Herr Bertram helfen, überlegte sie. Nein, wie soll mir einer helfen können? Das Vertrauen meiner Schüler muß ich selbst erringen.

Zwei Tage vor dem Lampenverkauf bei Zärche war Frank mit seinen Büchern in Sanders Wohnung erschienen. Er war vor Irene verlegen aufgetreten und hatte etwas von nachzuholenden Versäumnissen gemurmelt. Seine Hände und Füße waren auffallend sauber gewesen, und die Speckjacke hatte er zu Hause gelassen. Der Nachmittag war über der gemeinsamen Schularbeit schnell vergangen, und auch Hanne hatte ihm bereitwillig geholfen. Sie war gar nicht hochnäsig dabei gewesen.

Gegen Abend war Frau Sander gekommen, hatte ihn freundlich begrüßt und zum Essen eingeladen. Die Einladung hatte Frank nicht sehr behagt, obwohl es sein Leibgericht gab: Eierplinsen. Irene war aufgefallen, daß er nicht gut mit Messer und Gabel hantieren konnte. Aber grob war er den ganzen Nachmittag nicht gewesen. Die Mädchen hatten einen Frank kennengelernt, der anders war, als sie ihn bisher zu kennen glaubten. Tags darauf war er wiedergekommen. Vor der Abendmahlzeit aber hatte er sich verabschiedet.

Heute kam Irene spät aus der Schule. Frau Sander, die in ihrer Mittagspause immer auf einen Sprung nach Hause ging, fragte ihre Tochter, weshalb der Unterricht ausgefallen sei. Frank Brinkmann habe schon vormittags bei ihr in der Konsum-Verkaufsstelle gefragt, ob er den Handwagen aus dem Hausflur nehmen dürfe. Der Wagen war schon oft von den Pionieren zum Schrottsammeln benutzt worden.

Frank hätte etwas für die Gruppe holen wollen. Auch käme er heute nicht zur verabredeten Hausaufgabenstunde.

Aha! dachte Irene. Darum war er plötzlich verschwunden. Was er bloß vorhaben mag? Und das Geld?

Sie sagte der Mutter nichts von dem Gerücht um Frank.

Nachmittags, zur gewohnten Stunde, kam Hanne. Als Irene Franks Namen erwähnte, zeigte die Freundin wieder ihr hochmütiges Gesicht. »Schade um die Mühe, die wir uns mit ihm gegeben haben«, sagte sie und schürzte verächtlich die Lippen. »Für mich ist der Kerl erledigt, und für die Klasse wohl ebenfalls. Wer weiß, ob ihr euren Wagen wiederseht. Vielleicht versetzt er den auch noch. Meine Mutti hält nichts von so einem.«

Das nahm Irene nicht hin. »Weil es bei ihm zu Hause so aussieht, Hanne? Weil er nicht gut angezogen ist? Deine Mutter kennt ihn doch gar nicht. Oder beziehst du deine Meinung von Wanze und Elvira?«

Hannes Gesicht wurde nachdenklich. Sie vergaß die Worte ihrer Mutter, der sie über alles Bericht geben mußte. Sie dachte an den Besuch bei Frank und sah die trübe Stube vor sich. Er hat kein richtiges Zuhause, das stimmt schon. Aber, wer kann so einen speckigen Kerl schon leiden?

»Ich glaube«, sagte sie, »es sind alle gegen ihn, wo er so etwas ...«

»Ich bin noch lange nicht gegen ihn«, unterbrach Irene sie, »und Roller glaubt den Tratsch auch nicht, daß du es weißt.«

Hanne nagte an ihrer Unterlippe. »Ich ... ich weiß nicht ...« Sie schloß ihre Mappe, sah die Freundin nicht mehr an. Als Irene hinter ihr „Auf Wiedersehen!« sagte, kam sie zurück und gab ihr die Hand. »Vielleicht kennst du ihn doch besser«, murmelte sie.

Abends, als Frank den Wagen noch immer nicht gebracht hatte, überkamen auch Irene Bedenken. Ob ich mit Mutti spreche? Nein, der Klatsch ist häßlich.

Sie beschloß abzuwarten und ging zu Bett. Was wird nun aus dem Kanubau, dachte sie, wo wir schon so weit sind? Die Frage der Spanten ist gelöst, und Geld haben wir auch in der Kasse.

Zu dieser Zeit schwitzte Frank auf dem Müllplatz. Zum drittenmal belud er den geliehenen Handwagen. Er hatte suchen müssen wie ein Schatzgräber, um solchen Schrott zu finden, den ihm Zärche abnahm.

Für die beiden ersten Ladungen hatte er eine Mark und sechzig Pfennig bekommen.

Er schätzte ab, was er jetzt gefunden hatte. Das war nicht viel: sperrige Bleche, ein altes Gußrohr, verrostete Kanister. Der Schrottgauner wird mir kaum dreißig Pfennig dafür geben, dachte er. Ob ich jemals die sechs Mark fünfzig zusammenkriege? Quatsch! Morgen sammle ich weiter, und wenn ich drei Tage sammeln muß. In die Schule? Nein, erst muß ich das Geld haben. Schwänzer können sie mich nennen, aber Betrüger darf keiner zu mir sagen.

Er stocherte mit einer Stange in dem stinkenden Dreck, stieß auf ein Gestell. Ein Metallbett war es. Morgen, dachte er und spannte sich vor die Deichsel.

Es begann schon zu dämmern. Die Sichel des Mondes schwebte wie eine steil aufgerichtete Gondel über der Stadt. Frank sah heute den Mond nicht, Frank zerrte an seiner Wagendeichsel. Er stolperte, fiel vornüber und schimpfte vor sich hin. Was ist das? Fußangeln?

Er zerrte an dem Draht. Der saß fest. Er kratzte das Ende blank. »Mann!« schrie er, außer sich vor Freude. Es war Kupferdraht. Hastig wühlte er ihn aus dem Boden. Der Draht nahm kein Ende. Eine ganze Rolle war es, mindestens zwei Kilo schwer.

Müßte bald an sechs Mark fünfzig heranreichen, sagte sich der Schatzgräber. Er hatte nun doch einen Blick für die Mondschaukel am Himmel, und frohgemut karrte er mit seiner Fuhre heimwärts.

Den beladenen Wagen stellte er im Hofe ab. Ob was geklaut wird? zweifelte er und verbarrikadierte das Tor. In der Stube sah er kein Licht. Tante Hedwig war fort. Er nahm die Drahtrolle vom Wagen und verbarg sie im Schuppen unter dem Holz.

Todmüde, mit einem Brotkanten in der Hand, kroch er ins Bett. Er kaute, schlief schon halb, und neue Zweifel überkamen ihn. Wenn es nun doch nicht reicht, auch mit der Drahtrolle und dem Bettgestell nicht? Oder wenn Zärche mich beschummelt? Spitzbube, hat Roller gestern gesagt. Ist viel zu zahm für diesen dreckigen Fuchs. Als ich die erste Fuhre brachte, hat er gleich gemerkt, daß es bei mir brenzlig ist. Der Gauner drückt die Preise und ist imstande, mich für den wertvollen Kupferdraht mit ein paar lumpigen Groschen abzuspeisen.

Früh, beim Kaffeetrinken, fragte Frau Sander ihre Tochter, ob sie etwas über den Verbleib des Handwagens wisse. Irene konnte nun nicht mehr schweigen. Sie erzählte der Mutter, in welchen Verdacht Frank Brinkmann gekommen war.

Frau Sander, die Konsum-Verkäuferin, hatte heute ihren Haushaltstag und wollte allerlei besorgen. Viele Gedanken gingen ihr durch den Kopf, als sie kurz nach acht Uhr in die Muldenstraße einbog. Sicher borgt mir Frau Kühne von der Wäscherei ihren Handwagen, dachte sie. Was der Bengel bloß mit meinem Wagen angestellt haben mag? Glaubt Irene nun, daß er die sechs Mark fünfzig unterschlagen hat, oder glaubt sie es nicht? Ich muß ohnehin mit Direktor Bertram sprechen. Vielleicht kann der diese Geldgeschichte klären. Fräulein Trapp scheint mir doch reichlich jung für eine achte Klasse zu sein. Aber die Wäsche muß heute noch auf die Leine. Wenn ich nur den Wagen kriege!

Da sah sie den Jungen. Er hing gebeugt vor der Deichsel des Wagens, ihres Wagens, der hochbepackt war mit Dachrinnenteilen, Draht, Eisenkram und Blechtrümmern. Auf der Gerümpelladung schaukelte ein metallenes Bettgestell.

Meine Güte, wie sieht der Bengel aus! dachte sie. Sein Hemd war zerrissen. Die Hose starrte vor Schmutz. Und die Beine!

Frank zerrte an der Deichsel wie ein Gaul in den Sielen. Die Frau, die kaum drei Meter vor ihm am Straßenrand stand, sah er nicht. Er sah überhaupt niemand. Sein Gesicht war rot vor Anstrengung.

Frau Sander ahnte die Zusammenhänge! Eine Mutter weiß in solchen Fällen mehr als manche anderen klugen Leute. Sie rief ihn nicht an, obwohl es sie drängte. Sie lief nicht zu ihm, ihren Wagen zu fordern. Irene muß ihn zum Essen mitbringen, dachte sie. Vorher wird er in die Wanne gesteckt. Der Waschkessel ist schnell geheizt. Und ein Männersporthemd habe ich auch noch in der Kommode. Das wird ihm zu groß sein, aber wenn er die Ärmel aufkrempelt, mag es gehen. Du liebe Güte, ich hätte es ihm längst geben können, es liegt schon ewig herum. Da denkt man immer an seine eigenen kleinen Sorgen, und so ein Kerlchen verkommt im Dreck. Die Shorts von Irene? Ja, sagte sich Frau Sander, und dieses Ja umfaßte nicht nur die Shorts ihrer Tochter. Es war beschlossene Sache, daß sie sich nun um Frank kümmern würde. An ihre Wäsche dachte sie auch noch, aber die war ihr jetzt nicht mehr so wichtig wie ehedem.

Sie ging nicht zur Wäscherei, sie ging in die Diesterweg-Schule. Direktor Bertram war im Unterricht. Sie mußte warten. Dann kam er, hatte wenig Zeit. Sie berichtete ihm, was Irene erzählt und wie sie den Jungen beobachtet hatte. Herr Bertram versäumte ihretwegen zehn Minuten seines Geschichtsunterrichts in der 6b.

Zehn Uhr dreißig war große Pause. Es läutete gerade, als Frank durch die Schulpforte stürmte. Gleich ist die vierte Stunde, überlegte er. Erste Bio, zweite und dritte Deutsch, vierte Geschichte bei Berti. Ja, zu Herrn Bertram muß ich!

Er rannte durch den Flur. Die Klassentüren wurden geöffnet Lehrer und Schüler kamen aus den Räumen. Sie blickten den hastenden Jungen verwundert an. Der sah so aus, wie ihn Irenes Mutter beobachtet hatte, nur war er jetzt noch mehr verschwitzt vom Lauf und von dem letzten Handel mit Zärche. Sechs Mark und achtzig Pfennig Schrottgeld trug er in der Tasche.

Herr Bertram tauchte auf. »Komm!« sagte er zu dem Jungen und schob ihn vor sich her ins Lehrerzimmer. »Waschen!«

Frank wusch sich. Er schwitzte von neuem. Die Lehrer blickten nicht gerade freundlich auf den ramponierten Gast in ihrem Zimmer.

»Setz dich«, sagte Otto Bertram.

Frank hing auf der Stuhlkante und schielte nach rechts und links. Die vielen Lehrergesichter verwirrten ihn.

»Sieh mich an«, sagte Otto Bertram. »Wo ist das Geld von Helfrings Lampe?«

Frank blickte trotzig. Er sah Herrn Bertrams Augen, und die vielen Gesichter ringsum versanken. Er griff in seine Hosentasche, in die rechte, die noch ganz war. Sechs Mark und achtzig Pfennig legte er vor Direktor Bertram auf den Tisch.

»Wo ist das andere Geld, das von vorgestern?«

Frank schwieg.

»Verloren?«

Frank schüttelte den Kopf.

»Vernascht, verpraßt, unterschlagen? Ehrlich, Brinkmann, blutehrlich!«

Frank saß starr. Er sagte nichts.

»Wer hat das Geld?«

Vor den Augen des Jungen stand ein Schleier. Die Tränen kamen. Wie Glasperlen rollten sie über seine Wangen.

Aha, dachte Otto Bertram, stimmt also!

»Hier ... hier ist es doch ... das Geld«, stammelte Frank.

»Komm«, sagte Herr Bertram. »Erledigt. Weiß alles. Bist ein Kerl, Brinkmann. Bist ein feiner Kerl.« Er war von Fräulein Trapp über den Besuch bei Franks Tante unterrichtet worden. Die Hedwig Hilpert kannte er. Bist ein feiner Kerl – das sagte er selten zu einem Schüler, sehr selten.

Die anwesenden Lehrer hatten zugehört. Sie konnten sich nicht erklären, wie der speckige Frank zu dieser Auszeichnung aus dem Munde des Chefs kam.

Sie gingen in das Klassenzimmer der 8a, Direktor Berti und Frank. Die Schüler saßen wie versteinert, als sie Brinkmann sahen.

»Gib das Geld hin, Frank.« Berti nickte ihm zu.

Hanne und Roller, Purzel und Kahlkopf, Pepo, Wanze und die anderen sahen, wie Frank zu Irene trat. »Sechs Mark fünfzig", murmelte er leise, aber alle verstanden es. »Und dreißig Pfennig dazu.«

»Bitte, setz dich, Frank.« Otto Bertram sagte es lächelnd. Er sagte es so, als wenn sie vertraute Freunde wären. Noch etwas sagte er, schärfer, zu allen gewandt: »Frank hat es sich nicht leicht gemacht. Er hat etwas in Ordnung gebracht, das er nicht verschuldet hat. Es lohnt nicht, die Sache aufzuwärmen. Soll erledigt sein für uns. Begrabt den Klatsch! Es gibt wohl keinen in dieser Klasse, der ehrlicher gehandelt hätte als Frank Brinkmann.«

Direktor Bertram pflegte eine nahezu unerschütterliche Ruhe zu bewahren, wenn eine Sache nicht in Ordnung war. Es gab manche Vorkommnisse an der Diesterweg-Schule, über deren Regelung er nachts im Bett noch grübelte. Nie wurde er laut und heftig. Aber was er sagte, hatte Gewicht bei allen; es kam meistens dort an, wo es treffen sollte.

Heute waren seine Worte über Frank nicht allen eingegangen. Pepo, Irene und Roller freuten sich, daß Franks Unschuld erwiesen war. Wenn Berti das sagte, gab es keinen Zweifel für sie.

Wanze dagegen witterte noch immer eine krumme Sache hinter Brinkmann. Der war ihm einfach zuwider, und da mußte seiner Meinung nach etwas nicht stimmen. Wenn nun Berti das Geld für Speckfrank ausgelegt hatte? Vielleicht, um dem »armen Jungen, hä«, wie Wanze sagte, zu helfen? Möglich wäre das schon. Berti hatte ein hilfreiches Herz, das wußten alle. Und manchem ging Wanzes Gerede ein. Wo war denn das Geld bisher gewesen? Frank hatte diese Frage unbeantwortet gelassen. Vielleicht verloren? Das wäre doch eine feine Ausrede!

Frank schwieg. Grimmig starrte er vor sich hin. Es kostete ihn große Überwindung, das Getratsche zu überhören. Ihm war zum Heulen zumute, als er mittags aus der Klasse schlich. Irenes Einladung zum Mittagessen bei Sanders hatte er gar nicht beachtet. Als sie ihn an der Schulpforte daran erinnerte, ließ er sie ohne Erwiderung stehen.

»Ich haue ab«, sagte er zu Pepo und knirschte mit den Zähnen. Sein Gesicht sah aus, als habe er etwas ganz Schlimmes vor.

»Mann, wohin denn?«

»Bei Tante Hedwig bleibe ich nicht. Ich weiß schon was.«

»Was denn?« fragte Pepo.

Frank zögerte. Als der Freund drängte, berichtete er von seinem Plan.

Nach dem Essen gelang es ihnen, den Handwagen aus Pohls Schuppen zu bugsieren, ohne daß Pepos Mutter etwas merkte. Sie trugen ihn durch den Hof, während Frau Pohl im Garten die Enten fütterte. Pepo hatte bereits ein halbes Brot auf die Seite gebracht.

»Als Proviant für die große Fahrt!« sagte er zu Frank.

Der nickte. »Das ist genauso wichtig wie unser Floß! Bis Hamburg sind wir lange unterwegs. Sieh mal zu, daß du eine harte Wurst aus eurer Räucherkammer erwischen kannst. Und Frischgemüse brauchen wir für die Floßfahrt. Mohrrüben und so etwas. Weißt schon, wegen Skor ... Skorbut heißt das Zeug, wo einem die Zähne ausfallen.«

Während Frank und Pepo sich mühten, den Handwagen unbemerkt aus Pohls Schuppen zu bringen, zog eine Schar Jungen der 8a zum Krebsfang aus. Roller war Anführer.

Sie hatten sich vorgenommen, nicht mehr auf dem Wehr zu klettern. Direktor Berti sollte wegen ihrer Klasse keinen Stacheldrahtverhau um das Wehr bauen lassen. Sie gingen lieber krebsen. In der Aue war es mitunter auch recht spannend. Der Bootsbau ruhte. Sie sprachen nicht von dem Kanu, und wie auf Vereinbarung wurde Frank Brinkmann mit keinem Wort erwähnt.

Herr Bertram hatte in der vergangenen Woche gewartet, daß die an dem Baumdiebstahl Beteiligten zu ihm kommen und die Angelegenheit klären würden. Frank Brinkmann lag zu dieser Zeit noch im Bett. Roller und Irene hätten Frank als Hauptschuldigen angeben müssen. Deshalb wollten sie warten, bis Frank wieder zur Schule kommen würde. Über den Kanubau war die Sache dann vergessen worden. Direktor Berti aber hatte sie nicht vergessen. Er wurde abermals von der 8a enttäuscht. Und das sollte nicht die letzte Enttäuschung sein.

Die Krebsfänger hatten die Rietschke erreicht. Das war ein Bach, dessen Wasser die Pastorlöcher speiste. In seinen Ufern hatten die Krebse ihre Schlupfwinkel.

Die Wurzeln der Schwarzerlen krallten sich wie Fangarme in die flache Böschung und bildeten unter Wasser ein verzweigtes Gewirr. Es roch nach Schlamm und Wasserminze. Teichläufer zuckten hin und her. Sie huschten davon, als Roller seinen Arm unter die Uferwurzeln schob. Er lag auf dem Bauch, rutschte immer weiter nach vorn. Sein Kinn stippte schon ins Wasser. Blubb-blubb! rülpste es aus den Löchern, die er absuchte. Da zappelte er mit den Beinen. Sein Arm kam aus dem Wasser geschossen. Ein dunkler Klumpen flog ins Gras. Der erste Krebs! Seine Stielaugen glotzten, und die Scheren ta-

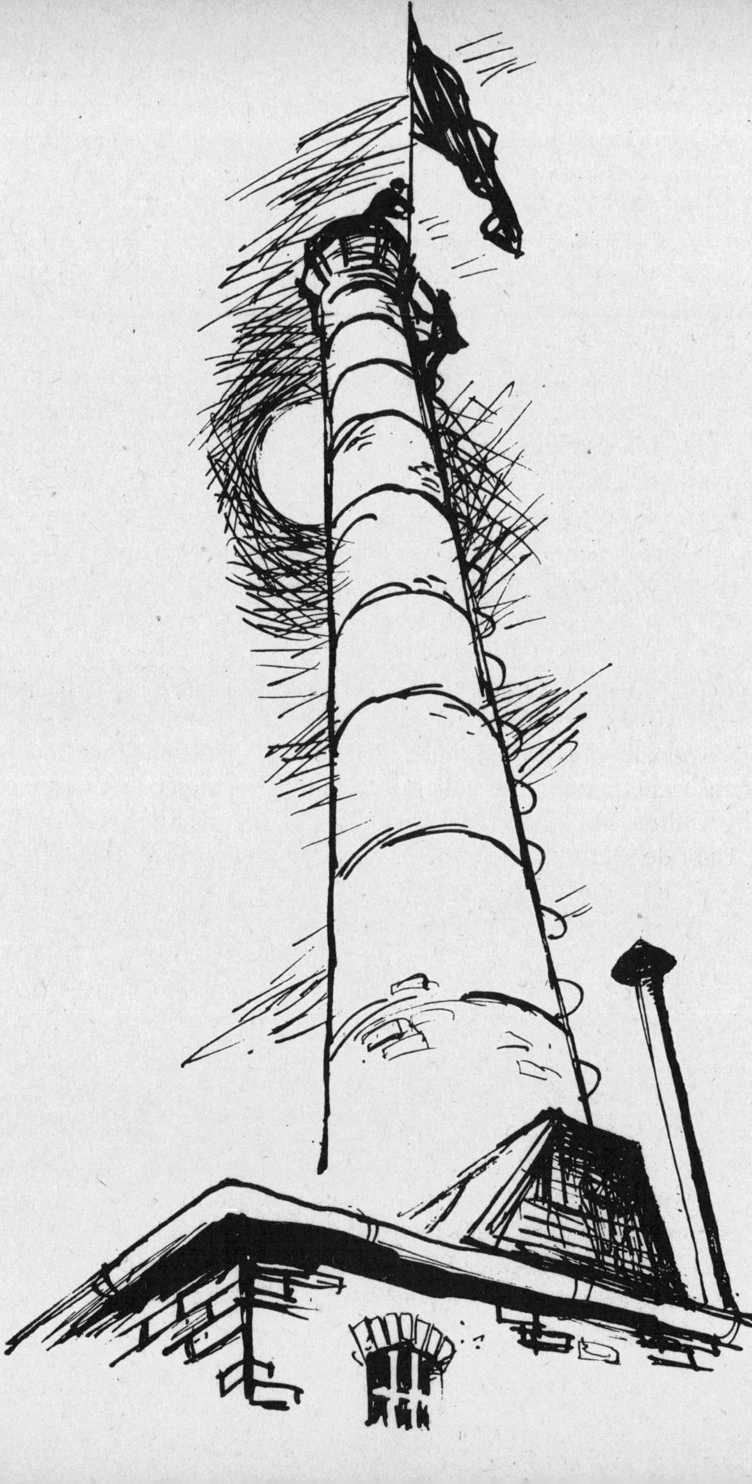

steten über den Rasen. Wanze hielt den Finger hin. Der Krebs faßte zu, und unser Spötter hüpfte schreiend umher. Er schüttelte die Hand, bis der Krebs abfiel. Die anderen Jungen probierten es auch mit dem Finger. Es zwickte, aber der Schreck war größer als der Schmerz.

Sie suchten die Schlammlöcher der Uferböschung ab. Dreizehn Krebse fingen sie. Vier davon waren Rollers Beute. Sogar Held Wanze hatte einen erwischt.

Plötzlich stand ein großer Junge neben ihnen. Ein Mann war es eigentlich schon, in kurzer Hose. Er sprach sie an. Sie sagten »du« zu ihm, und er fand nichts dabei. Er lag auch gleich mit auf dem Bauch und suchte zwischen den Wurzeln. Als er einen Krebs am Finger hängen hatte, zeigte er ihnen die Kiemen.

Der Fremde hieß Alfred. Er wußte Bescheid wie ein Biologielehrer. Sie untersuchten den Chitinpanzer des Gliederfüßers. Dann setzte ihn Alfred im flachen Wasser auf den sandigen Grund. Er hielt den Krebs fest, bis alle Jungen um ihn herum im Bach standen. Ihre nackten Füße bildeten einen geschlossenen Wall um den Krebs. Der saß erst regungslos. Plötzlich ruckte er mit dem langen Schwanz,

schnellte ihn nach vorn unter seinen Leib und flitzte rückwärts davon, bis er gegen Kahlkopfs Fuß stieß. Unheimlich rasch schnellte er wieder in die Mitte des Kreises zurück.

»Er wittert Menschenfleisch«, murmelte Alfred.

Da sauste der Krebs wie ein Blitz an Wanzes Knöchel vorbei und verschwand unter den Uferwurzeln.

Alfred zählte den Fang der Jungen. »Wozu braucht ihr die alle?« fragte er.

»Fürs Aquarium.«

»So viele?«

»Die anderen werden gekocht.«

»Ist ja nichts dran«, sagte Alfred. »Lohnt nicht. Für den Kochtopf sind sie zu klein. Verkauft mir zehn Stück, sie werden gebraucht.«

»Wozu denn?«

»Das verrate ich euch später.«

Sie wurden mit Alfred handelseinig. Er gab zehn Pfennig fürs Stück. Als Roller das Geld aufteilte, nahm der Fremde die gekauften Krebse und schüttete sie in den Bach. Die Jungen protestierten.

»Sie werden gebraucht«, sagte Alfred. »Es sind die Polizisten der

Rietschke. Sie halten Ordnung, vertilgen faulende Pflanzenreste. Ihr wollt sie doch nicht ausrotten?«

Was ist denn das für einer, dieser Krebskäufer? dachte Roller.

»Im Aquarium könnt ihr sie nicht lange am Leben erhalten«, erklärte Alfred. »Da fehlen ihnen die natürlichen Lebensbedingungen. Wenn ihr einige zur Beobachtung habt, die drei Stück dort, das genügt. Ihr wundert euch?« Er lachte, sah aus wie sechzehn; dabei war er über zwanzig. »Ich kann nämlich nicht zusehen, wenn jemand sinnlos eingesperrt wird, auch wenn es nur ein Krebs ist.« Er sah sie an, den breitgesichtigen Wanze, Kahlkopf mit dem spärlichen Haarwuchs, Rollers nachdenkliches Gesicht und die anderen um ihn. »Sicher versteht ihr das nicht gleich. Vielleicht muß einer erst selbst eingesperrt und drangsaliert worden sein, ehe er das Recht auf Leben und Freiheit achtet, richtig achtet, nicht nur mit schönen Worten vor den Leuten, vor Lehrern und so.«

»Warst du denn eingesperrt?« fragte Kahlkopf.

Alfred nickte. »Drüben. Vier Wochen.«

»Im Gefängnis?«

»Ja, im Gefängnis. Die Fenster waren vergittert. Gesiebte Luft, versteht ihr? Die Richter und ihre Knechte haben mich angekläfft wie bissige Hunde.«

»Hast du geklaut?« wollte Wanze wissen.

»Hm ... jaa«, sagte Alfred.

In die Gesichter der Jungen kroch Staunen und Neugierde.

»Ich habe ein winziges Stück der Freiheit geklaut, auf das jeder Mensch ein Anrecht hat.«

Sie wurden nicht klug aus seinen Worten und fragten weiter. Als er von Flugblättern gegen das Unrecht sprach und von Schriftbändern, die er nachts mit gleichgesinnten Freunden an die Mauern gepinselt hatte, verstanden sie ihn.

»Vierzig Meter hoch war der Schornstein in Altona. Der Besitzer des Werkes, ein feiner Hund, versteht ihr, ein geschniegelter Laffe, der hat unsere Rechte mit Füßen getreten. Wir haben es ihm gezeigt, das kann ich euch sagen. In vierzig Meter Höhe haben wir unsere Fahne gehißt und dann die Steigeisen mit Schmierseife bestrichen. Zwei Tage wehte die rote Fahne über dem Betrieb. Ein Verräter war unter uns, und mich haben sie geschnappt. Sie hatten Glück; denn ich hatte die Fahne auf dem Schornstein gehißt. Aber sie hatten auch Pech; von mir haben sie kein Wörtchen erfahren. Das war ihr größter Zorn.«

Kahlkopfs Faust umkrampfte den Krebsgroschen. Sein Blick strich über die Gesichter der Gefährten. Sahen die, was in ihm vorging? Nur Alfred sah es. Die anderen hatten mit ihren Gedanken zu tun. Alfred sah auch die Bachstelze am jenseitigen Ufer. Die schien ihn mehr zu interessieren als die Gesichter der Jungen.

»Haben sie dich freigelassen, oder bist du getürmt?« fragte Roller.

»Nach vier Wochen Haft hatten sie mich unter Polizeiaufsicht gestellt. Meine Arbeit war ich los. Da bin ich in eure Republik gekommen. Ich wollte mich nicht bespitzeln lassen, wollte nicht wieder eingesperrt werden, weder im Gefängnis noch in der Kaserne.«

Kahlkopf sah, wie Roller sein Geld aus der Tasche nahm und es Alfred hinstreckte. »Nimm dein Geld«, sagte Roller, »ich will es nicht.«

Kahlkopf trat hinzu, legte seinen Groschen in Rollers Hand, und noch drei andere gaben das Krebsgeld zurück.

»Neunzig«, zählte Roller. Wer fehlt noch? überlegte er. Wanze!

Karl der Kahle stieß Wanze an. »Möchtest du daran verdienen, daß er die Krebse freigelassen hat?« flüsterte er.

Da legte auch Wanze seinen Groschen dazu.

»Ich will es nicht zurückhaben«, sagte Alfred und schob Rollers Hand mit dem Geld beiseite. Sie versuchten, ihn zu überreden. Er schüttelte den Kopf und schlug vor, die Mark in die Gruppenkasse zu nehmen.

»Für die Bootskasse«, sagte Wanze, »damit der arme Frank nicht allein die Opfer bringt.«

## *Eine krumme Sache macht alles schwierig*

Alfred ging. Von den Zurückbleibenden war keiner mehr zum Krebsfang aufgelegt. Das böse Wanzewort hatte Franks Geldgeschichte und den Kanubau in ihren Gedanken wachgerufen.

Mißvergnügt streiften sie durch die Aue, bewarfen sich mit Grasbatzen und Aststücken. Plötzlich wurde ihre Aufmerksamkeit von einem seltsamen Vorgang gefesselt. Vom Bahndamm her sahen sie zwei Jungen mit einem beladenen Handwagen in wilder Fahrt herankommen. Etwa hundert Meter hinter ihnen kamen zwei Männer in Eisenbahneruniform gelaufen.

»Deckung nehmen!« zischte Roller.

Sie hockten sich hinter die Weidenbüsche am Rande des Weges und spähten. Die Jungen mit dem Wagen rannten, als ginge es um ihr Leben. Es waren Frank und Pepo. Sie hatten Holzschwellen geladen. Die Eisenbahner kamen rasch näher.

»Abhauen!« hörten sie Frank rufen. »Hat keinen Zweck, sie kriegen uns.«

»Und mein Wagen?« keuchte Pepo.

»Erst mal fort!« schrie Frank, ließ die Deichsel fahren und sprang ins Gebüsch.

Pepo zögerte einen Augenblick. Die Männer waren keine dreißig Meter mehr entfernt. Da verließ auch Pepo den Wagen. Japsend, mit schweißnassen Gesichtern, brachen die beiden Flüchtenden durch das Gebüsch. Die spähenden Jungen wurden von ihnen nicht bemerkt.

Was jetzt? dachte Kahlkopf. Er blickte zu Roller.

»Liegenbleiben«, flüsterte Roller. »Nicht sehen lassen.«

Auch Wanze hörte Rollers Worte. Er lag dem Wagen am nächsten. Seine Blicke hingen an den Eisenbahnern, die Frank und Pepo in den Büschen vermuteten. Der eine war groß und breitschultrig. Ein Bart saß ihm auf der Oberlippe. Mit bösen Augen blickte er um sich, kam schnaufend näher. Jetzt sieht er mich, dachte Wanze. Sein Herz stand still, und die Angst überwältigte ihn. Er sprang auf, erreichte den Weg und hetzte davon.

»Halt!« schrie der Fremde hinter ihm. »Pack ihn, Männe!«

Wanze sah den zweiten Mann auf dem Wege, wollte ihm ausweichen, stolperte zu Boden. Ein Aststück hatte ihn zu Fall gebracht. Als er sich aufrichtete, stand der Bärtige schon über ihm. Wanze zog den Kopf ein. Die Jungen in den Büschen sahen, wie er zusammenkroch. Sie wußten, daß er nicht zu den Tapferen zählte, und eine Tracht Hiebe gönnte ihm zuzeiten mancher. Aber jetzt, da der Mann auf ihn einschlug, waren sie empört. Roller blickte wütend hinüber, wo Wanze geprügelt wurde. Was können wir denn tun? dachte er. Die sind groß und stark, die hauen uns zusammen. Er hielt sich für den mutigsten Burschen der Klasse. Springen wollte er, den Mann anspringen, ihn wegstoßen, daß Wanze fliehen konnte. Roller sprang nicht.

Der Große zerrte Wanze zum Wagen. Er hatte ihn am Handgelenk gepackt und schimpfte: »Stromer, verdammter! Unser Holz klauen! Will dir schon helfen.«

Wanzes Kopf saß noch immer tief zwischen den Schultern. Er schielte zu dem Manne hoch. »Ich habe nicht geklaut«, wagte er zu sagen, »das waren ganz andere.«

Der Große hob die Hand. »Lüge nicht so frech.«

Wanze versuchte, dem Schlag auszuweichen. Er zappelte hilflos unter den derben Fäusten des Mannes. Da stand Roller auf. Mit ein paar Sprüngen war er am Wege. Der Große sah ihn zuerst. Er stutzte, hielt aber Wanze fest. »Greif ihn!« schrie er seinem Begleiter zu.

Der zweite Mann kam. Roller hatte sich vorgenommen, ruhig stehenzubleiben. Sie waren ja unschuldig. Es ging aber nicht. Er wich zurück, Schritt um Schritt, im gleichen Tempo, wie der Eisenbahner sich ihm nähern wollte. Jetzt begann der Fremde zu laufen. Aber Roller war schneller als sein Verfolger. Der Mann gab es auf und wendete sich zum Wagen zurück.

Roller folgte ihm. »Warum schlagen Sie den Jungen?« Seine Stimme zitterte vor Empörung. »Wir haben gar nichts mit der Sache zu schaffen.«

»Waaas!« schnaufte der Bärtige. »Ich treibe dir deine Frechheit gleich aus, du Stromer!«

Roller lachte. Das wirkte wie ein Kommando auf die anderen Jungen. Sie kamen aus den Büschen gelaufen, umschwärmten den Wagen. Sie schimpften, pfiffen, schrien. Roller gebot Ruhe. Sie hörten nicht auf seine Worte.

Kahlkopf rief: »Lassen Sie ihn frei, er ist unschuldig!«

Der Große, Bärtige schnaufte wie ein gereizter Stier. Er schob seinen Gefangenen zu dem anderen hin und stürzte auf die Jungen zu. Die stoben gleich aufgescheuchten Hasen davon. Mit ihren nackten Beinen waren sie leichtfüßiger als der Gestiefelte. Sie lachten und höhnten. Karl der Kahle lief im Bogen an den Wagen heran, ergriff den Astknorren, der Wanze zum Verhängnis geworden war, und schrie: »Loslassen, sonst haue ich zu!«

Was sollte der am Wagen tun! Wanze zerrte und strampelte, Kahlkopf drohte. Der Mann stieß Wanze das Knie in die Rippen und wendete sich dem Angreifer zu. Da riß sich Wanze los.

Ehe der andere, der Bärtige, heran war, verschwanden die Jungen in den Büschen.

Frank und Pepo hatten längst das Weite gesucht.

Alfred Staakmann, der künftige Pionierleiter der Diesterweg-Schule, stellte sich bei Herrn Bertram vor.

»Freue mich«, sagte Direktor Berti, »daß wir eine Hilfe für die Pionierarbeit kriegen. Die Kollegen schaffen längst nicht alles, und unsere Jungen und Mädel sind noch nicht selbständig genug. Leider.« Er sah dem jungen Mann forschend ins Gesicht und ließ sich erzählen, wie es ihm in seiner westdeutschen Heimat ergangen war. Als der neue Pionierleiter dann von seiner Übersiedlung in die Republik der Arbeiter und Bauern berichtet hatte, drückte ihm Otto Bertram die Hand. »Laß das ›Sie‹ beiseite, Alfred! Du warst Nieter, bevor du bei uns als Pionierleiter ausgebildet wurdest, und ich war Dreher, ehe ich Lehrer werden konnte. Und ehe ich …«, er fuhr sich mit der Hand über den kahlen Schädel, »ehe ich die letzten Haare dabei lassen mußte. Wenn ich mal müde werde, weißt du, manchmal ist es nicht leicht, dann denke ich an meinen Vater. Der war Dreher wie ich, war einer von der alten Garde. Hat seine Überzeugung mit jahrelanger Arbeitslosigkeit und dann mit dem elenden bißchen Freiheit bezahlen müssen. Er hat nicht mehr erleben können, daß sein Sohn Lehrer wurde und eine Schule leitet.« Otto Bertram blickte dem Jungen in die Augen. Er straffte sich. »Du und ich und unsere Väter, wir sind eine Kette. Die hält! Unzählige solcher Ketten spannen sich und reißen die alte Welt aus ihrem Trott.«

Er ging zum Fenster, der Mann mit der Glatze, der so jung geblieben war, und sah auf die Kastanienbäume.

Leere Worte gibt es bei dem nicht, dachte Alfred und freute sich, daß er zu der Schule gehörte, die dieser Mann leitete.

»Nimm dir nicht zuviel vor«, sagte Otto Bertram. »Was du auch tun wirst, mach es gründlich. Ich wünsche eines: Ich möchte mich auf dich verlassen können. Das möchten auch die Jungen Pioniere unserer Schule und meine Kollegen. Und jetzt muß ich arbeiten. Hier«, er reichte Alfred ein Schreiben, »lies! Mittag ist Verhandlung über diese

Geschichte. Da erscheinen die Kläger. Mit allem Kram rennen sie mir die Schule ein. Komm nur mit, hör es dir an, dann kriegst du gleich einen Eindruck von der Praxis.«

Alfred las das Schreiben der Volkspolizei: »Die Eisenbahnarbeiter Hermann Schmählich und Max Schreier erstatteten heute Anzeige, daß ihnen von Schülern – vermutlich Ihrer Schule – gegen sechzehn Uhr am Bahndamm nahe der Unterführung Brennholz in Form von Schwellen gestohlen wurde. Die Bestohlenen konnten den Vorfall rechtzeitig bemerken und haben den Jungen die Beute samt Handwagen abgejagt. Einen der Diebe hatten sie in Gewahrsam genommen, aber die Bande – nach den Berichten der Genannten muß es sich um einen organisierten Überfall gehandelt haben – hat ihnen so übel mitgespielt, daß sie den Festgehaltenen freilassen mußten. Wir möchten morgen in Ihrer Schule versuchen, die Täter durch Gegenüberstellung mit den Eisenbahnern zu ermitteln. Die Bestohlenen sind der Meinung, daß es sich um Schüler aus den oberen Klassen handeln muß.«

Mittags, gleich nach dem Abläuten der fünften Stunde, tönte die Stimme der Schulsekretärin in den Lautsprechern der Klassen: »Achtung! Alle sechsten, siebenten und achten Klassen bleiben in ihren Räumen. Die dort befindlichen Lehrer wollen bitte bis auf Abruf die Aufsicht übernehmen. Kein Schüler soll die Räume verlassen. Ende der Durchsage.«

In der 8a neigte sich Frank zu seinem Banknachbar: »Pepo, merkst du was? Dicke Luft!« Pepo sah aus, als hätte er einen Magenhieb versetzt bekommen. Der Handwagen! dachte er. Wenn sie rauskriegen, daß es unser Wagen ist, dann bin ich geliefert.

Nebenan, in der 8b, wisperten und tuschelten sie. Der Klassenlehrer war bereits von Direktor Bertram informiert worden. Ich kann mir nicht denken, grübelte er, wer von meiner Klasse als Holzdieb in Frage käme. Seine Gedanken wurden unterbrochen, die Tür ging auf.

Sie kamen: die Elternbeiratsvorsitzende Frau Sander, ein Mann in Polizeiuniform, zwei Eisenbahner, Direktor Bertram und ein junger Bursche in kurzer Hose.

»Ich wollte gerade meine Schüler fragen«, sagte der Klassenlehrer.

Der Volkspolizist winkte ab. »Lassen Sie bitte, es wird sich gleich klären.«

Die Eisenbahner spähten mit Detektivblicken in die Schülergesichter. Dann flüsterten sie miteinander, und der Große, Bärtige sagte: »Nein, von diesen hier war keiner dabei.«

Die Besucher gingen. »8a« stand an der nächsten Tür.

Als die Kommission hereinkam, versuchte Fräulein Trapp ein Lächeln in ihr betrübtes Gesicht zu zwingen. Das gelang ihr nicht gut. Herr Bertram sah es wohl. Die letzte Klasse ist das, dachte sie. Bei den sechsten haben sie angefangen. Es wird wohl wieder an meiner Klasse hängenbleiben.

Roller stieß Kahlkopf an. »Du, der Krebskäufer!«

Alfred hatte seine Bekannten von der Rietschke schon gesehen. Er nickte ihnen lächelnd zu.

Noch ehe alle Besucher Fräulein Trapp begrüßt hatten, rief der Bärtige: »Hier sind sie!« Er hatte Wanze und Roller erkannt. Es war so still in der Klasse, daß man die Atemzüge des erregten Eisenbahners vernahm.

Roller meldete sich, stand auf. »Es ist ein Irrtum. Wir haben nichts mit den Bahnschwellen zu tun. Wir sind zufällig am Wege gewesen, als … als die Männer da kamen.« Seine Worte klangen nicht sehr glaubwürdig.

Nanu, dachte Direktor Berti, der Helfring wird mir doch nicht ins Gesicht lügen? Auch Alfred stutzte. Seine Gedanken suchten zu ergründen, was hier vor sich ging.

Auf die Frage, wer mit am Wege gewesen sei, erhoben sich sieben Jungen von ihren Plätzen. Alfred kannte sie alle vom Krebsen her. Frank und Pepo rührten sich nicht. Bleich, wie gefoltert, hockten sie in ihrer Bank. Aber keiner beachtete sie. Alle sahen auf die Krebsfänger. Weshalb sie die Schwellen genommen hätten, wurde gefragt.

»Wir haben keine Schwellen genommen«, sagte Roller laut, und eine trotzige Entschlossenheit verfinsterte sein Gesicht. Vielleicht war Alfred der einzige von den Erwachsenen, der ihm glaubte; denn auch Herr Bertram hegte berechtigte Bedenken über seine 8a.

Auf die Frage des Pionierleiters, zu welcher Zeit der Diebstahl ausgeführt worden sei, gaben die Eisenbahner Bescheid. Alfred erkundigte sich nach der Länge der Wegstrecke von der Rietschke zum Bahndamm und überlegte. »Ich bin der Meinung«, sagte er, »daß diese Jungen die Schwellen nicht genommen haben können. Eine

Viertelstunde vorher war ich noch mit ihnen zusammen. Sie hatten auch keinen Wagen bei sich.« Roller mußte den beobachteten Vorgang erzählen. Franks und Pepos Namen nannte er nicht.

»Kennt ihr die Jungen mit dem Wagen?« fragte Herr Bertram.

Als sie schwiegen, runzelte er die Stirn. »Ich verstehe ja, daß es euch schwerfällt, sie zu nennen, aber bedenkt: Wenn ihr sprecht, seid ihr entlastet. Und ... es war ein gemeiner Diebstahl. Die ausgesonderten Schwellen sind das Brennholz der Eisenbahner für den Winter. Ihr wißt, daß Holz knapp ist. Euer Kanubau hat es euch gezeigt. Wenn nun euren Eltern das Brennholz gestohlen würde, na?«

Kahlkopf hob den Arm. »Wir haben ausgemacht, nichts zu sagen, und da können wir keinem was verraten, Herr Bertram.« Er blickte sich um. Seine Gefährten nickten zustimmend, und Wanze sah mit wütenden Blicken auf die Eisenbahner. »Die beiden Männer da«, Kahlkopf wies mit dem Finger auf sie, »die haben Wanze mißhandelt, obwohl er unschuldig war. Sie haben ihn nicht zu knapp geschlagen und getreten. Da sollen wir ihnen helfen, die Diebe zu finden?«

Die Eisenbahner blickten verlegen. Wie hätten sie einen solchen Zusammenhang ahnen können? Sie waren gestern der festen Ansicht gewesen, die Diebe erwischt zu haben. Jetzt kamen ihnen Zweifel. Sie dachten daran, daß die Jungen ihre Unschuld beteuert hatten. Das stimmte, das ließ sich nicht widerlegen. Alle sahen den Gesichtern der beiden Männer an, daß Kahlkopf die Wahrheit gesagt hatte.

Die Besucher gingen mit Fräulein Trapp hinaus, während die Schüler warten mußten.

Auf dem Flur sagte Frau Sander zu den beiden Klägern: »Sie haben Ihr Holz wiederbekommen. Der Besitzer des Handwagens wird sich melden und die Sache aufklären helfen. Mit Schlägen erzieht man nicht. Sie haben unbesonnen gehandelt. Sie sehen ja, was Sie erreicht haben.«

»Strenggenommen haben Sie sich wegen Kindesmißhandlung strafbar gemacht«, fügte Alfred hinzu. »Sie können froh sein, wenn man Ihnen keine Anzeige aufhängt. Überlegen Sie, was hier angerichtet worden wäre, wenn ich nicht zufällig die Jungen zur Zeit des Diebstahls an der Rietschke getroffen hätte.«

Eine bleierne Stille lag über der Klasse, als die Kommission mit der Klassenlehrerin hinausgegangen war.

Wenn sie uns bloß nicht noch verpetzen, dachte Pepo. Bisher haben sie ja dichtgehalten. Weiter ging sein Denken nicht. Er hatte entsetzliche Angst vor seinem Vater.

Frank saß wie ein Klotz und blickte auf die Bank. Seine Gedanken wogten durcheinander. Alles futsch – die Schwellen, der schöne Plan mit dem Floß und der Kajüte darauf. Auch die Fahrt nach Hamburg auf der Elbe ist im Eimer. Die anderen, die sind fein raus. Ihre Unschuld ist erwiesen. Prima, daß sie so zu uns halten. Wozu sollten wir uns noch melden? Die Eisenbahner haben ihre Schwellen. Als wenn es auf die paar Dinger angekommen wäre. Diebstahl ist das also gar nicht. Wir wären erledigt für die Abschlußprüfung, wenn sie es rauskriegten. Pepo wird zu Hause halbtot geschlagen, und ich bekomme keine Lehrstelle. Kann mir kein Geld sparen, keinen neuen Anzug kaufen. Nein, bloß nicht! Aber der Wagen?

Die schöne Elvira mit den Dauerwellen konnte die Stille nicht mehr ertragen. Sie neigte sich über die Bank. Alle hörten, was sie Purzel ins Ohr plärrte.

»Du, wo bleibt denn die Kameradschaft, wenn die Jungen wieder Geheimnisse vor uns haben? Ich denke, das soll anders werden?« Sie kicherte albern. »Auch die Mädchen gehören dazu, hat Roller gesagt. Jetzt sieht man, wie wir dazugehören. Feine Freunde.«

»Halt den Rüssel, Dauerwelle!« fauchte Karl der Kahle. »Hast dich geschnitten. Uns bringt keiner zum Petzen, und du lackierter Schreckstengel schon lange nicht.«

»Puh«, entrüstete sich Elvira, »du alte Kahlplatte ...«

Die Tür wurde geöffnet. Pepo und Frank atmeten auf, denn Herr Bertram war es nicht. Der Fremde kam, der Krebskäufer.

Als die Eisenbahner sehr still gegangen waren, hatte Fräulein Trapp vorgeschlagen, bei den Eltern aller Schüler anzufragen, wo ein Handwagen fehle. Das müsse auf die Spur der Täter führen. Herr Bertram und Alfred waren damit nicht einverstanden. Freiwillig müßten sie kommen, nicht durch Zwang und Schnüffelei ermittelt werden. Schwierig? Freilich, schwierig sei das wohl, aber vorerst der richtige Weg. Die Klassenlehrerin hatte geschwiegen und ihre Zweifel für sich behalten. Herr Bertram war abgerufen worden, und Alfred hatte sich bereit erklärt, mit den Schülern zu sprechen. Fräulein Trapp war gegangen, froh, die Sache los zu sein.

Alfred, der Krebskäufer, trat vor die Klasse hin und stellte sich als neuer Pionierleiter vor.

Er sagte, die Eisenbahner hätten ihre Anzeige zurückgenommen. Damit sei aber der Vorfall nicht beigelegt. Die Beteiligten sollten sich überlegen, ob sie weiterhin so dastehen wollten; »als Diebe oder Diebeshehler«, sagte er, und das klang übel.

Ob die Sache erledigt wäre, wenn die Schwellenholer sich melden würden, fragte Roller.

Unrecht bliebe Unrecht, entgegnete Alfred. Es wäre aber ein gewaltiger Unterschied, ob ein Fehler eingesehen und freiwillig bekannt oder ob er verschwiegen und vertuscht würde. Die Lüge mache alles schwierig, auch die Notlüge und die falsch verstandene Kameradschaft. Er, der Pionierleiter, verstände alles und würde helfen, wenn einer es ehrlich meine.

Alfred forschte nicht, wie Frank und Pepo befürchtet hatten. Er wartete eine geraume Weile. Als sich keiner zu Wort meldete, ließ er die Schüler nach Hause gehen.

Der will uns bloß einwickeln mit seinen klugen Reden, dachte Frank und versuchte, alle weiteren Gedanken beiseite zu schieben. Das gelang ihm jedoch schlecht. Alfreds Worte von den Dieben und der Lüge bohrten in ihm wie ein Geschwür.

Pepo wußte auch keinen Ausweg. »Wären ja dämlich«, sagte er, »wenn wir uns nun noch melden würden.«

Der Handwagen bereitete ihnen mächtigen Kummer. Sie mußten herauskriegen, wo er sich jetzt befand. Vielleicht – vielleicht konnte man ihn heimlich holen? Oha, das war ein Gedanke!

## *Frank und Pepo reißen aus*

Hedwig Hilpert richtete ihr Augenmerk selten auf Frank. Das geschah meist nur, wenn er einen ihrer Aufträge zu erfüllen hatte. Für seine Kümmernisse hatte sie kein Herz; der geliebte Bohnenkaffee und manches andere lagen ihr näher.

Heute indessen spürte sie sogleich, daß mit dem Jungen etwas nicht stimmte; denn seit der Geldgeschichte war sie noch mißtrauischer geworden. Die Zeichen seiner Schwäche sprangen ihr geradezu ins Auge. Keine einzige Ausrede brachte er vor, als sie ihn mit Anordnungen in den Garten schickte, vor denen drei Jungen seiner Beschaffenheit verzweifelt wären. Schweigend nahm er die Aufträge hin. Er schützte keine Hausaufgaben vor und führte keine Pionierverpflichtungen ins Feld. Auch die Abschlußprüfung, die in letzter Zeit oft als rettende Ausflucht hatte herhalten müssen, erwähnte er nicht. Ihre Drohung mit dem Entzug des Abendessens hätte sie sich sparen können. Er dachte nicht daran, aus dem Garten wegzulaufen. Heute nicht. Noch nicht. Ob er gießen oder jäten oder sterben mußte, das war ihm gleichgültig. Seine stumme Verzweiflung hatte einen Tiefstand erreicht, an dem ihn kein Gebot und keine Drohung dieser Frau mehr schreckte.

Sie glaubte, er sei nun endlich kirre geworden, als sie ihn im Garten werken sah. Was wußte sie davon, daß er irgend etwas tun, daß er sich körperlich plagen mußte, um seiner inneren Qual nicht gänzlich hilflos ausgeliefert zu sein? Sie sah in ihm nur den Faulpelz, den gerissenen Drückeberger, der jede Gelegenheit wahrnahm, sich ihrer Aufsicht zu entziehen. Eine Weile beobachtete sie ihn noch, hinter der Gardine stehend, dann ging sie befriedigt zu ihrem Kaffeetopf zurück und nahm das Romanheft zur Hand. Pepos Pfiff hörte sie nicht; der kam gedämpft wie das Flöten einer Grasmücke. Den Pfiff kannte nur Frank.

»Was ist denn los?« fragte er und trat an den Zaun.

»Mann«, flüsterte Pepo, »wir sind entdeckt. Sie haben es schon rausgekriegt. Unser Wagen …« Das Gesicht jenseits des Zaunes war noch verzweifelter als Franks Miene. Die Stimme von drüben zitterte, die Hände krallten sich in den Draht.

Frank starrte auf den Freund, als besänne er sich nach einem dunklen Traum auf die Wirklichkeit. Die Angst in den Augen des anderen riß ihn aus seiner Dumpfheit. Er war wieder der alte Frank, als er nach dem Hause äugte und dann, ohne zu überlegen, hervorstieß: »Abhauen!«

Sein Entschluß stand fest. Nicht die Floßfahrt und nicht Hamburg lockten ihn mehr. Das war vorbei. Er sah nur noch einen Ausweg: zum Vater. Proviant hatten sie für den Fluchtweg. Der lag verborgen in ihrem Geheimversteck. Aber Geld fehlte ihnen.

Wenn ich das Schrottgeld von Zärche – die sechs Mark achtzig –, grübelte Frank, und sogleich wurde er ärgerlich über seine Grübelei. Erledigt – nicht mehr daran zurückdenken.

Er nahm den Hockeystock aus dem Stall und ging ins Haus, die Speckjacke zu holen. Tante Hedwigs Fragen und Schelten beachtete er nicht. Sie soll mich nur anfassen, dachte er. Aber das wagte sie nicht. Sie drohte, dem Vater die Flegelhaftigkeit des »faulen Stromers«, wie sie ihn seit langem nannte, zu schreiben. Ich kann auch schreiben, dachte er. Viel mehr kann ich dem Vater schreiben, viel Schlimmeres. Aber ich werde es ihm sagen. Er umklammerte seinen Stock, suchte nach einem Briefumschlag mit der Adresse des Vaters. Dann ging er wortlos aus der grauen Stube. Für die keifende Frau hatte er keinen Blick.

Pepo erwartete ihn ungeduldig. Er wagte sich nicht mehr nach Hause zu dem Fuhrmann. Die Angst zerrte ihn fort. Auf der Stelle wollte er losmarschieren.

»Ist zu weit«, sagte Frank. »Wir müssen die erste Strecke fahren, sonst schnappen sie uns gleich. Vielleicht kriegen wir ein Auto, das uns mitnimmt.«

Da sahen sie Fräulein Trapp. Pepo wollte laufen. »Idiot«, zischte Frank. »Nichts merken lassen.«

Er grüßte, und auch Pepo stotterte einen Gruß.

Sie blieb stehen, dachte: Jetzt ist eine Gelegenheit, an die beiden heranzukommen. Die Jungen sagten weder ja noch nein zu ihrer Einladung, aber sie gingen mit. Frank war ein Gedanke gekommen, und er hatte Pepo durch ein heimliches Zeichen ermuntert.

Sie boten ein absonderliches Bild in dem Café am Marktplatz, die struppigen Jungen neben der gepflegten Lehrerin. Schweigend hockten sie auf den Samtstühlen. Ihre nackten Füße tasteten über den Eisenständer des Tisches, klammerten sich um die Stuhlbeine. Als der Kuchen gebracht wurde, schwand ihre Befangenheit. Karin Trapp sah lächelnd, wie sie drauflosaßen. Die zweite Portion verschwand ebenso rasch wie die erste.

Frank nutzte die Minute des Schweigens nach dem Essen, als die Lehrerin nicht gleich den Übergang zum Hauptteil ihres Vorhabens fand. Er atmete tief auf und blickte bekümmert auf den leeren Teller.

»Noch nicht satt?« fragte sie.

»Doch, doch, es reicht schon«, antwortete Frank, sog schnaufend die Luft durch die Nase und stieß sie seufzend wieder aus.

»Großen Kummer?«

Frank sah sie von unten herauf an und nickte.

»Worum geht es denn?«

»Das ... das können wir nicht sagen.«

»Und wenn ich verspreche, nichts zu verraten?«

Frank zuckte mit den Schultern und schaute schnell zu Pepo. Er blinzelte dabei ganz leicht mit dem rechten Auge. Pepo begriff, daß er den Lauf der Unterhaltung nicht beeinflussen durfte.

Fräulein Trapp schien von der Aufdeckung des Schwellenraubes noch nichts zu wissen. Sie war unglaubhaft freundlich, und der spendierte Kuchenberg hatte Pepos Angst besänftigt. »Kann ich euch helfen?« fragte sie wieder.

»Vielleicht, aber ... nein, ich glaube es nicht.«

»Sprich doch, Frank.«

Jetzt sah er sie fest an. »Wir brauchen Geld, das ist es nämlich.«

»Ich denke, die Geldgeschichte von Rolfs Lampe ist erledigt?«

»Ist sie auch.«

»Na und?«

»Wir brauchen aber Geld, und jetzt müssen wir gehen.« Sein Bein unter dem Tisch schob sich nach rechts, die Zehen drückten auf Pepos Fuß, hielten ihn fest. Das hieß: noch nicht! Und Pepo kapierte.

»Frank, sei mal ehrlich! Wozu braucht ihr Geld? Wir sind doch jetzt nicht in der Schule, und ... ihr könnt mir vertrauen.«

»Wir dürfen aber nichts verraten.«

Karin Trapp glaubte sich den beiden hilfebedürftigsten Jungen ihrer Klasse sehr nahe. Sie wollte diese Gelegenheit nicht vorübergehen lassen. Entschlossen fragte sie: »Wieviel?«

»Zehn Mark«, sagte Frank, nicht minder entschlossen, und er überlegte, ob er noch etwas hinzufügen sollte. Vielleicht: Für jeden zehn Mark? Nein, das wäre zuviel. Er schwieg, wartete. Seine Zehen arbeiteten.

Fräulein Trapp konnte nicht ahnen, daß sie ihnen zur Flucht verhalf, als sie Frank den Zehnmarkschein reichte. Aber die Herzen der beiden hatte sie gewonnen. Frank und Pepo vergaßen Fräulein Trapps Hilfe nicht, wenngleich die Lehrerin ihr Tun sehr bald bereute.

Frank stand auf. Der Schein verschwand in seiner Tasche. Er streckte ihr die Hand hin. »Ehrenwort, daß Sie nichts sagen ... und ... und daß Sie Ihr Geld wiederkriegen.« Beinahe hätte er auch gesagt: Mein Vater ist nämlich Aktivist, der verdient eine Masse. Er besann sich rechtzeitig. »Zwei Ehrenwörter«, sagte er noch, »eins für Sie und eins für uns.«

Sie hatten keinen schlechten Abgang aus dem Marktcafé, die beiden Pumpbrüder. Und ordentlich gesättigt waren sie auch für den Beginn ihrer Reise.

Als es dämmerte, befanden sie sich weit weg von Eulenberg. Sie hatten in dem ratternden Zug mit sich gerungen, hatten flüsternd mehrmals erwogen, weiter zu fahren, als ihre Fahrkarten erlaubten. Frank, noch immer unschlüssig, grübelte vor sich hin. Er dachte an Alfreds Worte vom Diebstahl und von der Lüge. Als Lügner und Diebe würden sie daheim nun wohl angesehen werden von Irene, von Roller und den anderen. Aber Betrüger? Nein, Betrüger wollte er sich nicht auch noch nennen lassen. Das mit den Schwellen war aus Not geschehen, weil sie damals ein Floß brauchten. Wenn sie aber jetzt mit dem Zug weiterführen und erwischt würden, war alles aus. Sie durften nicht auffallen, nicht zurückgebracht werden. Auf gar keinen Fall! dachte er. Lieber die Füße wund laufen.

Der Zug hielt. Rasch drängten sie sich an der Sperre vorbei, wurden vom Strom der Reisenden durch den fremden Bahnhof geschoben und spähten umher. Als das Menschengewimmel versiegte, schlich Frank in die Halle zurück. Er studierte die Eisenbahnkarte, kramte einen Bleistiftstummel aus seiner Tasche und kritzelte einige Ortsnamen auf den Briefumschlag, der Vaters Absender trug. Pepo wartete draußen im Schatten des Bahnhofsgebäudes, das Bündel mit Brot, Hartwurst und Mohrrüben an sich gepreßt. Die Fahrkarte bis hierher hatte für jeden vier Mark und zwanzig Pfennig gekostet. Acht Mark vierzig waren dahin. Und noch sechzig Kilometer lagen vor ihnen.

Die Mainacht war kühl und feucht. Der Himmel hielt die Sterne verhüllt. Sie bibberten in der offenen Feldscheune, die nur Spreu und feuchte Strohreste enthielt. Eng aneinandergekuschelt durchdämmerten sie eine Nacht, die nicht enden wollte. Ihr Mut sank im gleichen Maße, wie die Wärme ihren dürftig bekleideten Körpern entwich. Die fernen Geräusche der Industriestadt und das Rascheln im Stroh ließen sie unablässig aufhorchen.

Als sie dann früh nach kurzem Schlummer erwachten, waren ihre Arme und Beine steif wie Hölzer. Die feuchte Nachtkühle wich. Ein lauer Südwind wehte und gab ihnen neuen Mut. Sie machten sich über ihren Proviant her. Schmatzend und pläneschmiedend wanderten sie los.

Die Straße war ein endloses Band. Häuser tauchten auf, Dörfer. Feld lag an Feld. Gegen Mittag erreichten sie eine Stadt und betraten ein Milchgeschäft. Das argwöhnische Gesicht der Frau hinter dem Ladentisch trieb sie zur Eile. Sie bezahlten, tranken hastig, wanderten weiter, stumm und müde.

Das Mohrrübenbündel war aufgezehrt, auch die harte Wurst hatte den Vormittag nicht überdauert. Längst hatten sie es aufgegeben, den Autos zu winken. Kein Fahrer hielt. Sie sahen nicht vertrauenerweckend aus. Sie waren ungewaschen und trugen die Spuren der erdigfeuchten Spreu aus der Scheune an ihren Körpern. Wie ein graues Käferpaar tippelten sie dahin. Am Nachmittag nahm sie ein Bauer auf seinem Wagen mit. Er fragte dies und jenes, schwieg dann.

Das Gefährt schaukelte über den Sommerweg. Wohlig streckten die Ausreißer ihre müden Beine und waren bald eingenickt. Sie merkten nicht, daß in einem Dorf gehalten wurde, sie schliefen fest. Frank lehnte an den Seitenbrettern, den Kopf tief auf der Brust, und Pepo lag zusammengekrümmt auf den Säcken.

Ihr Schreck war abgrundtief, als sie aus dem Schlaf gerüttelt wurden und die grüne Uniform vor sich erblickten. Frank, blaß, mit weitaufgerissenen Augen, schnellte hoch, faßte nach der Wagenrunge, um sich über die Seitenwand zu schwingen. Aber der Volkspolizist hielt ihn am Knöchel fest.

»So ein schlechtes Gewissen hast du?« fragte der Mann.

Sie mußten mit zur Bürgermeisterei. Ein weiterer Fluchtversuch war aussichtslos, denn der Polizist hielt einen Schäferhund an der Leine, und Neugierige umringten ihn. »Ausgerissen?« begann der Uniformierte in der Stube zu fragen. »Nein«, sagte Frank. Er besann sich zu spät. Lügen machen alles schlimmer, hat Alfred gesagt. Sie kriegen es doch raus. »Ja«, sagte er leise, »wir sind ausgerissen. Aber

wir wollen zu meinem Vater. Es war nicht mehr auszuhalten.«

Pepo wunderte sich, daß Frank alles erzählte, auch den Schwellendiebstahl. Er sprach offen, gebrauchte keine Ausreden. Nur zum Schluß flocht er einen Kniff ein, indem er sagte: »Zu dieser Tante gehen wir nicht zurück. Wenn Sie uns hinbringen, reißen wir wieder aus. Immer wieder.«

Jetzt wußte Pepo, daß Frank alles auf eine Karte setzte. Er hatte »wir« gesagt, er ließ ihn nicht im Stich.

»Wenn es stimmt«, sagte der Polizist, »sollt ihr zu eurem Vater kommen. Ich werde mich telefonisch erkundigen.«

Au Backe! Zu »eurem« Vater! Das kann was werden, dachten sie. Das Zimmer wurde ihnen eng. Es war sehr heiß. Die Stuhlsitze, ihre Köpfe, die Hände – alles glühte. Mit offenen Mündern horchten sie auf die Stimme des Mannes, der nebenan telefonierte.

Frank reckte den Hals, spähte durch das Fenster. Draußen, neben dem Fahrrad des Polizisten, lag der Schäferhund. Jede Fluchtmöglichkeit war versperrt. Sie saßen wie gefesselt. Hätte ich bloß die ganze Wahrheit gesagt! dachte Frank. Daß Pepo zu dem Fuhrmann gehört und nicht zu uns, das kriegt er bestimmt raus.

Den Hunger hatte er vergessen. Er spürte nur den Druck auf seiner Brust und die Schwüle. Selbst Tante Hedwig erschien ihm nicht mehr unerträglich schlimm. Bloß der Gedanke des Ausgeliefertwerdens in Eulenberg und der Volkspolizist, die forschenden Augen dieses Mannes, brannten in ihm.

»Kollege Brinkmann!« rief das Büromädchen über den weiten Platz. »Kollege Brinkmann, ans Telefon!« Der Ruf wurde weitergetragen, drang durch den Lärm der Baustelle, erreichte den Maurerpolier Simon Brinkmann. Der stand auf dem halbfertigen Bau der Werkhalle. Vor ihm schwebte die Kranlast, eine riesige Betonplatte, deren Richtung er dirigierte. Sein rechter Arm winkte dem Kranführer, einmal, zweimal. Langsam trug der Kran die schwere Platte über die Hallenwand. Brinkmanns Arm stieß nach unten, gab das Stoppzeichen. Die Drahtseile rasselten, der fertige Bauteil senkte sich, wurde eingepaßt, und der stählerne Greifer schwebte zurück.

Mit kundigem Blick prüfte Brinkmann den Sitz der Platte. Er nickte befriedigt, und jetzt erst wendete er seinen Blick dem rufenden Mädchen zu. »Vorsicht, Deern«, brüllte er hinab, »weg von dem Kran!«

Sie trat zur Seite, legte die Hände an den Mund, rief: »Telefon für Kollegen Brinkmann!«

»In einer Stunde ist Feierabend«, polterte der Polier unwillig, »jetzt kann ich hier nicht weg.«

»Ist doch dringend. Ein Ferngespräch von der Polizei. Die will eine Auskunft haben.«

Die Männer ringsum horchten auf. Polizei? Was hat Brinkmann mit der Polizei zu tun?

»Worum geht es denn?« fragte Simon Brinkmann.

»Ob Sie zwei Söhne haben, zwei Jungen, wollen die wissen.«

»Na ja, und? Mitten in der Arbeit? Siehst doch, was hier los ist, Mädchen.«

»Die beiden Jungen sind auf dem Wege hierher. Stimmt also? Zwei Jungen haben Sie?«

»Jaja. Wieso? Was ist denn los?«

Das Mädchen lief davon, den Mann seinen Gedanken überlassend.

Als Brinkmann nach Feierabend der Wohnbaracke zuging, sah er das grüne Auto und die weißen Mützen der Verkehrspolizisten. Am Wagen standen zwei Jungen. Der eine, der struppigste dieser beiden verwahrlosten Kerlchen, das war sein Sohn, sein Frank. Die Jacke! dachte der Mann. Dieses alte Ding trägt er immer noch? Verdammt, wie sieht der Bengel aus! Aber gewachsen ist er. Wie lange ist es denn her? Ein halbes Jahr war ich nicht dort. Ein halbes Jahr ist Katrin tot.

Er ging langsam näher, immer langsamer. Er blieb stehen und starrte auf die Gestalt in der speckigen Jacke.

Die Jungen am Wagen regten sich nicht. Ihre Gesichter waren blaß, und ihre Blicke hingen an dem Munde des stummen Mannes. Der ächzte, schob mit einer schweren Gebärde die Mütze in den Nacken, atmete keuchend. Er schwieg noch immer, der Polier Simon Brinkmann. Ihm war, als öffne sich ein Vorhang. Und nun wußte er alles. Hedwig! dachte er. Die hat das auf dem Gewissen. Und seine tote Frau sah er vor sich; der Junge hatte ihr Gesicht. Das war ihr Junge und sein Junge, dieser speckige, zerfranste Bengel. Das war sein Sohn, auf den er stolz sein, den er anschreien und mitsamt diesem Polizeiauto davonjagen und den er umarmen wollte in einem. Er schrie nicht, der Maurer Brinkmann, der über seiner Not, über der

Arbeit und dem abendlichen Schnaps alles hatte vergessen wollen. Die Kinder! schrie es in ihm. Die hast du vergessen!

Er konnte nicht stolz sein auf diesen zerlumpten Jungen. Er vermochte nicht, ihn zu umarmen. Nur die Hand streckte er aus, nach einer langen Weile, seine derbe, von Kalk und Arbeit zerfurchte Hand. Und Frank flog auf diese Hand zu, umklammerte sie, und die andere spürte er auf seinem Scheitel.

»Es ging nicht mehr ... Vater ... bei der ... bei dieser Tante ...«

Pepo sah den Freund zum erstenmal mit nassen Augen. Er hatte ein paar Schritte nach vorn getan. Weg von dem Auto, dachte er. Bei Frank wollte er bleiben.

»Also«, sagte der Oberwachtmeister, »alles in Ordnung!« und ließ den Motor an.

Der Vater nickte abwesend, blickte dem davonfahrenden Auto nach. Nichts ist in Ordnung, dachte er, gar nichts. Gearbeitet, geschuftet, und nun ist es schlimmer als zuvor. »Komm!« sagte er zu seinem Jungen.

Und Frank wischte sich mit dem Ärmel der Speckjacke über die Backen, wendete seinen Kopf zu Pepo, lächelte stolz und sagte: »Komm mit. Das ist mein Vater.«

## *Bei dem Polier Brinkmann auf der Großbaustelle*

Sie saßen in der Kantine. Die Jungen tranken Malzbier und schlangen hinab, was ihnen der wortkarge Mann bestellt hatte. Wie ausgehungerte Wölfe putzten sie die Teller leer. »Für jeden noch ein Würstchen mit Salat«, sagte Simon Brinkmann zu der Serviererin, und seine Maurerkollegen ringsum schmunzelten.

So einen guten Tag hatten Frank und Pepo schon lange nicht erlebt. Dagegen verblaßte selbst der Kuchennachmittag mit Fräulein Trapp im Marktcafé, obwohl er ihnen das Reisegeld eingebracht hatte. Hier gab es Bier zum Essen. Und sie saßen unter richtigen Männern. Wenn Frank ein Wort gesagt hätte, wären bestimmt noch mal Würstchen oder Buletten gebracht worden. Aber sie waren satt.

Ein absonderlicher Alter, dachte Pepo und schielte zu Franks Vater. Der hatte noch kein Wort an ihn gerichtet. Der hatte nur bestellt und bezahlt und schaute fortwährend auf seinen Jungen, als sähe er ihn zum erstenmal.

»Zwillinge gekriegt?« fragte ein Monteur im blauen Overall und zwinkerte dem Polier zu. »Das kostet eine Lage, Simon.«

Simon sah auf, fuhr sich mit der Hand über das Gesicht, lächelte müde. »Nee«, sagte er, »mit Zwillingen ist nichts, und die Lage, die kommt auf dein Konto. Meiner ist bloß der Blonde hier. Der andere ist sein Kumpel. Sind mal auf Wanderschaft gegangen. War langweilig zu Hause ohne Vater. Verstehst du doch nicht, du Junggeselle. Und morgen, da kennst du meinen nicht wieder, das sage ich dir.«

»Reg dich nicht auf, Simon. Komm, wir heben einen!«

Simon Brinkmann hob heute keinen. Er trank sein Bier aus und dachte: Haarschneiden, beide! Und dann, verdammt noch mal, dann kriegt meiner eine neue Kluft. Und dann?

In der Baracke, wo der Vater schlief, war ein Bett frei. Simon Brinkmann hatte einen Arm voll Decken hereingeschleppt. »So! Euer Quartier ist klar. Und nun will ich wissen, was zu Hause los ist.«

Frank erzählte, stockend, aber er ließ nichts aus. Nur den Schwellendiebstahl vergaß er. Alles andere sagte er dem Vater, während Pepo gähnte und sich kaum noch munter halten konnte.

Die Jungen schliefen bereits, aber Simon, der Maurerpolier, saß auf dem Schemel vor der Bettpritsche und grübelte. Dreihundert Mark hat Hedwig jeden Monat gekriegt. Dreihundert Mark für meine Kinder, und der Junge läuft wie ein Strolch herum. Dreihundert Mark sind fast die Hälfte meines Lohnes. Jawohl, getrunken habe ich manchmal einen, aber ich habe gearbeitet und gespart. Die Hypothek auf dem Gartenhaus ist gelöscht. Tausend Mark waren das. Die sind bezahlt. Und Hedwig hat auch ihr Teil für das Haus. Es gehört mir und meinen Kindern. Eine Villa sollte es werden. Eine Villa? Ha! Und die Kinder? Er ging nicht mehr in die Kantine. Er lag auf seinem Bett und fand keinen Schlaf.

Die Maurer kamen in die Baracke. Sie sahen die schlafenden Jungen und witzelten leise. Simon Brinkmann stellte sich taub. Er tat, als schliefe auch er. Er hörte wohl, daß sie nicht lärmten wie sonst, daß sie behutsam gingen und flüsternd sprachen. Viele Stimmen hörte der Mann, der noch lange grübelte.

Als Emma Zander, die hilfsbereite Küchenfrau, um neun Uhr in die Schlafbaracke der Maurer kam, fand sie die Stube leer. Sie war gestern abend von Polier Brinkmann informiert und mit Geld versehen worden. Zum Friseur sollte sie mit den Jungen gehen und dann für Frank Kleider kaufen. Aber Frank und Pepo waren ausgeflogen.

Der Bauplatz erschien den Jungen größer als die Muldenaue. Man konnte nicht von einem Ende zum anderen sehen. Und was es hier alles zu sehen gab!

»Mann«, rief Frank, »hier müßte ich immer bleiben!«

»Und ich?« fragte Pepo.

Sie dachten nicht an die Schwierigkeiten, die meist mit Wünschen verknüpft sind. Der riesige Werkplatz beanspruchte ihre ganze Aufmerksamkeit. Sie kamen überhaupt nicht zum Nachdenken vor Lastzügen und Kippern, vor Feldbahnen und Förderbändern.

Hier sollten vor wenigen Monaten noch Äcker und Kiefernwälder gewesen sein? Das erschien Pepo unglaubhaft. Aber Frank behauptete es. Im ersten und einzigen Brief hatte sein Vater davon geschrieben. Es mußte ganz gewiß stimmen.

»Erkennt doch ein Doofer, daß vorher nichts dagewesen ist«, bekräftigte Frank seine Behauptung. »Man sieht sogar noch Reste von dem Wald. Guck nur richtig hin.« Er dachte: Was die können, die Kerle hier! Zaubern aus dem Nichts ein Riesenwerk in den Wald! Und Frauen sind auch dabei. Und mein Vater hat was zu sagen, der ist Polier!

Sie wurden angehalten, gefragt. Brinkmann? Wer kannte schon den Polier Brinkmann in diesem Ameisengewimmel!

»Was? Eine große Werkhalle soll der mauern?«

»Jawoll«, sagte Frank. »Mit dem Kran mauert er. Er ist nämlich Kranmaurerpolier.«

Der Mann schmunzelte. »Dann geht man zu eurem Kranmaurerpolier.«

Sie fanden den Kran. Der fröhliche Mann im blauen Overall saß in der Kabine. Er hantierte an Hebeln und Knöpfen, und der Kran parierte wie ein dressiertes Zirkuspferd. Oben stand Vater Brinkmann. Er sah nicht die Jungen, er blickte auf die schwebende Platte und gab seine Zeichen.

»Manometer!« staunte Frank. »Was die seit gestern schon wieder aufgestockt haben!«

»Das sind Rekordmaurer.«

»Klar, Mann, Aktivisten. Und Geld wird hier verdient, mein Lieber. Dagegen ist dein Fuhrmann ein Waisenknabe. Hast doch in der Kantine gesehen, was mein Polier für Zaster hat.«

Das mit dem Zaster war nicht geprahlt. Das stimmte. Pepo hatte es gesehen. Er sah noch mehr. Simon Brinkmann wollte seinen Jungen nicht mehr in der Lumpenjacke herumlaufen lassen. Gleich nach Feierabend wurden sie von einem Lastwagen in die nahe Stadt mitgenommen. Sie kauften ein. Zwei große Scheine gab der Vater aus. Frank war kaum wiederzuerkennen. Er trug Ledersandalen, eine graue Manchesterhose mit Umschlag und den blauen Anorak, der dem Polier so gut gefallen hatte. Frank fühlte sich nicht recht wohl in der neuen Kluft. Er freute sich gewiß, aber von den alten Sachen wollte er sich nicht trennen. Die trug er unter dem Arm.

Ob man die Lumpen gleich dalassen könne, fragte Simon Brinkmann. Die HO-Verkäuferin nickte lächelnd. Bloß Frank war nicht einverstanden.

»Die brauche ich für die Arbeit«, widersprach er dem Vater. »Was denn? Noch gehst du zur Schule. Denkst doch nicht etwa, daß du auf der Baustelle bleiben kannst? Das schlag dir aus dem Kopf. Ihr müßt wieder nach Hause.«

Frank erschrak. Nach Hause? Dorthin zurück? Aber nicht ohne Vater. Ich fahre nur, wenn er mitkommt. »Zu Hause ist auch Arbeit«, sagte er, »da ist der Garten. Den muß ich doch besorgen. Und ein Kanu bauen wir auch, da brauche ich Arbeitskleider.«

Zum erstenmal seit ihrer Flucht dachte er an das Kanu. Ob sie weiterbauen? Klar! Und Augen werden sie machen, wenn ich mit den neuen Sachen ankomme. Aber für die Aue ist das nicht die richtige Kluft.

Dann fiel ihm Tante Hedwig ein und alles andere, was ihn fortgetrieben hatte. Die Freude über seine Staatskleidung schwand. Pepo spürte, was in Frank vorging. Er verstand ihn. Aber der Polier wurde nicht klug aus seinem Jungen, der jetzt so schmuck aussah und dabei ein Gesicht zog, als hätte er Juckpulver unter dem neuen Sporthemd.

Tags darauf wurde die Meinungsverschiedenheit offenbar.

»Nein«, sagte Frank, »wenn du nicht mitfährst, Vater, dann fahre ich auch nicht zurück.«

Pepo blickte gespannt auf den Polier. Jetzt mußte es kommen, das Donnerwetter, das er gleich am ersten Tag erwartet hatte. Zu seinem Fuhrmann hätte er so etwas im Leben nicht sagen dürfen.

Das Donnerwetter blieb aus. Simon Brinkmann stand grübelnd vor seinem Jungen. Er war ärgerlich gewesen, als er ihn wieder in der zerfransten Hose angetroffen hatte. Es war ja gut, daß der Bengel die neuen Sachen schonte, aber in den Zigeunerlumpen konnte er sich nicht mehr sehen lassen. Hier nicht, dachte Simon, hier blamiert er mich. Und zu Hause, in dem Nest dort? Blamiert er mich da etwa nicht? Ich muß wohl doch nach Hause fahren. Unsinn! Ich kann hier nicht weg. In ein, zwei Monaten vielleicht. Jetzt nicht.

»Geht nicht, Junge. Sei vernünftig! Ich muß doch die Werkhalle bauen. Sie brauchen mich, ich kenne den Laden.«

»Dann fahre ich nach Hamburg, zu Anton. Und die neue Kluft, die … die … die will ich gar nicht. Damit fällt man nur auf.«

Oho! dachte der Vater und wurde nun doch wütend. »Wer bestimmt denn hier? Du oder ich?« Er schrie es, und sogleich bereute er sein Gepolter.

Der Junge hatte recht, und er, der Maurerpolier, hatte auch recht. Die Arbeit hier konnte man nicht einfach beiseite schieben. Er wußte Bescheid mit dem neuen System, mit den großen Platten. Die neue Bauweise ersparte viele Maurer und das ganze Drum und Dran der Kellenmörtelei. Er konnte nicht weglaufen, weil ein paar Kinder zu Hause warteten. Er hatte einen Arbeitsvertrag abgeschlossen. Und das Werk mußte fertig werden. Der Plantermin verpflichtete alle, vom Gleisbauer bis zum leitenden Oberingenieur. Konnte ein Baupolier, auf dem ein großer Teil Verantwortung ruhte, diese Verpflichtung in den Wind hängen? Und die Kinder? Hatte Frank mit seiner Forderung nicht das gleiche Recht?

Simon Brinkmann ging in die Kantine zurück, und die Jungen krochen ins Bett. Beide waren beharrliche Dickschädel, der Alte wie der Junge. Aber Simon Brinkmann sah weiter als Frank. Nur einen Ausweg sah er nicht.

»Kommst mir gerade recht, Simon«, sagte der Vorsitzende der Baugewerkschaftsleitung in der Kantine und zog ihn an seinen Tisch. »Hör mal zu: In einem halben Jahr werden Hort und Kindergarten fertig sein, dann könnten wir deine Kinder unterbringen. Aber jetzt, mein Lieber, jetzt geht das nicht.«

Aha! dachte Simon. Der weiß es auch schon. Kein Wunder. Stromern überall herum, die Bengel. Sind kaum drei Tage hier und schon bekannt wie die bunten Hunde.

Er nahm die Pfeife aus dem Mund, sagte: »Erstens habe ich sie nicht herbestellt, und zweitens muß ich nach Hause. Sie verkommen dort. Ich muß hier Schluß machen.«

»Und deine Arbeit, Simon? Denkst du nicht an deinen Vertrag? Wir haben dich auf einen Lehrgang für Plattenbauweise delegiert, und nun willst du uns im Stich lassen? Mann, das geht doch nicht. Wenn es bei der ersten Halle Pannen gibt, heißt es: Das neue System bewährt sich nicht. Du kennst die Schlauberger, die Kleinkrämer und Kleckermaurer. Unser Plattenbau bewährt sich glänzend, Simon. Wir sparen Zeit und Geld.«

»Als wenn ich das nicht wüßte.«

»Na und? Du hast doch geholfen, den ersten Versuch hier in Gang zu bringen.«

»Und der Junge haut mir ab, läuft womöglich nach dem Westen in sein Unglück. Soll ich da ruhig zusehen?«

»Ist denn keiner da, der sich um die Kinder kümmern könnte? Verdammt noch mal! So etwas dürfte doch heutzutage kein Problem sein.«

»Es ist aber eins. Und du solltest nicht so geschwollen daherreden. Hast du vielleicht Kinder?«

»Und ob ich welche habe!«

»Eine Frau hast du auch? Siehst du, da liegt nämlich der Hase im Pfeffer. Meine Kinder haben keine Mutter mehr. Und ihre Tante ist ein verdammtes Weibsstück, das mein Geld verjubelt und sich einen Dreck um die Kinder kümmert.«

»Das ist belemmert, Simon, gewiß. Ich kann mir vorstellen, wie dir zumute ist. Trotzdem wäre es falsch, einen übereilten Entschluß zu fassen. Für unseren Plan wäre es dumm und für dich auch; denn du bist hier der richtige Kerl. Soviel Geld verdienst du nicht gleich wieder. Denk mal an deine Prämie.«

»Du redest wie ein Pastor. Wer faßt denn übereilte Beschlüsse? Seit drei Tagen knoble ich, wie die Sache zu schaukeln ist.«

»Paß auf, Simon: Mach dich morgen für eine Stunde frei. Um elf bist du im Büro der Werkleitung. Wir finden eine Lösung, verlaß dich drauf. Und jetzt nimm einen Schluck.«

»Na ja, Prost! Wolln sehen ...«

»Prost, Kranmaurer! Wer den Namen erfunden hat, weißt du ja.«

## *Die Gruppe braucht Hilfe*

Frank und Pepo wurden erst spät am Abend des Fluchttages in Eulenberg vermißt.

Am anderen Morgen rief Purzel atemlos in die Klasse: »Kinder, Kinder, wißt ihr schon, was los ist?«

Die bringt sich wieder mal um, dachte Wanze. Wir wissen gar nichts, und nun hat es das Häufchen Neugierde auch erfahren. Mußte ja rauskommen, die Sache mit Pepos Wagen.

Purzel war enttäuscht, daß keiner der Jungen ihre Frage beachtete. Sie knallte ihre Tasche auf die Bank. »Ihr wißt es bestimmt nicht. Oder? Roller, weißt du etwas? Kahlkopf? Wanze vielleicht?«

Einige der Jungen blickten nachsichtig, andere lächelten. Wanze grunzte. Mit diesem Theater waren sie schon zu oft strapaziert worden. Damit kam Purzel selbst bei den Mädchen nicht mehr an.

»Daß Frank und Pepo die Schwellen mit Pohls Wagen geholt haben, ist ja kein Geheimnis mehr«, sagte Purzel. »Alte Sache, was, Wanze? Aber daß sie ausgerissen sind, wer weiß denn das?«

»Wie? Ausgerissen?«

»Jawoll, ausgerissen. Getürmt, über alle Berge. Frau Pohl war heute früh bei uns, hat gefragt, ob ich was weiß. Bei Franks Tante war sie auch schon. Seit gestern sind die beiden verschwunden. Spurlos. Jawoll.« Purzel kam zu ihrem Triumph; denn das hatte noch keiner gewußt.

Als Fräulein Trapp ahnungslos die Klasse betrat, platzte die Schwatztante mit ihrer Neuigkeit heraus. Die Lehrerin stutzte, erschrak, vergewisserte sich fragend. Und dann mußte sich Karin Trapp sehr zusammennehmen, um eine halbwegs ordentliche Unterrichtsstunde durchzuführen.

In der Pause bestätigte ihr Direktor Bertram die Nachricht. Frau Pohl hätte schon die Polizei informiert, sagte er und wunderte sich, daß seiner Kollegin die Flucht der beiden Jungen so naheging. Den wahren Grund von Fräulein Trapps Erregung konnte er nicht ahnen. Den erfuhr er erst, als sie ihn nach Schulschluß um eine Unterredung bat.

Er hörte ihr aufmerksam zu und sagte dann: »Sie machen sich unnötige Sorgen, Kollegin Trapp. Wahrscheinlich hätte ich den Burschen die zehn Mark auch geborgt, wenn … wenn sie mir so listig gekommen wären. Ich halte sehr viel von diesem Brinkmann. Sie wissen ja. Mit der Geldbeschaffung hat er eine Charakterprobe abgelegt, die ich nicht einmal von unseren besten Schülern erwartet hätte. Das Ehrenwort, von dem Sie sprachen, beweist bei einem solchen Jungen wie Frank, daß er eine Möglichkeit der Erfüllung vor Augen hatte. Eine naheliegende Möglichkeit, schätze ich. Demzufolge kann er nicht weit sein. Ich vermute, wohin er mit seinem Freund Pohl gefahren ist.«

»Wo können sie sein?«

»Bei Franks Vater, Kollegin Trapp. Und damit wäre Ihr Darlehn nicht so übel angewendet; denn hier ist die Entscheidung des Vaters notwendig. Wir können doch dieser Frau Hilpert nicht einfach die Kinder entziehen. Wo sollten sie auch hin? Der Vater hat das Sorgerecht und die Sorgepflicht. Wir natürlich nicht minder, aber zuerst ist er zuständig.«

Otto Bertram sprach nicht davon, daß er und auch die Klassenlehrerin schon früher hätten mit dem Vater Fühlung nehmen sollen. Er machte sich im stillen Vorwürfe über sein Versäumnis. Fräulein Trapp kamen ähnliche Gedanken. Der Direktor überlegte, wie der Elternbeirat den Brinkmannschen Kindern helfen könnte, und Karin Trapp nahm sich vor, die Gruppe auf der Bootswerft zu besuchen.

Vielleicht kommen die beiden Ausreißer wieder zurück, dachte sie. Die Schwellengeschichte darf man ihnen nicht nachtragen, dafür werde ich sorgen. Und jetzt muß ich mich um die Gruppe kümmern.

Sie stand in Helfrings Hof unter dem Fliederbusch, dessen verblühte Dolden wie Rostflecke zwischen den olivgrünen Blättern hingen. Sie zögerte weiterzugehen. Von der Bootswerft, die sie zum erstenmal sah, drangen Lärm und Streit zu ihr. Dort lag das begonnene Kanu, ein Gerippe aus Kiel, Steven und Bordleisten, von dünnen Weidenspanten zusammengehalten. Karin Trapp begriff nicht sogleich, worum es zwischen den beiden streitenden Männern im Garten ging. Einer von ihnen war Alfred, der Pionierleiter. Den anderen kannte sie nicht; der trug eine lederbesetzte Lodenjoppe.

»Die paar Weidenknüppel bedeuten doch wahrhaftig keinen Flurschaden«, sagte Alfred zu dem stämmigen Mann.

»So! Drei Dutzend nennen Sie ein paar?«

»Seien Sie doch nicht kleinlich. Wenn alles verboten wird, bleibt den Kindern nur, die Verbote zu übertreten. Sie sehen doch«, er wies auf das Bootsgerippe, »daß es einem guten Zweck dient.«

»Was heißt hier guter Zweck? So geht das nicht. Die Weiden sind notwendig zur Uferbefestigung. Wenn nun jeder aus der Aue holen wollte, was er braucht, he? Mit Knüppeln fängt es an, und wo hört es auf? Wie war denn das mit dem Stamm? Hätte ich damals die Bengel nicht überrascht, wäre es so weitergegangen.«

»Wenn wir ein Boot haben, brauchen wir keinen Stamm mehr als Floß«, mischte sich Roller ein. »Wo sollten wir denn die Spanten hernehmen?«

»Du bist mal ganz still!« brüllte der Haumeister. »Wenn einer zur rechten Zeit das Maul aufgetan hätte, wären euch Knüppel für drei Boote angewiesen worden. Aber einfach hingehen und ...«

»Herr Püschel«, sagte Irene und trat vor den Zornigen hin, »so ist das aber nicht. Wir waren im Büro der Oberförsterei, Hanne und ich. Wir dachten uns gleich, daß die Jungen drauflosholzen würden, und da wollten wir lieber fragen. Aber das Fräulein, das dort sitzt, hat uns abgewiesen. Für so etwas gäbe es keine Scheine, hat sie gesagt. Sie hat uns gar nicht richtig angehört. Und zu Ihnen, da wollten wir nicht, weil wir dachten, Sie würden schimpfen.«

Haumeister Püschel reckte den kurzen Hals. Irene war rot geworden vor Aufregung, daß er sie wiedererkennen würde. Sie rang mit sich, war nahe daran, ihm alles zu sagen. Aber Püschel erinnerte sich nicht. Irenes Befürchtung war umsonst. Er ahnte nicht, daß sie es war, die Rollers Rad am Wehr genommen hatte.

»So was ist schnell gesagt, wenn man sich herausreden will«, polterte er.

»Das ist keine Ausrede«, verteidigte Hanne ihre Freundin. »Sie können ja das Fräulein fragen, die Sekretärin mit den blonden Lokken. Letzten Montag waren wir beide dort, halb eins, gleich nach dem Unterricht.«

Püschel gab das Schimpfen auf. Es ist zwecklos, dachte er. Vielleicht sind sie gar nicht so schlimm. Na ja, ein Boot wollen sie bauen. Ob das was wird?

Er wäre mit einer versöhnlichen Ermahnung gegangen, wenn Wanze sein Mundwerk gezügelt hätte. Aber Wanze juckte das Fell, wenn er jemand piesacken konnte.

»Was sind denn die paar Knüppel schon wert«, sagte er schnoddrig. »Die können wir lächelnd aus der Bootskasse bezahlen. Ist ja nicht wie bei armen Leuten, Herr Oberhackmeister.«

Das war zuviel für Haumeister Püschel, der den Spötter Wanze nicht kannte. Selbst für die anderen, für Alfred und die Bootsbauer und für Fräulein Trapp hinter dem Fliederbusch, war es zuviel. Aber gesagt war gesagt, und Püschel hatte es in die falsche Kehle bekommen. Sein Gesicht wurde wieder knorrig und grimmig. Heftig polterte er los, drohte mit einer Anzeige bei der Polizei und stapfte mit schweren Schritten zum Garten hinaus.

Jetzt! dachte Karin Trapp. Sie trat vor den wütenden Mann und versuchte, ihn zu beschwichtigen. Jawohl, gab sie zu, flegelhaft sei das gewesen von dem Josef. Der habe immer eine lose Klappe, auch in der Schule. Dafür solle man die anderen nicht büßen lassen. Man könne doch sehen, wie sie an ihrem Kanubau hingen. Er, der Haumeister, solle sich doch nicht verhärten. Ob er ganz vergessen habe, daß er auch mal jung gewesen sei?

Nein, das hatte Püschel nicht vergessen, wenn es auch ein gutes Vierteljahrhundert zurücklag. Er sagte dies und jenes zu der Lehrerin, und zuletzt bemühte er sich, höflich zu sein. Von der Polizei sagte er nichts mehr. Sie wies lächelnd in den Garten. Er drehte sich um. Da standen sie: Roller, Irene und Hanne, Purzel und Karl der Kahle und, mit rotem Kopf und verlegenem Grinsen, Wanze, der Spottvogel. Sie blickten auf Fräulein Trapp, die sich mühte, ihnen zu helfen in einer Weise, die sie an ihr nicht kannten.

Püschel grollte nicht mehr. Er verabschiedete sich von der Lehrerin, gab ihr die Hand. Als er mit Alfred ging, war er versöhnt. Das hatte Fräulein Trapp erreicht.

Die Kanubauer begrüßten ihre Klassenlehrerin auf der Werft, als gehöre sie schon immer zu ihnen. Sie ließ sich den Aufbau des Bootes erklären. Roller und Kahlkopf wetteiferten vor ihr mit den Fachkenntnissen, die sie sich erlauscht und erworben hatten. Auch die Mädel wußten über manche Dinge Bescheid, die der Lehrerin fremd waren.

»Die Spanten sind Franks Erfindung«, sagte Roller. »Wir kamen nicht weiter, da kriegte er die Idee mit den Weidenknüppeln.«

Karin Trapp konnte Franks Erfindung nicht im rechten Maße würdigen. Dazu verstand sie zuwenig von Booten. Aber ihr Interesse war echt, das spürten alle. Sie berichteten von ihren Sorgen.

Alfred hatte die Kanubauer enttäuscht. Er war anfangs bereitwillig auf ihre Fragen und Pläne eingegangen. Immer seltener aber war er dann gekommen. Seine Arbeit als Freundschaftspionierleiter ließ ihm keine Zeit mehr. Er hatte ja nicht nur die Gruppe der Klasse 8a zu betreuen. Dafür brachten sie wenig Verständnis auf. Er hatte Sorgen

mit seinen Gruppenleitern, und viele Sitzungen hielten ihn der praktischen Arbeit fern. Was wußten sie schon von der schwierigen Aufgabe eines Pionierleiters, der sich ein großes Ziel gestellt hatte?

Soeben, da sie ihn endlich einmal wieder zu ihrer Werft gelotst hatten, um die Schwierigkeiten beim Einbau der Spanten zu besprechen, war Püschel gekommen. Der schimpfende Haumeister hatte Alfreds Ratschläge unterbrochen. Und nun war er wieder fort, ihr schneller Krebskäufer. Er hatte Messingschrauben beschafft, gewiß, aber sie wußten immer noch nicht, wie sie die gleichmäßige Verjüngung der Spantenbogen erreichen sollten.

Richtschnüre müßten sie längsseits spannen, hatte Alfred gesagt, und von Richtlehren hatte er gesprochen. Sie waren ratlos, und Karin Trapp hatte von diesen Dingen auch keine Ahnung. Sie stand dem Holzgerippe und dem Berg gespaltener Weidenknüppel hilfloser gegenüber als Purzel.

Wenn ich ihnen nur raten könnte, dachte die Lehrerin. Ob sie für Frank Brinkmann noch etwas übrig haben? Sie sagte: »Frank hat die Sache mit den Weidenknüppeln erfunden.

Vielleicht wüßte er auch, wie man sie richtig einbauen könnte?«

»Ist schon möglich«, erwiderte Roller, »das war ein heller Kerl.

Aber der wird wohl nicht wiederkommen.«

»Weshalb ist er eigentlich fortgelaufen?«

Alle sahen Fräulein Trapp an. Weshalb? dachten sie. Die Sache mit den Schwellen war gar nicht so schlimm. Hätte er sich gemeldet, dann kämen wir jetzt vielleicht weiter. Er war ein Erfinder.

Nur Wanze dachte nicht nach. Sein Urteil stand fest. »Warum!« sagte er. »Das weiß doch jeder. Weil er Schiß hatte«, er verbesserte sich schnell, »... Angst hatte. Erst hat er den Stamm geklaut, dann die Schwellen. Und mit dem Gruppengeld hat es auch nicht gestimmt.«

»Mit dem Gruppengeld hat es gestimmt, Josef«, entgegnete Fräulein Trapp. »Dafür lege ich meine Hand ins Feuer.« Und dann sagte sie den Kanubauern mehr, als ihnen Direktor Bertram gesagt hatte. Sie schonte Franks Tante nicht, sie sagte alles.

Irene sah Hanne an, freudig lächelnd. Sie triumphierte nicht mit diesem Blick, und dennoch war ihr Lächeln eine Rechtfertigung. Es war nicht auf Hanne gemünzt, es kam aus ihr heraus wie ein erleichterndes Aufatmen. Hanne sah das Lächeln gar nicht. Ihr Blick hing unverwandt an dem Gesicht der Lehrerin. So ist das gewesen, dachte sie und konnte es noch nicht recht glauben. Zugleich aber überkam sie ein Gefühl der Beschämung, weil sie Frank eine Betrugsabsicht zugetraut hatte. So war das, aha, aha! dachte Wanze und sagte gar nichts. Das war bei ihm ein sicheres Zeichen dafür, daß er etwas ernst nahm.

Karl der Kahle ergriff den Bohrer, dessen abgebrochene Spitze auf Purzels Konto kam. Er drehte ihn zwischen den Fingern, klopfte damit auf die Bordleiste. »Junge, Junge!« sagte er.

Roller ging auf Fräulein Trapp zu. Er ging so stürmisch, daß mancher glaubte, er wolle sie umarmen. Das war Unsinn. Roller umarmte nicht einmal seine Mutter zu Hause. Er streckte der Lehrerin die Hand hin und sagte: »Danke, Fräulein Trapp, danke schön! Wir haben gewußt, daß Frank kein Lump ist, wenn er auch die Schwellen geklaut hat.«

## *Rückschläge*

Der Tag dämmerte, und die Schatten der Nacht krochen aus allen Winkeln.

Drei Gestalten schlichen um das Haus am Stadtrand, in dem Frank Brinkmann gewohnt hatte. Sie bewegten sich nahezu geräuschlos, wie Indianer auf dem Kriegspfad. Sie waren auf dem Kriegspfad!

Ein leiser Pfiff ertönte. Und dann klirrten an drei Seiten des Gartenhauses die Fensterscheiben. Platzend barst das Glas, schepperte hinein und hinab. Kieselsalven prasselten in die graue Stube, polterten gegen die Fensterrahmen, dröhnten auf die Wand des Hauses.

Schattengleich wandten sich die drei zur Flucht. Plötzlich durchzuckte sie ein jähes Erschrecken. Sie verhielten ihre Schritte, lauschten betroffen dem Weinen und Rufen der beiden verängstigten Kinder da drinnen. An Franks Geschwister hatten sie nicht gedacht. Der Hedwig Hilpert galt ihr Anschlag. Die aber befand sich nicht zu Hause. Die erlebte das, was ihr zugedacht war, gar nicht mit. Die Kinder! Nein, das haben wir nicht gewollt, dachten jene drei Gestalten und waren noch heftiger erschrocken als die beiden Kleinen in der grauen Stube. Die konnten sich lange nicht beruhigen, und die draußen schlichen geduckt nach Hause.

Hedwig Hilpert lief am nächsten Morgen zur Polizei. Auch bei der

Schule erhob sie Anklage gegen die unbekannten Täter, die alle Scheiben des kleinen Hauses zertrümmert hatten. Sie ahnte, daß die Schule der rechte Ort ihrer Anklage war. Dennoch ging sie nicht hin. Vom Marktcafé rief sie an. Direktor Bertram nahm den Anruf entgegen, und er gab ihr sehr deutlich zu verstehen, daß bei einer gründlichen Untersuchung mehr ans Licht kommen würde als nur der Fensterschaden. Da legte Hedwig Hilpert geschwind den Hörer auf.

Otto Bertram pflegte in jeder Sache, die seine Schüler betraf, Klarheit zu schaffen. Diesmal bewogen ihn gute Gründe, keine Nachforschungen anzustellen. Und ob die Polizei sich um die Aufklärung dieses Vorfalles bemühte, blieb ein Geheimnis. Von wachsamen Augen wurde nur beobachtet, daß ein Hauptwachtmeister den Direktor in der Schule besuchte und sehr lange bei ihm im Zimmer blieb.

Die Übeltäter jedenfalls wurden nicht ermittelt. Sie ließen sich nach der Ernüchterung, die ihnen ihr Überfall eingebracht hatte, nicht anmerken, daß sie damit zu tun hatten. Bangen Sinnes beobachteten sie alles, was mit ihrem mißglückten Attentat zusammenhängen konnte. Sie durchlebten zwei angstvolle Tage, dann verdämmerte ihre Furcht. Nur Roller spürte noch etwas davon auf der Bootswerft. Sie kamen nämlich nicht mehr hin. Wanze hatte sich gleich am anderen Tag nicht im Garten sehen lassen. Und Kahlkopf, der letzte Getreue an Rollers Seite, blieb dem Kanubau auch fern.

Die Mädchen spürten, daß etwas vorgegangen war, wovon sie nichts wissen sollten. Sie fühlten sich übergangen. So werkte denn Roller allein mit den störrischen Weidenknüppeln. Die ließen sich trotz hartnäckiger Bemühungen nicht so einbauen, daß eine gleichmäßige Bootsrundung entstand. Roller quälte sich und war unzufrieden. Er dachte an das, was auch die anderen beschäftigte: Wenn Frank da wäre, sähe alles anders aus.

Aber Frank und Pepo blieben verschollen. Waren die Kanubauer nicht mitschuldig an ihrer Flucht? Einige, die nachdachten und ehrlich vor sich selbst waren, erkannten das Versagen der Gruppe. Roller mußte sich eingestehen, daß ihrem Bootsbau mit dem Racheakt nicht gedient war und daß sie vieles falsch gemacht hatten. Er gab die Arbeit am Kanu nicht auf, aber das Einsetzen der Spanten ging ihm schlecht von der Hand. Es war ein verlassenes Werkeln, das ihn zuletzt nur noch verdroß.

Drei Tage waren Frank und Pepo schon fort. Keiner von der Gruppe hatte etwas über ihren Verbleib erfahren können. Auch Fräulein Trapp schien nichts zu wissen. Auf die Fragen der Schüler reagierte sie nur mit einem bekümmerten Kopfschütteln. Und Irene und Purzel hatten von Frau Pohl keine Antwort erhalten. Sie waren stumm hinausgewiesen worden. Das alles konnte als sicheres Zeichen dafür gelten, daß die Ausreißer nicht erwischt worden waren. Die Volkspolizei arbeitete schnell; wenn man sie aufgegriffen hätte, wären sie gewiß schon zurückgebracht worden.

»Die lassen sich nicht erwischen, wo Frank dabei ist«, behauptete Karl der Kahle in der großen Pause.

»Vielleicht sind sie schon längst im Westen«, flüsterte Purzel. Ringsum wurde es still.

»Nein«, sagte Irene in die Stille. »Daß Frank nach dem Westen rennt, glaube ich nicht. Wenn wir uns anders verhalten hätten, wäre er heute noch hier.«

Roller, der als einziger noch fest an den Kanubau glaubte, der sich von allen verlassen fühlte und trotzig die Verlassenheit trug, Roller konnte jetzt nicht mehr schweigen. Ihm lief die Galle über. »Blödsinn!« rief er. »Dämliches Getratsche ist das mit dem Westen. Genauso dumm wie die Gerüchte um das Geld für meine Lampe. Wie sollen sie denn nach Westberlin oder über die Grenze kommen? Das geht gar nicht. Und was sollen sie dort? Purzel, du hast einen Stich, einen richtigen Knall! Frank kommt bestimmt wieder. Und dann ... dann wird das Kanu doch fertig.«

»Vielleicht bringt er was mit, teurer Häuptling«, spottete Wanze. »Wie wäre es mit Eschenspanten, hä?«

»Du mußt den Rand halten, du ... du ... das sage ich dir!« Roller war nahe daran, sich auf Wanze zu stürzen. Mühsam beherrschte er das Zucken in seinen Fäusten. Er dachte: Diesem Schandmaul ist zuzutrauen, daß er ausquatscht, was unter uns bleiben muß.

So war Wanze nun wieder nicht. Die Sache mit den Fensterscheiben würde er nie verraten. Daran war er ja selbst beteiligt gewesen. Daß er Angst hatte, eine ganze Hose voll Angst, wie ihm Roller erbittert vorwarf, versuchte er mit einem Witzwort abzutun. Aber das wirkte nicht. Sie kannten ihren Wanze.

Karl der Kahle wußte am besten Bescheid. Der stand mit schiefem Gesicht dabei. Der hatte ebenfalls Angst. Nicht nur wegen der Scheiben und der Polizei. Er hatte auch Angst um das Werkzeug; denn damit war sein Vater sehr genau. Und ihr großes Unternehmen, der Kanubau, von dem er bestimmt etwas verstand? Das war ihm verleidet. Vielleicht, weil keine vorschriftsmäßigen Eschenspanten verwendet werden konnten? Oder weil Frank die Bootsbauer verlassen hatte und ihre Gruppe nun wieder zersplittert war? Tischlermeister Schönbrod jedenfalls wollte nichts mehr von dem »Pfuschkahn« hören. Und sein Sohn war kleinmütig geworden. Die Kette von Schwierigkeiten und Fehlschlägen hatte Kahlkopf mutlos gemacht. Den Mädchen ging es ähnlich. Hanne mahnte immer wieder an die Abschlußprüfung. Daran dachten sie, nicht mehr an das Kanu.

Was sollte Roller dazu sagen? Das Verhalten der Mädchen enttäuschte ihn nicht so wie Kahlkopfs Abfall. Dieser Holzwurm war in seinen Augen nur noch ein Wurm. Ein Wurm, der in Zweifeln und Ängsten bohrte und nur darauf wartete, das Tischlerwerkzeug heimschleppen zu können.

Bei Helfrings war das Abendessen beendet. Ehe die Mutter abräumte und Roller vom Tisch aufstehen durfte, kam der vernichtende Schlag. Herr Helfring sprach ruhig, aber entschlossen. Er ließ keine Einwände gelten. Der Garten, sagte er zum Schluß, müsse mit allem Kram von den Bootsbauern geräumt werden. Drei Tage Frist!

Die unwiderrufliche Anordnung bedeutete das Ende des Kanubaues. Wie ein Stich durchzuckte Roller diese Erkenntnis. Seine Tränen wurden nur zurückgehalten von dem Zorn darüber, daß Wanze und alle Zweifler nun doch recht behielten. Kahlkopf würde ruhigen Gewissens sein Werkzeug heimschleppen können.

Roller tappte hinaus. Diesmal hatte ihm Mutter nicht helfen können. Der Vater hatte viele erdrückende Gründe angeführt. Den häuslichen Frieden wagte Frau Helfring nicht gänzlich aufs Spiel zu setzen. Der war ohnehin durch manche Ärgernisse mit den Kanubauern gefährdet worden.

Draußen, vor dem Bootsgerippe, liefen Roller dann doch die Augen über. Er wußte nicht mehr weiter. Sollte alles umsonst gewesen sein? War er denn ein Spinner, der sich an etwas Unmögliches gehängt hatte? Und die anderen, die zugestimmt, die mitgemacht hatten? Die wollten doch auch im Gruppenboot paddeln und Entdekkungsfahrten auf dem Fluß unternehmen.

Er kam sich entsetzlich verlassen vor, verlassener als der schiffbrüchige Robinson auf seiner Insel. Der hat sich ein Boot gebaut, dachte Roller, und einen echten Freund hat er auch gefunden. Aber ich? Ich habe ein Dutzend Freunde gehabt. Jetzt, wo ich sie brauche – geht mir bloß weg! Auf solche Heinis wie Wanze darf man gar nicht rechnen. Und Kahlkopf, dieser Millimeterwurm, der war mein bester Freund. Na ja, zuletzt war es Frank. Wenn er bloß nicht ausgerissen wäre! Der hätte mich bestimmt nicht im Stich gelassen.

»Rooolf!« rief die Mutter vom Küchenfenster. »Brauchst doch nicht gleich heute wegzuräumen, Junge! Komm nicht so spät rauf, weißt doch, der Vater ...« Das letzte sagte sie gedämpft!

Ob sie Angst vor dem Vater hat? grübelte er. Manchmal hält sie mehr zu ihm als zu mir. Ob sie Freunde sind? Klar, wo sie schon so lange verheiratet sind! Manche streiten sich ja oft, wie Kuhlmeys von nebenan oder Pepos Eltern. Meine aber nicht. Mutter gibt meistens nach, damit kein Krach entsteht. Heute hat sie mächtig nachgegeben. Damals nicht, als ich Hein mit den Kanufahrern eingeladen hatte.

Er überlegte, was mit dem Bootsgestell werden sollte. Die Mädchen! Ob die helfen konnten? Hanne hatte ihm schon im siebenten Schuljahr gefallen. Nur ein wenig zu stolz war sie. Bei der? Nein, bei der wird man das Boot nicht lassen können, obwohl sie viel Platz haben. Vielleicht bei Irene? Ja, das ist ein Gedanke!

Irene Sander öffnete ihm. So ernst nimmt er es immer noch? dachte sie, als er berichtet hatte. Und ich? Ich habe ihn sitzenlassen. Meine Güte, bin ich auch schon eine egoistische Streberin geworden?

Das Boot könnte bei ihr nicht untergebracht werden, sagte sie leise. Sie wohnten nur zur Miete, und es wäre sechs Meter lang, es gehe nirgends rein. Sie hatte längst erkannt, daß es um mehr als nur um das Kanu ging. Und sie erwähnte Fräulein Trapp.

»Meinst du?« fragte er.

»Ja«, sagte sie. »Ich komme mit.«

Sie liefen los. Sie rannten, als gälte es, die Lehrerin vor dem Feuer zu retten. Tiefatmend klopften sie an ihre Tür.

Karin Trapp ließ sich ihre Verwunderung nicht anmerken. Roller sah ganz verzweifelt aus. Vor Aufregung konnte er nicht stillsitzen, und die Worte kamen wie abgehackte Brocken aus seinem Munde.

»Hm, das ist ein Unglück für die Gruppe«, sagte sie, »aber kein Grund, den Kopf hängenzulassen. Seid ihr nicht schon mit manchen Schwierigkeiten fertig geworden? Aufgegeben wird deswegen noch lange nicht.«

Irene lächelte, und auch Roller versuchte ein Lächeln. Er saß jetzt ganz still. Seine Augen glänzten, noch sehr feucht, noch zweifelnd. Aber schon stieg aus dem letzten Hoffnungsfunken in ihm ein Flämmchen der Zuversicht. Vielleicht schafft Fräulein Trapp, was Mutter nicht erreicht hat? Sie ist Lehrerin; Vater kann sie nicht einfach abweisen.

Irenes Blicke wanderten von ihm zur Lehrerin und wieder zurück.

Roller sah nur Fräulein Trapp. Vor wenigen Wochen noch hatte er mit Wanze und den anderen Jungen über sie gespottet. Sie hatten wie die Wachhunde aufgepaßt und gefeixt, wenn ihr ein winziger Fehler unterlief. Erbarmungslos war sie von ihnen kritisiert und immer wieder geärgert worden. Das alles war jetzt ausgelöscht. Jenes strenge Fräulein, das von ihnen Trapse genannt worden war, existierte nicht mehr in seinen Gedanken.

»Ich sehe mehrere Möglichkeiten«, sagte sie. »Erstens werde ich mit deinem Vater sprechen.«

»Jetzt gleich, Fräulein Trapp? Heute abend noch?«

Sie blickte auf die Uhr. »Ja, von mir aus sofort. Rauswerfen wird er mich wohl nicht.«

Nein, dachte Roller, das macht Vater bestimmt nicht.

»Eine andere Möglichkeit«, fuhr sie fort, »die ... die habe ich mit Alfred besprochen. Wenn sie sich verwirklichen läßt, wird dem Kanubau tüchtig auf die Beine geholfen werden. Ich kann aber erst darüber sprechen, wenn es soweit ist. Und die dritte Sache, das ist eine Überraschung. Nicht nur für euch beide, auch für die Gruppe.«

»Eine Überraschung?«

»Mhm!« Sie überlegte: Wenn ich seinen Vater nicht umstimmen kann, werden sie enttäuscht sein. Also abwarten! Sie stand auf. »Kommt! Sonst wird es zu spät für einen Elternbesuch.«

»Und die ... die Überraschung?«

»Später, Rolf.«

»Heute noch?«

»Ja.«

»Bestimmt?«

»Ganz bestimmt, Rolf. Ehrenwort!«

Irene wollte nicht mit hineingehen. Sie wartete an Helfrings Tor, während Roller seine Klassenlehrerin ins Haus geleitete.

Die Mutter war nicht da. Herr Helfring empfing die Besucherin mit höflicher Zurückhaltung. Auch er hielt Fräulein Trapp für zu jung, um eine achte Klasse zu leiten. Das wollte er sich nicht anmerken lassen. Als er aber den Grund ihres Besuches erfuhr, war er verstimmt. Wendet sich an fremde Leute, der Bengel, dachte er mißmutig. Und mit knapper, betont sachlicher Stimme zählte er auf, was ihn zu der Kündigung des Bootsbaubetriebes in seinem Garten veranlaßt hatte.

»Mein Hauptbeweggrund: Rolf vernachlässigt die Schule. Oder? Sind Sie etwa anderer Meinung?«

Sie gab zu, daß der Junge mehr leisten könne, obwohl er gut stehe, in einigen Fächern sogar sehr gut.

»Unsere Erdbeeren und Sträucher tragen nicht schlecht. Sie werden wohl verstehen. Die Burschen lieben vitaminreiche Kost. Nicht mal das unreife Obst ist vor ihnen sicher.«

Noch mehr Betrübliches berichtete der Mann. Die buchene Platte des Waschküchentisches sei zersägt und der Rasen zertrampelt worden. Und über das Räubern der Weidenknüppel wüßte sie, die Lehrerin, ja besser Bescheid als er. »Genügt Ihnen das, Fräulein Trapp? Keine Disziplin, verstehen Sie?«

Roller stand in seinem Zimmer hinter der angelehnten Tür. Er horchte nicht, obwohl es ihm schwerfiel, die drei Schritte über den Korridor bis zur Wohnzimmertür zu unterlassen. Ungeduldig wartete er auf das Ergebnis der Aussprache und auf die angekündigte Überraschung.

Der rechthaberische Mann indessen hatte Fräulein Trapp allen Wind aus den Segeln genommen. Dennoch versuchte sie, Herrn Helfring von der Nützlichkeit des Gruppenunternehmens zu überzeugen. Das war ergebnislos.

»Ich bin der Meinung«, sagte Rollers Vater, »Ihre Schüler sollten sich lieber auf die Hosen setzen, als solchen spleenigen Ideen nachzuhängen. Glauben Sie denn im Ernst, daß Vierzehnjährige ein Boot, ein richtiges Kanu, bauen können?«

Sie stand auf. »Ja«, sagte sie und war fest entschlossen, eine andere Bootswerft ausfindig zu machen.

Als Roller auf dem Flur dann in Fräulein Trapps Gesicht blickte, wußte er Bescheid. »Und die Überraschung?« fragte er zagend, während der Vater sich ungehalten räusperte.

Sie lächelte. »Morgen kommen Frank und Peter Pohl zurück. Franks Vater hat telegrafiert.«

## *Die Ausreißer kehren heim*

Heute war Roller zuversichtlich gestimmt, mochte auch die Bootswerft dahin sein. Auf dem Wege zur Schule hatte er mit Irene ausgemacht, in der Klasse vorläufig noch nichts zu sagen, weder von der Werftkündigung noch von Franks Kommen. Er hatte jetzt zwei gute Verbündete, der Bootsbauer Roller. Irene gehörte wieder richtig mit dazu, und Fräulein Trapp stand auch auf seiner Seite.

»Hast du es den anderen schon gesagt?« fragte ihn die Lehrerin nach der dritten Stunde.

Im Hof, als er die Gruppe zusammenrief, sahen sie den Mann und die beiden Jungen kommen. Den einen erkannten sie sofort. Das war Pepo. Und der zweite Junge, der in dem blauen Anorak? War das nicht – nein. Doch, das war Frank!

Sie rannten hin, begrüßten lärmend die beiden Ausreißer. Der Polier Brinkmann sah lächelnd, wie sie sich freuten, daß sein Junge wieder da war. Das tat ihm gut. Aber der Name, dieser Schimpfname, der tat ihm weh.

»Mensch, Speckfrank, bist du in Schale!« rief Wanze. »Das Abenteuer muß sich mächtig gelohnt haben.«

»Hat sich auch gelohnt. Aber du bist immer noch die alte Quarkwanze. Müßtest auch mal unter fremde Leute kommen.«

Böh! Der tut ja, als hätte er eine Weltreise gemacht, dachte Wanze.

Mit dieser Meinung hatte der Spötter gar nicht so unrecht. Frank war an der Seite seines Vaters so sicher, wie sie ihn früher nicht gekannt hatten. Er fragte: »Wie weit seid ihr mit dem Kanu?«

Sie schwiegen.

»Was ist denn los?« wollte Frank wissen.

Roller sagte: »Es geht nicht voran. Die anderen haben keine Lust mehr. Nur Irene ist wieder mit dabei. Und Fräulein Trapp will uns helfen, weil ... mein Vater hat uns aus dem Garten gepfeffert. Wir müssen die Werft räumen.«

Da hatte Frank nun gleich seine Sorgen. Es sollten nicht die einzigen bleiben. Die faulen Geschichten folgten auf dem Fuße, im Direktorzimmer nämlich.

Herr Bertram brachte alles vor. »Wir müssen reinen Tisch machen«, sagte er, »damit ihr einen vernünftigen neuen Anfang findet.«

Die Sache mit dem Schwellendiebstahl ärgerte Simon Brinkmann mächtig. Davon hatte ihm der Junge nichts gesagt. Vergessen, ja, ja! Vaters Gesicht wurde auch nicht sanfter, als Frank beteuerte, dem Polizisten alles gesagt zu haben. Dann kam der Raub des Fichtenstammes zur Sprache. Berti vergaß nichts. Am Ende ging es um die schwachen Leistungen in der Schule. Sie kamen erbärmlich weg bei der Aussprache, die beiden Wandervögel. Franks Sicherheit schmolz dahin wie Schnee im Frühlingsföhn. Und Pepo wurde übel. Ihm hatte ohnehin jeder Schritt dem Vaterhaus näher einen Herzstich verursacht. Als nun Berti noch die Empörung des Fuhrmannes über seinen davongelaufenen Sprößling erwähnte, wurde Pepos letzter Rest Jungenstolz zu Wasser. Wie zwei Bächlein rann es von seinen Wangen auf die arg mitgenommene Jacke.

Sie sollten draußen warten. Die beiden Männer hatten unter vier Augen miteinander zu reden.

In dem langen Schulflur wurde den Heimkehrern auch nicht besser. Die Erkenntnis, daß Schweres noch bevorstehe, würgte in ihnen. Sie schluckten, nachdenklich, stumm, bis Berti und der Polier erschienen.

»Peter, du gehst jetzt in deine Klasse«, sagte Direktor Bertram. »Mittag, wenn dein Vater zu Hause ist, komme ich mit hin. Herr Brinkmann kommt auch. Wir wollen endlich mal bei euch den Fuhrmannsriemen außer Betrieb setzen.«

Erst stutzte Pepo. Er zog ein Gesicht, als rutsche ihm die Hose. Doch als ihn Frank in die Rippen knuffte und die Männer lächelten, begriff er, wie es gemeint war. Er wischte sich die Tränen aus den

Augen. Vielleicht wird es gar nicht so schlimm, dachte er aufatmend.

»Ganz so billig kommt ihr aber nicht davon«, sagte Berti. »Wie gedenkt ihr denn eure krummen Sachen wieder ins Lot zu bringen?«

Sie wußten diesmal, da es bitter nötig war, keinen Ausweg.

»Hört gut zu.« Bertis Stimme war streng. »Wir erwarten einen Wiedergutmachungsvorschlag von euch. Einen Vorschlag, der allen nützt, das heißt: den Eltern, der Schule und eurer Gruppe. In drei Tagen kommt ihr mit diesem Vorschlag zu mir. Verstanden?«

Sie hatten ihn gut verstanden. Sie nickten.

Er fügte noch hinzu: »Arm an Erfindungen seid ihr ja bisher nicht gewesen.«

Frank, sein Bündel mit Speckjacke und zerfranster Hose unter dem Arm, blinzelte in den Vorsommerhimmel. Ein Hauch von dem vertrauten Geruch der Aue lag in der Luft und ließ ihn weit hinten Wiesen und Fluß, Pastorlöcher und Rietschke ahnen.

Das Gartenhaus am Rande der Stadt kam in sein Blickfeld. Es sah von ferne geradezu freundlich aus mit dem roten Dach über der Ligusterhecke.

Frank blieb stehen und wartete auf den Vater, der zur Sparkasse gegangen war. Die Aussprache bei Berti war kein leichtes Stück gewesen, dennoch hatte er dabei immer an Tante Hedwig denken müssen. Jetzt war es soweit, jetzt kam das Schwerste. Was wird Vater machen? grübelte er. Ob er sie schlägt? Unsinn! mich hat er auch nicht geschlagen. Vater schlägt niemand. Nicht einmal geschimpft hat er.

Frank konnte sich nicht vorstellen, was sein starker Maurerpolier mit Tante Hedwig machen würde. Brennend gern hätte er es gewußt. Er fürchtete, daß der Vater sich beschwatzen lassen würde, und wagte gar nicht, richtig daran zu denken. Wie hätte er beweisen können, was die Tante für eine war? Sie konnte reden wie ein Lautsprecher.

Frank sah der kommenden Stunde mit bangen Zweifeln entgegen. Er besaß nur die eine Gewißheit: Wenn Vater nicht bleibt, bleibe auch ich keine Stunde bei dieser Tante!

Er wußte nicht, daß dem Polier nur zwei Tage Urlaub gewährt waren. Zwar ahnte er etwas; denn Vater hatte nichts als eine Aktentasche bei sich. Aber gesprochen hatte keiner davon.

Währenddessen stellte Simon Brinkmann auf der Sparkasse fest, daß sein Konto nichts mehr enthielt. Hedwig Hilpert konnte darüber verfügen. Sie hatte jedesmal, wenn das Geld für die Kinder überwiesen war, gleich alles abgehoben.

Als er das rote Dach seines Häuschens sah, wurde sein Gesicht nicht einen Schimmer heller. Er blieb stehen, winkte den Jungen zu sich, wies auf den Heckenrosenstrauch am Wege und befahl: »Zieh die alten Fetzen an und wickle den neuen Kram ein.«

Frank zog sich um.

Der Vater sah seinen kleinen Lumpenkerl grimmig an. »Komm«, sagte er, »wir werden gerade zum Mittagessen dasein.«

Der freundliche Eindruck, den das Häuschen von weitem machte, wandelte sich, je näher man kam. Drinnen kehrte er sich vollends ins Gegenteil.

Die Frau erschrak; denn die Tür ging auf, ohne daß angeklopft worden war. Simon Brinkmann erschrak auch, als er die Stube und seine Kinder sah. Aber er war nicht unvorbereitet. Seine Schwester Hedwig dagegen blickte, als stürze der Himmel ein.

»Laß das Theater«, knurrte der Maurerpolier, als sie geschwind in einen Begrüßungsjubel ausbrechen wollte. »Was kriegen die Kinder zum Mittagessen?« Er blickte sich um, fand bestätigt, was ihm Frank gesagt hatte. Mit schmutzigen Gesichtern starrten ihn die Kleinen an. »Kein Mittagessen, was? Nichts! Trockenes Brot wahrscheinlich.« Er

hieb die Faust auf den schmierigen Tisch. »Aber Bohnenkaffee, den hast du, das riecht ein Dämlack.«

Nur den Überfall auf die Fensterscheiben glaubte er ihr. Davon hatte Direktor Bertram berichtet. Zu allen anderen Ausflüchten winkte er ab, auf die Lumpen seiner Kinder weisend. Er saß dabei, als sie wütend ihren Koffer packte. Auf jedem Knie hatte er eines der Kleinen.

Als Hedwig Hilpert gegangen war, sagte er zu Frank: »Ich denke, so kannst du hier auch wirtschaften, bis ich mit meinen Werkhallen fertig bin. Oder?«

Frank nickte eifrig. »Bestimmt, Vater! Ich ...«, er schluckte, »ich werde Herrn Bertram vorschlagen, daß ich mich um alles kümmern will. Er ... er wartet doch auf ...«

»Gut, Junge! Wenn du ein Kerl bist, dann hältst du Wort.«

Frank lächelte. Dieses Wort wollte er halten, das schwor er sich.

»Du wirst tüchtig ranmüssen, Frank. Zwei Monate lang. Bis ich dort alles klargemacht habe. Dann suche ich mir hier Arbeit. Bei euch wird auch gebaut.« Er sah, wie Frank aufräumte. Aha! Der Bengel hat schon immer alles besorgen müssen, nicht nur den Garten. »Frank, früh mußt du die Geschwister in den Kindergarten bringen, und nachmittags ... na, wir werden schon Hilfe kriegen. Euer Direktor ist ein feiner Bursche. Hör mal, was willst du denn werden? Maurer?«

»Nein!«

»Kranführer vielleicht?«

»Auch nicht, Vater.«

»Was denn?«

»Schiffsbauer will ich werden!«

»Junge, Junge! Und wie denkst du dir das mit den Zensuren in der Schule?« Darauf konnte Frank nichts erwidern. Er kramte emsig in der Stube, rot bis über die Ohren und froh, eine Beschäftigung zu haben.

»Direktor Bertram meint, für die Mittelschule reicht es nicht bei dir. Wirst dich anstrengen müssen, wenn du die Abschlußprüfung schaffen willst. Schiffsbauer müssen mehr wissen, Frank. Traktorist wäre das Richtige für dich. Da kannst du basteln und bauen. Ein richtiger Traktorist muß ein Allerweltskerl sein. Die Landwirtschaft hat Zukunft. Weißt doch – Technisierung und Großraumwirtschaft ist rentabel und erleichtert die Arbeit, wie bei uns auf der Baustelle. Na, was meinst du zu diesem Vorschlag?«

Auch nicht schlecht, ging es Frank durch den Kopf. Er dachte an die Muldenaue, an das Kanu, an die Freunde. Und an Irene dachte er. Wenn er Traktorist würde, könnte er hierbleiben.

»Donnerwetter!« rief der Mann und setzte die Kinder von seinen Knien. »Beinahe hätte ich vergessen, zu eurem ulkigen Fuhrmann zu gehen. Bei dem wollen wir doch dem Riemen außer Betrieb setzen.«

Franks Vater kam erst am Nachmittag zurück. Der Besuch bei dem Fuhrmann Pohl war nicht umsonst gewesen. Sie hatten Pepos Eltern tüchtig zugesetzt, der Maurer und der Direktor. Pepo war außer Gefahr gebracht worden. Zuletzt hatten sie Pohls vorjährigen Stachelbeerwein gekostet und waren als Freunde voneinandergegangen.

Berti hatte den Maurerpolier in die Konsumverkaufsstelle zu Frau Sander geführt. In der ersten Nachmittagsstunde waren wenige Käufer gekommen, und die beiden Männer hatten mit der Elternbeiratsvorsitzenden vieles besprechen können.

Simon Brinkmann pfiff vergnügt vor sich hin. Er hatte sich den Nachmittagsausgang etwas kosten lassen, das bewiesen die Päckchen in seinen Händen. Am Hause sah er die beiden Kleinen im Sande spielen. »Hoppla!« rief er und schwenkte Katrinchen im Kreise herum, daß sie jauchzte. »Habt ihr gegessen?« fragte er Klaus.

Der nickte. »Frank!« sagte er. »Frank ist drinne. Mit viele, viele Kinder.«

Der Vater holte nach, was er bei seiner Ankunft versäumt hatte. Er zog eine große Tüte aus der Tasche und stopfte die Schnäbel seiner Jüngsten. Die waren von Tante Hedwig nicht verwöhnt worden. Vater Brinkmann verwöhnte sie heute, am Tage seiner Rückkehr. Er packte aus. Die Kinder blickten ihm andächtig und neugierig auf die Finger. Zwei bunte Eimerchen kamen zum Vorschein, zwei Schaufeln und viele Sandformen. Da griffen sie zu mit patschigen Händen und buddelten und hielten erst inne, als sie die große Puppe sahen für Katrin und für Klaus den Lastwagen, der eine richtige Kipper-Ladefläche hatte. Katrin vergaß den Mann, der so gut zu ihr war. Sie sah nur die Puppe. Aber Klaus wollte noch wissen, was jenes letzte Paket enthielt.

»Für Frank«, sagte Vater Brinkmann und zeigte augenzwinkernd nach der Stube.

Da gab sich der kleine Mann zufrieden, nahm Kipper und Schaufel in Besitz und hatte für nichts anderes mehr Zeit.

In der Stube fand Simon bestätigt, was ihm Klaus angedeutet hatte. Es waren »viele, viele« Kinder da. Frank schrubbte den Fußboden, Pepo schwenkte den Eimer, Irene scheuerte die schmierige Tischplatte, Hanne und Purzel legten frisches Papier in den Küchenschrank, Karl der Kahle und Roller kratzten Scherben und Kitt aus den Fensterrahmen, und Wanze hielt Spottreden.

»Oho!« sagte der Maurerpolier. »Da ist ja eine ganze Brigade beisammen.«

Frank richtete sich auf und entgegnete stolz: »Das sind die Kanubauer! Die hat Irene Sander herbeigelotst.«

»Wo ist Irene Sander?« forschte Simon Brinkmann.

Irene hob den Finger, als sei sie in der Schule. Dann machte sie einen tiefen, komischen Knicks, den sie nicht in der Schule gelernt hatte.

»Soso«, sagte der Maurer, »so eine bist du! Deine Mutter kenne ich nämlich schon. Wenn sie nicht gewesen wäre, hätte ich wahrhaftig vergessen, meinen Kindern was mitzubringen. Sie hat mich daran erinnert. Tja, wißt ihr, wenn man so lange weit weg von seiner Familie gelebt hat ... das ist gar nicht so einfach.«

»Du bist zu früh gekommen, Vater.« Frank griff freudestrahlend nach seinem Paket. »Wir sind noch nicht fertig.«

»Hm«, brummte er und markierte Verlegenheit. »Da muß ich wohl wieder gehen?«

»Nicht gleich, Herr Brinkmann«, antwortete Wanze, »erst will ich Sie was fragen. Sind Sie wirklich Maurerpolier?«

»Immerhin, das bin ich. Worum geht es denn?«

»Na, Sie ... Sie ... mauern Sie wirklich mit einem Kran?«

»Tja, beinahe, möchte ich sagen. Aber genaugenommen schleppt der Kran nur die Platten heran. Der mauert nicht. Ist ja nur eine Maschine, die kluge Burschen ausgetüftelt haben. Das Mauern, das Richten und Einpassen der großen Platten übernehmen wir, meine Kollegen und ich. Unsere Brigade, versteht ihr. Bloß, mit dem Kran geht es viermal so schnell. Und wir brauchen uns nicht mehr zu plagen.«

»Wirklich? Viermal schneller?« fragte Wanze zweifelnd, und alle warteten auf die Antwort.

»Mindestens viermal, darauf kann ich schwören«, sagte der Polier. »In unserem Baubüro haben sie errechnet, daß so ein Großbaukran viele Hände ersetzt, von der Huckerei, wie es früher war, ganz abgesehen. Und die können rechnen, das sage ich euch. Wenn das nicht stimmt, will ich Josef heißen.«

Da lachten alle. Und Wanze glaubte jetzt erst richtig, was Frank ihnen erzählt hatte. Junge, dachte er, das ist ein Ding mit der Technik! So schlau wie die Kranmaurer möchte ich auch sein.

Roller drehte das Kittmesser in seinen Fingern und trat zu dem Polier. »Herr Brinkmann, ich möchte ... ich muß Ihnen sagen ... die Scheiben habe ich nämlich zertöppert. Ich und zwei andere. Die wollen auch, daß ich es Ihnen sage. Wir ... wir wollten Franks Tante eins auswischen, weil sie ... na, Sie wissen schon. Es hat aber nicht so geklappt. Darum sind wir hergekommen, um alles wieder in Ordnung zu bringen.«

Simon Brinkmann strich sich mit dem Handrücken über seine Bartstoppeln. Er hatte sich heute ganz früh in der Maurerbaracke rasiert, und die Rasur hatte schnell gehen müssen.

»Hmhmhm, du also warst das?«

»Ich auch«, meldete sich Kahlkopf.

»Und ich«, sagte Wanze, der einen Heidenrespekt vor dem Kranmaurer bekommen hatte.

Simon lachte sie an. »Das weiß ich doch schon längst. Denkt ihr Schlaumeier vielleicht, andere Leute wären Schlafmützen, he? Da seid ihr auf dem Holzwege. Und jetzt werden die Schotten mit vereinten Kräften dicht gemacht. Frank, du holst die Scheiben bei Glaser Hintze. Sind schon bestellt. Um vier sollen sie fertig sein. Vergiß den Kitt nicht, und bring einen Kasten Bier mit. Heute abend kommen nämlich Gäste zu uns, vom Elternbeirat und Lehrer. Für deine Brigade gebe ich auch was aus. Fünf Mark, Frank. Dafür kannst du Kuchen kaufen.«

Irene flüsterte mit den anderen, und dann sagte sie: »Wir möchten keinen Kuchen, Herr Brinkmann. Wenn Sie uns etwas spendieren wollen, dann können Sie die fünf Mark lieber in unsere Bootskasse geben.«

Aha! dachte der Polier und war im Bilde. Irene bekam fünf Mark für die Bootskasse. Frank stürmte mit den anderen davon. Nur Wanze ging nicht mit. Er wich dem Polier nicht von der Seite. Alles mögliche wollte er wissen über die technischen Einrichtungen der Großbaustelle, von der Frank und Pepo Unglaubliches berichtet hatten. Manche seiner Fragen brachten Simon Brinkmann zum Schwitzen.

## *Auf der neuen Bootswerft*

Franks Vater hatte den altersschwachen Gartentisch und die Hofbank repariert. Wanze, mit immer neuen Fragen, war ihm dabei zur Hand gegangen.

Und nun kitteten Roller und Kahlkopf die Fensterscheiben ein. Frank harkte den Hof. Die Mädchen flochten eine Blättergirlande für die Gäste. Dann schmückten sie den Tisch mit Blumen und hängten zwei Lampions darüber. Klein-Katrin bewunderte die Mondgesichter auf den bunten Laternen. Klaus ließ keine Ruhe, bis der Vater probeweise die Kerzen anzündete.

Ehe die Kanubauer das Haus am Stadtrand verließen, richteten sie noch eine Frage an den Polier. Er hatte schon gemerkt, daß sie etwas Besonderes auf dem Herzen hatten; ihr Arbeitseifer war ihm verdächtig vorgekommen. »Eine Bootswerft einrichten?« wiederholte er. »Hier, bei uns?«

Sie nickten, sahen ihn erwartungsvoll an. Mit einer Ablehnung rechnete keiner, nicht einmal Wanze.

Simon Brinkmann schob die Mütze in den Nacken, schmunzelte und sagte: »Tja, das kann ich euch nicht genehmigen.« Und dann, als ihre Gesichter lang wurden, fügte er hinzu: »Ihr müßt verstehen. Ich bin nur zu Besuch da. Für die nächsten Wochen ist Frank zuständig. Er entscheidet, was sich hier abspielt.«

Sie jubelten; denn Frank hatte längst entschieden. Der neue Werftplan stammte ja von ihm. Morgen, gleich nach dem Unterricht, wollten sie mit Sack und Pack umziehen.

Zwei Stunden später kamen die ersten Gäste. Frank saß über seinen Schulbüchern. Jeden Tag wenigstens zwei Stunden, hatte der Vater gesagt. Frank nahm die Anordnung gleich am ersten Tage sehr ernst. Jetzt aber war er nicht mehr bei der Sache. Er äugte hinaus, wo Frau Sander und Herr Bertram und Karin Trapp mit Vater saßen. Manches, was sie redeten, konnte er verstehen. Er hielt den Atem an. Sie sprachen von der Schule. Er wurde rot. Die Lehrerin hatte seinen Namen genannt.

»Verstand? Daran mangelt es ihm nicht«, hörte er ihre Stimme. »Er könnte zu den besten Schülern zählen. Aber der Wille zum Lernen fehlt ihm. Sehen Sie sich bloß mal seine Hefte an.«

Frank trat vom Fenster zurück. Sein Herz klopfte wie ein Motor, der Vollgas kriegt. Soso – der Wille fehlt mir! Sie denkt, ich habe keinen Willen. Mahlzeit! Die alten Hefte müssen weg. Wenn die Vater sieht! Morgen kaufe ich neue. Nur die wichtigsten behalte ich.

»Guten Abend«, hörte er draußen zwei, drei Stimmen grüßen. Er spähte hinaus und erkannte Alfred mit – ja, mit Edmund Krambusch, dem Parkwächter. Auch Fuhrmann Pohl war gekommen.

Was soll denn das für eine Versammlung werden? grübelte Frank und packte schnell seine Bücher und Hefte ein. Dann zog er sich aus, schlug das Bett auf und schlich im Hemd wieder zum Fenster. Ihm war nicht sehr wohl auf seinem Horchposten. Nur fünf Minuten, dachte er. Das ist ja kein richtiges Lauschen. Draußen kann auch jeder weit und breit hören, was sie reden.

Aus den fünf Minuten wurde fast eine Stunde. Der Vater hatte ihn vergessen. Als Frank endlich ins Bett kroch, war er beschämt. Die Versammlung galt ihm, seinen Geschwistern und der Gruppe. Alle wollten ihm helfen. Hatte Frank das nicht schon vorher gewußt? Selbst Krambusch war von Alfred und Karin Trapp für den Kanubau gewonnen worden. Und Frau Sander wollte mit der Klassenlehrerin die Patenschaft über Simon Brinkmanns Kinder übernehmen. Er lag ganz still. So ist das! Jetzt muß ich ihnen aber zeigen, daß ich Willen habe. Für einen Schlappsack sollen sie mich nicht halten. Was würde Irene sagen, wenn ihr die Mutter erzählte, was sie über mich denken?

»Zum Wohl auf meine Patenfreunde!« sagte Simon Brinkmann draußen.

Der Junge im Bett hörte nichts mehr. Er träumte von einem Mädchen, das Irene hieß, und von einer Frau, die zu ihm wie eine Mutter war. In seinem Traum sah sie aus wie Frau Sander. Und der Polier stand dabei, legte seinen Arm um die Frau und schmunzelte.

Frank erwachte. Sogleich wurde ihm die große Veränderung bewußt. Tatsächlich, es stimmte alles. Der Vater lag im Nebenbett, Tante Hedwig war nicht mehr da.

Wie eine Katze schlich er durch die Stube, um die Schlafenden nicht zu wecken. Er klemmte die neuen Sachen unter den Arm, nahm seine Schultasche und öffnete behutsam die Tür.

Blinzelnd stand er in der Helle des Junimorgens. Er reckte und streckte seine Glieder und atmete tief. Nach einer schnellen Wäsche unter der Pumpe zog er sich an. Dann kramte er das Deutschheft aus der Mappe, riß eine Seite heraus, setzte sich auf die Hofbank und schrieb einen Brief:

Lieber Vater!

Ich habe mir es überlegt, ~~wie~~ was ich Direcktor Berti sagen muß. Pepo weiß es auch und sagt es auch. Wir wollen das Kanu fertig bauen! Weil das bestimmt der Gruppe hilft und die helfen auch alle mit. Dann wollen wir ~~Zu~~ zu Hause ordenlich helfen. Ich werde Klaus und Kathrin besser besorgen wie Tante Hedwig. Sie sollen immer in den Kindergarten kommen und sie sollen immer richtig gewaschen werden. Und das hilft meinen Maurerpolir. Die Stube will ich auch fegen und Jauche tragen und Unkraut zupfeln. Und dann müssen wir bei der Schule aufpassen. Vielleicht schaffen wir die Prüfung. Pepo will Maurerpolier lernen. Fuhrmann nicht. Weil das nicht ist wo er mit den Krahn arbeiten kann. Das verspreche ich Dir

Dein Frank Brinkmann

Der Schreiber atmete erleichtert auf. Er schlich in die Stube und legte den Brief auf den Tisch.

Noch vor dem Unterricht stand er mit seinem Wandergefährten an der Tür des Direktorzimmers. Pepo war, wie immer, zu allem bereit. Herr Bertram hörte Franks Vorschlag mit ernster Miene an. Er wies darauf hin, daß Worte und Taten zwei verschiedene Dinge seien. Man müsse sie in Übereinstimmung bringen, wenn man nicht als Schwätzer gelten wolle.

Als Schwätzer wollte Frank nicht gelten, Herr Bertram sah es seinem Gesicht an.

»Und die Patenschaft, Frank«, sagte der Direktor, »die verpflichtet auch euch. Dich und die anderen der Gruppe. Zwei Patenschaften gleich auf einmal, Junge, hast du Glück.«

»Was denn?« fragte Pepo und stellte sich wieder einmal dümmer, als er war.

Dieser Trottel! dachte Frank. Wenn Berti bloß nicht merkt, daß ich gelauscht habe!

Berti merkte diesmal nichts. Er glaubte, daß Herr Brinkmann seinem Jungen alles gesagt hätte. Ein Geheimnis sollte die Patenversammlung nicht sein. »Berichte nur allen, was gestern abend bei euch los war«, ermunterte er Frank. »Und noch eins: Wenn ihr dem alten Krambusch dämlich kommt, schadet ihr euch selbst. Das ist wohl klar?«

Frank nickte.

»Ihr könnt getrost wissen, daß Fräulein Trapp und Alfred keine leichte Mühe hatten, den alten Knurrhahn für euren Kanubau rumzukriegen.«

Ja, das wird sehr schwer gewesen sein, dachte Frank. Und wenn Wanze seinen vorlauten Rüssel nicht hält, passiert ein Unglück.

Der Umzug von der gekündigten zur neuen Bootswerft wurde ein lärmendes Ereignis. Sie hatten mittwochs nur vier Stunden. Pepo war nach Unterrichtsschluß losgerast. »Ihr braucht bloß alles auf der Straße aufzustapeln«, hatte er gerufen, »den Transport übernimmt die Firma Pohl.«

»Tatsächlich, Leute, der Spinner kommt mit Pferd und Wagen!« schrie Wanze auf der Straße, und er johlte und winkte, daß die anderen herbeiliefen.

Pohls Gummiwagen rollte heran. Pepo führte die Zügel. Der Fuhrmann war nicht dabei, aber Polier Brinkmann saß neben dem strahlenden Kutscher, Klaus und Katrin auf den Knien haltend.

Frank lachte. Guck an! Auch das hat Vater gedeichselt.

Rollers Mutter gab ihnen ein rotes Kopftuch, das an dem überhängenden Enden des langen Bootsgerippes befestigt wurde. Im Wagenkasten saßen drei Mann auf dem Kielbrett, um ein Überkippen des Kanus zu verhindern. Als sie losrollten, kam Herr Helfring über die Straße. Er sah verdutzt die Fuhre an. Nanu? staunte er. Hoch zu Pferd und Wagen die ganze Bande? Das sieht nicht nach Rückzug aus.

Wanze vergaß den letzten Rest Respekt, mit dem er bisher noch Rollers Vater begegnet oder, wenn es sich machen ließ, auch aus dem

Wege gegangen war. Er rief, die Hände am Mund: »Auf Wiedersehen, Herr Helfring! Bei Brinkmanns werden die Stachelbeeren nicht numeriert!«

Ein Lachchor erscholl vom Wagen. Simon Brinkmann wurde von der Fröhlichkeit angesteckt. Er lachte mit. Dabei wußte er gar nicht, wie frech Wanze soeben gewesen war. Roller entging nicht, daß auch seine Mutter das Lachen kaum verbergen konnte. Herr Helfring aber sah nur noch das rote Tuch am Heck des Kanus. Er schimpfte, weil Roller zum Mittagessen am Familientisch fehlte.

Als die Fuhre an Brinkmanns Häuschen abgeladen war, kutschierte Franks Vater zu Pohls zurück. »Alles in Ordnung, Franz«, sagte er zu dem Fuhrmann. Und sie tranken schnell noch einen Schoppen von dem würzigen Stachelbeerwein, ehe Franz Pohl sein Gespann wieder in Bewegung setzte.

Zu vier Uhr hatte Roller die Gruppe in Franks Garten bestellt. Viele Jungen und Mädchen kamen; denn der Kanubau war wieder interessant geworden. Mancher wollte nicht glauben, daß Krambusch helfen würde. Auch Karin Trapp und Alfred waren da.

Roller verkündete den Beschluß des Gruppenrates: »Pioniere! Wir müssen unsere Zeit gut einteilen. Erstens: Jeder verpflichtet sich, zum Abschluß des Schuljahres tüchtig zu lernen. Zweitens: Bis sechzehn Uhr arbeitet jeder mit seinen Büchern. Wer herkommen will, kann in Franks Stube lernen. Hier ist unser Stützpunkt. Fräulein Trapp wird auch dasein, um uns zu helfen. Danach ist dann Kanubau. Also, erst die Arbeit, dann das Vergnügen.«

»Was denn?« rief Wanze. »Ist der Kanubau etwa keine Arbeit?«

»Also«, sagte Roller, »erst die eine Arbeit, die mit den Büchern, dann die andere. Ist's recht, Wanze?«

Wanze schwieg.

»Drittens: Wer Herrn Krambusch ...« Sie lachten; denn der alte Wächter wurde von Roller zum erstenmal mit »Herr« bezeichnet, und das kam ihnen zu komisch vor. »Na ja«, fuhr Roller fort, als sich die Heiterkeit gelegt hatte, »wer also Meister Krambusch anödet, der kann sich das Gartentor von draußen begucken. Das geht besonders einen an. Der möchte sich das merken.«

Wanze wurde rot. Alle sahen zu ihm hin. Aber Roller hatte keinen Namen genannt, und der »eine« mühte sich, gelassen dreinzublicken.

»Viertens: Wer am besten beim Bootsbau mitarbeitet, der kann mit dem Kanu ins Ferienlager fahren. So! Nun stimmen wir ab. Wer ist dagegen?«

Purzel meldete sich zu Wort. »Ich bin nicht dagegen, daber kommt denn Krambusch wirklich her, um uns zu helfen?«

»Der Bootsbauer Krambusch will kommen«, sagte Alfred. »Er hat keinerlei Bedingungen gestellt. Daraus ergibt sich wohl alles für euer Verhalten.«

»Wird die bisherige Mitarbeit angerechnet?« fragte Wanze.

Roller bestätigte es. Dann ließ er abstimmen. Der Beschluß wurde anerkannt. »Morgen geht es richtig los«, sagte Frank.

Die Kanubauer begleiteten Simon Brinkmann zum Bahnhof. Mit Musik! Wanze, Hanne und Purzel spielten Mundharmonika. »Mach's gut, Frank«, sagte der Polier am Zuge. »Vergiß nicht, daß du jetzt Chef des Hauses bist. Mach mir keinen Kummer, Junge ... du weißt ja ... du wirst es schon machen ...« Er putzte Katrin zum letztenmal das Näschen und übergab sie dem großen Bruder.

Die Gruppenkapelle spielt: «Muß i denn ...«

Und dann sangen alle, von Wanze angestiftet: »Bau auf, bau auf, Maurer Simon Brinkmann, bau auf ...«

## *Krambusch wird Brigadier der Kanubauer*

Franks Geschwister lagen endlich im Bett. Sie hatten gebrüllt, als es ans Waschen gehen sollte. Aber gewaschen mußten sie werden, jeden Tag. Das war Franks Ehrenpflicht. Er hatte es dem Vater versprochen, schriftlich sogar. Da Frau Sander erst morgen abend zu erwarten war, hatte er sich kurzerhand das Hemd über den Kopf gestreift, hatte sein Gesicht in die Waschschüssel getaucht und lustig geblubbert und geprustet. Von dieser Art des Waschens waren die Kleinen begeistert gewesen und hatten sich überlisten lassen.

Frank las in seinem Geschichtsbuch. Er notierte Stichpunkte in ein neues Heft. Als die Geschwister still waren, horchte er grübelnd ihren Atemzügen. Einteilen muß man sich alles! Jeden Tag etwas erledigen! Wie auf der Baustelle, hat Vater gesagt. Erst überlegen, dann rangehen. Stein auf Stein gesetzt, ergibt am Ende ein großes Werk.

Frank hatte verstanden, weshalb sein Polier wieder wegfahren mußte. Der Werkbau war wichtig, da durfte keiner fortlaufen. Das sah er ein.

Er überdachte, was er für die Prüfung in Geschichte wissen mußte: Erster Weltkrieg – Ursachen, Anlaß, Verlauf, Folgen – alles klar. Wie die das Volk ins Unglück gestürzt haben, der hochnäsige Kaiser und seine Geldmänner! Wie hieß doch der Kanonenfritze?

Er blätterte in seinem Buch, schrieb: Krupp, Kanonenkönig, verdient am Kriege, und die Arbeiter müssen sterben, und die SPD macht den ganzen Schwindel mit. In Rußland sind sie schlauer. Dort werden die Lumpen abgesetzt und verjagt. 1917. Große Revolution. (Oktober!)

Er klappte sein Buch zu, murmelte: »Morgen geht es weiter. Ha, wolln doch mal sehen, ob ich Willen habe.«

Draußen hörte er die Pforte klappen. Er trat vor die Tür, sah den Mann mit dem Eichenstock.

»Ist dein Vater da?« fragte Edmund Krambusch.

Frank verbarg sein Erschrecken. »Guten Abend«, sagte er. »Mein Vater? Der ist schon abgereist.«

Der Alte blieb unschlüssig stehen.

Frank faßte Mut. Rangehen! dachte er. »Sie wollen uns beim Kanubau helfen, Herr Krambusch?«

»Na ja, also … die Lehrerin war bei mir und der junge Mann, der … der Hamburger …«

»Das war Alfred, unser Pionierleiter. Er hat uns gesagt, daß Sie kommen wollen, weil Sie Fachmann sind. Wir … wir sind nicht mehr über das Wehr geklettert, Herr Krambusch, seit damals. Da haben wir uns nämlich vorgenommen, das Kanu zu bauen. Wollen Sie es mal sehen?«

Der Alte stapfte näher. Er stand vor dem Bootsgerippe, bückte sich, untersuchte es. Ein Dutzend Weidenknüppel waren eingesetzt. Ihre ungleichmäßige Biegung mißfiel ihm. »Kielbrett und Steven mögen angehen«, brummte er, »aber diese Knüppel, was soll denn das?« Frank erklärte ihm, wie es geplant war. Auch die Kostenfrage erwähnte er.

Krambusch schüttelte den Kopf. »So geht es nicht. Ihr kriegt das Boot nie richtig dicht. Die Weidenruten und das Sackleinen werden

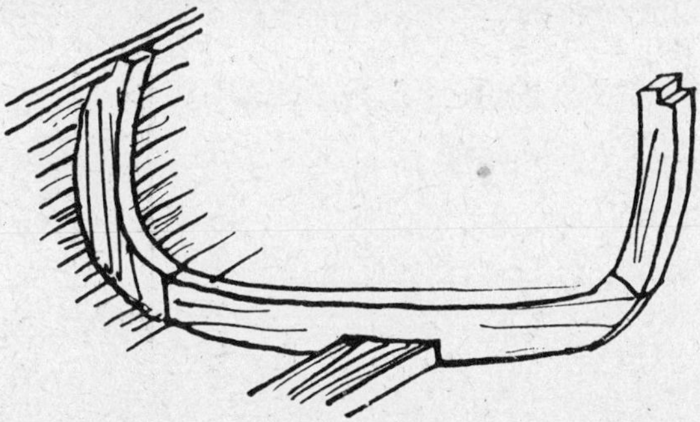

sich bei Belastung im Wasser bewegen. Der Innenkiel ist zu lang, zu schwach. Er wird sich durchbiegen. Verstehst du? Das verdrängte Wasser drückt. Der Bootsrumpf wird nicht fest. Die Knüppel geben nach, und der Anstrich reißt. Was denkt ihr, wieviel Lackfarbe nötig wäre, eure grobe Sackleinwand dichtzupinseln? Da werdet ihr arm. Schade um die Arbeit. Kauft lieber dünne Planken für das Geld.«

»Und die Rippen, die Spanten?« fragte Frank.

»Die müssen nicht unbedingt aus Eschenholz sein. Wir können ja stärkere Spanten einbauen, wie bei einem Ruderkahn. Acht Stück vielleicht oder zehn auf diese Länge. Hier ...«, er kritzelte mit seinem Stock eine Skizze in den Sand.

»Moment!« rief Frank, lief in die Stube, kam mit Papier und Bleistift zurück.

Krambusch setzte die Brille auf und zeichnete.

»So, guck dir das an. Die Spanten müssen wir aus drei Teilen zusammensetzen. Innenkiel und Bordleisten werden darin eingelassen, verleimt und verschraubt. Dann kriegt das Ganze festen Halt. Ist das klar?«

Frank nickte. Meine Erfindung ist im Eimer, dachte er, aber Krambusch hat recht.

»Ich muß jetzt gehen«, sagte der Alte.

»Kommen Sie morgen wieder?«

»Na ja, meinetwegen. An mir soll es nicht liegen. Überlegt euch das da. Und ordentliches Holz brauchen wir dazu.«

»Waas?« fragte Frau Schröder ungläubig. »Dieser Brinkmann ist wiedergekommen?«

Hanne lächelte. »Jawohl, freiwillig wiedergekommen. Er hat seinen Vater geholt. Der ist Maurerpolier und verdient viel Geld. Frank hat neue Sachen gekriegt. Und die Tante, die das Geld von Rollers Lampe genommen hat, ist ausgezogen. Das Haus gehört nämlich Herrn Brinkmann.«

»Das ist doch nicht möglich.«

»So etwas willst du nicht glauben, Mutti. Es ist aber wahr. Und Gesindel sind sie bestimmt nicht. Das darfst du nicht wieder sagen. Wenn wir nur so einen Vater hätten!«

»Aber Johanna! Einen Maurer – ich bitte dich! Dein Vater war Offizier. Du weißt nicht, was du sprichst.«

»So war es doch nicht gemeint, Muttchen. Bitte, sei mir nicht böse. Bloß, du … du blickst immer auf die anderen herab. Sie sind dir nicht gut genug. Dabei achten alle Herrn Brinkmann. Direktor Bertram zum Beispiel. Auch Irenes Mutter. Die hat sich verpflichtet, Franks Geschwister zu betreuen. Und Fräulein Trapp beaufsichtigt die Arbeitsstunden in Brinkmanns Häuschen, wo wir jetzt das Kanu fertigbauen. Auch der alte Krambusch will mitmachen. Weißt schon, der drollige Parkwächter.«

»Soso! Das ist ja seltsam.«

»Hilfst du uns auch ein bißchen, Mutti?«

»Iich? Was soll ich denn dort? Etwa Kindermädchen spielen für fremde Leute? Oder gar Putzfrau?«

»So doch nicht, Mutti. Bloß ein wenig unterstützen sollst du uns. Wo doch alle der Gruppe helfen! Ich … weißt du, ich möchte gern, daß du auch etwas dazu beiträgst. Wir haben so viel Kram von Vaters Ladeneinrichtung auf dem Boden liegen. Kann ich davon vielleicht … für unseren Kanubau … Mutti, bitte!«

»Aber Kind, ich bin ja gar nicht so. Von mir aus, wenn du dir etwas davon versprichst.«

»O fein! Wir können uns also was raussuchen, ja?«

»Aber nicht die ganze Herde mitbringen, Hanna.«

»Nein, nein. Nur zwei. Rolf Helfring und Frank.«

»Deinen Speckfrank?«

»Das ist gar nicht meiner, Mutti. Du bist ungerecht. Zu Irene könntest du das eher sagen.«

»Was? Die Irene Sander?«

»Jawohl! Und speckig ist er auch nicht mehr. Du wirst es ja sehen, wenn er kommt.«

Es war wieder Ruhe in den vier Wänden der Frau Schröder. Hanne gab ihrer Mutti einen Versöhnungskuß, und am anderen Tage konnte sie der Gruppe die Aussicht auf Materialzuwachs mitteilen. Alle hörten, daß Frau Schröder auch bereit war, etwas für die Kanubauer zu geben.

Als dann Frank von Krambuschs Besuch auf der neuen Werft und von dem Vorschlag des Alten berichtete, waren sie nicht weniger überrascht. Die geringste Freude dabei empfand Frank. Er hatte noch nicht verschmerzt, daß seine Idee mit den Weidenknüppeln untauglich sein sollte.

Mittags ging er mit zu Schröders. Hannes Mutter musterte die Besucher sehr kritisch. An Frank Brinkmann konnte sie nichts Absonderliches entdecken. Wohl verbeugte er sich nicht bei der Begrüßung wie Roller, dafür aber lachte er sie freundlich an. Auf dem geräumigen Speicherboden vergaßen die Jungen für eine Weile alles um sich her. Sie durften stöbern. Frau Schröder hatte es erlaubt, und Hanne war dabei. Eine ganze Wagenladung Bretter schleppten sie hinunter.

»Das gibt feste Spanten«, sagte Frank. »Krambusch wird zufrieden sein.«

Zuletzt fanden sie zwei alte Schaufensterjalousien, die einst vor Schröders Laden gehangen hatten. Die dicken Rollen waren über drei Meter lang. Sie bestanden aus vielen gefalzten Fichtenleisten, deren Verzahnung ineinandergriff. Hanne winkte ab, als sie die verstaubten Rollos sah, aber Frank untersuchte den Fund. Eine neue Idee reifte in ihm. Wozu Planken? dachte er. Mit diesen Jalousieleisten geht es viel besser. Sie sind biegsam, lassen sich der Bootsrundung anpassen und halten sich gegenseitig.

»Hallo, jetzt haben wir das Ei!« rief er, Hanne und Roller blickten verständnislos. »Das Ei des Christoph Kolumbus«, ergänzte Frank. »Ihr wißt doch, Berti hat uns mal davon erzählt. Das ist die Lösung! Wenn wir die Jalousien kriegen, ist der Kanubau gerettet. Hanne ...?«

Sie nickte. »Die haben wir schon, Frank. Los, schnell abtransportieren!«

Edmund Krambusch hatte sein Versprechen gehalten. Nach der abendlichen Unterredung mit Frank war er wiedergekommen, obwohl ihm der Entschluß nicht leichtgefallen war. Wer wollte dem Wächter auch verdenken, daß er von der »Rasselbande« alles andere als eine gute Meinung hatte? Fräulein Trapp und der Pionierleiter besaßen seine Zusage. Auch Direktor Bertram und Franks Vater wollte er nicht enttäuschen. Krambusch war korrekt. Überzeugt aber war er noch nicht. Sie hatten ihn zur Mithilfe überredet, und er hatte zugestimmt. Nun mußte er in den sauren Apfel beißen.

Er war von dem Eifer der Kanubauer überrascht. Sie hatten Holzmaterial für die Spanten herbeigeschafft und führten seine Anordnungen willig aus. Ihre Freude an dem werdenden Boot ergriff auch ihn. Er lernte sie, die ihm oft genug das Leben schwergemacht hatten, von einer anderen Seite kennen.

»Herr« Krambusch sagte bald keiner mehr. Wanze versuchte es mit »Opa« und mit »Onkel«. Das ging schief. Der Alte knurrte bissig und tat dann, als sei der Spötter gar nicht vorhanden. Und die Jungen knufften den Störenfried so heftig, daß er sich stöhnend verdrückte.

Als er am anderen Tage kreuzfidel wieder auf der Werft erschien, sagte Frank: »Wenn du unseren Brigadier noch mal anstänkerst, ist der

Riemen runter, Quarkwanze. Oder hast du Lust, dir das Krankenhaus von innen anzusehen?«

Wanze merkte, daß jetzt Vorsicht am Platze war. »Was denn«, fragte er und markierte nach bewährter Methode den Harmlosen, »ist er nun Brigadier oder nicht?«

Da hatte Edmund Krambusch seinen Titel weg. Von Stund an hieß er nur noch »Brigadier«. Er sagte gar nichts dazu. Also war er auch nicht böse über den neuen Namen.

Unter seiner Anleitung schraubten sie das inzwischen fertig gewordene mittlere Spant auf den Innenkiel. Dann legten sie mit Hilfe der Richtleisten, die vom Bug zum Heck gespannt wurden, die Form des Bootsrumpfes fest. Brigadier Krambusch fertigte Pappmodelle für die übrigen Spanten an. Vier Nachmittage hatten sie zu sägen und zu leimen, dann war das Bootsgerippe fest. Als die ersten Leisten der auseinandergenommenen Schaufensterjalousien geschäftet und aufgeschraubt waren, erkannten sie die Bedeutung von Franks Idee. Die Falze der einzelnen Jalousieteile paßten trefflich ineinander. Ein festes Gefüge entstand, das mit jeder neuen Leiste von Spant zu Spant verschraubt wurde.

Die Arbeit war mühevoll. Jeweils zwei Leisten mußten an den Stößen abgeschrägt und verleimt werden. Kahlkopf und Wanze wurden Spezialisten im Schäften. Frank, Irene und Pepo schraubten die geschäfteten Leisten an den Spanten fest, während Roller und Hanne die Enden in die ausgestemmten Vertiefungen der Stevenbogen einpaßten.

Purzel war Mädchen für alles. Sie reichte Werkzeug und Schrauben zu, sie flitzte umher, von jedermann gerufen und beansprucht.

»Jetzt wird sie endlich schlank«, sagte Wanze und kommandierte: »Purzel, Zwingen! Purzel, Härtepulver! Purzel, Vesperbrote! Wir fallen um vor Hunger. Purzel, eine Flasche Bier für den Brigadier!«

Selbst der alte Krambusch griente. Er wußte nun, was Wanze für einer war.

Häufig kamen auch andere Helfer aus der Klasse. Die mußten hier und dort mit zupacken. Besonders gern ließ man sie Schrauben einziehen. Das gab schmerzhafte Blasen auf den Handflächen, von denen Irene ein Liedchen singen konnte.

Der Brigadier dachte inzwischen an die Paddel. Er suchte geeignetes Holz, riß die Teile auf und ließ daran arbeiten. Dann richtete er den Außenkiel her und maß die Sitzbänke aus. Der Werftbetrieb lief wie geölt. Edmund Krambusch brummte zufrieden.

Weniger zufrieden war Frau Sander. Wohl halfen die Mädchen, das Haus sauberzuhalten, aber die Werft sah immer unordentlich aus. Auch Karin Trapp hatte ihre liebe Mühe mit dem Einhalten der festgesetzten Arbeitsstunden. Sie lernten, gewiß. Frank und Pepo holten tüchtig auf. Aber der Kanubau ging ihnen über alles. Und das begonnene Herbarium war zu Fräulein Trapps Leidwesen noch immer nicht vollständig. Selbst die Mädchen hatten keine Zeit mehr dafür übrig.

Eines Abends kamen Berti und Alfred. Sie staunten über die Arbeit der Gruppe. Aus dem Gestell, das Alfred bei Helfrings gesehen hatte, war ein Boot geworden. Nur noch wenige Leisten und der

Außenkiel waren aufzusetzen, dann konnte der Rumpf bespannt und gestrichen werden.

»Edmund«, sagte Direktor Bertram, »warum hast du dich mit deiner Geburt so beeilt! Wenn du zwanzig Jahre später auf die Welt gekommen wärst, hättest du bei uns Werklehrer werden müssen.«

Das war für den Brigadier Krambusch die höchste Anerkennung. Er dachte gar nicht daran, daß er dann auch um seinen Kopfschuß gekommen wäre. Daran dachte nur Berti.

Indessen tuschelten die Mädchen aufgeregt miteinander.

»Was ist denn?« fragte der Direktor.

»Ach«, entgegnete Irene, »es ist nur ... weil ... Purzel hat im Werken eine Vier bekommen. Dabei hat sie hier immer mitgearbeitet. Sie versteht schon was, Herr Bertram.«

»Hm«, brummte Berti, »dann muß ich wohl oder übel mal den Werklehrer Schipke zu eurer Werft delegieren.«

## *Es ist soweit, und Frank fährt unter Wasser*

Den Prüfungsaufsatz hatten sie hinter sich. Nun saßen sie über der Abschlußarbeit in Mathematik. Frank schwitzte. Nicht nur er, auch andere schwitzten. Pepo zum Beispiel und Elvira und Karl der Kahle. Die hatten das Prüfungsfieber.

Frank aber wurde heiß, weil er an seinen Polier dachte. Ihm war, als stände der Vater an seiner Bank. »Schiffsbauer?« hatte Simon Brinkmann gesagt. »Und im Rechnen eine Drei? Wenn das klar geht, schlucke ich einen alten Hut. Dann fehlt bei mir fast nichts mehr zum Bauingenieur. Frank erinnerte sich genau der Worte. Vater hatte erzählt, daß bei ihm früher manches gefehlt habe. Vor allem die Zeit zum Lernen. Als Junge habe er des Nachbars Kühe hüten und im Winter beim Krämer helfen müssen. Eifer für die Schule und Freude am Lernen seien dabei nicht herausgesprungen. Wo hätten Fleiß und Einsicht auch herkommen sollen? Der Kantor Olschak in der einklassigen Dorfschule habe seine Schäfchen weniger klug, dafür aber recht demütig machen wollen.

Das und noch einiges mehr hatte der Vater seinem Jungen erzählt, und Frank mußte jetzt daran denken. Ich will im Rechnen eine Zwei schaffen, nahm er sich vor. Bisher stehe ich auf zwei Komma vier. Die Prüfung wird es entscheiden.

Franks Verstand arbeitete. Er kramte alles aus, was in ihm war. Schade, daß Fräulein Trapp heute nicht sehen konnte, wie es mit seinem Willen stand. Wohl machte der Wille allein den Braten nicht fett, aber ständig geschlafen hatte Frank im Unterricht auch nicht. Das war jetzt zu beweisen. Und er bewies es.

Bei Purzel gab es Tränen. Sie kam mit ihren Aufgaben nicht voran. Vielleicht hatte sie sich immer zu sehr auf Hanne verlassen?

In der Klasse war es schwül. Die zwei Stunden vergingen unheimlich schnell.

Wanze schwitzte nicht. Rechnen war sein Fach. Er arbeitete schon an der letzten Aufgabe. Diese Heulpurzel, dachte er, die stört mit ihrem Geflenne den ganzen Betrieb. Dämlichkeit muß wohl doch weh tun.

Hanne gab ihren Bogen ab. Sie blickte bekümmert zu Purzel hin. Ich kann dir nicht helfen, sagten ihre Augen. Niemand konnte Purzel helfen, auch Irene und Roller nicht, so gern sie es getan hätten. Jeder mußte für sich selbst einstehen.

Dann war die Zeit um. Purzel gab die Arbeit als letzte ab. Draußen flossen ihre Tränen noch einmal tüchtig. Hanne und Irene trösteten sie.

Nachmittags trafen sich die Kanubauer wieder auf der Werft. Frank verteilte Lackfarbe und Pinsel. Sie hatten Mullgewebe über den Leistenrumpf gespannt, auf jeder Seite eine lange, nahtlose Bahn. Das war eine Erfindung von Irenes Mutter. Eine gute Erfindung. Der feinporige Stoff war doppelt gewebt und so elastisch, daß er sich ohne Falten über die Bootswölbung hatte spannen lassen. Mit zähem Lack war er aufgeklebt und dann gestrichen worden.

Jetzt waren sie dabei, den vierten Anstrich aufzutragen. Die Poren des Stoffes waren dicht.

Purzel hatte die mißglückte Rechenarbeit vergessen. Sie stöhnte über ihren wundgescheuerten Finger. Das war wieder einmal blanke Wichtigtuerei. Alle hatten Blasen vom Pinseln bekommen, aber keiner vollführte so ein Theater darum wie Purzel. Wanze zog erbarmungslos über sie her. Sie lachten und lärmten.

Als Brigadier Krambusch kam, hob Wanze salutierend seinen Pinsel. »Acht Mann mit acht Blasen an den Fingern beim letzten Pinselstrich«, meldete er. »Wir können ein Blasorchester gründen, Brigadier. Machen Sie den Kapellmeister?«

Früher hatte Krambusch bei Wanzes Späßen unwillig geknurrt. Jetzt lachte er schon zuweilen. »Daraus wird nichts«, sagte er. »Ich kann Blasmusik nicht vertragen, die strapaziert meine alten Trommelfelle.«

»Sehr schade«, bedauerte Wanze.

»Tröste dich, mein Junge. Ich habe einen Sonderauftrag für dich.«

Wanze knallte die Hacken zusammen und schrie: »Immer bereit, Brigadier!«

»Schön, schön. Dann berechne mal alle Schrauben, die wir an unserem Boot verwendet haben. Aber genau, Wanze, sehr genau. Auf jede einzelne Schraube kommt es an. Die Gesamtzahl will ich wissen, verstehst du?«

»Wo ... wo ... wozu soll denn das gut sein?«

»Es ist wichtig, glaube mir, sehr wichtig. Den Grund sage ich dir nächste Woche beim Stapellauf.« Da hatte Wanze eine feine Beschäftigung. Er zählte und rechnete. Er zählte von neuem und schrieb, während die anderen Leisten für den Bodenrost zuschnitten und die Paddel lackierten.

Nicht jeder Kanubauer konnte für den Besuch der Mittelschule vorgeschlagen werden. Jetzt war es entschieden.

Sie hatten die Abschlußprüfung hinter sich. Ihre Empfindungen darüber waren bei fast allen sehr gehobener Art. Kolumbus mochte ähnliches empfunden haben, als er den neuen Erdteil entdeckte. Nur Wanze tat erhaben über solchen Gefühlsklimbim. Er machte sich auf andere Art wichtig. Mit seiner Lästerei nämlich. Auf wen aber machte das noch Eindruck? Selbst Purzel überhörte die Schnoddereien. Purzel war schlimm dran. Sie hatte nicht bestanden. Viel Wasser stand in ihren Augen, regelrechtes Hochwasser. Das kam und ging, und ehe es endgültig versiegte, kehrte es immer mal wieder. Am Ende aber war es gar nicht so schlimm. Fräulein Trapp hatte Purzels Eltern vorbereitet. Es war schon entschieden, daß sie noch ein Jahr lang in der achten Klasse bleiben würde. Sie war erst dreizehneinhalb und mußte noch wachsen. Jeder sah das ein. Rund genug war sie, aber in die Länge mußte sie noch wachsen. Purzel haderte nicht lange mit ihrem Geschick. Sie fand sich mit dem Unvermeidlichen ab. Ob sie einsah, daß auch ihr Denken noch wachsen mußte?

Pepo war durchgekommen. Es lag kein Grund mehr vor, den ausrangierten Riemen zu fürchten. Der Fuhrmann Pohl freute sich über die bestandene Abschlußprüfung seines Jungen, und er dachte: Das bißchen Pfeffer kann ihm nichts geschadet haben, wenn auch der Direktor und Simon Brinkmann zuletzt nicht unrecht hatten. Natürlich geht es ohne Riemen, man sieht es ja.

Pepo war stolz. Stolzer konnte selbst Hanne nicht sein, obwohl sie ihre Prüfung mit Auszeichnung bestanden hatte. Irene und Roller hatten es mit »Sehr gut« geschafft. Karl der Kahle enttäuschte seinen Tischlermeister. Der hatte ein »Gut« erwartet, aber Kahlkopf brachte nur ein »Bestanden« nach Hause. »Was denn, Leute«, sagte Wanze. »Bestanden ist bestanden, da kann keiner was abbeißen.« Der Theoretiker hatte nämlich auch bloß »bestanden«.

Und Frank? Der setzte sich zu Hause, nachdem er mit Frau Sander die Geschwister versorgt und schnell noch einmal die Härte des letzten Bootsanstrichs geprüft hatte, an den Tisch und schrieb:

Lieber Vater!
Heute sollst Du einen Brief von mir kriegen. Ist die Halle mit den Krahnbau schon ~~f~~ fertig? Ich möchte das mal sehn.
Kathrin und Klaus schlafen schon. Frau Sander hat sie gründlich gewaschen da grölen sie manchesmal ein ~~tou~~ bißchen. Wir machen manchmal Spaß. ~~wenn~~ Klaus schnarcht im schlafen. Es ist aber nicht schlimm Die Klasse

stimmt auch. Irene hilft mir. Irene kann prima Rechnen Frau Sander sagt, daß das Geld reicht für uns. Da behält sie noch über. Wir kriegen immer Wurst und die Abschlußprüfung habe ich bestanden. Jawohl Wir alle. Bloß Purzel nicht. Du weißt schon die Kleine. Die dicke von den Mädchen. Ich habe bestanden. Du brauchst keinen alten Hut zu schlucken. In Rechnen habe ich eine 2 gemacht. Daß Du es weißt wegen Schiffbauer. Das ist aber vorbei. Ich werde lieber Traktorist. Das gefällt mir besser. Weil ich da immer fahren kann. Die MTS nimmt mich Berti war dort für mich. Deutsch war schlecht, aber sonst geht es. Turnen und Werken ist 1. Das kann ich nämlich. Russisch

war vier. Rechnen 2!!!
Das kann ich nun. Ich bin
gut-dadrin.

Schönen Gruß
~~H~~ Dein Frank

Unser Kanu ist fertig Morgen ist ~~Schi~~ ~~Sta~~
das lassen wir es ins Wasser. Weil ich
ins Lager fahre nimmt Irenes Mutter
die Kinder hin. Frank Brinkmann

ich soll Steuermann sein!

Alle haben mich gewählt. Auch
Roller. Am meisten Irene. Sie hat
1 in der Prüfung.

Der Sonntag ließ sich festlich an. Die Sonne drängte den Morgennebel nieder und putzte alles blitzblank. Das war der große Tag der Kanubauer. Sie hoben das Boot auf die Schultern. Sie waren acht. Frank gab das Kommando. Purzel schleppte wacker mit. Sie tat jedenfalls so. Wer sah denn schon bei der Aufregung, daß ihre Schulter eine Handbreit von der Bordleiste fernblieb? Keiner sah es. Nicht einmal Wanze.

Ein zahlreiches Gefolge hatte sich eingefunden. Das waren Neugierige, Mitläufer und einige von denen, die manchmal geholfen hatten. Sie trugen Paddel und Bodenroste hinterdrein. Krambusch stand am Ufer, als die Kolonne kam. »Halt!« rief er, packte Wanze beim Kragen und fragte: »Wieviel Schrauben sind im Boot?«

Wanze griente. »Neuntausendneunhundertneunundneunzig!« Die Umstehenden staunten und flüsterten. Es wurden immer mehr Zuschauer. Auch Fräulein Trapp war unter ihnen. (Alfred hatte Sitzung, und Berti mußte mal ausschlafen.) »Oha!« sagte der Brigadier und verzog sein Gesicht, daß sich die Falten verdreifachten. »Das geht nicht. Auf gar keinen Fall.«

»Warum denn nicht?«

»Junge, das gibt ein Unglück!«

»Wieso denn bloß?«

»Weil es eine gerade Zahl sein muß. Verstehst du? Das ist ein überlieferter Brauch bei uns Bootsbauern.« Mit diesen Worten nahm der Alte sein Taschenmesser aus der Hose, bohrte den Steven an und drehte eine Schraube ein. »So, jetzt stimmt alles«, sagte er mit ernstem Gesicht. »Die Zahl ist glatt. Gute Fahrt!« Er spuckte dreimal aus. Mit einem solchen Bootsbauersegen konnte nichts mehr schiefgehen. Die Kielleiste rutschte über den Ufersand, der Bug schob sich in den Fluß.

Irene trat vor. Sie hatte keine Sektflasche in der Hand, sie heftete einen Pionierwimpel an das Heck. »Ich taufe unser Kanu auf den Namen ›Ob‹!« rief sie. »Es soll uns zu Entdeckerfahrten dienen, wie das sowjetische Forscherschiff gleichen Namens in der Antarktis.«

Das Kanu schwamm gut. Wie ein Schwan lag es auf dem Wasser. Krambuschs Gesicht strahlte. Und die Kanubauer dachten nicht mehr an jene Zweifel, die einmal gewesen waren. Was bedeuteten schon die Sorgen und Mühen der langwierigen Arbeit gegen diesen Augenblick! Was zählten Pinselblasen und kleinliche Streiterei gegen ihr Werk, das da schwamm!

Wir haben es geschafft, dachten sie und sahen nichts als ihr Kanu.

Irene zog die Bugleine an. Gemächlich drehte sich das Boot. Der runde Steven schob sich auf das Ufer. Die besten Schwimmer stiegen ein zur Probefahrt. Voran Frank, der Steuermann, dann Hanne und Wanze. Zuletzt setzte sich Roller als Schlagmann in die Bugspitze. Irene und Kahlkopf stießen das Kanu in den Strom.

Da geschah das Unglück.

Bisher war alles richtig feierlich verlaufen. Jetzt wurde es unfeierlich. Später wußte keiner zu sagen, wie es gekommen war. An ihrem Kanu konnte es nicht liegen, davon war jeder überzeugt. Vielleicht hatten sie das Boot zu heftig oder zu früh abgestoßen? Vielleicht auch war Wanze mit seinem Paddel beim ersten Einsatz abgerutscht? Oder lagen die Sitzbretter zu hoch, daß sie einen ungünstigen Schwerpunkt ergaben?

Die am Ufer sahen, wie Wanze über Bord kippte. Um das Gleichgewicht zu halten, warfen sich die Paddler auf die Gegenseite. Das war richtig. Als aber der Unglücksrabe in den Fluß plumpste, schlug das Kanu um.

Zwei, drei Köpfe tauchten aus dem Wasser auf. Das Kanu trieb kieloben fort. Am Ufer lachten sie. Schlaumeier Wanze über Bord! Ha, ha! Wie ein Frosch!

Plötzlich erstarb das Lachen.

Es blieben drei im Wasser dort. Einer war nicht aufgetaucht. Frank fehlte! Frank Brinkmann war weg!

Fräulein Trapp sah es mit jähem Schreck. Drei Köpfe sind im Wasser, nur drei! dachte sie. Er wird doch nicht –? Schon streifte sie die Schuhe von den Füßen, lief dem treibenden Boot nach, zögerte einen Augenblick, und dann sprang sie in den Fluß.

Roller fischte sein Paddel auf. Er hatte noch gar nicht gemerkt, daß einer fehlte. »Erst die Paddel und die Roste retten«, rief er. »Dann schieben wir das Boot ans Ufer.«

Hanne sah Fräulein Trapp. Sie hörte die Rufe vom Ufer. »Tauchen!« schrie Hanne. »Frank ist weg!«

Sie tauchten, suchten unter Wasser. Keiner erreichte den Grund des Flusses, auch Karin Trapp nicht. Der enge Rock hielt ihre Beine wie gefesselt.

Die Köpfe der Schwimmer kamen wieder hoch, prustend, japsend. Vier Köpfe, Fräulein Trapp und drei Bootsfahrer. Frank war nicht da.

Purzel stöhnte. Irene war bleich. Kahlkopf und Pepo und die anderen starrten auf das Wasser. Der alte Krambusch, hilflos, nervös, stieß immer wieder seinen Stock in die Erde.

Spaziergänger kamen. Ein Angler stieg vom Rad. »Was denn, was denn?«

»Ertrunken ...«

»Waaas?«

»Ja, einer fehlt!«

Das Boot trieb weiter. Die Schwimmer waren erschöpft und unsicher. Keiner konnte helfen. Von Frank war weit und breit nichts zu sehen.

»Polizei!« schrie Krambusch. »Schnell, Polizei oder Feuerwehr holen!«

Frank war verwundert, als er so jäh ins Wasser kam. Hinauf! das war sein erster Trieb. Er ruderte wie ein Seehund. Oho! Er stieß hart an. Wie konnte er wissen, daß die Ruderbank sein Auftauchen stoppte. Als er den Kopf frei hatte und die Augen öffnete und doch kein Licht sah, obwohl er atmen konnte, wußte er Bescheid. Er hielt sich an den inneren Bordleisten zu beiden Seiten des gekenterten Kanus fest und holte tief Luft. Das ging gut. Luft war genug unter dem Boot. Sie glitten langsam stromab, Frank und das Kanu. Taucherglocke, dachte er und horchte. Gedämpfte Laute drangen in sein dunkles Verlies. Es hörte sich an wie eine schlechte Verbindung durchs Telefon. Die Stimmen waren ganz fern. Um ihn gluckste und blubberte die Mulde.

Wie lange wird man das hier aushalten? dachte er und nahm sich vor, eine Rekordzeit unter Wasser zu verbringen. Nichts geschah, gar nichts. Plötzlich fiel ihm das Wehr ein. Er war noch weit weg davon, und das Kanu schwamm gemächlich mit der Strömung. Aber unter Wasser hat man kein rechtes Gefühl für Zeit und Entfernung. Er hielt es nicht mehr aus, tauchte und stieß sich nach oben.

Es war höchste Zeit, daß er hochkam, sonst wäre in Eulenberg noch Großarlam geschlagen worden.

»Da ist er, da ist er!« schrien sie, und Frank lachte.

Am Ufer dann, als sie das Boot geborgen hatten und alle Frank umringten, sagte er: »Neuer Rekord im Tauchen, Kinder! Nicht zu schlagen. Oder, Wanze, hast du Lust?« Wanze schwieg. »Nimm eine Lampe mit«, riet ihm Frank. »Da unten ist es bannig duster.«

»Hä!« sagte Wanze. »Eine Petroleumlampe vielleicht? Und Eis am Stiel, was? Du Gauner!«

## *Ins Land der Träume*

Ihr Kanu vermochte zehn Mann zu fassen. Sie hatten es ausprobiert. Das Wasser stand dabei dicht unter der Bordleiste, und sie durften sich nur behutsam bewegen, aber es ging.

Wenn sie bei ihren Übungsfahrten kenterten, wurde Taucherglocke gespielt. Unterseeboot, nannte es Frank. Sie spielten oft Taucherglocke. Damit erschreckten sie manchen Bürger, der ihnen vom Ufer aus zusah. Sie paddelten, lärmten, kippten kreischend um und waren verschwunden. Zwei Minuten – drei Minuten – vier, fünf Minuten – schier endlos lange blieben sie unter Wasser. Dieser Spaß war immer wieder interessant. In Eulenberg wurde das Kanu nur noch Unterseeboot genannt.

Der Rekord unter der Taucherglocke stand auf neun Minuten. Es war ein Gruppenrekord; denn fünf Mann hielten gemeinsam so lange unter dem Boot aus. Purzel mußte die Zeit nehmen. Sie durfte nicht mitfahren, sie konnte nicht schwimmen. Wie gern hätte Purzel einmal gepaddelt! Es ging aber nicht. Die Kanubauer hatten Direktor Berti und Fräulein Trapp versprochen, keinen Nichtschwimmer ins Boot zu nehmen.

Roller und Hanne trugen sich mit dem Gedanken, ein Periskop zu bauen, ein Sehrohr, wie es die U-Boote haben. Damit würde man aus dem umgekippten Kahn beobachten können, was draußen vorging. Es sollte drehbar sein. Ein Rohr mit Knie sowie Linsen und Spiegel brauchte man dazu. Die beiden hatten den Physiklehrer ausgefragt. Aber ihr Plan mußte wegen Materialschwierigkeiten zurückgestellt werden. Sie hätten auch den Boden des Kanus durchbohren müssen. Damit waren die anderen nicht einverstanden. Wie sollte man so ein Loch mit drehbarem Rohr abdichten? Da wußte selbst Edmund

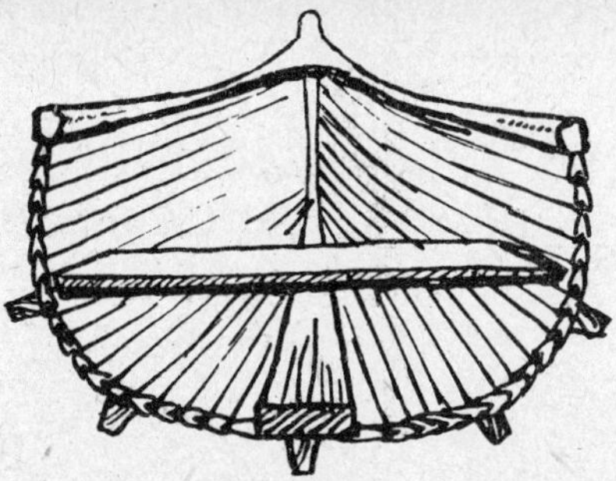

Krambusch keinen Rat. Ein Boot mit Sehrohr hatte er noch nie gebaut. Er riet ihnen nur, hohe Leisten als Seitenkiele aufzuschrauben, um das Kanu recht kenterfest zu machen. »Schwappleisten« sagte er dazu. Das war ein Vorschlag, der sich später gut bewährte. Sie führten ihn aus, und der Brigadier half dabei.

Die große Fahrt ins Ferienlager stand bevor. Vieles mußte bedacht, hergerichtet und eingepackt werden. Sie berechneten die Anfahrtzeit. Mehr als zwei bis drei Kilometer in der Stunde waren stromaufwärts nicht zu schaffen. Sie kannten die Mulde und ihr Boot.

Hanne durfte nicht mit ins Lager. Ihre Mutter erlaubte es nicht. Und Purzel sollte den kürzeren Weg, den Fußweg, mit der übrigen Lagermannschaft gehen.

Pepo tröstete sie: »Wir mit dem Kanu müssen uns viel mehr plagen. Der Wasserweg ist mindestens doppelt so lang.« Die Nichtschwimmerin Purzel war nicht getröstet. Sie hatte mitgesammelt, sie hatte gebaut und gepinselt. Sie gehörte mit dazu. Einmal, ein einziges Mal wollte sie im Kanu fahren. Mit diesem Wunsch schlief sie ein, und damit erwachte sie auch an dem Tage, da die große Fahrt beginnen sollte. Warum habe ich bloß nicht schwimmen gelernt, dachte sie ärgerlich beim Rucksackpacken. Nun muß ich alles schleppen.

Die Mutter gab ihr vieles mit. Sie ahnte nicht, was Purzel vorhatte.

Sechs Mann Bootsbesatzung waren früh am Ufer. Genauer gesagt: fünf handfeste Burschen und ein Mädel. Irene zählte mit, die war in keiner Weise zu verachten.

Eine halbe Stunde warteten sie. Alfred, mit dem sie als Vorkommando das Lager einrichten wollten, kam nicht.

Sie verstauten das Gepäck. »Man kann nie wissen«, sagte Karl der Kahle. »Besser ist, wir binden alles an den Ruderbänken fest.« Er war schon immer sehr genau gewesen.

Sein Vorschlag wurde angenommen. Nur Wanze stichelte: »Schon jetzt die Hose voll?«

Sie konnten nicht mehr warten. Sie fuhren ohne Alfred los. Roller war Schlagmann. Er setzte sein Paddel flott ein und sorgte für ein forsches Tempo. Das Entdeckerkanu »Ob« schob sich stroman.

»Leute«, rief Wanze, »kurz der Strich und lang die Pause! Ob der ›Ob‹, der große ›Ob‹, ob der auch so schnell fährt wie unser ›Ob‹?«

Die alte Witzmasche, dachte Frank. Er sah, daß Wanze nur mühsam den Paddeltakt hielt. »Hooo – ruck!« kommandierte er. »Hooo – ruck! Wanze, stärker durchziehen! Lang der Strich und kurz die Pause!«

Da sahen sie den Rucksack auf dem Uferweg. Er war riesengroß und wippte auf und nieder. Ein Mädel trug ihn. So dick konnte nur Purzel sein. Es war Purzel. Man sah nicht viel von ihr, aber was man sah, genügte. »Hooo – ruck!« schrie Frank, der Steuermann. »Hooo – ruck!«

Das Schreien half nichts. Der Rucksack blieb auf gleicher Höhe mit dem Boot.

Purzel hatte kurze Beine, aber ihre Waden und die Oberschenkel waren gut. Sie hatte auch einen Willen, mochte man ihr das glauben oder nicht. Da konnte der Steuermann schreien, wie er wollte. Das machte ihr nichts aus. Sie kam immer mit; denn die Strömung war nicht von Pappe. Purzel wußte, daß sie im Vorteil war. Das Kanu konnte ihr nicht entwischen. Unentwegt stapfte sie nebenher. Meist war nur der Rucksack zu sehen, manchmal nichts. Dann war sie wieder da, einem Schatten gleichend, einem Kugelschatten. Ganz harmlos sah das aus, und doch war es bedrohlich.

»Ob sie mitfahren will?« fragte Pepo.

»Blödmann«, knurrte Frank. »Halte lieber den Takt. Klar, daß sie will. Es geht aber nicht. Das weißt du genausogut wie ich.«

Purzel war jetzt ein Stück voraus. Sie winkte. »Hallo! Ihr macht ganz gute Fahrt. Das Kanu liegt prima auf dem Wasser. Habt ihr viel Gepäck?«

»Hau ab«, schrie Frank. »Geh ins Lager zu Alfred. Sag ihm, daß wir erst morgen kommen.«

»Übernachtet ihr draußen?«

»Nein, drinnen«, rief Wanze. »In der Taucherglocke. Da sind wir sicher, falls Regen kommt.«

»Rand halten!« befahl Frank. »Wir werden sie sonst nie mehr los.«

Das war umsonst. Purzel zeigte sich ungeahnt hartnäckig. Sie marschierte immer schön gleichmäßig mit. An ihren Schritten konnten die Paddler das Tempo des Kanus schätzen. Als sie am anderen Ufer anlegten und Frühstückspause machten, saß Purzel ihnen gegenüber.

»Hallohallo!« Ihre Stimme schallte auf dem Wasser. »Ich frühstücke auch ein bißchen.« Schon war ein Gespräch im Gange. Es ging hinüber und herüber, flußhin und flußher. Wer sollte das verhindern können?

»Laßt ihr doch den Spaß«, sagte Irene.

»Meinetwegen«, brummte Frank. »Aber mitfahren darf sie nicht, und wenn das Kanu noch so sicher liegt. Ich schlage vor, wir machen eine große Rastpause. Das wird ihr langweilig werden.«

Da, die Stimme von drüben: »Ich raste auch.«

»Vielleicht schläft sie ein«, sagte Kahlkopf leise. »Dann flutschen wir heimlich ab.«

Purzel dachte nicht ans Schlafen. Sie fand die Verfolgung ungeheuer spannend und ließ sich keine Bewegung der Kanufahrer entgehen. Als Frank zum Einsteigen mahnte, stand sie drüben marschbereit, den Rucksack aufgebuckelt. Vom Mitfahren sagte sie nichts. Noch nicht. Kein Wunsch und keine Bitte kamen, nur Scherzrufe und emsiges Geplapper. Manchmal blieb ihr die Puste weg. Der schmale Anglerpfad verlor sich. Dichtes Gestrüpp war ihr im Wege. Sie kämpfte sich hindurch, schwitzend und keuchend. Die Arme der Paddler wurden eher müde als Purzels stämmige Beine. Sie ahnte, daß ihre Stunde kommen würde.

Der Fluß raunte sein monotones Lied. Aus immer neuen Windungen kam er geströmt. Ein Eichelhäher plärrte in den nahen Fichten. Das Boot störte ihn wenig; er schimpfte auf den Störenfried, der schnaufend durch die Büsche brach. Purzel schien nicht zu merken, daß sie störte.

Einmal war sie weg, eine Viertelstunde lang, und alle atmeten auf. Der Rätscher in den Bäumen war längst verstummt.

Plötzlich rief es, von der nächsten Uferbiegung her: »Ahoi! Ich habe abgekürzt. Über die Wiese ging es viel schneller.«

Es war schrecklich.

Sie kochten ab. Purzel verspeiste jenseits kalte Portionen. Sie aß dreimal, ehe Irenes Kochfeuer prasselte und der Grießbrei fertig war.

»Was gibt es denn bei euch?« fragte Purzel über den Fluß.

»Kohl, alten Kohl mit Quark«, brüllte Wanze.

»Bei mir gibt es Würstchen. Mutti hat mir eine ganze Menge mitgegeben. die reichen noch für alle.«

Das war der erste Angriff, und er war nicht schlecht geführt.

»Für alle?« fragte Kahlkopf. »Für wen denn alle?«

»Na, für euch, wenn ... wenn ihr wollt.«

Sie wollten schon, die hungrigen Entdecker. Die eine Mannschaftshälfte war sogleich dafür, die andere ließ sich überreden.

Irenes Grießbrei hatte wie aufgeweichtes Löschpapier geschmeckt. Alle Bedenken gingen über Bord. Sie paddelten hinüber. Am anderen Ufer gab es ein fröhliches Begrüßen und dann ein Wurstgeschmatze. Purzels Würstchen waren gut. Und wenn sich Freunde mitten in der Wildnis treffen, gibt es viel zu erzählen.

Es war nicht mehr schrecklich.

Dann kam der zweite Angriff: »Nehmt ihr meinen Rucksack mit ins Boot? Der ist soo schwer. Ich habe noch vieles drin für uns.«

Auch dieser zweite Angriff gelang. Kahlkopf band den Riesenrucksack sorgsam an die Ruderbank. Purzel, aller Bürde ledig, marschierte unverdrossen dem Strom entgegen.

Am Nachmittag, als sich die Sonne neigte, sahen die Paddler einen guten Platz am Ufer. Frank wollte noch nicht an Land steuern, alle anderen waren müde. Die ungezählten Bogen und Windungen des Flusses hatten ihre Schätzung über den Haufen geworfen. Der Wasserweg bis zum Lager war viel länger, als sie berechnet hatten. Steuermann Frank wurde überstimmt. Sie packten aus und stellten das große Lagerzelt auf.

»Hallo! Ich habe Hunger«, rief Purzel vom anderen Ufer. »Im Rucksack ist Fleischsalat.«

»Wir futtern ihr alles leer«, flüsterte Wanze, »dann kriegt sie das Theater vielleicht über.«

Irene protestierte. Die anderen waren auch nicht für Wanzes Flüstervorschlag. Roller sagte: »Die geht bestimmt nicht. Wir haben sie

falsch eingeschätzt. Diesmal weiß sie, was sie will.«

»Hat sie nicht mitgebaut?«

»Jawohl, sie hat das gleiche Recht wie wir.«

Die Entscheidung fiel zu Purzels Gunsten. Drei Jungen paddelten hinüber. Frank war dabei. Purzel durfte einsteigen. Sie war selig und saß ganz still. Es ging vortrefflich. Das Boot lag wie eine Insel im Wasser, es schwankte kaum. Frank steuerte sicher. Und das Landungsmanöver klappte. Purzel stieg fröhlich plappernd aus und verteilte Fleischsalat.

Auch Wanze bekam sein Teil. Sie schmausten tüchtig. Karl der Kahle gab jedem ein hartgekochtes Ei. Pepo packte ein Ungetüm von einer Schlackwurst aus. Er verteilte sie bis zum letzten Zipfel. Und schließlich kam Irene mit einer großen Büchse Delikateßgurken, aus der jeder stippen konnte.

Nach dem Essen kramte Frank sein Angelzeug hervor. Die Mädchen lagen am Ufer und rekelten sich in der Sonne. Roller und Wanze schaukelten im Kanu auf dem Fluß, daß die Wellen klatschten. Sie spielten »hohe See« und verjagten alle Fische. Frank fing nichts.

Als die Sonne sank, schleppte Purzel Holz für das Lagerfeuer heran. Es wurde als selbstverständlich angesehen, daß sie sich die Zugehörigkeit zur Bootsbesatzung erst richtig verdienen mußte. Mit Bockwürsten und Fleischsalat allein war das nicht getan. Purzel sah das ein. Sie arbeitete eifrig, und Pepo half ihr.

Sie hockten am Feuer. Frank kam mit leeren Händen von seinem Fischzug. Wanze spöttelte. Uralte Anglerwitze kramte er aus.

»Mann, wenn ich mal einen Fang mache«, sagte Frank, »und ihn in der Asche brate, verstehst du, mit Blättern eingewickelt, dann kannst du in die Röhre gucken. Das verspreche ich dir.«

Wanze lächelte milde. Es erschien ihm nicht ratsam, den Steuermann noch mehr zu erzürnen.

Das Lagerfeuer warf tanzende Lichter auf den Strom. Sie sprachen von dem schweren Anfang des Bootsbaues.

»Der Student Hein müßte unser Kanu sehen ...«

»Ja, damals fing es an. Wißt ihr noch?«

Der Fluß gluckste und wisperte. Die Schatten ringsum wurden dunkler. Langsam brannte das Feuer nieder. Die Kanufahrer waren müde. Purzel fielen schon die Augen zu.

»Wache stehen?« Wanze war dagegen.

Ohne Wache ginge es nicht, sagten Frank und Roller. Eine Wache gehöre in der Nacht zum Zelt. Wanze fügte sich seufzend. Er hatte die erste Stunde zu übernehmen. Frank wollte von drei bis fünf Uhr wachen; denn die Zeit des Morgengrauens war gefährlich. Das war die Zeit der Überfälle.

Als alle schliefen, kroch Wanze gähnend ins Zelt. Seine Stunde war noch längst nicht um. Er weckte keinen. Sie schliefen fest. Nur Purzel stöhnte leise, und Kahlkopfs Atem kam und ging, als schruppe eine Raspel über einen Holzkloben.

## *Die Bewährung*

Ehe ein Zeltlager eingerichtet ist, hat der verantwortliche Leiter alle Hände voll zu tun. Alfred wußte manchmal nicht, wo ihm der Kopf stand. An dem Morgen, da er vorhatte, mit der Kanumannschaft als Lagerbautruppe stromauf zu fahren, ging alles schief. Karin Trapp lag mit einem verstauchten Knöchel im Bett. Sie hatte den Transport der Zelte und der Kücheneinrichtung zum Lagerplatz leiten wollen. Nun saß Alfred sorgenvoll am Telefon. Seine Lademannschaft aus der 8b wartete, die Kanufahrer warteten auch. Der Lastwagen aber kam nicht, der hatte Reifenpanne.

Am Nachmittag standen dann doch die Zelte im großen Lager an der Mulde, und die Küchenbaracke wurde gezimmert. Der Lagerleiter hatte keine Zeit gehabt, an seinen Kanutrupp zu denken. Jetzt war das Wichtigste getan. Morgen, wenn die Feriengäste anmarschieren würden, konnte das Lager bezogen werden.

Alfred und die Jungen Pioniere aus der 8b warteten vergebens auf die Kanufahrer. Denen war es mittlerweile gut gegangen: Erst Würstchen von Purzel, dann das fette Mahl, anschließend Rekeln und Faulsein in der Sonne. Kaum anderthalb Kilometer vom großen Zeltplatz entfernt, hatten sie Biwak bezogen. Sie wußten nicht, wie nahe sie dem Lager waren.

Alfred wußte es auch nicht. Er sorgte sich um den Verbleib der Paddler und streifte mit einigen Spähern am Ufer entlang. Plötzlich

sahen sie das aufflammende Lagerfeuer.

»Wir überfallen sie«, flüsterten die Jungen aus der 8b Alfred zu.

Sie pirschten näher.

Die Kanufahrer merkten nicht, daß sie beschlichen und beobachtet wurden. Plaudernd saßen sie am Feuer. Purzel legte Holz nach, Wanze versuchte, seine Späße anzubringen, und dann sprachen sie vom Kanubau.

Alfred war beruhigt und ergrimmt zugleich. Wartet, Freunde, dachte er. Ihr habt mich sitzenlassen, seid abgefahren, ohne nach mir zu fragen. Morgen früh werde ich euch mal ein wenig Unruhe verschaffen.

Leise schlichen die Späher zurück. Ihr Plan stand fest.

Langsam erwachte der neue Tag. Dichter Morgennebel stand über der Aue. Der Fluß dampfte wie ein Waschkessel. Man konnte kaum zwanzig Schritt weit sehen.

Vier Gestalten näherten sich dem Zelt der Kanufahrer. Sie spähten und lauschten. Keine Wache! Im Zelt regte sich nichts. Nur die Atemzüge der Schläfer waren zu hören. Das Kanu lag kieloben am Ufer. Daneben fanden sie die Paddel. Vorsichtig schoben sie das Boot in den Fluß, stiegen ein und paddelten stromauf bis hinter die nächste Biegung. Hier, im dichten Gestrüpp, zogen sie den Bug weit aufs Land.

Alfred bedeutete seinen Gefährten, sich mit großen Weidenzweigen zu bewaffnen. »Wir spielen Teppichklopfen mit ihnen«, flüsterte er.

Sie schlichen zum Zelt und horchten. Drinnen schliefen alle. Frank, der in der gefährlichen Zeit der Morgendämmerung hatte wachen wollen, schnarchte mit Kahlkopf um die Wette.

Behutsam schnürte Alfred ein Stück des Einganges auf und schob sich hinein. Mit einem Ruck riß er die Zeltstange aus dem Boden, zog sie an sich und schlüpfte zurück. Wie ein Ballon, dem die Luft entweicht, sank das Zelt in sich zusammen. Und hurtig machten sich die Teppichklopfer ans Werk. Ihre Weidenzweige klatschten auf die nebelfeuchte Zeltbahn, die plötzlich lebendig wurde. Hilflos wuselten die Überraschten unter ihrer Hülle durcheinander. Sie stöhnten, schimpften, bäumten sich auf und konnten doch nicht entrinnen. Schweigend arbeiteten die vier Klopfer. Ihre Zweige schwangen im Vierviertеltakt. Sie hieben wacker drein und sorgten dafür, daß die krabbelnden Bündel unter dem Zelt schön in der Mitte zusammenblieben. Keiner kam zu kurz, jeder erhielt sein Teil. Zuletzt wurde das dumpfe Klatschen von dem Gebrüll der Eingeschlossenen übertönt.

»Ich glaube, sie sind munter«, flüsterte Alfred und gab das Zeichen zum Rückzug. Die Zeltstange nahmen sie als Beute mit.

Sie waren sehr munter, die ausgeklopften Helden. Aber der unbekannte Feind war weg, vom Nebel verschluckt. Und das Allerschlimmste: Ihr Kanu fehlte. Frank und Roller tobten. Was Wanze zu hören bekam, hätte jedem anderen die Sommerferien auf Wochen hinaus vergällt.

Aber Wanze sagte nur: »Ich werde inzwischen Tee kochen, Leute, bis ihr euch abgekühlt habt. Purzel, ist noch ein gutes Frühstück in deinem Rucksack?«

Purzel nickte. Sie gehörte jetzt ganz und gar mit dazu; denn Geprügelte fühlen sich immer verbunden. Selbst Wanze, der alles verschuldet hatte, nahm sich von dieser Verbundenheit nicht aus. Seine Selbstsicherheit war wieder einmal bewundernswert.

Die Überfallenen suchten das Kanu. Nur Wanze und Purzel frühstückten mit Seelenruhe, die anderen hatten keine Minute Zeit.

»Packt das Zelt zusammen, ihr Penner«, schrie Frank und lief stromab den anderen nach.

Über eine Stunde blieben sie weg. Sie kamen ohne Kanu wieder. Nichts als Hunger brachten sie mit, unheimlichen Hunger und eine müde Verzweiflung. Purzel war glücklich, daß ihr Rucksack noch etwas hergab. Das Frühstück dämpfte den Zorn der Ratlosen. Stumm kauten sie, Begräbnisstimmung in den Gesichtern.

»Geklaut?« sagte Wanze. »Wenn es geklaut ist, sind die Diebe nicht stromab gefahren.«

»Wieso denn nicht, du Pinsel?«

»Danke schön, aber bitte, Herr Pinsel, ja! Weil die Diebe nämlich nicht übers Wehr rutschen können. Sie müssen umtragen, und das fällt auf. Unser Unterseeboot kennt jeder. Außerdem hättet ihr sie kriegen müssen, wenn sie das Kanu nicht vor dem Überfall beiseite gebracht haben. Mir scheint, Leute, hier ist was anderes im Spiele.«

Das war gar nicht dumm gedacht von Wanze, und alle horchten auf, obwohl sie ihn heute für den größten Trottel hielten. Er allein hatte die ganze Senge verdient, die sie unter dem Zelt bezogen hatten. Immerhin, seine Worte hinterließen einen Hoffnungsschimmer.

»Ich halte mal Umschau von oben«, sagte Frank und erklomm eine Erle. Er stieg weit hinauf. Die letzten dünnen Äste bogen sich, die Spitze des Baumes schwankte.

Das Kanu entdeckte er nicht, obwohl er viele Bogen der Mulde überblicken konnte. Wie eine unregelmäßige Wellenlinie schlängelte sie sich durch die Aue. Der Nebel war gesunken. Die Sonne lag auf den Wiesen, und der Fluß glänzte wie ein metallenes Band.

Frank sah den blauen Fleck weit drüben zwischen Ufer und Wald. Das war die große Lagerfahne, die Alfred an dem soeben aufgerichteten Mast hißte. Frank sah auch die grauen Zelte und die winzigen Gestalten im Lager. Er ahnte etwas. Alle Jungen kletterten nacheinander hinauf. Auch Wanze, obwohl er mit Purzel reichlich gefrühstückt hatte und sein voller Bauch ihm zu schaffen machte.

Sie glaubten Bescheid zu wissen. Rache! war ihr einziger Gedanke. Das würde Alfred büßen müssen.

Sie nahmen ihr Gepäck und zogen los. Wanze mußte das Zelt schleppen, das hatten sie beschlossen. Auch Purzel hatte zugestimmt. Sie wagte nicht, sich gegen die Mehrheit zu stellen.

Zwei Mann waren schon an dem Ufergebüsch, in dem das Kanu lag, vorbeigetrottet.

Plötzlich sah Irene den blauen Bootsrumpf mit dem weißen Streifen. Sie jubelten, liefen hin, fanden ihren »Ob« wohlbehalten. Die Paddel lagen im Grase. Jetzt waren sie keine Landratten mehr. Sie waren wieder Bootsfahrer, Entdecker des Flusses.

Alle stiegen ein, auch Purzel. Keiner äußerte Bedenken. Ein paar lumpige hundert Meter noch lagen vor ihnen. Fünf, sechs Strombiegungen nur trennten sie vom Zeltlager.

Karl der Kahle hatte wiederum alles Gepäck festgerödelt. Mochte Wanze dazu auch mitleidig lächeln. Kahlkopf war Bootsmann, der mußte es wissen.

Es gab drei Dienstränge im Entdeckerkanu »Ob«. Der Steuermann war zugleich Kapitän und Oberster Befehlshaber. Nächst ihm war der Schlagmann im Bug die wichtigste Person. Er sorgte für das gleichmäßige Paddeltempo und hatte freie Sicht nach vorn. Deshalb war er Stellvertreter des Oberkommandierenden und wurde Zweiter Steuermann genannt. Der Bootsmann, die dritte anerkannte Autorität, hatte die Fahrtüchtigkeit des Bootes zu überwachen. Dazu war niemand so geeignet wie Kahlkopf.

Ein vierter Dienstrang wurde dem neuen Fahrgast verliehen. Purzel war »Kielschwein«. Sie bildete den Ballast und sollte für eine gute Gleichgewichtslage sorgen. Das tat sie auch, entsprechend ihrem Gewicht. Sonst hatte sie nichts zu tun. Sie saß unten auf dem Rost und fand das Bootsfahren unvergleichlich schön, während die anderen sich plagten. Sie wußten alle, daß es heute eine kurze Plage sein würde.

Schlagmann Roller hieb sein Paddel kräftig in die Fluten. Und

Steuermann Frank ließ nicht zu, daß einer faulenzte.

»Guten Morgen, du glücklicher junger Kapitän«, sangen sie. Purzel begleitete das Lied auf ihrer Mundharmonika.

Den gestürzten Baumstamm im Fluß, der dicht unter der Wasseroberfläche lag, übersah Frank. Er sang gerade kräftig mit und träumte ein wenig in den blauen Himmel hinauf.

Schlagmann Roller erkannte die Gefahr zu spät. Das Kanu erzitterte.

Jäh verstummte das Lied vom jungen Kapitän. Die gerundete Bugspitze schob sich auf den querliegenden Stamm und stieg schräg aus dem Wasser. Das Heck senkte sich. Blitzartig erfaßte Frank die Lage, doch auch der geschickteste Steuermann konnte hier nicht mehr helfen. Wie von einer unsichtbaren Hand gezogen, neigte sich das Boot nach Backbord und schlug um. Frank kam wirbelnd hoch, und einem Stromschlag gleich durchfuhr ihn der Gedanke: Purzel! Sie kann nicht schwimmen!

Da hörte er auch schon ihr Schreien. Es war ein gurgelndes Röhren, ein entsetzliches, lähmendes Brüllen. Das war keiner menschlichen Stimme mehr ähnlich; ein Tier mochte in Todesnot so erschütternd klagen.

Purzel war wie von Sinnen. Sie wühlte das Wasser auf. Sie schlug um sich und schrie. Frank sah das verzerrte Gesicht, den aufgerissenen Mund, die Augen, die wie irre blickten vor Angst. Mit ein paar Schwimmstößen war er bei ihr, packte zu. Purzel wußte nicht, was sie tat. Ihre Hände krallten sich wie Schraubzwingen um seine Arme, und ihre stampfenden Beine traten gegen seinen Leib. Frank schnappte nach Luft, schluckte Wasser, wand sich. Purzel drückte ihn nieder. Die Not verlieh ihr Riesenkräfte.

»Tauchen, Frank, tauchen!« rief Wanze.

Sie kamen geschwommen, Roller, Wanze und Pepo.

»Vorsicht, erst ... erst muß sie ... müde werden«, keuchte Roller. Und dann schrie er, so laut er konnte, um Purzels gräßliches Gebrüll zu übertönen: »Das Kanu her! Irene! Kahlkopf! Schiebt das Kanu ran!«

Frank, zu Tode erschrocken und erschöpft, ließ sich absinken. Die Angst, der gefährliche Feind des Ertrinkenden, lähmte ihn. Purzel bäumte sich auf, stieß und trampelte gegen den Körper unter ihr.

Frank kam frei. Mit letzter Kraft strebte er von Purzel weg, trieb nach oben. Er röchelte, hustete, erbrach sich. Da waren Irene und Kahlkopf mit dem gekenterten Kanu zur Stelle. Er klammerte sich fest.

Purzel sank. Sie sahen nur noch ihr Haar auf dem Wasser. Da griffen Roller und Wanze zu. Der versinkende Körper zuckte noch einmal auf. Die Schwimmer wichen zurück. Ehe sie erneut nach ihr greifen konnten, war Purzel weg.

Frank, der sich am Bootsrand hielt, bekam wieder Luft in die Lunge. Der Sauerstoff belebte sein Blut. Die Gedanken jagten durch seinen Kopf. Alles hin – der Kanubau – glücklicher Kapitän – das Zeltlager – die Gruppe – alles hin, wenn – nein! Sie darf nicht – Purzel darf nicht ertrinken!

Frank stieß sich vom Boot ab, schwamm. Er tauchte, kam hoch, spuckend, keuchend, und wieder ging er unter Wasser.

Sie sahen einen Arm. Purzels Arm! Ihr Kopf tauchte auf. Frank hatte sie. Die anderen schwammen herbei, stützten Purzel und Frank, schoben sie an das Kanu. Purzel war zu keiner Bewegung mehr fähig.

Franks Hände griffen nach dem Boot. Wieder schluckte er Wasser. Es drang ihm in den Kehlkopf, versperrte den Luftweg. Er krümmte sich. Seine Arme glitten schlaff wie aufgeweichte Taue von der Bordwand. Sein Körper hing wie ein Schlauch im Wasser. Er hatte keine Gewalt mehr über seine Glieder.

Purzel ist da – durchhalten! Wie ein Funkspruch zuckte diese Erkenntnis immerfort durch seinen Kopf. Purzel ist da! Purzel ist da! Berti kann nichts sagen, auch Fräulein Trapp nicht. Sie ist da – durchhalten.

Seine Gedanken und Gefühle wirbelten durcheinander. Die Willensanstrengung ließ ihn erstarren.

Da kam ein Schluchzen aus seiner Kehle. Der Krampf löste sich. Er konnte atmen, er spürte Arme und Beine wieder; sie gehorchten seinem Willen. Fest hielt er die Bordleiste umklammert. Neben sich sah er Purzel, die von Roller und Wanze gehalten wurde.

Wie eine Traube hingen sie an dem kieloben schwimmenden Boot. Kahlkopf und Pepo strampelten und drückten. Ihre Füße wirbelten wie Schiffsschrauben im Wasser. Irene lenkte den Bug zum Ufer hin. Zwanzig Meter trieben sie ab, ehe das Kanu an Land stieß.

Als Purzel endlich die Augen aufschlug, war die Welt wieder hell. Sie sah den Himmel über sich. Die verworrene Erinnerung an das Entsetzen erschien ihr wie ein weit zurückliegender Traum.

Die sechs Gefährten im Grase neben ihr hielten den Atem an.

»Sie lebt!« flüsterte Frank.

Purzel hörte es. Tief holte sie Luft. Dann wendete sie den Kopf zu Frank, lächelte ihn an und sagte mit heiserer Stimme: »Ich will nun ganz, ganz bestimmt schwimmen lernen. Ich schwöre es, Frank.«

»Purzel, Purzel«, rief Wanze; denn er mußte unbedingt das letzte Wort haben. »Der wievielte Meineid ist das nun schon?«

*Inhalt*

Das Floß 6
Irene hilft 16
Die 8a ist keine Musterklasse 20
Hanne sucht einen Weg 26
Franks Rekordlauf 32
Das Kanu am Mühlenwehr 39
Spuk und Träume 48
Ein Plan wird geschmiedet 55
Fräulein Trapp und Direktor Berti wundern sich 60
Ein Kranker rappelt sich auf 68
Wanze meckert, aber die anderen sind begeistert 74
Der Anfang ist nicht leicht 78
Erste Erfolge 86
Frank hat eine Idee 93
Ein Geschäft geht in die Binsen 99
Zweifel 105
Der Krebskäufer 115
Eine krumme Sache macht alles schwierig 121
Frank und Pepo reißen aus 129
Bei dem Polier Brinkmann auf der Großbaustelle 138
Die Gruppe braucht Hilfe 145
Rückschläge 152
Die Ausreißer kehren heim 159
Auf der neuen Bootswerft 168
Krambusch wird Brigadier der Kanubauer 175
Es ist soweit, und Frank fährt unter Wasser 183
Ins Land der Träume 192
Die Bewährung 201

ZWEITES BUCH

# Frank und Irene

*Auf großer Fahrt*

Als Purzel die Augen öffnete, hielten Frank und seine Gefährten den Atem an. Sie lebt!

Jählings, wie ein furchtbarer Schlag, war das Unglück über die Kanufahrer gekommen. Noch hallte ihnen Purzels Gebrüll in den Ohren. Diese Schreie eines ertrinkenden Menschen konnte keiner so bald vergessen. Erst allmählich begriffen sie, daß nun alles gut war.

Purzel blinzelte in den hellen Tag. Wo bin ich denn? Es kam ihr so merkwürdig still vor. Langsam richtete sie sich auf, holte tief Luft.

Habe ich geträumt? Am Himmel segelten ein paar Wolkenschiffe. Über den Wiesen flimmerte die Sonnenwärme. Der Fluß glänzte spiegelblau. Ringsum hockten die Freunde. Ein Lächeln zog über Purzels Gesicht. Sie hustete, strich das nasse Haar aus der Stirn und fragte mit heiserer Stimme: »Sind denn alle da?«

Die sechs Gefährten schwiegen. Ihre Herzen standen noch unter dem Druck der Angst. Wenn Frank nicht mit dem Mut der Verzweiflung zugepackt hätte, dann wäre Purzel nicht hier. Das wurde ihnen richtig bewußt, als die fröhliche Schwatztante sich reckte und aufstand und wieder drauflosplapperte.

»Was guckt ihr denn so komisch? Es ist doch überstanden. Ich fahre erst wieder mit, wenn ich richtig schwimmen kann. Frank, gibst du mir im Lager Schwimmunterricht?«

Frank hockte auf den Knien im Gras, matt und bleich. Er ächzte, mußte schlucken, wandte sich ab und spie eine Portion Muldenwasser heraus. Dann ging sein Blick zu Purzel, als könne er noch immer nicht glauben, daß sie quicklebendig vor ihm stand.

Nur langsam wich die Last von den Kanufahrern. Erst als das Zelt zum Trocknen aufgerichtet war, überwanden sie den Schreck der letzten Stunde. Sie waren unsagbar froh. Aber sie sprachen nur flüsternd miteinander; denn hinter dem Zelt lagen Frank und Purzel, die es am schlimmsten mitgenommen hatte.

Irene lief hinüber und lauschte den Atemzügen der beiden. »Frank lächelt im Schlaf«, sagte sie, »und Purzel hat rote Backen.«

»Schnarcht sie etwa?« fragte Wanze. »In der letzten Nacht hat jemand greulich gesägt. Ich glaube, das war Purzel.«

Irene legte den Finger auf die Lippen. »Psst! Schrei nicht so. Wenn sie schnarcht, dann ist sie gesund. Und das ist die Hauptsache.«

Roller und Pepo waren flußabwärts gelaufen. Sie wollten die davongeschwommenen Paddel suchen. Wanze und Karl der Kahle hatten das Kanu an Land gezerrt. Nun sortierten sie die Ausrüstung. Alles war naß. Irene spannte die Bootsleine zwischen vier Uferbäume. Die Muldenwiese wurde zum Trockenplatz.

Plötzlich rief Wanze: »Meine Turnschuhe sind weg! Da haben wir den Salat.«

»Guck erst mal gründlich nach«, riet ihm Kahlkopf, der als Bootsmann für Gepäck und Ausrüstung verantwortlich war.

»Ist zwecklos. Sie standen unter meiner Sitzbank. Sind bestimmt abgeblubbert. Und alles wegen dieser Dickmadam. Weil sie unbedingt im Kanu fahren mußte.«

Irene wies ihn zurecht. »Wanze! Du weckst die beiden noch auf mit deinem Gebrüll. Purzel hat keine Schuld.«

»Es waren aber nagelneue Laufschuhe. Prima Rindsleder. Erst vorgestern gekauft.«

»Ich weiß, was da hilft«, sagte Bootsmann Kahlkopf.

»Was denn?«

»Anknüppern. Das war ausgemacht. Ich habe es heute früh noch mal gesagt.«

»Hä, wo sie weg sind!« Wanze blickte auf den Fluß. Er überlegte. »Du, Kahlkopf, ob es Zweck hat zu tauchen?«

Mit geheimnisvoller Miene entgegnete der Bootsmann: »Da kann ich dir einen Tip geben.«

»Naa?«

»Die Schuhe wandern nämlich mit dem Fluß. Das geht immer schön stromab. Bis in die Elbe. Und dann kommt die Nordsee. Dort werden sie eines Tages landen.«

»Ist ja Blödsinn. Ganz unwissenschaftlich.«

»Ach! Von der Wissenschaft willst du was verstehen? Weißt wohl nicht, daß sogar die Kieselsteine mit der Strömung wandern? Und Steine sind schwerer als deine Botten.«

Wanze blickte zweifelnd. »Du meinst, da kann man nichts mehr machen?«

»Doch. Du mußt sofort nach Hamburg fahren. Und an der Elbemündung wartest du mit einem Taucherschnorchel, bis deine Latschen angetrudelt kommen.«

Wanze sprach nicht mehr von seinen Turnschuhen. Aber verschmerzen konnte er ihren Verlust nicht so bald. Sie waren wirklich funkelnagelneu gewesen. Nun kam noch der Ärger hinzu, daß ihn Kahlkopf zum besten hielt. Wanze wäre nämlich gern Bootsmann geworden. Doch die Mannschaft und Kapitän Frank hatten den Bastler Kahlkopf gewählt, weil der alles sehr genau nahm. Das wurmte Wanze heute noch. Ihn hatten sie zum zweiten Steuermann gemacht. Schlimmer als Ersatz beim Fußballspiel.

Er grübelte, wie er diesen Bootsmann reinlegen könnte. Den blöden Witz mit Hamburg wollte er nicht auf sich sitzenlassen.

Irene brachte Holz für das Kochfeuer. Sie packte ihre Töpfe aus und kramte nach Streichhölzern.

»Was gibt es denn zu Mittag?« fragte Wanze.

»Grießbrei und Pfefferminztee. Mehr haben wir nicht. Der letzte Proviant ist heute morgen alle geworden. Wir wollten doch längst im Lager sein.«

Der Grieß war schon im Beutel vorgequollen. Aber die Streichhölzer gaben keinen Funken her. Alle Zündköpfchen waren aufgeweicht. »Abwarten, ich kriege Feuer«, sagte Karl der Kahle. »Was die Jäger und Sammler vor ein paar tausend Jahren geschafft haben, das kann ich auch.« Er puhlte zundriges Holz aus einem verrotteten Wurzelstock. Dann schnitzte er ein Stäbchen zurecht, legte dürres Gras auf das Zunderholz und fing an zu quirlen.

Wanze kicherte. Irene wartete auf Feuer. Sie richtete die Kochstelle her, breitete Zucker und Zimt zum Trocknen auf ihrem Handtuch aus und knackte Reisig. Zwischendurch lief sie geschwind mal hinter das Zelt, um nach den Schläfern zu sehen. Als alles vorbereitet war, guckte sie beim Feuerquirlen zu. Kahlkopf tat ihr leid. Seine Handflächen wurden heiß. Er pustete unablässig, und mitunter spuckte er zur Kühlung. Doch Zunder und Gras wollten nicht glimmen. Mit verbissenem Eifer quälte er sich.

»Soll ich mal quirlen?« fragte Irene.

Karl schüttelte den kahlen Kopf. Er hielt das Zunderstück mit den Zehen wie ein Urmensch. Keuchend quirlte er.

»Mann«, sagte Wanze. »Ich kriege schon vom Zusehn den Drehwurm. Wir leben doch nicht in der Steinzeit. Mit dem Kopf mußt du arbeiten.«

Kahlkopf wischte sich den Schweiß von der Stirn. »Kannst du es vielleicht besser?«

»Kleine Fische. Hier ...« Wanze hielt ihm ein linsenförmiges Glas unter die Nase. »Kennst du das? Wir wollten mal ein Teleskop bauen. Davon stammt die Linse. Mach Platz, du Feuerbohrer.« Er hielt das Glas über den Zunder. Die Strahlen sammelten sich darin, bildeten einen hellen Kreis. Der Kreis wurde enger. Ein feiner Brennpunkt blieb. Nach einer Weile stieg fadendünner Rauch auf. »Anblasen«, sagte Wanze. »Aber ganz sachte.«

Kahlkopf lag auf dem Bauch und blies. Der Zunder begann zu glimmen. Wanze schob dürres Gras an die Glimmstelle. Ein Flämmchen züngelte. Es wurde größer. Irene legte Reisig auf. Prasselnd wuchs die Flamme. Die Köchin hatte jetzt zu tun. »Kahlkopf, hol Wasser. Und du, Wanze, suchst dickes Holz.«

Keiner bemerkte Frank, der soeben aufgestanden war. Er rieb sich die Augen, vom Sonnenlicht geblendet. Hinter ihm schniefte Purzel noch in tiefem Schlaf.

Frank hatte beim Erwachen alles wieder vor sich gesehen: das Kanu, dessen Bug sich auf den querliegenden Baumstamm schob, die im Wasser um sich schlagende Purzel, die entsetzten Gesichter der anderen. Jetzt, in der Sonne, verblaßten die schlimmen Bilder. Er blickte um sich. Wir haben es geschafft! Purzel ist gerettet. Aber sogleich wurde die Erleichterung überschattet von dem Gedanken an seinen Vater.

Frank hatte die beiden Geschwister in dem kleinen Haus am Heckenrosenweg versorgt. Ihr Vater arbeitete seit dem Tode der Mutter auf einer Baustelle in Woltershagen, dreihundert Kilometer von Eulenberg entfernt. Er hatte versprochen, bald heimzukommen. Sie warteten auf ihn. Morgens, vor Schulbeginn, trabte Frank mit Klaus und Katrinchen zum Kindergarten. Und abends holte er sie wieder. Tag für Tag. Wer keine Mutter mehr hat, muß vieles selbst tun, auch wenn ihm Freunde zur Seite stehen. Die besten Freunde können eine Mutter nicht ersetzen.

Frank mühte sich, die Kleinen nicht merken zu lassen, was ihnen fehlte. Irene Sander half ihm dabei. Er verzichtete auf die abendlichen Angelfahrten im Kanu. Und manches Fußballspiel seiner Mannschaft versäumte er. Abend für Abend blieb er zu Hause bei den Geschwistern. Zuweilen glich die Stube einer Räuberhöhle, und Irene war entsetzt, wenn sie kam. Aber gleich mußte sie mitspielen. Frank kannte viele schöne Spiele. Hatten sich die Kleinen müde getobt, saß er zwischen ihren Betten und erzählte. Klaus und Katrinchen konnten nicht genug bekommen von seinen Geschichten, darin sich Erlebtes mit Gelesenem und Erträumten wundersam vermischten. Der beliebteste Held in Franks Phantasieerzählungen war ihr Vater, der starke Maurerpolier Simon Brinkmann. Gebannt hörten die Geschwister zu, oft bis in die Nacht.

Es war nicht die rechte Ordnung in dem Häuschen am Heckenrosenweg, wo der Fünfzehnjährige die Zügel führte. Wohl kam hin und wieder Frau Sander, um nach den Kleinen zu sehen. Sie war Elternbeiratsvorsitzende und hatte die Patenschaft für Brinkmanns Kinder übernommen. Aber Frank ließ sich nicht viel sagen. Irene mußte immer wieder zwischen der Mutter und ihm vermitteln. Sie war der gute Geist im Hause, hielt die Stuben in Ordnung, kaufte ein und kümmerte sich um die Wäsche. Keiner konnte Katrinchens Tränen so gut trocknen wie Irene.

Vater Brinkmann hatte lange nichts von sich hören lassen. Trotzdem hofften die Kinder auf sein baldiges Kommen. Eines Tages wird er vor der Tür stehen, malten sie sich aus. Mit einem großen Koffer. Und dann bleibt er immer bei uns. Sie hofften vergebens.

Vorgestern, als es Schulferien gab, lag eine Ansichtskarte im Briefkasten. Sie zeigte den Hafen von Rostock. Frank sah die Schrift des Vaters. Freude überflutete ihn, und dann ließ er enttäuscht die Karte sinken. Der Polier hatte eine neue Arbeit in Rostock angenommen. Er kam noch lange nicht heim.

Die Karte verbarg Frank. Lange grübelte er an diesem Abend. Was er schon mehrfach erwogen hatte, wurde zum Entschluß: Ich suche mir eine Lehrstelle. Soll der Polier bleiben. Ich werde selbst verdienen. Wir kommen auch ohne ihn durch.

Am anderen Morgen gab Frank sein Bewerbungsschreiben beim Pförtner der RTS ab. Leichter war ihm danach nicht. Mit Bitternis im Herzen ging er auf große Fahrt. Er trug die Verantwortung für seine Bootsmannschaft. Da zählte sein privater Kummer nicht. Frau Sander hatte Klaus und Katrinchen für die Ferienzeit zu sich genommen. Sie und Irene wußten nichts von der Nachricht aus Rostock. Frank hatte allein damit fertig werden wollen.

Nun stand er am Zelt und sah zu Irene hinüber. Ich zeige ihr Vaters Karte. Aber von der Lehrstelle braucht sie nichts zu wissen. Noch nicht. Erst wenn ich angenommen bin.

Sie hörte seine Schritte.

»Frank! Ist dir jetzt besser?«

Er stapfte durch das Chaos der Ausrüstung. »Habt ihr die Paddel gefunden?«

»Noch nicht. Roller und Pepo sind flußabwärts gelaufen.«

»Wann?«

»Etwa vor zwei Stunden.«

»So lange habe ich geschlafen? Wenn da bloß nichts schiefgegangen ist.« Frank wühlte in seinem Brotbeutel. Er suchte die Signalpfeife. Alles war drin: Bindfaden, Kerzen, die Kombizange, Schreibzeug, Nägel. Nur die Pfeife fand er nicht. Er stülpte den Beutel um. In der Eckfalte klebte die Ansichtskarte. Sie war aufgeweicht, aber das Hafenbild von Rostock konnte man noch erkennen. Frank strich die Karte glatt. Die Schriftzüge auf der Rückseite waren nicht verlaufen. Der Vater hatte mit Bleistift geschrieben. »Post gekriegt?« fragte Irene.

Er zeigte ihr die Karte. »Vorgestern. Vom Polier. Aus Rostock. Dort arbeitet er jetzt.«

»Wann kommt er denn?«

»Lies doch«, sagte Frank.

Sie las. *Liebe Kinder! Viele Grüße aus Rostock. Bin jetzt mit meiner Brigade beim Hafenbau eingesetzt. Große Sache. Müßt Ihr verstehen. Der Hafenbau ist wichtig. Im Winter bin ich vielleicht zu Hause. Bleibt alle gesund. Geld ist abgeschickt. Grüßt Frau Sander und Fräulein Trapp. Euer Vater.*

Irene blickte in sein finsteres Gesicht. »Die Grüße müßtest du aber bestellen, Frank.«

»Ach, alles Käse.« Er stopfte seinen Kram wieder in den Brotbeutel. Die Ansichtskarte von Rostock legte er obenauf, warf den Beutel ins Gras. »Die Erwachsenen denken manchmal, wir sind dumm. Aber daß der Polier auch so ist. Wo er es uns versprochen hat.«

»Vielleicht geht es jetzt nicht, Frank. Mutsch kümmert sich doch um Klaus und Katrinchen. So ein Hafenbau ist eine wichtige Sache. Sicher wird dein Vater dort gebraucht.«

»Jaja, so ein Hafen! So ein Polier! So ein Aktivist!«

»Aber Frank! Du hast uns doch immer von ihm erzählt. Du bist stolz auf ihn gewesen.«

»Gewesen. Das ist vorbei. Soll es denn ewig so weitergehen? Mal eine Karte und immer bloß Versprechungen? Da pfeife ich drauf. Vielleicht verstehst du das?«

Irene verstand ihn. Sie hatte ihren Vater nie kennengelernt. Aber eine Mutter hatte sie.

Er starrte zu Boden, stieß seinen Fuß gegen den Beutel. Immer wieder trapste er mit der nackten Sohle dagegen, als wäre der Brotbeutel schuld oder die Ansichtskarte darin. Vielleicht im Winter, schreibt er. Vielleicht, vielleicht. Da warte ich gar nicht mehr. Er bückte sich. Irene sollte sein Gesicht nicht sehen. Er brüllte sich an, unhörbar, aber innerlich brüllte er schrecklich. Schlappschwanz! Nimm dich zusammen. Was soll Irene von dir denken? Du hast Purzel aus der Mulde geholt. Du bist Kapitän.

Er richtete sich auf, straff wie ein Kapitän in Uniform. Zwei Finger schob er in den Mund. Sein Pfiff gellte. Dreimal kurz, dreimal lang. Das Signal der Kanumannschaft.

Kahlkopf und Wanze kamen gerannt. »Alter Bursche«, lärmte Wanze, »wieder an Deck?«

Und Bootsmann Kahlkopf meldete: »Käptn, alles klar bei uns. Die Paddel werden gesucht. Sonst fehlt nichts. Bloß ein Paar Turnschuhe sind bei den Fischen. Aber da ist Wanze selber schuld.«

»Ich muß wissen, wo die Paddelsucher bleiben«, sagte Frank. »Ohne Paddel sitzen wir fest. Ich laufe stromab. Jede Flußwindung kann ich nicht absuchen. Wenn Roller und Pepo inzwischen auftauchen, müßt ihr Rauchsignale geben. Kahlkopf, du weißt Bescheid? Nasses Holz aufs Feuer legen. Dann eine Decke drüber. Schnell wegziehen und wieder abdecken. Immer wieder.«

»Frank, nimm mich mit«, bat Irene. »Vier Augen sehen mehr als zwei.«

»Gut. Aber wer kocht? Wir müssen etwas in den Magen kriegen, ehe es weitergeht. Sonst macht die Mannschaft schlapp. Wanze, traust du dich an den Grießpott?«

»Was ist denn schon dabei«, brummte Wanze. »Kein Kunststück, so ein bißchen Grießpampc.«

Irene gab ihm Kochanweisungen. »Den Brei vorher einquirlen, damit es keine Klumpen gibt. Und ständig rühren, hörst du, sonst brennt er an. Es ist unser letzter Vorrat.«

Frank und Irene gingen über die Uferwiesen. Sie kürzten viele Strombogen ab. Von den Paddelsuchern fanden sie keine Spur. Eine Fichtenschonung versperrte ihren Weg. Das dichte Gehölz zog sich bis zum Fluß. Sie riefen. Nur ein schwaches Echo war zu hören. Auf den Knien drangen sie in die Schonung. Sie trugen Badezeug. Die tiefhängenden Zweige zerkratzten ihnen Arme und Schultern. Frank war vorn. Er kam nicht weiter. Sie krochen zurück und liefen zum Ufer.

Der Fluß raunte. Irene warf einen Zweig ins Wasser. Sie beobachtete die Stromgeschwindigkeit. »Ganz schönes Tempo. Wer weiß, wo unsere Paddel schon treiben.«

»Wir schwimmen an der Schonung vorbei«, schlug Frank vor. »Oder hast du Angst?«

Sie sahen sich an und konnten ihre Unsicherheit nicht voreinander verbergen. Sinnend blickten sie hinunter, wo die Wirbel tanzten. Wenn nun Roller und Pepo etwas zugestoßen war an diesem Unglückstag?

»Angst kriegt jeder mal«, sagte Frank. »Die muß man abschütteln.«

Er glitt ins Wasser. Die Strömung trug ihn davon. Irene folgte. Rasch trieb sie vorwärts. Das dumme Angstgefühl wich. Frank tauchte. Prustend kam er hoch. »Mindestens zwei Meter tief. Hältst du durch?«

Sie schwamm an seiner Seite, lachte ihn an. Hinter der Schonung stiegen sie aus dem Fluß. Das Wasser perlte von Irenes Haut. Ihr langes Haar hatte sich gelöst. Wie eine Nixe sieht sie aus, dachte Frank.

Drückende Stille lag über der Aue.

Irene setzte sich. Sie war erschöpft, Frank sah es. »Bleib hier«, sagte er. »Ich bin ausgeruht. Warte auf mich.«

Als sein brauner Rücken zwischen den Büschen verschwand, ärgerte sie sich über ihre Schwäche. Ich hätte mit ihm gehen sollen. Er gibt nie auf. Immer fühlt er sich für alle verantwortlich.

Irenes Gedanken wanderten zurück zu der Zeit, da Frank in die achte Klasse gekommen war. Sie sah ihn noch immer vor sich in der alten speckigen Jacke. Fräulein Trapp mochte ihn nicht, und er begegnete der jungen Lehrerin mit abweisendem Trotz. Irene hatte zuerst Mitleid empfunden. Doch Frank brauchte kein Mitleid. Er war viel stärker, als alle glaubten. Sie spürte bald, daß er echte Kameradschaft suchte. Von den anderen wurde er gemieden. Nur sie und Pepo hielten zu ihm. Dann wollte die Gruppe das Boot bauen. Es gab Schwierigkeiten, Streit, Verdächtigungen, bis sich alles klärte. Die Gruppe wuchs zusammen. In mühevoller Arbeit entstand das Kanu. Frank zeigte dabei, was in ihm steckte. Nicht nur Fräulein Trapp erkannte es, auch Wanze und alle, die anfangs gegen ihn standen. Er wurde Kapitän der Kanumannschaft. Ein Kapitän, der keinen Augenblick zögerte, das Letzte für einen in Not befindlichen Gefährten zu wagen.

Es gab wohl keinen in der Gruppe, der innerlich so mit ihm verbunden war wie Irene.

Sie flocht ihr langes Haar und dachte an seinen Vater. Ich werde mit Mutsch sprechen und mit Fräulein Trapp. Wir müssen etwas tun. Frank ist bitter enttäuscht. Er will es nicht merken lassen, aber mir macht er nichts vor.

Da hörte sie den seltsamen Ton. Ein dünnes Fiepen kam aus der Schonung. Es brach ab. Sie horchte angespannt. Was kann das sein? Der langgezogene Ton kam wieder, erstarb in einem Röcheln. Ist das eine menschliche Stimme? Wenn Frank nur hier wäre. Ob ich rufe? »Fraank! Fraaank!«

Nur das rästelhafte Fiepen kam als Antwort. Es verebbte, wie mit letzter Anstrengung hervorgestoßen. Vielleicht ist es ein Rehbock? Die krächzen manchmal so seltsam. Nein, das klingt anders. Oder ein Fuchs, der Tollwut hat? Tollwütige Tiere sind gefährlich. Wenn aber nun jemand verunglückt ist?

Zögernd ging sie am Rand der Fichten entlang, immer weiter vom Ufer weg. Hier! Sie blieb stehen. Hier drin! Sie blickte um sich. Nur Wiesen sah sie und Wolkenberge am Himmel und die dunkle Schonung. Schritt für Schritt schob sie sich hinein. Sie mußte sich bücken. Auf allen vieren kroch sie weiter, horchend und spähend. Wie angenagelt blieb sie plötzlich hocken. Dort, auf der Lichtung, lag ein dürres braunes Fell. Ein Hund! Er hatte keine Kraft mehr, den Kopf zu heben. Nur an seinen Augen sah Irene, daß noch Leben in ihm wohnte. Es waren bernsteingelbe Augen, ungewöhnlich groß.

Sie beugte sich zu ihm nieder. Nicht anfassen, dachte sie. Er kann Tollwut haben.

Der Hund rührte sich nicht. Er wimmerte nur leise, kaum vernehmbar. Und die hellen Augen folgten jeder ihrer Bewegungen. Da vergaß sie alle Bedenken. Sie sah, daß seine linke Vorderpfote in einem Tellereisen hing. Die Falle war angekettet.

Vorsichtig untersuchte sie den Mechanismus. Der gezackte Federbügel glich einem Raubtiermaul, das sich nicht öffnen wollte. Mit einem Knüppel gelang es ihr, den Eisenbügel aufzuzwingen. Die verkrustete Hundepfote glitt heraus.

Ob er stirbt? Irene strich mit behutsamer Hand über das Fell. Jede Rippe spürte sie. Wie lange mag er schon hier liegen? Vielleicht kriege ich ihn wieder gesund. Meine Grießportion bekommt er. Und im Lager werde ich Milch besorgen. Und die Pfote wird geschient. Aber erst muß ich ihm Wasser geben. »Komm, Kleiner, du kriegst zu saufen.«

Der Hund blickte sie an, als verstünde er ihre Worte. Sie nahm ihn hoch. Regungslos lag er in ihren Armen. Beim Durchqueren der Schonung achtete sie nicht auf die störrischen Zweige. Nur den Hund schützte sie mit ihrem Körper.

Er sah den Fluß und begann wieder zu wimmern. Sie setzte ihn ans Wasser. Seine Schnauze plumpste vornüber. Er vermochte nicht, mit der Zunge zu schlappen, er saugte das Wasser in sich hinein. Dann lag er eine Weile still, den Blick unverwandt auf Irene gerichtet. Und wieder soff er, bis sein eingefallener Bauch sich füllte.

»Nun hast du erst mal genug«, sagte sie und setzte ihn auf die Wiese. Er versuchte, ihre Hand zu lecken. Sein Schwanz zuckte ein wenig, als sie ihm tröstende Worte sagte. Er hatte buschige Schlappohren. Der Kopf war lang und schmal.

Sie grübelte: Ob die Pfote wieder richtig verheilt? Was wird Mutsch sagen, wenn ich ihn nach Hause bringe?

»Hallo, Irene!« Frank kam angerannt. »Vom Zelt haben sie Rauchzeichen gegeben. Die Paddelsucher müssen dort sein. Nanu?« Er sah den Hund. »Der ist ja fast verhungert.«

»Ich habe ihn befreit. Aus einem Fangeisen. Dort, in der Schonung. Ob wir ihn durchkriegen?«

»Vielleicht. Hunde sind zäh. Aber seine Nase ist trocken. Kein gutes Zeichen.«

Irene nahm ihren Findling auf den Arm.

Frank deutete zum Himmel. »Guck, wir müssen uns beeilen.«

Dunkle Wolken verdeckten die Sonne. Der Fluß sah aus wie ein schwarzer Abgrund. Die Uferweiden rauschten. Immer heftiger wurde der Wind. Als sie eine Schneise in der Schonung fanden, kamen die ersten Tropfen.

»Soll ich ihn mal tragen?« fragte Frank.

»Nein, nein. Er ist ganz leicht. Bloß so toll rennen möchte ich nicht. Sonst tue ich ihm weh. Du kannst ja schon vorauslaufen.«

Frank lief nicht voraus. Er blieb an ihrer Seite. Die Luft war grau. Klatschend fiel der Regen über sie her. Kaum fünfzig Meter weit konnten sie sehen. Der erste Blitz zuckte auf. Ein Donnerschlag krachte. Es schien, als wolle der Himmel die Erde zerreißen.

Frank suchte die Richtung zum Zelt. »Waan-ze!« rief er. »Kaahlkopf!«

»Hier!« erscholl es aus dem Regendunst. »Hierher!«

Da war der Lagerplatz. Vier Gestalten werkten am Zelt. Sie hatten in letzter Minute die Ausrüstung vor dem Regen gerettet. Roller zog die Zeltleinen nach. »Alles klar, Käptn«, brüllte er. »Vier Paddel gefunden. Mehr war nicht zu machen.«

Vier, das ist gut, dachte Frank. Damit kommen wir weiter. Er half Wanze, die Zeltpflöcke fest in den Boden zu treiben. Pepo und Kahlkopf buddelten einen Wassergraben.

Das Zelt war nun sturmfest gesichert. Triefend krochen sie hinein. Und sogleich scharten sie sich um den Hund. »Ist ein Setter«, stellte Kahlkopf fest. »Ein echter. Rasse mit Schlappohren. Noch kein halbes Jahr alt, schätze ich.«

Irene war schon im Trainingsanzug. »Ihr müßt euch erst mal abrubbeln«, sagte sie. »Und was anziehen.«

Sie trockneten sich ab, schwatzten von ihren Abenteuern. Wanze schob den Grießtopf in die Mitte. »Leute, jetzt kommt der große Augenblick. Gar nicht so einfach, sieben gleiche Teile herauszukriegen …«

»Halt!« rief Frank. Er zeigte auf den Hund. »Acht Teile, Wanze. Wir sind jetzt acht.«

Der Grießkoch maulte: »Wo alle solchen Kohldampf haben. Wer weiß, wann wir im Lager sind. Den Hund rettet kein Grieß mehr. Der ist fertig, das sieht ein Blinder.«

»Nein«, sagte Irene, »dann kriegt er meine Portion.«

Alle protestierten. Wanze mußte sich fügen. »Schon gut, von mir aus.« Er nahm sein Messer, zirkulierte, schnitt acht Teile aus dem Grießtopf. Der Brei war fest wie ein Napfkuchen.

»Schmeckt aber komisch«, brummte Pepo, der als erster kostete. »Nach … nach angebranntem Muldenschlamm. Smutje, ist dir vielleicht beim Kochen was in den Topf gefallen?«

Wanze schmatzte. »Gib doch her, wenn du nicht willst. Ich kann noch allerhand vertragen.«

»Denkste!« sagte Pepo. Er kaute, schleckte ein paar Krümel von seiner Hand. »Mein Magen kommt sich wie veräppelt vor bei diesem Sperlingshäppchen.«

Irene fütterte den Hund. Sie schob ihm fingerdicke Bröckchen in das Maul. Gierig schlang er. Und wieder bettelten seine Augen. Zum Essen kam Irene nicht.

Der Regen trommelte aufs Zelt. Purzel schöpfte Pfefferminztee in die Becher. Draußen jagten sich Blitz und Donner. Die Kanumannschaft trank dampfenden Tee und beobachtete den Hund. Der Findling war nicht satt zu kriegen. Irene gab ihm zuletzt noch ihre Portion.

Als es so recht behaglich war, wurde Purzel feierlich. »Frank, ich muß dir endlich danken. Wenn du nicht gewesen wärst ...«

»Red kein Blech, Purzel. Allein hätte ich es nie geschafft. Wir haben zusammengehalten, schon damals, beim Kanubau. Darum ist auch der Unfall gut abgegangen. Weil sich einer auf den anderen verlassen kann. So ist das nämlich.«

Ja, so ist das, dachten sie. Jeder spürte das unsichtbare Band, das ihre Gemeinschaft umschloß.

»Ich schlage vor«, sagte Frank, »wir reden gar nicht mehr von dem Unglück. Auch im Lager nicht. Keiner braucht etwas zu erfahren. Sonst kriegen wir bloß Ärger.«

Das Trommeln auf dem Zelt hatte aufgehört. So jäh, wie der Regen gekommen war, ließ er nach. Draußen wurde es wieder hell. Der Hund war auf Irenes Schoß eingeschlafen. Seine Rippen hoben und senkten sich.

»Ich glaube, der Setter ist über den Berg«, meinte Kahlkopf. »Die Nase wird schon feucht. Wie soll er denn heißen, Irene?«

»Grießlutscher«, sagte Wanze. »Wäre ein feiner Hundename.«

Irene knüllte ihr Handtuch zusammen und warf es nach dem Spottvogel. »Du! Warte nur ab. Ich dressiere ihn so, daß er dir die Hosen zerfetzt.«

Kapitän Frank stand auf. »Kommt, woll'n losfahren. Purzel, du mußt marschieren. Bis zum Zeltlager ist es nicht mehr weit.«

Als das Gepäck im Kanu verstaut war, meldete sich Irene beim Kapitän ab: »Frank, ich möchte Purzel begleiten. So ganz allein, das ist nichts für sie. Den Hund nehme ich mit.«

Frank nickte verstehend. »Ihr könnt euch Zeit lassen. Es wäre gut, wenn wir gemeinsam im Lager ankommen.«

Karl der Kahle prüfte, ob alles festgebunden war. Diesmal stichelte Wanze nicht. »Fertig!« brüllte der Bootsmann.

Kapitän Frank gab das Kommando zum Ablegen. Die Mädchen am Ufer winkten. Und der Findling wedelte mit dem Schwanz.

Unter dem Takt der Paddelschläge schob sich das Boot langsam stroman. Die zwei Mädchen am Ufer gingen voraus. Purzel war froh, daß sie nicht allein wandern mußte. An der Unglücksstelle, wo das Kanu gekentert war, verweilten sie. Vor ihnen lag der verhängnisvolle Baumstamm. Er war quer in den Strom gestürzt. Die starken Wurzeln hielten ihn noch am Ufer fest. Nur ein paar Zweigspitzen ragten aus dem Wasser. Es war eine tückische Bootsfalle.

Purzel konnte sich an keine Einzelheit mehr erinnern. Sie wollte nur alles genau wissen.

»Es stand schlimm«, sagte Irene. »Du warst wie von Sinnen. Hast Frank unter Wasser gezerrt. Halbtot kam er hoch. Wir schoben ihm das umgekippte Boot hin. Daran hielt er sich fest. Als du untergingst, griffen Wanze und Roller nach dir.«

»Wanze auch?« fragte Purzel.

»Ja. Aber sie konnten dir nicht helfen. Du schlugst wieder um dich wie eine Verrückte. Auf einmal warst du weg.«

»Und dann?«

»Dann stieß sich Frank vom Kanu ab. Er konnte kaum noch japsen, aber er tauchte. Lange blieb er unter Wasser. Er hatte dich nicht gefunden. Das war ein fürchterlicher Augenblick. Bis ein paar Luftblasen kamen. Mit letzter Kraft versuchte es Frank noch einmal. Und er brachte dich mit hoch. An den Haaren. Du hast dich nicht mehr gerührt. Wir konnten dich am Kanu halten und trieben alle zum Ufer. Frank war fertig. Ich hatte Angst, er würde zuletzt noch absacken.«

Purzels Blicke hafteten auf der Unglücksstelle. »Das vergesse ich ihm nie. Hättest du gedacht, daß so viel Mut in ihm steckt?«

»Gedacht?« Irene streichelte den Hund auf ihrem Arm. »Ich habe es gewußt. Schon damals, als ihn noch keiner beachtete.«

Purzel beneidete Irene um ihr unerschütterliches Vertrauen zu Frank. Aber sogleich vergaß sie den kleinlichen Neid. Viel schlimmer war, daß sie im kommenden Schuljahr nicht mehr in dieser Gruppe sein sollte. Irene versuchte sie zu trösten. »Du gehörst doch zu uns. Hast mit an dem Kanu gebaut. Kannst immer dabeisein, wenn wir etwas unternehmen. Bloß schwimmen mußt du lernen.«

Der Trost half nicht viel. Purzel ahnte, daß sie nie mehr richtig dabeisein dürfe, wenn sie einer anderen Gruppe angehörte. Konnte man denn in zwei Gruppen zugleich sein? Sie sagte: »Wenn ich bloß nicht so ein Pech gehabt hätte mit den letzten schriftlichen Arbeiten. Dann wäre ich versetzt worden. Dann könnte ich bei euch bleiben.«

»Nein, Purzel. Es lag nicht nur an deinen letzten Versagern. Pech und solcher Kram, das sind Ausreden. Mach dir nichts vor.«

Purzel seufzte. »Hast ja recht. Ich könnte mich ohrfeigen. Das Jahr ist um, und ihr habt es geschafft. Bloß ich nicht. Warum habe ich nicht ein bißchen mehr getan?« Sie überlegte. Eine Idee zuckte in ihr auf. »Irene, ob die Schule das rückgängig machen kann?«

»Was rückgängig machen?«

»Mein Sitzenbleiben. Wenn ich nun alles nachhole? Gleich von morgen ab. Die ganzen Ferien über. Dann können sie mich prüfen. Und ich komme auch in die neunte Klasse.«

Irene setzte den Hund ins Gras. »Was sagen wir dazu, Findling?« Der Setter ließ die Zunge hängen. »Jawohl, zeig ihr deine lange Zunge. Purzel spinnt. Was sie in einem Jahr versäumt hat, ist nicht in wenigen Wochen aufzuholen.«

»Denkst du! Frank hat es auch noch geschafft, obwohl er schlecht stand. Fast so schlecht wie ich.«

Irene lächelte. »Dickerchen, haben wir dir nicht ebenso geholfen wie den anderen? Fräulein Trapp, Hanne, Roller, ich. Aber du bist nie richtig bei der Sache gewesen. Daran hängt es. Weil du alles nur halb machst. Du willst schwimmen lernen. Schon lange redest du davon. Und nun? Plötzlich willst du für die Schule ochsen. In den Ferien! Was soll dabei herauskommen?«

»Brauchst gar nicht zu spotten. Ich weiß jetzt, was ich will.«

Der Hund stand auf zitternden Beinen. Er leckte seine kranke Pfote. Dann hinkte er zum Wasser und soff.

Rufe kamen über den Fluß. Die Mädchen lauschten. Das war Frank. »Eins – zwei! Eins – zwei! Pepo, stärker durchziehen, hoo – ruck!«

Das Kanu wurde in der Flußbiegung sichtbar. Irene legte die Hand an den Mund. »Vorsicht, der Baumstamm! Nehmt euch in acht!«

»Schon erkannt«, rief Frank. In weitem Bogen steuerte er das Boot vorbei. Die Jungen machten gute Fahrt. Der Hunger trieb sie an. Wanzes Grießkuchen war allzu magere Kost gewesen. Ein lächerlicher Happen für Wassersportler. Sie freuten sich auf die Lagerküche.

Was hatte Pionierleiter Alfred gesagt? Wir werden eine tolle Verpflegung in unserem Zeltlager haben.

Wanze dachte an die tolle Verpflegung. »Leute, legt euch ins Zeug! Sonst kommen wir nicht mehr zum Mittagessen zurecht. Ich haue mindestens vier Portionen runter.«

Karl der Kahle drehte sich um. »Und wenn es dort auch bloß Grießpampe gibt?«

»Ist mir egal. Wetten, daß ich vier Portionen verputze?«

## *Im Zeltlager*

Die blaue Fahne hing schlaff am Mast. Nach dem Gewitter strahlte die Sonne so heiß wie zuvor. Jungen und Mädchen lagen im Schatten der Buchen, die den Lagerplatz begrenzten. Sie hatten tüchtig zugepackt. Die Küchenbaracke war gezimmert und eingerichtet. Elf große Zelte standen um den Fahnenmast. Jetzt konnte die Lagermannschaft ausruhen. Sie waren satt und faul. Es hatte Kalbsschnitzel und Paprikaschoten gegeben. Zum stillen Ärger der Köchin war allerhand übriggeblieben. Hatte die Mannschaft noch nicht den richtigen Ferienhunger? Lag es an den Paprikaschoten? Oder war die Hitze schuld?

Der Lagerleiter Alfred saß im Zelt. Er wollte ungestört sein. Es gab sehr viel Arbeit für ihn. An Franks Kanugruppe, die er im Morgengrauen mit drei Spähern überfallen hatte, dachte Alfred jetzt nicht. Er grübelte über den Plan des Geländespieles. Das hatte er seinen Pionieren versprochen. Ich darf sie nicht enttäuschen. Pfeffer muß in die Sache. Aber wie? Partisanen gegen Faschisten? Nein, wird nicht gehen. Faschist will niemand sein. Nicht einen kriege ich dafür, und wenn ich selbst Faschistengeneral spielen würde.

Seine Gedanken stockten. Draußen lärmte es. Er blickte aus dem Zelt.

Dort kamen sieben Bootsfahrer anmarschiert. Die ersten vier trugen ihre Paddel auf den Schultern. Kahlkopf und Wanze schleppten das Zelt. Irene hatte den Hund im Arm. Purzel keuchte unter ihrem großen Rucksack. Die gesamte Lagermannschaft stürmte ihnen entgegen. Alfreds Stimme versank im Begrüßungslärm. Er sah ein, daß die

Mittagsruhe nicht mehr zu retten war.

Wanze markierte einen Ohnmachtsanfall. »Leute«, stöhnte er, »ich sterbe vor Hunger. Wo ist die Gulaschkanone?« Mit krummen Knien wankte er durch die Menge. Seine Nase wies ihm den Weg zur Küche. Die erschöpften Gefährten folgten.

Sie hatten Glück. Kessel und Pfannen waren noch warm. Die Köchin türmte gewaltige Portionen vor ihnen auf. Da schaufelten sie los! Und Irenes Setter schlappte gierig den Kartoffelbrei. Als seine Schüssel leer war, gab ihm jeder noch einen Happen Kalbsschnitzel.

Der kleine Invalide war nicht satt zu kriegen. Bettelnd humpelte er von einem zum anderen. Irene mußte die Fütterei verbieten, sonst wäre er am Ende noch geplatzt.

Wanze stand zu seinem Wort. Dreimal holte er Nachschub. Aber die anderen Jungen ließen sich nicht schlagen. Sie hielten mit, bis der letzte Rest vertilgt war.

Nach dem Essen wurde das Lager besichtigt. Alfred hatte den schönsten Platz in der Aue ausgewählt. Sie versammelten sich unter den Buchen. »Palaverbusch« hatten sie ihr Lagerwäldchen getauft.

Hier war es kühl und dämmrig wie in einem Gewölbe. Sie setzten sich in großem Kreis um die Kanufahrer. Es gab viel zu erzählen. Schwester Marianne hatte die gebrochene Pfote des Setters geschient. Der Findling wurde zum Lagerhund ernannt. Irene berichtete, wie sie ihn gefunden hatte.

»Wir müßten die Falle in der Schonung beobachten«, schlug einer vor. »Tag und Nacht. Die hat bestimmt ein Wilddieb gestellt. Wenn wir den erwischen könnten!«

»Abwarten«, sagte Alfred. »ich möchte erst mit dem Förster reden.« Sein Blick ging zu Frank. »Vielleicht wissen die Kanufahrer noch mehr. Ist euch nichts passiert, als ihr dort übernachtet habt?« Franks erster Gedanke war: Er weiß von dem Bootsunglück. Aber dann sah er einige Gesicher, die Alfred vergnügt zugrinsten. Aha, er meint den Überfall heute früh auf unser Zelt. Das waren sie. Ich habe es geahnt. Jetzt verraten sie sich.

Irene stupste Frank.

Sie wußte, worauf Alfred anspielte. Alle Bootsfahrer wußten es. Nur Purzel merkte nichts. »Ihr könnt alles erfahren«, sagte sie. »Wir sind nämlich umgekippt. Und Frank hat mich aus dem Fluß geholt.«

»Bist du noch bei dir?« zischte Frank.

»Warum sollen wir schwindeln?« fragte Purzel mit unschuldiger Miene. Sie fühlte sich wichtig. Jetzt stand sie im Mittelpunkt. Alle sollten wissen, daß sie, die kleine Purzel, auf Gedeih und Verderb mit den Kanufahrern verbunden war. Trotz ihres Sitzenbleibens. Und sie erzählte. Die Lagermannschaft lauschte ihren Worten. Kaum zu glauben, was Purzel da vorbrachte. Aber es mußte wahr sein. Die Mienen der anderen bestätigten es.

Alfred kribbelte es nachträglich unter der Haut.

»Und dann haben sie mich ans Ufer geschafft«, schloß Purzel. »Mich und das Kanu. Doch davon weiß ich nichts. Das hat mir Irene erzählt. Ich war nämlich bewußtlos.«

Die Spannung der Zuhörer löste sich. Sie waren begeistert von Franks Rettungstat. Erregt sprachen sie durcheinander. Rufe wurden laut: »Frank Brinkmann, hurra! Es lebe der Kapitän!«

Alfred stand auf. Die Rufer verstummten. Es wurde still in der Runde, so still, daß man die Finken hörte.

»Denken!« sagte Alfred. »Nachdenken, nicht schreien. Wenn Purzel ertrunken wäre, hätte es uns alle betroffen. Das ganze Lager stände unter diesem Schatten. Vielleicht müßten wir jetzt einpacken. Ein Unglückssommer läge vor uns. Ich frage: Wie konnte es soweit kommen?«

Nachdenkliche Gesichter blickten zu dem Pionierleiter auf. Er sprach von der Verantwortung jedes einzelnen. Die Kanubauer hatten sich verpflichtet, keinen Nichtschwimmer ins Boot zu nehmen. Konnten sie jetzt etwa stolz sein? Hatte Purzel Grund, sich wichtig zu fühlen? Alfred machte sie stumm, die Helden des Tages. Auch sich selbst schonte er nicht. Er hätte die Bootsfahrt ins Lager verhindern können. Aber Franks Mannschaft war ihm zuverlässig erschienen. Und nun hatte sie enttäuscht.

Am schlimmsten traf der Vorwurf den Kapitän. Irene sah, wie es Frank quälte. Er hielt den Blick gesenkt. Sie rückte zu ihm heran. »Wir sind alle schuld, Frank. Aber du hast unseren Fehler wiedergutgemacht.« Er blickte hoch. Sie nickte ihm zu. »Alfred meint das bestimmt nicht so. Nun ist es doch vorbei.«

Für Frank war es noch nicht vorbei. Erst als der Lagerleiter schweigend seine Hand schüttelte, wurde ihm wohler.

»Alfred«, rief ein Mädchen, »ich muß noch was fragen.«

»Und?«

Alle reckten die Hälse.

»Ich meine, ein Lebensretter ist Frank Brinkmann aber trotzdem. Oder?«

Alfred nickte. »Hast schon recht. Und dazu gratulieren wir ihm.« Seine Stimme wurde lauter. »Wir müssen etwas beschließen. Ein Lagergesetz. Nämlich: Kein Nichtschwimmer darf in tiefes Wasser gehen oder im Boot auf der Mulde fahren. Und: Gebadet wird nur mit dem Gruppenleiter unter Aufsicht eines Rettungsschwimmers. Einverstanden?«

Sie stimmten zu. Das Lagergesetz wurde beschlossen. Alfred stellte die drei Sportstudenten vor. Sie waren Schwimmlehrer. Auch einen Kursus für Rettungsschwimmer wollten sie durchführen. Sogleich meldeten sich viele bei ihnen.

Purzel überlegte. Sollte sie zuerst schwimmen lernen oder für die Versetzung büffeln? Zum Nachholen brauchte sie Schulbücher. Die Ferien waren noch lang. Sie entschied sich für das Schwimmenlernen.

Die Mannschaft wählte den Lagerrat. Jede Zeltgruppe schlug einen Vertreter vor. Frank erhielt die meisten Stimmen. Er wurde Vorsitzender des Lagerrates.

»Also, Lebenswecker«, sagte Wanze zu seinem Kapitän, »kümmere dich zuerst um die Futterage. Die Küche ist das Wichtigste. Verstehst schon.«

Frank schnaufte ärgerlich. »Soll ich denn nun alles machen? Bin ich vielleicht Küchenchef?«

»Aber die Oberleitung hast du, Mann. Das Essen muß so bleiben wie heute mittag. Reichlich und gut. Bloß keine Paprikaschoten wieder. Dafür mußt du sorgen. Das gehört zu deinen Amtspflichten als Vorsitzender. Wer berühmt ist, muß was leisten. Ganz klarer Fall.«

Die Umstehenden lachten.

»Jawoll, Wanze hat recht.«

Frank fand einen Ausweg. »Hör zu, Wanze. Ich ernenne dich zum Sonderbeauftragten für Küchenfragen. Du hast dafür eine gute Nase.«

Nicht schlecht, dachte Wanze. Und er lenkte unverzüglich seine Schritte zur Küche, um die Abendportionen zu inspizieren. Er verspürte schon wieder Hunger.

Frau Schöllmeier, die Köchin, beguckte den neuen Kücheninspektor von oben bis unten. »Ach! Sonderbeauftragter des Lagerrates? Sag mal, bist du gesund, Junge?«

Wanze wußte nicht, wie die Frage gemeint war. Seine Blicke hingen an den vielen Würsten auf der Anrichte. »Klar, bin kerngesund«, murmelte er.

Sie schob ihn an die Brotschneidemaschine. »Hier kannst du kurbeln. Fünfhundert Scheiben erst mal. Halt! Vorher die Hände waschen. Und nach jedem Essen trommelst du den Abwaschtrupp zusammen. Heute mittag hat das überhaupt nicht geklappt. So einen starken Mann wie dich kann ich brauchen.«

Reingefallen! dachte Wanze. Die Schöllmeiern ist selber stark genug. Aber was blieb ihm weiter übrig? Er kurbelte Brotscheiben. Kommt Zeit, kommt Rat. Ein paar Wurstzipfel werden schon abfallen. Die Salami dort wäre mir am liebsten. Da brauchte ich überhaupt kein Brot.

Nach kurzer Zeit schon hatte sich Wanze in der Küche unentbehrlich gemacht. Am Abend kommandierte er mit Witz und Umsicht seinen Abwaschtrupp. Jawohl, er packte auch mit zu. Er trocknete die Messer ab.

Als der Hornist den Zapfenstreich blies, saßen Lagerrat und Gruppenleiter noch im Palaverwald. Sie besprachen ein weiteres Lagergesetz: Selbständigkeit der Pioniere. Die kleine Zeltstadt sollte eine Republik der Kinder sein. Für jede Funktion wurde ein Junger Pionier verantwortlich gemacht. »Es ist euer Lager«, sagte Alfred. »Ihr sollt hier bestimmen.«

Frau Schöllmeier, die an der Beratung teilnahm, lobte ihren neuen Helfer. Wanze wurde zum Küchenmeister befördert. Und Irene übernahm das Amt des Verpflegungsministers. Ihre Zuverlässigkeit war erprobt. Sie hatte die Kasse der Kanufahrer vorbildlich verwaltet. Zum Schluß berieten sie über das Geländespiel.

Die Nacht war hell. Ein Lagerposten kam vom Wachzelt herüber. Er trat in den Beratungskreis. »Wie lange wollt ihr hier noch sitzen? Alfred, du hast gesagt, spätestens halb zehn soll überall Ruhe sein. Jetzt ist es schon Viertel elf, und ihr quasselt immer noch. Wo bleibt denn da die Lagerdisziplin?«

Alfred stand auf. »Er hat recht. Verschwinden wir schnell, sonst brummt er uns noch Arrest auf.«

Sie gingen zu ihren Zelten. Der Posten machte seine Runde. Im Palaverbusch rief ein Käuzchen.

Wanze hatte sich für den Frühdienst in der Küche gemeldet. Feuermachen konnte er selbst unter schwierigen Umständen. Das hatte er bewiesen. Und beim Teekochen war nichts zu verderben. Frau Schöllmeier wohnte im nahen Dorfe Riebast. Sie sollte nicht von morgens bis abends am Kochkessel stehen. »Als Köchin brauchen Sie keine Doppelschicht zu machen«, hatte ihr Alfred gesagt. »Unsere Pioniere können allerhand. Man muß ihnen nur etwas zutrauen.«

Um fünf rüttelte ein Posten den Küchenmeister. »Aufstehen! Es ist Zeit.«

Wanze grunzte im Schlaf. Er drehte sich auf die andere Seite.

»Los, los, faule Biene, raus!« Der Posten zerrte die Decke weg.

Knurrend richtete sich Wanze auf. »Waas? Faule Biene sagt da einer zu mir? Du Nachtwächter! Wenn ich will, kriegst du drei Tage lang kein Futter. Ich bin Küchenmeister. Verschwinde und erzieh dich selbst.«

Frank, der neben Wanze lag, war munter geworden. Seine Gedanken weilten bei der Beratung von gestern abend. Er grübelte. Flöße müßten wir bauen. In dem toten Wasserarm steht eine Menge Schilf. Jede Gruppe ein Floß. Vielleicht auch zwei oder drei. Dann machen wir eine Wasserschlacht. Der Muldenarm ist flach. Dort kann nichts passieren. Ich muß das genau untersuchen. Er zog die Badehose an, lief zur Küchenbaracke. Wanze stand vor dem Pflaumenmuseimer und leckte den Löffel ab.

»Ach«, sagte Frank, »so sieht dein Küchendienst aus?«

Wanze schleckte seelenruhig weiter. »Spielst du Lagerpolizist? Das steht dir gar nicht.«

Frank war wütend. »Mann, du hast hier eine Verantwortung. Jeder hat sie. Das ist beschlossen. Selbstverantwortung. Noch nicht begriffen? Das Mus ist für alle da.«

»Käptn, du mußt viel ruhiger werden. Wer ist Küchenmeister? Du oder ich? Also«, Wanze hielt ihm den Muslöffel hin, »koste mal, ob das Zeug noch einwandfrei ist.«

Frank schob den Löffel beiseite. »Bist du bloß hier, um deinen Wanst vollzuschlagen?«

»Naa, na na. Ich verstehe immer Bahnhof. Laß dich mal aufklären. Ich muß nämlich kosten. Jawohl. Wenn das Mus sauer ist, kriegen alle den Durchmarsch. Das ganze Lager. Stell dir so was vor. Aber davon verstehst du nichts. Chemie war schon immer deine schwache Seite. Hier bin ich verantwortlich. Die Arbeit in der Küche sieht keiner. Ihr haut bloß rein wie die Schwerarbeiter. Ihr fragt nicht, woher es kommt. So, nun rede du.«

Frank gab sich geschlagen. Kleinlich wollte er nicht sein. Er kostete sogar das Mus. Nein, sauer war es nicht. Großartig schmeckte es. Und die Küche war in Ordnung. Das Kesselfeuer prasselte. Tee und Zucker standen schon parat. Der Küchenmeister nahm seine Aufgabe ernst.

Vor einem halben Jahr war Wanze noch Franks Gegner gewesen. Wohl hatte er am Bootsbau mitgearbeitet, doch immer krittelnd und spottend. Dann wurde es interessant, auch für den Widerspruchsgeist Wanze. Die Gruppe stand hinter Frank. Seine Pläne hatten Hand und

Fuß. Frank redete nicht viel, er handelte. Das gefiel Wanze. Schon lange erkannte der alte Querkopf seinen Kapitän bedingungslos an, wenn sie sich auch manchmal in den Haaren lagen. »Ein paar Helfer brauche ich«, sagte Wanze. »Wir müssen einen Vorratsbunker in die Erde graben, daß alles kühl bleibt. Hier läuft uns die Butter weg.«

»Wird besorgt, Alter. Ich schicke Kahlkopf her mit seinem Bautrupp.«

»Aber gleich früh. Heute wird es wieder heiß. Und nun kannst du mal was tun. Hier, Stullen kurbeln. Fürs erste Frühstück.«

Frank schnitt Brotscheiben und erzählte von seiner Idee mit den Schilfflößen.

Wanze war begeistert. »Du, Käptn, da komme ich mit auf dein Floß. Wir sind Störtebekers Piratenbrüder. Die Pfeffersäcke kippen wir in den Schlamm.«

Frank ließ seine Kurbel fahren. Er schilderte die große Seeschlacht. »Wir nehmen Kahlkopf mit auf unser Schiff. Ein Rammfloß wird gebaut.« Er hatte den Kopf voller Pläne. »Ich muß gleich mal den Muldenarm erforschen.«

Am seichten Ufer hinter dem Lager spähte Frank umher. Schilf für hundert Flöße, dachte er. Da können alle mitmachen. Eine Partei an diesem Ufer, die andere drüben.

Er watete hinein. Das flache Wasser zog sich weit in die Aue. Urwüchsige Wildnis war hier entstanden. Der Schlamm reichte ihm bis zu den Knien. Wie im Dschungel kam er sich vor. Plötzlich stockte sein Schritt. Was ist das? Er drückte die Schilfhalme nieder. Eine Ringelnatter! Ihr Kopf ragte aus dem Wasser wie der Bug einer Kogge. Frank warf sich nach vorn. Er kraulte. Aber die kleine Natternkogge war schneller. Geschwind schlängelte sie sich davon. Der Dschungelforscher gab die Verfolgung auf. Er stapfte zum Ufer, spülte sich den Schlamm vom Körper. Wie kann man so ein Schilffloß bauen?

Der Tag war vollends erwacht. Die Sonne drang durch den Morgendunst. Im Lager blies der Hornist zum Wecken.

Irene leitete den Frühsport. Sie brachte Schwung in die verschlafenen Gestalten. Der Setter, noch wacklig auf den Beinen, humpelte hinter ihr drein. Er konnte sich nicht von seiner Retterin trennen. Wo sie war, mußte er auch sein.

Hammerschläge hallten über den Zeltplatz. Der Bautrupp nagelte das Lagertor zusammen. Alfred hatte einen Stapel Fichtenstangen anfahren lassen. Die Stangen waren unentbehrliches Baumaterial für die Lagerarbeiten.

Frank und Kahlkopf suchten geeignete Hölzer für den Floßbau heraus. »So ein Floß muß zwei Mann tragen«, sagte Frank. »Vielleicht auch drei.«

Bootsmann Kahlkopf hatte schon eine klare Vorstellung. »Ich denke mir das so, Käptn.« Mit dem Beilstiel zeichnete er ein Modell auf den Sandweg. »Zuerst ein Knüppelrahmen. Der wird mit Querhölzern versteift.« Er zeichnete die Versteifungen ein. »Darauf packen wir das Schilf. Drei dicke Lagen. Eine lang, die nächste quer, dann wieder längs. Oben ein zweiter Rahmen. Der preßt das Schilf zusammen. Beide Rahmen werden mit Draht verbunden. Binsen oder Weidenruten gehen auch. So entsteht ein festes Schilfpaket.«

»Gute Idee, Kalle. Und kinderleicht. Kann jeder bauen. Darauf kommt es an. Wir brauchen eine Menge Flöße. Zwei Flotten brauchen wir.«

Sie maßen, probierten, besprachen ihren Plan mit dem Pionierleiter. Alfred freute sich. »Baut ein Musterfloß. Legt die genauen Maße fest. Morgen wird Floßbau auf dem Tagesplan stehen. Aber vergeßt Wanze und die Köchin nicht. Sie brauchen einen Keller.«

»Schon entworfen«, sagte Kahlkopf. Er zeigte Alfred die Skizze des Vorratskellers. »Wenn das Lagertor aufgerichtet ist, gehen wir ran.«

Karl der Kahle war in seinem Element. Wie ein Bauführer sah er aus. Bleistift hinterm Ohr, Zollstock in der Hand. Als sie den ersten Floßrahmen zimmerten, fragte er: »Käptn, was wird im neuen Schuljahr aus unserer Gruppe? Wir hatten einmal große Pläne. Weißt du noch?«

»Da ändert sich vieles«, brummte Frank. Er schulterte den fertigen Rahmen. »Muß jetzt Schilf schneiden.«

Kahlkopf blickte ihm sinnend nach. Mit unserm Käptn stimmt was nicht.

Anna Schöllmeier stand mit dem Fahrrad auf der Dorfstraße von Riebast und wartete. Wo sie nur bleiben? Es ist längst neun durch. Ob ihnen der Pionierleiter nicht zuviel zutraut? Am Ende muß ich den Proviant noch selber hinkutschieren.

Da kamen sie gelaufen, Irene und Pepo. »'tschuldigen Sie nur, Frau Schöllmeier.« Irenes Stirn war feucht. »Der Findling wollte nämlich mit. Ich habe ihn zurückschaffen müssen.«

Die Köchin war verärgert. »Zuverlässig mußt du schon sein. Und pünktlich. Sonst klappt der ganze Küchenbetrieb nicht. Was nützt uns da ein Verpflegungsminister?«

Irene tupfte sich die Stirn ab. Franks erstes Schilffloß war gerade fertig geworden. Die Probefahrt hatten sie noch sehen müssen. Dann waren sie gerannt.

»Und der Kutscher?« fragte Frau Schöllmeier.

»Hier«, Irene wies auf Pepo, »das ist er doch. Pepo macht es.«

Die Frau sah abschätzend auf den schmächtigen Jungen. »Na, dann.« Sie wendete ihr Fahrrad. »Hoffentlich hat er schon mal eine Pferdeleine in der Hand gehabt. Sonst kriegen wir den Fuchs nicht.« Sie gingen in den Hof. Der alte Bauer saß auf der Bank, seinen Krückstock zwischen den Beinen. Frau Schöllmeier begrüßte ihn. Der Mann musterte die beiden aus dem Zeltlager. Sein Stock zeigte auf Pepo. »Du willst kutschieren?«

Pepo nickte.

»Wie alt?«

»Fünfzehn.«

Andreas' knotige Hände zitterten auf dem Knauf des Stockes. »Hm. Ich war schon mit dreizehn Stallbursche. Spann mal an, Junge. Wolln sehn.«

Pepo fühlte sich wie in einer Prüfung. Bloß Prüfungsangst hatte er nicht. Die hatte eher Frau Schöllmeier.

Der Fuchs drehte den Kopf, als sie in den Stall kamen. »Wie heißt er?« fragte Pepo.

»Iwan. Ein Russe hat ihn mir geschenkt«, erklärte Andreas. »Mein erstes eigenes Pferd. Jaja. Ist schon lange her.« Der Alte rechnete. »Sechzehn Jahre. Iwan wird fast doppelt so alt sein. Aber der Schläch-

ter kriegt ihn noch lange nicht. Du darfst ihn nicht jagen, Junge. Bloß ein bißchen bewegen soll er sich.«

Pepo schnalzte mit der Zunge. »Iwan, komm!« Er legte Zaum und Geschirr an. Der Fuchs spürte die kundige Hand. Willig ließ er sich hinausführen und vor den kleinen Wagen spannen.

»So was!« wunderte sich Frau Schöllmeier. »Du bist wahrhaftig ein Kutscher.« Sie informierte Irene über die notwendigen Einkäufe. »Ich

muß fort. Ihr wißt, das Mittagessen. Wiedersehn, Andreas! Alles in Ordnung mit unserem Kutscher, was?«

»Hm«, brummte der Alte. Er blickte dem Fuhrwerk nach, das gemächlich aus dem Hof zockelte. Wer hätte das gedacht? So ein Stadtbengel hat richtigen Pferdeverstand. Jaja.

Am Konsum lud Pepo die bestellten Waren auf. Irene schrieb alles in ihr Proviantbuch. Sie bescheinigte den Empfang. »Darf ich mal anrufen?« fragte sie den Verkaufsstellenleiter. »Nach Eulenburg, zwo null zwo.«

Pepo kutschierte zum Bäcker, um die Brote zu holen. Irene telefonierte mit ihrer Mutter.

»Hallo, Mutsch!«

»Irene! Das ist ja eine Überraschung. Wie geht es dir?«

»Gut. Unser Lager ist ganz prima. Ich bin Verpflegungsminister geworden. Wir holen gerade Proviant in Riebast. Und was machen die Kleinen?«

»Sie fragen jeden Tag nach Irene. Und nach dem großen Bruder Frank. Am liebsten möchten sie zu euch ins Zeltlager.«

»Du, Mutsch, etwas Wichtiges. Frank hat Post von seinem Vater. Eine Ansichtskarte aus Rostock.« – »Rostock?«

»Ja. Dort arbeitet der Polier jetzt. Ein Gruß für dich steht auf der Karte. Und einer für Fräulein Trapp. Herr Brinkmann will noch nicht kommen. Frank ist sehr traurig. Sag, was kann man da machen?«

»Schwierige Sache, Kind.«

»Wenn nun Frank mit zu uns zieht, bis der Vater kommt?«

»Nein, Irene. Überleg mal, vier Kinder im Haus und meine Verkaufsstelle. Das geht nicht.«

»Du sagst einfach nein. Was soll denn mit ihm werden? Schlimm genug, daß er keine Mutter hat. Und nun noch so ein Vater. Du bist doch Pate über Brinkmanns Kinder. Du und Fräulein Trapp. Sprichst du mit ihr?«

»Natürlich.«

»Vielleicht schreibt sie an Franks Vater. Als Klassenlehrerin müßte sie das tun.«

»Wir werden sehen, Kind. Mach dir nicht soviel Gedanken. Ich muß auflegen, das Lieferauto hupt. Bleib gesund. Und ruf bald wieder an.«

»Tschüs, Mutsch. Denk dran, ja?«

Der Kutscher draußen war schon ungeduldig. Er dachte immerzu an die Schilfflöße. »Hü, Iwan! Jetzt geht's ins Lager.« Als das Gefährt auf den Weg zur Aue einbog, packte Irene Pepos Arm. Wer kam dort angehumpelt? Der Findling! Er jappte erschöpft. Aber die Freude! Schwanz und Zunge und Ohren wackelten. Er überkugelte sich bei dem Sturmlauf zu seiner Herrin.

»Ausreißer! Strolch! Du ... du Raudi!«

Er jaulte vergnüglich, schubberte seinen Kopf an ihrem Arm. Und immer wieder schnappte er liebkosend nach der Hand, die ihn streichelte. Droben, auf dem Kutscherbock, lag er dann still in ihrem Schoß.

»Raudi wäre kein schlechter Name«, sagte Pepo.

»Meinst du? Raudi ... Raudi ...« Sie lauschte dem Klang des Wortes nach. Der Hund blinzelte zu ihr hoch. »Guck, Pepo, er hört schon drauf. Bei dem Namen bleiben wir.«

Sie genoß die Fahrt mit stiller Freude. Der Wagen schaukelte. Ihr träumender Blick streifte über Wiesen und Felder. Die Melodie eines Liedes tönte in ihr. Erinnerungen wurden wach. Sie dachte an den Tag der Jugendweihe. In dem festlichen Saal hatte Fräulein Trapp gesagt: Irene, geh im Leben weiter so geradeaus wie bisher. Stolz war sie gewesen auf dieses Wort ihrer Klassenlehrerin. Doch dann hatte sie Franks traurige Augen gesehen. Sein Vater war nicht gekommen. Er stand allein inmitten der vielen frohen Menschen. Sie wünschte, Fräulein Trapp hätte ihm das gute Wort gesagt. Bedrückt folgte sie Frank.

Draußen warteten Klaus und Katrinchen. Sie nahm die drei Brinkmanns mit zum Essen. Und es wurde für alle noch ein unvergeßlich schöner Tag.

Irene summte die vertraute Melodie vor sich hin. Raudi schmiegte seine Nase in ihre Handfläche.

»Psst!« wisperte Pepo. Er zeigte auf einen Hasen, der am Kornfeld Männchen machte. Raudi bekam gierige Jägeraugen. Der Wagen rumpelte über einen Stein, der Hase flitzte ins Korn.

Aus dem Feldweg war ein schmaler Damm geworden. Gehölz wuchs zu beiden Seiten. Wie ein Tunnel stand der Erlenwald über dem Damm.

Ob es hier ein Echo gibt? dachte Irene. »Haaal – looo!« Sie horchte. Der Ruf tönte wider, verklang in dem grünen Tunnel.

Der Fuchs war stehengeblieben, Pepo versuchte es mit scharfen Kommandos. Doch Iwan ging nicht weiter. Zurück ins Dorf wollte er. Störrisch zerrte er die Deichsel herum. Das hätte beinah ein Unglück gegeben; denn neben dem Damm war sumpfiger Boden. Pepo sprang ab und packte das Halfter. »Hü!« Der Fuchs legte die Ohren an. Keinen Schritt bewegte er sich vorwärts. Pepo lockte und zog vergebens. »Irene, hol eine Gerte. Vielleicht muß er die Peitsche sehen.«

Irene wollte keine Peitsche holen. Sie griff ein Brot vom Wagen, brach es auf. Iwan spitzte die Ohren. Schnobernd nahm er den Kanten. Seine braunen Zähne mahlten. Das Frühstück schmeckte ihm. Einen halben Laib verspeiste er. Auch Raudi hielt sich an das frische Landbrot.

Pepo klopfte den Pferdehals. »Irene, los, versuchen wir es. Steig rasch auf. Nimm die Leine. Ganz locker halten. Iwan, hü!« Der Bann war gebrochen. Iwan bockte nicht mehr. Langsam stapfte er in den Erlentunnel.

Nach einer Weile fragte Irene: »Pepo, gehst du eigentlich von der Schule ab?«

Er blickte sie an. »Wie kommst du denn jetzt auf die Schule?«

»Weil ich wissen möchte, was aus uns einmal wird.«

»Du kennst doch meine Lage. Will endlich Geld verdienen. Bloß eine Stelle suche ich noch. Im Lehrbauhof muß man zehnte Klasse haben. Frank weiß auch noch nicht, ob er ...« Pepo verstummte.

»Was ist mit Frank? Was weiß er noch nicht?«

Pepo versuchte, ihren Fragen auszuweichen. »Ich kann nicht darüber sprechen. Jeder hat seine Pläne. Und Frank ist mein bester Kumpel.«

»Meiner etwa nicht? Wer hat denn von Anfang an zu ihm gehalten? Du und ich.« Irene ließ nicht locker.

»Na gut. Wirst es doch mal erfahren. Er hat sich bei der RTS um eine Lehrstelle beworben.«

»Nein! Das, also Pepo, das müssen wir ihm ausreden. Du auch, hörst du!«

»Ich? Wo ich selber abgehen will! Da kennst du Frank aber schlecht. Der läßt sich nichts vorschreiben. Von mir nicht und von dir auch nicht. Du müßtest ihn verstehen. Wenn nun der alte Brinkmann überhaupt nicht wiederkommt?«

Irenes Herz zog sich zusammen. Sie mußte an den eigenen Vater denken. Damit war die schlimmste Erfahrung ihres Lebens verknüpft. Er hatte die Mutter verlassen, ehe sie heirateten. In den Wirren der Nachkriegszeit war er verschollen. Mehr wußte Irene nicht. Und das Wenige hatte sie erst an ihrem vierzehnten Geburtstag erfahren. Begriffen hatte sie es bis heute nicht. Nun stand es mit schrecklicher Deutlichkeit wieder vor ihr.

»So was gibt es doch«, sagte Pepo. »Denkst wohl, Frank weiß das nicht? Laß ihn machen, Irene.«

»Nein. Seinen Vater muß man holen.«

»Was?«

»Ja«, sagte sie entschlossen. »Ich hole ihn.«

»Du hast Nerven. Ist doch nicht dein Ernst?«

»Doch, Pepo.« Sie blickte auf das helle Sonnentor da vorn, wo der Erlentunnel zu Ende war. Es tat ein bißchen weh, daß Frank seinem Kumpel Pepo mehr anvertraut hatte als ihr. Aber sie ahnte, warum. Er wußte um ihren Kummer, obwohl sie nie darüber gesprochen hatten. Alle in der Klasse wußten es. So manches Mal hatte sie auf eine Lehrerfrage antworten müssen: Ich habe keinen Vater.

Schweigend fuhren sie durch das grüne Schattengewölbe. Der Fuchs roch scharf nach Schweiß und Stall. Ein Fliegenschwarm umkreiste ihn. Raudi schlief zusammengerollt in Irenes Schoß. Er hatte seine Nase mit dem buschigen Schwanze zugedeckt.

Heute noch muß ich mit Frank sprechen, dachte sie. Ganz offen. Und dann fahre ich nach Rostock zu Herrn Brinkmann.

## *Ein Dickschädel, dieser Frank*

Die Lagermannschaft war hungrig von der Expedition zurückgekehrt. Sie warteten auf das Mittagessen. Frau Schöllmeier schwitzte am Küchenherd. Das Trommelkonzert der vielen Löffel da draußen auf Tellern und Tischplatten machte sie nervös. Aber die Erbsen mußten noch eine Viertelstunde kochen.

Pepo und Irene luden den Proviant vom Wagen. Wanze verstaute ihn im neuerbauten Kühlbunker.

Das Löffelgeklapper hörte plötzlich auf. Ein Skoda fuhr durchs Lagertor. Der junge Mann am Lenkrad war Doktor Schuchardt.

»Frank, komm mit«, sagte Alfred. »Du gehörst als Vorsitzender zur Gesundheitskommission.«

Sie begrüßten den Lagerarzt. »Alles wohlauf?« fragte Doktor Schuchardt.

Marianne bestätigte es. »Gesund und hungrig bis zum letzten Mann. Ich habe nur Heftpflaster verbraucht und Sonnenbrand behandeln müssen.«

Sie gingen durchs Lager. Die Küche prüfte der Arzt sehr genau, Küchenmeister Wanze solle sich eine Schürze umbinden, ordnete er an. Beim Sanitätszelt hörte Frank leise seinen Namen rufen.

Irene stand hinter ihm, den Setter im Arm. »Frag ihn mal«, flüsterte sie, »ob er Raudi untersucht.«

Doktor Schuchardt drehte sich um. »Wo fehlt es denn?«

»Ach, das ... das...«, stammelte Frank, »Herr Doktor, bloß eine gebrochene Pfote.«

»Bloß? Und da sagt ihr, es wäre alles in Ordnung?«

»Eine Hundepfote ist es doch. Hier bei Raudi. Das ist unser Lagerhund. Den hat Irene aus einem Tellereisen befreit.«

»Aha. Du bist Irene? Und das ist also der einzige Patient?«

»Ja, Herr Doktor. Könnten Sie ihn mal ansehen?«

Doktor Schuchardt löste den Verband von der Hundepfote. Die Schwester brachte das Besteck.

Irene hielt Raudi fest. Er zuckte nicht. Er wedelte mit seinem buschigen Schwanz und steckte die Zunge heraus.

»Ein hübscher Kerl«, sagte der Arzt. »Den kriegen wir gesund. Die Sehne ist heil geblieben. Schwester Marianne, sind Gipsbinden da?« Marianne brachte Zinksalbe und Gipsbinden. Das Hundebein wurde gerichtet und bandagiert. Inzwischen war das Essen aufgetragen.

Doktor Schuchardt nahm Alfreds Einladung zum Mittagessen an. Er saß zwischen den Kindern und sah jetzt gar nicht mehr aus wie ein Arzt. »Vor zwölf Jahren war ich noch Pionier«, sagte er. »Aber damals konnten wir unsere Ferien nicht in solchen Zeltlagern verleben. Davon haben wir nur geträumt. Heute sind schon viele unserer Träume verwirklicht.«

»War Ihr Studium sehr schwer?« fragte Roller. »Ich möchte nämlich auch Arzt werden.«

»In Bio ist er ganz groß«, warf Purzel ein.

Der Mann lächelte. Er dachte an die Jahre seines Studiums. »Es war nicht leicht. Einen klaren Kopf braucht man dazu und festen Willen. Mein Vater ist Ziegeleiarbeiter. Von dem habe ich die Geduld. Er hat manchmal gezweifelt, ob ich es schaffen würde. Der

Sohn des Ziegelbrenners – ein Doktor! Das wollte lange nicht in seinen Kopf. Und wenn mir das Büffeln mal sehr schwerfiel, habe ich die Bücher weggelegt und mich in mein Ziel hineingeträumt. Ihr glaubt nicht, was ein Mensch vollbringen kann, wenn er richtig will und alle seine Kräfte zusammennimmt. Der Mensch hat Riesenkräfte.«

Irene kam mit der Schüssel, von ihrem Gipsbeinsetter gefolgt. »Möchten Sie noch etwas, Herr Doktor?«

»Bitte, Irene. Mir schmeckt es großartig bei euch hier draußen.« Am Ende des langen Tisches lachten sie. Wanze stolzierte herbei. Er trug eine hohe Kochmütze. Die hatte Frau Schöllmeier rasch aus einem Tuch für ihn zusammengeheftet. Mit blitzend weißer Schürze marschierte er zum Doktor hin, nahm stramme Haltung an und brüllte: »Ich stelle mich vor als Küchenmeister. Und guten Appetit wünsche ich Ihnen, Herr Doktor.«

Als der Arzt abfahren wollte, standen viele Kinder um seinen Wagen. Frank kannte den Skoda Oktavia genau. »Ist ein Viertakter. Vierzig PS. Fährt hundertzwanzig Spitze.«

»Stimmt«, sagte Doktor Schuchardt. »Du weißt Bescheid.«

»Frank kann schon fahren«, rief Pepo. Er stupste seinen Kapitän und flüsterte sehr laut: »Vielleicht läßt er dich mal.«

»Fahren kannst du?« fragte der Doktor.

Frank nickte. Alle glaubten ihm. Er war kein Aufschneider. Bloß der junge Arzt zweifelte. »Wo hast du das gelernt?«

»Überall ein bißchen. Zuerst auf dem Trecker. Dann in der Autobude am Markt. Dort helfe ich manchmal. Hab auch schon Wagen gewaschen und abgeschmiert, auf die Rampe gefahren und rückwärts wieder runter.«

»Den Skoda kennst du?«

»Klar. Ganz genau. Den habe ich schon mit auseinandergebaut. Motor, Getriebe, Lenkung. Auch mit den Bremsen weiß ich Bescheid.«

Der Mann zweifelte immer noch. »Ich möchte das sehen. Willst du?« Und ob Frank wollte! Sie stiegen ein. Der Kapitän saß am Lenkrad. Doktor Schuchardt neben ihm. »Zeig, was du kannst. Aber langsam. Nur im ersten.«

Frank startete, legte den Gang ein, gab Gas. Zügig, ohne zu rukken, fuhr er an. Dreimal sauste er um den Fahnenmast und stoppte genau vor Irenes Zehen. »Darf ich Sie bis zum Dorf fahren, Herr Doktor? Auf dem Feldweg ist überhaupt kein Verkehr.«

»Du machst mir Spaß, Junge. Fahr los. Aber nicht über vierzig.« Frank hupte dreimal und brauste mit dem Doktor durch das Lagertor.

Grübelnd wanderte Irene dem Dorfe zu. Sie hatte ihren Gipsbeinsetter am Lagertor festbinden müssen, sonst wäre er mitgehumpelt. Vor ihr lag das Erlengehölz. Frank mußte durch den Laubtunnel kommen. Hier konnte er ihr nicht ausweichen.

Sie überdachte ihren Reiseplan nach Rostock. Den Maurerpolier Simon Brinkmann hatte sie im Frühjahr kennengelernt, als er zu Besuch daheim war. Ein besonnener, freundlicher Mann stand in ihrer Erinnerung. Frank war stolz auf seinen Polier gewesen, und Irene hatte ihn damals ein bißchen um diesen Vater beneidet. Jetzt stiegen Zweifel in ihr auf. Was ist das für ein Mensch? Wird er mich überhaupt anhören? Dreihundert Kilometer sind es bis zu ihm. Kostet allerhand. Das Essen kann ich ja mitnehmen. Und übernachten? Ach was, ich schlafe im Zug. Wenn bloß Mutsch einverstanden ist.

Da kam Frank, noch erfüllt von der Freude an seiner Autofahrt. Du bist der geborene Techniker, hatte Doktor Schuchardt gesagt. Und Franks Entschluß, Traktorist zu werden, stand jetzt unverrückbar fest. Er verhielt seinen Schritt. Am Wegrain saß Irene mit bekümmertem Gesicht. »Was ist denn?«

»Setz dich her, Frank.« Sie drehte ein Kleeblatt zwischen den Fingern. »Du willst in die Lehre gehen? Ohne Schulabschluß? Bloß weil du von deinem Vater enttäuscht bist?«

»Ach, das muß ich am besten wissen.«

»Hast du kein Vertrauen mehr zu mir?« Sie zupfte das Kleeblatt auseinander. »Dein Vater kommt bestimmt wieder.«

»Ha! Dann wäre er längst hier. Nicht mal zu meiner Jugendweihe ist er gekommen. Kennst ja die lumpige Karte. Im Winter, schreibt er. Vielleicht.«

»Deswegen brauchst du doch nicht von der Schule zu gehen. Wenn wir zusammenbleiben, ist alles leichter. Fräulein Trapp nimmt wieder unsere Klasse. Mußt nicht ungeduldig sein. Mach keine halbe Sache. Denk mal nach.«

Frank hatte nachgedacht, aber nur in einer Richtung. Und nun waren seine Gedanken verrannt und sein Herz verbittert. »Ich kann nicht warten«, stieß er hervor. »Ich will auch nicht. Soll ich mir ewig von deiner Mutter das Geld zuteilen lassen? Wenn nun eines Tages kein Geld mehr kommt? Dann sitze ich da mit Klaus und Katrinchen. Ohne Beruf. Ich kann selbst verdienen. Wir brauchen sein Geld nicht.«

»Du bist jetzt wütend auf ihn«, sagte Irene. »Aber einen Vater braucht man, ich weiß es, Frank.«

Er lag im Gras, den Kopf auf beide Hände gestützt. Ein langes Schweigen war zwischen ihnen. Doch ihre Gedanken führten wie eine Brücke zueinander. Man müßte alle guten Gedanken gleich festhalten und aussprechen können, ging es ihr durch den Sinn.

Er drehte sich auf die Seite, pustete einen Grashüpfer vom wippenden Halm. »Sag mal ...«

»Hm?«

»Hat euer ... hat dein Vater damals eine andere Frau genommen?«

»Ich weiß es nicht. Und Mutsch sagt kein Wort darüber. Er ist tot für uns, sagt sie. Briefe und Bilder hat sie verbrannt. Nicht ein Bild habe ich. Vielleicht ist er wirklich tot.«

»Du, Irene, geht es dir auch so? Je älter man wird, desto schwieriger ist alles.«

»Manchmal schon. Wenn Mutsch an mir rummeckert. Oder wenn ich etwas nicht erreicht habe, was ich zwingen wollte. Dann ärgere ich mich schwarz. In der Schule kommt das oft vor. Ich will immer mehr, als ich kann.«

»Ich denke, du gehst gern in die Schule?«

»Gehe ich auch. Am liebsten möchte ich Lehrerin werden. Wenn ich es schaffe. So eine Lehrerin wie Fräulein Trapp.«

Frank biß in den Sauerampfer vor seiner Nase. »Das schaffst du.« Die Blattsäure prickelte auf der Zunge. Irene konnte er sich gut als Lehrerin vorstellen. Die würde mit ganz großen Jungen fertig werden. Er rupfte noch ein Blatt, weil er etwas tun mußte, stopfte es in den Mund. »Bestimmt schaffst du es.« Er kaute. »Gar keine Frage.«

Sie sah ihn an, ein Lächeln in den Augen. »Und du? Möchtest du nichts schaffen?«

Die glitzernden Lachfünkchen erloschen. Ganz ernst waren ihre

Augen jetzt. »Sei ehrlich, Frank. Du willst doch vor der Schule ausreißen.«

»Schule! Schule! Die ist für mich vorbei. Ich will arbeiten und Geld verdienen.«

»Weich mir nicht aus. Du schiebst das Geld vor. Geht es denn wirklich ums Geld?«

Er sprang auf. Seine Zähne zermahlten knirschend den Sauerampfer. Irenes Fragen legten alles bloß. Sie wußte, wie es in ihm aussah. Aber warum war sie so selbstgerecht? Der Zorn übermannte ihn.

»Du sprichst schon wie eine Lehrerin.«

»Frank!« Sie hatte die Hände ineinander verkrampft, sah zu ihm hoch. »Ich will dir doch helfen.«

»So nicht«, sagte er trotzig.

»Und wenn ich nun deinen Vater hole? Du, ich fahre nach Rostock, ich hole ihn.«

»Nein!« Die steile Falte stand auf seiner Stirn. »Soll er bleiben! Hörst du? Bleiben soll er. Ich werde auch ohne ihn fertig. Das beweise ich.«

»Frank!«

Er rannte davon. Sein Inneres war aufgewühlt. Ihm blieb nur der Trotz und die Hoffnung auf eine Lehrstelle.

Irene lief ihm nach, aber er war schneller.

Abends entschloß sie sich, mit Alfred zu sprechen; denn Frank

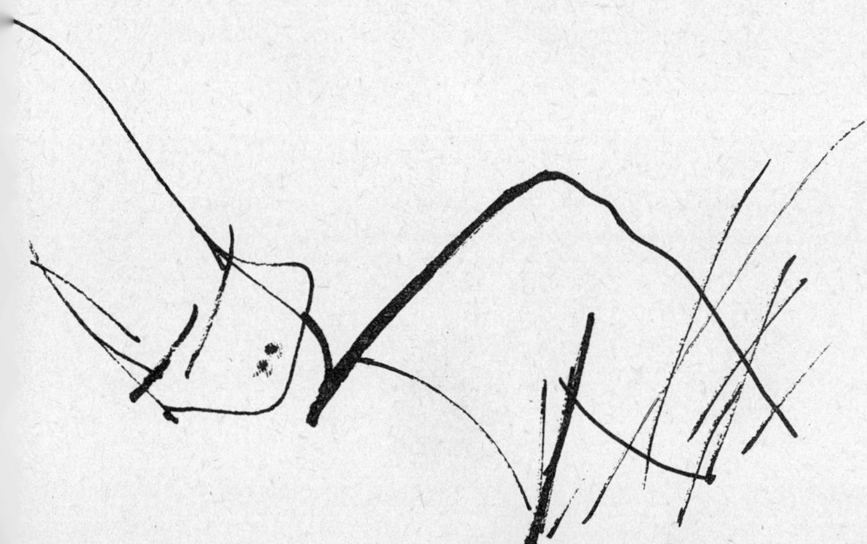

ging ihr aus dem Wege. Wenn er sie sah, stand die Falte auf seiner Stirn, und er guckte vorbei. Die Trotzfalte tat ihr weh. Du sprichst schon wie eine Lehrerin, hatte er gesagt. Wie sind wir denn auf die Lehrerin gekommen? Er ist ein fürchterlicher Dickschädel.

Die Katalytlaterne im Zelt rauschte leise. Alfred konnte zuhören. Er unterbrach Irene nicht. Manchmal nickte er, und ihr schien, er verstehe alles.

»Vergiß die Gruppe nicht«, sagte er, als sie ihn fragend anblickte. »Jeder muß ihm zusetzen, bis er vernünftig wird. Er hängt doch an der Gruppe. Er ist euer Kapitän.«

»An seinen Geschwistern und dem Vater hängt er auch. So einfach ist das nicht, Alfred.«

»Dann muß man Klarheit schaffen. Er vermengt die Schule mit der Enttäuschung über seinen Vater. Ich werde mal mit ihm sprechen.«

»Bitte jetzt nicht. Er wüßte sofort, daß ich dahinterstecke. Dann wird es nur schlimmer. Du kennst Frank nicht richtig. Ich habe einen anderen Gedanken. Wenn ich nun nach Rostock fahre und den Vater heimhole?«

Sie bringt es fertig, dachte Alfred. Und er sagte: »Wird schwierig sein. Hast du den Mut?«

Irene nickte. »Bloß, Frank ist dagegen. Und was wird meine Mutter sagen?«

»Überschlaf es, Irene. Der Gedanke ist gut.«

Am anderen Morgen plagte sie sich noch immer mit ihren Zweifeln. Zu einem festen Entschluß war sie nicht gekommen.

Auf dem Tagesplan stand: Floßbau, Baden, Lesen, Faulenzen. Um elf zeigte das Thermometer im Schatten 32 Grad. Das Lager war wie ausgeblasen. Nur zwei Posten saßen am Eingang unter dem Sonnenzelt. Und in der Küche wirtschafteten Irene und Wanze. Sie vertraten Frau Schöllmeier. Die Köchin hatte Haushaltstag.

Raudi humpelte um die Baracke. Auch ihm war es zu warm. Seine Zunge hing aus dem Maul. Er kratzte seine Rippen, er wälzte sich, er schnupperte an der Küchentür. Hinein durfte er nicht. Das verbot die Lagerhygiene. Küchenmeister Wanze war unerbittlich. Raudi hatte mit ihm schlechte Erfahrungen gemacht. Es roch da drinnen auch gar nicht so verführerisch wie sonst. Mißmutig knabberte er an der Gipspfote. Der Lärm von der Badestelle lockte ihn. Aber die Verbundenheit mit seiner Herrin siegte in dem Zweispalt der Hundeseele. Er blieb und wartete.

»Ob es reichen wird?« fragte Irene drinnen.

»'türlich«, erwiderte Wanze. »Bei der Affenhitze bleibt sogar was übrig. Da hat man bloß Durst.« Er nahm einen Schluck Tee. »Wenn das so weitergeht, sattle ich um auf Bademeister. In dieser Budike kriegt man ja den Tropenkoller.«

Sie bereiteten das Essen: Fruchtkaltschale. Die Küchenbaracke war wie eine Saune. Wanze hatte Vanillesoße gekocht. Irene verteilte die Fruchtkonserven auf zwölf große Schüsseln. Der Küchenmeister schöpfte sie voll und schleppte sie in den Kühlbunker. »Tempo!« kommandierte er. »Daß wir endlich ins Wasser kommen.«

Irene hatte den ganzen Vormittag überlegt. »Wanze«, begann sie beim Kesselschrubben, »Ich muß dir was sagen.«

Er sang mit seiner brüchigen Stimme: »Dann fahrn wir übern See, übern See ...«

»Du, hör doch mal drauf. Es ist wichtig.«

»Haha, pack die Badehose ein. Mach's nicht so spannend.«

Ein ewiger Quatschkopf, dachte Irene. Ärgerlich schwenkte sie ihre Bürste aus. Hat gar keinen Zweck, mit ihm zu reden.

»Fang schon an«, sagte Wanze. »Was wär denn so wichtig?«

»Na ja, wir verlieren unseren Kapitän, falls dich das interessieren sollte. Frank will von der Schule abgehen.«

»Du spinnst wohl.«

»Doch. Er hat sich bei der RTS als Traktorist beworben.«

»Waas?« Der schnoddrige Küchenmeister war mit einem Male sehr ernst. »Frank und Traktorist? Dann haue ich ihn krumm, daß er auf keinem Trecker sitzen kann.«

»Sei mal vernünftig.«

»Ich? Duu! Du mußt nicht solchen Blödsinn verzapfen. Unser Kapitän läßt seine Mannschaft nicht im Stich. Das weiß ich.«

»Gar nichts weißt du. Er hat es mir selbst gesagt.«

»Dann sind wir auch noch da.«

»Wie denn?« fragte sie und erzählte ihm alles, auch den Plan ihrer Rostockfahrt.

Er knallte seinen Lappen auf die Anrichte. »Das ist ja ein dicker Hund! Schluß mit der Vanillepampe. Klar, du fährst zum Polier. Du mußt fahren. Dufte Idee. Sag deiner Mutter, es ist ein Gruppenauftrag. Und ich informiere die Mannschaft. Noch heute beraten wir. Frank kriegt Zunder. Wann schwirrst du ab?«

»Am liebsten gleich. Alfred weiß Bescheid.«

»Na also. Worauf wartest du noch? Mach dich auf die Socken, Tochter. Gib ihm Feuerwerk, dem alten Brinkmann.«

»Du Quatscher, halt lieber Raudi fest, sonst hoppelt er hinter mir her bis Rostock. Kümmerst du dich um ihn?«

»Keine Sorge. Der verhungert nicht.« Wanze verschloß Küche und Vorratsbunker. Er gab Irene die Hand, wünschte ihr glückliche Reise. »Komm nicht vor die Räder. Du wirst noch gebraucht.« Mit schnellem Griff packte er Raudi, klemmte ihn wie eine Aktentasche unter den Arm. Der Setter winselte. Er wollte bei seiner Herrin bleiben. Diesen groben Wanze konnte er nicht riechen.

»Ins Wasser darf er nicht«, rief Irene. »Da weicht der Gips auf.« Sie warf Wanze die Hundeleine zu. »Bind ihn am Ufer fest.«

Zehn Minuten später, als sie sich umzog, huschte Raudi in ihr Zelt. Sie spürte sein nasses Fell an den Beinen und erschrak. Er wedelte mit dem Schwanz. Da bin ich wieder! Der Gips war auch naß. Was sollte Irene tun? Kurz entschlossen nahm sie ihn mit ins Dorf zum Bus. Die Kleinen werden sich freuen, dachte sie. Er muß bei Mutsch bleiben, bis ich von Rostock zurück bin. Ob ich vorher mit Fräulein Trapp spreche? Ja, ich muß sie besuchen.

## *Frauen unter sich*

Karin Trapp betastete ihr Fußgelenk. Die Geschwulst war zurückgegangen. Sie zog den Gummistrumpf über, schlüpfte in die Schuhe, marschierte auf und ab. Heute spürte sie keinen Schmerz mehr beim Auftreten.

Die junge Lehrerin hatte mit der achten Klasse ins Zeltlager fahren wollen. Am Tage vorher war ihr Knöchel umgeknickt. Verstauchung, hatte der Arzt festgestellt. Dagegen halfen nur Ruhe und Umschläge. Viel Zeit war ihr geblieben. Zeit zum Nachdenken, zu stiller Rechenschaft. Das erste Jahr als Lehrerin lag hinter ihr. Ein arbeitsreiches Jahr. Ein schweres Jahr. Frank, Pepo, Wanze und die ganze Jungenmeute hatten ihr zu schaffen gemacht. Manchmal war sie verzweifelt. Bis sie erfuhr, was Lehrer sein heißt. Eine harte Auseinandersetzung hatte alle ihre Bemühungen in Frage gestellt. Um den »Speckfrank« ging es, um die gemeinsame Gruppenaufgabe, um das Vertrauen. Ohne Vertrauen steht ein Lehrer auf verlorenem Posten. Das hatte Karin Trapp gespürt. Sie lernte mehr von ihren Schülern kennen als nur das Schulgesicht. Frank Brinkmann war kein Specker und Pepo kein Trottel und Wanze nicht bloß ein Maulheld. Allmählich gewann sie die Herzen ihrer Klasse. Aus dem schweren Jahr wurde ein gutes Jahr. Die dreiundzwanzig Schüler und ihre junge Lehrerin waren Freunde. Nur eins bedrückte Karin bei ihrer stillen Rechenschaft: Purzel hatte das Klassenziel nicht erreicht.

Draußen pfiff der Nachmittagszug.

Sie trat vor den Spiegel, ordnete ihr Haar. Morgen fahre ich ins Zeltlager, dachte sie. Und jetzt muß ich Klaus und Katrinchen holen. Sie warten auf mich.

Unterwegs kaufte sie eine Tüte Kirschen. Sie konnte nur langsam gehen. Das Fußgelenk begann wieder zu stechen.

Es war spät, als sie in den Kindergarten kam. Katrinchen und Klaus waren die letzten. Klaus weinte bitterlich. Weder die Kindergärtnerin noch Tante Trapp und die Kirschen konnten ihn trösten. Katrinchen schmauste gleich drauflos. Klaus aber blieb störrisch. Immer wieder schüttelte ihn das Schluchzen. Karin Trapp versuchte es mit allerlei Beruhigungskünsten. Nichts half. Für den Marienkäfer auf Tante Trapps Hand hatte er keinen Blick. Auch das in Aussicht gestellte »Schaufenstergucken«, dem Katrinchen jubelnd zustimmte, beeindruckte ihn nicht. Was konnte ihm fehlen?

»Ich glaube«, sagte Karin Trapp, »wir können unseren Klaus gar nicht mitnehmen. Er hat einen bösen Bock.«

»Ist kein Bock«, schluchzte er.

Sie nahm ihn in die Arme. »Willst du allein hierbleiben?« Er antwortete nicht. »Du möchtest doch bald zur Schule gehen? Wer aber nicht reden kann, der kommt nicht in die Schule.«

Da sah er sie an aus rotgeweinten Augen und stammelte: »Weil ... weil wir keine Mutti haben. Bloß wir nicht.« Ein Tränenstrom rann ihm über die Backen.

»Aber Klaus, ich bin doch hier. Und gleich holen wir Tante Sander vom Konsumladen ab. Sie muß bloß noch etwas verkaufen. Brot und Mehl und Zucker. Dann wird der Laden zugemacht, und wir spazieren alle vier nach Hause.«

Er schüttelte den Kopf. Vom Konsumladen wollte er heute nichts wissen. »Irene kommt nicht mehr«, sagte er traurig. »Frank kommt nicht mehr. Ich will auch ins Zelt zu Frank und Irene.«

»Gut.« Sie putzte ihm die Nase. »Wenn du groß bist, kannst du ins Zeltlager. Dort darf man aber nicht weinen.«

»Ich bin schon groß«, behauptete er, und seine Tränen versiegten. Er machte sich über den Rest der Kirschen her. Karin Trapp sah, daß ihm der Kummer noch im Halse steckte. Aber er ging mit. Und es wurde ein sehr schönes »Schaufenstergucken«.

Im Konsumladen bei Tante Sander beendeten sie ihren Stadtbummel. Die beiden Kinder waren die letzten Käufer. Karin Trapp hatte jedem einen Zehner gegeben. Stolz hielt Katrinchen ihr Geldstück hoch. Sie kaufte ein Fläschchen mit bunten Zuckerperlen. Klaus wählte lange. Dann entschied er sich für einen Lutscher. Sein Gemüt schien besänftigt. Er lutschte mit Andacht.

Nach dem Essen, als die Kinder gebadet waren und zu Bett gebracht wurden, sagte Klaus plötzlich: »Tante Sander, bleiben wir immer bei dir?«

»Das wird nicht gehen, Klaus.«

»Warum nicht?«

»Weil euer Vati bald kommt. Und jetzt wird schön geschlafen.«

»Ein Märchen!« bettelte Katrinchen. »Tante Sander, ja?«

»Kinder, ich glaube, unser Besuch ist dran.«

Karin Trapp setzte sich auf den Bettrand und begann zu erzählen. Sie lauschten dem Märchen von Schneewittchen und den sieben Zwergen hinter den sieben Bergen. Katrinchen träumte schon halb, aber sie wollte beileibe noch nicht schlafen. »Tante Sander, jetzt du«, sagte sie.

»Nein, jetzt werden die Augen zugemacht.«

Katrinchen reckte sich empor, schlang die Arme um Frau Sanders Hals und flüsterte: »Erzählen ist ganz, ganz schön. Frank hat immer erzählt. Erzählst du jetzt auch immer?«

Was blieb Luise Sander weiter übrig? Sie mußte es versprechen. Klaus hockte am Kopfende des Bettes. Er hatte noch etwas Schwerwiegendes auf dem Herzen. »Tante Sander, warum bist du nicht unsere Mutti?«

Sie wußte nicht, was sie sagen sollte. Der Junge hielt sein Kopfkissen fest und wartete auf eine Antwort. Die beiden Frauen sahen sich ratlos an. Da polterte es draußen. Die Tür wurde aufgerissen. Irene kam hereingestürmt. »Mutsch! Fräulein Trapp! Ist ja fein.«

Klaus und Katrinchen kreischten vor Freude. Etwas Besseres hätte ihnen heute abend nicht widerfahren können. Irene schwenkte Katrinchen aus dem Bett. »Hallo, hallo, du kleines Marzipanpaket!«

»Bist du Schneewittchen?« fragte Katrin.

Irene nickte mit feierlichem Gesicht. »Und die Zwerge sind im Zeltlager. Du kennst sie doch. Pepo und Karl und Wanze und die anderen.«

Klaus war aus dem Bett gestiegen. Er zupfte an Irenes Ärmel. »Kommt Frank auch?«

»Das geht nicht, Kläuschen.«

»Warum nicht?«

»Er ist Vorsitzender und muß für alles sorgen.«

Klaus war von dieser Auskunft nicht befriedigt.

»Du kannst doch schon zählen«, sagte Irene. »Zähl bis drei, dann erscheint ein Bote von Frank.« Sie sauste in den Flur und holte die Überraschung, den Setter. Da hatte sie aber etwas angerichtet! Die Kinder dachten nicht mehr ans Schlafen. Raudi schnupperte umher und wedelte mit dem Schwanz. Er stand wieder einmal im Mittelpunkt. Das gefiel ihm. Irene mußte von seiner Rettung erzählen. Als es im Schlafzimmer endlich still war, saßen sich Fräulein Trapp und Irene gegenüber. »Heimweh?« fragte die Lehrerin. »Ausgerissen?«

»Ach wo. Wissen Sie nicht Bescheid?«

»Nein, Irene, ich weiß nichts.«

Frau Sander kam mit dem Tablett. »Kind, was ist eigentlich los? Du bist wie der Wirbelwind hereingestürmt. Stimmt etwas nicht bei euch?«

»Aber Mutsch! Ich habe dir doch am Telefon alles erklärt. Es geht um Franks Vater. Wir müssen etwas unternehmen. Begreifst du das nicht? Du solltest mit Fräulein Trapp darüber sprechen.«

Frau Sander stellte die Teekanne mit einem Bums auf den Tisch. »Was ist denn das für ein Ton! Deine Lehrerin kriegt ja ein schönes

Bild. Ich bin noch nicht zur Besinnung gekommen. Heute ist Sonnabend. Du weißt, was da los ist. Der Laden immer voll. Keine Mittagspause. Und die Wochenabrechnung. Dazu die Kleinen. Ich bin aber nur ein Mensch mit zwei Händen.« Sie ließ sich in den Sessel fallen. Nicht nervös werden, dachte sie. Aber sie war nervös, sie konnte es nicht verbergen.

Irene faßte die Hand der Mutter. »Bitte entschuldige. Ich war ungerecht. Du bist die allerbeste Mutsch. Bloß, versteh mich doch, Frank braucht Hilfe. Weißt du was? Ich habe einen großen Wunsch. Wenn du mir den erfüllst, dann gehe ich nicht mehr ins Lager zurück. Du brauchst mich hier bei den Kleinen.«

Es wäre schön, dachte die Mutter. Alles würde leichter sein. Sie fragte: »Bist du nicht Provianteinkäufer oder so etwas?«

»Ja, Verpflegungsminister. Aber das kann Wanze machen. Er ist Küchenmeister. Die Köchin hält was von ihm.«

»Kind, meinst du, ich hätte Freude, wenn du das Ferienlager ver-

läßt? Du brauchst die Erholung. Und gewiß brauchen dich deine Freunde dort.«

Irene dachte an die Freunde im Lager. Was würden sie sagen? Sie könnten es nicht verstehen, auch wenn es mir gelingt, Herrn Brinkmann heimzuholen. Und Frank? Grübelnd strich sie über das Fell des Setters. Raudi kuschelte sich an seine Herrin. Nein, es geht nicht. Ich muß wieder hin.

Frau Sander schenkte Tee ein. Karin Trapp sah, wie ihre Hand dabei zitterte. Es ist zuviel für sie mit den Kindern. Ihr Wort ist auch mein Wort. Gemeinsam haben wir die Patenschaft übernommen. Ich müßte Klaus und Katrinchen ein paar Tage zu mir holen. Aber wo sollten sie schlafen? Und meine Klasse rechnet damit, daß ich komme.

»Irene«, sagte Frau Sander, »du bleibst in deinem Zeltlager. Und nun wollen wir in Ruhe miteinander reden. Ich bin ein bißchen abgespannt. Morgen ist Sonntag, da kann ich ausschlafen. Also, vernünftig.«

»Gut, Mutsch, ganz vernünftig. Ich möchte nämlich nach Rostock fahren.«

»Wohin?«

»Nach Rostock. Ich muß Herrn Brinkmann holen. Frank ist ganz durcheinander. Einer muß es dem Vater doch mal richtig sagen.«.

»Kind, Kind! Was hast du dir da ausgedacht?«

»Mutsch, bitte!«

»Nein, unmöglich. Schlag dir so etwas aus dem Kopf. Nicht wahr, Fräulein Trapp, das geht zu weit.«

Jetzt sollen sie alles wissen, dachte Irene. Sie erzählte, wie Frank die ertrinkende Purzel gerettet hatte.

»Ist ja unglaublich«, murmelte Frau Sander. »Was hätte da passieren können!« Sie seufzte. »Ich war von Anfang an gegen die Bootsfahrt mit den Jungen. Irene, du bringst mir immer neue Sorgen ins Haus.«

»Wäre dir lieber, wenn ich es verheimlicht hätte? Brauchst keine Angst mehr zu haben. Wir machen jetzt die Prüfung als Rettungsschwimmer. Das beste Mittel gegen Bootsunfälle. Erkennst du nicht, was Frank für ein Kamerad ist? Er läßt nie einen im Stich. Und jetzt darf ihn die Gruppe auch nicht sitzenlassen. Die Sache mit seinem Vater bedrückt ihn mächtig. Er hat ganz dumme Gedanken deswegen. Von der Schule will er gehen. Sollen wir da still zusehen? Mutsch, laß mich nach Rostock fahren.«

»Wie denkst du dir das? Allein in so einer großen fremden Stadt? Und Herr Brinkmann! Meinst du, der hört dich an, wenn du ihn überhaupt findest?«

»Er muß«, sagte Irene. »Frank glaubt nämlich, sein Vater will überhaupt nicht wiederkommen.« Sie schob ihre Trainingsjacke hoch und brachte die Ansichtskarte von Rostock hervor.

Frau Sander las. »Ich verstehe das nicht. Fräulein Trapp, was halten Sie davon?«

Karin Trapp wendete die zerknitterte Karte hin und her. »Was ist das für ein Mann! Schreibt noch Grüße an uns. Geradezu unverschämt. Dabei hat er einen so guten Eindruck gemacht, als er hier war.«

»Vielleicht weiß er gar nicht, daß die Kleinen jetzt bei uns wohnen«, warf Irene ein.

Die Lehrerin war aufgeregt. »Und wennschon. Soll der Junge monatelang seine Geschwister versorgen? Ein Rabenvater.«

»Schreiben Sie ihm?« fragte Frau Sander. »Als Klassenlehrerin? Wenn ich ... wissen Sie, das sähe komisch aus.«

Fräulein Trapp wollte nicht schreiben. »Solche Baumenschen haben ein dickes Fell.« Sie wies auf die Karte. »Da sieht man es doch. Der Hafenbau ist wichtig. Natürlich ist er wichtig. Und die Kinder? Nein, schreiben wäre hier zwecklos.«

Irene war enttäuscht von ihrer Lehrerin. So schnell gibt sie auf? Soll Mutsch alles allein tragen? Entschlossen sprang sie vom Sessel. »Wenn ich schon nicht fahren darf, dann schreibe ich! Aber einen gepfefferten Brief. Heute noch. Mit Eilpost.«

»Setz dich hin«, sagte Fräulein Trapp. »Ich werde eher dort sein als dein Eilbrief.«

»Wie? Wollen Sie etwa ...?«

»Ja. Mit dem Nacht-D-Zug. Dort oben in Gehlsdorf wohnt eine Tante von mir. Ich wollte sie schon lange mal besuchen.«

Irene konnte es nicht gleich fassen. »Also ... ich ... am liebsten würde ich mit Ihnen fahren.«

Raudi stupste seine Nase gegen ihre Wade. Er war neidisch, weil seine Herrin dieses Fräulein umarmte und ihn gänzlich vergaß.

»Siehst du«, sagte Karin Trapp, »Raudi läßt dich nicht weg. Aber eins mußt du mir mitgeben.«

»Was denn?« fragte Irene voller Spannung.

»Deinen Mut, Mädchen. Dann wird schon alles schiefgehen.«

Irenes Augen strahlten die Lehrerin an. »Sie kriegen Herrn Brinkmann bestimmt rum. Bringen Sie ihn nur gleich mit.«

»Ja, gebunden an Händen und Füßen. Hast du einen festen Strick?« Sie lachten. Und nun hatten sie es eilig. Irene wollte unbedingt ihre Lehrerin zur Bahn begleiten. Als sie dann ihr Fahrrad mit Fräulein Trapps Koffer durch die abendlichen Straßen schob, mußte sie von dem Zeltlager erzählen. Ihren ganzen Mut gab sie mit auf die Reise nach Rostock. Am Bahnsteig hielt sie beide Fäuste hoch und drückte die Daumen. Glücklich radelte sie nach Hause, um Raudi zu holen. Sie erschrak, als ihre Mutter sagte, daß sie den Setter nicht behalten dürfe. Fundunterschlagung ist Diebstahl.

»Er war doch halbtot. Nicht einen Tag länger hätte er gelebt in dem Eisen. Niemand weiß, wo er herstammt. Er trug keine Hundemarke, nur das Lederhalsband. Also gehört er mir.«

»Du irrst, Irene. Irgend jemand hat das Tier so gern wie du. Wir müssen den Fund anzeigen. Oder willst du unehrlich sein?«

»Und wenn sich niemand meldet? Dann kann ich ihn behalten, ja?«

»Vielleicht«, sagte die Mutter. »Warten wir ab.«

Bei der Rückfahrt ins Zeltlager saß Raudi auf dem Gepäckträger. Warum ist die Mutsch so kleinlich? grübelte Irene. Hoffentlich meldet sich niemand. Ihre Hand langte nach hinten. Der Setter drückte die Gipspfote an den Bauch, streckte den Hals vor und ließ sich von seiner Herrin kraulen.

Im Lager war schon Schlafenszeit. Kahlkopf, der Wachführer, fragte verwundert: »Du wolltest doch nach Rostock, Irene?«

»Stell dir vor, Fräulein Trapp ist gefahren. Sie erreicht bestimmt mehr als ich. Habt ihr mit Frank gesprochen?«

»Ist zwecklos. Denk doch nicht, daß der sich was sagen läßt. Zwischen ihm und Wanze wäre es fast zur Drescherei gekommen. Und das Neueste weißt du noch gar nicht. Roller hat den Arm gebrochen.«

»Waas? Ihr macht ja Sachen. Wie ist denn das passiert?«

»Beim Fußballspielen lag er mit einem Male lang und fing an zu jammern. Unterarmbruch. Das Krankenauto hat ihn geholt. Alfred wollte unser Geländespiel abblasen. Wir mußten ihn tüchtig beakkern. Morgen früh geht's los. Wird ein Ding, du.«

Irene ging zum Zelt. Ihre Gedanken weilten bei Fräulein Trapp, die im D-Zug nach Rostock fuhr.

## *Besuch aus heiterem Himmel*

Über Rostocks Dächern flimmerte die Julihitze. Kein Wölkchen stand am Himmel. Im alten Hafen herrschte Sonntagsruhe. Nur die Möwen kreischten. Sie hockten auf Pollern und Kais. Sie segelten über Schiffsplanken und Lagerstraßen, immerfort lärmend und ewig gefräßig. Den großen Bauplatz am Breitling draußen mieden die weißen Vögel. Hier war nichts zu holen.

Am Rande des Baugeländes stand die Wohnbaracke der Maurer. Simon Brinkmann kam aus dem Waschraum. Heute war sein erster Ruhetag in Rostock. Er hatte ihn nötig. Die neue Arbeit war zügig angelaufen. Das Riesenprojekt umfaßte Piers und Hallen, Krananlagen, Gleisbauten und Speicher. Viele Bauleute schafften an dem neuen Überseehafen. Der Maurerpolier und seine Brigade bildeten nur ein winziges Rädchen in dem großen Getriebe. Das wußte der Mann. Er wußte aber auch, daß jedem Rädchen Kräfte innewohnen, die das Ganze bremsen oder vorwärtstreiben können.

Simon Brinkmann war in den letzten Wochen nicht zur Besinnung gekommen. Die Fertigstellung der Werkhalle in Woltershagen und der Beginn in Rostock hatten alle Kräfte des Poliers beansprucht. Heute mußte er endlich einmal seine persönlichen Sachen ordnen. Er nahm die Wäsche aus dem Koffer und stapelte sie ins Spindfach. Dabei geriet ihm Franks letzter Brief in die Hand. Wie lange ist es her, seit ich daheim war? Den Brief hat Frank nach meinem Besuch dort geschrieben. Und dann ist keine Zeile mehr gekommen.

Brinkmann zog die linierten Schulheftseiten aus dem Umschlag. Er las den Brief noch einmal, sehr genau, wie es bei jeglicher Tätigkeit seine Art war. Lange blickte er auf die steile Schrift. Das Häuschen am Stadtrand von Eulenberg tauchte vor ihm auf. Seine Kinder sah er. Das quirlige Katrinchen. Den stillen, nachdenklichen Klaus. Und Frank, der seiner Mutter so ähnlich war.

Die Zeit hatte Brinkmanns Schmerz um die verstorbene Frau nicht mildern können. Er war allem ausgewichen, was ihn daran erinnerte. Aber die Gedanken kamen wie Vögel daher, immer wieder, überall. Er stopfte den Brief unter die Wäsche, als könnte er damit die Erinnerung verstecken. »Erwin«, sagte er zu dem jungen Maurer am Tisch, »komm, wir leisten uns einen Frühschoppen.«

Der Maurergeselle Erwin Vogler las in seinem Fachbuch. Auch er konnte übers Wochenende nicht nach Hause fahren. Aber das machte ihm nichts aus. Er fühlte sich wohl in Rostock. Hier wollte er seine Polierprüfung ablegen. Darauf bereitete er sich vor. »Keine Lust, Simon«, entgegnete er. »Will heute die Festigkeitslehre durchackern.«

Die Ablehnung verstimmte den Polier. Er zerrte eine frische Unterhose hervor, setzte sich aufs Bett.

Erwin las nicht mehr. Durch das Barackenfenster konnte er die Warnow sehen. Eine Barkasse zog vorbei. Die Dieselmaschine tukkerte. Simon bekommt der Ruhetag schlecht, dachte Erwin. Wenn er nichts Handfestes zu tun hat, wird er knurrig. Ein Frühschoppen hilft da auch nicht. Niemand kann ihm helfen, diesem zugeknöpften Isegrim. Plötzlich sprang er auf, lief zum Fenster: »Simon, guck dir das an! So ein schmuckes Kind. Was die wohl hier sucht?«

Simon Brinkmann interessierte das »schmucke Kind« da daraußen nicht. Er prüfte seine Socken. Paarweise warf er sie in den Koffer. Zwei Paar, drei Paar, vier Paar. Alle zerlöchert. Er schimpfte vor sich hin.

»Hallo!« rief Erwin zum Fenster hinaus.

Die Gestalt im blauen Leinenkostüm kam herüber.

»Bitte, wo ist die Nummer sieben?«

»Genau hier, Mademoiselle. Leider eine Unglückszahl. Aber Sie bringen bestimmt Glück in unsere Männervilla.«

»Wohnt hier ein Herr Brinkmann? Maurerpolier Simon Brinkmann?«

Erwin nickte heftig. Er wendete sich ins Zimmer. »Mönsch, Simon, die will zu dir.«

»Soll mir den Buckel runterrutschen«, brummte Brinkmann.

Er hatte gerade zwei heile Socken erwischt. Da tauchte ein blonder Kopf am Fenster auf. Simon entfielen die Socken. Das ist doch ...? Ja, Fräulein Trapp!

Der blonde Kopf war schon wieder weg. Erwin grinste. Simon rannte in der Unterhose zum Fenster. »Ist was passiert, Fräulein Trapp?«

»Guten Tag, Herr Brinkmann, ich muß Sie sprechen.«

»Augenblick. Komme sofort.« Simon war unheimlich schnell angezogen. Erwin wunderte sich. Er sah, wie der Polier draußen die Besucherin begrüßte. Sie schritten am Fenster vorbei. Simon hatte Sorgenfalten auf der Stirn. »Das ist mein Kollege Vogler«, sagte er, weil Erwin immer noch am Fenster stand. »Fräulein Trapp kommt aus Eulenberg. Sie ist die Lehrerin meines Jungen. Du kennst ja Frank.«

Erwin blickte den beiden nach. Er ahnte allerhand. Damals, als Frank plötzlich auf der Baustelle in Woltershagen erschien, hatte Brinkmann von seinem Kummer gesprochen. Zum erstenmal. Danach nie wieder. Erwin versuchte sich vorzustellen, wie dem Polier jetzt zumute war. Ob Frank Zicken gemacht hat? Weshalb sollte sie sonst diesen Brummbär besuchen? Kommt einfach angereist. Herr

Brinkmann, ich muß Sie sprechen. Und hübsch ist sie, verflixt hübsch. Und ich Dussel quatsche sie so blöde an.

Erwin konnte sich nicht mehr auf sein Buch konzentrieren. Er schob die »Festigkeitslehre« beiseite. Den hellen Anzug zog er an. Eilig knotete er seinen Binder, den neuen, blaugestreiften. Und alsbald verließ er pfeifend die Wohnbaracke der Hafenmaurer.

Simon Brinkmann fühlte sich wie eingeschnürt, als er neben der jungen Lehrerin herging. Der Hemdkragen und das Jackett beengten ihn. Dazu diese Hitze. Aber viel mehr als der Kragen und die Hitze machte ihm das innere Unbehagen zu schaffen.

Karin Trapp hatte versichern müssen, daß mit seinen Kindern nichts passiert sei. »Bisher jedenfalls nicht«, hatte sie einschränkend hinzugefügt.

»Bisher?« wiederholte er. »Und nun? Reden Sie, Fräulein Trapp! Was ist also los?«

Sie erschrak vor der Schroffheit seiner Stimme. Wie fange ich bloß an? Als ob er nicht wüßte, weshalb ich hier bin. Wenn er sich nun verbittet, daß ich mich einmische?

Ihr Blick wich seinen forschenden Augen nicht aus. Sie suchte in dem sonnengebräunten Gesicht zu lesen, wie der Mann innerlich beschaffen war. Wohl kannte sie ihn von seinem kurzen Besuch in Eulenberg, aber das hier war ein anderer Polier Brinkmann, ein düsterer, gänzlich fremder. Ich darf nichts falsch machen, dachte sie. Jedes Wort muß ich überlegen. Leise sagte sie: »Können wir uns irgendwo hinsetzen und einen Kaffee trinken? Ich bin die ganze Nacht gefahren.«

Jetzt erst bemerkte er ihre Erschöpfung. Er dachte an die lange Bahnfahrt. Zweihundertneunzig Kilometer. Und dreimal umsteigen. Da hat sie kaum geschlafen. Er verlangsamte seinen Schritt. Sie standen vor dem »Warnowhof«.

Das Bierlokal war verqualmt. Am Tresen ging es hoch her. Karin Trapp beachtete den Lärm der Männer nicht. Sie lehnte sich im Stuhl zurück und schloß die Augen. Brinkmann hielt sie für sehr müde. Ihre Gedanken aber weilten bei dem gestrigen Gespräch in Sanders Wohnung. Ich muß anfangen. Jetzt gleich muß ich anfangen. Vielleicht so: Herr Brinkmann, Sie handeln unverantwortlich an Ihren

Kindern. Nein, so geht das nicht bei diesem Mann.

Sie schreckte aus ihren Gedanken. Die Serviererin kam. »Bitte, der Kaffee! Und ein Bier.«

Mit kleinen Schlucken trank sie. Der Kaffee war sehr heiß. Ihre Zunge brannte. Aber er tat ihr gut. Sie fragte über die Tasse hinweg: »Gefällt Ihnen die neue Arbeit in Rostock?«

Brinkmann antwortete nicht. Finster starrte er in sein Bierglas. Sie sah, daß ihm nicht leichter war als ihr.

»Klaus und Katrinchen wohnen jetzt bei Frau Sander«, begann sie erneut. »Seit zwei Wochen.«

Er blickte auf. »Bei Frau Sander?«

»Ja. Was sollte mit den Kleinen werden? Frank kann seinen Geschwistern nicht die Mutter ersetzen. Das ist unmöglich. Haben Sie sich das nicht denken können?«

Nein, daran hatte Brinkmann nicht gedacht. Seine Hand umkrampfte das Glas.

Den Maurerkollegen Erwin Vogler bemerkte Simon nicht. Es waren viele Männer im Lokal. Erwin hatte bei seinem Eintritt sogleich die junge Lehrerin erspäht. Rasch war er an den Nebentisch gegangen. Er wollte sich nicht in die Unterredung drängen. Die künstlichen Tulpen vor seiner Nase tarnten ihn.

Auch Karin Trapp hatte keinen Blick für ihre Umgebung. Sie sah nur Brinkmanns unbewegliches Gesicht. Warum sagt er nichts? Hat er ein Elefantenfell, oder tut er bloß so? Vielleicht wird er gleich lospoltern. Aber das ist mir egal. Die Wahrheit muß er hören. Mag er mit der Faust auf den Tisch schlagen. Sie holte tief Luft. »Ihre Kinder brauchen Sie, Herr Brinkmann. Deshalb bin ich gekommen. Weil es so nicht mehr geht.«

Er schlug nicht mit der Faust auf den Tisch. Keine Miene rührte sich in seinem Gesicht, als er entgegnete: »Frank ist kein kleines Kind mehr. In seinem Alter habe ich von früh bis spät arbeiten müssen. Er wollte sich um Klaus und Katrin kümmern. Das hat er mir versprochen.«

»Und Sie haben versprochen, bald zu kommen. Außerdem sind ein paar Jahrzehnte vergangen, seit sie in Franks Alter waren. Vergessen Sie das?«

Er suchte nach Worten. »Das ist … verstehen Sie mich doch. Mein

Junge soll selbständig werden. Er muß sich im Leben zurechtfinden.«

»Frank ist selbständig, Herr Brinkmann. Aber zuviel dürfen Sie von ihm nicht erwarten. Es gehört nämlich einiges dazu, zwei kleine Geschwister zu versorgen. Das kann ein fünfzehnjähriger Junge auf die Dauer nicht. Da haben Sanders die Kleinen zu sich genommen.«

»Die Frau arbeitet doch«, sagte er. »Frank sollte seine Geschwister in den Kindergarten bringen.«

»Dort sind sie auch, tagsüber. Aber sie müssen saubergehalten und ordentlich verpflegt werden. Die Wäsche ist zu waschen, zu flicken, zu bügeln. Viele Dinge sind damit verknüpft.«

»Das macht Frau Sander?«

»Ja. Und ihre Tochter. Jetzt ist Irene mit Franks Gruppe im Ferienlager, und Frau Sander steht allein.«

Brinkmanns Unbehagen wuchs. Er ließ sich in seinem Tun nicht gern dreinreden. Was er anpackte, das hatte Hand und Fuß. Dafür gab er seinen Namen als Polier. Nun kam diese junge Lehrerin und rieb ihm den Familienkram unter die Nase. Er starrte auf die weißgescheuerte Tischplatte. Zorn und Einsicht kämpften in ihm. Fremde Leute müssen sich um meine Kinder mühen. Fremde Leute? Fräulein Trapp und Frau Sander sind keine Fremden. Er schob zwei Finger unter den Hemdkragen. »Verdammtes Elend«, knurrte er. »Ich kann die Arbeit hier nicht plötzlich an den Nagel hängen.«

»Sie müssen heimkommen, Herr Brinkmann. Zu Ihren Kindern.«

Er wurde heftig.

»Nichts wird sich finden. Gar nichts. Ich habe hier eine Brigade. Sie wissen nicht, was das heißt.«

»Doch, ich weiß es. Mein Vater ist Meister in einem Chemiewerk. Das wurde nach dem Krieg neu aufgebaut. Wir waren fünf Geschwister zu Hause. Vater war selten für uns da. Aber wir hatten eine Mutter. Später, bevor mein Studium begann, war ich selbst in Vaters Chemiewerk. Habe dort mein praktisches Jahr abgeleistet. Seitdem weiß ich, was die Arbeit einem Menschen bedeuten kann. Und in Eulenberg, mit meiner achten Klasse, da habe ich es wiederum erfahren. Das war ein hartes Lehrjahr für mich. Frank ist dabei wohl die schwerste Probe gewesen. Vielleicht ist diese Probe noch nicht beendet. Auch deshalb bin ich hier.«

Die steilen Falten in Brinkmanns Stirn glätten sich ein wenig. Prüfend sah er die Lehrerin an. Wie alt mag sie sein? Kaum fünfundzwanzig. Was weiß sie vom Leben?

Karin Trapp glaubte, sie hätte nun gewonnen. Aber das Gesicht des Mannes verdüsterte sich wieder. »Soll ich in Eulenberg Ziegenställe mauern?« fragte er. »Hier wird ein Hafen gebaut. Darum geht es.«

»Nein, es geht um mehr. Sie müssen sich entscheiden.«

»Entscheiden, entscheiden! Das ist kluger Schnack. Meine Brigade hat die große Werkhalle in Woltershagen mit zehn Tagen Planvorsprung hingestellt. Nun sind wir hierhergeholt worden. Ich kann die Brigade nicht hängenlassen.«

Karin Trapp dachte nicht mehr daran, jedes Wort abzuwägen. »Ist das denn wichtiger als die Kinder? Als drei junge Menschen, die einen Vater brauchen? Herr Brinkmann, ich kann mir denken, daß Sie Ihre Arbeit gewissenhaft ausführen. Aber mit der gleichen Gewissenhaftigkeit sollten Sie sich Ihrer Kinder annehmen. Sonst bleibt die beste Arbeit nur eine halbe Sache.«

»So, halbe Sache!« Der Zorn übermannte ihn. »Ich mache nichts halb ... ich nicht ...«

»Simon, schrei nicht so«, rief eine Stimme vom Nebentisch. »Du bist nicht allein hier.«

Verblüfft drehte sich Brinkmann um. Wer saß dort? Kollege Vogler mit dem blaugestreiften Schlips!

Lächelnd stand Erwin auf. »Darf ich mich ransetzen?«

Brinkmann, mit rotem Kopf, wollte aufbrausen, ihn wegschicken. Aber Karin hoffte, einen Verbündeten zu finden. »Bitte schön!« sagte sie geschwind. »Ich freue mich, Sie kennenzulernen. Wir haben soeben von Ihrer Brigade gesprochen.«

Simon Brinkmann konnte nicht verhindern, daß sich Erwin an den Tisch setzte. »Seit wann lauschst du hier?« fragte er grollend.

Erwin klopfte ihm auf die Schulter. »Polier, zähl erst mal bis zehn. Das hilft meistens. Wenn du hier so schreist wie auf dem Bau, dann lauschen alle, ob sie wollen oder nicht.«

Zähl bis zehn, dachte Brinkmann. Zähl bis zehn, mein Junge, in aller Ruhe – das hatte er bei seiner Brigade aufgebracht. Das half, wenn auf der Baustelle einer wütend wurde, weil es irgendwo nicht klappen wollte.

»Machen wir keine Flausen«, sagte Erwin. »Ich weiß Bescheid. Simons Kummer kenne ich. Von damals, als Frank ausgebüxt war und auf die Baustelle kam. Jeder in der Brigade hat längst gemerkt, daß mit unserem Polier etwas nicht stimmt.«

»Laß den Kram, Erwin. Das ist meine Sache.«

»Irrtum, Polier. Das ist unsere Sache. Ich vertrete die Brigade. Fräulein Trapp sieht die Dinge, wie sie sind. Du aber eierst herum. Jawohl, laß mich ausreden, du eierst. Mein Vorschlag: In vier Wochen bist du zu Hause bei deinen Kindern. Inzwischen mache ich meine Polierprüfung und übernehme die Brigade.«

»Dann wäre allen geholfen«, sagte Karin Trapp erleichtert. Und sie erzählte von Eulenberg. Dort würden Maurer gesucht. Für den Schulneubau. Eine große Schule würde errichtet, ganz modern und weiträumig. »Wissen Sie wo, Herr Brinkmann?«

Der Polier sah aus, als hätte er Watte in den Ohren. Seine Gedanken waren nicht mehr hier im »Warnowhof«, wo die Lehrerin von der neuen Schule schwärmte.

»Am Pfaffenberg wird sie gebaut. Mitten im Grünen. Dieses Jahr legen wir den Grundstein. Alle wollen helfen, Lehrer, Schüler und die Einwohner. Da ist eine Aufgabe für Sie, Polier Brinkmann. Sie werden in Eulenberg gebraucht.«

Karin blickte erwartungsvoll auf den grübelnden Mann. Ob der Starrkopf endlich einsieht, daß es nicht darauf ankommt, wo man arbeitet?

Brinkmann schwieg. Wenn er einmal eine Meinung gefaßt hatte, dann stimmte sie hinten und vorn. Dann ließ er nicht davon ab.

Hier aber stimmte etwas nicht. Das hatte ihm Karin Trapp vor Augen geführt. Er spürte den Widerspruch und war zu ehrlich, ihn vor sich selbst zu leugnen. Aber ehe er von seinem vorgefaßten Weg abging, mußte er alles wieder und wieder prüfen, zerlegen, abwägen. Immer tiefer verspann er sich in seine Grübelei.

Um die Zeit, da Karin Trapp den Polier Brinkmann aufsuchte, war im Muldenschilf der Teufel los. Zwei Parteien der Lagermannschaft standen sich gegenüber. Seit dem frühen Morgen tobte der Dschungelkampf. Die Fetzen flogen. Es waren zwar nur Schilffetzen von den Flößen, aber die Gemüter hatten sich erhitzt. Wer über Bord ging, mußte ausscheiden. Unbemannte Flöße galten als gekentert. Viele hatte das Schicksal schon ereilt. Sie standen am Wasser und feuerten lärmend ihre Kämpfer an. Sieger wurde die Partei, der es zuerst gelang, zehn Mann am gegnerischen Ufer zu landen. Wohlgemerkt, mit dem Floß mußten sie landen. Die Studenten waren Schiedsrichter.

Frank, Kommandeur der Dschungelpartisanen, gab den letzten Flößen Befehl zum Generalangriff. Acht Mann seiner Partei waren bereits drüben bei Alfreds Kolonialsöldnern an Land gestürmt. Sie schrien sich die Kehlen heiser, als Franks Floß vorstieß. Die Kolonialtruppe hatte fünf Mann gelandet, besaß aber noch bedeutend mehr Flöße als die Partisanen. Gegen diese Übermacht sah Frank nur eine Möglichkeit: durchbrechen ohne Rücksicht auf die Verteidigung des eigenen Ufers.

Das Kommandeursfloß der Dschungelkämpfer trug eine starke Besatzung. Frank, Wanze und Pepo paddelten mit voller Kraft. Die Bugwelle schäumte. Neben ihnen hatten sich die restlichen Partisanenflöße zum Keil formiert. Nur Irene und Purzel blieben als Reserve hinten. Ihr Floß schwamm im Kielwasser der Angriffsspitze. Sie hatten den Auftrag, jeden Kampf zu vermeiden.

Alfred, der gegnerische Admiral, erkannte die Gefahr. Sofort warf er seine Streitmacht gegen die Angreifer. Sieben Flöße der Kolonialisten steuerten auf die herankommende Keilspitze zu. Das Schilf prasselte, als sie zusammenstießen. Jäh kam die Überrumpelung.

Frank und seine Gefährten plänkelten nicht mit Geschubse und Gezerre. Wie Tiger stürzten sie sich auf die feindlichen Besatzungen. Die waren überrascht. Sie wurden mit ins Wasser gerissen, zwei, drei Mann auf einen Ansprung.

Franks Kommandeurstrupp hatte sich geopfert, aber die Fahrt für Irene und Purzel war frei. Beide paddelten stürmisch drauflos, von den letzten Flößen des Angriffskeiles gedeckt. Jubel brandete auf. Sie erreichten das feindliche Ufer. Sieg, Sieg für die Partisanen!

Und nun begann, was der Geländespielplan nicht vorsah. Mann gegen Mann standen die Kämpfer im Morast und pfefferten sich den Schlamm um die Ohren. Es war eine herrliche Moorschlacht. Alfred und die Schiedsrichter wurden so heftig mit Schlammbatzen bombardiert, daß sie zu fliehen versuchten. Aber weit kamen sie nicht. Von allen Seiten patschte und prasselte es auf sie nieder.

Endlich wurde Frieden geschlossen, und lärmend zog der schlammbedeckte Haufen zur Badestelle.

Ein Motorradfahrer kam. Es war der LPG-Vorsitzende von Riebast. Er bremste, stieg eilig ab. »Ich suche euren Lagerleiter.« »Hier bin ich, Wilhelm. Wo fehlt's denn?«

Der Vorsitzende Wilhelm Hannemann wunderte sich. Er kannte Alfred sehr genau. Vorgestern hatte der ihm eine Tonne Kartoffeln für die Lagerküche abgehandelt. Dieser verschlammte Knabe sollte Alfred sein? Hannemann zweifelte. »Du bist der Lagerleiter?«

»Na, höre mal!« Alfred spülte sich den Schlamm vom Gesicht. »Kennst du mich jetzt?«

»Tatsächlich. Du, ihr müßt uns helfen. Die Schweine sind ausgerissen. Sechsundzwanzig Läufer. Haben das Gatter durchbrochen. Im Erlensumpf sind sie verschwunden. Ich habe keine Leute.«

»Los geht's!« brüllten die Schlammkämpfer. Sie waren in der richtigen Stimmung zur Schweinejagd.

Im Lager stand ein Trecker mit zwei Anhängern. Der Traktorist Henner Mertens lachte, als eine schlammbraune Horde angetobt kam. Frank begrüßte Henner. Den kannte er von Eulenberg. Damals, als der Trecker am Stadtrand Reifenschaden hatte, war Frank zur RTS gelaufen. Einen Vorderradreifen hatte er herangerollt und bei der Montage geholfen. Seitdem war der Traktorist sein Freund.

»Läßt du mich ans Lenkrad, Henner?«

»Quatsch nicht. Dort drüben steht der Vorsitzende. Halt den Rand jetzt.«

»Und nachher?«

»Vor Zuschauern geht das nicht. Da kriege ich Ärger. Du könntest längst die Fahrerlaubnis haben. Hast doch Maschinenverstand. Los, auf den Hänger.«

Raudi zappelte am Lagertor. Irene hatte ihn heute früh festgebunden. Er sollte seine vergipste Pfote schonen. Doch er schonte sie nicht. Winselnd hüpfte er umher, tanzte auf den Hinterbeinen und biß in den Strick, der ihn festhielt. Er wollte mit auf Jagd. Wuuu – wuiii – wuuu! Nimm mich mit, nimm mich mit! Irene aber blieb fest, obwohl ihr das Jammern weh tat.

Alfred schwang sich auf den Hänger. Der Vorsitzende gab das Zeichen zur Abfahrt. Die Mannschaft sang das alte Pirschlied: »Ein Jäger jagt ein wildes Schwein bei der Nacht im Mondenschein ...« Frau Schöllmeier stand vor der Küchenbaracke. Sie fuchtelte mit den Armen. »Hallo! Was soll werden? Die Makkaroni sind fertig.«

»Langsam dämpfen lassen«, brüllte Wanze. »Wir holen erst den Schweinebraten.«

Keiner hatte jetzt Hunger. Sie sangen wie tausend Mann: »Durch Moor und Heide ging's, husch, husch, bis zu einem Haselbusch ... Ein blondes Mädel sprang heraus, lacht den wilden Jäger aus ...« Am Erlensumpf stiegen sie ab. Henner verteilte Stricke. Der Vorsitzende krempelte sich die Hosen hoch. In breiter Linie drangen sie vor. Es ging über Wurzeln und Stubben, durch blubbernden Schlamm und stinkendes Brackwasser. Auch die Mädchen zierten sich nicht. Der Dschungelkampf hatte sie mutig gemacht.

Kahlkopf sang ein Solo. Seine Stimme hallte durch den Sumpfwald: »O Jäger, flink ist wohl das Schwein, doch flinker noch dein Schätzlein ...«

Sie hörten ein Quieken. Im Gehölz vor ihnen schimpfte Schweinemeister Hubert. Er hatte das erste Borstentier am Strick. Es quiekte fürchterlich. »Hierher!« schrie Hubert. »Ausschwärmen! Achtung, sie kommen!«

Alle Läufer waren in dem Kessel. Aber nicht alle blieben drin. Purzel kreischte, als ein feister Schweinebursche auf sie zugaloppierte. Sie wich zurück, stolperte, fiel rücklings über einen Ast. Drei Läuferschweine fegten durch die Lücke. Das letzte trapste Purzel auch noch auf die Schienbeine.

Jetzt hub die wilde Jagd erst richtig an. Ein Dutzend verschlammte Jäger stürmte den Flüchtlingen nach. Die drei Läuferschweine zeigten, daß sie echte Läufer waren. Im Schweinegalopp schlugen sie Haken, rasten hierhin, dorthin. Aus dem Erlensumpf ging es durch den

Maisacker. Dann rannten sie über die Rüben zum Kartoffelschlag am Dorf. Die Jäger tobten hinterdrein. Zwei Schweine griffen sie im Kartoffelkraut. Das dritte wurde bis ins Dorf verfolgt.

Vier Mann drangen durch die Hecke in den Gasthofgarten, wo sich der letzte Ausreißer verkrochen hatte. Er gab jeden weiteren Fluchtversuch auf. Wanze schlang ihm einen Strick um den Bauch. »Leute, das ist der Sattelgurt. Ich reite in den Stall. Frank, bind ihm die Haxe an. Und wenn er durchbrennen will, dann stoppst du ihn.« Wanze stieg auf den Schweinerücken. Einen Augenblick stand der junge Eber wie erstarrt. Dann grunzte er, schüttelte sich und jagte auf die Dorfstraße. Frank betätigte die Notbremse am Hinterbein. Sanft zog er die Leine an. Der Eber hoppelte um ihn herum wie ein Zirkuspferd in der Manege. Reiter Wanze schwankte heftig, aber er blieb oben.

Da kam Henner Mertens mit dem Trecker angetuckert. Im ersten

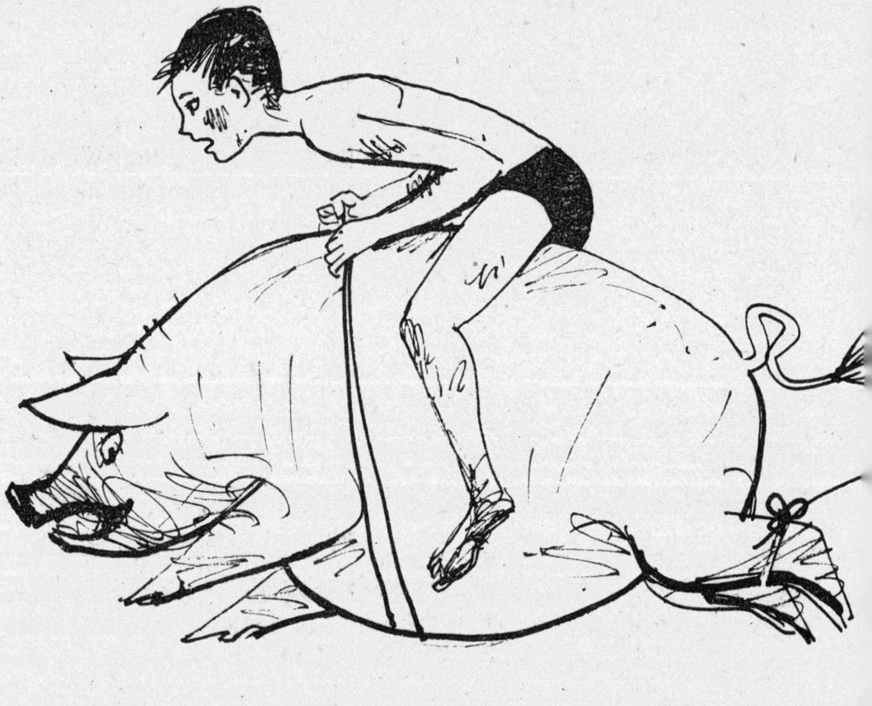

Hänger saßen dichtgedrängt die Schweinejäger. Sie brüllten, als sie Wanze reiten sahen. Die gefangenen Läufer in dem zweiten Hänger verstärkten quiekend das Geheul. Es war ein Höllenlärm. Kein Wunder, daß dem Reiterschwein die Nerven durchgingen. Wie angestochen raste es vor dem Trecker her. Frank mußte seinen Bremsstrick fahrenlassen. Das Tier war nicht zu halten. Wanze ritt nicht mehr, er hing wie eine Klette auf dem Schweinerücken. Seine Beine umklammerten den Rumpf des Ebers, und mit beiden Händen hielt er sich am Bauchstrick fest. So ging es in den Schweinehof. Auch die Kurve am Tor überstand der Reiter noch mit knapper Not. Dann mußte er zu Boden. Es wurde eine feuchte Notlandung im Jauchepfuhl.

Als er sich aufrappelte, triefend und stinkend, bog der Trecker in den Hof. Die Meute johlte unbeschreiblich.

## *Karin Trapp gibt nicht auf*

Im »Warnowhof« blickte Karin bekümmert auf den Polier. Erwin sah, daß sie sich in dieser verqualmten Schankwirtschaft nicht wohl fühlte. Er fragte, ob sie etwas wünsche. Nach Warnemünde könne man fahren, an die See, und in einem Strandlokal essen.

»Herr Vogler«, sagte sie leise, »ich habe jetzt nur einen Wunsch.« Mit ihrem Handtäschchen deutete sie auf Brinkmann, der nichts zu sehen und zu hören schien.

Erwin verstand. »Ich denke, das geht klar.« Und flüsternd fügte er hinzu: »Zeit lassen.«

Ich kann warten, dachte sie. Den ganzen Tag. Auch eine Woche lang. Hauptsache, ich bin nicht ganz umsonst hierhergefahren.

Erwin schubste den Polier. »Simon, vergiß nicht, daß wir Besuch haben.«

»Jaja.« Brinkmann drückte seinen Zigarrenstummel aus. »Das mit der Brigade geht nicht, wie du denkst.«

»Warum denn nicht?«

»Weil Erfahrung dazu gehört. Bist einfach zu jung.«

Erwin ärgerte sich. »Hast du nicht auch mal angefangen? Irgendwo als junger Maurer! Ohne großartige Erfahrung? Die erfahrensten Leute machen Fehler. Auch ein Polier Brinkmann.«

»Soso. Das mußt gerade du mir sagen.«

»Na, hör mal. Ist das vielleicht in Ordnung, wie du deine Kinder behandelst?«

Mit einem Ruck stand Brinkmann auf. Seine Augen wurden eng. Er packte die Tischplatte, daß die Knöchel weiß wurden. »Ich gehe lieber.« Mühsam beherrschte er sich. »Fräulein Trapp, es ist besser, wenn ich jetzt gehe.«

»Ein Wort noch«, sagte Karin.

Er zuckte mit den Schultern, wendete sich ab.

Sie trat zu ihm. »Ihr Junge ist nämlich dabei, eine Dummheit zu machen.«

Langsam drehte sich der Mann um.

»Frank will von der Schule gehen. Geld will er verdienen. Möchten Sie, daß er eines Tages Ihr Geld zurückweist und nichts mehr von Ihnen wissen will? Er glaubt, sein Vater würde überhaupt nicht mehr heimkommen. So wie es mit Irene Sanders Vater war.«

Ächzend ließ sich der Polier auf den Stuhl fallen.

»Das denkt er von mir?«

»Sie kennen ihn nicht. Er hat mit seinen Freunden ein Boot gebaut. Das sollten Sie sehen! Bei der Fahrt ins Lager sind sie gekentert. Ein Mädchen konnte nicht schwimmen. Frank hat die Ertrinkende aus dem Fluß geholt, bedenkenlos, unter Lebensgefahr. Es liegt bei ihnen, ob dieser Junge den Glauben an seinen Vater verliert.«

Brinkmann hockte schweigend am Tisch. Nach einer Weile stand er auf und ging, ohne Gruß, ohne die Lehrerin oder Erwin noch einmal anzusehen. Sein Bier vergaß er zu bezahlen.

Karin blickte ihm nach. Was geht in dem Mann vor? War alles umsonst?

»Jetzt hat's bei Simon geklingelt«, sagte Erwin. »Das war ein Volltreffer. Sie haben gewonnen.«

Aber Karin zweifelte noch.

»Bestimmt. Ich kenne ihn. Sie werden sehen. Und nun verschwinden wir aus diesem Bierschuppen«

Draußen blickten sie über die Straße. Der Polier war weg. Erwin sah, daß die Lehrerin hinkte. Langsam gingen sie zur Warnow. Die Sonne blitzte auf dem Wasser. Möwenschreie hingen in der Luft. Drüben war der alte Hafen. Schiffsleiber lagen am Kai wie riesige Tiere, die sich ausruhen. Ladebäume, bunte Schornsteine, ein paar Sportboote. Am Horizont ragte die Stadt mit ihren Backsteinbauten in den Himmel.

Erwin erzählte vom Überseehafen. Aber Karins Gedanken waren bei Franks Vater. »Herr Vogler, Sie kennen den Polier schon lange?«

»Na, an die acht Monate.«

»Wie erklären Sie sich sein Verhalten?«

»Hm, das läßt sich schlecht erklären. Die verstorbene Frau, wissen Sie, da ist er immer noch nicht drüber weg. Er sagt kein Wort davon. Nicht mal zu mir. Und wenn einer dran tippt, wird er zum Eisberg. Das sitzt tief bei ihm. Ein Glück, daß Sie gekommen sind.«

Die beiden saßen im »Ostseehaus«. Karin Trapp war Erwins Gast. Sie hatte gewaltigen Hunger. Erwin staunte, was so ein schlankes Persönchen verdrücken konnte. Nach dem Essen bestellte er Wein und erzählte von gefährlichen Segelfahrten. Sein Lieblingsboot im Klub hieß »Delphin«, ein schnittiger Renner der Drachenklasse. Erwin war begeisterter Wassersportler. Die Liebe zur Ostsee leuchtete aus seinen Augen. »Pröstchen!« sagte er und hob sein Glas. »Auf den Erfolg Ihrer Reise.«

Sie war müde von der Nachtfahrt, und ihr Fuß tat weh. Sie mußte sich tüchtig zusammennehmen. »Ihr Wohl, Herr Vogler.«

»Ach was, Erwin heiße ich. Und Sie, Sie hartnäckiges Mädchen?«

»Karin.«

»Prost, Karin! Darf ich doch sagen?«

Der Wein belebte sie. »Erwin, vorhin hatten Sie nach einem Wunsch gefragt. Ich habe aber drei Wünsche. Wie im Märchen. Da darf man sich auch drei Dinge wünschen.«

Er war sehr gespannt.

»Also«, sie hielt den Daumen hoch, »erstens: Der Polier Brinkmann soll bald nach Hause kommen.«

»Wird erfüllt«, sagte Erwin. »Montag früh ist Brigadeversammlung. Da wird klarer Tisch gemacht. Wetten, daß er heimfährt?«

Karin wollte lieber nicht wetten. Aber sie glaubte jetzt auch ein bißchen daran. »Zweitens: Darf ich mal eine Segelfahrt auf der Ostsee mit Ihnen machen?«

»Gedankenübertragung«, rief er. »Das habe ich mir nämlich auch gewünscht. Ist schon beschlossen. Hoffentlich sind Sie seefest. Der ›Delphin‹ hüpft wie ein Reitpferd über die Wellen. Nächsten Sonntag geht es raus. Und der dritte Wunsch?«

»Ich möchte Ihre Brigade auf der Baustelle besuchen. Ob das gehen wird?«

Er überlegte. »Schwierig, schwierig. Ringsum ist alles abgesperrt. Ohne Genehmigung darf keiner ins Hafengebiet. Aber sind Sie nicht dienstlich hier? Das schaukle ich. Sie haben doch einen Auftrag von der Pioniergruppe aus Eulenberg. Wann wollen Sie kommen?«

»Mein verknackster Fuß braucht einen Tag Ruhe. Übermorgen, denke ich.«

»Machen wir. Am Tor hinterlege ich den Passierschein auf Ihren

Namen. Fragen Sie den Posten danach. Sie gehören zu uns. Baustab Breitling, wenn einer was will.«

Karin hatte Bedenken. »Das stimmt doch nicht.«

Erwin lachte. »Erst so mutig und nun Angst vor der eigenen Courage? Ein bißchen forsch auftreten, das ist alles. Und noch eins.« Er blickte unter den Tisch auf ihre Schuhe. »Hohe Absätze sind dort ungünstig.«

»Muß ich in Gummistiefeln kommen?« fragte sie. »Oder werden Maurerpantinen vorgeschrieben?«

Es wurde noch ein vergnügter Nachmittag. Mit dem Taxi fuhren sie kreuz und quer durch die Straßen. Karin war zuletzt als Schulmädchen hier bei Tante Olga gewesen. Inzwischen hatte sich Rostock aus den Trümmern erhoben. Eine neue, helle Stadt erlebte sie. Erwin

spielte Reiseführer. Er bedauerte nur, daß sie heute nicht mit ihm tanzen konnte.

Vor Tante Olgas Haus nahm er ihren Arm. Karin war sehr müde und sehr froh.

Als die Sonne untergegangen war, kam Simon Brinkmann in die Baracke der Maurer zurück. Erwin saß am Tisch und schrieb, die »Festigkeitslehre« neben sich. Sein Kopf war angefüllt mit Zahlenwerten und Merksätzen. Er hatte den Rest des Sonntags über seinen Büchern verbracht.

»Na, Polieranwärter?«, sagte Simon, »hat dich die hübsche Lehrerin versetzt?«

Verwundert drehte sich Erwin um. Ist Simon blau? Nein, dann

wird er trübsinnig. Stocknüchtern sieht er aus. Der Knoten wird gerissen sein.

Brinkmann legte fünf Mark auf den Tisch. »Mach die Bücher zu. Hol ein paar Flaschen Bier.«

»Ich pfeife auf dein Bier. Erst benimmst du dich wie die Axt im Walde, und nun wird der fröhliche Onkel markiert.«

Simon setzte sich auf den Tisch. »Was versteht schon so ein junger Dachs wie du von meinen Sorgen.«

»Gar nichts«, sagte Erwin spöttisch. »Nicht das allergeringste, du unfehlbarer Altmeister.«

»Hör auf mit dem Quark. Wo ist Fräulein Trapp?«

»Weiß nicht.«

Simon sprang vom Tisch.

»Etwa abgereist?«

»Wäre kein Wunder bei deiner Ruppigkeit.«

»Laß die Witze.« Simon packte seinen Kollegen am Kragen, zerrte ihn hoch. »Wo ist sie, will ich wissen.«

Erwin schnappte nach Luft. »Wenn du mich umbringst, erfährst du gar nichts mehr, und Karin Trapp wird Trauerkleider tragen.«

»Also sag's. Wo?«

»Im Bett wahrscheinlich. Sie hat den Schlaf nötig nach der Begegnung mit so einem Büffel von Polier.«

Erwin verriet nichts. Er freute sich auf Simons Gesicht, wenn Karin plötzlich am Bauplatz auftauchen würde. Aber gleich darauf war er selbst der Überraschte. Er traute seinen Ohren nicht. In acht Tagen sollte er die Brigade übernehmen.

Brinkmann konnte es nun nicht schnell genug gehen. Er hatte alles erwogen bei seinem Marsch weit draußen an der See, wo der Küstenwald menschenleer war. Die Worte der Lehrerin saßen wie ein Stachel in ihm. Es schmerzt, wenn ein Vater erfährt, daß ihn der eigene Junge abgeschrieben hat. Simon Brinkmann tat es bitter, bitter weh.

»Polier«, sagte Erwin, »hast bisher keine Eile gehabt, heimzukommen. Nun zählen ein paar Tage nicht. Erst will ich meine Prüfung ablegen. Und einarbeiten muß ich mich. Vier Wochen, hab ich gesagt. Dabei bleibt es.« – Sie hatten vieles zu besprechen. Zuletzt einigten sie sich auf drei Wochen.

Brinkmann lag noch lange wach. Er dachte an Frank. Und immer wieder versuchte er, Frau Sanders Bild in seine Erinnerung zu bringen. Aber das Bild dieser Frau, die seinen Kindern eine Mutter war, wollte nicht deutlich werden. Er ächzte, warf sich hin und her und fand die halbe Nacht keine Ruhe.

## *Ede will Eindruck schinden*

Das Moped war schon von weitem zu hören. Wie eine Sirene heulte es durch die Aue. Der Posten sprang zum Lagertor. Breitbeinig stellte er sich hin, den Arm erhoben. Die Bremse quietschte. Beinahe hätte ihn der Kerl da über den Haufen gekarrt.

»Mach Platz!« brüllte der Tempofahrer mit dem Kofferradio vor der Brust. »Kennst mich wohl nicht?«

»Mann, Senkpiel!«

Der zweite Posten kam. »Ede! Ich werd verrückt. Wie kommst du denn zu diesem Feuerstuhl?«

»Frag nicht so dußlig«, sagte Ede Senkpiel. Er drehte den Gasgriff. »Bin Instrukteur. Wo ist Alfred? Muß ihn dringend sprechen.«

Die beiden Lagerposten kamen sich ganz klein vor.

»Dort in dem Wäldchen sitzen sie«, sagte der eine.

»Stell den Motor ab, du störst sie«, sagte der andere.

Ede würdigte die beiden keines Blickes mehr. Er gab Vollgas.

Die Lagerhüter blieben in einer blauen Wolke zurück.

Edgar Senkpiel war der älteste Schüler seiner Klasse. Zwei Jahre hatte er in der 8b sitzen müssen, krankheitshalber, wie er schulterzuckend sagte. Aber die Zehnte mußte er schaffen, das verlangte sein Vater von ihm. Ede war einsdreiundsiebzig groß. Er zählte sechzehn Jahre, kannte die neuesten Schlager und rasierte sich bereits. Heute war sein großer Tag. Zum ersten Mal konnte er sich auf einem Moped zeigen. Alle sollten ihn sehen. Besonders Irene Sander.

Knatternd kurvte er in den stillen Palaverwald.

Wanze begründete gerade seinen Antrag vor dem Lagerrat. Er wollte in der Küche abgelöst werden. Jedermann konnte das verstehen. »Da schwitzt einer Blut und Wasser«, sagte Wanze. »Und die andern gehn dauernd baden. Sie werden braun wie ...« Das Wort erstarb ihm auf der Zunge. Wuiii! Wrrt! Die Finken stoben aus den Buchenwipfeln. Der Mopedheld kam angebraust. Er bremste heftig. Schrrr! Der Motor stand, und stolz trat Ede Senkpiel in den Kreis. Doch so schnell, wie er gekommen, wich er auch zurück. Raudi ging ihn an. Knurrend stürzte sich der Gipsbeininvalide auf den Eindringling. Keiner hatte den Setter je so wütend gesehen. Irene lief ihm nach. Raudi fletschte die Zähne. Der gesamte Lagerrat freute sich über seinen Mut. Irene mußte ihn festhalten, um ein Unglück zu verhüten.

»Ede, alter Pinsel, merkst du nichts?« fragte Wanze. »Du störst hier die Beratung.«

Senkpiel überhörte Wanzes Spott. Er kam näher. Alle Augen sah er auf sich gerichtet. Mit großartiger Gebärde schwang er die Aktentasche am Riemen von der Schulter, ging auf Alfred zu und sagte forsch: »Ich komme als Kurier. Direkt von der FDJ-Kreisleitung.« Sie blickten zweifelnd auf den Hans-Dampf-in-allen-Gassen. Das mit dem Moped ist sein neuer Trick, dachten sie. Von der Kreisleitung stammt es also. Wie er das bloß wieder fertiggebracht hat?

»Zeig mal deine Fahrerlaubnis«, sagte Alfred.

Ede zeigte sie. Vorgestern hatte er die Prüfung abgelegt. Er blickte selbstgefällig in die Runde. Wie sie staunen, die kleinen Würstchen. Und Irene ist platt. Jaja, Senkpiel hat was auf dem Kasten.

»Warum bist du nicht zum Lageraufbau mitgekommen?« fragte Alfred. »Du hattest dich gemeldet, Edgar. Als erster von deiner Klasse.«

»Ach, das ... das ließ sich nicht mehr machen.«

»Warum denn nicht?«

Ede wies auf seine Ledertasche. »Weil ich die Sache hier verfolgen mußte. War dauernd bei der Kreisleitung. Dazu die Mopedprüfung. Und was sonst noch alles dazwischenkam.«

»Im Stich gelassen hat er uns«, rief einer. »Rücksichtslos wie immer. Und jetzt bläst er sich auf.«

In der Runde murrten sie verächtlich.

Ede protestierte. »Nein, Freunde. Im Gegenteil. Ich habe mich für alle eingesetzt.« Er klopfte wichtig auf die Aktentasche. »Es ist mir gelungen ...«

Raudi knurrte grollend. Er störte den Redner.

»Still«, flüsterte Irene. »Schön sitzen bleiben.«

»Also«, hub Ede wieder schwungvoll an, »es ist mir nämlich gelungen, eure FDJ-Ausweise zu beschaffen. Jawohl, hier bringe ich sie. Ist das vielleicht nichts? Alle aus der 8a und 8b sind aufgenommen.«

Sie umringten ihn. Sie fragten. Ede tat sich mächtig dicke. Wenn er nicht gewesen wäre, würden die Anträge heute noch in einer Schublade schmoren, so sagte er. Und er fügte noch einiges hinzu, das seine gute Tat so recht beleuchtete.

Sie beschlossen, am Abend die FDJ-Leitung der künftigen neunten Klasse zu wählen. Ede witterte seine große Chance. Er war bereits seit einem Jahr im Jugendverband. Wem anders stand der Sekretärposten zu als ihm? Er hatte die Ausweise beschafft. Er war Verbindungsmann zur Kreisleitung.

»Bleibst du im Lager?« fragte Frank.

»Klar, ich bleibe.«

»Machst du richtig mit?«

»Was denn sonst!«

»Das läßt sich hören, Ede. Wir haben nämlich ein wichtiges Amt für dich.«

»Aha! Worum geht es denn?«

»Du kannst Wanze in der Küche ablösen.«

Über die Gesichter rundum ging ein Schmunzeln. Ede stutzte. »Küche?« fragte er argwöhnisch. Das Angebot kam ihm spanisch vor. Das roch nach Tellerspülen. Er hatte mehr an eine leitende Funktion gedacht.

»Es ist ein Chefposten«, erklärte Wanze rasch. »Als Küchenmeister hast du viel zu sagen. Das Wohl des ganzen Lagers liegt in deiner Hand.«

Klingt nicht übel, dachte Ede. Er hörte, daß Irene Verpflegungsminister war, und sagte zu. Wanze führte ihn in das neue Amt ein. Auch die hohe Kochmütze vermachte er seinem Nachfolger.

Frau Schöllmeier war zuerst nicht erbaut von dem selbstsicheren jungen Mann. Aber die Musik aus dem kleinen gelben Kasten stimmte sie versöhnlich. Ede kurbelte Brotscheiben. Fünfhundert Stück. Wanze ging indessen mit den anderen baden.

Gegen Abend, als Frau Schöllmeier fort war, spielte Ede Kommandeur in der Küchenbaracke. Er meisterte sein Amt mit Forsche, man hörte ihn sehr weit. Der Küchentrupp mußte spuren. Senkpiel war ein strenger Chef.

Das Essen wurde aufgetragen. Alle futterten, und Ede machte einen Inspektionsgang um die Tafel. Die hohe Kochmütze saß ihm schräg überm linken Ohr.

Beim ersten Tisch fing es an. Sie konnten nicht mehr essen. Einige verschluckten sich. Sie lachten, brüllten und steckten alle an mit ihrer Heiterkeit.

Ede feixte zuerst mit. Dann, als das Lachen gar nicht enden wollte, wurde es ihm zu dumm. Er nahm die hohe Mütze ab und betrachtete sie von allen Seiten. Nichts Besonderes. Ob ich eine schwarze Nase habe? Er fummelte im Gesicht herum.

Das Gelächter wuchs wie ein Orkan. Der Setter humpelte hinter Ede her, und schwupp! schnappte er nach dessen Hintern.

»Hau ab, du lahme Töle!« rief Senkpiel.

Aber Raudis begehrliche Blicke gingen unentwegt zum Hinterteil des neuen Küchenmeisters. Da war der Spaß verraten. Ede ertastete den Schweinepürzel, der ihm hinten an der Hose hing. Es war ein Prachtstück, rosarot mit schwarzem Ende und wunderschön geringelt. Ede riß die Zierde ab und warf sie Raudi in den Rachen. Irene sprang hinzu. Sie pusselte die Sicherheitsnadel heraus. Dann durfte Raudi fressen. Seine Augen verdrehten sich vor Wonne, als er den Pürzel knackte.

Ede hatte sich verzogen. Niemand wußte, wo er war. Irene fand ihn schmollend im Palaverwald. »Aber Edgar! Seit wann bist du ein Trauerkloß? Verstehst du keinen Spaß mehr? So ein Schweineschwänzchen gehört bei uns zur Küchenmeistertaufe.«

»Hör auf! Du steckst mit Brinkmann unter einer Decke. Ihr wollt mich bloß fortekeln.«

»Das ist nicht wahr. Laß Frank aus dem Spiel. Es war ein Spaß von irgendwem und weiter nichts.«

Ich bin doch nicht doof, dachte Ede. Er hielt mehr von Irene, als sie ahnte. Sie gefiel ihm gut, nur die Gretchenzöpfe mochte er nicht. Lange hatte er sich um ihre Freundschaft bemüht. Doch immer war sie ihm ausgewichen. Nicht ein einziges Mal hatte er sie bewegen können, mit ihm ins Kino oder in die Milchbar zu gehen. Nun war sie diesem Brinkmann auf den Leim gekrochen. Der regierte hier das ganze Lager. Und er war der Gelackmeierte. Trotz Moped. Trotz der Ausweise, die er gebracht hatte.

»Edgar, sei vernünftig!« bat sie ihn. »Du kommst daher und willst gleich die erste Geige spielen. Mußt du dich denn bei jeder Gelegenheit wichtig machen? Merkst du nicht, wie lächerlich das ist?«

Oho, lächerlich! Ede, der sonst ein Fell wie Sohlenleder hatte, war gekränkt. Jeder hätte ihm das sagen dürfen, bloß Irene nicht. In diesem Lager würde er nichts werden können. Er machte seinem Ärger Luft: »Denkst du, ich spiele bei euch Küchentrottel? Das hat man nun von seinem guten Willen. Ich verzichte auf euren Saftladen.« Er horchte. Drüben knatterte sein Moped. »Noch eine Schweinerei!« brüllte er und stürmte los.

Frank machte vor dem Lager eine Probefahrt. Er jagte auf Edes Moped über die Wiese. Zwei Dutzend Motorsportanhänger standen am Lagertor und tauschten fachkundige Bemerkungen. Senkpiel kam angefaucht: »Seid ihr verrückt! Das ist ein Instrukteurfahrzeug. Was fällt euch ein? Brinkmann, anhalten!«

Frank hielt nicht an. Er brauste hart vorbei, immer wieder.

Ede stürmte zum Zelt des Lagerleiters. Er lamentierte laut. Nach einer Weile kamen beide vor das Tor. Pepo war gerade mit dem Moped an der Reihe. Alfred winkte ihn heran. »Stell das Ding ab!« Schrrr. Pfft – pfft – pfft.

Alfred versuchte streng zu sein. »Männer, so geht das nicht. Ihr verkutscht den Sprit des Instrukteurs, klagt Ede. Schluß damit. Es ist kein Fahrschulmoped. Übrigens, Freund Senkpiel will uns verlassen. Er hat wichtigere Aufgaben, so meint er jedenfalls.«

Die Motorsportler kicherten. Senkpiel blickte grimmig. Wanze puffte ihn mit dem Ellbogen. »Elender Angeber!«

»Wanze!« mahnte Alfred. »Der Lagerfriede ist oberstes Gesetz. Vergiß das nicht. Ede hat sich mit mir ausgesprochen. Er fährt heute noch ab. Es war immerhin ein schöner Zug, daß er die Ausweise gebracht hat.«

»Und was wird mit dem Küchenkram?« rief Wanze. »Den muß er doch noch übergeben, ehe er die Kurve kratzt.«

»Kannst du haben«, knurrte Ede. »Da ist alles in Ordnung.« Er stellte sein gelbes Radio an. Mit Schlagermusik folgte er dem alten Küchenmeister.

Irene sah die beiden zur Baracke gehen. Sie hatte den Streit gehört, und ein Gedanke blitzte in ihr auf. Warte, Senkpiel! Ich werde dir die

Heimfahrt versalzen. Was der sich einbildet! Wenn er unser Lager Saftladen nennt, dann soll er sein Instrukteurfahrzeug nach Hause schieben. Mit so einem Ding werde ich allemal fertig.

Sie nahm die Kombizange aus Kahlkopfs Werkzeugtasche und schlich zu der Weide, wo das Moped stand.

Die Jungen spielten Volleyball.

Niemand beachtete Irene. Flink montierte sie: Zündkabel ab, Kerze ausgeschraubt, Elektrode aufgebogen. Es dauerte nur Sekunden, dann war alles wie zuvor. Sie wickelte die Zange in ihre Badekappe und sah beim Spiel der Jungen zu. Ob Ede den Fehler entdekken wird?

Kurz darauf rüttelte Senkpiel ratlos an seinem Moped. Sprit ist noch da, verdammt noch mal. In der Küche hatte ihn Wanze hart angefahren: »Du Wasserkopp, mach dich fort. Wir sind kein Affenzoo, wir sind ein Pionierlager. Bring deine Afferei woanders an.« Und nun plagte sich Ede mit dem geborgten Fahrzeug. Dreimal hatte er versucht, es anzuschieben. Nichts. Er schimpfte, stellte das Radio ab. Immer mehr Zuschauer kamen. Sie sparten nicht mit hämischen Bemerkungen.

Ede schwitzte. Er untersuchte die Kraftstoffleitung, bastelte am Vergaser. Beim Prüfen der Kerze sah er, daß kein Funke übersprang. Doch den zu großen Elektrodenabstand sah er nicht. Ob die Kerze hin ist? Eine Ersatzkerze war nicht im Werkzeugbündel. Was nun? Mit Vollgas hatte er davonbrausen wollen, quer durchs Lager, daß alle aufhorchen mußten. Jetzt blieb ihm zu dem Mißerfolg noch ein schmählicher Abgang. Die Zuschauermeute lästerte.

»Platz!« schrie Ede. Er schob sein Moped durch die Menge.

Frank trat vor ihn hin. »Halt mal. Ich bringe dein Feuerzeug in Gang, wenn du jeden von uns eine Runde fahren läßt. Wetten? Hast ja keine Ahnung, Ede.« Senkpiel war rot vor Wut. »Pfoten weg! Ihr könnt mir gestohlen bleiben.« Er stapfte mit dem Rad über die Wiese, Spottrufe im Ohr.

## *Ein lahmer Anfang mit der neuen Gruppe*

Die Dämmerung kam. Sanfter Wind strich durch die Aue und wehte feine Dunstschwaden vom Fluß herüber. Wie Schleier schwebten sie zwischen den Zelten.

Auf der Lagerwiese wurde das letzte Volleyballspiel beendet. Zwei Angelfreunde zeigten ihre Beute herum. Ein halbpfündiger Barsch war dabei. Am liebsten hätten sie den Fang noch gebraten, aber die Küche war verschlossen.

Purzel kam von der Badestelle gerannt. Sie keuchte vor Aufregung. »Irene! Irene!« Das Zelt war leer. Versammlung! fiel Purzel ein. Es ist ja Wahlversammlung. Sie zog ihre Trainingsjacke über und lief zum Palaverwäldchen.

Die Gruppe der künftigen neunten Klasse stand im Kreis unter den Buchen. Das Licht der Zeltlaterne flackerte. Es war feierlich still. Alfred verteilte die Ausweise. »Ihr solltet schon längst im Verband sein«, sagte er und verpflichtete jeden durch Handschlag.

Purzel schob sich in den Kreis. Sie kam zuletzt an die Reihe. Ihr rundes Gesicht glänzte im Laternenschein, als sie den Ausweis erhielt.

Sie setzten sich.

»Irene«, flüsterte Purzel, »weißt du das Neueste?«

»Psst! Später, Purzel.«

»Du, es ist aber ganz wichtig. Ich habe heute die Bahn geschafft. Fünfundzwanzig Meter, Irene! Nur mit Leine.«

»Gut, gut. Du machst dich.«

»Sag mal, wie gefällt dir der schwarzhaarige Student, der Benno? Klasse, was! Ich kann mich noch freischwimmen, ehe das Lager zu Ende geht. In drei Tagen, hat er gesagt. Den müßten wir als Sportlehrer kriegen.«

Alfred stellte die Laterne auf den Baumstubben und fragte: »Wer leitet die Wahlversammlung?«

Niemand meldete sich. Nur den Wind hörte man und verwehte Stimmen aus dem Lager. »Ihr solltet nicht warten, bis etwas von oben kommt«, sagte der Pionierleiter. »Handelt selbst. Alles liegt bei euch.«

Im Schein der Laterne sah man unschlüssige Gesichter. Mancher dachte: Frank! Warum beginnt Frank nicht? Er ist doch Lagerratsvorsitzender.

Der Kapitän saß im Dunkel, hinten, an einen Stamm gelehnt. Sein Zerwürfnis mit Irene bedrückte ihn. Er kam nicht darüber hinweg, daß sie gesagt hatte, er reiße vor der Schule aus. Als ob die Arbeit in einer Werkstatt leichter wäre. Was wußte sie schon davon? Gar nichts. Nach Rostock hatte sie fahren wollen. Und nun? Fräulein Trapp würde dort auch nichts erreichen. Frank sah zu den Sternpünktchen hinauf, die zwischen den Zweigen blinkten. Eine Stimme riß ihn aus seiner Grübelei.

»Ich mache es«, piepste die Stimme. »Weil keiner anfängt.« Im Kreis neben der Laterne stand Purzel. Sie fühlte sich stark heute. Fünfundzwanzig Meter war sie geschwommen. Der schwarze Benno hatte sie gelobt. Und Mitglied der FDJ war sie nun auch, genau wie die anderen. »Also«, sagte sie, »wählen wir zuerst den Gruppensekretär. Ich habe an Frank gedacht.«

Zustimmende Rufe kamen.

»Nein«, sagte Frank aus dem Dunkel. »Das geht nicht. Ich denke, Irene wäre der richtige Gruppensekretär. Wählt Irene.«

»Und du?« fragte Kahlkopf. »Warum soll es mit dir nicht gehen?« Die Buchen rauschten. Frank schwieg.

»He, Käptn, wir alle wollen es wissen. Was ist los mit dir? Warum sitzt du da hinten und bockst im Dustern?«

»Erstens bocke ich nicht. Und zweitens gehe ich von der Schule. Das weißt du doch.«

Irene dachte: Mich schlägt er vor? Ich soll wohl schön still hinnehmen, daß er uns verläßt? Da irrt er sich aber. Sie stand auf. »Ich bin mit Frank nicht einverstanden ...«

Purzel unterbrach sie. »Wir haben Wahlversammlung, Irene. Private Dinge macht ihr später ab.«

»Privat? Unsinn! Es ist eine Gruppensache. Frank ge-

hört zu uns. Er braucht die Schule wie wir. Darum geht es.«

»Jawoll!« sagte Wanze. »Wir alle bleiben zehn Jahre auf der Schulbank. Und der Käptn auch. Das wäre ja gelacht.« Er nahm die Zeltlaterne vom Stubben, ging zu Frank und leuchtete ihm ins Gesicht. »Du willst kneifen? Mann, so was gibt's doch gar nicht!«

»Verschwinde mit deiner Funzel!« Frank hatte sein störrisches Gesicht. Da war nichts zu machen. Keiner wußte das besser als Wanze.

Sie stimmten ab. Es dauerte eine Weile, bis die Gruppenleitung gewählt war. Purzel flitzte mit der Laterne umher, geschäftig und aufgeregt. Sie zählte die Stimmen. Irene wurde Sekretär. »Einstimmig«, bestätigte Purzel.

»Mahlzeit!« knurrte Wanze. »Du hast wohl Tomaten auf den Augen?«

»Was denn? Von mir aus können wir die Gegenprobe machen. Wer ist dagegen?« Purzel blickte sich in der Runde um. »Bitte schön, keiner dagegen«, piepste sie.

Wanze versuchte ebenfalls zu piepsen: »Bittschön, Stimmenthaltungen darf es wohl bei dir nicht geben?«

»Ach du! Meckern ist keine Kunst. Wer enthält sich der Stimme?« Zwei reckten den Arm: Wanze und Pepo. Sie wollten ihrem Kapitän die Treue halten. Purzel war ein wenig verdattert. Aber sonst stimmte alles bei dieser Wahl, die sie geleitet hatte.

Der Mond stand über den Buchen. Sein fahles Licht fiel durch die Zweige. Im Lager wurde Zapfenstreich geblasen. Als die Töne verklungen waren, sprach Irene zu der neuen Gruppe. »Das Wichtigste ist, wir müssen zusammenhalten. So fest wie die Kanubauer der alten 8a. Denkt mal zurück. Jetzt sind wir älter.«

»Leute, jetzt kommt der Ernst des Lebens«, piepste Wanze.

Irene ließ sich nicht verblüffen. »Willst du in den Ruhestand gehen, Opa Wanze? Oder möchtest du etwas leisten?«

»Weiß schon«, sagte der Spötter. »Immer dasselbe mit den Redensarten. Das müssen wir und dieses müssen wir. Ist doch stinklangweilig.«

»Findest du unser Zeltlager stinklangweilig?«

»Davon spricht keiner.«

»Siehst du! Weil wir etwas daraus gemacht haben. Du als Küchenmeister zum Beispiel. Und Frank mit dem Lagerrat. Und unsere Studenten, die schon zwölf Freischwimmer haben. Und Kahlkopfs Bautrupp. Frag Alfred, wie schwierig am Anfang alles war. Es kommt darauf an, daß man etwas tut. So ist es auch mit unserer Gruppe.«

Sie versteht es, dachte Kahlkopf. Frank könnte es nicht besser machen. »Hör endlich auf mit deiner dämlichen Quasselei!« zischte er Wanze zu.

Der aber hörte nicht auf, obwohl ihn Kahlkopf in die Rippen boxte. »Au! Hilfe! Ich werde tätlich angegriffen. Zur Geschäftsordnung. Irene. Jugendfreund Karl Schönbrod muß verwarnt werden. Amtlich verwarnt. Aber ich sage trotzdem meine Meinung. Wißt ihr, was wir brauchen? Einen guten Plan. Jawohl, eine handfeste Sache brauchen wir. Da muß was dran sein. Wie damals, mit Frank.«

Irene freute sich. »Einverstanden, Wanze. Hast du Vorschläge?« Frank ärgerte sich über Wanzes Theater. Sie wird es nicht leicht haben mit diesem Querkopf. Der will alles besser wissen. Bloß wenn er Dampf kriegt, ist er ein brauchbarer Kumpel. Er horchte. Was ist das? Ein Moped? Kommt dieser Senkpiel wieder?

Das Motorengeräusch näherte sich. Scheinwerferlicht zitterte zwischen den Stämmen. Raudi bellte. Das Fahrzeug kam in den Palaverwald gerast. »Feuer!« brüllte eine Stimme. »Riebast brennt!«

Ede Senkpiel war der Unglücksbote. Er hatte sein Moped bis zum Dorf geschoben. Als er sich in Riebast eine neue Zündkerze besorgte, war Feueralarm gekommen. Aus der Scheune hinter dem Schafstall schlugen die Flammen. Das Feuerhorn tutete, und dann fiel die Sirene ein. Zu allem Unglück war heute Theaterabend. Der große Theaterbus hatte viele Bauern nach Eulenberg gefahren. Ede begriff sofort, daß hier Helfer gebraucht wurden. Ehe die Feuerwehrmänner ihren Motorwagen aus dem Spritzenhaus schoben, war er davongeknattert.

Mit Windeseile verbreitete sich die Feuermeldung im Lager. »Es brennt, es brennt!«

Alfreds Kommando gellte über den Platz. Die Unruhe verebbte. In gewohnter Disziplin stand die Mannschaft vor dem Fahnenmast. »Freiwillige rechts raus! Halt, nur die Älteren ab dreizehn.«

Die Freiwilligenkolonne am rechten Flügel wuchs. So mancher der Jüngeren schob sich mit hinein.

»Kahlkopf, laß abzählen!«

Nanu, dachte Frank. Dem Kahlkopf übergibt er das Kommando? Warum nicht mir?

»Irene, du bleibst im Lager!« Alfreds Stimme duldete keinen Widerspruch. »Bist Lagerleiter während meiner Abwesenheit.« Zuerst sagte Irene gar nichts. Sie wäre zu gern mit den Freiwilligen ins Dorf gelaufen. Aber das wollten alle, auch die Jüngsten.

»Verstanden!« sagte Irene, und damit übernahm sie die Verantwortung.

»Keiner verläßt den Zeltplatz ohne Irenes Genehmigung«, rief Alfred noch. Dann rannte er zur Spitze der Kolonne.

»Alle beisammen bleiben! Die Studenten laufen am Schluß.«

Wie ein Schatten verschwand der Freiwilligenzug im Dunkel.

Ede Senkpiel trat sein Moped an. Er kam sich wieder ungeheuer wichtig vor. Die Schweineschwanzblamage war ausgewetzt. Was hätten sie denn ohne ihn angefangen? Geschlafen hätten sie, während in der Nachbarschaft ein Dorf vom Feuer bedroht war.

Mit Vollgas überholte Ede die Kolonne. Seine Hupe krächzte. Plötzlich schwang sich einer auf den Gepäckträger. Das Moped schwankte. Ede ahnte nicht, daß Frank Brinkmann der aufgesprungene Sozius war. Er hatte Mühe, sein Rad durch die zermahlene Sandspur zu lenken. Frank hinter ihm sagte keinen Mucks. Er klopfte dem Fahrer nur auf die Schulter. Das hieß: Tüchtig, tüchtig! Dreh auf! Ede drehte auf. Das Moped heulte, rutschte, jagte weiter, dem brennenden Dorf entgegen.

## *Zupacken hilft*

In langer Reihe stürmte die Freiwilligenkolonne durch das Erlengehölz. Der Mond warf gespenstische Schatten auf den Weg. Jeden hatte die Erregung gepackt. Sie liefen, als gälte es ihr Leben. Vielleicht ging es wirklich um Menschenleben bei diesem Brand? Der Feuerschein am Himmel spornte ihre Kräfte an.

Riebast lag drei Kilometer vom Zeltlager entfernt. Nach einer Viertelstunde erreichten die Helfer den Dorfeingang. Wie erstarrt blieben sie stehen. Die prasselnde Lohe jenseits der Straße tat ihren Augen weh.

Über den Trümmern der Scheune stand eine riesige Feuergarbe. Der Wind drückte die Flammen ins Dorf. Unheimliches Knistern und Zischen erfüllte die Luft. Ein Funkenmeer wirbelte am nächtlichen Himmel. Das Schäferhaus neben der Scheune hatte bereits Feuer gefangen. Rauch quoll aus den Fensterhöhlen. Die Motorspritze knatterte. Schreie gellten.

Auf der Wiese rannten dunkle Gestalten umher. Sie zertrampelten die Glutsäume am Boden. Das ausgedörrte Gras wirkte wie ein Zündschnurteppich.

»Dorthin!« Alfred wies auf den glimmenden Rasen. »Wir brauchen Säcke zum Löschen. Nasse Säcke ...«

Ein Ruf übertönte das Tosen: »Laßt die Schafe raus!«

Jetzt erst konnten sie sich das dumpfe, grollende Brummen erklären. Kaum fünfzig Meter vom Brandherd stand der Schafstall. Die Herde witterte das Feuer. Über dem Schilfdach tanzten die Funken. Der First schwelte an einigen Stellen.

»Die Schafe bleiben drin!« donnerte eine Stimme. »Wir kriegen sie nicht weg. Sie rennen ins Feuer. Bringt die Spritze her!«

Die Spritzenmänner liefen zum Stall. Plötzlich setzte das Knattern des Motors aus.

Das Schilfdach über dem Schafstall war taghell beleuchtet.

Wanze zeigte hinauf. Zwei Jungen turnten zum First empor. »Das ist Frank! Und Ede. Los, Alfred, aufs Dach!«

Alfred zögerte. »Vorsicht! Gefährliche Sache.«

»Mann, sollen wir zugucken, wie die sich abschinden?«

Wanze, Kahlkopf, Pepo und die anderen Jungen waren nicht zu halten. Sie rannten hinüber, suchten eine Leiter. Nur der Ladebaum stand an der Dachtraufe. Hier mußten Frank und Ede hinaufgeklettert sein.

Die beiden droben balancierten auf der Dachschräge. Frank hatte das Hemd vom Körper gestreift. Damit löschte er die Glimmstellen. »Paß auf«, rief er Ede zu, »hinter dir geht's auch los.«

Ede preßte seine Rennfahrerjacke auf die Funkennester, hier, dort. Katzengleich turnten sie über das Schilf und erstickten die aufkommende Glut. Doch überall begann es zu schwelen. Wie gefräßige Insekten kamen die Feuerpunkte angeschwärmt, immer neue, immer mehr. Der Kampf schien aussichtslos. Das Dach war lang. Sie rutsch-

ten, klammerten sich fest, suchten ein Moospolster für den nächsten Schritt. Hastig tupften und löschten sie.

Frank wischte sich mit seinem Hemdfetzen die Funken vom Nakken. »Wasser!« schrie er. »Wo bleibt die Spritze?«

Unter ihnen dröhnte das Blöken der Herde. Ede krallte die Hände in das brüchige Schilf. Ein Schwindelgefühl überkam ihn. Er schloß die Augen. Wir müssen runter, dachte er. Wenn das Zeug aufflammt, sind wir verloren. Dann krachen wir durch, und die Hammel zertrampeln uns. Er sah zu Frank. »Du, Brinkmann, hat keinen Zweck mehr.«

Frank hielt einen Augenblick inne. »Warum bist du überhaupt mit hochgekommen?« brüllte er. »Hau doch ab. Geh nach Hause, du Schlagerbubi.«

Konnte Ede jetzt gehen? Er packte seine Kunstlederjacke und

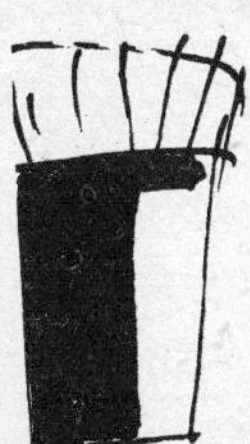

tupfte weiter, immer weiter. Will doch mal sehen, wer zuerst abhaut, der oder ich.

Da tauchte Wanze auf, sein Hemd in der Faust. »Frank, Verstärkung ist hier.«

Alfred kam, und Kopf an Kopf folgte die Jungenschar. Wie Eichhörnchen klommen sie herauf. »Durchhalten, Männer! Gleich gibt es Wasser.«

Sie hielten durch, bis die Handspritze ihren Strahl nach oben schickte. Die Funkenjäger auf dem Dach wurden geduscht. Eilends rutschten sie am Ladebaum herunter.

Die Eulenberger Feuerwehr kam angebraust. Alle horchten, alle freuten sich. Drei Motorwagen hielten an der Brandstelle. Im Galopp wurden die Schlauchanschlüsse gelegt. Der erste Löschtrupp jagte Wasser auf den gefährdeten Stall, bis der Schilfpelz triefend naß war. Die anderen Spritzen hielten den Flammenherd der Scheune nieder und löschten das Schäferhaus.

Zischend stieg der Qualm, riesige, dicke Wolken. Der Feuerschein verblaßte.

Das Dorf blieb von den Flammen verschont. Und dreihundert Schafe waren gerettet.

Gegen Mitternacht kam Ede mit dem Moped ins Lager zurück. Irene lief ihm entgegen.

Sein Gesicht war verrußt, und die Kunstlederjacke hatte faustgroße Löcher. »Edgar, wie siehst du aus!«

Er blickte sie an mit der überlegenen Miene eines Helden. Jetzt konnte er sich hier wieder sehen lassen. Keiner würde mehr über ihn feixen. »War allerhand los«, sagte er lässig.

»Erzähl doch.«

»Ein hartes Stück, die Löscharbeit im Dorf. Es ging um dreihundert Schafe. Vielleicht wäre ganz Riebast abgebrannt. Der Vorsitzende hat uns gratuliert. Er kam mit dem Theaterbus. Aber da war der Zauber schon vorbei. Die angekohlten Hemden und Schuhe werden ersetzt. Ein Versicherungsonkel hat alles notiert. Ich kriege eine neue Jacke. Bin nämlich auf den Schafstall geklettert. Das Schilf war zundertrocken. Höchste Gefahr. Die Funken kamen wie Bienenschwärme.«

»Wo sind die anderen?« fragte Irene.

Ede zeigte mit dem Daumen über die Schulter. »Werden gleich erscheinen. Gib mir was zu trinken. Ich gehe ein vor Durst. Die Affenhitze dort. Und Qualm, du hast keine Ahnung.«

»Wie ist denn das Feuer entstanden?«

»Ein paar Bengel sollen geraucht haben. Tabakspfeife. Unter der Scheunenrampe hatten sie eine Höhle. Da ist es passiert. Mindestens fünfzigtausend Mark Schaden, sagen die Bauern.«

Indessen marschierten die Helfer dem Lager zu. Sie waren müde, durstig, zerschrammt. Frank hatte sich den Rücken versengt. Aber der Sieg über das Feuer war auch ihr Sieg. Mancher hatte nur ein paar Geräte aus dem Bereich der Flammen geschleppt oder nasse Säcke zum Löschen herbeigetragen oder die Glut im dürren Gras zertreten. Doch alle waren von jener beglückenden Freude erfüllt, die man nach einer guten Tat verspürt.

Irene und Ede Senkpiel trugen gerade den Teekübel aus der Küche, als die Kolonne ins Lager kam. Frank sah die beiden zusammenstehen. Hat sich schnell rangekratzt bei ihr, der Schleicher. Jetzt fühlt er sich.

Irene gab Tee aus, Senkpiel schwänzelte herum. Das Heldenklima, in dem er auftreten konnte, gefiel ihm. Er zeigte jedem die Brandlöcher in seiner Jacke. Doch Irene erfuhr bald, daß es noch einen Helden gab. Frank war vorangeklettert auf das gefährdete Schilfdach. Sein Hemd hatte er vom Leibe gerissen, um die Funken zu löschen.

Alfred gebot Ruhe im Stimmenlärm. »Schluß mit eurem Geschnatter! Sonst wird das ganze Lager munter. Ab, in die Zelte! Wecken ist zwei Stunden später als sonst.«

Keiner machte den Anfang. Sie hatten fürchterlichen Hunger. Mit knurrendem Magen konnte man nicht einschlafen. Alfred sah es ein. Er war auch hungrig. Küchenmeister Wanze mußte Brot holen. Und eine harte Wurst schnitt er auf. Er hatte die längste aus dem Vorratskeller gewählt.

Da hockten sie im Mondschein an der Küchenbaracke und kauten trockenes Brot mit Schlackwursthappen. Raudi hatte sich schwanzwedelnd eingefunden. Das Lagerleben gefiel ihm ungemein, zumal es nun sogar nachts etwas zu futtern gab.

»Ich denke, wir helfen morgen in Riebast aufräumen«, sagte Kahlkopf. »Die Bauern haben jetzt allerhand um die Ohren. Sie brauchen jede Hand.«

Der Vorschlag fand Zustimmung. Ihre eigene Tat spornte die Helfer an. Warum sollten sie nicht auch ein paar Tage bei der Ernte zugreifen? Sogleich wurde dieser Gedanke zum Beschluß. Irene ließ abstimmen. Protokollchef Purzel erzählte die erhobenen Arme. „Vierundzwanzig!“ rief sie. „Die ganze Gruppe ist dafür.“

Ein kleiner Irrtum unterlief ihr. Niemand bemerkte ihn. Vierundzwanzig waren sie bei der Wahl der Gruppenleitung gewesen. Ede hatte an der ersten Versammlung nicht teilgenommen. Jetzt aber wurde seine Stimme mitgezählt. Der Fehlende war Frank. Er lag auf dem Bauch im Zelt. Sein Rücken brannte.

Die draußen diskutierten mit überwachen Gedanken den Plan der Gruppe. »Freiwilligenkolonne“ war das Stichwort. Einer sagte, sie müßten die erste Reihe sein, überall, wo es darauf ankäme. So wie heute nacht. Das gefiel ihnen. Sie stritten, wie die Gruppe heißen sollte, »Erste Reihe« oder »Freiwilligenkolonne«.

Frank im Zelt nebenan hörte den Wortwechsel wie aus weiter Ferne. In seinen Ohren brauste es. Ihm war, als stände er noch auf dem Schilfdach. Er hörte das Prasseln des Feuers, und die Funken stoben auf ihn nieder. Dennoch hatte er begriffen, worum es da draußen ging. Als ob es auf den Namen ankommt, dachte er und tastete nach dem Handtuch. Er fand es nicht, nahm einen Zipfel der Decke, wischte sich den Schweiß vom Gesicht. Bei jeder Bewegung spannte der Rücken. Das zwickte und stach. Er stöhnte, lag ganz still. Erste Reihe? grübelte er. Nicht schlecht. Aber Partisanen wäre besser. Ich würde Partisanen vorschlagen. Nein, gar nichts schlage ich vor. In einer Woche ist das Lager zu Ende. Dann bin ich nicht mehr in der Gruppe. Oh, der Buckel macht mich noch verrückt. Trinken. Ich muß was trinken. Seine Lippen waren trocken. Er wollte aufstehen. Es ging nicht. Der Wille unterlag dem Schmerz und der Müdigkeit. Halbwach hörte er auf die Stimmen draußen, und wirres Zeug geisterte durch seine Gedanken.

Aus dem Palaverwald ertönte der klagende Ruf des Käuzchens. Ede sprach. Der Käuzchenruf kam näher. »Jugendfreunde«, rief Senkpiel, »mutig weiter! Unser Kollektiv ist gewachsen in dieser Nacht. Ein stolzes Kollektiv ...«

Affe! dachte Kahlkopf. Der Schweinepürzel und die Mopedpanne waren viel zu zahm für den. Und die Brandlöcher in seiner Jacke? Wenn ich ihn auf dem Dach nicht gesehen hätte, würde ich es nicht glauben.

»Feierabend«, sagte Alfred. »Die Sonne kommt bald hoch. Marsch, in die Falle. Wer noch was zu verpflastern hat, meldet sich bei Irene.«

Die Müdigkeit lag ihnen bleischwer in den Gliedern. Am liebsten wären sie hier an der Küchenbaracke hockengeblieben. Alfred jagte sie hoch. »Hallo, Kahlkopf! Ihr seid auch gemeint.«

»Mann, wie sprichst du denn mit einem Kranken?« sagte Wanze. »Ich hab mir den Daumen gequetscht. Guck mal, der Nagel wird schon blau.«

»Laß dir was draufschmieren.«

Irene vertrat im Sanitätszelt die beurlaubte Medizinstudentin Marianne. Sie hatte Pflaster auf Hautschrammen geklebt und eine Schnittwunde verbunden. Jetzt zog sie Purzel einen Splitter aus der Hand. Wanze hielt ihr den Daumen unter die Nase. »Riech mal, ob schon Eiter drunter ist.«

»Nicht stören, Operation!« sagte Irene. Der Splitter saß tief. Die Pinzette faßte zu. Purzel jammerte.

Als Irene Wanzes Daumen verband, fragte er: »Wie geht es Frank?«

»Frank? Was ist mit ihm?«

»Mahlzeit! Du bist mir eine Krankenschwester. Er hat den Rücken voller Brandflecke. Wird im Zelt liegen. Komm.«

Frank war fieberheiß. »Weg!« sagte er zu Irene, die seinen Puls zählen wollte. Er schob sie beiseite.

Sie stand wie vor den Kopf geschlagen. Langsam ging sie aus dem Zelt. Wanze lief ihr nach. »Irene, er weiß doch nicht, was er quatscht. Gib ihm ein Mittel gegen Fieber.«

Sie rührte ein Pulver an. »Das muß er trinken. Dann mißt du seine Temperatur.«

Wanze eilte mit Glas und Thermometer hinüber. Nach einer Weile kam er zurück. »Achtunddreißigzwo. Nicht schlimm, was?«

Sie gab ihm Brandsalbe.

»Vorsichtig auf dem Rücken verteilen. Mit dem Tupfer. Und hier, eine Schmerztablette. Hoffentlich kann er schlafen. Ist Senkpiel abgefahren?«

»Der denkt nicht daran. Hat sich im Wachzelt einquartiert.«

»Du, Wanze ...«

»Hm?«

»Warum seid ihr gegen meine Wahl gewesen, du und Kahlkopf?«

»Ach? Beleidigt? Wir sind nicht gegen dich. Bloß den Kapitän wollen wir behalten. Taktik, klar?«

»Er will doch nicht. Hast du ja gehört.«

»Immer mit der Ruhe. Wir machen ihn noch weich.«

»Wanze, ich möchte nicht Sekretär sein. Gleich morgen trete ich zurück.«

»Soo? Zeig mal deinen Puls. Hast wohl auch Fieber? Angesteckt, hm? Die kluge Irene verliert gleich den Kopf. Und was soll aus unserer Gruppe werden? Wo jetzt so eine Stimmung ist? Kommt gar nicht in Frage. Du bleibst Gruppensekretär, du bist gewählt. Und Frank wird wieder normal, verlaß dich drauf. Morgen nehmen wir ihn richtig in die Zange. Sollst mal sehen, wie wir das hinkriegen.«

»Aber du, wenn es schlimmer wird mit ihm, dann weckt ihr mich, ja?«

Irene räumte das Verbandzeug weg. Sie saß auf dem kleinen Hokker, grübelnd und lauschend. Im Lager war es still. Raudi schmiegte sich an ihre Beine. Er schubste sie und winselte, bis er auf ihren Schoß durfte. Sie hörte Schritte, Alfred blickte ins Sanitätszelt. »Willst du dich nicht hinlegen, Irene?«

»Doch, doch. Bloß weil Frank Fieber hat. Warst du bei ihm?«

»Mach dir keine Sorgen. Er schläft. Und du schläfst jetzt auch. Lösch die Lampe. Gute Nacht!«

## *Hammelbraten am Spieß*

Es war Mittagszeit. Iwan, der Wallach, zockelte steifbeinig aus dem Lager. Im Wagenkasten standen zwei Kübel Mittagessen für den Freiwilligentrupp, der morgens nach Riebast marschiert war. »Hü, Iwan!« rief Pepo. »Streck dich, alter Knabe.« Er schnalzte mit der Zunge. »Hüo!«

Auf dem Kutschbock neben Pepo saß Frank. Um zehn erst war er aufgewacht. Er hatte sich gesund geschlafen. Das Fieber war weg. Der Rücken brannte nicht mehr. Nur ein Kribbeln war geblieben. Das reizte ihn ständig zu kratzen. Er wollte aber nicht kratzen.

Pepo war mit seiner Proviantfuhre aufgeregt ins Lager gekommen. »Käptn«, hatte er gerufen, »wir kriegen einen Hammel von Riebast. Als Anerkennung. Hallo, Frau Schöllmeier, einen fetten Hammel! Der wird für uns geschlachtet. Heute abend bringe ich ihn mit.«

»Ist ja auch mehr als recht«, hatte die Köchin gesagt.

Raudi war winselnd zum Wagen gestürmt, das Ende der durchgebissenen Leine am Hals. Er hatte keine Ruhe gegeben, bis ihn sein Freund Frank mit auf den Kutschbock nahm.

Sie fuhren in den grünen Erlentunnel. Frank ärgerte sich, daß er nicht früher aufgewacht und mit der Kolonne ins Dorf marschiert war. Er fragte Pepo: »Was ist denn in Riebast gewesen?«

»Ich sage dir doch, ganz große Sache. Du hast gefehlt, Käptn. Hättest sehen sollen, wie sich Ede fühlte, als uns der Bürgermeister begrüßte. Er, der erste auf dem Dach! Eigentlich warst du ja erster. Das wissen alle. Na ja, bist verwundet. Pech gehabt. Ede hat deinen Ruhm mit einkassiert.«

»Ist doch mir egal«, sagte Frank.

»Stimmt aber. Und die Brandstifter sind schon entdeckt. Zwei Männer vom Kreis waren da. Haben uns allen die Hand gegeben.«

»Was für Männer? Erzähl mal der Reihe nach.«

»Also, wir kamen früh hin. Da stand ein Auto an der Brandstelle. Der Zeitungsreporter war mitgekommen. Hat uns Löcher in den Bauch gefragt. Wollte alles haargenau wissen. Und Irene, du, die hat dem Bürgermeister gemeldet. Unsere Freiwilligenkolonne wird jetzt jeden Tag helfen, hat sie gesagt. Mit Augen rechts und so. Eine Wucht war das. Reporter Kiekebusch hat uns geknipst. Ich bin auch auf dem Foto. Und Ede in der versengten Jacke stand ganz vorn. Wir sollen in die Zeitung kommen.«

Frank schubberte seinen Rücken an der Lehne des Kutschersitzes. Ihm war nicht wohl. Was soll ich dort im Dorf, wo sich dieser Senkpiel dicke tut? Etwa seinen Ruhm streitig machen? So sieht es doch aus.

Drei Tage Schonzeit, hatte die zurückgekehrte Medizinstudentin Marianne angeordnet. Schonzeit, Frank, verstanden? Das heißt, nicht baden in den drei Tagen. Jede Schmutzinfektion vermeiden. Und vor allem: nicht kratzen, sonst eitern die Brandflecke.

Mitmachen kann ich dort nicht, grübelte er. Einen Eiterbuckel will ich nicht kriegen. Und zugucken, wenn sie arbeiten? Er dachte an Ede, den strahlenden Helden mit der Lockentolle und dem geschmierten Maulwerk. Er sah ihn vor sich, wie er um Irene scharwenzelte. Und plötzlich wußte Frank nicht, weshalb er mitgefahren war. »Öööö, halt an!« knurrte er. »Laß mich absteigen.« Pepo blickte verwundert in das mürrische Gesicht seines Kapitäns. Er verstand ihn nicht. Aber Iwan blieb wie auf Kommando stehen. Ein grüner »Wolga« kam ihnen entgegen. »Das sind die vom Kreis«, erklärte Pepo.

Der Damm im Erlenbusch war schmal. Die Fahrzeuge konnten

nicht aneinander vorbei. Das Auto mußte zurücksetzen, bis der Sumpfwald aufhörte. Alfred und zwei Männer stiegen aus. Der eine visierte mit seiner Kamera die Jungen auf dem Kutschbock an.

»Das ist Frank«, sagte Alfred. »Unser Lagervorsitzender. War der erste auf dem Schafstall. Hat sich dabei den Buckel versengt. Ich müßte eigentlich Krach machen, weil er schon wieder unterwegs ist. Reporter Kiekebusch, notieren Sie: Frank Brinkmann heißt der kühne Knabe. Den Kutscher daneben kennen Sie schon. Sein Roß Iwan ist ein steinalter Wallach, mit dem nur Klassefuhrmann Pepo zurechtkommt. Das struppige Bündel da unten heißt Raudi. Unser Lagerhund, mit original Gipsfuß. Ein krankhafter Vielfraß. Befindet sich aber auf dem Wege der Besserung. Und im Wagenkasten sehen Sie die Kübel mit den grünen Bohnen für die Freiwilligenkolonne. Allerdings ohne Hammelfleisch, weil der Hammel erst heute geschlachtet wird.«

Sie lachten. Reporter Kiekebusch knipste. Frank stieg ab. Der Breitschultrige begrüßte ihn. Es war der Vorsitzende vom Rat des Kreises. »Wir sind also Kollegen«, sagte der Mann. »Ja, ja, die Vorsitzenden haben es nicht leicht. Auch mir ist der Buckel schon manchmal heiß geworden. Die einen spielen Brandstifter, das legt dich nieder, die anderen löschen den Schaden, das bringt dich wieder hoch. Ihr gefallt mir, du und deine Freunde. Fahr mit uns, wir möchten euer Lager sehen.« – Frank kam die Aufforderung sehr gelegen. Aber Raudi wollte nicht ins Auto umsteigen. Er entwischte Pepos Griff und kroch unter den Sitz.

»Laß ihn nach Riebast fahren«, sagte Alfred. »Er wittert Hammelfleisch.«

Pepo nahm die Zügel. »Wiedersehn! Die Mannschaft wartet auf das Essen. Hü, Iwan!«

»Bring den Bratspieß mit!« rief Alfred ihm nach. »Aus der Schmiede, Pepo.«

Der starke Motor des »Wolga« summte. Frank sah dem Fahrer beim Schalten genau auf die Finger. Den Brocken müßte ich mal lenken, dachte er. Doch in der nächsten Stunde vergaß er seine Kümmernisse; denn der Kreisvorsitzende und Reporter Kiekebusch wollten vieles wissen.

Am Abend ging eine Welle der Erregung durchs Zeltlager. Singend rückte die Freiwilligenkolonne an. Vorn marschierte Wanze. Er trug eine Eisenstange auf der Schulter. Das war der Bratspieß. Als letzter kutschierte Pepo ins Lager, den geschlachteten Hammel und fünf Stiegen Kirschen im Wagen. Iwans Lederzeug war zur Feier des Tages mit Kornblumen geschmückt.

Jubelgeschrei empfing die Ankommenden. Der Bratspieß wanderte durch viele Hände. Alfred wurde bestürmt. Er konnte sich nicht retten vor Bewerbern, die nachher den Brathammel über dem Feuer drehen wollten. Sie übten schon. Der Spieß lag auf zwei Bänken. Wanze spielte Hammel. Er klammerte sich wie ein Käfer an die Stange, und abwechselnd kurbelten sie, bis dem »Klammeraffen“ schwindlig wurde. Damit war ein neues Geschicklichkeitsspiel erfunden. Der Bratspieß wurde zum Mehrzweckgerät. »Hammelkurbeln« nannten sie das Spiel.

Irene lief suchend umher. Sie hatte Post aus Rostock bekommen. Nirgends fand sie Frank. Am Sanitätszelt stand Marianne.

»Wo ist er?«

»Keine Ahnung. Habe ihn den ganzen Nachmittag nicht gesehen. Er sollte nach dem Essen ruhen. Aber der ist ja schlimmer als dein Raudi. Immer nur umherjachtern. Wahrscheinlich ist er baden gegangen, obwohl ich es ihm untersagt habe.«

Frank war am Fluß. Er badete nicht. Mit Bernd und Detlef bereitete er die Feuerstelle vor. Als der Besuch im »Wolga« davongefahren war, hatten die drei Feuermänner Holz herbeigeschleppt. Ein riesiger Knüppelberg türmte sich am Ufer. Der würde ausreichen, zwei Mastochsen zu braten.

Sie hörten den Gesang der Kolonne und dann das Lärmen im Lager. Aha, dachten sie, jetzt wird der Hammel gebracht.

»Frank, hast du schon mal Spießbraten gegessen?« fragte Detlef.

»Klar, massenhaft.«

»Was denn? Etwa auch Hammel?«

Frank zündete das Feuer an. »Nö, Hamster waren das. Die haben wir ausgegraben.«

»Iiii! Hamster würde ich nicht runterkriegen.«

»Hast ja keine Ahnung. Was fressen die denn? Bloß Körner. Den besten Weizen. Ein Fleisch ist das, wie junge Täubchen.«

»Wird der Hammel richtig weich am Spieß?«

»Und ob! Man muß bloß das Feuer danach haben. Die ersten Hamster sind uns auch verrußt und verschmort. Bis wir den Bogen raushatten. Los, bringt mal Knüppel ran zum Vorkohlen. Wir brauchen Holzkohlenfeuer. Das gibt die richtige Hitze.«

Sie schichteten Knüppel auf die Glut. Frank wuchtete dicht an der Feuerstelle zwei Pfähle in den Boden. Sie standen schräg zueinander. Oben kreuzten sie sich und bildeten eine Gabel. Er verband sie mit Weidenruten.

»Was wird denn das?« fragte Bernd.

»Denk mal nach, du Schlauberger.«

»Weiß schon. Wenn du eine Stange drauflegst, die brennt doch an.«

»Hoffentlich brennst du nicht an. Schon mal was von einem Bratspieß gehört? Mach den Mund zu. Das Ding ist aus Eisen. Wird gedreht wie eine Anlaßerkurbel, klar?«

Hat eine Menge Erfahrungen, der Kapitän, dachten die zwei Jungen. Als das Signal zum Abendessen herübertönte, schickte Frank seine Helfer ins Lager. »Sagt Alfred, daß alles fertig ist. Ich bleibe als Feuerwache hier.« Er suchte Pfähle für die zweite Gabel und schlug sie ein.

Plötzlich schnaufte es hinter ihm. Da stand Iwan, blähte die Nüstern und beäugte ängstlich das Feuer. Auf dem Pferderücken saß Pepo. »Trara, die Post ist da!« Er schwenkte einen Brief. »Pferdepost, Alter. An Herrn Frank Brinkmann. Eulenberg ist durchgestrichen. Heckenrosenweg auch. Drüber steht: Zeltlager Riebast. Ist die Handschrift meiner Mutter. Den Brief hat sie hierhergeschickt.«

»Von wem?« fragte Frank und rannte hin. »Gib her!« Er sah den Absender: RTS Eulenberg. »Pepo, hat geklappt!« Er riß den Umschlag auf, las.

Pepo stieg vom Pferd. »Was ist denn? Kriegst du die Lehrstelle?«

»Weiß nicht.«

»Zeig mal her.« Pepo nahm das Schreiben. »Aha«, murmelte er, »... Ihre Unterlagen sind nicht vollständig. Die Zustimmungen des Erziehungsberechtigten und der Schule fehlen. Wir bitten, diese bis zur Vorstellung am 24.7. in der RTS beizubringen.«

»Der wievielte ist heute, Pepo?«

»Der 22. Du hättest den Kram längst besorgen können.«

»Vater schreibt doch nicht.«

Pepo überlegte. »Die wollen dich nehmen. Das sieht man an dem Brief. Dein Polier muß schreiben. Sofort, verstehst du!«

»Muß, muß! Ist ja Kohl. Wie muß er denn?«

»Schick ihm ein Telegramm. Bezahle die Rückantwort. Dann wird er wieder telegrafieren.«

Über Franks sommersprossiges Gesicht zog ein Lächeln. »Mann, das ist die Idee! Ich muß gleich nach Riebast.« Er dachte an Edes Moped. Borgen wird er mir das nicht. Aber die Karre brauche ich. Er fragte Pepo: »Wo hat Ede sein Moped stehen? Komme ich da ran, ohne daß er was merkt?«

»Fehlzündung. Der kann dich gar nicht bemerken.«

»Wieso?«

»Weil er abgerauscht ist. Mittag, als wir bei den grünen Bohnen saßen, tauchte die Gemeindesekretärin auf. Hat nach Senkpiel gefragt. Anruf von der FDJ-Kreisleitung. Wo das Moped bliebe. Da war er ganz schnell verduftet. Muß was faul sein an der Instrukteurgeschichte.«

Frank hatte es nun noch eiliger. Er wollte den Spießbraten nicht versäumen. »Bleib beim Feuer«, sagte er zu Pepo und rannte los. Im Lager beachtete ihn keiner. Alle sahen zu, wie der Hammel auf den Spieß gezogen wurde. Frank huschte ins Zelt. Hastig kramte er Geld und die Ansichtskarte von Rostock aus seinem Brotbeutel. Er las die neue Anschrift des Vaters. Draußen prallte er mit Irene zusammen. Sie hatte am Zelteingang auf ihn gewartet. Erschrocken fragte er: »Habe ich dir weh getan?«

»Ach wo.« Sie hielt ihm die Karte hin. »Guck, ich habe Post aus Rostock.«

Franks Blick hing an der Karte, überrascht, ungläubig. Es war das gleiche Hafenbild wie auf seiner Karte in der Hosentasche.

»Wer hat dir geschrieben?«

»Fräulein Trapp. Dein Vater kommt, Frank. In drei Wochen ist er zu Hause. Kannst es glauben. Wenn Fräulein Trapp so was schreibt, dann wird er bestimmt kommen. Lies doch.«

Er las die Karte nicht. In drei Wochen, dachte er. Wer weiß. Jetzt müßte er hier sein. – »Ich finde es prima von Fräulein Trapp«, sagte Irene. »Freust du dich nicht?«

»Ich brauche ihn aber jetzt, nicht in drei Wochen. Habe Bescheid gekriegt wegen meiner Lehrstelle. Muß ein Telegramm schicken. Gib mir dein Fahrrad.«

Jener Augenblick, da der knoblauchgespickte Hammel auf die Spießgabel gelegt wurde, war so feierlich wie ein Morgenappell vor der Lagerfahne. Die Mannschaft hatte den Atem angehalten.

Frau Schöllmeier war mit zum Fluß gekommen. Ihre Sorge, das gute Fleisch könnte verkohlen, war umsonst. Die Kurbeltechnik funktionierte, und das Feuer hatte die rechte Glut. Mit sanftem Zischen schmorte der Hammel im eigenen Fett. Von allen Seiten gebräunt, verströmte er einen erregenden Duft. Dieser würzige Bratengeruch ging jedem ans Gemüt. Er trieb die erwartungsfrohe Stimmung dem Höhepunkt zu. Bei Raudi bewirkte er eine gefräßige Verzückung. Der Setter sah seine Irene nicht mehr. Nichts auf der Welt sah er außer diesem goldbraunen Fleisch, das der „Kurbler vom Dienst« im Zeitlupentempo drehte.

Endlich war es soweit. Wanze bereitete den ersten Anschnitt vor. Er wetzte sein riesiges Fleischmesser. Die Geduld der Mannschaft wurde auf eine letzte Probe gestellt. Der Küchenmeister prüfte die Schneide an einem Grashalm. Nun setzte er das Messer an, behutsam wie ein Barbier beim Rasieren. Raudi reckte sich auf die Hinterpfoten empor. Wanze säbelte einen Streifen von der Keule, biß hinein und schmatzte genießerisch.

Das große Nachtmahl am Fluß begann. Kurz darauf kehrte Frank vom Dorf zurück. Die Postleiterin hatte ihm bestätigt, daß sein Telegramm morgen früh den Vater erreichen würde. Er war in der Poststube geblieben, bis sie den Text telefonisch weitergegeben hatte. Nun saß er bei seinen Gefährten. Irene reichte ihm eine Portion Hammel am geschälten Weidenstäbchen. Sie hatte gedünstete Zwiebelscheiben aus der Pfanne und ein gewaltiges Bratenstück auf das Stäbchen gespießt.

Der Schein des Lagerfeuers tanzte auf dem Wasser. Im Uferschlamm quarrten die Frösche. Vom Palaverwald klang der Käuzchenruf herüber. In großem Kreis am Feuer saß die schmausende Lagermannschaft. Raudi fühlte sich wie im Hundeschlaraffenland. Überall bekam er seine Happen.

Irene rutschte zu Wanze. Sie stupste ihn heimlich. Wanze kaute mit vollen Backen. Sie stupste ihn wieder. Er warf sein Weidenstäbchen in den Fluß, wischte sich die fettigen Lippen und fing mit der »großen Aussprache« an. »Leute, im vorigen Jahr waren wir noch ein kümmerlicher Haufen. Denkt mal zurück. Da hat Frank seinen Rekordlauf über das Wehr gemacht. Harte Zeiten damals. Bis wir merkten, was hinter dir steckte, alter Bursche.«

Frank spürte plötzlich das Jucken auf dem Rücken. Den ganzen Nachmittag hatte er nicht daran denken müssen. Nun kribbelten die Brandstellen wieder.

Bootsmann Kahlkopf schaltete sich ein. Es war alles vorher ausgemacht. Karl sprach von der Zeit des Kanubaus. Gemeinsam war ihnen das Boot gelungen. Sie hatten erlebt, was eine Gruppe fertigbringen konnte. Sollte das nun zu Ende sein? Aha, so weht der Wind, dachte Frank. Die anderen waren verdächtig still. Alle sahen zu ihm. Nur Pepo aß gleichmütig weiter.

Frank benahm sich wie ein echter Kapitän, den eine herankommende Gefahr ruhig und entschlossen macht. »Irene, ich könnte noch eine Portion vertragen«, sagte er und reichte ihr sein Stäbchen.

Was sollte Irene tun? Jetzt, da die große Aussprache eingeleitet war, mußte sie hierbleiben. Sie wendete sich zu Purzel. »Holst du noch etwas für Frank?«

Auch Purzel wollte nichts versäumen. »Iiich? Warum gerade ich und gerade jetzt?«

Frank stand auf. »Ich bediene mich selbst.« Er ging zum Feuer. Das erregte Tuscheln hinter ihm bestätigte seine Ahnung: Sie wollen dich zwingen. Aber zwingen laß ich mich nicht.

Als er zurückkam, sagte er: »Spielt kein Theater. Ich muß meinen Abschied nehmen, daran ist nichts zu rütteln. Ewig können wir doch nicht beisammen bleiben. Ich habe Post. Soll mich vorstellen. Morgen verlasse ich das Lager.« Er biß in das safttriefende Lendenstück. Jetzt war Irene an der Reihe. »Frank, dein Entschluß ist übereilt. Denk an später. Wer nicht zehn Klassen hat, bleibt hinten.«

Der Kapitän kaute an seinem Lendenstück und schwieg.

»Recht hat sie«, warf Purzel ein. »Man kann nie genug lernen. Das … das stimmt.«

»Soso!« Frank blinzelte Purzel zu. »Du mußt es wissen, Dickerchen. Hast ja deine Erfahrungen.«

Pepo konnte ein Kichern nicht verkneifen. Purzel sah zu komisch aus. Würde sie nun heulen oder lachen? Die große Aussprache drohte schiefzugehen. Wanze wollte sie retten. »Leute, herhören! Darf ein Kapitän seine Mannschaft verlassen? Niemals. Das ist nämlich Verrat. Ich frage dich, Käptn, willst du uns verraten?«

Die harte Anfrage brachte Frank nun doch aus seiner Kapitänsruhe. Verrat? Der Bissen blieb ihm im Halse stecken. Er schluckte, blickte wütend auf Wanze, schluckte wieder. »Blödsinn, so was! Ist Roller vielleicht ein Verräter, weil er abgeht, he?«

»Das ist faul«, rief Kahlkopf. »Roller geht zur erweiterten Oberschule. Der macht einen Schritt nach vorn. Du aber willst zurückgehen. Willst aufgeben ohne Schulabschluß. Wer aufgibt, ist schlapp. Feige und schlapp. Das hast du selbst mal gesagt.«

Frank juckte es gewaltig. Nicht nur auf dem Rücken juckte es ihn. Er brüllte: »Bin ich ein Feigling? Wer will das behaupten? Ihr alle, was?«

Irene trat zu ihm. »Besinne dich endlich, du Dickkopf.«

Der Kapitän besann sich nicht. »Verräter, ha!« schrie er. »Dickkopf, Feigling! Was denn noch?« Er warf den Rest seines Bratenstücks zu Boden und rannte ins Lager.

Raudi schnupperte im Gras. Er war prallvoll. Aber den saftigen Lendenhappen konnte er noch verkraften.

Als die Mannschaft vom Feuer kam, lag Frank im Zelt. Wanze lärmte: »Käptn, aufstehn! Alle Mann an Deck!« Frank rührte sich nicht.

»Der bleibt stur«, sagte Kahlkopf. »Wir haben es auch sehr schlau angefangen. Was soll nun werden?«

Wanze wickelte sich in die Decke. Er gähnte. »Leute, keine Panik. Morgen ist auch noch ein Tag. Erst mal den Hammelbauch ausschlafen.«

Es wurde still im Zelt. Frank schlief nicht. Er lauschte den Atemzügen der anderen. Die aber konnten auch nicht schlafen. Leise kam Pepos Stimme: »Kahlkopf, bist du noch wach?«

»Ich muß dauernd nachdenken«, brummte Karl der Kahle.

»Wenn er nun wirklich geht«, sagte Pepo, »dann war es kein guter Abschied.«

Wanze richtete sich auf. »Abwarten, sage ich. Mehr sag ich nicht. Und nun ist Ruhe an Bord!«

# *Ein schneller Abschied*

Frank drehte sich auf den Rücken, schlug die Augen auf, blinzelte. Durch die Zeltbahn schimmerte der Morgen.

Neben ihm lag Wanze, zusammengerollt wie ein Igel. Hinten schnarchte einer. Das konnte nur Kahlkopf sein. Frank horchte. Weit weg von dem Schnarchen hörte er etwas anderes. Die Finken! Wie immer beim Erwachen, sah er den vergangenen Tag vor sich. Ob Vaters Antwort heute kommt? Nur daran wollte er denken. Aber die anderen Bilder drängten sich in seine Grübelei: der Rundgang durchs Lager mit den Besuchern vom Kreis, Irenes Ansichtskarte aus Rostock, die Frau am Telefon in der Poststelle, das Feuer mit dem brutzelnden Hammel und zuletzt der Streit.

Ein Verräter soll ich sein? Diese Spinner. Markiert haben sie. Ganz elendes Theater war das.

Die Gedanken kribbelten in seinem Kopf. Er konnte nicht mehr schlafen. Vorsichtig stieg er über Wanze hinweg, kroch aus dem Zelt. Am Eingang verharrte er, kehrte um und suchte behutsam seine Sachen zusammen.

Draußen kam die Lagerwache heran. Bernd und Detlef waren es. »Was ist denn, Frank? Willst du wirklich weggehen?«

»Muß mich vorstellen. Wißt ihr doch.«

»So früh?«

»Um sechs fährt mein Bus.«

Detlef wies auf das Bündel. »Kommst du nicht wieder?«

»Kaum«, brummte Frank. Er nahm sein Waschzeug, lief zum Fluß. Die Sonne, noch hinter dem Wald verborgen, blinkte durch die Buchenwipfel. Ein Stockentenpärchen schwirrte aus dem Schilf. Ihr Gefieder blitzte. Rääbrääb! schimpfte der Erpel. Sie zogen flach über das Wasser. Am jenseitigen Ufer fielen sie ein. Der Fluß spiegelte das flammende Morgenlicht wider.

Eine Bahn muß ich schwimmen, dachte Frank. Das Wasser lockte. Er tastete mit der Hand über den Rücken. Die kleinen Brandflecken waren verschorft.

Er lief auf den Rundholzsteg, der die Schwimmbahn begrenzte. Mit tiefen Atemzügen pumpte er Luft in die Lunge und sprang. Seine Arme schaufelten im Kraulzug wie Paddel durchs Wasser.

Schneller! trieb er sich an. Was hat Benno gesagt? Deine Armbewegungen sind nicht schlecht, aber mit dem Beinschlag hapert es. Er hob den Kopf. Noch ein paar Meter. Endspurt! Seine Füße quirlten. Die Arme schnellten nach vorn, links – rechts, links – rechts. Er schluckte Wasser, keuchte, klammerte sich an den Steg.

Zu hastig, mein Endspurt. Schnell muß man sein, aber nicht hastig. Fünfundzwanzig Meter kraulen ist gar nichts. Fünfzig Meter muß ich diesen Sommer schaffen. Nächsten Sommer hundert.

Er watete zum Ufer, trocknete sich ab. Da hörte er ein Winseln. Raudi kam angehoppelt. »Hallo, kleiner Vielfraß! Wieder mal die Leine durchgekaut?«

Sie balgten sich auf der taunassen Wiese. Raudi schnappte nach Franks Zehen, nach den Händen und Waden. Wie die Faust eines Boxers stieß seine Schnauze immer wieder vor. Er biß nie zu. Sobald seine Zähne etwas spürten, ließen sie los. Frank schubste ihn weg. Er faßte die Schlappohren, zerrte an dem buschigen Schwanz. Sie überkugelten sich, und beide jappten vor Eifer.

Jetzt hatte Frank die Gipspfote erwischt. »Halt mal, du Kämpfer. Aus! Da haben wir's, dein Gips wackelt. Du wirtschaftest zuviel herum. Schluß jetzt mit dem Toben.« Er nahm den Setter hoch. »Ooh! Hast ganz schön zugenommen bei dem Hammelschmaus gestern.«

Raudi legte seinen Kopf auf Franks Arm. Ihn hatte er nächst Irene tief in sein Hundeherz geschlossen.

Vor dem Kanu am Schilf blieb Frank stehen. Große Pläne waren geschmiedet worden, damals. Eine ganze Bootsflotte sollte es werden. Und er hatte Schiffsbauer werden wollen. Aber das war alles mit der Schule verknüpft. Die Schule hatte er jetzt hinter sich. Bald würde er Traktorist sein, Fahrer auf starken Maschinen. Wenn die anderen noch ihre Schulbänke drückten, konnte er schon über Straßen und Felder brausen. Verdienen wollte er, Geld für ein Moped sparen.

Entschlossen wendete er sich von dem Kanu ab. Mein Paddel nehme ich mit, dachte er noch. Paddeln kann ich immer mal. Das ist mein gutes Recht. Wenn Vater bloß telegrafiert. Eulenberg habe ich als Absender geschrieben. Vielleicht ist die Antwort schon dort, wenn ich hinkomme.

Am Zelt der Mädchen, wo sich Raudi losgerissen hatte, band Frank

den Ausreißer wieder an. Der Setter wimmerte. »Ich möchte dich gern mitnehmen«, flüsterte Frank. »Das geht aber nicht. Was würde Irene sagen? Du mußt hierbleiben.«

Er zog sich an, kramte sein Schreibzeug aus dem Brotbeutel und schrieb etwas auf. Das zusammengekniffte Papier wickelte er um Raudis Halsband und schnürte die Botschaft für Irene fest.

Nun muß ich mich abmelden, dachte er. Langsam schritt er über den Platz zu Alfreds Zelt. Dieser letzte Weg im Lager wurde ihm sauer. Aber er mußte ihn gehen. Jetzt bloß nicht weich werden!

Der Pionierleiter saß am Zelttisch und schrieb. Jeden Morgen, ehe die Lagermannschaft geweckt wurde, arbeitete er zwei Stunden für sein Fernstudium. Er wollte Lehrer werden.

Frank kam herein. »Möchte mich abmelden,«

Alfred nahm den Bücherstapel vom Hocker.

»Setz dich.«

Frank blieb stehen.

»Bist du gut im Fach Deutsch?« fragte Alfred. »Ich habe gerade Satzanalysen beim Wickel.« Er schob den Schreibblock hinüber. »Hier, Nebensätze bestimmen. Hilf mir mal ein bißchen.«

Deutsch war Franks schwache Seite. Bloß sein Interesse für Literatur hatte ihn vor einer Vier bewahrt. Er sah gar nicht auf Alfreds Sätze. »Abmelden möchte ich mich!« wiederholte er schroff. »Der Bus fährt bald. Muß morgen zur RTS.«

»Sei vernünftig«, sagte Alfred. »Guck mich doch an. Ich muß mich wieder hinter die Bücher klemmen, weil ich früher nicht die Möglichkeiten hatte wie ihr heute. Du bist engstirnig. Oder hast du Angst vor der Schule?«

In Franks Gesicht stand Trotz. »Ich habe keine Angst. Traktorist will ich werden. Da kannst du reden, was du willst.«

Dem ist nicht zu helfen, dachte Alfred. Er reichte Frank die Hand.

»Überleg es dir gründlich. Aber Freunde bleiben wir trotzdem, Käptn.«

Frank zögerte einen Augenblick, dann schlug er ein. Rasch drehte er sich um und lief hinaus.

Alfred blickte ihm nach, wie er mit seinem geschulterten Paddel und dem Bündel daran über die Wiese schritt. Ich hätte ihn halten sollen. Aber wie? Der läßt sich nicht halten.

Raudi mußte wohl spüren, was es mit Franks geschultertem Bündel auf sich hatte. Er reckte die Schnauze hoch und heulte in den Morgen.

Unter dem Mädchenzelt wurde es lebendig. Purzels Wuschelkopf schob sich heraus. »Ist denn schon Wecken?« fragte sie und gähnte.

Der Bus brummte über die Landstraße. Frank saß vorn, sein Paddel und das Deckenbündel zwischen den Knien. Er blickte auf den Schaltknüppel, und in Gedanken schaltete er mit. Ihm war, als säße er selbst hinter dem mächtigen Lenkrad. Jetzt mußte der Schnellgang rein. Die Hand des Fahrers ergriff den Schalthebel. Ruch – zuck ging es, ohne jegliches Geräusch. Das Summen des Motors wurde heller. Die Tachometernadel stieg auf siebzig. Sie schwankte, kletterte zitternd weiter, Strich für Strich.

Ob Irene den Zettel findet? dachte Frank.

Eine Hand tippte auf seine Schulter. »Na, junger Mann?« Die Schaffnerin stand neben ihm.

Er hatte an alles mögliche gedacht, nur nicht an das Geld für den Bus. Im Brotbeutel? Nein, gestern habe ich es rausgenommen. Für das Telegramm. Zwei Mark und vierzig waren geblieben. Er suchte in seinen Hosentaschen. Nichts. Vielleicht doch im Brotbeutel! Er knüpfte die Decke auf. Das Paddel kippte um. Der Mann neben ihm hielt es fest. Frank wühlte in dem Bündel. Er zerrte den Brotbeutel heraus. Die Seifenschachtel fiel zu Boden. Er bückte sich. Da lag das ganze Bündel unten.

Kniend kramte er alles durch. Kein Geld. Vergessen. Bestimmt im Zelt vergessen.

Ungeduldig fragte die Schaffnerin: »Was ist? Willst du nun zahlen, oder soll ich halten lassen?«

Frank war bis hinter die Ohren rot geworden. Seine Hände fuhren wieder suchend in die Taschen.

»Hier, Mädchen«, sagte der Mann neben Frank, »ich zahle für den Wassersportler.« Er reichte ihr ein Markstück.

»Wie weit?« fragte sie.

Frank blickte auf. »Bis Eulenberg.«

Die Schaffnerin, geschminkt und schnippisch, gab dem Mann dreißig Pfennig zurück. Und dann sagte sie: »So reist man billig.«

Viele Fahrgäste in diesem Frühbus waren Arbeiter mit Monatskarten wie der Mann neben Frank. Sie hatten die Gewohnheit, während der Fahrt noch ein bißchen zu schlafen. Aber jetzt blickten alle auf den Jungen, der mit seinem zusammengerafften Kram vor der Schaffnerin stand. »Sie! Ich reise nicht auf so eine Tour. Ich gebe das Geld zurück.«

»Komm«, sagte der Mann neben Frank und drückte ihm das Paddel in die Hand, »setz dich. Die ist neu. Sie wird noch vernünftig.«

Frank setzte sich.

»Hast du Pech gehabt beim Bootfahren?«

Frank sah ein Paar prüfende Augen unter dem blankgewetzten Mützenschirm.

»Nein. nein. Ich komme aus dem Ferienlager in der Aue. Hab mein Geld dort vergessen. Sie kriegen es wieder.«

»Erledigt, Junge. Wenn du aus diesem Zeltlager bist, dann sind wir quitt. Die Lagerpioniere haben geholfen, vorgestern, als unser Dorf brannte. Du vielleicht auch?«

»Klar.« Frank deutete auf seinen Rücken. »Hab was abgekriegt dabei. Aber nicht schlimm. Ist schon wieder geheilt. Juckt bloß noch ein bißchen.«

Sie waren nun wie alte Bekannte und sprachen über die Brandnacht. Der Kirchturm von Eulenberg tauchte auf. Sie fuhren in die Stadt, und Frank schien es, als sei er Monate weggewesen. Zuerst nach Hause, dachte er. Vielleicht ist das Telegramm von Vater schon da. Dann zu Klaus und Katrinchen.

Am Marktplatz, beim Aussteigen, fragte er den Mann: »Wo arbeiten Sie?«

»In der RTS.«

»Waas?«

»Jaja. Ich muß los, Junge.«

Es dauerte eine Weile, ehe Frank mit seinem Bündel draußen war.

Viele Männer gingen zur Arbeit. Mancher von ihnen trug eine Schirmmütze. Den Mann aus Riebast sah er nicht mehr.

Sinnend ging er dem Stadtrand zu. Die Geldgeschichte ärgerte ihn immer noch. Gewiß, er war schuld, aber mußte die Schaffnerin so sein? Wie hätte sich wohl Irene an ihrer Stelle verhalten? Er versuchte, sich aller Mädchen zu erinnern, die er kannte. Und alle verglich er mit Irene.

Da war der Heckenrosenweg. Die Stare pfiffen. Er rannte. Das Bündel auf dem Rücken baumelte. Alles kam ihm merkwürdig eng vor nach den Tagen in der Aue.

Der Schlüssel lag im Holzstall auf dem Balken. Er schloß die Haustür auf. Ein Umschlag hing im Briefschlitz. Enttäuscht ließ er ihn fallen. »Sächsische Landeslotterie«, stand darauf. *»Dein Weg zum Glück.«*

Das Telegramm kann ja noch gar nicht da sein, tröstete er sich. Klaus und Katrinchen werden Stielaugen machen. Was nehme ich ihnen bloß mit? Er hörte die Sirene der Möbelfabrik. Sieben Uhr. Da ist noch kein Laden auf. Und Geld habe ich auch nicht. Aber eine Freude muß ich ihnen machen.

Er leerte seinen Brotbeutel, ging durch den Garten. Die Renetten waren noch hart. Und die Eierpflaumen sahen giftgrün aus. Er nahm eine Kostprobe, spuckte sie ins Gras, schüttelte sich. Sauer wie Rhabarber. Am Zaun hinten spähte er in den Nachbargarten. Dort hingen die frühen Kornäpfel, gelb, verlockend. Und hier war das Loch im Draht. Pepos Vater fiel ihm ein. In Nachbars Garten klaut man nicht, hatte der einmal gesagt. Diese Weisheit war Pepo mit dem Riemen eingebleut worden, damals, als sie ihn erwischt hatten. Ein greuliches Theater war das gewesen wegen so ein paar Kornäpfeln.

Beim Nachbar lieber nicht, dachte Frank. Er sah die Schoten. Im Mai hatte er sie gelegt. Erstklassige Zuckererbsen. Das ist doch was für die kleinen Mäuse. Da können sie knabbern.

Er stopfte seinen Beutel voll Schoten und galoppierte zu Sanders Wohnung.

Raudi trug seine Botschaft bis zum Abend am Halsband. Es wurde nicht nur für ihn ein trübseliger Tag.

Irene hatte gleich nach dem Frühsport die Lagerposten ausgefragt. Alle Jungen von Franks Zelt waren dazugekommen. Bei Alfred hatten sie dann Gewißheit erhalten. Frank war fort.

Wanze steckte die Vorwürfe nicht ein. »Ich? Zu radikal? Da lacht ein Roß. Leisetreter können den Kapitän nicht umkrempeln. Ganz anders hätten wir ihn anfassen müssen. Aber jetzt sage ich gar nichts mehr.«

Vergeblich wartete Raudi an diesem Morgen auf die gewohnten Freundlichkeiten von seiner Herrin. Irene hatte keine Zeit. Sie brachte ihm Futter und hastete wieder davon. Auf sein Winseln hörte sie nicht. Vom Lagertor kamen laute Stimmen. Eine Auseinandersetzung zwischen Wanze und Kahlkopf mußte geschlichtet werden. Es war gut, daß sie eine handfeste Aufgabe vor sich hatten. Sonst wäre aus ihrer Ratlosigkeit ein übler Zwist geworden. Wanze war knurrig und bissig. Auch Purzel hatte manches anhören müssen und zeigte eine beleidigte Miene. Am schlimmsten aber war Irene dran. Sie hatte auf die große Aussprache gedrungen. Der Mißerfolg traf sie schwer.

Bedrückt waren sie ins Dorf marschiert.

Der Agronom hatte die Freiwilligenkolonne zum Gerstenschlag geschickt. Weil der Mähdrescher ausgefallen war, mußten die Traktoristen mit Bindern arbeiten. Da war ihnen die Hilfe aus dem Zeltlager sehr willkommen. Am späten Nachmittag standen alle Garben auf dem Feld.

Die Helfer waren müde. Henner Mertens fuhr sie auf dem Anhänger zurück. Von Frank sprach keiner mehr.

Im Lager vermißte Irene den Setter. »Wo ist Raudi?« Sie rief, sauste umher. »Habt ihr Raudi gesehen?« Der Hund war verschwunden. Irene lief zur Badestelle. »Raudi. Rau-diii!« Das Schilf raschelte. Der Setter tauchte auf, verschlammt bis an die Ohren. Mit erhobenem Kopf trabte er zu Irene. Was trug er da im Fang? Ein Bleßhuhn. Er legte seine Beute vor der Herrin nieder, würdevoll, wie ein großartiges Geschenk. Dann schüttelte er sich. Die Tropfen sprühten. Und schweifwedelnd blickte er zu ihr hoch.

»Aber Raudi!« flüsterte sie betroffen.

Er stupste das tote Wasserhuhn mit der Schnauze und winselte freudig.

»Schämst du dich nicht, du Hühnermörder?«

Nein, er schämte sich nicht. Ungemein stolz war er auf die erste Jagdbeute seines Lebens.

Sie schimpfte: »Räuber! Ausreißer! Verdreschen müßte ich dich, du Schlammferkel.«

Die Strafpredigt bereitete ihm Vergnügen. Er tänzelte um sie herum, und ihr schien, als lachten seine hellen Augen. Sie wurde ganz streng. »Sitz! So geht das nicht weiter. Du verlotterst hier.«

Er leckte ihre Hand.

»Pfui! Platz! Meine Güte, wie sieht denn dein Gipsbein aus? Eine Dreckpfote ist das. Zeig her.«

Der Gips war aufgeweicht. Bindenfetzen hingen herab. Da sah sie den Papierstreifen am Halsband. Die Botschaft war durchnäßt und schmutzig. »Bleib sitzen, Raudi.« Sie löste die Schnur, faltete das Papier auseinander und erkannte Franks Krakelschrift. *Der Gips wackelt! Raudi muß neuen Gips kriegen. Wiedersehn Irene!*

Freude durchströmte sie. Den Dickkopf hat er mir nicht übelgenommen. Wiedersehn, schreibt er. Sorgfältig legte sie den Zettel zusammen.

Raudi schnupperte fix mal an dem Bleßhuhn. Es roch wunderschön nach Schlamm und Wild. Irene lächelte. Er sah zu, wie sie das Zettelchen unter den Zopfhalter klemmte. Dann kniete sie nieder und streichelte ihn. »Hast du fein gemacht. Briefträgerraudi. Bloß das mit dem Bleßhuhn ist schlimm.«

Sie überlegte. Stehen Bleßhühner unter Naturschutz? Niemand braucht von Raudis Jagd zu wissen. Wenn er es nun wieder tut? Jeder im Lager spielt mit ihm. Jeder bindet ihn von der Leine. Er lernt überhaupt keine rechte Ordnung. An die Kette schließen? Kommt nicht in Frage. Er ist kein Kettenhund. Aber ein Spielhund soll er auch nicht werden.

Sie wühlte den Sand auf und vergrub das Huhn. Raudi umkreiste die Stelle, schnüffelnd und witternd. Er war befriedigt von dem Tun seiner Herrin. Irene wußte noch nicht, daß auch in Hunden ein Sammeltrieb schlummert. Dieser Instinkt veranlaßt sie, Beutevorräte für späteren Fraß zu verscharren.

Am Ufer rubbelte sie den Schlamm aus seinem Fell. Er streckte sich vor Wohlbehagen. Sie nahm ihn auf den Arm, lief zu Marianne ins Sanitätszelt. »Guck dir diesen Stromer an. Der Gipsverband ist hin. Untersuchst du mal die Pfote?«

Marianne schnitt den Gips auf.

»Kann der Bruch schon zusammengeheilt sein?« fragte Irene.

»Möglich. Bei einem jungen Tier geht das schnell.« Marianne tastete den Knochen ab. »Alles fest. Bloß ein Knubbel ist noch zu spüren.« Raudi schüttelte seine Pfote, die plötzlich so leicht war. Er setzte sie auf. Und schon war er vom Hocker gesprungen. Niemand konnte ihn halten. Er probierte, wie man ohne Gipsverband laufen und springen konnte. Bellend wirbelte er durchs Lager, um allen seine Freude kundzutun.

Erzogen muß er werden, dachte Irene. Aber wie? Hier wird er von jedem verzogen.

Als die Mannschaft beim Abendessen saß, kam die Postfrau aus Riebast.

Sie läutete mit ihrer Fahrradklingel.

»Telegramm! Für Frank Brinkmann. Und guten Appetit wünsche ich.«

Irene lief zu ihr. »Dankeschön. Wir geben es Frank. Er ist nicht hier.«

Hat schnell geklappt, dachte Pepo. Und die Kanubauer blickten gespannt auf den Telegrammumschlag. Sie wußten, worum es bei dieser Nachricht ging. Brennend gern wollten sie erfahren, wie Franks Vater entschieden hatte. »Man müßte mal ein bißchen schnuppern«, sagte Wanze.

Der Umschlag war zugeklebt. Alfred zog ihn zu sich herüber. »Möchtet ihr, daß jemand eure Post durchschnüffelt?«

Purzel sprang auf. »Dort!« rief sie. »Guckt mal, was Raudi bringt.« Der Setter kam anstolziert, ein schwarzes Huhn im Maul. Irene wurde blaß. Schon wieder eins? Sie ahnte nicht, daß es die eingegrabene Beute war. Raudi schleppte das zerflederte Bleßhuhn zu seiner Herrin. Der Hundeinstinkt hatte ausgezeichnet funktioniert. Es war Freßzeit, und er hatte den verscharrten Vogel holen müssen.

Irene hielt den Setter für einen perfekten Wilddieb. »Pfui, du Strolch! Wieviel hast du schon getötet?« Ihre Hand, die ihn bisher nur gestreichelt hatte, packte hart in sein Nackenfell. Er wurde hin und her gebeutelt. »Nein, nein!« gellte es in seinen Ohren. »Das darfst du nicht. Nie wieder.«

War das noch seine Irene? Er lag am Boden, geduckt, mit tieftraurigen Augen. Die Jungen und Mädchen ringsum protestierten gegen diese Tierbehandlung. Irene aber war erregt. Sie zerrte Raudi zu seinem Pfahl am Zelt. Er sträubte sich zu gehen, er rutschte auf dem Bauche. Sie band ihn fest mit dreifacher Leine.

»Kein Abendessen!« sagte sie streng.

Am Tisch gab es eine heftige Diskussion. Hungern lassen wär Quälerei, behauptete einer. Der arme Hund habe lange genug hungern müssen.

»Jawohl«, pflichtete Purzel bei. »Ich gebe ihm was zu fressen.«

Irene war zornig. »Gar nichts gibst du ihm! Schöne Tierfreunde seid ihr. Begreift ihr denn nicht? Ich muß ihm die Räuberei abgewöhnen. Sonst mordet er eines Tages sonstwas. Vielleicht junge Störche. Oder die Reiher am Fluß. Oder Küken im Dorf. Und dann wird er bestimmt erschossen.«

»Du übertreibst«, sagte Kahlkopf, der ein Hundekenner war. »Erstens ist Raudi noch jung. Zweitens liegt ihm die Jagd im Blut. Dafür kann er nichts. Setter sind nämlich die besten Hühnerhunde. Sie fangen nie etwas für sich. Sie bringen es immer ihrem Herrn. Hast es ja erlebt. Da will er dir eine Freude machen, und du donnerst ihn zusammen.«

Irene wurde nun doch ein bißchen schwankend. Sie blickte hinüber zu Raudi, der japsend am Boden lag.

»Hähä!« meckerte Wanze. »Ich weiß was. Wir machen einen Geflügelladen auf, und Raudi bringt die Ware ran.«

Pepo knuffte ihn. »Du Knalltüte! Deine Witze riechen schlecht. Irene, laß dich von dem nicht ärgern. Weißt du, was Raudi braucht? Einen Zwinger. Und richtige Dressur. Dann lernt er gehorchen. Aufs Wort. Du kennst doch unseren Pluto. Der versteht fast alles. Und Raudi ist noch viel klüger.«

»Oha! Ein Wunderhund«, spottete Wanze. »Hört, hört, Leute! Firma Pohl macht einen Zirkus auf …«

Die Bank kippte um. Pepo und Wanze wälzten sich im Gras. Alfred mußte eingreifen. Er rief: »Der Tischdienst hat frei. Die beiden Kampfhähne übernehmen das Abräumen. Bitte gleich anfangen, meine Herren Zirkusartisten!«

Pepo hat recht, dachte Irene. Gehorchen muß er lernen. Sie brachte dem Setter die Abendportion. Raudi zappelte vor Freude, weil seine Irene wieder gut zu ihm war. Und da kam ihr eine Idee. Geich darauf sprach sie mit Alfred.

Als Zapfenstreich geblasen wurde, ging sie zum Wachzelt. Sie bat, morgen früh um fünf geweckt zu werden.

Die Glockenuhr vom Eulenberger Rathausturm klang durch die nächtliche Stille. Elfmal schlug sie.

Frank starrte zu dem silbrigen Viereck hinüber, das der Mondschein auf die Dielen warf. Wozu noch warten? Nachts tragen sie keine Telegramme aus. Morgen vielleicht. Und wenn Vater überhaupt nicht antwortet?

Er sprang vom Bett. Was dann? Im zwielichtigen Schimmer des Mondes marschierte er durch die Stube, grübelnd, unruhig.

Bis zu seinem vierzehnten Lebensjahr hatte er auf dem Lande gewohnt. Häufig war er sich selbst überlassen gewesen. Schon als kleiner Junge hatte er gern im Dunkeln gesessen und den Geräuschen der Nacht gelauscht oder die rätselhaften Sterne angestaunt. Furcht vor dem Alleinsein kannte er nicht. Aber heute fühlte er sich einsam. Seine Gedanken gingen zu den Gefährten ins Zeltlager. Du bist engstirnig, hatte Alfred gesagt.

Er warf sich aufs Bett und schloß die Augen. Zähl bis hundert, befahl er sich, dann kommt der Schlaf. Er zählte: Er wollte nicht an die anderen denken. Nur an die indischen Fakire dachte er beim Zählen. Von den Fakiren hatte er Wunderdinge gelesen. Es sind aber keine Wunder, wenn sich einer auf Nagelspitzen legt oder barfüßig über Glasscherben geht. Konzentration ist das, äußerste Willensbeherrschung.

Franks Konzentrationsübung brachte keinen Erfolg. Bei zweihundertsiebzig schlief er noch nicht. Er gab das langweilige Zählen auf. Seine Gedanken träumten sich in den künftigen Beruf hinein. Traktoren und Autos hatten es ihm angetan. Alle gebräuchlichen Typen kannte er. Von dem alten »Aktivist« bis zum rassigen »Zetor-Super«

fuhr er sämtliche Maschinen in seiner Wunschträumerei. Auch den »Wolga« des Kreisvorsitzenden meisterte er mit sicherer Hand. Zuletzt sah er sich auf den großen Brummern, auf Lastwagen, Dumpern und Omnibussen. Er war mit jedem Motor vertraut. Wer Rat und Hilfe brauchte, kam zu ihm. Weit und breit kannte man den Fahrzeugexperten Frank Brinkmann.

Das alles war kein Traum, wie er einem im Schlaf überkommt. Frank saß auf dem Bettrand, hellwach, und er wünschte, daß seine Zukunftsvorstellungen in Erfüllung gingen. Etwas Großes wollte er leisten. Ruhe fand er darüber nicht; denn eines hatte er längst begriffen: Vom Träumen und Wünschen bis zur Verwirklichung ist ein lan-

ger, mühevoller Weg. Und aufs neue erfuhr er in diesen Tagen, wie verzwickt das Leben ist. Noch ehe einer überhaupt seinen Weg beschreiten kann, türmen sich die Schwierigkeiten.

Wieder marschierte er auf und ab in der nachtgrauen Stube. Konzentrationsübungen sind Käse, dachte er. Möchte wissen, wie es bei den Fakiren wirklich zugeht. Solche Brüder haben ihre Tricks. Wer kann denn ein Seil hochwerfen, das in der Luft hängenbleibt? Fauler Zauber.

Das Spintisieren brachte keine Klarheit in seinen wirren Kopf. Es half ihm nicht über das innere Bohren hinweg. Die Einsamkeit bedrückte ihn.

Alle sind gegen mich, hatte er sich eingeredet. Irene, Alfred, die ganze Gruppe. Stimmt das? Seine Zweifel wuchsen. Er lag auf dem Bett, unzufrieden mit sich und der Welt. Sollte er den Traktoristenplan aufgeben und ins Lager zurückkehren? Nein, das ließ sein Stolz nicht zu. Er mußte einen Ausweg finden. Vielleicht kam morgen das Telegramm aus Rostock.

Von ferne schlug die Glockenuhr zwölf. Frank hörte sie nicht

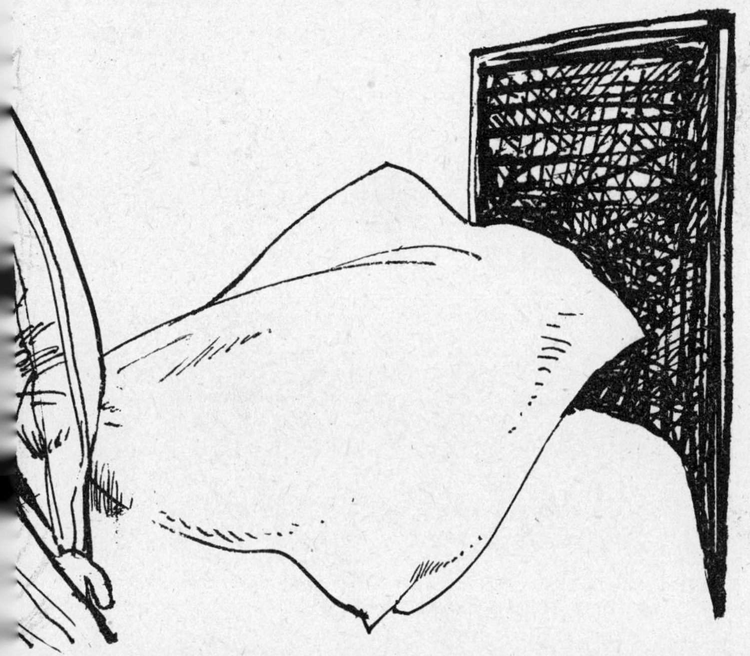

mehr. Seine letzten Gedanken waren zu Klaus und Katrinchen spaziert. Am Nachmittag war er mit ihnen durch die Aue gewandert. Aus Weidenruten hatte er ein Mühlrad gebaut. Hurtig drehte sich das Rädchen. Grasplaggen stauten den Bach. Der kleine Wasserfall gluckste. Katrinchen patschte vor Freude in die Hände. Und das Mühlrad lief und lief.

## *Allerlei Überraschungen*

Der Morgen war diesig. Ein grauer Wolkenschleier hing über der Stadt.

Irene stieg aus dem Omnibus. Endlich durfte Raudi wieder flitzen und springen. Im Bus hatte ihn seine Herrin auf dem Schoß festgehalten.

Irenes Hand tastete die Bluse entlang. Es knisterte unter dem Stoff. Der Umschlag mit dem Telegramm für Frank war noch da. Nun aber los! Raudi hüpfte vor ihr her. Dieser Ausflug in aller Frühe gefiel ihm. Wohl waren Wald und Aue interessanter als das Straßenpflaster, aber auch hier gab es allerhand zu untersuchen. In der Lindenallee sah er den Taubenschwarm. Seine Augen funkelten. Wie ein Pfeil schoß er davon. Die Tauben waren schneller.

»Hierher!« rief Irene. Gehorsam kam er angetänzelt. »Duu! Mach keinen Ärger. Gewildert wird hier nicht, sonst muß ich dich an die Leine nehmen.« Sie schüttelte ihn. »Bist doch kein Wilddieb.«

Er wedelte mit dem Schwanz. Zwar begriff er nicht recht, was sie an ihm auszusetzen hatte, aber er wedelte. »Fuß!« befahl sie und hastete weiter.

Diesen Befehl kannte er. Und er blieb an ihrer Seite. Bis zur nächsten Straße. Dort saß eine Katze in der Haustür. Sie fauchte ihn an. Das traf seine Hundeehre. Steifbeinig rückte er vor, Kopf und Schwanz erhoben.

»Raudi! Kommst du her! Fuß!«

Es war furchtbar schwer, aber er fügte sich.

Hinter der Ecke liefen sie in ein Haus. Der Geruch hier kam Raudi bekannt vor. Irene stürmte vier Treppen hinauf, der Setter voran. Die Klingel schrillte, wieder und wieder. Irene klingelte Sturm.

Erst blieb es drinnen still. Dann hörte sie Kinderstimmen. »Frank!« rief es. »Frank ist da!« Die Tür flog auf. Klaus und Katrinchen standen auf der Schwelle, barfüßig, mit verwunderten Augen. Sie hatten Frank erwartet. Der wollte sie abholen. Nun jubelten sie. Irene tanzte mit ihnen durch den Flur. Es war ein Freudenspektakel. Frau Sander kam aus dem Schlafzimmer. Sie war gerade beim Anziehen, als das Sturmgeläut losbrach. »Irene, ist was passiert?«

»Tag, Mutsch. Ein Telegramm für Frank ist ins Lager gekommen. Von seinem Vater. Das muß ich ihm doch bringen.«

»Was telegrafiert er denn?«

»Ich weiß nicht. Der Umschlag ist zugeklebt.«

Raudi war gleich wie zu Hause. Schnobernd kroch er in alle Winkel. Katrinchen schleppte ihn zum Puppenwagen. Er sollte schön liebenbleiben, zugedeckt bis an die Nase. Das gefiel ihm nicht. Ein Setter ist kein Teddybär. Raudi strampelte sich bloß. Der Wagen kippte um. Durch alle Räume ging die fröhliche Jagd.

Es dauerte lange, ehe die Kleinen gewaschen und angezogen waren. Raudi ließ ihnen keine Ruhe bei der Morgentoilette. Sie lachten und spritzten sich naß und quietschten. Irene hatte Mühe, die drei Zappelgeister zu bändigen. Nebenher mußte sie mit der Mutter eine schwierige Verhandlung führen. Sie wollte endlich ihre Zöpfe abschneiden lassen.

»Ausgerechnet jetzt?« fragte Frau Sander.

»Ja! Einmal muß es sein. Immer wieder hast du mich vertröstet. Erst bis zu meinem Geburtstag. Dann bis zum Abschluß der achten Klasse. Nun ist es aber soweit.«

»Hast du es eilig, Kind. Ich würde abwarten. So lang wachsen dir die Haare nie wieder nach. Tun sie dir nicht leid, deine schönen Zöpfe? Du siehst wirklich gut damit aus.«

»Ich werde fünfzehn. Da ist man kein kleines Mädchen mehr.«

»Soso. Willst du dich vielleicht in einen Jungen verwandeln? Mir gefallen Mädchen nicht, die abgeschoren wie ein Stoppelfeld umherlaufen.«

»Mutsch! Kurze Haare sind modern. Und praktisch. Willst du mich hinter dem Mond halten? Trägst du vielleicht Ringelnester?«

Was konnte Frau Sander noch einwenden? Hinter dem Mond wollte sie ihre Tochter nicht halten. »Mach, wie du denkst«, sagte sie.

»Aber komm mir nicht mit solchen ausgezupften Fusselfransen.« Sie blickte zur Uhr. »Herrje, ich muß gehen. Wir sehen uns noch, ehe du zurückfährst. Hoffentlich erkenne ich meine Tochter dann wieder.«

»Moment, Mutsch. Wenn dir Frank begegnet, dann darfst du nicht sagen, daß ich hier bin. Kein Wort, hörst du! Wir wollen ihn überraschen. Bis dann. Mit der neuen Frisur.«

Nun hockten die drei am Kaffeetisch wie eine Verschwörerbande. Überraschung! Das war etwas für Klaus und Katrinchen. Sie glühten vor Eifer. Sie hatten heute gar keinen Hunger. Klaus postierte sich am Schlafzimmerfenster, um Franks Kommen zu melden. Katrinchen hielt den Setter beim Schlappohr, und Irene befestigte das Telegramm am Lederhalsband. Dann wurde der Briefträgerhund in den Flur gesperrt. Die Tür war unverschlossen, Frank konnte kommen.

»Wenn er klingelt, verstecken wir uns«, sagte Irene. »Er muß uns suchen.«

Katrinchen bestand darauf, das Verstecken sogleich zu probieren. Und sie ließ nicht locker, bis Klaus und Irene mit ihr unter die Betten krochen. Es war ein herrliches Spiel.

Raudi wimmerte und kratzte draußen. Er mußte warten. Alle warteten. Frank kam nicht. Die Spannung ließ nach. Sollte aus der Überraschungsfreude eine Enttäuschung werden? Irene versuchte zu trösten: »Vielleicht ist er sehr müde und muß erst ausschlafen.«

»Dornröschen hat auch lange geschlafen«, sagte Katrinchen »Erzählst du uns von Dornröschen?«

Irene erzählte. Ihre Worte malten alles bunt und schön. Sie kannte viele Märchen. Die Zeit verging. Frank konnte mittlerweile gründlich ausschlafen. Klaus blickte längst nicht mehr auf die Straße hinunter. Er hörte zu, andächtig wie Katrinchen.

Plötzlich erschraken alle drei. Die Klingel schrillte, und Raudi bellte im Flur.

»Schnell, schnell!« Katrinchen krabbelte unters Bett, Klaus und Irene rutschten auf dem Bauch nach. Wieder klingelte es. Sie hielten den Atem an. Draußen klappte die Tür. Jetzt findet er das Telegramm! Gleich wird er hereinkommen.

Eine Minute verstrich. Noch eine. Nur Raudis Freudengewinsel war zu hören. Endlich kam Frank. Sie sahen seine Füße in den ausgetretenen Sandalen. Die Sandalenfüße blieben an der Tür stehen. Katrinchen konnte es nicht mehr aushalten. Sie blinzelte unter der Bettkante hervor. Standen Tränen in seinen Augen? Oder täuschte sich Katrinchen? Er hielt den Telegrammzettel in der Hand. Raudi kroch schnuppernd unters Bett. Irene drückte ihn an sich. Es war still im Zimmer.

»Frank«, rief Katrinchen, »such uns doch. Frank, warum sagst du nichts?«

Irene ahnte, was das Telegramm enthielt. Sein Vater wird nicht einverstanden sein, dachte sie. Er darf keinen Lehrvertrag abschließen, er bleibt bei uns. Sie freute sich, kroch aus dem Versteck. Franks Gesicht bestätigte ihre Ahnung. Mit zusammengepreßten Lippen starrte er vor sich hin. Enttäuschung in den Augen. Ihre Freude schwand. Gut, daß ich hergefahren bin. Jetzt gebe ich ihm Raudi. Der Setter soll uns beiden gehören. Sie legte ihre Zöpfe zurück, nahm Raudi auf den Arm.

Aber auch die zweite Überraschung wollte nicht gelingen. »Ich muß weg«, stieß Frank hervor und lief hinaus.

Irene rannte ihm nach. Sie kannte die Treppen besser als er. Sie holte ihn ein und ergriff seinen Arm. »Frank, bleib.«

Er sträubte sich. Sie rangen miteinander. Und auf einmal hatte er sie umfaßt. Ganz dicht vor sich sah er die großen braunen Augen. Zwei Lichtpünktchen blitzten darin. Ihr Haar berührte seine Wange. Noch nie war ihm Irenes Gesicht so nahe gewesen. Ein unfaßbares Empfinden kam über ihn. Das war Freude und Schreck und Verwundern zugleich. Ihm wurde leicht, wie einem Vogel am Himmel.

»Ich will dir doch Raudi geben«, flüsterte sie. »Er muß richtig erzogen werden. Damit du nicht allein bist im Heckenrosenweg.« Raudi war schon da. Er sprang an ihnen hoch. Klaus und Katrinchen kamen. »Frank! Frank!«

Seine Hände strichen über Irenes Schultern. Langsam ließ er die Arme sinken. Sie gingen hinauf.

Es gab ein großartiges Frühstück: Speckeier, Röstschnitten und Tomaten. Aber Frank wurde gar nicht gewahr, was er aß. Unverwandt blickte er auf Irene.

Die Kleinen schmausten mit Wohlbehagen. Abwechselnd fütterten sie Raudi. Katrinchen verstand nicht, daß der Setter ihre Tomatenscheiben verschmähte. Wo Tomaten doch so gut schmeckten.

Das Telegramm lag vergessen auf der Küchenbank. Irene mußte lange im Frisiersalon warten. Sie sah die Zeitschriften durch. Manches las sie gründlich. Und ein Heft klemmte sie unter den Arm. Das brauchte sie, wenn ihre Zöpfe fielen.

Der Ventilator summte. Vielleicht schaffe ich den Zweiuhrbus, dachte sie und schlug das Heft wieder auf. Ja, so will ich die Haare haben. Ob mir die Frisur steht? Was wird Frank dazu sagen?

Sie rückte auf ihrem Stuhl ein bißchen nach links, um sich im Spiegel zu betrachten. Die Nase gefiel ihr nicht. Sie war zu lang. Schon immer war ihr die Nase zu lang gewesen. Einmal hatte sie etwas über kosmetische Chirurgie gelesen. Da stand geschrieben, daß Schönheitsfehler wegoperiert werden können. Sogar Fettpolster. Auch Nasenfehler. Wenn ich groß bin, hatte sie damals gedacht, wenn ich Geld verdiene, dann lasse ich mir die Nase kürzen. Jetzt mußte sie lächeln über diesen Kleinmädchengedanken.

Endlich war wieder eine Kundin fertig. Irene sah es durch den Spalt im Vorhang. Die Frau steckte der Friseuse etwas in die Kitteltasche. Das Fräulein im Kittel wurde noch freundlicher zu der Frau. »Danke seehr! Gefallen Sie sich? Sie haben prächtiges Haar!« Die geschmeichelte Dame nickte mit dem frisierten Kopf. Sie rauschte in einer Wolke von aufgesprühten Wohlgerüchen vorbei. Irene dachte: Hoffentlich rieche ich nachher nicht auch so. Vielleicht kann man das abbestellen. Dann wird es nicht so teuer. Jetzt wäre sie an der Reihe gewesen. Aber sie kam noch nicht dran. »Momentchen«, sagte die Friseuse, als Irene aufstand. »Du mußt noch warten. Bitte sehr, Frau Kaufhold, Sie mit der Lockwelle zuerst.«

Irene wäre am liebsten gegangen. Aber nun hatte sie fast zwei Stunden gewartet. Ob alle Friseusen so sind? Wer zwingt sie denn, Unterschiede zu machen? Etwa die paar Groschen in der Kitteltasche? Ich möchte niemals auf solche Groschen angewiesen sein.

Der Postbote kam. Er legte die Tageszeitung auf das Marmortischchen. Irene nahm sie, blätterte darin. Und plötzlich war sie dieser Groschenfriseuse dankbar. Auf der vierten Zeitungsseite sah sie Franks Kopf mit dem Lagertor im Hintergrund. *Junge Sozialisten helfen bei Feuersbrunst* stand dort, groß, fettgedruckt. Unten befanden sich zwei weitere Bilder. Da war sie mit ihren langen Zöpfen, eingeklemmt zwischen Ede und Pepo. Und daneben Raudi in Nahaufnahme. Sie überflog die Zeilen. Der Brand war geschildert und die Freiwilligenkolonne aus dem Zeltlager und das wagehalsige Löschbemühen auf dem Schilfdach.

Kiekebusch! ging es ihr durch den Sinn. Hat schnell gearbeitet, der neugierige Reporter von der Kreisredaktion. So möchte ich schreiben können. Wer das liest, ist richtig gepackt. Fünf Stück kaufe ich von dieser Nummer. Für Frank, für Mutti, für Alfred. Ach, mehr. Zwanzig mindestens. Da werden sie gucken, wenn ich als Zeitungsbote ins Lager komme. »Die nächste Dame!« rief es vom Vorhang. Jetzt durfte sich niemand mehr vormogeln. Irene hatte es sehr eilig. Sie nahm das Heft, zeigte es dem Fräulein im weißen Kittel. »Hier, diese Frisur möchte ich haben.«

»So kurz?«

»Genauso. Ganz einfach. Ohne Lack, ohne Parfüm und solchen Kram.«

»Das schöne lange Haar. Mädchen, was könnte man daraus machen! Guck mal.«

»Nein, nein. Abschneiden bitte.«

Eine Minute später fielen Irenes dicke glänzende Zöpfe. Es tat ihr kein bißchen leid. Sie war nur neugierig auf die Veränderung, die da im Spiegel vor sich ging.

Im Heckenrosenweg war fröhlicher Lärm. Die drei Brinkmanns bauten einen Zwinger für Raudi, eine Hundewohnung, wie die Kleinen sagten.

Es war schwül. Frank schwitzte, obwohl er nur die Badehose trug. Er nagelte das Dach auf Raudis Hütte. Klaus reichte ihm Nägel zu. Katrinchen wartete ungeduldig, bis der letzte Hammerschlag getan war.

»Jetzt fertig?« fragte sie und steckte den Kopf in das Schlupfloch der Hundehütte. »Oh, ein feines Haus!« Sie kroch hinein. »Raudi, komm!«

Schlupf, was der Setter drin. Sie hatten beide Platz. Klaus wollte sie besuchen, aber der Eingang war zu eng für ihn.

Katrinchen krabbelte heraus. »Ein Teppich muß rein. Es ist so hart für Raudi.« Sie lief zum Haus, holte die alte Kokosmatte.

Da erschien Irene. »Hallo, hallo, ihr Schwerarbeiter! Ich habe was.«

Sie schwenkte ein Paket Zeitungen.

Franks Herz pochte, als er ihre Stimme hörte. Geschwind drehte er sich um, stutzte. Klaus ließ die Nagelbüchse fallen. Und Katrinchen vergaß den Teppich für die Hundewohnung.

Das sollte Irene sein? Diese junge Dame dort? Ja, es war Irene. Raudi umtanzte sie mit Freudensprüngen.

Als sie heran war, blieb es an der Hundehütte einen Augenblick still. Sie sah so gänzlich anders aus. Zaghaft fragte Katrinchen: »Wo sind deine Zöpfe?«

Irene spreizte zwei Finger wie eine Schere und klappte sie zusammen.

»Schnipp – schnapp! Abgeschnitten.«

Die anderen lachten, aber Katrinchen konnte sich nicht vorstellen, daß solche dicken Zöpfe einfach abgeschnitten würden. Die gehörten doch zu Irene. Sie beruhigte sich erst, als sie Franks Bild in der Zeitung sah. Das war ein Staunen und Fragen! Kiekebuschs Reporteraufnahmen wurden genau studiert. Was blieb der Zeitungsbotin übrig? Sie mußte den Artikel vorlesen.

Endlich fand sie Zeit, Raudis Hütte gründlich anzusehen. Die Kleinen machten Badepause. Sie plantschten in dem großen Waschzuber an der Pumpe. Dort gab es hohe Wellen. Raudi tobte um die Hausbadeanstalt. Klaus duschte ihn mit der Gießkanne.

»Frank«, sagte Irene, »die Hütte hast du wie ein Fachmann gezimmert.«

»Na, ich werde doch deinen Raudi ordentlich unterbringen.«

»Mein Raudi? Er gehört uns beiden. Dir und mir. Aber ich muß sagen, wenn du etwas willst, dann bist du ein Könner.«

»Ach!« In seinen Augen saß der Schalk. »Ich dachte, ein Dickkopf?«

»Bist du auch. Leider. Aber nur manchmal, und das ist ein Glück.« Sie strich das Haar in den Nacken. Es war die gleiche Gebärde, mit der sie früher die Zöpfe zurückgeschoben hatte. »Magst du meine Frisur nicht?«

»Doch, doch.«

»Weil du gar nichts dazu sagst. Und vorhin hast du so komisch geguckt.«

»Na ja, du warst zuerst ein bißchen fremd. Aber auf die Haare kommt es nicht an. Und wenn du einen Igelschnitt hättest ...« Er brach den Satz ab, bückte sich nach dem Hammer.

»Frank, was wäre dann?«

Er blickte auf. Sein braunes Gesicht war noch dunkler geworden. »Dann, dann wäre es genauso.«

Katrinchen kreischte. Sie war mit dem Hinterkopf gegen die Zuberwand gefallen. Irene lief zu ihr. Als der Schmerz weggestreichelt war, nahm sie ihr Zeitungspaket. »Gebt schön auf Raudi acht. Und auf Katrinchens Bumskopf. Wiedersehn. In ein paar Tagen bin ich zurück.«

Raudi zappelte hinter den Latten des Zwingers. Die neue Hundewohnung war nicht nach seinem Geschmack. Ihm fehlte fröhliche Gesellschaft.

Frank hatte die Kleinen zu Pepos Mutter gebracht. Nun wusch er sich unter der Pumpe. Auf Raudis Winseln achtete er nicht. Er hatte mit sich selbst zu tun. Seine Gedanken waren bei dem Telegramm aus Rostock. Keinen Lehrvertrag abschließen, bin bald zu Hause, hatte der Vater telegrafiert.

Bald, dachte Frank bitter. Das hat er schon mal gesagt. Ob er Wort hält? Oder schreibt er bloß so, weil Fräulein Trapp dort ist? Ich gebe noch lange nicht auf. Vielleicht kriege ich die Stelle doch. Er pumpte wild, kroch unter den kalten Strahl.

Eine Viertelstunde später stand er vor dem Tor der RTS und zeigte dem Pförtner das Schreiben.

»Kader macht Kollege Mewes«, brummte der Alte am Schiebefenster. »Hat ja auch unterschrieben. Den findest du auf Zimmer acht, wenn du Glück hast.«

Frank hatte sich sein Glück anders vorgestellt. Er mußte warten. Der Mann hinter dem Schreibtisch telefonierte. »Schlamperei!« brüllte er in den Hörer. »Warte ab.« Im Sturmschritt ging er aus dem Zimmer.

»Setz dich doch«, sagte das Mädchen an der Schreibmaschine. »Kollege Mewes wird gleich wiederkommen.«

Frank sah zu, wie sie tippte. Ihre Finger huschten so geschwind über die Tasten, daß seine Augen kaum folgen konnten. Das kurze Haar und die schmalen flinken Hände erinnerten ihn an Irene.

Die Tür flog auf. Herr Mewes stürmte herein. Er diktierte dem Mädchen einen Brief. Dabei marschierte er hin und her, immer an Frank vorbei. »Was war noch?«

»Der Junge dort.« Sie wies auf Frank. »Einer von den neuen Lehrlingen.«

Frank war aufgestanden, den Brief und sein Zeugnis in der Hand. Mewes schüttelte ungeduldig den Kopf. »Da fehlt das Wichtigste. Habe ich dir doch geschrieben. So geht es nicht, Sportsfreund. Die Unterlagen brauchen wir. Komm morgen wieder. Einverständnis der

Schule vorlegen. Und die Zustimmung vom Rat des Kreises. Du bringst am besten deinen Vater mit. Oder die Mutter.«

Unschlüssig stand Frank auf dem Flur, faltete sein Zeugnis zusammen. Was nun? Unterlagen? Vater oder Mutter mitbringen? Der hat eine Ahnung.

Zwei Männer gingen vorbei. Frank schluckte. Rasch trat er zu der Wandzeitung. *Hier spricht die Lehrwerkstatt* stand auf dem großen Brett. *Wir erobern Wissenschaft und Technik.* Ein Buch war gemalt, weiß auf blauem Grund. Er las die Beiträge, sah Zeichnungen, Aufsätze, Berechnungen. Was denn? In der Lehrwerkstatt gibt es auch Zensuren?

Seine Enttäuschung wuchs. Er mußte viel von den bisherigen Vorstellungen abstreichen. Sollte er noch zwei Jahre zur Schule gehen? Keinen Trecker fahren? Er konnte sich nicht damit abfinden. Ehe er hier aufgab, wollte er alles genau ansehen. Vielleicht bestand noch eine Möglichkeit.

Entschlossen überquerte er den Hof. Bei der Kartoffelvollerntemaschine blieb er stehen. Zwei Lehrlinge legten eine neue Rollenkette auf. Frank sprach sie an, packte gleich mit zu. Die Jungen witterten in ihm den Neuling, der sie ausfragen wollte.

»Treckerfahren?« Der Kleine mit den roten Backen feixte. »Den Zahn laß dir ziehen. Im ersten Lehrjahr ist da überhaupt nichts drin.«

»Sso isses«, lispelte der andere Lehrling. Er stieß mit der Zunge an. »Ssag ihm Besseid, Felix. Ssoll lieber Bäcker lernen, daß wir ansständige Sstreusselssnecken kriegen.«

Der kurze Felix klärte Frank auf. »Ein Traktorist ist kein Zuckerbäcker. Erst mußt du feilen, sägen, nieten und was so die Männersachen sind. Das gibt Horn an die Pfötchen. Dann kommt Maschinenkunde, Pflege, Wartung, Reparaturen. Fahren ist keine Kunst. Ein ausgefuchster Techniker muß man sein.«

»Ich weiß«, erwiderte Frank, »damit man die Schmiernippel findet.«

Felix fühlte sich an seiner Technikerehre gepackt. »Hast ja keine Ahnung, was dazugehört. Köpfchen ist die Hauptsache. Komm mit, kannst mal was sehen.« Die drei Jungen gingen in die Werkstatt. Hier lag auf ölverschmierten Böcken das Getriebe einer RS09. Frank betrachtete staunend das Zahnradgewirr in dem zertrümmerten Gehäuse.

»Na, was ist das für ein Apparat?« fragte Felix. »Reisewecker oder Rathausuhr?«

»Pah! Erkennt doch jeder Säugling als Getriebe.«

»Und wieviel Gänge hat das Ding? Wieviel, he?«

Frank schwieg und sah sich alles genau an. Wie kann man das feststellen? grübelte er.

»Ssiehste den Sslauberger!« spottete der Lispler.

Felix triumphierte. »Sechzehn Gänge, mein Lieber. Von wegen, Schmiernippel finden! Da bleibt dir die Spucke weg, was?«

»Ist doch nicht möglich.« Frank zweifelte. »Sechzehn Gänge? So was gibt es doch gar nicht.«

»Wetten? Eine Flasche Bier für jeden. Los, schlag ein.«

Frank zögerte. Aber das Grinsen der beiden ärgerte ihn. »Topp!«

»Reingefallen!« rief Felix und erklärte die Funktion des Getriebes. »Zeichne das mal, technisch einwandfrei, versteht sich. Nimm es auseinander und bau es wieder zusammen. Wenn dann nichts übrigbleibt und der Schlitten läuft, bist du ein halber Ingenieur.«

»Vorsicht«, sagte eine Stimme hinter ihnen. »Dann ist man erst mal Motorenschlosser. Flunkert dem Jungen nicht zuviel vor.«

Frank erkannte den Arbeiter, der das Busgeld für ihn ausgelegt hatte. Er gab ihm die Hand, erfreut, einen Bekannten hier zu treffen.

»Ich habe das Fahrgeld mit.«

Der Schlosser lachte. »Du bist genau, alles, was recht ist. Laß bloß dein Geld stecken.«

»Kannst ja fragen«, sagte Felix, »ob der RS09 sechzehn Gänge hat. Herr Machnitzke ist Motorenspezialist. Wir müssen jetzt verschwinden. Aber die Wette hast du verloren.«

Otto Machnitzke konnte die Behauptung des rotbäckigen Lehrlings nur bestätigen. »Stimmt, sechzehn Schaltstufen ermöglicht das Getriebe. Acht Gangarten vorwärts und acht rückwärts.« Er bewegte die obere Welle. »Das hier hat so ein Esel kaputtgewürgt. Dem sollte man eine Schubkarre in die Hand geben, aber kein Lenkrad. Da, drei Zahnräder und die Welle sind zum Teufel. Der Getriebesalat hat das Gehäuse gesprengt.«

»Und Sie ... Sie kriegen das wieder hin?« fragte Frank.

»Na ja, einer muß es doch machen. Wenn es nach mir ginge, würde der Murksfahrer sonntags hier reparieren.«

»Ist so ein Geräteträger mit sechzehn Gängen schwer zu fahren?«

»Was heißt schwer. Das kann jeder lernen, der ein bißchen Motorenverstand hat.« Machnitzke spürte das Interesse des Jungen. Er zeigte ihm den RS09 in der Nachbarhalle. »Das ist eine unserer besten Maschinen für die Landwirtschaft. Luftgekühlter Dieselmotor. Mehr als dreißig Verwendungsmöglichkeiten.«

»Dreißig?« fragte Frank ungläubig. »Wie ... wie geht denn das?« Der Schlosser nahm ein zerlesenes Buch aus seinem Spind und zeigte dem Jungen die Bilder. »Hier, drillen, hacken, roden, mähen und was man alles noch damit machen kann. Sogar als hydraulischer Schwenkkran ist der Geräteträger zu benutzen. Und als Kipper mit Ladepritsche.«

Frank begriff, daß hier eine großartige Idee verwirklicht war. »Ein richtiges Wunderding«, sagte er, und seine Hand strich über den stählernen Längsbalken des Fahrzeuges. Daß es sechzehn Gänge haben sollte, konnte er immer noch nicht fassen. »Wer baut denn das? Ich meine, wer so etwas erfindet?«

Die Begeisterung in den Augen des Jungen stimmte den Mann nachdenklich. Er hatte keine Kinder. Seine Frau war gelähmt. Machnitzke hatte sie gepflegt, bis sie sich wieder ein wenig bewegen konnte. Dieser Junge nun rührte ihn seltsam an. So könnte meiner sein, wenn wir einen hätten, dachte er. Der hat einen Riecher für den Maschinenkram. »Tja«, sagte er sinnend, »über Nacht wird so etwas nicht erfunden. Hat ein Ingenieurkollektiv entwickelt. In jahrelanger Arbeit. Erst waren einfache Vorstufen da. Die sind nach und nach verbessert worden. In dem Buch ist der ganze Werdegang beschrieben. Nimm es dir mit. Hab noch eins davon.«

»Otto!« rief eine Stimme. »Otto, wir warten auf dich.« Der Rufer kam heran. Es war Kaderleiter Mewes aus Zimmer acht. Verwundert blickte er auf Frank. »Was suchst du denn hier?«

»Kennt ihr euch?« fragte Machnitzke.

Hinrich Mewes runzelte die Stirn. »Ach, der Bengel will als Stift bei uns anfangen. Hat aber seinen Kram nicht beisammen. Unklare Sache. Komm, Otto, wir müssen rüber.«

»Halt mal. Was ist unklar? Junge, raus mit der Sprache.«

Frank erzählte alles. Ganz offen redete er, weil er zu dem Schlosser Vertrauen hatte.

»Hinrich, Hinrich!« sagte Machnitzke. »Wie kann er Vater oder Mutter mitbringen? So solltest du die Menschen nicht abservieren. Stell dir vor, das wäre dein Junge oder mein Junge. Wirst doch anständig bezahlt für deinen Posten. Wenn ich an einer Maschine etwas verpfusche, muß ich herhalten. Und du?«

»Mach kein Drama. Denk an die Sitzung. Weißt doch, was ich auf dem Buckel habe. Der Bursche hätte gleich sagen können, wie es steht. Geh nach Hause, Brinkmann. So wird das nichts bei uns.«

Machnitzke bezwang seinen Ärger. »Wir sprechen uns noch, Hinrich. Ich komme gleich. Kannst schon einen Krawallpunkt auf die Tagesordnung setzen.« Er ließ den Kaderleiter stehen, nahm Frank am Arm und ging mit ihm hinaus.

»Sag mal, bist du sitzengeblieben?«

»Ach wo.« Frank holte sein Zeugnis aus der Tasche. Der Mann überflog es mit raschem Blick. »Hm. Ich verstehe dich nicht. Jetzt willst du ganz schnell Traktorist werden. Und dann? Ich glaube, du könntest mehr. Viel mehr. Ein Kerl wie du, der über Maschinenkonstruktionen nachdenkt, müßte sich auf den Hintern setzen. Und den Verstand in Trab bringen. Beizeiten. Junge, mach was aus dir. Ingenieur kannst du werden. Klar, du mußt unten anfangen. Aber mit einem richtigen Schulabschluß. Dann kommst du wieder her. In zwei Jahren hast du alle Chancen bei uns.«

Frank sah auf die lange Maschinenreihe.

Machnitzke gab ihm die Hand. »Denk mal drüber nach.«

Er lehnte am Tor der großen Halle. Hinter ihm dröhnte der Arbeitslärm. Ein Motor begann zu knattern, pufft, erstarb röchelnd. Hammerschläge knallten auf Eisen. Das Eisen sang. Die Ketten eines Flaschenzuges klirrten.

Ob ich es schaffe? grübelte Frank. Das Wort des Schlossers saß tief in ihm. Ingenieur kannst du werden. Seine Gedanken kreisten um dieses Wort.

Ingenieur! Alle Motoren kennen. Selbst Maschinen bauen, verbessern, ausknobeln. Das wäre eine Sache! Warum denn nicht? Lernen muß man überall. Der Schlosser traut mir das zu. Mach was aus dir. Klarer Fall. Ingenieur Frank Brinkmann. Er wußte, daß es nicht einfach sein würde. Irene sah er vor sich. Ihm wurde leicht wie heute früh auf der Treppe, da er sie umfaßt hatte. Mut und Zuversicht erfüllten ihn.

Er setzte sich auf einen Kanister und blätterte in dem Buch von Machnitzke, das die Spuren vieler Schlosserfinger trug. Hinten, in der Einbandklappe, fand er eine Zeichnung des Getriebes mit den sechzehn Gängen. Er las: Gruppenschaltung, Zwischenvorgelegewelle, Lamellenkupplung. Er verstand wenig von diesen Namen. Aber er spürte den Zusammenhang der Darstellung. Sie bestärkte seinen Willen, das alles genau kennenzulernen. Mehrmals las er die Bezeichnungen, bis sie ihm geläufig waren. Und er suchte ihre Erläuterungen im Text des Buches. Zum ersten Mal wurde ihm die Bedeutung eines Lehrbuches aus eigener Einsicht bewußt.

## *Der Anfang einer krummen Tour*

Die Nachmittagssonne warf lange Schatten über den Platz, wo die Maschinen standen. Frank saß noch immer auf dem Kanister am Hallentor. Er war in die Betriebsanleitung für den Geräteträger vertieft.

Eine Gruppe Lehrlinge ging vorbei. Der Lispler stieß den rotbäckigen Felix an. »Ssieh mal einer guck! Unsser Sslauberger.«

Die beiden kamen herüber. Sie ließen nicht locker, sie wollten die Wette kassieren. Frank mußte mit in die Kantine gehen. Er kaufte zwei Flaschen Bier und für sich eine Brause.

Der Lispler kicherte über die Brause. Und Felix sagte: »Prost, Kinderbelustigungswasser!« Er hielt Frank die Zigaretten hin.

»Stäbchen vielleicht? Oder lieber einen Lutscher?« Sie verschluckten sich vor Lachen. Dem Lispelheini rann das Bier übers Kinn.

Frank sah Ede Senkpiel hereinkommen, neue Kunstlederjacke, geschmierte Tolle. »Ach, der große Kapitän Brinkmann. Haben sie dich auch aus dem Lager geekelt?«

Frank zog das Zeitungsblatt hervor, schlug es auf. »Mann!« rief Ede. »Da bin ich ja vornedran. So eine Wolke!«

Die beiden Lehrlinge feixten nicht mehr. Erstaunt betrachteten sie Franks Bild in der Zeitung.

Ede vergaß den alten Groll. »Klasse! Einfach Klasse! Das waren Zeiten, du.« Er las: »Zwei kühne Burschen schwangen sich auf das

glimmende Schilfdach. Mit ihren Hemden begannen sie den Kampf gegen das Feuer ...«

»Und was machst du hier?« wollte Frank wissen.

»Frag nicht so dämlich. Dasselbe wie du. Ausbildung als Schichttraktorist. Senkpiel hat doch einen Riecher.«

Schichttraktorist? dachte Frank. Er hatte davon gehört. Aber Genaues wußte er nicht.

Ede zog ein pfiffiges Gesicht. »Holzauge, sei wachsam! Pro Schicht kannst du mindestens auf zehn Mark kommen. Und immer gesellschaftlich nützlich.«

Das Geld, was da zu verdienen war, interessierte Frank jetzt nicht. Er sah nur die Möglichkeit, fahren zu dürfen. Und er tat, als gehöre er dazu.

Unterdessen hatten sich viele Fahrschulanwärter im Kantinensaal versammelt, Männer und Jugendliche. Der Fahrlehrer begrüßte sie. Er sagte, daß zur Bergung der Ernte jede Hand gebraucht würde. Die Maschinen auf den Feldern wären nicht voll ausgenutzt. Es fehle an Fahrern.

Flüsternd neigte sich Frank zu Ede. »Ist das kostenlos?«

»Klar. Billiger kannst du nicht zu einer Fahrerlaubnis kommen, falls sie dich ranlassen.«

Fahrlehrer Schurick schrieb Namen und Geburtsdaten in eine Liste. Frank trat an den Tisch. Sein Herz klopfte rasend schnell. Im plötzlichen Entschluß machte er sich ein Jahr älter. Das Herzpochen ließ nach, als er zwischen den anderen saß. Niemand hatte Verdacht geschöpft. Nur Ede grinste.

Der Fahrlehrer forderte noch, daß alle Teilnehmer unter achtzehn Jahren die schriftliche Einwilligung des Erziehungsberechtigten mitbringen sollten.

Der Unterricht begann.

Einige Paragraphen der Straßenverkehrsordnung wurden besprochen und die Verkehrszeichen erläutert. Frank prägte sich alles genau ein. Selten hatte er bei einer Unterrichtsstunde die Ohren so gespitzt wie heute.

Auf dem Heimwege sinnierte er über die Fahrvorschriften. Sein sehnlichster Wunsch erfüllte sich nun doch. Bloß der Gedanke an die Bescheinigung machte ihm zu schaffen. Zum Wochenende war die nächste Ausbildung angesetzt. Wie konnte er bis dahin die Unterschrift besorgen? Von seinem Vater war keine Hilfe zu erwarten. Vielleicht von Frau Sander?

Am anderen Morgen, als Frank und Raudi in Sanders Wohnung erschienen, gab es fröhlichen Tumult. »Wir machen eine Forschungsreise«, sagte der große Bruder. »Ich habe im Kindergarten Bescheid gesagt. Also, fertigmachen zum Abmarsch! Es geht in die Aue.«

Klaus und Katrinchen gerieten aus dem Häuschen. Frank hatte die Angel und den dicken Autoschlauch mitgebracht. Im Rucksack steckten Kescher, Angelwürmer, die zwei Eimerchen der Geschwister, ihre Schaufeln und ein Karton voll Schoten. Klaus huckte sofort den Rucksack auf. Er trabte zu Tante Sander in die Küche. Sie gab ihm ein mächtiges Stullenpaket für die Forschungsreise.

Katrinchen brachte ihre Lieblingspuppe Bärbel, die unbedingt dabeisein sollte. Sie stopfte das Puppenkind in den Rucksack. Der verschrammte Kopf mit der eingedrückten Pappnase guckte von oben aus der Verschnürung in die Welt.

Frau Sander verschloß die Tür. Sie mußte zur Ruhe mahnen. Frank dachte an die Bescheinigung für den Fahrlehrer. Ob sie unterschrieb? War sie nicht wie eine Erziehungsberechtigte? Doch Frau Sander hatte Eile. Es blieb keine Zeit zu der schwierigen Frage.

Blitzende Morgensonne empfing die kleine Wandergesellschaft. Die Luft roch nach Abenteuern. Kein Wölkchen trübte den Tag. Sie hatten einen scharfen Schritt, Raudi immer voran. Am liebsten wären sie durch die Straßen gerannt. Aber Klaus konnte nicht so schnell, wie Raudi und Katrinchen wollten. Er atmete heftig. Der Rucksack hing ihm bis in die Kniekehlen. Um keinen Preis wollte er seine Last an Frank abtreten.

Bei der Molkerei mußten sie warten. Raudi balgte sich im Milchhof mit einem fremden Hund. Frank pfiff. Das half nichts. Er ging hinüber. Auf der Rampe sah er den Traktoristen Henner Mertens. Der hatte heute die Milch von Riebast hergefahren. Ein Gedanke durchzuckte Frank. »Henner, nimmst du uns mit? Meine Geschwister wollen das Zeltlager sehen.«

Katrinchen lief herbei. Und Klaus folgte mit dem großen Rucksack, aus dem Bärbels Puppenkopf in die Welt guckte.

Henner lachte. »Los, rauf mit euch.«

Frank stemmte die Kleinen über das Wagenbrett. »Moment, Henner, Raudi muß noch mit.« Der Setter hatte seinen Kampf abgebrochen. Frank schimpfte ihn aus. »Abfahrt!« rief er. Henner gab Gas. Das große Abenteuer begann.

Die Kannen schepperten. Bäume und Felder flogen vorüber. Hier oben roch es nach Milch. Raudi schnupperte, und die Kleinen waren selig. Es ging ins Zeltlager!

Wer nun glaubte, daß Henner Mertens in Riebast hielt, der irrte sich. Es ging weiter. Henner bog von der Dorfstraße ab und brauste in den Erlentunnel. Erst auf dem Lagerplatz bremste er. »Schnell, schnell!« rief er aus dem Führerhaus. »Keine Zeit.«

Die kleine Zeltstadt erschien den Kindern wie eine Märchenwelt. Da tauchte auch schon Schneewittchen auf: Irene im weißen Turntrikot. Hinter ihr kamen die Zwerge gerannt: Pepo, Wanze, Kahlkopf und viele andere. Lärmend begrüßten sie den Kapitän. Sie murkelten seine Geschwister und zausten den Lagerhund.

»Alles in Ordnung«, sagte Frank. »Ich gehe bis zur Zehnten.«

Und Irene flüsterte er ins Ohr: »Vielleicht werde ich mal Ingenieur. Wenn … wenn ich das schaffe.«

Schneewittchen lächelte: »Bleibt ihr länger hier?«

»Bis morgen bestimmt.«

»Fein. Ich rufe Mutsch an.«

Erst am nächsten Abend fuhren die Besucher wieder ab. Pepo kutschierte sie ins Dorf zum Bus. Alle Kanubauer gaben ihnen das Geleit.

Die zwei Tage waren für Klaus und Katrinchen erregend schön gewesen. Sie hatten bei Irene im Zelt geschlafen. Die ganze Nacht in einem richtigen Zelt, wo der Mond durch die Stoffwand schimmerte. Man hörte die Fledermäuse vorbeihuschen. Und vom Walde kam der geheimnisvolle Ruf des Käuzchens. Früh, beim Flaggenappell, hatte Klaus die Lagerfahne hissen dürfen. Mit Frank und Irene waren sie auf dem Floß durch die Schilfwildnis gegondelt. Sandburgen hatten sie gebaut und im Wasser gepanscht.

Nun waren sie müde. Katrinchen schlief auf Franks Knien, noch ehe der Bus die Chausseekurve erreichte. Beim Aussteigen wachte sie nicht auf. Frank trug sie bis ins Bett. Und Klaus, der Tante Sander soviel erzählen wollte, nickte beim Abendbrot ein. Die Forschungsreise war anstrengend gewesen.

Frank gähnte laut.

»Bist du richtig satt?« fragte Frau Sander. Sie räumte das Geschirr ab, gab ihm einen Brief. »Lies mal. Aus Rostock.«

Der Brief kam von Fräulein Trapp. Sie berichtete über ihre Begegnung mit dem Polier. Der habe es nun sehr eilig, heimzukommen. Alles andere, was da noch stand, überflog Frank schnell. Rostock war beschrieben, der Überseehafen und ein Besuch bei der Maurerbrigade Brinkmann. Fräulein Trapp mußte jetzt liegen und den geschwollenen Fuß kühlen. Der Zeitpunkt ihrer Rückkehr war ungewiß.

»Freust du dich, Frank?«

Er sagte nichts.

Ein schwieriger Bursche, dachte Frau Sander. Daß sich Irene so gut mit ihm versteht? Sein Hemd ist auch längst reif.

Frank gab den Brief zurück. »Morgen früh hole ich Klaus und Katrinchen wieder ab.«

»Warte.« Sie wickelte ein großes Stück Mohnkuchen ein, den er so gern mochte. »Du hast nicht viel gegessen. In deinem Alter ist man immer hungrig.«

Er hatte plötzlich Hoffnung. »Frau Sander, ich brauche Ihre Unterschrift. Bloß ein Zettelchen. Unterschreiben Sie für mich?«

Sie sah ihn prüfend an. »Was soll ich unterschreiben?«

»Für die Fahrausbildung. Es geht um Motorsport. Da muß ich eine Bescheinigung vom Erziehungsberechtigten bringen.«

Sie glaubte, ihn zu durchschauen. »Mach mir nichts vor, Junge. So etwas darf ich nicht.« Sie holte sein Telegramm, das auf der Küchenbank liegengeblieben war. »Hier steht es. Keinen Lehrvertrag abschließen.«

Er knüllte den Telegrammzettel zusammen. »Um die Lehrstelle geht es doch gar nicht.«

»Worum denn?«

Hat keinen Zweck, dachte Frank. Sie traut mir nicht.

Als er mit dem Setter die Treppe hinunterrannte, rief sie ihm nach: »Morgen bringst du deine schmutzige Wäsche her. Hörst du! Nicht vergessen.«

Tags darauf hatte Frank die Wäsche vergessen. Ein Fahrschulbuch kaufte er und las darin, während Klaus und Katrinchen am Bachufer buddelten.

Abends kritzelte er die Verkehrszeichen in ein altes Rechenheft. Zwei Dutzend bekam er zusammen, ohne ins Buch zu sehen. Er knipste das Licht erst an, als er die Bedeutung aller Zeichen herunterschnurren konnte.

Tief befriedigt streckte er sich im Bett. Er hatte viel geschafft heute. Bucharbeit ist schwer. Aber mit Ausdauer kann man auch die Bucharbeit bewältigen. Wozu hat der Mensch einen Kopf! Nur der Gedanke an die Unterschrift für den Fahrlehrer störte sein Wohlbehagen. Morgen, hoffte er, morgen muß mir da was einfallen.

## *Die krumme Tour geht weiter*

Mittägliche Hitze lag über dem Fluß. Gemächlich trieb das Kanu stromab. Wanze saß im Heck. Heute, bei der Heimfahrt, war er Steuermann.

Vor wenigen Stunden hatte die Lagermannschaft ihre Fahne zum letzten Mal eingeholt. Schnell war die Zeit in der Aue vergangen. Der Fluß raunte. Die Bootsbesatzung war sonnenfaul. Nur Steuermann Wanze spähte aufmerksam umher.

Purzel ging die Fahrt zu langsam. Sie hatte sich gestern freigeschwommen. Nun zählte sie rechtmäßig zu den Kanufahrern. Auf eine nachträgliche Versetzung in die neunte Klasse hoffte sie nicht mehr. Was in einem Jahr versäumt war, konnte in wenigen Ferienwochen nicht nachgeholt werden. Das hatte Purzel inzwischen begriffen. Sie begnügte sich mit dem Freischwimmerzeugnis. Stolz erfüllte sie auf diesen kleinen Erfolg. Sie brannte darauf, heimzukommen.

Libellen schwirrten über das Wasser. Es roch nach Minze und Schlamm. Wanze hielt das Kanu in der Stromrinne. Zu beiden Seiten wucherte Buschwerk. Dahinter stand dichter Wald.

»Dort«, flüsterte Wanze, »ein Reiher!«

Der alte Fischreiher mit dickem Kropf stand wie aus Stein gemeißelt im Uferkraut. Hinter ihm, auf staksigen Beinen, verharrten drei Junge in gleicher unbeweglicher Haltung. Kaum fünf Meter entfernt glitt das Kanu vorbei.

Wanze zog das Steuer herum. »Paddel einsetzen!« kommandierte er leise. »Kahlkopf, Fotokiste klarmachen.«

Es war zu spät. Der alte Reiher strich ab, die Jungen stelzten ins Gestrüpp.

Karl der Kahle saß rittlings auf der Bugspitze, die Füße im Wasser. Seine Gedanken waren schon in der Sächsischen Schweiz. Dort hatte der Betrieb des Vaters ein Ferienheim gebaut. Morgen würde die ganze Familie für drei Wochen ins Elbsandsteingebirge fahren. Kahlkopf war noch nie in der Sächsischen Schweiz gewesen. Er sah sich schon als Bergsteiger. »Mein Apparat ist wasserdicht verpackt«, sagte er zu Wanze. »Paß lieber auf, daß wir nicht anecken. Du hast die Verantwortung.«

Wanze paßte auf. Er brauchte keine Ermahnung von diesem schlafmützigen Bootsmann, der sich so einen Schnappschuß entgehen ließ.

Es wurde wieder still im Kanu. Die Laubwände der grünen Wildnis ragten wie eine geheimnisvolle Barriere über die Ufer. Ein Eichelhäher plärrte im Dickicht. Sanft schaukelte das Boot.

Irene dachte an Frank. Sie war glücklich, daß er bei ihnen blieb. Ingenieur wollte er werden. Da mußte er tüchtig ran im neuen Schuljahr. Gestern hatte ihr die Mutter am Telefon von Fräulein Trapps Brief erzählt. Polier Brinkmann würde in drei Wochen zu Hause sein. Hurra! hatte Irene gerufen. Die Rostockreise war ihre Idee. Schade, daß sie nicht hatte fahren dürfen. Ob sie auch erreicht hätte, was Fräulein Trapp gelungen war?

Zwei Stunden später stand die Kanumannschaft im Heckenrosenweg. Raudi hüpfte an den Latten des Zwingers empor.

Frank saß in der Stube über seinem Fahrschulbuch. Er hob den Kopf, horchte.

Die Tür wurde aufgerissen, die Gefährten stürmten herein. Wanze hieb dem Kapitän auf die Schulter. »Alter Knabe! Nun ist unsere Mannschaft wieder beisammen. Noch vier Wochen Ferien!«

Sie schmiedeten Pläne. Wanze wollte am Mühlenwehr ganz große Fische fangen. Er spürte die Zurückhaltung des Kapitäns. Was war mit Frank los? Früher hatte das Mühlenwehr wie ein Magnet auf ihn gewirkt.

Purzel verabschiedete sich. Frank hatte das Freischwimmerzeugnis gesehen. Nun sollten es ihre Eltern bewundern. Auch Kahlkopf mußte gehen, weil er die große Reise ins Elbsandsteingebirge vor sich hatte. Und Irene holte die Kleinen aus dem Kindergarten.

Nur Wanze und Pepo hatten es nicht eilig. Hier in der »Heckenrosenwerft« war das Kanu entstanden. Hier fühlten sie sich heimisch. Und heute lag etwas Besonderes in der Luft. Wanze hatte es längst gemerkt. Das neue Fahrschulbuch und die Kritzeleien in dem Rechenheft verrieten mehr, als Frank eingestehen wollte.

»Käptn, nun pack endlich aus«, sagte Wanze. »Du hast doch was vor?«

Frank wußte plötzlich, wer die Bescheinigung für den Fahrlehrer unterschreiben könnte: Pepos Vater! Seit der Fuhrmann seinen Jungen nicht mehr mit dem Riemen prügelte, war Frank häufig dort gewesen. Er half Pepo, sonnabends den Pferdestall ausmisten. Danach wurde er immer zum Essen eingeladen. Frau Pohl steckte ihm manchen Bissen zu. Frank war bei Pohls wie zu Hause.

Wenn er den Fuhrmann als Pflegevater angab, war das nicht geschwindelt.

»Macht ihr mit?« fragte er die beiden Freunde. »Wir gründen eine Partisanenbrigade. Große Sache. Aber schwierig. Richtige Partisanenunternehmung. Muß unter uns bleiben.«

»Fang schon an«, sagte Pepo. »Kennst uns doch.« Frank erzählte von der kostenlosen Fahrausbildung.

Wanze war begeistert. »Das ist ein Ding, Leute. Du meinst, wir schaffen es, Käptn?«

»Keine Frage. Bloß zusammenhalten müssen wir. Einer hilft dem anderen.«

Pepo konnte sich nicht entscheiden. Er wollte Maurer lernen. Hatte es Zweck, diese schwierige Sache anzufangen? Das war mehr als nur ein Ferienspaß. »Ich weiß nicht«, sagte er. »Bin so gut wie abgemeldet in der Schule. Mußt du verstehen, Frank.«

»Gar nichts verstehe ich. Bleib bei uns, Pepo. Guck mich doch an. Ich bleibe auch. Eine Lehrstelle ohne Schulabschluß ist Käse. Da bist du wie ein Doofer. Hab ich erfahren in der RTS. Köppchen braucht man. Drei Jahre müßtest du lernen. Mit dem Abschluß der zehnten Klasse brauchst du nur zwei oder anderthalb. Rechne mal. Was gewinnst du denn?«

»Und mein Vater?«

»Den kriegen wir rum. Du verdienst Mäuse als Traktorist. Pro Schicht kannst du auf zehn Mark kommen. Hundert Emmchen sind dir heute schon sicher. Vielleicht noch mehr. Es hängt von uns ab.«

Hundert Mark, grübelte Pepo. Wenn der Käpn das sagt, muß was dran sein. Mit hundert Mark kann man allerhand anfangen.

Frank blinzelte Wanze zu. Das Blinzeln hieß: Nachhelfen. Wanze schubste Pepo. »Du lahmer Heini. Was gibt es hier zu überlegen? So was wird uns nicht wieder geboten. Hast du vielleicht eine Lehrstelle?«

»Nö, bis jetzt noch nicht.«

»Dann kriegst du auch keine mehr.«

»Vielleicht. Vater will es bei der Bau-Union in Halle versuchen.«

Wanzes breites Gesicht wurde noch breiter. »Denkst du, in Halle warten sie auf dich? Mit Blumen und Musik, was? Ein Dutzend Vieren im Zeugnis und solche Phantasiepläne. Mahlzeit.«

»Von wegen, ein Dutzend!« protestierte Pepo. »Drei Stück und eine einzige Fünf.«

»Ha! Mit solchen Bildungslücken kommst du nicht mal als Hilfsarbeiter an.« Wanze knallte das Fahrschulbuch auf den Tisch. »Käptn, ich gebe es auf. Der ist nicht zu retten. Wir müssen uns einen anderen Mann für die Partisanenbrigade suchen. Einen Mann, hab ich gesagt, keinen Schwachkopf.«

In Pepo flammte die Wut hoch. »Wer ist ein Mann? Du steifer Bock vielleicht? Wer hat denn im Turnen eine Vier, he?« Er schlug zu. Wanze parierte schlecht. Der Hieb warf ihn gegen die Kommode. Frank mußte eingreifen. Er packte Pepos Arm, drehte ihn nach hinten. Das Schultergelenk knirschte. »So nicht, Alter. Wir sind Kumpel. Immer noch.«

Pepo stöhnte.

Die Tür ging auf. Irene stand dort mit Klaus und Katrinchen. »Was ist denn bei euch los?«

»Ach, nichts«, sagte Frank. »Gar nichts weiter. Wir üben Judo.« Er ließ Pepos Arm los. »Schluß mit der Bolzerei. Ihr seid quitt. Erledigt.«

Pepo rieb seine Schulter. »War doch nicht so gemeint, Käptn. Wanze mußte einen kleinen Dämpfer kriegen. Ihr könnt auf mich rechnen. Ich mache mit.«

»Männerwort?« fragte Frank.

»Männerwort!« sagte Pepo.

»Warum nicht gleich«, brummte Wanze. »Immer erst diese unfairen Sachen.«

Irene wunderte sich. Jungen sind doch manchmal komische Kerle, dachte sie.

Und Katrinchen piepste: »So was!«

Pepos Vater schirrte die Pferde ab, als die beiden Jungen aufkreuzten. Sie halfen gleich. Pepo schüttete Futter, Frank trug Wasser.

Vater Pohl hängte das Geschirr an den Schuppenpfosten. Mit dröhnender Baßstimme rief er: »Frau! Mach das Essen! Die Bengel sind da.« Dann wendete er sich zum Stall und musterte seinen Sohn. Pepo war schmaler und kleiner als Frank. Sein sonnenbraunes Gesicht glänzte vor Eifer. Hurtig bewegte er sich zwischen den Pferden. Der Schimmel Rosalinde schubberte das Maul an seinem Hemd. Die Fuchsstute Klara drängte ihn beiseite, weil sie ans Futter wollte. Pepo kippte das übliche Maß Hafer in den Häcksel, goß einen Schwapp Wasser dazu und klatschte den Tieren die Hälse.

Der Vater hatte Freude an seinem flinken Jungen. Fix muß einer sein in dem Alter. Aber gegen Frank ist er ein Hänfling. Dabei hat er ganz andere Kost als dieser Brinkmann, um den sich keiner recht kümmert.

»Vatter, wir sind fertig«, sagte Pepo. »Hab ich einen Hunger.«

Der alte Pohl zwirbelte seinen Kosakenbart und nickte zufrieden. »So muß es sein. Wie bei alten Kavalleristen. Erst die Pferde, zuletzt der Mann. Ordnung ist das halbe Leben.«

Pepo kannte die Sprüche seines Vaters auswendig. Er verriegelte die morsche Stalltür, schwang seinen Campingbeutel auf den Rücken. »Komm, Käptn.«

Im Flüsterton fügte er hinzu: »Gute Stimmung.«

Mutter Pohl hatte ihren Jungen längst durchs Küchenfenster gesehen. Ein bißchen schmal ist er geworden, dachte sie und schnitt den großen Schinken an. Wer weiß, ob sie immer satt hatten in diesem Lager.

Es war Donnerstag, doch in Pohls Wohnküche gab es heute Sonntagsessen.

»Vatter«, sagte Pepo kauend, »Frank wird Ingenieur.«

»Ha?«

»Ingenieur wird Frank. Maschinenbauer.«

»Soso. Wird er. Und was sagt der Polier dazu?«

»Der will das, Vatter. Ein Telegramm hat er geschickt. Frank soll in der Schule bleiben. Noch zwei Jahre.«

»Hm.« Pohl muß wiederum seinen schmächtigen Jungen mit dem breitschultrigen Frank vergleichen. Beide hatten gewaltigen Appetit. Die Mutter schnitt noch ein paar Brotscheiben ab, belegte sie.

»Zehn Jahre Schule sind besser als acht«, begann Pepo erneut. »Da kann man was werden.«

Vater Pohl spitzte ein Streichholz. »Was könntest du denn werden?«

»Na ja. Maurerpolier vielleicht. Oder Bautechniker. In Mathe bin ich gut. Bloß, da braucht man zehn Jahre Schule.«

»Weiß schon. Propaganda gehabt in eurem Zeltlager.«

»Kein bißchen, Vatter. Es ist bloß, weil Frank in der Schule bleibt und weil das besser ist für später. Soll ich als einziger abgehen?«

Pohl stocherte mit dem Hölzchen in seinen gelben Zähnen. Es war ein nachdenkliches Bohren. Was der Bengel vom Brinkmann macht, das kann meiner auch. Ein Polier ist nichts Besseres als ein Fuhrunternehmer.

»Willst du wirklich, Bengel?«

»Klar, Vatter.«

»Du, Frau, schicken wir ihn weiter auf Schule?«

Mutter Pohl goß Hühnerbrühe in die Tassen. »Ich meine schon. Schaden kann das nie. Sind wir denn auf das bißchen Lehrgeld angewiesen? Die paar Mark, Franz!«

»Sind wir nicht«, sagte Franz Pohl. Die Sache war beschlossen. Er brauchte nun keinen Brief mehr an die Bau-Union in Halle zu schreiben.

Die Jungen waren endlich satt. Sie hatten knallrote Backen. Frau Pohl holte einen Stumpen aus dem Küchenschrank. Er rauchte behaglich und ließ sich von der Brandnacht in Riebast erzählen. Sein Sohn war mit in der Zeitung abgebildet. Darauf konnte man einen trinken. »Frau, stell noch zwei Gläser her. Die Bengels sind ja nun bald halbe Männer.«

Die »Bengels« machten sich nichts aus dem Wein. Er war ihnen zu sauer. Aber das ließen sie sich nicht anmerken. Die Gelegenheit war äußerst günstig. Pepo brachte das Gespräch auf die Fahrausbildung.

»Waas? Du Rotznäse willst Traktor fahren?«

»Warum nicht, Vatter! Eine Fahrerlaubnis kann man immer brauchen.«

»Hab so was mein Leben lang nicht gebraucht.«

»Das ist heute anders, Vatter. Frank macht auch mit. Und dem Postinspektor seiner.«

Herr Pohl verstand wenig vom technischen Fortschritt. Er hatte ein strammes Pferdegespann und drei Wagen. Das genügte ihm. Aber was die Jungen da alles anführten, war schwer zu widerlegen. Und weil die Ausbildung kostenlos war, hatte er nichts mehr einzuwenden. Sein Sohn sollte nirgends zurückstehen.

Pepo reichte ihm den Zettel. Er hatte mit Frank alles vorbereitet. »Vatter, ich muß eine schriftliche Einwilligung bringen. Vom Erziehungsberechtigten.«

Der alte Pohl nahm das Papier. »Ist ja auch mehr als richtig, daß unsereins gefragt wird. Muß alles seine Ordnung haben. Frau, gib mal meine Brille.«

Die Brille war nicht da. Pepo hatte sie vorhin in der Hosentasche verschwinden lassen. Es klappte wie am Schnürchen. Vater Pohl kniff die Augen zusammen. Doch ohne Brille konnte er nicht lesen. »Solltest lieber vernünftig schreiben lernen«, brummte er. »Lies vor.«

Pepo las: *»Ich bin einverstanden, daß mein Sohn Peter Pohl an der Fahrschule für Traktoristen teilnimmt.«*

Frank hielt den Kugelschreiber bereit. Der Mann unterschrieb. Pepo schob ihm einen zweiten Zettel hin. »Noch mal, Vatter. Das gleiche. Sie brauchen es zweimal. Für die Akten.«

Arglos setzte Franz Pohl seinen Namen auch auf den zweiten Zettel. Hier war der Text ein wenig geändert. Er lautete: *Ich bin einverstanden, daß mein Pflegesohn Frank Brinkmann an der Fahrschule für Traktoristen teilnimmt.*

Das hätten wir, dachte Frank.

Er hob sein Glas mit dem säuerlichen Stachelbeerwein und zwinkerte Pepo zu.

»Wo bloß die verdammte Brille wieder ist«, brummte der Fuhrmann.

Wanze grübelte lange, wie er zu der Einwilligung für das Treckerfahren kommen könnte. Ihm fiel nichts ein. Sein Vater, der Postinspektor Friedrich Wanzleben, war ein korrekter und kluger Mann. Früher hatte er eine »EMW« mit Seitenwagen besessen. Jetzt sparten die Eltern für einen »Trabant«. Der Vater kannte die Straßenverkehrsordnung. Es war aussichtslos, ihm da etwas weiszumachen. Er wußte bestimmt, daß man erst ab sechzehn einen Traktor fahren durfte.

Wanze grübelte beim Abendessen, er grübelte vor dem Fernseher, er grübelte noch im Bett. Zuletzt fiel ihm die Oma ein. Aber seine Oma hieß nicht Wanzleben, sondern Schubert. Für eine Mogelei würde sie sich nicht hergeben. Auch der Mutter durfte er damit nicht kommen. Sie besprach alles mit dem Vater. Es war wie verhext. Sollte die gute Sache an dem lächerlichen Zettel scheitern?

Wanze schlief schlecht in dieser Nacht.

Am anderen Morgen sah er immer noch keinen Ausweg. Er war schon munter, als der Wecker im Elternschlafzimmer schepperte. Wenn ich nun sage, die Ausbildung ist von der FDJ? Ob mir Vater glaubt? Er will alles haargenau wissen und wird sich erkundigen. Dann kommt unser Plan raus. Bloß nicht!

Er lauschte. Schritte im Flur!

Er schloß die Augen und rührte sich nicht. Die Tür wurde geöffnet. Das konnte nur Mutter sein. Sie verweilte einen Augenblick, klinkte behutsam wieder ein.

Wanze hörte, wie seine Eltern die Wohnung verließen. Er nahm den versteckten Zettel vom Bücherregal. Gestern abend hatte er ihn geschrieben. *Einwilligung* stand darüber. Alles klare Druckbuchstaben. Nur ein Wörtchen fehlte: die Unterschrift des Vaters. Vielleicht mittags, dachte er.

Rasch zog er sich an und lief zum Heckenrosenweg. Ob Frank und Pepo mit ihrer Masche durchgekommen sind?

Die Freunde warteten schon. Pepo zeigte Wanze die beiden Zettel mit den Unterschriften des Fuhrmannes. »Das erste Partisanenstückchen«, sagte er stolz. »Und wie ist es bei dir? Hast du die Unterschrift?«

»Alles in Butter«, schwindelte Wanze.

Sie büffelten Verkehrszeichen. Kapitän Frank, der jetzt Fahrlehrer mimte, nahm die beiden Nachzügler tüchtig heran. Für den Nachmittag war die nächste Ausbildung angesetzt. Bis dahin wollten sie vorbereitet sein.

Wanze und Pepo staunten über ihren Kapitän. Frank war unheimlich sattelfest. Er kannte alle Verkehrszeichen. Vorwärts und rückwärts fragte er die Reihe ab, kreuz und quer. Die paar Bilderchen, hatten sie anfangs gedacht. Aber so leicht war es nicht.

Über sechzig Zeichen hatten sie sich einzuprägen. Frank ließ keine Ungenauigkeiten zu. »Wir müssen bestehen«, sagte er. »Partisanen machen keinen halben Kram. Das können wir uns nicht leisten. Sonst geht's schief. Keiner von uns darf durchfallen. Los, Pepo, noch mal. Was ist der Unterschied zwischen Halten und Parken?«

Pepo schwitzte. Ihn verdroß, daß Frank so stur den Pauker spielte. Der fragte und fragte. Dies wollte er wissen, und das wollte er wissen. Bis Pepo endlich den Unterschied zwischen Halten und Parken begriffen hatte. Und allmählich begriff er auch Franks Besessenheit, weil etwas davon auf ihn überging an diesem Vormittag.

Als sie sich zum Mittagessen trennten, hatten die beiden Nachzügler eine Gewißheit: Bei den Verkehrszeichen legt uns so schnell keiner rein. Dafür hatte Frank gesorgt.

Pepo war jetzt ein Herz und eine Seele mit dem Kapitän. Frank wollte ihn durch die Prüfung bringen. Nicht nur wegen der Unterschrift. »Weil wir Partisanen sind«, hatte er gesagt. »Das ist viel mehr als Freunde und Kumpel. Aber du mußt ran. Sperr die Löffel auf, nachher in der RTS.«

Wanze quälten schwere Gedanken auf dem Heimweg. Ihn reute, daß er seinen Freunden heute früh mit einer Ausrede geantwortet hatte. Nichts war in Butter. Vielleicht hätten ihm Frank und Pepo helfen können? Ihre Zettel waren im Handumdrehen unterschrieben. Er aber zermarterte sich das Hirn. Es gab kein Ausweichen. Die Partisanenbrigade war beschlossene Sache. Und er gehörte dazu. Er stand schon so gut wie mitten drin in der Traktoristenausbildung.

Nachmachen kann ich die Unterschrift nicht, dachte Wanze. Das ist Fälschung. Auf Fälschung steht Gefängnis oder Zuchthaus. Bloß nicht. Bin doch kein Betrüger. Vater würde verrückt.

Er kam zu spät nach Hause. Der Vater hatte sich schon hingelegt. Jeden Mittag hielt Postinspektor Wanzleben ein Schläfchen auf der Couch.

»Schling nicht so«, sagte die Oma in der Küche, wo Wanze sein Essen hinunterjappte. »Und nimm die Ellbogen vom Tisch. Dein Vater war sehr verärgert. Er haßt deine Unpünktlichkeit.«

Hat auch sein Gutes, dachte Wanze, dem in letzter Minute der rettende Einfall gekommen war. Er stand auf. »Kann ich mal ein bißchen Taschengeldverstärkung haben? Zwei Mark, Omachen, bitte!«

»Junge, du plünderst deine arme Rentneroma bis aufs Hemd aus.« Seufzend gab sie ihm eine Mark.

»Verbindlichen Dank, Madame! Wird dir nie vergessen. Bist und bleibst die beste von der Familie! Ich wasche auch das Geschirr ab. Ohne Bruch. Ehrenwort. Kannst schon gehen.«

Die Oma ging.

Barfüßig schlich Wanze ins Wohnzimmer, wo Herrn Wanzlebens Atem röchelte: Chchch – pieh. Das Zeitungsblatt auf dem Postinspektorenbauch schwebte hoch und nieder. Die väterliche Jacke hing auf dem Bügel. Ein leises Klickern hüpfte in die Stille. Wanze hatte das Schlüsselbund aus der Jackentasche gefingert. Er lauschte. Chchch – pieh. Behutsam schob er die Tür hinter sich zu, huschte durchs Arbeitszimmer, drehte den Schlüssel im Schreibtischfach. Dort, das hölzerne Kästchen! Riesenglück, der Namensstempel lag drin. Doch kein Stempelkissen war zu finden. Was nun? Taschentuch her, Tinte draufgeträufelt. Vorsicht, Vorsicht. Wanzes Hände zitterten. Schnell ein Probedruck. Prima. Jetzt gilt es. Nicht wackeln. Der Stempel setzte die Unterschrift des Postinspektors auf den Druckschriftzettel. Wie mit der Hand geschrieben sah es aus: *Wanzleben.*

Was kam da über die Mahagoniplatte gekrochen? Auweia! Ein blauer See. Er wurde breiter und breiter. Das Tintenfaß war umge-

kippt. Mit Not konnte der Missetäter seinen Fahrschulzettel retten.

Er hastete in die Küche, holte Scheuerlappen, Wasser, Fit. Aber das Mahagoniholz blieb tintenblau.

Sonst ging alles gut. Wanze packte einen Zeitungsstapel auf den blauen Schandfleck. Die Schlüssel konnte er unbemerkt zurückschmuggeln. Postinspektor Wanzleben schniebste geruhsam wie zuvor.

»Wir sind zur Ausbildung gekommen«, erklärte Frank dem Pförtner der RTS. »Wir werden Schichttraktoristen.« Entschlossen ging er hinein. Wanze und Pepo folgten. Die Sicherheit des Kapitäns gab ihnen Mut. Alle drei hatten lange Hosen angezogen.

Drinnen flüsterte Frank:

»Da vorn sitzt er. Rechts, der Glatzkopf. Kommt, ihr müßt euch gleich anmelden.«

Sie durchquerten den Kantinensaal. Frank reichte Fahrlehrer Schurick seinen Zettel. »Hier ist die Einwilligung. Und das sind meine Freunde. Die wollen auch Schichttraktoristen werden. Ich habe schon mit ihnen die Verkehrszeichen nachgeholt. Wir sind nämlich eine Brigade.«

Schurick schmunzelte. »Hast du gehört?« fragte er den Mann im Kordanzug, der neben ihm saß. »Das nenne ich Begeisterung.«

Die Männer musterten Franks Brigade mit Wohlgefallen. Pepo nahm sich ein bißchen schmal aus zwischen den beiden Freunden. Aber er blickte tapfer drein.

Schurick griff zur Teilnehmerliste. Die beiden Nachzügler legten ihre Zettel mit den väterlichen Unterschriften vor. Pepo wurde rot, als er sich älter schwindelte. Doch der Fahrlehrer schöpfte keinen Verdacht. Wanze sagte forsch seinen Namen und das falsche Geburtsdatum.

Schurick blickte auf. »Wanzleben? Bist du von dem Postinspektor der Junge?«

Wanze blieb die Stimme weg. Er nickte schwach. Seine Knie wurden weich.

»Dann grüß mal deinen Vater. Im Frühjahr hat er bei mir die Fahrerlaubnis für Pkw gemacht. Ist euer Trabant schon da?«

»Nein«, hauchte Wanze, »noch … noch nicht.« Als er dann in der Stuhlreihe saß, war ihm der Hosenboden heiß. Ausgerechnet der kennt Vater! Wenn das bloß gut geht. Hoffentlich, hoffentlich treffen sie nicht zusammen. Sonst bin ich aufgeschmissen. Das gibt ein greuliches Unglück. Alles kommt raus. Was dann? Ruhig Blut! Ich muß drauf gefaßt sein. Dann werde ich krank. Klar, ernsthaft krank. Am besten so, daß ich ins Krankenhaus muß. Vielleicht mit Blinddarmentzündung.

Keiner bemerkte Wanzes Schwäche. Nicht einmal die Gefährten ahnten etwas von seiner Gewissensnot. Pepo überflog schnell noch einmal die Verkehrszeichen in dem Fahrschulbuch. Und Frank spähte umher. Er suchte Ede. Aber Ede Senkpiel war nicht im Saal. Vielleicht hat er schon wieder aufgegeben, diese Großklappe.

Vorn am Tisch stand der Mann im Kordanzug. Das war RTS-Direktor Gutjahr. Die Ausbildung müsse beschleunigt werden, sagte er. Jeder, der hier sitze, wisse warum. Die sozialistische Gemeinschaftshilfe sei oberstes Gesetz. Das hätten selbst die Jüngsten verstanden, die kaum sechzehn Jahre alt seien. Er blickte dabei zu Frank und lächelte ihm zu, als wären sie alte Bekannte. Frank wurde den ganzen Abend ein unbehagliches Gefühl nicht los. Ob dieser Mann im Kordanzug etwas gemerkt hatte?

Fahrlehrer Schurick begann mit einer Wiederholung der Verkehrszeichen. Zuerst nahm er Wanze vor. Danach Pepo. Es war offensichtlich, daß er Franks Nachzüglerbrigade auf den Zahn fühlen wollte. Wanze hatte sich gefaßt und gab schnelle Antworten. Auch Pepo versagte nicht. Er sollte die Warnkreuze vor Bahnübergängen erklären. Stotternd antwortete er. Seine Erklärungen waren richtig. »Wie weit sind die Baken vom Bahngleis entfernt?« fragte Herr Schurick.

Pepo fiel jene Gedankenbrücke ein, die ihm Frank am Vormittag gegeben hatte: Ist die Butter noch so ranzig, dreimal acht ist vierundzwanzig. Und diesmal stotterte Pepo nicht. »Zweihundertvierzig Meter«, sagte er. »Dann hundertsechzig. Zuletzt achtzig Meter.«

Fahrlehrer Schurick nickte. Aber noch etwas wollte er von Pepo wissen. »Sprechen Sie über den Unterschied zwischen Halten und Parken!« Frank und Wanze grienten sich an. Das konnte Pepo im Schlaf.

»Erfreulich«, sagte Schurick, »sehr erfreulich, wie Sie bei der Sache sind. Ich denke, unsere jüngsten Fahrschüler sind nicht die schlechtesten.« Und er begann, die Vorfahrtsregelung zu erläutern.

Irene lief erregt durch die Heckenrosenpforte. »Frank! Frank!« Raudi hüpfte ihr entgegen. »Hallo, Frank! Wo steckst du?«

Die Partisanen hingen in den Kirschbäumen. Sie probierten die Schattenmorellen. »Hier!« brüllte es aus dem Garten. »Hier hinten.«

Irene war außer Atem. »Frank, wir müssen Raudi abgeben.« Er sprang vom Baum. »Was redest du?«

»Ja. Der Eigentümer hat sich gemeldet.«

Wanze und Pepo rutschten zur Erde. »Mal immer mit der Ruhe«, sagte Wanze und stellte den Kirschenkorb vor Irenes Füße. »Da nimm.«

Sie hatte jetzt wahrhaftig keinen Appetit auf Kirschen. Hastig erzählte sie: »Reporter Kiekebusch war bei uns. Die Bezirksredaktion hat angerufen. Wo Raudi ist, wollen sie wissen. Ein Mann sucht seinen Setter. In dem Zeitungsblatt, wo unsere Bilder drin sind, hat er ihn gesehen. Bei einer Autofahrt durch die Aue ist Raudi entlaufen.«

»Und du willst ihn hergeben?« fragte Pepo.

»Immer sachte, Leute.« Wanze schnipste einen Kirschkern ins Wasserfaß. »Erst muß dieser komische Onkel Beweise bringen.«

Irene nahm den Setter beim Kopf, schnallte sein Lederhalsband ab. »Hier ist der Beweis.« Sie deutete auf die Buchstaben A K, die an der Innenseite des Leders eingekerbt waren. »Anton Knake heißt der Besitzer. Es stimmt genau.«

»Hä!« Wanze kniff ein Auge zu. »Ganz einfach. Wir lassen das Halsband verschwinden. Raudi hat nie eins gehabt und fertig.«

»Das wäre Betrug«, sagte Irene.

Wanze zuckte mit den Schultern. Er griff in die Kirschen, stopfte sich den Mund voll, spie einen Hagel Kerne ins Faß.

Sie stritten sich. Hatte Irene ein Recht, Raudi zu behalten? Ihre Mutter bestand darauf, daß der Hund dem Eigentümer zurückgegeben würde. Gleich morgen sollte Irene zu Herrn Knake fahren.

Sie standen ratlos unter dem Baum. Raudi tänzelte um ihre Beine, stupste seine Herrin. Das hieß: Hat keiner Zeit für mich?

»Es gibt nur eins«, sagte Frank.

»Was?«

»Vielleicht können wir ihn kaufen?«

Ja, abkaufen! Das ist die einzige Möglichkeit einer ehrlichen Regelung. Raudi gehörte zu ihnen, ein Kamerad, den man nicht einfach weggeben konnte. Aber sie hatten nicht viel Geld. Ein Rassehund war teuer. Auf mindestens hundert Mark veranschlagte ihn Pepo.

»Jeder gibt etwas«, schlug Frank vor. Er blinkerte seinen Partisanen zu. »Jungs, das wird wieder verdient.«

Sie rechneten. Irene hatte zweiundfünfzig Mark auf dem Sparbuch. Frank besaß noch vier Mark achtzig Wirtschaftsgeld. Pepo war traurig, er konnte keinen Groschen beisteuern. Sie blickten zu Wanze. Wollte der nichts geben?

»Ist doch klar«, sagte Wanze. »Von mir kommt auch was. Und wenn ich meine Oma wieder anpumpen muß.«

Irene schöpfte Hoffnung. Als sie ging, nahm sie den Setter mit. Frank gab ihr einen Korb Kirschen für Klaus und Katrinchen.

»Blödsinn, dieser Ehrlichkeitsfimmel!« schimpfte Wanze. »Muß sie Raudi gleich fortschleppen? Er wäre uns heute abend bestimmt mal ein bißchen ausgerissen. Wer kann dafür, wenn ein Hund auskratzt?«

Früh, als Frank seinen Nacken unter die Pumpe hielt, kam Pepo. Er trug drei Eier und einen Riegel Speck im Taschentuch. »Käptn, das Frühstück ist gesichert.«

Frank trocknete sich ab. »Prima. Leg's rein. Ich muß zu Irene. Du, Wanze hat tatsächlich gestern abend drei Mark gebracht. Vielleicht schinde ich von Frau Sander noch was raus. Halb neun fährt der Zug.«

Pepo hielt seine Faust hoch. »Hokus – pokus.« Er öffnete die Faust. Ein Fünfmarkschein flatterte heraus. Pepos Gesicht strahlte. »Was Wanze kann, kriege ich auch fertig.«

Frank fuhr auf ihn los. »Geklaut, was?«

»Wo denkst du hin! Hat Mutter spendiert.«

»Spendiert? Uuu, weiß schon. Sie war gerade nicht dabei, die Spenderin.« Frank hob den Schein auf. »Schieb ab damit. Solches Geld bringt kein Glück. Wer beklaut denn seine Mutter!«

Pepo war beleidigt. Das Geld nahm er nicht zurück. Frank wußte nun, daß es nicht gestohlen war. Er steckte es ein, zog sein Hemd über, boxte Pepo. »Mach's gut, alter Eierdieb. Guck ins Fahrschulbuch, bis ich wiederkomme.«

Er rannte durch die Straßen. Am Markt begegnete ihm Frau Sander. Er konnte nicht mehr ausweichen. Mein Gott, sein Hemd klebt ja vor Dreck, dachte sie. Und die Haare müßte er sich auch mal schneiden lassen.

Er grüßte. »Ist Irene noch zu Hause?«

»Nein, Frank. Begleitest du mich ein Stück?« Sie sah ihn prüfend an. Raudi erwähnte sie nicht.

Frank spürte ihren Argwohn. Sie will mich festhalten. Warte, jetzt pumpe ich sie an. Fünfzig Mark können wir noch brauchen.

»Komm mit rein«, sagte sie vor dem Konsumgeschäft. »Du siehst struppig aus. Brauchst mal wieder einen Friseur. Und ein frisches Hemd. Fühlst du dich wohl in diesem Dreckhemd? Wir wollen große Wäsche machen. Bring deinen Kram zu uns. Hab ich dir schon mal gesagt.«

Sie standen in dem Lagerraum. Es roch nach frischem Brot und Apfelsinen. Frank bekam Appetit. Er mußte schlucken. »Frau Sander«, sagte er, »kann ich Geld kriegen? Muß allerhand einkaufen. Seife, Zahnpasta, Schuhkrem, Friseur, eine Badehose, die alte hat ein großes Loch, und ein bißchen Verpflegung.«

»Du kannst doch bei uns essen, Junge. Das ist einfacher und billiger. Wo vier satt werden, reicht es auch für den fünften. Du sollst dich an Ordnung gewöhnen. Ich habe bisher dreihundert Mark von dem Geld deines Vaters gespart. Dafür will ich euch Wäsche kaufen. Ihr braucht alle etwas auf den Leib.«

Er schwieg, blickte zu den Apfelsinenkisten hinüber.

»Was hast du mit dem letzten Geld gemacht? Führst du Buch über deine Ausgaben?«

Frank überlegte, was er gekauft hatte. Das Bier für die beiden Lehrlinge in der RTS. Die Brause. Ein Kraftfahrerbuch. Etliche Fischbüchsen. Brot und Hundekuchen. Noch etwas? Nein. Den Rest hatte Irene bekommen.

»Sag mal, rauchst du etwa?« Frau Sander faßte seine Hände, betrachtete die Finger.

Das hätte sie nicht tun sollen. Frank riß die Hände weg, steckte sie in die Hosentaschen. »Geben Sie mir mein Teil« , sagte er barsch. »Fünfzig Mark von dem Gesparten. Dann komme ich nicht wieder.«

»Was soll das? Ich bin deinem Vater Rechenschaft über euer Geld schuldig, aber nicht dir. Vergißt du, daß wir mit den Kleinen einen

Haufen Arbeit übernommen haben? Und du willst mir dafür noch dumm kommen?«

Er war rot geworden. Da stand er wie ein Klotz in dem Duft von Brot und Apfelsinen. Kein entschuldigendes Wort konnte er finden. Er wollte ja das Geld nicht für sich. Pepo versorgte ihn mit Essen. Er kam auch ohne Geld durch, bis er selbst verdiente.

Sie gab ihm einen Schein, zehn Mark. »Ab sofort schreibst du alles auf, was du ausgibst. Datum, Summe, wofür. Drei Spalten. Dann hast du eine Übersicht, wo dein Geld bleibt. Jeder vernünftige Mensch muß wirtschaften. Ohne Abrechnung kann ich dir nichts wieder geben. Du weißt noch nicht, wie Geld verdient werden muß. Und Mittag bringst du die Wäsche. Und deine Fingernägel solltest du schleunigst mal reinigen. Bist doch kein kleines Kind mehr.«

Draußen brannten ihm noch die Ohren. Er stopfte das Geld in die Gesäßtasche. Verstohlen betrachtete er die schwarzen Ränder seiner Fingernägel. Mußte sie ihm sagen, daß er kein kleines Kind mehr war? Aber für Zigaretten gab er kein Geld aus. Da hatte sie unrecht. Und das mit dem Hemd war halb so schlimm. Längst schon besaß er kein sauberes mehr. Und aufgeschrieben hatte er seine Ausgaben noch nie. Konnte sie das von ihm verlangen? Jeder vernünftige Mensch muß wirtschaften lernen, hatte sie gesagt. Du weißt nicht, wie Geld verdient werden muß.

Wütend rannte er zum Bahnhof. Ich muß Irene noch erwischen. Er schwitzte. Der Hemdkragen klebte an seinem Hals.

Die Bahnhofsuhr zeigte Viertel nach acht. Vielleicht war Irene schon durch die Sperre?

Unschlüssig blickte er sich um. Da sah er sie kommen: Wippende Haare über dem schmalen Gesicht. Eine hellgrüne Bluse, rotbunter, wehender Rock. Braune Beine, schlank und sehnig. Rote Sandaletten. Und ein rotes Lederbeutelchen. Neben ihr trabte Raudi.

Sie kam ihm vor wie eine Dame, fremd, elegant. Nur das schmale Gesicht war die vertraute Irene. Sie löste ihre Karte am Schalter. Er stand hinter dem Pfeiler, bis ihn Raudi entdeckte.

»Frank!« rief Irene. »Fein, daß du gekommen bist. Ich habe mein ganzes Vermögen vom Sparbuch abgehoben. Mutsch weiß nicht, daß ich Raudi kaufen will. Hoffentlich gibt ihn Herr Knake auch her.«

Frank roch den Duft ihrer guten Seife. Und nun störten ihn seine

Trauerränder an den Fingern so heftig, als hätte er Splitter unter den Nägeln. Er zog das Geld aus seiner Gesäßtasche. »Zehn Mark noch von mir. Und von Pepo fünf. Stell dir vor, Wanze hat auch drei Mark aufgetrieben. Wieviel hast du jetzt beisammen?«

Sie zählte. »Vierundsiebzig Mark achtzig.«

»Geht schon. Gib siebzig als Anzahlung. Vielleicht kannst du was runterhandeln. Der Rest kommt später. In vierzehn Tagen, denke ich.«

»Meinst du?«

»Klar. Verlaß dich drauf.«

»Du, ich mache das wieder quitt.«

»Ach, du kümmerst dich doch um Klaus und Katrinchen. Das ist viel mehr wert. Außerdem ist es unser Raudi. Deiner und meiner. Hast du selbst gesagt. Weißt du noch?«

Die Lichtpünktchen in Irenes Augen blitzten ihn an. Sie mußte tief Luft holen. »Komm mit zum Zug, Frank.«

Sie stiegen die Treppe hinauf. Raudi stolzierte mit erhobenem Kopf neben seiner Herrin.

»Hast du schon gefrühstückt?« fragte sie. »Du bist hungrig, ich sehe es dir an.« Sie trat schnell zum Kiosk, kaufte eine heiße Bockwurst für ihn.

»Laß sie einwickeln«, sagte er. »Ich esse nachher. Dein Zug fährt gleich.«

»Türen schließen!« rief der Schaffner. Die Lok pfiff. Irene hüpfte das Trittbrett hinauf. Raudi im Arm. Ihr bunter Rock wehte.

Frank blieb am Bahnsteig, bis der Zug nur noch ein schwarzes Pünktchen war. Dann rannte er nach Hause, um mit Pepo die Bockwurst zu teilen und sein verschwitztes Hemd zu schrubben.

Nachmittags tobten die Partisanen in der Badeanstalt. Sie übten den Salto vom Einmeterbrett. Wanze klatschte immer wieder auf den Rücken. »Leute, ist das Wasser hart«, stöhnte er und gab die Saltoversuche auf. Sie tauchten um die Wette. Frank schaffte unter Wasser die ganze Bahn, fünfundzwanzig Meter. Prustend kam er hoch.

»Los, Pepo, jetzt du.«

»Dort!« rief Pepo. Er zeigte auf den Eingang, wo Irene stand.

Die Jungen winkten.

Langsam kam sie herüber, allein, mit traurigem Gesicht. Sie wußten sofort, wie es stand. Da haben wir die Bescherung, dachte Wanze. Aber auf mich hat sie nicht hören wollen.

»Ich bringe euer Geld wieder«, sagte Irene bedrückt. »Alles umsonst. Es war gräßlich.«

Sie setzten sich auf den Rasen. »Erzähle«, sagte Frank, »genau, von Anfang an.«

Mit leiser Stimme berichtete sie. »Herr Knake ist Fleischer. Als ich in den Laden komme, schreit er gleich los: ›Da haben wir ja den Ausreißer!‹ Er sagt alles so furchtbar laut. ›Komm her, Hassan!‹ So nennt er ihn, Hassan. Aber Raudi tut, als kenne er den Fleischer nicht. Vielleicht hat er alles Frühere vergessen in der Eisenfalle, so nahe am Tode. Er sitzt und schnuppert in die Luft und guckt mich an. Herr Knake ärgert sich. ›Hassan!‹ schreit er. ›Kleines Biest, willst du parieren!‹ Raudi bleibt neben mir. Da kommt der Mann hinter dem Ladentisch hervor. Schon hat er zugepackt und drischt auf Raudi los. Aber wie!«

Irene schwieg. Es war wieder so schlimm wie heute vormittag in dem Fleischerladen.

»Ein Schinder«, sagte Pepo.

Frank ballte die Fäuste. »Und dann?«

»Na ja, ehe ich etwas sagen kann, macht Knake die Hintertür auf und schmeißt Raudi in den Hausflur. ›Kleines Fräulein‹, schreit er, ›sehr anständig von Ihnen. Was kriegen Sie Finderlohn?‹ Ich sage ihm, daß ich Raudi kaufen möchte, und lege das Geld hin, siebzig Mark. Da lacht er. Sein fettes Kinn wackelt. Er geht wieder zur Tür, pfeift. ›Castor‹ schreit er hinaus. ›Pollux!‹ Zwei Doggen kommen angeschnauft, so groß, daß sie über den Ladentisch gucken. Er tätschelt sie, wirft ihnen Fleisch in den Rachen. ›Ab, ihr Hundesöhne!‹ Sie gehorchen aufs Wort. Er schließt die Tür. ›Sehen Sie, kleines Fräulein, ich bin ein Hundenarr. Stecken Sie Ihr Geld weg. Vielleicht eine Mettwurst? Und den saftigen Mäuschenschinken hier? Kostenlos natürlich. Für die Mühe. Firma Knake läßt sich nicht lumpen.‹ Da bin ich rausgerannt.«

Nach einer Weile fragte Wanze: »Irene, kennt der Kerl deinen Namen?«

»Gar nichts weiß er von mir.«

»Das ist gut. Jedenfalls haben wir seine Adresse.«

»Was hilft das?« sagte Frank. »Willst du Einbrecher spielen? Hundedieb? Raudi ist verloren.«

Irene hatte auf der Rückfahrt die verschwommene Hoffnung gehegt, daß Frank helfen könnte. Er war stark und mutig. Doch nun gab er Raudi verloren. Das war Irenes zweiter großer Schmerz an diesem Tage.

Sie ging nach Hause und wollte an etwas anderes denken. Aber immerfort dachte sie an Raudi.

Frank horchte im Halbschlaf. Hatte da jemand geklopft? In der Stube war es dämmrig. Die Zeiger der Wanduhr neben dem Bett konnte er nicht erkennen. Gestern abend hatte er lange gelesen. Er war noch müde.

Wieder rumorte es draußen. Oder hatte er sich getäuscht? Vielleicht der Wind?

Lauschend richtete er sich auf. Nichts. Nur das Ticken der Wanduhr pochte durch den Raum. Auf der Tischplatte hob sich die weiße Markierung der Straßenkreuzung ab. Drei gleichberechtigte Straßen waren dort hingemalt. Alles Hauptstraßen. Mit den Spielzeugautos des kleinen Klaus hatten sie gestern »Vorfahrt geschoben«.

Wir schaffen es, dachte Frank. Auch Pepo wird durch die Prüfung kommen. Den Dreh mit der Vorfahrt hat er kapiert. Dann wird Geld verdient. Für ein paar hundert Mark kriegt man ein gebrauchtes Moped. Ob mir Vater was zugeben wird? Bald ein Jahr ist er nun weg. Wie wird es sein, wenn er wieder hier ist?

Frank konnte sich das Zusammenleben mit seinem Vater gar nicht mehr denken. Und plötzlich überkam ihn die Vorstellung, daß der Polier draußen stände. Rasch zog er die Turnhose an, stopfte das Hemd hinein. Draußen war wirklich einer. Es rappelte an der Tür. Wer konnte das sein? Frank lief in den Flur. Da hörte er das Winseln. Die Haustür flog auf, Raudi fegte herein. Er war struppig, naß, erschöpft. Frank hockte auf den Fliesen und hielt ihn im Arm. »Alter Bursche«, murmelte er, »alter treuer Bursche!«

Raudi suchte Franks Körperwärme. In seiner Brust pochte es wie ein Hammerwerk. Er wollte nicht wieder weg von seinem Freund. Frank mußte ihn im Arm behalten, während er mit einer Hand den letzten Brotkanten zersäbelte. Gierig fraß der kleine Heimkehrer. Bald war das Brot alle. Was nun? Raudi hatte bestimmt noch Hunger. Frank ärgerte sich, daß er kein bißchen Vorrat im Hause hatte. Doch, eine Fischbüchse mußte noch da sein. Er fand die Büchse. Jetzt brauchte er beide Hände, um sie zu öffnen. »Abwarten«, sagte er und setzte Raudi zu Boden. »Ja, kriegst noch was. Gleich, gleich.« Schmatzend vertilgte Raudi den Fisch. Frank hatte Bange, er könnte sich die Zunge am Blech aufreißen. Aber die Hundezunge war geschmeidig wie Gummi. Unglaublich schnell wurde die Büchse ausgeputzt.

»Naa?« fragte Frank.

Die hellen Setteraugen blickten zu ihm auf. Es war ein hungriger Blick. Frank kramte im Küchenschrank. Er fand Lorbeerblätter, Salz, eine halbe Erbswurst. Und da, Haferflocken. Er rührte die Flocken in Wasser ein und dachte an Irene. Wird die sich freuen! Das Herz wurde ihm heiß. Am liebsten wäre er gleich zu ihr gerannt. Aber draußen graute gerade der Morgen.

Raudi schlappte die Haferflocken. Seit gestern früh hatte er nichts gefressen. Wer wußte denn, wie er umhergeirrt war. Die zwanzig Kilometer bis Eulenberg hatten das Äußerste an Spürsinn und seine letzten Kräfte beansprucht. Er lag vor Franks Füßen, den Kopf zur Seite gedreht, und blinzelte ihn an.

»Gut«, sagte Frank, »schlafen wir. Ich hab's auch noch nötig.« Er bereitete ein Nest aus Kissen vor seinem Bett, setzte den Setter hinein. Raudi sah zu, wie Frank unter die Decke kroch. Wenige Minuten später schliefen beide.

Als sie erwachten, war es taghell. Wanze und Pepo standen am Bett. Sie lachten und lärmten. Wanze konnte sich gar nicht wieder beruhigen. »Hähä, Leute, unser kleiner Köter ist viel mehr wert als hundert Mark. Gold ist er wert, reines Gold.«

Raudi äugte zu Frank. Die beiden Lärmgesellen dort waren alte Bekannte. Man konnte beruhigt weiterschlafen. Frank aber hüpfte vom Bett. Eilig zog er sich an. Pepo drückte ihm eine Leberwurststulle in die Hand. Kaum Zeit zum Essen hatte der Kapitän.

Raudi streckte sich und gähnte. Es war schön warm in dem Kissennest. Frank gab ihm die Hälfte von dem Brot. »Schlaf dich aus. Gleich wird was los sein, wenn deine Herrin kommt.«

Die Partisanen trabten im Dauerlauf zu Irene.

Vor Sanders Tür wisperte Frank: »Kein Wort von Raudi! Ganz doof stellen. Besuch ist da, weiter wird nichts erzählt.« Er klingelte. Dreimal kurz, dreimal lang. Dreimal kurz, dreimal lang. Immer wieder. Bis Irene öffnete.

Sie stand in der Tür und wußte nicht, was sie sagen sollte. Erfreut schien sie nicht zu sein über den Besuch. Sie wollte die große Wäsche vorbereiten. Eine handfeste Beschäftigung brauchte sie, um mit

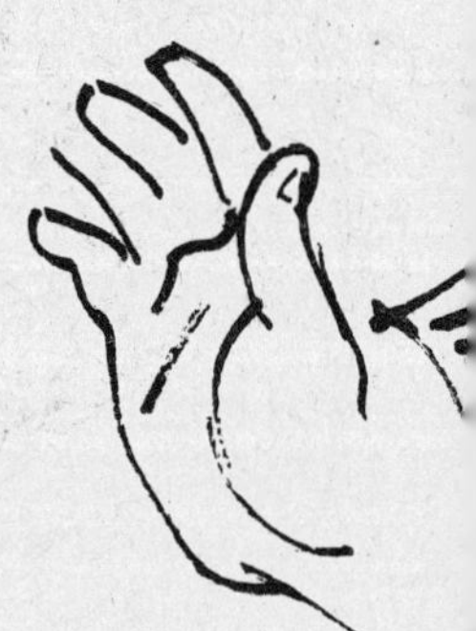

ihren trübseligen Gedanken fertig zu werden. Vorhin hatte sie Klaus und Katrinchen in den Kindergarten gebracht.

Die drei Jungen sahen aus, als hätten sie Prügel bezogen. Sie verstellten sich so gut, daß Irene fragte: »Ist was passiert?«

»Nicht schlimm«, murmelte Frank, »aber Besuch ist bei mir. Du sollst gleich mal hinkommen.«

»Besuch? Dein Vater etwa?«

»Nein.«

»Oder Fräulein Trapp?«

»Auch nicht.«

»Wer denn?«

»Komm, es ist eilig.«

Sie band die Schürze ab, kämmte sich geschwind und ging mit den Jungen hinunter. Irgend etwas stimmte nicht. Das spürte sie. Aber die drei schwiegen. Eilig marschierten sie durch die Straßen.

Im Heckenrosenweg sagte Frank: »Vorsicht, Irene! Ganz leise!« Er nahm ihre Hand, führte sie durch den Garten zum Fenster. »Pst! Guck mal rein.«

Raudi war auf dem Kissenlager vor Franks Bett wieder eingeschlafen. In dem Augenblick, da Irene am Fenster stand, hob er den Kopf. Das Signalsystem seines feinen Instinkts hatte ihn geweckt. Er sprang auf das Fensterbrett, hüpfte an den Scheiben empor.

Irene rannte in die Stube. War das ein Wiedersehen! Sie hatte Freudentränen in den Augen. »Ihr Täuscher! Das habt ihr aber hingekriegt. Einen schöneren Besuch kann es gar nicht geben.« Sie streichelte ihren Setter, blickte sinnend auf Frank. »Ich bin ein Egoist«, sagte sie. »Es gibt schon einen besseren Besuch für dich, Frank. Wenn dein Vater kommt, dann ist der schönste Tag hier im Heckenrosenweg.«

Frank schüttelte den Kopf. Ihre größte Freude war auch seine größte Freude. »Wäre Raudi nicht gekommen«, sagte er, »dann hätten wir einen anderen Hund besorgt. Aber er mußte ja wiederkommen, er konnte gar nicht anders. Wir haben ihn bloß noch nicht richtig gekannt.«

Pepo fragte: »Wem gehört er denn nun?«

»Mann«, knurrte Wanze, »frag nicht so dämlich. Das hat der schlaue kleine Köter selbst entschieden.«

Abends erfuhr Frau Sander, daß Raudi wieder da war. Die Jungen hatten Irene geraten, seine Rückkehr zu verschweigen. Aber sie konnte ihre Mutter nicht belügen. Das wußten die Partisanen. Und während es in Sanders Wohnung eine heftige Auseinandersetzung über Ehrlichkeit und Eigentumsrecht gab, mußte Raudi schnell mal ein bißchen »ausreißen«. Er wurde in Pohls Holzstall gebracht.

Der Setter stand jetzt unter dem Schutz der Partisanen. Sie wollten Irene weitere Kümmernisse ersparen. Raudi zeigte, daß er ein echter Partisanenhund war. Er ließ den geheimnisvollen Quartierwechsel über sich ergehen, als verstände er die Zusammenhänge. Keinen Laut gab er aus Pohls Holzstall. Frank sprach mit ihm. Pepo brachte einen Knochen, und Wanze trug den Wassernapf in das Versteck. Sie ließen Franks alte Speckjacke zurück. Raudi schnupperte daran und fühlte sich wie zu Hause.

Bei Sanders indessen ging es nicht so reibungslos ab. Auch Klaus und Katrinchen ergriffen leidenschaftlich Partei für Raudi. Frau Sander mühte sich, ihren Ehrlichkeitsstandpunkt begreiflich zu machen. Das war ungemein schwierig. Zum Schluß redete Irene kein Wort mehr mit der Mutter.

Tags darauf rief Frau Sander den Fleischermeister Knake an. Sie teilte ihm Raudis Rückkehr mit.

»So ein Biest!« brüllte Anton Knake in die Leitung. »Der geht mir wahrscheinlich immer wieder durch die Lappen.«

»Herr Knake, die Kinder hängen sehr an ihm. Vielleicht entschließen Sie sich doch zu einem Verkauf?«

»Ach was!« dröhnte die Männerstimme. »Ich verkaufe Fleisch und Wurst. Liebe Frau, ihr seid ehrliche Leute. Das muß man sagen. Wie alt ist denn Ihre Tochter?«

»Sie wird fünfzehn.«

»Gut, gut. Ich brauche eine Verkaufskraft. Sie kann bei mir anfangen.«

»Aber Herr Knake! Ich rufe wegen des Setters an.«

»Den soll das Mädchen in Gottes Namen behalten. Ich werde doch nicht froh mit ihm. Ein Hund, der seinen Herrn verläßt, ist keine Wurstpelle wert. Also, wann kann ich mit Ihrer Tochter rechnen?«

»Gar nicht. Sie geht noch zwei Jahre zur Schule.«

»Ach was, Schule! Bei mir hat sie es besser als in der Schule. Hier lernt sie das praktische Leben kennen. Die Fleischerei ist eine nahrhafte Branche.«

»Es geht um den Hund, Herr Knake.«

»Erledigt, habe ich gesagt. Die Ausreißertöle will ich nicht mehr sehen. Ihre Tochter interessiert mich. Sie paßt in mein Geschäft. Ich brauche grundehrliches Personal. Überlegen Sie sich das in Ruhe, Frau. Morgen rufe ich noch mal an. Wiederhören.«

Frau Sander war nicht recht befriedigt von diesem Gespräch. Aber Irene und die Kleinen tanzten durch die Stube.

Die Partisanen kamen von der RTS zurück. Es war ihr fünfter Ausbildungstag. Sie schwiegen mißmutig.

Heute hatten sie an der Fahrübung teilgenommen. Das war ihr sehnlichster Wunsch. Sie wollten bei den ersten sein, die ihre Prüfung ablegten. Doch diesmal hatten Wanze und Pepo versagt. Wohl war Frank mit dem Traktor losgeknattert wie ein alter Fahrer, aber seine Freunde hatten die Maschine abgewürgt. Pepo war überhaupt nicht mit der Gangschaltung zurechtgekommen. »Scheint zwecklos«, hatte Fahrlehrer Schurick gesagt, »den beiden fehlen die Grundbegriffe.«

Frank war zu ihm gegangen. »Herr Schurick, die sind bloß aufgeregt. Das nächste Mal geht es besser. Bestimmt, Herr Schurick. Wir sind doch eine Brigade. Wir üben inzwischen.«

Der Mann hatte sie zweifelnd angesehen. Üben? Wie wollen sie denn üben? Aber gesagt hatte er nichts mehr.

Frank schloß die Stube auf. »Rein mit euch. Los, los, wir fangen gleich an. Bis zur nächsten Ausbildung müßt ihr kuppeln und schalten können. Sonst steckt euch Schurick in den letzten Haufen.«

»Schaffe ich doch nicht«, sagte Pepo.

»Mann!« Frank packte ihn bei den Schultern. »Denk dran, was wir uns vorgenommen haben. Du schaffst es, dafür stehe ich grade. Die Vorfahrt und den ganzen Zeichenkrempel hast du auch begriffen. Paß auf.« Er nahm Kreide, malte zwei Rechtecke auf die Tischplatte. »Hier ist der Motor, dort das Getriebe mit der Antriebswelle. Was liegt dazwischen?«

»Die Kupplung«, sagte Wanze.

»Gut. Du hast jetzt Pause.« Frank zeichnete die Kupplung ein, zwei dicke Striche. »So sieht das aus, Pepo. Gib deine Hand. Ich bin der Motor, du das Getriebe. Wir sind verbunden, gekuppelt. Unsere Hände bilden die Kupplung. Der Motor läuft. Aber wir fahren nicht, obwohl eingekuppelt ist. Warum fahren wir nicht?«

Pepo überlegte. »Leerlauf«, sagte er. »Kein Gang drin.«

»Richtig! Jetzt wollen wir starten. Was mußt du machen?«

»Den Gang reinlegen.«

»Uuu! Da kracht es im Getriebe. Die Karre hopst, und der Motor

bleibt weg. Hast du doch erlebt, vorhin.«

»Weiß schon, auskuppeln.«

»Jawoll. Noch mal von vorn. Also?«

Pepo schwitzte an Franks Hand. Seine Finger waren naß. »Ich kupple aus.«

Frank öffnete die Faust. Damit markierte er das Auskuppeln. »Was nun?«

»Jetzt kommt der Gang rein. Dann wird eingekuppelt.«

Frank packte zu wie eine Kupplung. Er zerrte an Pepos Arm. »Du willst fahren. So ein Trecker ist schwer. Was braucht der Motor?«

»Gas«, flüsterte Pepo.

»Genau. Du weißt es doch. Merk dir eins: Wenn du einkuppelst und fahren willst, braucht die Maschine Kraft. Also drück gefälligst auf die Tube dabei. Das ist der ganze Witz.«

Frank stellte den Hocker mitten ins Zimmer. »Der Fahrersitz, klar? Pepo, steig auf.« Er reichte ihm den Besen. »Hier hast du ein Lenkrad. Und mein Hockeyknüppel ist der Schalthebel. Wanze, halt den Knüppel fest.« Frank holte noch die Holzpantoffeln herbei, stellte einen links vor Pepos Fuß, den anderen rechts. »So, Kupplung und Gaspinne haben wir auch. Das Pantinenleder läßt sich eindrücken wie ein Hebel. Fahr los. Aber sauber schalten, genauso, als wäre es eine richtige Maschine.«

Pepo drückte auf den Kupplungspantoffel. »Erster Gang«, murmelte er und markierte das Schalten.

»Langsam einkuppeln!« kommandierte Frank. »Und Gas, Mann. Gib Gaas! Ja, du fährst. Jetzt hochschalten.«

Sie übten gründlich. Kapitän Frank war ein unerbittlicher Fahrlehrer. Pepo und Wanze faßten wieder Mut. Zuletzt spielten sie Rennfahrer auf dem Hocker. Mit Vollgas schlitterten sie durch die Stube. Gasgeben hatten sie gelernt. Die Möbel wackelten.

»Pantinengas genügt nicht«, sagte Frank. »Ist alles Theorie. Ihr müßt es praktisch probieren. Gleich morgen.« Er entwickelte seine neue Idee.

»Käptn«, brüllte Wanze, »wenn wir da rankommen, du, das wäre Sache!«

»Warum denn nicht«, sagte Pepo. »Frank hat schon ganz andere Dinger geschaukelt.«

Irene hantierte in der Waschküche, das rote Kopftuch über den Haaren. Sie war um sechs aufgestanden. Die Trockenschleuder brummte.

Da kam Frank herein. Er brachte ein Bündel Schmutzwäsche. »Tag, Irene!«

Sie wischte die Hände an der Schürze ab, begrüßte ihn. Ihr Blick war nicht sehr freundlich. »Daß Du dich überhaupt mal wieder sehen läßt!«

»Was ist denn?«

»Ach, gib her.« Sie warf sein Bündel in den Kessel. »Für Klaus und Katrinchen hast du wohl gar keine Zeit mehr? Jeden Tag fragen sie: Wo ist Frank? Warum kommt Frank nicht mehr?«

Er schwieg. Ihre Verstimmung bedrückte ihn. Ich brauche das Rad. Sie denkt, ich bummle herum. Wenn sie von unserem Plan wüßte. Aber ich kann ihr nichts sagen.

»Hast du jetzt vielleicht mal Zeit?«

Sie trugen den Korb mit der geschleuderten Wäsche auf den Trokkenboden. Frank zog die Leine. Dann reichte er ihr Stück für Stück aus dem Korb. Es war Kinderwäsche. Irene hängte mit geschwinden Fingern auf: Spielhöschen, Schürzen, Nachtkittel. Wie bunte Flaggen hingen sie unter den Dachbalken.

»Habt ihr viel Arbeit mit Klaus und Katrinchen?« fragte Frank.

Sie nahm die Wäscheklammer aus dem Mund. »Darum geht es nicht. Die Kleinen gehören richtig zu uns. Heute sind sie allein in den Kindergarten marschiert. Mutsch war nicht einverstanden, aber ich habe sie gehen lassen.«

»Deine Mutter kann streng sein?«

»Wieso?«

»Na ja, manchmal ist sie fast so streng wie du.«

Irene lachte, und die bedrückende Spannung war weggewischt. »Du, Frank, Klaus kommt bald zur Schule. Hast du daran gedacht? Vielleicht vergißt es dein Vater in Rostock. Wir müssen einen Schulranzen besorgen. Die Zuckertüte schenkt ihm Mutsch.«

Frank dachte: Ich werde bald verdienen. »Den Ranzen«, sagte er, »den kaufe ich.«

»Soviel hast du doch nicht.«

»Warte nur ab, ich kriege schon was zusammen. Mehr als du

denkst, wenn ich auch nicht Buch führe über mein Geld. Du mußt ja alles aufschreiben.«

»Aha, das verlangt Mutsch auch von dir. Deshalb findest du sie streng. Ist es denn schlimm, ein paar Zahlen einzutragen? Ich mache das schon lange.«

»Dein Geld wird auch nicht mehr davon.«

»Vielleicht doch. Man weiß immer, was man noch ausgeben kann. Du solltest nicht so in den Tag hineinleben, Frank. Mit allem, nicht nur mit dem Geld. Das ... das muß ich dir einmal sagen.«

Er schob seine Hände in die Hosentaschen. »Ich lebe in den Tag hinein? Ha! Und du, du solltest nicht so reden. So von oben herab. Das muß ich dir auch mal sagen. Weil ich keinen Aufseher brauche.«

Eine jähe Röte überzog ihr Gesicht.

Er packte den leeren Wäschekorb, lief die Treppe hinab. Sie folgte ihm. Ihr Herz klopfte heftig. Wenn er jetzt bloß nicht wegrennt! Er stand am Waschküchenfenster mit seinem trotzigen Blick, vor dem sie sich ein wenig fürchtete. Aber sie sah ihn fest an. »Frank, ich wollte dir nicht weh tun.«

»Schon gut. Weiß ich doch. Du denkst, ich bin ein Bummler. Und deine Mutter denkt es auch. Wer vertraut mir denn? Nicht einmal du. Bloß Pepo. Und Wanze.«

»Ich vertraue dir. Das weißt du. Aber du sagst nicht alles.«

»Man kann nicht immer alles sagen. Nicht gleich, Irene.«

Sie nahm das rote Kopftuch ab, strich über ihr Haar, lächelte. »Warum streiten wir uns? In einer Stunde bin ich fertig. Dann gehen wir ins Schwimmbad. Du wolltest mir schon lange den richtigen Kraulschlag beibringen.«

»Heute nicht«, sagte Frank. »Bin mit Wanze und Pepo verabredet. Gibst du mir dein Fahrrad?«

Sie versuchte, ihre Enttäuschung zu verbergen. »Wo wollt ihr hin?« Er starrte auf die Waschmaschine. »Nichts Besonderes. Kleine Landpartie.«

»Nehmt ihr mich mit?«

»Das ... das geht nicht. Diesmal nicht, Irene.«

Ihr Mund schob sich zusammen. Sie bugsierte das Fahrrad aus der Kellertür, stellte es vor ihn hin. Und ohne ein weiteres Wort ging sie in die Waschküche.

Frank blickte ihr nach. Der ganze Partisanenkram gefiel ihm plötzlich nicht mehr. Irene müßte dazugehören, dachte er. Aber Treckerfahren ist Männersache. Was soll sie dabei? Er trug das Rad hinauf und fuhr los. Die Kette knarrte. In Gedanken sah er sie immer noch da unten stehen mit zusammengepreßten Lippen und enttäuschten Augen.

Als er dann mit seinen Gefährten über die Landstraße jagte, hatte er sie vergessen. Er wollte die Rennfahrt nach Riebast gewinnen. Wanze lag bereits zwanzig Meter zurück. Aber dieser dürre Pepo war zäh. Der hockte gekrümmt auf der alten Klappermühle seines Vaters und kam immer näher. Frank hörte ihn hinter seinem Rücken schnaufen. Verbissen trat er in die Pedale. Doch Zentimeter um Zentimeter schob sich Pepo vor. Das Dorf war kaum noch hundert Schritte entfernt. Frank setzte zum Endspurt an. Er beugte den Körper über die Lenkstange. Pepo folgte hartnäckig. Da rutschte Franks Fuß von dem Pedal. Sein Kinn schlug auf den Lenker. Die Kette war gerissen. Pepo kam vorbeigebraust, gleich darauf auch Wanze. »Hallo, Käptn«, brüllte der Spötter, »wer wollte denn Erster werden?«

Sie erwarteten ihn am Dorfeingang. Er tupfte sein blutendes Kinn mit dem Ärmel ab. »Ich gebe mich geschlagen. Technischer K. o. Ein Vorderzahn wackelt.«

In der LPG-Werkstatt bastelten sie Franks Kette zusammen. Als sie erkundet hatten, wo Henner Mertens mit seinem Traktor arbeitete, schickten sie Pepo zum Dorfkonsum.

Im Laden stand Frau Schöllmeier. Sie nickte ihrem alten Fuhrmann aus dem Zeltlager freundlich zu. »Dir gefällt es wohl in Riebast?« Pepo war verlegen und brummte etwas Unverständliches. Anna Schöllmeier hörte, wie der Junge eine Flasche Wodka verlangte, eine große. Eilig bezahlte er und ging mit knappem Gruß. Sie blickte hinaus. Drüben sah sie Frank und Wanze. Ist das möglich? Trinken die heimlich Schnaps? Und im Lager waren es so ordentliche Burschen. Was hat der Pionierleiter für große Stücke auf sie gehalten.

Henner Mertens schälte den Acker an der Ginsterbreite. Er war vom Traktor müde gerüttelt. Mit Sonnenaufgang hatte er sein Tagewerk begonnen. Das letzte Korn war gemäht. Der Mann am Lenkrad fuhr bereits die zweite Schicht. Seit Mittag zog sein »Famulus« den Pflug durch die Stoppeln. Das Schälen war eine Arbeit, nach der sich kein Traktorist drängte. Aber Fahrer waren knapp in der Genossenschaft, und das Feld mußte sogleich umgebrochen werden. Henner blickte abschätzend umher. Die Hälfte habe ich. Die gute Hälfte. Noch knapp zwei Hektar. Er gähnte, reckte sich. Die Luft flimmerte. Staub wirbelte über dem Pflug und wehte wie eine zerschlissene Fahne hinterdrein.

Da kamen drei Jungen vom Ginsterweg gerannt. Lärmend schwangen sie sich auf den fahrenden Traktor. »Mahlzeit, Henner! Wie geht's? Affenhitze, was?«

»Vorsicht!« brüllte er und blickte sie fragend an aus staubverkrustetem Gesicht. »Was treibt denn euch hierher?«

»Wir brauchen dich«, rief Frank in den Motorenlärm.

»Mich?«

»Ja! Dich und deinen Trecker.«

»Da spielt sich nichts ab, Jungs. Ihr seht doch, was ich noch umzubuddeln habe.«

Die Maschine erreichte den Weg. Henner stoppte. Und mit schnellem Griff betätigte er die Hydraulik. Der Pflug hob sich aus dem Boden, drei blitzende Schare. Langsam verwehte die Staubfahne. Henner nahm seine zerbeulte Kaffeeflasche. Zwei Schlucke waren noch drin. Er sprang ab, setzte sich ins Gras. Gleich hockte Frank neben ihm. »Du, wir sind nämlich eine Brigade, wir drei. Werden Schichttraktoristen. Haben schon fünf Ausbildungen in der RTS. Wenn wir fertig sind, wollen wir zu euch nach Riebast kommen.«

»Soso, zu uns.« Henner langte sein Feuerzeug aus der Tasche. »Ich weiß Bescheid.« Er zündete die Zigarette an. Sein breiter Daumen löschte die Flamme. »Genau Bescheid weiß ich. Umherkutschen wollt ihr. Und Geld machen wollt ihr. Daß da auch Arbeit dranhängt, ist euch wohl noch nicht aufgestoßen?«

»Wir wollen arbeiten«, sagte Frank. »Kannst mir glauben, Henner. Bloß, du, meine Kumpel haben noch nicht viel Erfahrung auf dem Trecker. Und die Ausbildungsstunden sind kurz. Läßt du sie mal ans Lenkrad?« Er zog die Wodkaflasche hervor. »Hier, ein Freundschaftsschluck für dich.«

Henner sah auf die Flasche in Franks Hand. »Bist du bescheuert? Schnaps haut einen vom Sattel bei dieser Hitze.«

»Nimm nur.« Frank stellte den Wodka hin. »Kannst ihn ruhig nehmen. Du hilfst uns doch?«

Henner stand auf. »Dußlig seid ihr. Richtige Kindsköpfe.« Zornig stieß er die Flasche mit dem Fuß beiseite. Klick! machte es. Sie war gegen einen Stein gefallen. Der Schnaps versickerte.

Sekundenlang rührte sich keiner. Sie starrten auf den dunklen Fleck unter der zerbrochenen Flasche. Elf Mark sind im Eimer, dachte Wanze. Da hat der Käptn aber eine Wodkaidee gehabt.

Henner trat seinen Zigarettenstummel aus. Die Flasche hatte er nicht zerschlagen wollen. Er war wütend auf sich und noch wütender auf die Jungen. »Dämlichkeit!« schimpfte er. »Schert euch zum Teufel.« Er sprang auf die Maschine, fuhr hart an und wendete. Der Pflug senkte sich in den Boden.

»Nicht lockerlassen«, sagte Frank. »Los, hinterher. Seht euch an, wie er schaltet. Da kriegt ihr auch allerhand mit.«

Sie trabten neben der Maschine über das lange Feld. Wenn sich Henner prüfend nach dem Pflug umdrehte, schien er sie nicht zu bemerken. Er fuhr so schnell, wie es das Schälen nur erlaubte. Aber sie blieben an seiner Seite. Den Staub und die Hitze spürten sie nicht. Oben wendete er, als wären die Jungen nicht da. Wanze und Pepo sahen ihm auf die Füße. Sie schalteten in Gedanken mit.

So ein sturer Bock, dachte Frank. Hat er vergessen, daß ich ihm auch mal geholfen habe? Und daß wir in Riebast eingesprungen sind, als Not am Mann war?

Und Henner dachte: Verdammte Kerle. Die gehen mir heute nicht mehr von der Pelle. Er gab tüchtig Gas. Am Ginsterweg, wo die Flaschenscherben lagen, bremste er. »Seid ihr lebensmüde? So geht das nicht weiter. Da kommt mir noch einer unter die Räder. Macht euch nach Hause!«

Sie gingen nicht. Sie blickten stumm hinauf.

Was blieb ihm übrig? Er konnte sie doch nicht fortprügeln. »Na, los, der erste hoch. Aber Tempo! Ich will nicht bis Mitternacht hier schrubben.«

Frank stieß Pepo in die Rippen. »Ran, Alter.« Und leise fügte er hinzu: »Vergiß nicht, du brauchst Gas beim Anfahren.«

»Hier ist Geld«, sagte Henner zu Frank. »Fahr ins Dorf, hol Selters. Vier Flaschen. Und eine Schachtel Casino.«

Pepo war auf den Traktor gestiegen. Als er losfuhr, hielten Frank und Wanze den Atem an. Der »Famulus« machte einen Satz, daß die Pflugscharen wippten, aber er rollte stuckernd weiter. »Anhalten!« schrie Henner. Der Trecker stand. »Gang raus! Noch mal anfahren. Aber ohne Bocksprünge.«

Möönsch!« Wanze faßte Franks Arm. »Guck bloß, wie der Fuhrmann losprescht. War doch keine Schnapsidee von dir, wenn der Wodka auch im Grase liegt.«

»Buddle die Scherben ein«, sagte Frank. Und pfeifend radelte er dem Dorf zu. Er dachte an Irene. Ich werde ihr was schenken, von meinem Traktoristengeld. Erst den Schulranzen, dann ein Geschenk für Irene. Sie hat bald Geburtstag. Zehn Mark kann es kosten. Vielleicht auch mehr.

Pepo erlebte seine große Stunde auf der Ginsterbreite. Beim zweiten Mal war er ohne Rucken angefahren. Er lenkte den Traktor in die Furche und ließ den Pflug herunter, wie er es bei Henner beobachtet hatte. Dann packte er den Schaltstock. Auskuppeln, sagte er im stillen von sich hin, zweiten Gang, ruck – Pause – zuck, Kupplung loslassen und Gas! Seine Bewegungen waren mühsam und verkrampft. Der kleine Schaltvorgang kostete ihn ungeheure Anstrengung. Aber alles ging, wie er es auf Franks Schemel geübt und vor dem Einschlafen immer wieder überdacht hatte. Die Maschine arbeitete mit vibrierender Kraft. Er konnte nicht fassen, daß er Herr über diese dröhnende Gewalt war. Ein Glücksgefühl durchzitterte seinen Körper. Er sah nichts als die flimmernde Furche. Der Motorenlärm sang in ihm: Ich kann es! Ich kann es!

Henner betrachtete das schmächtige Kerlchen, das den Lenker umklammert hielt, als hing sein Leben davon ab. Er dachte an die eigenen Anfänge auf dem Trecker. Der Ärger über den Schnaps und die aufdringliche Besessenheit der Jungen war verflogen. Vielleicht werden sie brauchbare Fahrer. Ich habe auch nicht anders ausgesehen als Stift. Damals hatten Traktoren noch Seltenheitswert. Und Schichthelfer gab es nicht. Aber Dampf müssen sie kriegen, die Bengel, daß was aus ihnen wird. »Schlaf nicht ein!« rief er Pepo zu. »Der Schälpflug kann den dritten Gang vertragen.«

Pepo faßte nach dem Schaltstock. In Gedanken sagte er sein Sprüchlein: Ruck – Pause – zuck und Gas! Nie wieder würde er vergessen, beim Einkuppeln Gas zu geben.

Der Motor tuckerte. Gleichmäßig zog die Maschine dahin. In wirbelnden Bändern kippte der Boden über die Pflugschare. Die Staubfahne blähte sich wie ein riesiges Segel.

Als Frank zurückkam, lag Pepo im Gras, das Kinn auf beide Fäuste gestützt. Noch immer war er mit allen Fasern bei seiner Fahrt. Viermal hatte er die Maschine hin- und herlenken dürfen. Nun saß Wanze auf dem Trecker.

Die Fahrradklingel schnarrte. Doch der da im Gras schien nichts zu hören. Frank stieß ihn an. »Was war denn los? Ist es schiefgegangen?«

Pepo blickte auf, als erwache er aus einer anderen Welt. Frank sah die Glückseligkeit in seinen Augen. »Du, Käptn, das ist was. Dafür gebe ich alles her.«

## *Irene kommt hinter die Schliche der Jungen*

Geschafft! dachte Irene. Sie schob die letzten Stücke der großen Wäsche ins Schrankfach. Alles war gerollt und eingeräumt. Ihre Hände strichen glättend über die weißen Stapel. Ein feiner Duft kam aus dem Schrank. Seltsam, daß man Sauberkeit riechen kann.

Das Gefühl der Befriedigung schwand, als sie Franks Sporthemden einsprengte. Die trüben Gedanken kamen wieder. Eine Woche lang hatte er sich nicht sehen lassen. Mehrmals war sie zum Heckenrosenweg gegangen. Sie hatte ihn nicht angetroffen. Es schien, als wiche Frank ihr aus. Was mochte er treiben? Er kam nicht zum Essen, er fragte nicht mehr nach Klaus und Katrinchen.

Irene bügelte ihren ganzen Kummer in Franks Hemden. Als sie fertig war, stand ihr Entschluß fest: Heute muß er mir sagen, was los ist. Und wenn ich bis zum Abend auf ihn warten soll.

Mit seinem Wäschepaket lief sie durch die Heckenrosenpforte.

Raudi tobte vor Freude im Zwinger. »Gleich, gleich«, sagte sie und ging in die Stube.

Die drei Jungen am Tisch waren voller Spannung. Heute entschied sich alles. Gestern hatten sie den ersten Teil der Prüfung abgelegt. Zwanzig Fragen waren schriftlich zu beantworten. Wer hatte bestanden? Würden sie alle drei zur Fahrprüfung zugelassen? Um vier erfuhren sie es.

Und nun kam Irene dazwischen.

Es war still im Zimmer. Pepo klappte das Fahrschulbuch zu und schob es hinter sich auf die Kommode.«

»Ich störe wohl?« fragte Irene.

Schweigen.

Sie legte das Wäschepaket auf den Tisch, der mit Kreide bemalt war. »Warum habt ihr Geheimnisse vor mir?«

Schweigen.«

»Was ist mit euch los, Frank?«

Wanze antwortete für den Kapitän. Er stellte sich dumm. »Was soll denn los sein? Wir knobeln technische Probleme aus. Siehst ja.« Er deutete auf die Kreidemalerei. »Das ist ein Motor. Aber du hast doch wenig Interesse für Maschinen. Oder?«

»Oder! Oder! Laß die Täuscherei. Mit technischen Problemen kannst du deiner Großmutter was vormachen. Ich will wissen, ob wir richtige Freunde sind. Gehöre ich dazu oder nicht?«

Die Jungen sahen an ihrem entschlossenen Gesicht vorbei. Jetzt ist der Käptn dran, dachte Wanze, und er schubste ihn mit dem Knie. Frank nahm das Wäschepaket von der Kreidezeichnung. »Danke schön, Irene. Brauchst dich nicht aufzuregen. Es geht hier um Männerkram. Sonst wärst du bestimmt mit dabei. Wirklich, rein technische Angelegenheit. Ein Mädchen kann da nichts tun.«

Sie stand dicht vor ihm, hochaufgerichtet, nur eine Handbreit kleiner als er. »Seit wann habt ihr die Technik gepachtet? Bin ich bloß für die Wäsche gut?«

»Versteh doch. Eine schwierige Sache. Und gefährlich, Irene. Aber ganz groß. Später erfährst du alles.«

»Soso, ganz groß?« Sie warf ihr Haar zurück, als trüge sie noch die langen Zöpfe. »Und das müßt ihr verbergen? Auch vor mir? Was soll aus unserer Gruppe werden, wenn ihr so einen Privatklub macht? Ihr seid feine Männer!« Sie drehte sich um, ging zur Tür.

Frank wollte ihr nachlaufen, um alles zu erklären. Wanze hielt ihn fest. »Ist am besten so«, flüsterte er. »Sie könnte es nicht verstehen, weil sie noch nie hinter einem Lenkrad gesessen hat.«

Die Jungen sahen durchs Fenster, wie Irene zum Stall ging. Sie holte ihr Fahrrad. Dann ließ sie Raudi aus dem Zwinger und fuhr mit ihm davon.«

»Au Backe«, sagte Pepo, »die ist sauer.«

Wanze nahm das Fahrschulbuch von der Kommode. »Leute, klaren Kopf behalten. Es geht weiter. Wir waren bei den Bremsen. Pepo, du bist dran.«

Die Partisanen setzten ihr Wiederholung fort. Frank war nicht gleich bei der Sache. Aber dann packte ihn wieder das Prüfungsfieber, und er vergaß Irene.

Raudi zerrte an der Leine, die seine Herrin um den Lenker geschlungen hatte. Es ging ihm nicht schnell genug.

Irene trat wütend in die Pedale. Am Marktcafé sah sie ein Schild: *Erdbeer-Eis!* Sie stieg ab. Monatelang hatte sie mit ihrem Taschengeld geknausert. Aber heute wollte sie einmal ins Café gehen und sich eine Riesenportion Erdbeereis leisten.«

»Gib acht«, sagte sie zu Raudi und band ihn am Fahrradständer fest. »Schön aufpassen, bis ich wiederkomme.«

In der Garderobe des Cafés war eine große Spiegelwand. Irene drehte sich, steckte die grüne Bluse hinten in den Rock, kämmte das Haar. Abschätzend betrachtete sie ihr Spiegelbild. Ein Glück, daß ich gut angezogen bin. Den Jungen ist das gleich. Ob Frank so etwas überhaupt sieht? Die haben nur ihre spleenige Idee im Kopf. Was mögen sie ausknobeln? Warum diese Geheimniskrämerei? Nur für Männer! Ist ja zum Lachen.

Ihr war nicht zum Lachen, als sie durch die große Flügeltür schritt und über den Läufer stolperte. Viel lieber wäre sie jetzt im Heckenrosenweg.

Da hörte sie ihren Namen rufen. Am Fenster winkte Purzel. Und neben ihr saß Hanne Schröder.

»Endlich treffen wir uns mal wieder«, schnatterte Purzel los. »Das Erdbeereis ist ganz groß, Irene. Ich kann kaum noch. Und du wirst immer schlanker. Deine Taille möchte ich haben. Nimm Platz. Wie geht's? Schick hast du dich gemacht. Hanne, wie findest du ihr Haar? Klasse, was? Viel flotter als die Zöpfe.« Wenn Purzel einmal anfing zu reden, war kein Ende abzusehen.«

»Psst!« Irene hielt ihr den Mund zu. »Wir sind nicht allein.« Sie betrachtete Hanne. »War es schön in Thüringen?«

Hanne schüttelte sich.

»Ein gräßlicher Urlaub.«

»Ist was passiert?«

»Ach, nicht die Bohne. Vier Wochen bei alten Tanten. Vier Wochen Kaffeetrinken und Spazierengehen und immer bloß schöntun. Am liebsten wäre ich ausgerissen und zu euch ins Lager gekommen. Purzel hat mir alles erzählt. Kann sie wirklich schwimmen?«

Irene bestätigte es.

»Mein Vati hat fünf Mark darauf spendiert«, prahlte Purzel. Sie überlegte, ob sie noch eine Portion Eis vertragen könnte.

Hanne fragte nach den Jungen. Da winkte Irene ab.

Purzel kicherte. Sie zählte ihr Geld. »Essen wir lieber Eis.« Sie hatte sich für die dritte Portion entschieden.

Die Flügeltür ging auf, ein junger Mann trat ein. Ede Senkpiel! Er begrüßte die Mädchen. »Naa, meine Damen, machen wir Schlemmerstunde? Es geht nichts über Erdbeereis. Uff!« Er ließ sich in den Sessel fallen. »Purzel, spendierst du mir einen Becher? Ich bin ratzeblank. Und habe solchen Appetit. Du warst doch immer ein Kamerad.«

Purzel fühlte sich geschmeichelt. »Aber nur eine kleine, für vierzig. Mehr habe ich nicht.« Sie winkte der Serviererin wie eine große Dame. Die Mädchen bestellten.

Ede kurbelte an seinem gelben Radio, das Purzel so gut gefiel. Er lächelte gönnerhaft. »Purzel, du bist unübertrefflich.« Und mit dem gleichen Lächeln wendete er sich Irene zu. »Siehst gut aus. Wirklich. Kolossal verändert. Die Zöpfe haben mich schon immer gestört.« Pinsel! dachte sie. Was gehen den meine Haare an. Soll sich lieber seine Angorawolle scheren lassen. Hätte sie nicht schon bestellt gehabt, wäre sie gegangen.

Ede wollte mit ihr ins Gespräch kommen. »Sag mal, ist Brinkmann eigentlich Schichtfahrer geworden? Als der Kursus in der RTS anfing, habe ich ihn dort getroffen. Das war ein Witz, Kinder. Den muß ich euch erzählen. Brinkmann wollte unbedingt sechzehn sein. Was hat er gemacht, der Knabe? Hat sich ein Jahr älter geschwindelt.« Irene erschrak. Älter geschwindelt? So ist das. Nicht nur er, alle drei wahrscheinlich.

Ede feixte über seinen Witz. »Echt Brinkmann war das. Immer Gernegroß. Mich interessiert nur, was daraus geworden ist. Irene, weißt du, ob er es mit seinem Trick geschafft hat?«

»Unsinn«, sagte sie schnell. »Wird bloß Spinnerei gewesen sein. Jungen spinnen öfter mal.«

Das Eis wurde gebracht. Grübelnd löffelte Irene. Ich muß Frank warnen. Senkpiel posaunt es überall aus.

»Was hast du denn?« fragte Purzel. »Schmeckt deins nicht?«

»Doch, doch.«

Ede erzählte neue Späßchen. Er schnitt mächtig auf. Purzel und Hanne lachten. Irene aber, die ihm heute so gut gefiel, hörte überhaupt nicht zu. Und gerade vor ihr wollte er glänzen. Seine Mühe war vergebens. Stumm leerte sie ihren Eisbecher, zahlte und ging. Draußen band sie den Setter los. »Komm, Raudi!« Sie fuhr zum Hekkenrosenweg.

In dem kleinen Haus war es still. Sie rannte in den Garten, rief. Keine Antwort. Die Jungen waren weg.

Im RTS-Hof wurden die Namen der Prüflinge verlesen. Zwei Dutzend erwartungsvolle Gesichter blickten auf den Verkehrspolizisten. Wer hatte den theoretischen Teil bestanden?

Pepos Mund stand vor Erregung offen. Frank hielt die Fäuste in den Hosentaschen geballt. Und Wanze mußte dauernd schlucken, weil ihm der Hals trocken war.

Name folgte auf Name. Die Aufgerufenen gingen nach vorn, zu Fahrlehrer Schurick. Zehn Namen – zwölf Namen – fünfzehn Namen, und noch war keiner der Partisanen dabei. Sie sahen sich nicht an, sie blickten in qualvoller Spannung auf die weiße Uniformmütze. Da: »Frank Brinkmann! – Josef Wanzleben! – Peter Pohl!« Der Polizist faltete seine Liste zusammen.

Die drei Partisanen atmeten auf. Wanze, heiser vor Aufregung, sagte: »Leute, jetzt kommt die letzte Runde.«

Auf dem Fußballplatz stand der Traktor mit Anhänger. Die Prüfungsstrecke war durch Fähnchen markiert. Sie führte in zwei Kurven zu einer Haarnadelkehre. Dabei mußte ein Fußballtor durchfahren werden. Strohballen verengten das Tor. Einige Schilder waren aufgestellt: Kreisverkehr, Stoppzeichen, Geschwindigkeitsbegrenzung.

Die Prüflinge spähten über die Fahrstrecke. Das Mädchen am Rande des Platzes beachtete keiner. Es saß im Schatten der Kastanie, einen Hund neben sich.

»Kleine Fische«, sagte Frank. »Auf drei Dinge kommt es an: Den Motor nicht abwürgen, sonst kann einer gleich aussteigen. Dann die Zeichen beachten. Und vor dem Tor weit ausholen, damit der Hänger nicht aneckt. Denkt ja an den Winker, wenn ihr abbiegt.«

Der Polizist blickte in seine Liste. »Fangen wir hinten an. Peter Pohl ist der erste. Vortreten, Pohl! Prüfen Sie den Anhänger auf Verkehrssicherheit.«

Pepo stand wie vom Schlag getroffen. Frank wisperte ihm ins Ohr: »Kilometerschild! Luftdruck!«

Mit bibbernden Knien ging Pepo zu dem Fahrzeug. Die Anhängergabel war vorschriftsmäßig gesichert. Kilometerschild? grübelte er. Was meint denn der Käptn? Er wendete sich zu dem Mann mit der weißen Mütze. »Den Luftdruck muß ich kontrollieren. Fünf Atü.«

»Gut. Nehmen wir an, die Reifen sind in Ordnung. Was noch?«

Pepo überlegte fieberhaft. Was noch, was noch? Ihm fiel nichts mehr ein.

»Na, wie schnell dürfen Sie mit dem Hänger fahren?«

»Ach so!« Jetzt wußte Pepo, worum es ging.

»Zwanzig Kilometer Höchstgeschwindigkeit. Das Schild fehlt. Rechts und links muß es angeschrieben sein.«

»Jawohl. Steigen Sie auf. Strecke frei.«

Hoffentlich vergißt er nicht, die Handbremse zu lösen, dachte Frank. Pepo vergaß die Handbremse nicht. Er sagte sein Sprüchlein vor sich hin und fuhr in einer dicken Dieselwolke los. An der ersten Kurve fiel ihm noch rechtzeitig der Winker ein. Beim Herunterschalten gab er bullig Zwischengas. Und das Tor passierte er im großen Bogen. Als er abstieg, hätte er die ganze Welt umarmen mögen.

»Bestanden«, sagte der Verkehrspolizist. »Der nächste ist Wanzleben. Josef Wanzleben.«

Wanze krabbelte auf die Maschine, blaß, mit schweißfeuchten Händen. Sein zusammengekratzter Mut verließ ihn. Da sah er den Kapitän. Der stieß die Faust nach oben. Das hieß: Ran, Alter! Wanze packte den Schalthebel. Er mußte an die erste Übung auf dem Hocker in Franks Stube denken. Ihm wurde leichter.

Eine Viertelstunde später lagen die Partisanen im Gras, verwundert, daß alles so schnell überstanden war. Ihre Gedanken wanderten da oben am Himmel entlang. Morgen sitzen wir auf dem Trecker und sind richtige Fahrer! Noch viel mehr werden wir schaffen. Endlos lange dauerte es, bis sie ihre Fahrerlaubnis in der Tasche hatten. »Einsatzort?« fragte der Mann im Kordanzug.

»Riebast«, antwortete Frank. »Alle drei. Morgen früh sind wir dort.«

»Gut. Jungs. Ich rufe den Vorsitzenden an, daß ihr kommt. Glück auf!«

Draußen blieben sie verblüfft stehen. Raudi kam angewirbelt. Und dort am Zaun wartete Irene. Sie hatte die Fahrprüfung vom Rande des Platzes miterlebt und die Freude der Jungen gesehen. »Ich gratuliere euch«, sagte sie.

Die Partisanen blickten mißtrauisch.

Irene flüsterte: »Ich weiß alles. Muß euch warnen. Ede Senkpiel witzelt nämlich darüber, daß du dich ein Jahr älter geschwindelt hast, Frank.«

»Senkpiel? Wann?«

»Vorhin. Im Marktcafé hat er herumgeprahlt, weil Hanne und Purzel da waren.«

»Der Schuft!« brüllte Wanze. »Den kaufen wir uns.«

Pepo stürmte schon los. Frank und Wanze rannten hinterdrein. Die Sache war dringend. Sie mußten Ede fassen. Raudi lief ein Stück neben Frank her. Dann kam er zu seiner Herrin zurück. Bellend sprang er an ihr hoch. Irene stieg aufs Rad. Raudi wurde enttäuscht. Sie folgte den Jungen nicht, sie fuhr nach Hause. Und er wäre so gern mit seinen drei Freunden davongetobt.

Hinter dem Friedhof lag das Anglerparadies von Eulenberg. Hier floß der Mühlgraben in die Mulde. Das Wasser gluckste, und die Wirbel drehten sich im schnellen Tanz.

Ede Senkpiel lehnte am Geländer der Flußböschung. Er sah den Anglern zu. Ihre Blinker zogen durch die Strömung und lockten den Barsch. Im Uferwasser gab es Plötzen, Güstern und Rotfedern. Tief unter den Weiden stand der Blei. Fast jeder Eulenberger Junge hatte hier als »Piepenangler« seine ersten Güstern gefangen. Auch Ede. Er wußte, wie man Fische holt. Doch über die Piepenangelei war er nicht hinausgekommen. Geduldige Mühe erfordert der Angelsport. Ede brachte sie nicht auf. Er schaute lieber zu.

Nicht nur beim Angeln war es so mit ihm. Überall stand er am Rande, jede ernste Mühe scheuend. Ziellos, wie ein Zweig im Wasser schwimmt, ließ er sich treiben.

Jetzt reckte Ede seinen Hals. Der Mann da unten hatte einen Biß. Die Pose zuckte, zweimal, dreimal, und verschwand. Ein Ruck. Es blitzte silbern. Ede lief die Böschung hinab. »Soll ich helfen?«

»Laß nur, laß.«

Der Mann hatte schon den Kescher in der Linken. Er landete einen schweren Blei.

Ich müßte Angler werden, dachte Ede. Richtiger Sportangler. Der große Fisch im Netz des Mannes dort begeisterte ihn. »Hübscher Brocken«, sagte er.

Der Angler nickte. »Fast zwei Kilo, schätze ich.« Er legte einen neuen Köder an.

»Ich weiß hier ganz genau Bescheid«, erklärte Ede. »Rechts, unter der Trauerweide, da stehen sie wie die Soldaten. Kann ich mal Ihre zweite Angel nehmen?«

Ein abschätzender Blick traf ihn.

»Du bist mir der richtige Soldat. Laß ja die Pfoten von meinem Geschirr.«

Edes Anglerschwung verebbte. Er setzt sich auf sein Taschentuch, um die helle Gabardinehose zu schonen. Sorgsam zog er die Hosenröhren hinauf und suchte Schlagermusik in dem gelben Kasten. Es war nun so wie immer: Nichts blieb von der Augenblicksbegeisterung. Der Friedhofsgeruch und die Dudelei stimmten ihn melancholisch. Mußte er sich nicht selbst bedauern? Er hatte keinen Freund. Niemand wollte etwas von ihm wissen. Nicht einmal die Mädchen nahmen in ernst, so groß und forsch und schwarzgelockt er war.

Warum hat mich Irene im Marktcafé nicht beachtet? Hanne Schröder und die dicke Purzel sind Gänse. Schnattern und kichern können sie. Und gleich beleidigt sein, wenn man etwas wagt. Aber die hübsche Irene hat sich schnell davongemacht.

Ede brütete vor sich hin. Der gelbe Trostkasten vermochte ihn nicht zu trösten.

Hinter seinem Rücken schoben sich drei Köpfe über die Friedhofsmauer. »Leute«, hauchte Wanze, »wie auf Bestellung sitzt er da. Ein Schubs, und seine Pracht ist aufgeweicht. Los!«

Frank riß ihn zurück. Sie stritten sich auf der Erbbegräbnisstätte hinter der Mauer.

»Leise!« mahnte Pepo.

Der Kapitän war für diplomatisches Vorgehen. »Gewalt vergrößert die Gefahr. Wenn wir ihn ins Wasser schmeißen, kann man nicht mehr mit ihm reden. Feige wäre es außerdem, so von hinten. Verhandeln müssen wir.«

Wanze war nicht einverstanden. »Verhandeln ist Scheibenhonig. So einen muß man knochenhart anpacken.«

»Vergiß nicht«, warf Pepo ein, »er hat uns quasi in der Hand. Wenn er quatscht, sind wir aufgeschmissen. Willst du die Fahrerlaubnis riskieren?«

Das wollte Wanze nicht.

Franks Wort gab den Ausschlag.

»Von mir aus knochenhart. Ohne Ufersturz. Zwiebeln wir ihn.«

Ede Senkpiel schrak aus seiner trübsinnigen Grübelei. Brinkmann hockte plötzlich neben ihm. Und auf der anderen Seite glitt Wanze an die Böschung. Beide rückten hart heran. Ede verbarg seine Überraschung. Er markierte forsche Wiedersehensfreue. »Ihr seid es, haha, ihr alten Kämpen. Wie geht's euch denn?«

»Stell die Wimmernudel ab!« zischte Wanze, und ein kurzer Rippenhaken folgte.

Ede begriff das Gefährliche seiner Lage. Sofort knipste er dem kreischenden Texas-Bill die Luft aus der Röhre. Er wollte aufstehen. Pepo drückt ihm von hinten das Knie in den Nacken. Wanze hieb seine Gerte durch die Luft und schnaufte. »Hundsmiserabel geht es uns. Weil du so stinkst. Nach Lumperei stinkst du.«

»Wie ... wieso?«

Frank packte Edes Arm. »Guck mich an! Ich will wissen, wie ein Schuft aussieht.«

»Ich bin kein Schuft.«

»Klingt Verräter vielleicht besser? Schwärzt einen Kumpel an, um vor den Mädchen zu prahlen, und will kein Schuft sein.«

»Das, nein, das wollte ich nicht.«

»Soo. Ganz aus Versehen, was?«

Ede wurde immer kleiner. Sie zwiebelten ihn mächtig. Bis er versicherte, niemals mehr über die Schichtfahrerei zu sprechen. Wanze ließ seine Gerte pfeifen. »Gibst du uns das schriftlich?«

»Auf der Stelle, wenn ihr wollt.«

»Genau das wollen wir. Los, schreib es auf.«

Sie hatten kein Schreibpapier dabei. Nur ein Bleistiftstummel und das Kraftfahrerbuch waren da. Ede mußte seine Verpflichtung in Franks Fahrschulbuch schreiben. Wanze diktierte. Ede brauchte keinen Rippenhaken mehr.

»Nun die volle Unterschrift, Edgar Senkpiel, genannt Ede.« Wanze prüfte die Verpflichtung und klappte das Buch zu.

Ede blickte ihnen nach. Noch mal gut gegangen, dachte er. Brinkmann hat es geschafft. Der ist Schichttraktorist. Und die beiden anderen bestimmt auch. Hätte ich ebenso schaffen können.

Das Wasser gluckste. Die Blinker der Angler sirrten durch die Luft und tauchten mit leisem Klatschen in den Fluß. Ede fühlte sich einsam wie nie zuvor.

Irene war schon im Heckenrosenweg, als die Partisanen kamen. Sie hatte aufgeräumt und den Tisch gedeckt. Es sah appetitlich aus: belegte Brötchen, Gurken, Rollmöpse, Heringsalat. Dazwischen standen vier Gläser. Die neugebackenen Schichttraktoristen reckten die Hälse.

»Wir wollen eure Fahrerlaubnis feiern«, sagte Irene. »Und weil doch Raudi nichts gekostet hat.« Sie schenkte ein. Es gab Kirschbowle mit viel Saft und etwas Wein. »Zum Wohl, ihr Geheimniskrämer!«

Die Bowle war quellfrisch. Irene hatte sie mit Eisstücken angesetzt. Ein Labsal nach den Aufregungen des Tages. Sie labten sich gründlich. Der Setter raspelte an einem Schinkenknochen.

Frank klopfte mit dem Löffel ans Glas. Das hatte er mal im Kino gesehen.

Seine Festrede war knapp. »Männer, ein Vorschlag. Raudi ist vierter Partisan geworden. Und Irene soll der fünfte sein. Einverstanden?«

»Klarer Fall!« sagte Wanze.

»Wird Zeit«, sagte Pepo.

Alle drei verpflichteten die neue Partisanin mit Handschlag. In Irenes Augen blitzte der Schalk. »Wenn ich aber keine Ahnung von der Technik habe?«

»Öööö, das lernt sich«, gab Wanze zurück. »Beguck dir den Fuhrmann. Partisanen machen alles. Oder bist du bange? Wir werden einen ganz zarten Trecker für dich konstruieren.«

Sie lachte und schenkte Kirschbowle nach.

Frank holte tief Luft zur Fortsetzung seiner Festrede. »Also, Partisanin Irene, zuerst mal brauche ich dein Rad für die Touren nach Riebast.«

»Schon genehmigt. Mein Rad ist unser Rad.«

Wanze und Pepo klatschten Beifall.

»Zweitens werden wir dich dringend in der Schule brauchen. Weil wir bis zum Herbst fahren wollen. Vielleicht auch nachts.«

»Wie soll denn das in der Schule aussehen?«

»Partisanenhilfe, begreifst du nicht?«

Raudi knurrte. Er ließ den Schinkenknochen fahren, sprang zum Fenster. Ein Gesicht war an die Scheibe gedrückt. Ede Senkpiel trommelte draußen ans Glas. »Hallo darf ich mal reinkommen?« Hatte er gelauscht? Da stand er schon auf der Schwelle. »Kann ich auch Partisan werden?«

In seiner Stimme schwang ein Ton, den sie von ihm nicht kannten. Seine Forschheit war weg. Mit sehnsüchtigen Augen blickte er über die Festtafel.

Vielleicht ist er gar nicht so, wie er immer tut, dachte Irene. Sie schob einen Schemel an den Tisch. »Setz dich.«

Er setzte sich, fingerte die Hosenröhren zurecht. Der Kasten vor seiner Brust war abgeschaltet.

Irene suchte ein Glas im Schrank, schöpfte Bowle hinein. »Trink einen Schluck.«

Raudi schnuffelte an Edes feiner Gabardinehose. »Pscht, weg!«

Die Traktoristen zogen finstere Gesichter. Es gefiel ihnen nicht, daß sich Senkpiel hier breitmachte. Aber das Essen und die Bowle hatte Irene spendiert, sie konnte darüber verfügen.

Ede gewann seine alte Forschheit wieder. »Prost!« sagte er, und weil die Jungen sich nicht rührten, stieß er mit Irene an. »Braucht ihr Musik?« Er drehte an dem gelben Kasten. »Wann geht's los mit den

Treckern? Ich bin dabei. Fahren kann ich schon lange.«

»Quatsch nicht so dämlich«, brummte Frank. »Ein Traktor ist kein Moped. Angeber brauchen wir nicht. Wir brauchen Kumpel.«

»Bin ich doch, bin ich, Frank.«

»Hähähä!« Wanzes Meckern war voller Hohn. »Hast noch nie richtig was mitgemacht, du Oberflasche. Du ...«

Irene unterbrach ihn. »Keinen Streit, Wanze. Wir sollten Edgar eine Chance geben. Wenn er es nun ernst meint? Denkt mal an die Brandnacht in Riebast.«

»Gut«, sagte Frank, »eine Chance. Hör zu, Ede. Der erste Auftrag: Du machst deine Prüfung als Schichtfahrer. Wird ja nicht schwer sein, wenn man dich so hört. Dann kommst du wieder zu uns. Mit der Fahrerlaubnis für Traktoren. Klar?«

Ede zupfelte an seiner Bügelfalte. Aus dem Radio sang eine Stimme: »Mein Playboy spielt mit falschen Karten ...«

Wanze grinste.

Ede nickte vor sich hin. War es ein Ja zu Franks Auftrag? Ans Gehen dachte Ede nicht. Er forderte Irene zum Tanzen auf. Sie wollte es ihm nicht abschlagen. Alle müssen mal mit mir tanzen, dachte sie und scherbelte an Senkpiels Arm um den Tisch.

Wanze gähnte unverschämt laut. »Muß nach Hause, Leute.«

»Ich auch«, sagte Pepo.

Der Abend war verkorkst.

## *Schweinemist und andere Widerstände*

Der erwachende Tag schickte das erste Licht. Violett und blaßgelb stand der Himmel über den Dächern. Die Rathausuhr schlug vier. Wanze wartete schon an der Post, als Frank und Pepo in die Hauptstraße einbogen. »Tempoo!« brüllte er. Sein Ruf hallte in der morgenstillen Straße.

Die beiden Freunde kamen angeprescht. Auf Pepos Gepäckträger war ein großes Verpflegungspaket festgeschnürt.

»Fahrerlaubnis und Personalausweis mit?« fragte Frank.

Wanze klopfte auf die Brusttasche seines Campinghemdes. »Alles da, Käptn.«

»Los, Partisanen, in die Pedale. Um fünf fahren die Trecker vom Hof.«

Sie rasten nach Riebast. Halb fünf kurvten sie in den Maschinenhof der Genossenschaft. Ein Schild hing über dem offenen Tor: *LPG Rotes Banner.* Der rechte Torpfeiler war umgekippt.

Sie stiegen von den Rädern. Es stank nach Dieselöl und Schweinemist. Am Rande des weiten Hofes lag der Schweinestall. Sie musterten die Maschinen. Sieben Traktoren zählten sie. »Die reichen für uns«, sagte Wanze. »Untersuchen wir sie schnell, ehe die Fahrer kommen.«

»Das laßt lieber bleiben«, sagte eine Stimme. Henner Mertens stand hinter ihnen.

Frank legte die Hand zum Gruß an den Kopf und meldete: »Drei Schichtfahrer zur Stelle!«

»Was du nicht sagst.«

»Doch, Henner. Wir haben die Prüfung bestanden.« Frank zog seine Fahrerlaubnis aus der Tasche. Auch Wanze und Pepo zeigten ihre Berechtigungskarten.

Guck an! dachte Henner. Sie sind nicht totzukriegen, diese Burschen. Ob sie sich hier durchsetzen? Er hob die Schultern. »Ich kann euch nicht helfen, ich fahre die Milch. Mein ›Famulus‹ ist besetzt. Den hat Lehrer Ostwald übernommen. Der ist auch Schichttraktorist. Sprecht mit Brigadier Koppe.« Er öffnete die Garage, fuhr den Lastwagen heraus. »Stellt euch das nicht so leicht vor«, rief er noch. Die Jungen warteten.

Fünf Traktoristen tauchten auf. Brigadier Koppe war der kleinste. Er rieb seine schwarzen Bartstoppeln, als sich Frank vorstellte. Die Jungen präsentierten ihre Fahrerlaubnis. »Du lieber Himmel!« sagte Koppe. Auf seinen mächtigen Schultern saß ein flacher Schädel. »Wir sind doch nicht für den Kindergarten zuständig.«

Giftzwerg! dachte Wanze. Sieht aus wie ein Gorilla.

Frank war einen halben Kopf größer als Koppe. Das mit dem Kindergarten kratzte ihn. Er war rot geworden. Gewiß, die drei Partisanen sahen nicht sehr männlich aus in ihren kurzen Hosen. An diese Äußerlichkeit hatte keiner gedacht. Aber so ließ sich Frank nicht abtun. Er lief Koppe nach, tippte ihm auf die Schulter. »Moment mal. Wir wollen hier helfen, weil überall Fahrer fehlen. Deshalb haben wir die Traktoristenprüfung gemacht. Sind Sie nun als Brigadier zuständig oder nicht? Das möchte ich wissen.«

Der untersetzte Mann schneuzte sich, den Daumen an der Nase. »Bleib mir von der Wäsche, Junge. Ich habe euch nicht herbestellt. Unsere Maschinen können wir selbst kaputtfahren. Dazu brauchen wir keine Anfänger aus der Stadt. Dort am Tor steht der Agronom. Vielleicht gibt er euch Arbeit.«

Sie gingen zum Agronom, zeigten wiederum ihre Fahrerlaubnis. Frank sagte: »Direktor Gutjahr von der RTS hat uns hier angemeldet. Telefonisch.«

Davon wisse er nichts, erwiderte der Agronom. Er habe genug zu tun mit seiner Feldarbeit. Den Maschineneinsatz leite Brigadier Koppe.

»Dann will ich den Vorsitzenden sprechen!«

Der Vorsitzende wäre weggefahren. Er würde auch nicht gegen Koppe entscheiden. Die Traktoristen trügen die Verantwortung für ihre Maschinen. Zwölf und vierzehn Stunden säßen sie im Sattel. Man könne sie nicht verärgern, weil plötzlich jemand auftauche und ein paar Tage fahren möchte.

Frank sah die Maschinen aus dem Hof rollen. »Wir bleiben nicht bloß ein paar Tage«, sagte er. »Wir wollen richtig mitmachen.«

»Dann beweist es«, rief Koppe, der mit dem Schweinepfleger Jakob herangekommen war. »Dort drüben«, er deutete zum Stall, »da liegt allerhand Mist herum. Guter Schweinemist. Der muß gestapelt werden.«

Die Partisanen blickten auf die regellosen Haufen an der Stallwand. Der Mist war monatelang aus den rückwärtigen Luken gestoßen worden.

Koppes Äuglein blinzelten spöttisch. »Naa? Habt ihr Mumm? Traut ihr euch an den Mist? Zwar braucht ihr keine Fahrerlaubnis dazu, aber Kinderkram ist es nicht. Zeigt, was in euch steckt.«

»Wann können wir fahren?« wollte Frank wissen.

Der Brigadier brannte sich eine Zigarette an. »Tja, zur Zeit ist keine Maschine frei. Aber wenn ihr den Mist gestapelt habt, dann läßt sich drüber reden.« Er wendete sich zu dem Schweinepfleger. »Jakob, wie lange wird die Arbeit dauern?«

Schweinejakob kaute auf seiner Tabakspfeife. »Ha, no, an die sechs

Einheiten, schätz ich. Drei Tage für diese jungen Leut. Minimal drei Tage.«

Der Agronom ging davon, und Koppe knatterte mit seiner »RT« aus dem Hof.

Da standen nun die Partisanen. Mist stapeln! Hatten sie dafür gebüffelt und gebimst? Der große Traum zerrann.

In Wanze bohrte die Wut auf Koppe. »Dieser Gorilla! Der behandelt uns wie den letzten Dreck. Gegrinst hat er noch dabei.«

»Hier kommen wir nie auf eine Maschine«, sagte Pepo. Frank drehte seinen Absatz in den öligen Sand. »Abwarten. Was sind schon drei Tage! Man müßte den Brigadier beim Wort nehmen. Kommt, wir reden mal mit Herrn Ostwald.«

Zwei Traktoren standen noch auf dem Hof: der »Famulus«, den

Lehrer Ostwald an Henners Stelle fuhr, und ein »Pionier Typ Harz«. Der Lehrer hatte Öl nachgefüllt. Er kannte die Jungen von der Brandnacht. »Sehr enttäuscht?« fragte er.

»Als ob wir Fremde wären«, sagte Frank. »Im Lager hat uns die Genossenschaft einen Hammel spendiert, und nun so was.«

Ostwald verstand die Erbitterung der Jungen. Vor einer Woche, da er als Schichtfahrer begann, war es ihm ähnlich ergangen. »Bedenkt, die Traktoristen wissen nicht, was ihr könnt. Im Frühjahr hat ein Schichthelfer den ›Zetor‹ in Klump gefahren. Seitdem sind sie mißtrauisch. Und ein bißchen engstirnig sind sie auch. Meine Maschine, sagen die meisten. Was werdet ihr tun, Jungens?«

»Wir zischen ab«, entgegnete Wanze. »Miststapeln ist Schikane. Lassen wir uns schikanieren, Käptn?«

»Überlegen, Männer«, Frank zeigte auf den verdreckten »Pionier«. »Herr Ostwald, wer fährt den?«

»Der Pio ist außer Betrieb. Dieselpumpe defekt.«

Frank spitzte die Lippen und pfiff. »Partisanen, wir bleiben.« Seine Stimme war entschlossen. »Wir stapeln den Mist.«

»Das ist ein Wort«, sagte Ostwald. »Koppe denkt nämlich, ihr verschwindet jetzt ganz schnell. Mit dem Mist will er euch auf die Probe stellen. Nicht weich werden, Jungens. Ihr könnt auf mich rechnen. Ich schicke euch Helfer.« Er ließ den »Famulus« warmlaufen, gab Vollgas. Blaue Wolken zogen über den Hof.

»Käptn, willst du wirklich an den Mist?« fragte Wanze.

»Was denn sonst. Ist der einzige Weg.«

Pepo zog den Mund schief. »Miststapeln kann ich auch zu Hause. Pferdemist stinkt nicht so wie der Schweinedreck.«

»Dann haut doch ab!« schrie Frank. »Denkt wohl, mir macht das Spaß? Aber ich bleibe. Und wenn ich acht Tage mit der Forke schuften muß. Ich werde auf einen Trecker kommen.«

Wanze blickte zu den Misthügeln. Ein ganzes Mistgebirge war das, Haufen an Haufen. Er verstand seinen Kapitän nicht mehr. »Mann, ist doch ein Witz. Sie würden sich kaputtlachen über unsere Dußligkeit, dieser Koppe und der Schweineonkel.«

»Irrtum, Wanze. Wenn wir uns drücken, lachen sie. Feine Stadtbengel, werden sie sagen, die hat schon der Mistgeruch verjagt. Klotzen wir aber ran, dann müssen sie uns auf eine Maschine lassen.«

Die Logik des Kapitäns überzeugte Wanze und Pepo nicht. Sie gingen zu dem defekten »Pionier«. Das müsse ihre Maschine werden, sagte Frank. Die Kraftstoffpumpe kriegten sie schon irgendwie repariert. Dann könnten sie fahren, in drei Schichten, jeder acht Stunden. Das war ein Ziel! Mit Frank hatten sie schon einiges fertiggebracht. Daran dachten sie jetzt und sahen sich an. Wäre ja gelacht. Kanubauer und Partisanen geben nicht auf.

Sie liefen nebeneinander in die Schweineküche, wo der alte Jakob dem Zischen des Dämpfkessels lauschte. »Wir brauchen zwei Forken und zwei Karren«, forderte Pepo, der das Kommando übernahm. »Es geht im Dreiertakt. Einer lädt, einer karrt, und der dritte stapelt.«

Schweinejakob stocherte in seiner Pfeife. »Ha, no, von mir aus. Wenn nur der Mist zusammengekarrt wird.«

»Meister, habt ihr Wäscheklammern?« fragte Wanze.

Jakob hielt die Hand ans Ohr. »Ha?«

»Wä – sche – klam – mern?«

»Wozu, Jungchen?«

»Damit wir die Nasen zuklammern können.«

Der Alte spuckte in die Jauchenrinne. Wird ihnen schon vergehen, das Witzemachen, dachte er.

Die Partisanen packten Forken und Karren. Zwei Tage, nahmen sie sich vor, dann sollte der Stapel stehen. Am Anfang ging die Arbeit flott. Doch als der Mist immer feuchter wurde, begannen sie zu schwitzen und zogen die Hemden aus. Der Schweinedreck war zäh und schwer wie nasser Ton.

Jakob blickte durch die Luke. Werden bald gemächlicher schaffen. Mittag, schätz ich, sind sie kraftlos. Wenn sie überhaupt so lange durchhalten.

Lehrer Ostwald bremste den »Famulus« vor seiner Wohnung. Er ging hinein, leise, um Frau und Kinder nicht zu wecken. In der Küche schrieb er eine Nachricht. Den Zettel klemmte er an die Schwesterntasche mit dem roten Kreuz. Dann fuhr er aufs Feld.

Zwei Stunden darauf, als Frau Ostwald die Kinder angezogen hatte, fand sie den Zettel.

*Liebes Mariechen!*

*Geh doch gleich mal zu Hartmut Krellich. Er möchte raus aufs Feld kommen. Zum Lüptzer Weg. Es eilt. Macht Euch einen fröhlichen Tag.*

*Euer Vating.*

Ob er wieder Ärger hatte? grübelte die Frau. Warum mußte er sich auch diese Schichtfahrerei aufhalsen! Seine Kollegen machen noch Ferien, aber er spielt Traktorist. Sie nahm ihre Gemeindeschwestertasche, ermahnte die Kinder und ging zu Krellichs.

Hartmut Krellich war Gruppenratsvorsitzender in der sechsten Klasse, die Lehrer Ostwald leitete. Als er die Nachricht von der Gemeindeschwester hörte, holte er seinen Freund Siggi. Sie radelten zum Lüptzer Weg. Ihre Gruppe hatte im vergangenen Schuljahr die Auszeichnung »Sputnikgruppe« errungen. Sie waren eines der besten Klassenkollektive des Kreises. Zu Beginn der Ferien hatten sie den Nackenschlag erhalten. Drei Jungen der Klasse wurden Brandstifter. Beim Rauchen hatten sie die große Scheune angesteckt. Die Schande war nicht nur schlimm für die heimlichen Pfeifenraucher, sie traf auch Lehrer Ostwalds Sputnikgruppe. Im Dorfe hieß es: Das waren Junge Pioniere aus der sechsten Klasse.

Siggi und Hartmut brüllten über den Acker. Der Lehrer auf dem »Famulus« winkte mit der Mütze. Er knatterte heran.

»Tag, Jungens. Traktorist Ostwald kämpft um die Normerfüllung. Aber jetzt muß ich mich erst mal stärken.« Er sprang ab, wickelte seine Brote aus und erzählte von den drei Burschen, die als Schichtfahrer aus der Stadt gekommen waren. »Brigadier Koppe will sie loswerden. Doch sie haben Charakter. Sie bleiben und stapeln den Mist, weil sie unbedingt fahren wollen. Ihr Kapitän war der erste auf dem Schafstall, damals, als die Scheune brannte. Handfeste Kerle. Ich fürchte bloß, die Mistberge am Schweinestall werden sie mürbe machen. Was kann man tun?«

»Wir helfen ihnen, Herr Ostwald. Wir trommeln alle zusammen.«

»Pionieralarm«, sagte Siggi.

»Halt, Jungens, noch eins. Hartmut, du suchst die drei Pfeifenraucher auf. Das ist eine Gelegenheit, etwas gutzumachen. Und wenn sie kommen, behandelt ihr sie wie jeden anderen. Keiner nennt sie Brandstifter oder Pfeifenschmöker. Hörst du! Schärf das allen ein.«

Schweinejakob hatte recht mit seiner stillen Prophezeiung. Bald schafften die Partisanen bedeutend langsamer.

Am härtesten kam es Wanze an. Er besaß viel weniger Kraftreserven als Frank und Pepo. Mit zusammengepreßten Zähnen schob er die Karre über den Bohlensteg. Zweimal war er schon abgerutscht und in den glitschigen Mist gefallen. Schweigend fraß er seinen Grimm in sich hinein.

»Frühstück!« rief Pepo.

Sie wuschen sich an der Pumpe. Mit Sand schrubbten sie die Hände. Doch den Mistgeruch wurden sie nicht los. Da faßten sie ihre Brote mit Papier an, wie es die Straßenarbeiter taten. Jakob trat aus dem Stall. Er hatte gefüttert und legte eine Rauchpause ein.

Qualmend betrachtete er den begonnenen Stapel, kam zu den Jungen herüber. »Gibt Hunger, so eine harte Schafferei, no?«

»Mach keinen Schmus«, knurrte Wanze. »Ihr seid ein erbärmlicher Verein.«

Jakob hielt die Hand ans Ohr und legte den Kopf schräg.

»Erbärmlicher Verein, eure LPG«, brüllte Wanze. »Nicht mal einen Mistkran habt ihr. Wo bleibt denn da die moderne Technik?«

Jakob nahm die Pfeife aus den Zähnen. »No, bist ein Stadtbengel. Vom Lande weißt du nichts.«

»Mach keine Sprüche, Onkel. Merkt doch jeder, was hier los ist. Braucht man bloß den Mist vor deinem Stall anzugucken. Überall liegen die Dreckshaufen. Eine richtige Saubude.«

Das war dem gemächlichen Jakob zuviel. »Hast keinen Verstand, Jungchen. Ich bin dreiundsechzig. Nur meine Frau hilft im Stall. Die Kräfte fehlen. Eine Herde Mastschweine will fressen, eh sie fett ist. Wenn du noch schläfst, mach ich schon Futter. Tag für Tag. Woche wie Sonntag.«

Wanze lag eine bissige Erwiderung auf der Zunge, aber Frank stieß ihn an. »Halt den Rand!«

Die Tabakspfeife in Jakobs Faust zitterte. Er hatte sich heiß geredet. »Du siehst bloß Dreck am Boden. Was wächst, siehst du nicht. Guck dich um bei uns. Neue Ställe, Maschinen. Hunderttausende stecken darin. Wo soll alles herkommen so rasch? Ich wünsch mir auch mehr Technik in den Stall. Und gute Helfer wünsch ich mir. Nicht solche Dummköpfe wie du.«

Die »Dummköpfe« stachelten Wanze. Ihm war die ganze Miststapelei zuwider. »Dumme sucht ihr doch, he? Und wir dürfen euren Dreck wegräumen. Onkelchen, ihr seid durchschaut.«

»Ein Großmaul bist du!« rief Jakob zornig. »Und wenn ihr den Mist schafft, freß ich einen Besen. Solche wie ihr bringen nichts zuwege. Da liegt kein Segen drauf. Nie und nimmer.« Er schob seine Pfeife in den Mund und ging mit krummen Schultern zum Stall. Nach einer Weile sagte Frank: »Dämlack.«

»Wer?« fragte Wanze.

»Du! Jakob hat es dir doch deutlich unter die Nase gerüffelt. Ist ein alter Mann. Dem wackeln die Knie. Sein Leben war nichts als Schufterei. Das solltest du sehen. Aber nein, du fährst ihm über den Mund. Ein richtiges Bürgersöhnchen bist du manchmal.«

»Käptn, komm nicht auf diese Tour. Wer hat denn das Miststapeln ausgekocht? Der und Koppe. Reinlegen wollen sie uns. Hier«, Wanze hielt Frank die Hände hin, »ich kriege schon Blasen.«

»Schwächling!«

»Bin kein Schwächling. Der Alte hat recht. Wir schaffen das nicht. Sollen wir uns für andere hier schinden?«

»Pepo, komm«, sagte Frank. »Sonst fängt er noch an zu heulen, und wir müssen ihm die Nase putzen.«

Pepo ging schweigend mit. Er war Arbeit gewohnt. Und er stand zu Frank. Ohne den Kapitän hätte er keine Fahrerlaubnis in der Tasche. Einen Kumpel ließ Pepo nicht im Stich.

Bald darauf kam auch Wanze zu den Mistbergen geschlendert. »An mir soll's nicht liegen«, brummte er und griff zur Forke. Seine Handflächen brannten.

Die Sonne war über das Stalldach gestiegen. Es gab keinen Schatten mehr. Der Mist stank bestialisch.

Sie hörten Stimmengewirr, drehten sich um. Eine Schar Jungen kam mit Karren und geschulterten Forken durchs Tor. Dreizehn Mann zählte Wanze. Seine Miene klärte sich auf wie ein Sommerhimmel nach dem Gewitter.

Siggi zeigte auf Frank. »Das ist er. Der hat den Schafstall gerettet. Sein Bild war in der Zeitung.«

»Gruß von Lehrer Ostwald!« rief Hartmut. »Jetzt geht es rund!« Mit Schwung packten die dreizehn Helfer zu. Der Mistgeruch störte sie nicht. In den Partisanen wuchsen neue Kräfte. Wanze klagte nicht mehr über die Blasen. Welcher Schichttraktorist ließe sich auch von Zwölfjährigen beschämen.

Sie hatten Brigadetrupps gebildet. Drei Mann ein Trupp. Sie forkten und karrten um die Wette. Schweinejakob lugte verwundert herüber. »Na, Onkel Jakob«, brüllte Wanze, »liegt hier kein Segen drauf? Den Besen wirst du wohl schlucken müssen.«

Die Miststapler lachten und spuckten in die Hände. Jede halbe Stunde pfiff Pepo zur Verschnaufpause. Sie ruhten sich aus, schwatzten ein bißchen, und mit frischer Kraft ging es weiter. Drei der Dorfjungen taten sich besonders hervor. Das waren die »Brandstifter«. Sie schafften soviel Karren wie Franks Trupp.

Der Miststapel wuchs.

Die Partisanen erfuhren von der »Brachlandaktion«. Lehrer Ostwalds Gruppe war mit dem Bandmaß durch die Riebaster Feldmark gezogen. Alle brachliegenden Flächen hatten sie vermessen. »Stellt euch vor, sieben Hektar Ödland«, sagte Hartmut. »Die gäben pro Jahr an die fünfzehn Tonnen Roggen oder hundertfünfzig Tonnen Kartoffeln. Und was ist nun? Stunk. Das Ödland wird nicht beackert. Klekkerflächen, sagen die Traktoristen. Lohnt nicht, totes Land. Kein Verdienst. Und unseren Lehrer gucken sie schief an.«

Frank hob seine Forke. »Herhören. Wenn wir nun euer Brachland urbar machen? Machen wir, wartet nur ab. Aber erst muß der Miststapel stehen. Vorher haben wir hier nichts zu melden. Auf, legen wir einen Zahn zu.«

Die Mistkarren rollten. Wanze markierte den starken Mann.

Er hatte seinen toten Punkt überwunden. Wenn er die Karre packte, strammte er alle Muskeln. Schwankend lief er über die Bohlen und verzapfte dabei noch Späße. »Hoppla!« brüllte er beim Hinglitschen. »Wer abrutscht, darf noch mal.« Er krabbelte hoch, schüttelte sich und erzählte, wie er auf dem Eber über die Dorfstraße geritten war. Immer höher wuchs der Miststapel.

Als die Helfer zum Mittagessen gingen, streckten sich die Partisanen im Schatten der Pappeln. Sämtliche Knochen taten ihnen weh. Aber sie waren über den Berg. Die Hälfte der Arbeit hatten sie geschafft. Pepo teilte Brote mit Gänsefett und hausschlachtene Leberwurst aus. Sein riesiges Verpflegungspaket schmolz zusammen. Sie mußten Kolorien auffüllen. Den Mistgeruch spürten sie nicht mehr.

Der alte Jakob äugte durch die Luke seiner Futterküche. Draußen war es still. Sind sie ausgerückt? Alles, was recht ist, schon ein banniger Stapel. Kaum zu glauben.

Die Sonne brannte auf den Hof. Die Pappeln wisperten. Ihre Blätter zitterten in der Hitze. Wanze und Pepo waren eingenickt. Es schwirrte in der Luft. Ein Taubenschwarm rauschte vorbei. Frank blickte den Tauben nach. Er dachte an das Ödland. Sieben Hektar toter Boden. Den machen wir lebendig. Ist wie Urwald, der gerodet werden muß. Ein Hektar hat hundert mal hundert Meter. Doppelt so groß wie unser Schulhof. Und das siebenmal. Allerhand Arbeit. Wenn wir nur den »Pio« flottkriegen.

Er stand auf. Das Aufstehen fiel ihm schwer. Die Muskeln spannten, als wären sie zu kurz. Er angelte noch ein Brot mit Gänsefett aus Pepos Paket. Kauend ging er zu dem Traktor. Ein alter Schlitten, dachte er. Total verdreckt. Zuerst müssen wir ihn waschen. Er untersuchte die Dieselpumpe, ärgerte sich, daß er so wenig davon verstand.

Lange saß er hinter dem Lenkrad, grübelte, träumte. Müssen wir schaffen. Ob die Dorfjungen wiederkommen?

Er gab sich einen Ruck, sprang ab. »Partisanen, es geht weiter! Wanze, Pepo, auf zum Endspurt!«

Die Riebaster Pioniere kamen wieder. Zuerst waren die drei »Brandstifter« da. Sie wollten alles gutmachen. Hartmut Krellich brachte die Gemarkungskarte mit, eine große Lichtpause. Der Lehrer hatte die Brachlandflächen rot schraffiert. In jeder Fläche waren die Maße eingeschrieben.

»Wo steht das Klavier?« lärmte Wanze und steckte seine Nase in die Karte. »Klarer Fall, Männer. Da hauen wir rein.«

»Schade«, sagte Siggi, »daß wir noch nicht auf den Trecker dürfen. Frank, wie sieht das aus? Ich meine später, wenn ihr im Gange seid?« Der Kapitän nahm seine Forke. Er zwinkerte Siggi zu. »Keine Frage. Wir haben ja auch mal anfangen müssen.«

## *Die Partisanen gewinnen eine Schlacht*

Ede Senkpiel hatte an Sanders Wohnungstür geklingelt. Irene blickte ihn fragend an.

»Ich möchte nach Riebast fahren«, sagte Ede. »Mal sehen, was unsere Traktoristen machen. Kommst du mit?« Er trug wieder die feine Gabardinehose, und vor seiner Brust baumelte das Kofferradio.

Nach kurzem Zögern nickte Irene. »Gut, ich komme.«

Sie nahm das Rad ihrer Mutter, holte Raudi vom Heckenrosenweg und fuhr mit Ede aus der Stadt. Der Setter hüpfte um ihr Vorderrad. Sie mußte die Leine kürzen.

Auf der Landstraße begann Ede nach alter Manier seine Spaßmacherei. Zwischendurch ließ er die Heule dröhnen. Aber damit war Irene nicht zu beeindrucken, er merkte es bald.

In Riebast wies man sie zum Maschinenhof der Genossenschaft. Am Tor blieben sie stehen. Dort, bei dem großen Miststapel, werkte eine Schar Jungen, und mitten unter ihnen die Partisanen. Raudi hob witternd den Kopf.

»Da sind sie ja«, sagte Irene.

Ede verzog das Gesicht. »Komische Schichtfahrerei. Seit wann schieben Traktoristen die Mistkarre? Möchte wissen, was da los ist.«

»Werden wir gleich erfahren. Komm.«

»Nein, nein«, sagte Ede. »Ich glaube, wir stören bloß. Wird ihnen nicht passen, wenn wir dazukommen. Stinkt ja greulich. Geh zurück, Irene. Sie haben uns noch nicht bemerkt. Mal abwarten, was sie dann zu Hause flunkern werden von ihren Traktoren. Du, wir gondeln durch die Aue. Bei Gröditz über die Fähre. Ich lade dich ein zum Kaffeetrinken im Fährhaus.«

»Wolltest du nicht mal Partisan werden?« fragte Irene.

Er wendete sein Rad. »Soll ich vielleicht Mist karren? Bin doch nicht dämlich.«

In diesem Augenblick verachtete sie ihn. Er blickte mit einfältigem Lächeln herüber, an seiner Heule kurbelnd. Sie drehte sich um, ging in den Hof. Raudi zerrte und winselte.

Ede stand unschlüssig am Torpfeiler. Irene kehrte nicht zurück. Er fuhr los. Eine Ausrede vor sich selbst fand er rasch. Ist bloß Kinderkram mit ihrem Partisanengetue. Wer weiß, ob die drei überhaupt eine Fahrerlaubnis haben. Glaube ich nicht. Würden sie sonst im Mist herumwühlen? Und mit dieser Irene ist rein gar nichts anzufangen.

Frank hörte Raudis Gewinsel. Er richtete sich auf.

»Irene!« Der Setter sprang an ihm hoch.

»Verschnaufpause!« brüllte Pepo.

Mit lärmender Freude wurde die Partisanin Irene begrüßt. Wanze wischte die Rechte an der Hose ab. »Kolossalen Start haben wir.« Er hob ein Bein, wackelte mit den mistverklebten Zehen. »Kolossal schwierig. Und schmierig. Aber wer zuletzt lacht, kichert am besten. Wir haben nämlich einen tollen Plan.«

Frank erklärte Irene den Plan. Sie sagte: »Hoffentlich kriegt ihr den Trecker flott. Ist noch eine Mistgabel für mich da?«

Die Dorfjungen musterten sie. Vom Gesicht über das geblümte Kleid bis zu den roten Sandaletten ging die Musterung. Die wollte hier mitmachen?

Sie machte mit. Pepo war in den Stall zu Schweinejakob gelaufen. Er

brachte eine blaue Arbeitskombination und Gummistiefel für Irene. Hinter der Fahrzeughalle zog sie sich um. »Alsdann«, sagte sie, stopfte ihre Hosenbeine in die Schäfte der großen Stiefel und krempelte die Ärmel hoch. »Wehe, wenn ihr mich auslacht.«

Die Kombination schlackerte an ihrem Körper. Sie schaffte nicht viel, obwohl sie sich keuchend mühte. Doch keiner lachte. Ihr Wille zum Helfen brachte neuen Schwung in die Kolonne. Vor dem Mäd-

chen wollte jeder stark sein. Der Stapel war schon bis in Schulterhöhe gewachsen, ein langer, massiger Block. Es ging voran, trotz der stechenden Nachmittagshitze. Wanze und Raudi sorgten für Kurzweil. Irene fand das Miststapeln gar nicht so schrecklich, wie es Ede Senkpiel erschienen war.

Als die Sonne über dem Pappelsaum stand, verabschiedeten sich Hartmut und Siggi mit ihren Freunden. Sie konnten nicht mehr.

»Männer«, sagte Frank, »also das ... das war ganz groß von euch.« Er schüttelte jedem die Hand. »Allein wären wir eingegangen. Es bleibt dabei, euer Brachland wird beackert. Und wenn unser Maschinchen rollt, dann könnt ihr auch mal drauf. Aber das geht keinen was an. Bloß uns.«

Die Partisanen setzten sich zur letzten Stärkungspause. Von Pepos Verpflegungspaket blieb kein Krümchen übrig. Irene zog die großen Stiefel aus und massierte ihre Füße.

»Eigentlich können wir auch Schluß machen«, sagte Wanze. »Das bißchen, was noch rumliegt, tritt sich fest.«

Er kam schlecht an bei Frank. Der gab sich mit halber Arbeit nicht zufrieden. In einer Stunde sei alles vergessen, sagte er.

Wanze tat, als wäre sein Vorschlag nur ein Scherz gewesen. »Es lebe die Mistbegeisterung! Vielleicht hängen wir gleich eine Nachtschicht dran.« Stöhnend faßte er die Karre. Wenn jetzt kein Wunder geschieht, dachte er, dann kippe ich wie ein Sack von dieser mistigen Rutschbahn. Er hatte Mühe, die Balance zu halten. Dreimal mußte er absetzen. Nichts merken lassen. Bloß nicht. Die anderen sind ja auch fertig. Pepo schnaufte wie ein kranker Gaul. Und der Käptn kriegte kaum noch die Forke hoch. So stark ist er nun wirklich nicht. Und Irene stolpert schon über ihre Gummibotten.

»Guckt mal«, rief Pepo, »Besuch!«

Wanze ließ die Karre fallen. Er schüttelte seine Arme. »Die sind gerade recht als Ablösung.«

Es war keine Ablösung. Eine Kommission des Kreislandwirtschaftsrates war es. Der Agronom führte sie über den Hof. Sie kamen von den Feldern. Lehrer Ostwald hatte ihnen die Schildbürgergeschichte der drei verhinderten Schichtfahrer erzählt. Eine unglaubliche Geschichte. Wie konnte man jetzt Mist stapeln lassen, mitten in der Ernte? Es hatte eine gepfefferte Auseinandersetzung mit Brigadier Koppe gegeben. Und nun wollten die Männer vom Kreislandwirtschaftsrat diese hartnäckigen Schichttraktoristen sehen.

Frank stippte seine Forke in den Mist. »Der im grauen Kordanzug«, flüsterte er, »das ist doch Gutjahr, Direktor Gutjahr von der RTS.« Die Kommissionsmänner sahen vier Gestalten knöcheltief im Mist stehen, erschöpfte, verdreckte Gestalten. Und den großen Stapel sahen sie. Das haben die geschafft? An einem Tag?

Raudi umkreiste schnüffelnd die Besucher.

»Tag, ihr Traktoristen!« rief Direktor Gutjahr. »Schwerer Anfang in Riebast. Aber, wie man sieht, habt ihr was draus gemacht.«

Wanze verlor wieder einmal die Beherrschung. »Schwer? Ha, glatte Sabotage war das.«

Frank schob ihn beiseite. »Laß deine Winselei. Hol die Gemarkungskarte.« Er trat zu den Männern.

»Brigadier Koppe traut uns nicht. Und der Agronom hat Angst vor ihm. Jawoll, Herr Agronom. Da brauchen Sie gar nicht abzuwinken. Davongeschlichen sind Sie heute früh. Von wegen, keine Maschine frei! Dort steht ein ›Pio‹. Den ganzen Tag steht er schon. Kann doch repariert werden. Wir haben einen Vorschlag. Gebt uns die Maschine.«

Wanze brachte das Gemarkungsblatt. Er wies mit seinem verschwollenen Finger auf die rotschraffierten Brachlandflächen. »Sieben Hektar«, sagte er. »Alles Ödland. Das wollen wir unter den Pflug nehmen.«

Gutjahr sah mehr als die Karte mit dem schraffierten Brachland. Seine Arbeit als RTS-Direktor und Vorsitzender des Kreislandwirtschaftsrates brachte ihm viele Enttäuschungen; denn er war ein ungeduldiger Dränger. Es ging ihm überall zu langsam. Die echten Freuden, aus denen einer Kraft schöpft, hatte er selten. Jetzt, angesichts der verschwitzten Gestalten, durchströmte ihn tiefe Befriedigung. Sieben Hektar Ödland wollen sie urbar machen. Der Brigadier hat sie kaltgestellt, und dieser Agronom kann weder ja noch nein sagen. Aber sie geben nicht auf.

Gutjahr verbarg sein Glücksgefühl hinter einer unbeweglichen Miene. »Entscheide!« sagte er zu dem Agronom. »Du vertrittst den Vorsitzenden. Euer Maschinenbrigadier meint, das seien halbstarke Stadtbengel. Guck sie richtig an, diese sogenannten Halbstarken. Ihre Hände, die Gesichter und ihre Arbeit.«

»Jaja«, murmelte der Agronom. »Ich sehe schon, Genosse Gutjahr. Das wäre gut, sieben Hektar zusätzlich. Wenn ... wenn sie es schaffen. Aber wir haben keine Dieselpumpe. Und unser Schlosser ist zur Armee gegangen.«

»Verdammt noch mal!« donnerte Gutjahr. »Soviel ehrlichen Willen könnt ihr doch nicht zuschanden machen! Begreifst du das nicht?« Er hielt inne, betroffen, daß er so erregt war. »Also«, seine Stimme wurde ruhig, »dann beschaffe ich die Pumpe. Morgen mittag ist ein Schlosser hier und baut sie ein.«

Er gab den drei Jungen die Hand. »Ihr habt heute eine Schlacht gewonnen. Ich sehe euch noch vor mir, damals, als ihr bei Fahrlehrer Schurick angefangen habt.« Er lächelte, trat zu Irene. »Du hilfst ihnen?«

»Ich gehöre dazu«, sagte Irene.

Sie wuschen sich an der Pumpe. Irene hatte Seife im Konsum gekauft, zwei Stück, Marke »Luxus«. Der Seifenschaum duftete. Ob er den Mistgeruch wegnahm?

Die Pumpe in der Mauerecke war von Holunderbüschen verdeckt. Sie hatten Irene noch mal zum Konsum geschickt. Brause sollte sie holen.

Und fix-zwei-drei hatten sie ihre Turnhosen abgestreift. Das kalte Wasser war herrlich. Mit Wohlbehagen seiften und pantschten sie sich ab. Zuletzt wuschen sie die Turnhosen aus.

Als Irene zurückkam, fühlten sich die Jungen wie neugeboren. Bloß ihre Handflächen brannten. Aber den Mistgeruch waren sie los. Sie standen bei »ihrem« Traktor und tranken Brause, während sich Irene hinter den Büschen schrubbte. Auch Raudi hatte eine gründliche Wäsche nötig.

»Läßt sich so ein ›Pio‹ gut fahren?« fragte Pepo. Er saß schon oben und probierte die Schaltung.

»Ein robuster Kasten«, erklärte Frank. »Beinahe idiotensicher. Rappelt bloß ein bißchen. Ungefähr wie ein Panzerwagen.«

Die ganze Schufterei war vergessen.

»Leute«, sagte Wanze, »sechs Einheiten verdient. Wie hoch steht denn die Einheit?«

Keiner wußte es.

»Ist ja auch egal. Wird brüderlich geteilt. Was hat der RTS-Mann gesagt? Eine Schlacht gewonnen.«

Sie horchten, ließen ihre Brauseflaschen sinken. Von der Straße dröhnte Motorenlärm. Henner Mertens bog mit seinem Lastwagen in den Hof. Und hinter ihm rollten die Traktoren. Lehrer Ostwald auf dem »Famulus« war der letzte.

Die Motoren standen, die Fahrer stiegen ab.

War es plötzlich so still, weil Irene in ihrem geblümten Kleid aus dem Holunderbusch trat und von Henner begrüßt wurde? Oder verschlug der Miststapel den Traktoristen das Wort?

Die Jungen konnte man übersehen, aber den Stapel nicht. Der war an die zwei Meter hoch. Breit und mächtig wie ein Lastzug stand er vor der Stallwand.

Brigadier Koppe zog das Notizbuch aus der Tasche. Sein Blick ging zu den Partisanen, die Henner Mertens über das Einspritzsystem einer Dieselpumpe ausfragten. Grübelnd blätterte Koppe in dem zerfransten Buch. Er notierte die Tagesleistungen der Männer.

Lehrer Ostwald hatte heute zum ersten Mal die Norm übertroffen. »Großer Tag«, sagte er vergnügt, als Frank auf ihn zukam. »Ich wußte, daß ihr durchhalten werdet. Kann sich sehen lassen, euer Anfang.«

Frank zwinkerte vergnügt. »Es geht um einen Trecker. Herr Ostwald.«

Er brachte dem Brigadier die Arbeitsmeldungen. »Sechs Einheiten für den Mist! Pohl, Wanzleben, Brinkmann! Jeder zwei Einheiten!«

Koppe schrieb, hob langsam den Kopf.

»Nun sag mir bloß eins, Brinkmann, wie habt ihr das fertiggebracht?«

Frank zeigte ihm seine Handflächen. Die waren rot und mit zerflederten Blasen bedeckt. Koppe blickte ungläubig, genauso ungläubig wie die Traktoristen neben ihm.

»Leute, ging doch ganz einfach«, platzte Wanze heraus. »Noch nie was von Solidarität gehört?«

Brigadier Koppe besaß eine dicke Haut. Die Auseinandersetzung mit Gutjahr auf dem Feld hatte ihn kaum bewegt. Aber der riesige Miststapel gab ihm zu denken. Und Wanzes Wort von der Solidarität verwirrte den sonst so kaltschnäuzigen Mann.

## *Franks Niederlage*

Die Partisanen saßen an dem rot lackierten Tisch im Gasthausgarten. Ein Pferdewagen zockelte vorüber. *Zur Grünen Tanne* hieß der Dorfgasthof. In der Ulme pfiffen die Stare. Das Pärchen am Nebentisch aß Bockwurst mit Salat. Von dort kam der verlockende Duft.

Pepo und Raudi schnupperten. Wo bloß Irene mit den Würstchen blieb?

Frank blickte über die Straße. Weit hinten legte die Sonne den letzten blaßroten Schimmer auf die Wolkenbänke. Der Mond war schon da. Wie ein beschlagenes Guckfenster sah er aus.

Hat sich gelohnt, die Plackerei, dachte Frank. Wir sind nicht ausgerissen vor der Dreckarbeit. Sie wissen jetzt, daß wir zupacken können. Wenn erst unser Trecker rollt, beweisen wir noch mehr.

»Leute, bin ich müde«, sagte Wanze. »Ich könnte umfallen und nicht wieder aufstehen. Morgen müssen wir ausschlafen. He, Käptn, ich frage, ob wir einen Ruhetag einlegen.«

Frank lachte. »Bist ein Pudding. Aber durchgehalten hast du. Morgen geht es richtig los. Eh der Schlosser kommt, müssen wir die Maschine waschen und alles klarmachen. Um acht, an der Post.«

»Viel zu früh«, protestierte Wanze. »Vor zehn bin ich nicht zu sprechen. Wer weiß, ob Gutjahr einen schickt. Dann stehen wir da ohne Maschine, und sie holzen uns wieder so eine Arbeit auf.«

»Mann, Gutjahr ist echt. Mußt du doch gemerkt haben. Um neun also. Und lange Hosen anziehen.«

Endlich kam Irene, vier Pappteller in den Händen. Der Setter sprang an ihr hoch. Sie machten sich über die Bockwürste her. Raudi schnappte die Pellen.

Irene sagte: »Da drin sitzen drei von den Traktoristen. Ob ich auch Schichtfahrer bin, wollten sie wissen.«

»Und?« fragte Frank.

»Ach, ich hab nicht mehr hingehört auf ihr Gerede.« Irene stand auf. »Jetzt fahren wir, ja?«

Pepo hielt den letzten Wurstzipfel vor Raudis Nase. Schnapp! war der Zipfel weg.

»Öö, ihr Schichtfahrer!«

Sie drehten sich um. Brigadier Koppe stand auf der Treppe. Er hielt sich am Geländer fest. »Hört mal drauf. Wer bei uns arbeiten will, der gibt seinen Einstand. Das war schon immer so. Ihr habt doch allerhand verdient am ersten Tag.«

Ob ich hingehe? überlegte Frank. Wir müssen mit ihm auskommen. Jeden Tag werden wir hier sein.

»Wollt ihr kneifen?« rief Koppe.

Der herausfordernde Ton ärgerte Frank. »Kneifen? Wir nicht.«

»Sei vernünftig«, flüsterte Irene. »Der hat doch getrunken.«

»Laß nur. Das verstehst du nicht. Fahrt schon. Wanze! Pepo! Ihr bringt Irene nach Hause.« Der Kapitän stieg die Treppe hinauf. In der Gaststube saßen zwei Traktoristen am runden Tisch. Sie zwinkerten sich zu, als Koppe mit dem Jungen hereinkam.

Frank wollte seine Unsicherheit nicht merken lassen. Die Gaststubenatmosphäre war ihm fremd. Am Billard lärmten ein paar Burschen. Dahinter wurde Skat gespielt. Zögernd trat Frank an den runden Tisch.

»Setz dich.« Einer hielt ihm die Zigarettenschachtel hin.

»Nein, ich rauche nicht.«

»Aber einen Einstand gibt er«, sagte Koppe. Er klopfte Frank auf die Schulter, winkte dem Wirt. »Schorsch, unser neuer Schichtfahrer ist dran.«

Frank überkroch ein Unbehagen. Koppes forsche Freundlichkeit weckte seinen Argwohn. Doch gehen konnte er jetzt nicht. Er bestellte Bier. In Gedanken rechnete er sein Geld zusammen. Wenn das Bier getrunken ist, verschwinde ich, nahm er sich vor.

»Schorsch, bring vier Schnäpse mit", rief der Brigadier zur Theke hinüber. »Für unseren jungen Freund einen Doppelten. Damit er merkt, daß Koppe gar nicht so schlimm ist.«

Konnte Frank sagen, daß er keinen Schnaps mochte? Sie würden ihn auslachen.

»Wo bleiben deine Kollegen?« fragte einer.

»Die bringen Irene nach Hause.«

»Ah, Irene heißt sie. Ist sie morgen wieder hier?«

Der Wirt kam mit dem Tablett; Frank bezahlte das Bier.

»Nicht so eilig«, sagte Koppe und hob sein Schnapsglas. »Prost, Brinkmann! Auf unsere Zusammenarbeit.«

Frank nippte. Sein Inneres sträubte sich, als er den Fuseldunst roch. Er setzte das Glas ab.

»Austrinken!« forderte Koppe. »Du bist hier unter Männern.«

Alle sahen Frank an. Er bezwang seinen Widerwillen, kippte den Schnaps hinunter. Die Kehle brannte. Wie ein dicker Pfropfen würgte es ihn. Der Magen drängte nach oben. Fest biß er die Zähne aufeinander, atmete tief. Koppe blinzelte. »Na, also!«

Sie tranken Bier, ließen den Miststapel hochleben. Eine neue Runde Schnaps wurde gebracht. Und wieder Bier. Es ging fröhlich zu am Tisch der Traktoristen.

Frank fühlte seine Kräfte ins Riesenhafte wachsen. Er schwatzte und lachte. Das anfängliche Unbehagen war geschwunden. Er hatte vergessen, daß er gehen wollte. Eine fremde Macht hielt ihn umfangen. Jeder Schluck war ein Schritt zur Auslieferung an diese schleichende Macht.

War das Frank? Kapitän Frank Brinkmann? Der Sieger in einer harten Bewährungsprobe?

Wie ein Zirkusclown zappelte er um den Tisch. Die Traktoristen umarmte er. Und sein Geld knallte er auf die Theke, alles, was noch in der Hosentasche war. »Brüder«, sang er, »Brü-hü-der, das Leben ist schön ...«

Ein neuer Gast trat herein. Es war der Kombinefahrer Oswin. Er wollte sich nicht setzen, er brauchte nur Zigaretten.

Frank hatte seine Hände auf den Tisch gelegt. Er drehte die Handflächen nach oben, mühsam, weil ihm die Glieder nicht mehr recht gehorchen wollten. »Trak... Traktoristen! Sind das Mä... Männerhände?« Er kam zu Oswin getaumelt. »Du, also ... morgen also, da ... da fahren wir auch, jawoll.«

»Schon gut«, knurrte der Kombinefahrer. »Hast genug. Kannst nichts vertragen. Machst dich am besten fort.«

»Und ob ... ob ich was vertragen kann!«

Koppe rief den Gastwirt. »Schorsch, noch eine Lage Feuerwasser! Und für unseren fidelen Springer einen Zweistöckigen.«

Oswin schob sich an den runden Tisch. »Seid ihr verrückt! Der Junge ist doch fertig. Seht ihr das nicht?«

»Hau ab!« brauste Koppe auf. »Bist du seine Amme? Wir feiern Einstand. Hat uns ganz schön überfahren, das Knäblein. Wird alles runtergespült.«

Der Wirt brachte die neue Lage. Koppe reichte Frank das große Glas. »Trink, Bruder.«

Eine Hand fuhr dazwischen. Oswin wischte den Schnaps beiseite. Das Glas kippte um. »Schluß mit dem Jungen! Der geht heim. Dafür sorge ich.

Koppe sprang auf. »Weer bestimmt hier? Du nicht!«

»Doch, Brigadier. Jetzt bestimme ich. Weil ihr stinkbesoffen seid. Weil ihr gar nicht mehr wißt, was ihr anstellt. Hundsgemeinheit, ihn so aufs Kreuz zu legen.«

Es war still am Tisch. Frank hielt sich an der Stuhllehne. Er stierte auf die Schnapslache. Oswin packte seinen Arm. »Komm, du komischer Held. Avanti!«

Das Wort »komischer Held« kreiste nebelhaft in Franks Hirn. Er sträubte sich. Aber der Kombinefahrer schob ihn mit hartem Griff zur Tür hinaus.

Ein Glück, daß es draußen schon dämmrig war. Sonst hätten die Dorfkinder etwas zu lachen gehabt. Nur der Mond stand dabei, als Frank an den Brunnentrog geschleift wurde. Oswin nahm den schlaffen Körper wie einen Mehlsack hoch, drehte ihn um und tauchte den Kopf ins Wasser. Er tauchte ihn solange, bis Frank zu zappeln begann. Dann stellte er ihn auf die Beine. »Na, geht's jetzt?« Frank suchte einen Halt. Er schnappte nach Luft. Die jähe Wut verflog. Es kostete entsetzliche Mühe, aufrecht zu bleiben. Der Mond kreiste in einer flimmernden Karussellbahn. Immer schneller wirbelte er herum. Frank fühlte die Beine nicht mehr. Das flimmernde Mondkarussell riß ihn mit. Ächzend schlug er zu Boden. »Junge, nimm dich zusammen.« Oswin zerrte ihn hoch. »Hier ist dein Fahrrad. Halt dich dran fest. Immer flott marschieren. Das macht nüchtern. Avanti!«

Frank umkrampfte den Lenker. Er tappte über die Dorfstraße, Schritt für Schritt, wie ein kleines Kind, das laufen lernt.

Eine solche Machtlosigkeit über seinen Körper hatte er nie kennengelernt. Wenn er auf das Rad steigen wollte, hieb es ihn um. Das Hochkommen erforderte quälende Anstrengung. Ein Gedanke nur war noch in seinem dröhnenden Kopf: Du darfst hier nicht liegenbleiben. Weiter, weiter! Bloß nicht liegenbleiben.

Irene trug das Fahrrad in den Keller. Sie war immer noch ärgerlich über die Jungen.

Am Dorfausgang hatte es Streit gegeben. Wanze und Pepo wollten umkehren und in den Gasthof zurückfahren. Sie fühlten sich übergangen bei der Siegesfeier mit den Traktoristen. Irene mußte lange auf sie einreden. Genug, daß sich Frank hatte herausfordern lassen. Siegesfeier konnte man so etwas gewiß nicht nennen. Wanze und

Pepo fügten sich grollend. Eine frohe Heimfahrt nach der gewonnenen Schlacht wurde es nicht.

Nun stieg Irene die Treppe hinauf. Was sage ich Mutsch? Es ist gleich neun. Sie trat in den Flur, hörte eine Männerstimme. Besuch? Paßt prima. Da schimpft sie nicht.

Am Garderobenhaken hing eine blaue Schirmmütze. Klaus und Katrinchen plapperten in der Stube. Und wieder die Männerstimme. Plötzlich wußte Irene, wer gekommen war. Sie hatte immer gewünscht, daß Franks Vater heimkehren möge. Doch jetzt erschrak sie. Ihr nächster Gedanke war: Ich muß Frank holen. Sofort muß ich ihn holen. Leise ging sie hinaus, hastete hinunter, nahm das Rad. Kurz vor Riebast sah sie im Mondlicht die schattenhafte Gestalt auf der Landstraße. Das ist Frank! Sie war froh und trat noch kräftiger in die Pedale.

Der Schatten war weg. Hatte sie sich getäuscht? Nein. Dort lag Frank, im Graben, neben dem Rad. Sie beugte sich zu ihm, roch den Alkoholdunst. So ist das ausgegangen! Ich habe es geahnt. »Frank!« rief sie. »Frank, dein Vater ist da.«

Stöhnend hob er den Kopf. Irenes Worte begriff er nicht, er vernahm nur die bekannte Stimme. »Schwächling«, murmelte er, »bin ein Schwächling. Sie haben mich untergekriegt.« Sein Kopf fiel ins Gras. »Der dreckige Fusel ...«

»Steh auf.« Sie schüttelte ihn.

»Weg!« Er war störrisch wie ein geprügelter Esel. »Laß mich in Ruhe.« Sein Körper zitterte. Vor Wut und Scham zitterte Frank. Noch immer konnte er keinen klaren Gedanken fassen. Es wogte und summte in seinem Hirn. Irene sieht dich hier liegen. Irene! Das stach ärger als Koppes Spott in der Gaststube. Trink, wenn du ein Mann bist. Hat sich was mit dem Mann. Irene steht dort, und du kommst nicht hoch. Prost, Bruder. Feiner Bruder. Eingeseift. Und sie findet dich im Straßengraben.

Irene fühlte, was in ihm vorging. Sie setzte sich an die Grabenböschung und strich über sein Haar, bis er ganz still lag. »Frank«, flüsterte sie, »mit Schnaps kann man jeden besiegen. Mit Schnaps ist es keine Kunst. Ich helfe dir. Hörst du mich, Frank? Dein Vater ist gekommen. Der Polier. Er wartet bei Mutsch.«

Frank richtete sich auf, langsam, mühselig. »Was sagst du? Mein

Vater? Von Rostock?«

»Ja. Wir müssen schnell nach Hause.«

Er versuchte, das Fahrrad aus dem Graben zu ziehen, kippte vornüber dabei. Sie stützte ihn. Er wollte sich nicht helfen lassen. Aber sie hielt ihn fest. Sie hatte jetzt mehr Kräfte als er. »Frank, das Rad bleibt liegen. Ich fahre dich heim. Das hier geht keinen was an. Nur uns.«

Da gab er seinen Widerstand auf, lehnte den Kopf an ihre Schulter. »Komm. Du mußt ins Bett, ehe dein Vater bei euch ist.« Sie bugsierte ihn auf den Gepäckträger. »Halt dich am Sattel fest.« Geschwind stemmte sie sich in die Pedale. Das Rad schwankte. »Festhalten, Frank!«

In Schlängelfahrt ging es über die mondhelle Straße. Frank hing schwer auf dem Gepäckträger. Seine Füße schleiften am Boden. Irene mußte alle Kräfte aus sich herausholen, um die Balance zu halten. Fahr zu! feuerte sie sich an. Fahr schneller, dann kippen wir nicht. Sie kam bis zum Heckenrosenweg, ohne vom Sattel zu müssen. Der Setter bellte im Hof.

Solchen Lärm macht Raudi doch sonst nicht, dachte Irene. Sie nahm Franks Arm um ihren Nacken. Er ließ den Kopf hängen, zerknirscht, müde. Übelkeit kroch in ihm hoch. »Frank, wir haben es geschafft.«

Sie schleppte ihn über den Hof, öffnete die Tür.

Den Mann auf der Bank konnte keiner sehen. Er saß im Schatten des Jasminbusches. Als Frank an Irenes Seite durch die Pforte kam, war er reglos stehengeblieben. Das Begrüßungswort erstarb ihm auf den Lippen. Sein Junge torkelte im Mondlicht vorbei, unfähig, allein zu gehen. Dort lehnte er an der Hauswand, zusammengekrümmt in hilfloser Trunkenheit. Zorn und Schmerz überfielen den Vater. Der Schmerz war stärker und hielt ihn an seinem Platz.

Irene schob Frank ins Haus.

Bald darauf fuhr sie eilig davon. Simon Brinkmann saß mit gesenktem Kopf auf der Bank. Klaus und Katrinchen waren an ihm hochgehüpft. Jubelnd hatten sie den Vater umhalst und gedrückt. Ihre überschäumende Freude und Frau Sanders Gastlichkeit hatten dem Maurerpolier die erste Stunde in Eulenberg leicht gemacht. Nun war das anheimelnde Gefühl des Zuhauseseins in Bitternis gewandelt.

Die junge Lehrerin hat recht, dachte der Mann. Ein Polier kann ersetzt werden, ein Vater nicht. Am nötigsten braucht mich Frank. Unbegreiflich, daß er sich so gehenläßt. Wie war ich denn in diesem Alter?

An Simon Brinkmanns Gedanken zogen die Jahre seines Lebens vorüber.

Irene war eilig nach Hause gefahren. Im Flur oben wunderte sie sich. So still? Die blaue Schirmmütze hing nicht mehr am Haken.

Frau Sander sah ihre Tochter prüfend an. Die Erklärung über das arg verspätete Heimkommen war allzu rasch und flüchtig. »Irene, ihr habt doch nicht bis in die Dunkelheit gearbeitet?«

»Ist Herr Brinkmann schon lange weg, Mutsch?«

»Lenk nicht ab. Wo warst du, mitten in der Nacht?«

»Ich sage dir ja, es gab Schwierigkeiten in Riebast.«

Frau Sander spürte Irenes Erregung. Etwas Besonderes mußte vorgefallen sein. Die ewige Sorge aller Mütter erfüllte sie mit Unruhe. Sie dachte an diesen großen, starken Frank, der schon fast ein Mann war. Aus ihrer Sorge wuchsen bange Gedanken. Sie sagte: »Bei ihm bist du gewesen, mach mir nichts vor.«

»Da brauche ich dir nichts vorzumachen.« Irene hatte glühende Wangen und atmete tief. »Was vermutest du denn? Sag's doch. Wofür hältst du ihn? Und mich? Gar nichts hältst du von uns.«

»Irene!« Frau Sander war erschrocken. So heftig hatte das Mädchen noch nie reagiert. Zweifel überkamen sie. Vielleicht war es wirklich nicht mehr als eine Jugendfreundschaft? Und sogleich lenkte sie ein: »Weil ich nichts vermuten will, sollst du mir alles erzählen. Bitte, ganz offen.«

»Denkst du, ich lüge, Mutsch? Du fragst, als ob ich sonstwas verbrochen hätte. So ... so scharf und streng.«

»Bin ich streng? Und scharf?«

»Ja. Nicht nur zu mir. Zu Frank auch. Da kommt man sich richtig dumm vor. Du müßtest wie eine Freundin sein. Das wünsche ich mir schon lange. Ich habe nämlich keine Freundin mehr, keine richtige. Purzel ist ein bißchen albern geblieben. Und Hanne treffe ich nur noch selten. Mit wem soll ich denn mal offen reden?«

»Aber Kind!« Frau Sander zog sie in die Arme. »Mit mir.«

Irene gefiel die Umarmung nicht. »Warum sagst du immer Kind zu mir? Die kleine Katrin ist ein Kind. Aber ich werde fünfzehn.«

Frau Sander ließ die Arme sinken, überrascht, verwundert. Wahrhaftig, sie ist schon halb erwachsen. Lieber Himmel, wo sind die Jahre geblieben! Bin ich alt geworden? Mit vierunddreißig? Nein. Ich kann stolz sein auf meine Irene. Sie weiß, was sie will. Sie geht immer blitzsauber. Die ganze große Wäsche hat sie diesmal allein gemacht. Und für die kleinen Brinkmanns sorgt sie, als wären es ihre Geschwister.

Die Mutter setzte sich. »Fräulein Irene Sander, wie wäre es mit einem Kaffee für uns? Ich könnte ein bißchen Nervenauffrischung gebrauchen. Erst kommt der Polier ins Haus geschneit. Dann hat man tausend Ängste, daß etwas passiert ist. Und nun werde ich von meiner großen Tochter so zurechtgewiesen.«

Mißtraut mir Mutsch? grübelte Irene, während die Kaffeemühle schnurrte. Wie hätte sie an meiner Stelle gehandelt? Ich brauche keine Ausrede. Was gibt es denn zu verbergen? Frank wird nie wieder so hereinfallen. Sie kann alles erfahren.

Beim Kaffeetrinken sprach Irene von der Aufgabe, die sich Frank und seine Freunde gestellt hatten.

»Fahrerlaubnis?« fragte Frau Sander zweifelnd.

»Jawohl. Das ist eine tolle Sache. Tag für Tag hat er mit Wanze und Pepo gelernt und geübt. Wir dachten, er bummelt. Die Prüfung haben sie gemacht. Aber Mutsch, sagst du auch keinem was davon? Wir sind nämlich Partisanen. Verstehst schon.«

»Ich verstehe. Und ich schwöre es. Bin verschwiegener, als die beste Freundin sein kann.«

»Ach, du brauchst nicht zu schwören.« Irene erzählte, was die Jungen heute in Riebast geschafft hatten und wie es Frank dann ergangen war. »Nun möchte ich wissen, was hättest du gemacht?« Frau Sander lächelte versonnen vor sich hin. »Ich glaube, dasselbe wie du.« Sie verstand jetzt die Freundschaft Irenes mit Frank, die ihr manchen stillen Kummer bereitet hatte. »Komm, Tochter, wir holen beide das Rad aus dem Graben. Eine Wanderung tut mir bestimmt gut. Dabei lüften die Gedanken aus, und das Herz wird einem freier.«

Sie gingen hinunter, Arm in Arm.

Irene wollte ihre Mutter auf den Gepäckträger nehmen. Frau Sander wehrte lachend ab. So jung war sie wirklich nicht mehr. Aber dann, als sie die Muldenbrücke hinter sich hatten, machte Luise Sander die kleine Dummheit doch mit. Sie ließ sich von ihrer Tochter über die mondhelle Straße kutschieren. Irene plagte sich gar nicht dabei. Mit der Mutsch fuhr es sich viel leichter als vorhin mit dem schaukelnden Frank.

## *Überall Spannungen*

Neblig hing der Morgen über dem Dorf. Die feuchte Luft roch nach Korn und Heu. In der Maschinenhalle versammelten sich die Traktoristen zur Arbeitsbesprechung. Agronom Hübner blickte sorgenvoll in den grauen Himmel.

Der alte Jakob stellte Schaufel und Besen an die Stallwand. Blaue Ringelwölkchen stiegen aus seinem Pfeifenkloben. Er blickte zufrieden über das Stallgelände. Ringsum war aufgeräumt und blankgefegt. Mit dem ersten Hahnenschrei war Jakob aus den Federn gekrochen. »Ist noch Zeit«, hatte seine Frau in der Kammer gesagt.

»No, Zeit hin, Zeit her. Einen Dreckstall soll mir niemand nachsagen.«

Der Miststapel hatte Jakob keine Ruhe gelassen. Sein Stall trug heute ein Sonntagsgesicht.

Paffend schlenderte er zur Maschinenhalle. In der Frühe, während das Schweinefutter dämpfte, machte er gern ein Schwätzchen mit den Traktoristen. Die kamen weit herum. Die erfuhren mehr als einer, der den ganzen Tag im Stall verbrachte.

Worum streiten sie? dachte Jakob. Ah, um den Jungen geht es, um Frank. Wie? Betrunken hat er ihn gemacht, der Koppe?

Die Maschinenhalle dröhnte von dem Streit. »Eine Lumperei ist das!« brüllte Oswin.

Koppes Augen funkelten böse. »Was sagst du da?«

»Lumperei! Das sage ich immer wieder. Das sollen alle hören.«

Koppe ging auf den Kombinefahrer zu, geduckt, den Kopf in die Schultern gezogen. Er besaß mächtige Körperkräfte, das wußte jeder im Dorf. Henner Mertens und Lehrer Ostwald traten ihm entgegen. Er schob sie beiseite, packte Oswin, holte aus. Da fiel ihm Jakob in die Arme. »Bist du von Sinnen!«

Der Stoß warf Jakob zu Boden. Die Tabakspfeife flog durch die Halle. Eine Scheibe zerklirrte.

Koppe ächzte, fuhr sich mit der Hand über die Stirn. Der Alte am Boden und die klirrende Scheibe hatten ihn ernüchtert.

Jakob stand auf, schüttelte den grauen Kopf, bückte sich nach seiner Mütze. »Fühlst du dich jetzt, Brigadier Koppe? Denk mal zurück. So fünf, sechs Jahre möchtest du zurückdenken. Was bist du gewesen, damals? Alles vergessen, weil die Genossenschaft derweil etwas aus dir gemacht hat?«

Koppe stammelte betroffen: »Jakob, du, das ... das wollte ich nicht.«

Der Alte setzte die Mütze auf. »Es geht nicht um mich. Aber das mit dem Jungen in der Kneipe ist eine Lumperei. Da hat Oswin recht, ob du um dich schlägst oder nicht. Schlag dir selbst ins Maul, Koppe, sonst wird deine Sauferei kein gutes Ende nehmen.« Er drehte sich zu den anderen um. »Das hier, das braucht ihr nicht ins Dorf zu tragen. Ich kenne den Koppe länger als ihr. Der wird sich wieder fangen. Das glaube ich.«

Koppe suchte die Tabakspfeife zwischen den Glasscherben. Die Pfeife war zerbrochen.

»No«, sagte Jakob, »wirst mir eine neue kaufen.«

Katrinchen ritt auf den Schultern des Poliers durch die Gartenpforte. Sie war heute die glücklichste Huckepackreiterin der Welt. Ihr Vati hatte sie bei Tante Sander abgeholt. Mit beiden Armen hielt sie den Teddybär umklammert. Der hatte die große Reise zu ihr im Koffer des Poliers gemacht. Ein Bär, den man liebhaben mußte: glänzendes Fell, gutmütige Stupsnase und darüber zwei lustige Glitzeraugen. Die Wuschelohren kitzelten Katrinchen am Kinn.

»Vati, wo ist Frank?«

»Er wird schon schlafen.«

»Warum? Alle sind munter.« Katrinchen rutschte vom Rücken des Poliers. Sie öffnete den Zwinger. Raudi knurrte ihren neuen Teddyfreund an. »Komm, wir holen Frank.« Sie liefen in die Stube. »Frank! Frank!«

Hinter ihr lenkte Klaus seinen gummibereiften Roller über die Schwelle. »Tüt – tüt – tüt!«

Es dauerte eine Weile, ehe sich Frank besann. Sein Kopf war wie ein Bienenkorb, dick, voller Gedröhn. Und in den Händen stach der Schmerz. Aber das Schlimmste war die Erinnerung an den vergangenen Abend. Sie quälte ihn, und er krümmte sich vor Wut und Ekel. Der Teddybär tanzte an Katrinchens Arm über die Bettdecke. »Hoppla, hopp! Aufstehen sollst du.«

Raudi bellte. Er war eifersüchtig auf den Bär.

Klaus kurvte durch die Stube. »Tüüüt!« Der Roller krachte gegen den Bettgiebel. »Frank, du, das ist ein Renner! Der kommt aus Rostock. Die Hupe fehlt. Machst du mir eine Hupe dran?«

Nie wieder! war Franks erster klarer Gedanke. Nie wieder so ein Kneipenabend. Er blickte auf die Wanduhr. Dreimal mußte er hinblicken. Schon Viertel vor neun? Er stürmte hinaus, von der lärmenden Karawane gefolgt. Im Hof drückte er auf den Pumpenschwengel. Das Wasser platschte über seinen Kopf. Er prustete wie ein Flußpferd, schüttelte sich. Klaus und Katrinchen lachten.

Da sah Frank den Vater. Seine wunden Finger krampften sich um das Handtuch. Ein Glück, daß mich Irene gestern abend geholt hat. Simon betrachtete seinen Jungen. Wie braun er ist. Und kräftig. Was macht er mit seiner Kraft? Betrinkt sich, dieser Lauser.

Keiner fand ein Wort der Begrüßung. Zögernd, mit verschlossenen Gesichtern, reichten sie sich die Hände. Beide hatten einander enttäuscht.

Frank zuckte. Die wunden Finger schmerzten bei dem Händedruck. Der Vater sah es. »Was ist das?«

»Vom Forkenstiel«, sagte Frank trotzig.

»Arbeitest du?«

»Ja.«

»Wo?«

Frank schwieg.

»Wo du arbeitest, habe ich gefragt.«

Keine Antwort.

Simon Brinkmann hatte ganz ruhig bleiben wollen. Aber die Verstocktheit des Jungen reizte ihn. »Und das Geld? Das verjubelst du in der Kneipe?«

Franks Gesicht erstarrte.

»Ich weiß, was vorgeht. Mußt heimgeschleppt werden, stockbetrunken. Habe alles mit angesehen. Willst du dich zugrunde richten? Schluß damit! Ein für allemal Schluß. Ab heute herrscht Ordnung im Haus.«

Frank kniff die Augen zusammen. »Was weißt du denn? Du kommst nach ewig langer Zeit und schnauzt herum.«

Der Polier packte die Schultern des Jungen, schüttelte ihn. »Hast du deinem Vater nichts anderes zu sagen? Du!«

Ein heftiger Ruck, und Frank war frei von dem Griff. Aber keinen Schritt wich er zurück. Mit zornfunkelnden Augen standen sie sich gegenüber.

»Vati, Vati!« Die Kleinen konnten den plötzlichen Streit nicht begreifen. Klaus zerrte am Ärmel des Poliers. »Vati, hast du Frank auch was mitgebracht?«

Der Mann atmete schwer. Er besann sich, daß seine Kleinen dabeistanden. »Laß das jetzt, Klaus. Geh mit Katrin in den Garten.« Klaus blieb. Er fragte weiter. Und auch Katrinchen zupfte an Vaters Jacke. »Frank kriegt nichts?«

»Ja doch. Ein Fahrrad wollte ich ihm schenken, damit ihr es wißt. Aber erst muß einiges anders werden mit eurem Bruder.«

Die Kleinen blickten zu Frank auf. Er hatte ihnen oft vom Polier erzählt. Und nun sollte er leer ausgehen?

Frank trocknete sich ab. »Ich brauche dein Fahrrad nicht«, stieß er hervor und wischte sich mit dem Handtuch übers Gesicht. »Ich kaufe mir selber eins. Von meinem Geld. Aber erst kriegt Klaus einen Schulranzen. Den bezahle ich. Bisher hast du auch nicht an uns gedacht. Selbst zu meiner Jugendweihe nicht.«

Simon Brinkmann ächzte. Der Adamsapfel an seinem Hals stieg empor. Franks Worte trafen ihn hart. Er war heute früh durch Haus und Garten gegangen. Die Unordnung hatte ihn bedrückt. Nur Franks Werkstatt, die er im alten Hühnerstall fand, war musterhaft geordnet. Allerlei Pläne hatte der Polier erwogen. Wenn ich jetzt Ferien mache, können wir den Dachboden ausbauen. Die Wohnung ist zu eng. Das gäbe zwei Giebelstuben. Eine für Frank. Er muß ordentlich ran als Hucker. Wird ihm schon vergehen, die Nachtschwärmerei.

Zuversichtliche Gedanken hatten Brinkmann erfüllt. Und nun stand der Junge vor ihm, Trotz in den Augen. Ich brauche dein Fahrrad nicht. Bisher hast du auch nicht an uns gedacht.

Alle empfanden es wie eine Erlösung, daß Besucher kamen. Pepo, Wanze und Kahlkopf stürmten um die Hausecke. »Käptn, los, los!« rief Wanze. »Wir bringen Verstärkung mit.« Er sah aus wie ein Obermonteur: Niethose, grüne Ballonmütze, Lederhandschuhe.

Pepo begrüßte als erster den Polier. »Tag, Herr Brinkmann! Da staune ich aber. Bleiben Sie jetzt für immer?«

Frank verschwand im Haus. Die drei Besucher merkten, daß hier dicke Luft war. Sie begutachteten den Roller und Katrinchens Teddybär. Das düstere Gesicht des Maurerpoliers hielt Wanze nicht ab, nach dem Rostocker Überseehafen zu fragen. Die Antworten waren knapp.

Als Kahlkopf von der Sächsischen Schweiz erzählte, kam Frank. Er hatte eine Maurerhose des Vaters angezogen.

»Wiedersehn«, murmelten die Besucher und rannten mit ihrem Kapitän durch die Pforte.

»Frank!« Die Stimme des Poliers dröhnte.

»Frank?«

Die Jungen waren schon losgefahren. Frank saß auf Pepos Rahmenstange. Er drehte sich nicht um. Raudi fegte hinterher.

Simon Brinkmann wanderte mit den Kleinen durch die Aue. Sein erster Tag daheim sollte den Kindern gehören. Aber die Freude war getrübt. Obwohl er jetzt Reitpferd spielen und wiehern und hoppeln mußte, kamen die Gedanken nicht los von Frank.

Katrinchen und ihr Teddybär thronten auf Vatis breiten Schultern. Mit »Hü« und »Hott« wurde der Pferdvater zum Bach dirigiert.

Sie fanden ihr Wasserrad nicht wieder. Der Polier nahm sein Taschenmesser und baute ein neues. Das wurde viel größer als Franks Mühlrad.

»Vati, Frank hat auch Krebse gefangen. Kannst du krebsen?«

Simon versuchte es. Doch seine Hand war zu groß. Sie paßte nicht in die engen Löcher unter den Wurzeln. Er war froh, daß er im Ufergras einen Laubfrosch fing und sein Ansehen retten konnte. Der grüne Frosch glänzte wie lackiert. Katrinchen berührte ihn zaghaft. »Ist das der Froschkönig?«

Auf dem Heimweg gab es einen Wettkampf zwischen Reiterin und

Rollerfahrer. Dem galoppierenden Pferd lief der Schweiß übers Gesicht.

»Hü!« rief Katrinchen. »Hü, Vati! Mach schneller.«

Klaus gewann das Rennen.

Sie waren bei Sanders zum Mittagessen eingeladen.

Irene deckte den Tisch. Die Kleinen halfen mit fröhlichem Eifer. Katrinchen legte Gänseblümchen um die Teller.

Fünf Gedecke zählte der Polier. »Kommt Frank nicht?« fragte er. »Nein, Herr Brinkmann.«

»Wo steckt er denn?«

Irene wollte in die Küche huschen. »Der Braten ...«

Er hielt sie fest. »Was ist mit Frank?«

»Ich, ach ...« Ihre Wimpern zitterten, als sie den Mann ansah. Sie konnte sich nicht verstellen. »Fragen Sie ihn lieber selbst.«

»Irene, sag mir bloß eins. Ist es öfter so mit ihm wie gestern abend? Daß er betrunken nach Hause gebracht wird?«

Jetzt sah sie ihm fest in die Augen. »Noch nie war das, Herr Brinkmann. Und es kommt bestimmt nicht wieder vor.«

Der Polier hielt sie noch immer an der Schürze fest. »So genau willst du das wissen?«

Irene lächelte. »Ganz genau.« Und nun mußte sie rasch in der Küche nach dem Braten sehen.

Simon Brinkmann war leichter zumute. Als Frau Sander hereintrat, fiel ihm etwas ein. Vor lauter Reitergehoppel und Frank-Grübelei hatte er das Wichtigste vergessen. Katrinchens Gänseblümchen erinnerten ihn daran. »Augenblick«, sagte er und lief hinaus.

Das Blumengeschäft lag nebenan. Der Polier hatte es sehr eilig. Er kam zurück, zwei Sträuße in der Hand. Es waren Rosen, gelbe, weiße und rote. Zwölf Rosen für Frau Sander und sechs für Irene. »Von meinen Kindern«, sagte Brinkmann und versuchte, die Verlegenheit zu verbergen.

»Ooh!« flüsterte Katrinchen.

Irene sagte nicht einmal danke, so überrascht war sie. Noch nie hatte ihr jemand Rosen geschenkt. Und beim Essen dachte sie: Mutsch sieh heute so jung aus! Ob das von der neuen Frisur kommt oder mehr von den Rosen?

Ein Glück, daß Karl der Kahle mit nach Riebast gekommen war. Er hatte keine wunden Hände, er konnte richtig zupacken. Der Plan seiner Freunde begeisterte ihn. Dagegen verblaßten die Ferienerlebnisse in der Sächsischen Schweiz. Kahlkopf war entschlossen, Trekkerpartisan zu werden. Aber so schnell ging das nicht. Er mußte sich zunächst auf die Fahrprüfung vorbereiten. Frank hatte ihm Hilfe zugesichert. »Kalle, kriegst mein schlaues Buch. Da steht alles drin. Mußt dich durchbüffeln. Wir fragen dich ab. Und das Praktische lernst du auf unserem Pio.«

Karl arbeitete für drei. Er schrubberte die dreckverkrustete Maschine. »Wasser!« rief er. »Beeilt euch, ihr müden Großpapas. Ich muß nachspülen.«

In der Hofecke bewegte Wanze den Pumpenschwengel. Obwohl die Lederhandschuhe seine bandagierten Finger schützten, stöhnte er bei jedem Griff. Frank und Pepo waren Wasserträger. Sie hatten Fäustlinge über ihre Fingerbinden gestülpt und schleppten die Eimer an den gewinkelten Unterarmen herbei.

Raudi trieb sein Spielchen mit Wanze. Er war pitschnaß. Die Duschbäder an der Pumpe bereiteten ihm ein Hundevergnügen.

Der alte Jakob kam vom Stall. »Hoo, euer Traktor schaut schon besser aus.« Er hatte seine Tabakspfeife mit Isolierband zusammenflickt. Die Pfeife zog nicht recht. Er paffte und mampfte. »Kommt mal mit, ihr jungen Leute.« Er schloß die Werkstatt auf. »Der Brigadier hat für euch was hergerichtet.«

Sie sahen einen Werkzeugkasten, die Fettpresse, Waschbenzin, Motorenöl. Auch der Schmierplan lag dabei. Wanze stieß Kahlkopf an. »Staunste, was! Wir gehören hier schon richtig dazu. Ist erkämpft worden, mein Lieber, erkämpft.«

Jakob schmunzelte.

Die Partisanen studierten den Schmierplan. Sie schonten ihre Hände nicht mehr. Wanze pinselte den Motor ab. Frank und Pepo reinigten die Filter. Kahlkopf lag am Boden und drückte auf die Fettpresse. »Bloß keinen Nippel vergessen«, hatte ihm Frank eingeschärft.

Noch nie war der alte »Pionier« so liebevoll gepflegt worden. Er glänzte in der Sonne, und die Jungen freuten sich daran. Doch es war nur ein äußerer Glanz. Als Wanze starten wollte, blieb der Motor stumm. Ratlos betrachteten sie die Dieselpumpe.

»Vielleicht haben wir da eine todkranke Karre gewienert«, sagte Pepo. »Wenn der Schlosser nicht kommt, können wir Pferde vorspannen, und ich bringe euch das Kutschieren bei.«

Frank zerrte die verschmutzten Binden von seinen Fingern. »Mit Kutscherverstand wirst du nie an die Technik rankommen. Da muß man was wissen und was können. Wir wissen zuwenig.«

Sie aßen ihre Brote. Die Mittagszeit war vorbei. Der Schlosser kam nicht. Sie spielten Fußball mit den Dorfjungen, vier Partisanen gegen sieben Riebaster. Es stand zwei zu zwei. Raudi war der schnellste Läufer auf dem Maschinenhof.

Eine Seitenwagenmaschine knatterte heran.

»Das ist er!« schrie Frank. »Den kenne ich.«

Wer stieg ab? Der Schlosser Machnitzke! Die Jungen rannten, begrüßten ihn stürmisch. Er wußte von der Miststapelei.

»Na, ihr verhinderten Traktoristen! Was macht die Kunst?«

»Unser Trecker rührt sich nicht«, sagte Wanze.

Machnitzke zog die Schlosserjacke an. »Dann müssen wir uns rühren. Was steht ihr herum? Seitenwagen ausräumen. Aber Vorsicht mit der Pumpe. Werkzeuge her.«

Die Partisanen flitzten. Dem Mann blieb nicht viel zu tun. Jeden Handgriff nahmen sie ihm ab. Sie bauten unter seiner Anleitung die defekte Pumpe aus und wollten vieles wissen. Frank war der hartnäkkigste Frager. Allmählich verstand er die Funktion der Einspritzanlage. Machnitzke erläuterte jedes Teil. Er hätte sich keine aufmerksameren Helfer wünschen können. Auch die Dorfjungen umlagerten den Traktor. Die Pumpenmontage war interessanter als eine Fußballholzerei ohne richtige Gegner.

Zwei Stunden bauten sie, dann durfte Wanze starten. Sie beobachteten, wie die Pumpe zu arbeiten begann. »Horchen müßt ihr«, rief Machnitzke. Es war eine Selbstverständlichkeit für ihn, daß der Motor ansprang. Aber da war noch ein falscher Ton. »Hört ihr das feine Pfeifen? Halt! Abstellen!«

Sie wechselten eine Dichtung aus, entlüfteten erneut die Druckleitung. Und nun lief die Maschine einwandfrei. Wanze kurvte über den Hof. Endlich konnte er Kahlkopf seine Fahrkunst zeigen.

Traurig sah ihm Karl der Kahle zu. Warum mußten wir auch in

diese dämliche Sachsenschweiz fahren! Das erste Mal weit verreist, und gleich entgeht mir so eine Sache. Machnitzke gab Frank noch ein paar Hinweise. »Und wenn ihr nicht klarkommt, dann weißt du, wo ich wohne.«

Wanze ratterte mit Vollgas heran. Er fuhr genau auf Kahlkopf zu. Der hüpfte zur Seite. Schon stand der Trecker. Wanze sprang lachend herunter. »Einfach Klasse, unser Maschinchen! Läuft wie geschmiert, Kahlkopf, da schnallst du ab, was? Vierzig PS sind kein Pappenstiel. Die muß einer beherrschen.«

Karl hätte dem Prahlwanze am liebsten einen Haken unters Kinn gesetzt, so wütend war er.

»Laß man«, sagte Wanze, »du lernst es auch noch.«

Pepo stieg zur Probefahrt auf. Er war anfangs unsicher hinter dem Lenkrad. Viele kritische Jungenaugen sahen zu, wie er anfuhr. Als der Trecker rollte, wurde er von der Fahrfreude gepackt. Er schaltete, brauste am Miststapel vorbei. Jakob stand in der Stalltür und hob zum Gruß den Besen.

Frank mußte Pepo zurückpfeifen. Der wäre sonst den ganzen Abend um den Schweinestall gekutscht. Sie hängten Pflug und Scheibenegge an. Noch heute wollten sie die erste Furche durch das Ödland ziehen. Kapitän Frank stieg auf und fuhr zum Tor hinaus. Die spektakelnde Jungenmeute folgte.

Plötzlich war der Agronom auf seinem Moped da. »Stopp! Wir brauchen die Maschine. Es eilt. Heute nacht wird es regnen. Ihr müßt Weizen einfahren.«

## *Vater und Sohn*

Simon Brinkmann saß am Reißbrett und zeichnete Bauskizzen. Er hatte mit Frau Sander vereinbart, daß die Kleinen in ihrer Obhut bleiben sollten, bis die Giebelstuben ausgebaut waren.

Sein Blick ging zur Uhr. Es war neun. Er öffnete das Fenster und lauschte dem Pladdern des Regens. Wo blieb Frank? Konnte Irene wissen, ob er nicht wieder in die Kneipe geriet? Niemand konnte es wissen.

Der Polier hatte am Nachmittag Fräulein Trapp besucht. Es war ein langes Gespräch mit seiner Rostocker Reisegefährtin geworden. Vertrauen wäre die beste Hilfe für junge Menschen, hatte Karin Trapp gesagt. Das Wort ging Brinkmann nicht aus dem Kopf. Er wünschte, mit seinem Jungen so vertraut zu sein wie Frau Sander mit Irene.

Grübelnd nahm er ein neues Blatt, um den Materialbedarf zu berechnen. Franks Schritte draußen hörte er nicht. Der Regen verschluckte die Geräusche.

Raudi verhielt sich still wie ein abgerichteter Partisanenhund. Frank rieb ihm mit einem Kohlensack die Nässe aus dem Fell. »Marsch, Hütte!« flüsterte er. »Kriegst gleich was zu fressen.« Er schob Irenes Rad unter das Schuppendach, blieb vor dem Regenschleier stehen und starrte auf das helle Stubenfenster, bis ihn fröstelte. Ob ich hier schlafe? An der Schuppenwand lag ein Heustapel. Wäre das feige?

Er nahm eine Handvoll Hundekuchen aus der Kiste und lief in den Regen zu Raudi. Vor der Haustür dann beschlichen ihn wiederum Zweifel.

Die Partisanen hatten in Riebast Weizen eingefahren, ehe der Regen kam. Morgen sollten sie Stoppeln schälen. Das Ödland der Pioniere mußte warten. Die Erntebergung war wichtiger, das sah jeder ein. Brigadier Koppe und der Agronom hatten die Jungen wie gleichberechtigte Kollegen behandelt. Über den Kneipenabend war kein Wort gefallen. Dreimal war ihr »Pio« mit dem Hängerzug ins Dorf gefahren, zuerst von Frank gelenkt, dann von Wanze und Pepo. In der Dämmerung, als sich der Himmel färbte, durfte Wanze an das Lenkrad des »Zetor«. Und Lehrer Ostwald winkte Pepo auf den »Famulus«. Jeder der Partisanen fuhr eine Maschine mit den letzten Garben vom Feld. Kapitän Frank knatterte auf dem alten »Pioharz« vorneweg.

Im strömenden Regen waren die Partisanen heimgerast. Vor Pohls Hoftor hatte Frank gestoppt. »Du, Pepo, ich möchte auf eurem Heuboden schlafen.«

Pepo hatte sich der »dicken Luft« bei Brinkmanns erinnert. Aber dicke Luft gab es überall mal. »Wie, Käptn? Klatschnaß ins Heu? Mach das lieber nicht. Hast du solche Manschetten vor dem Polier? Weißt doch, mein Fuhrmann war früher auch nicht zu genießen. Das renkt sich ein.«

»Er hält nichts von mir«, hatte Frank gesagt, »weil ich betrunken war. Wird einen Mordsstunk geben heute abend.«

»Mann, du bist doch nicht feige!«

Frank war nach Hause gefahren.

Und jetzt stand er zögernd vor der Tür. Tief, ganz tief holte er Luft, trat in die Stube. »'n Abend«, sagte er leise.

Der Polier blickte von seinem Reißbrett auf. »Nicht gerade ein schöner Abend, finde ich.« Kurz musterte er den Jungen; dann schrieb er weiter.

Frank blieb an der Tür stehen, die Klinke noch in der Hand. Das Regenwasser tropfte von seinen Hosenbeinen und leckte über die Dielen.

»Zieh die nassen Klamotten aus«, sagte Simon. »Schrubb dich ab. Ich mache einen Grog.«

Was denn? Kein Anranzer? Die Wanduhr zeigte halb zehn. Kein Wort des Vorwurfes? Nicht mal eine Frage?

Der Gaskocher stand auf Sparflamme. Im Topf summte das Wasser. Simon füllte die Waschschüssel. »Nimm es ganz heiß.« Er zog eine Wäscheleine im Hausflur, hängte Franks Sachen auf und wischte die Pfütze weg.

Der Junge wurde krebsrot von dem heißen Wasser. Sein Körper dampfte. Simon reichte ihm den Bademantel, den er sich in Rostock zugelegt hatte. Franks Finger tasteten über das weiche Frottierzeug. Er fühlte sich wohlig warm. Nun mochte kommen, was wollte.

Gar nichts kam. Simon mixte den Grog. Er hatte am Nachmittag eingekauft, mit Klaus und Katrinchen, mit Roller und Teddybär. Sie hatten Tante Sanders Laden geplündert. Er stellte den Grog auf die Tischplatte. »Trink.«

Der heiße Alkoholdunst ekelte Frank. »Nein.«

»Trink, sag ich dir.«

Frank schüttelte sich. »Ich trinke niemals wieder Schnaps. Nie.«

»Hm. Gut. Dann werde ich dir Tee brühen.« Der Polier kramte Tee aus dem Schrank und schnitt Brote. Sie saßen schweigend, lauschten dem Regen. Simon trank Grog. Frank schlürfte heißen Tee, schielte ein bißchen zum Vater. Was für starke Arme er hatte. Die Adern zeichneten sich wie Stricke darauf ab. Auch an der Schläfe sah man ein blaues Äderchen.

Simon rückte das Reißbrett mit den Bauskizzen zu Frank. »Guck dir das mal an. Zwei Stuben passen unters Dach. Ich nehme meinen Urlaub. Ein Stübchen für dich, das andere für Klaus und Katrin. Die Rumpelbude unten wird verputzt und gedielt. Hier vorn richten wir das Wohnzimmer ein. Und aus der alten Räucherkammer bauen wir ein Bad. Wasseranschluß kommt ins Haus. Wir machen ein Schmuckstück aus unserer Kate.«

Frank betrachtete die Skizzen. Während des achten Schuljahres war seine Klasse ins technische Zeichnen eingeführt worden. Er liebte dieses Fach; im Zeugnis stand eine Eins. Was er hier sah, vom Vater gezeichnet, überraschte ihn. Sein Lehrer hätte das nicht besser gekonnt.

»Na?« fragte Simon. »Hilfst du mir? Ich brauche einen Handlanger. Morgen werden die ersten Steine angefahren.«

Frank strich die Blätter glatt, legte sie zurück. »Ich kann nicht, Vater. Muß wieder nach Riebast. Sie warten auf uns. Wir haben dort zugesagt. Und ich bin der Kapitän.«

Simon sagte nichts mehr an diesem Abend. Nicht einmal »Gute Nacht« sagte er zu Frank.

Die frostige Stimmung zwischen Vater Brinkmann und seinem Jungen versteifte sich von Tag zu Tag. Sie sprachen nur das Notwendigste.

Wenn Frank abends nach Hause kam, war er verschmutzt und müde. Mit letzter Energie wusch er sich unter der Pumpe. Dann aß er, schlief manchmal schon am Tisch ein und fiel ins Bett. Morgens verschwand er, während der Polier auf dem Dachboden rumorte.

Hartnäckig ging der Junge seine eigenen Wege. Was waren das für Wege?

Brinkmann grübelte. Der Zusammenstoß an der Hofpumpe hatte ihm gezeigt, daß hier mit Schroffheit und Zwang nichts zu erreichen war. Ich muß ihn gewähren lassen, dachte Simon. Besser, er stößt sich selbst die Hörner ab, als daß er mir noch fremder wird. Ich darf nicht kleinlich und mißtrauisch sein.

Eines Morgens, als Brinkmann mit einem Stapel Mauersteine die Treppe erklomm, folgte ihm Frank. »Vater, ich kann dir heute bis Mittag helfen.« Der Junge war zum erstenmal auf dem Boden, seit Simon hier oben mauerte. Zwei Seitenwände standen schon unter dem

Dach. »Oha! Du hast aber was geschafft.«

Vater Brinkmann kippte die Steine vom Tragbrett aufs Gerüst. »Keine Leistung«, sagte er. »Geht mir alles zu langsam. Mit einem Hucker hätte ich dein Zimmer längst zu.«

»Wird das meins?«

»Ja, wenn du willst.«

Frank schleppte Mörtel und Steine. Er keuchte treppauf.

»Nimm nicht so viel«, sagte der Polier. »Sechs Ziegel sind das rechte Maß für deine Figur.«

Will dir mal zeigen, was mein Maß ist, dachte Frank. Er schichtete zwölf Steine auf das Tragbrett. Bei der dritten Ladung zitterten seine Knie. Er nahm nur noch zehn. Wackelnd stemmte er sich die Treppe empor. Oben mußte er ausruhen. Er sah dem Vater zu. Der handhabte die Kelle rasch und leicht. Jeder Griff saß.

»Mörtel!« rief der Polier. »Und Steine, falls mein neuer Hucker noch hucken kann.«

Frank hätte gern einmal die Kelle in die Hand genommen. Klatsch, einen Schwapp Mörtel, pitsch, den Stein drauf. Das flutschte nur so. Wenn man Vater zusah, kriegte man Lust, das Mauern zu probieren. Aber fragen? Nein. Er faßte den Mörteleimer und das Ziegelbrett. »Dein Hucker kann noch«, sagte er und polterte hinunter. Einen Schlappmacher sollte der Polier nicht erleben.

Aber sauer wurde es dem Helfer. Zwölf Stufen hatte die Treppe. Zwölfmal mußte er sich bei jeder Tour hochdrücken. Die Beine waren wie Sülze. Knarrend bog sich das Geländer. Der Mörteleimer wollte ihm den Arm aus der Schulter reißen. Und die Ziegel wurden jedesmal schwerer. Dabei nahm er nur noch acht Stück. Wenn er oben war, unterdrückte er das Keuchen. Der Vater sollte ihm die Mühe nicht anmerken.

Beim Frühstück dachte Frank: Wir sind rückständig. Einen Aufzug müßte man ins Giebelfenster bauen. Balken, Rolle, Seil, fertig wär der Lack. Er fragte: »Vater, warum machst du keinen Aufzug? Das ginge viel leichter.«

Der Polier lachte. »Meinst du, ich kenne die Bautechnik nicht? Im Schuppen liegt der Kram. Aber zu einem Aufzug gehören mindestens zwei Mann. Kapiert? Wenn du bloß bis Mittag bleibst, lohnt es nicht.«

Frank schleppte weiter.

Simon tat, als sähe er die schweißtreibende Plackerei des Jungen nicht. Er pfiff vor sich hin, spannte die Schnur und setzte Stein auf Stein.

Sein Hucker konnte das Tempo nicht halten. Der Polier mußte vom Gerüst. Er bumste mit den Klotzpantinen die Treppe hinab. Zwanzig Ziegel packte er aufs Tragbrett, und er schwankte kein bißchen unter der Last. Das feuerte Franks Kräfte noch einmal zum Endspurt an.

Schlag zwölf war die letzte Wand hochgemauert.

Frank erfrischte sich unter der Pumpe. Beim Essen kam ihm langsam wieder Festigkeit in die Beine. Das müßte Pepo mal machen, dachte er. Und Wanze, dieser Puddingboy. Hucken ist viel schwerer als Miststapeln.

Der Vater sagte: »Morgen früh fahre ich zur Bau-Union. Dort kriege ich meinen Vertrag als Polier. Noch acht Tage Ferien bleiben mir. Was sind acht Tage ohne Hucker?«

Frank kaute. Die dritte Fischbüchse räumte er aus. Er nahm seine grüne Ballonmütze, die er sich vom ersten Lohn gekauft hatte. »Ich muß los. Heute abend werde ich spät kommen. Daß du Bescheid weißt. Wir machen Nachtschicht.« Er lief zum Zwinger, fütterte Raudi und fuhr mit Irenes Rad davon.

Nachtschicht? grübelte Simon. Was mögen die Burschen treiben? Er trank sein Bier aus und trug Steine für das zweite Zimmer hinauf. Es wurde ein langer Nachmittag. Die Arbeit wollte dem einsamen Mann nicht mehr recht von der Hand gehen. Ehe er Feierabend machte, baute er den Aufzug ins Giebelfenster. Vielleicht hilft mir Frank jetzt ab und zu, dachte er. Ich muß ihn von seiner Nachtschwärmerei abbringen.

Im Hof lärmte es. Eine fröhliche Gesellschaft stürmte die Treppe herauf: Raudi, Katrinchen, Klaus und Irene. Sie wollten sehen, was der Polier gemauert hatte. Eine Stube war bald fertig. Nur die Decke und der Verputz fehlten noch. Die Kleinen untersuchten alles.

Irene hatte mittags einen Zettel im Briefkasten gefunden: *Morgen ist Großeinsatz. Sieben Uhr Heckenrosenweg. Wanze fährt Frühschicht mit dem Pio. Alle anderen Partisanen helfen mauern. Du auch, Irene? Dein Frank.*

Klaus entdeckte den Aufzug am Fenster. »Vati, was ist das?«

Der Polier hängte einen leeren Eimer an den Haken. Das Seil glitt hinab, die Rolle quitschte.

»Kann ich da auch mal runterfahren?«

»Nein, Klaus. Nur Mörtel und Steine können hier gefahren werden.«

Das mußten die Kinder probieren. Sie holten ihre Eimerchen aus dem Schuppen und schaufelten sie voll Mörtel. Irene zog die Ladungen am Seil empor. Der Polier oben füllte seinen Mörtelkasten.

Es war nicht leicht, den eifrigen Handlangern Feierabend zu gebieten.

Brinkmann hatte eine Fuhre Sand aus der Kiesgrube geholt. Er kutschierte den Gummiwagen in Pohls Hof und spannte die Pferde aus. »Komm mit rein, Simon«, sagte Fritz Pohl. »Probier mal meinen Heurigen.«

Sie saßen am Küchentisch. Der Polier mußte ein Schinkenbrot essen. Mutter Pohl brachte die Kruke mit dem Stachelbeerwein. Fuhrmann Pohl goß die Gläser randvoll. »Prost, Simon!«

»Prost, Franz!«

Sie nahmen einen kräftigen Schluck. Pohl strich über seinen Knebelbart. »Na, läßt der sich trinken?«

»Und ob, Franz.«

»Das denk ich wohl. Trink aus, du Weltreisender. Wird Zeit, daß man sich mal wieder gegenübersitzt.«

Sie pafften blaue Wolken in die Küche. Von Rostock sprachen sie und vom Handel und Wandel daheim. Als der Fuhrmann erneut einschenkte, fragte Simon so ganz beiläufig:

»Macht dein Junge auch Nachtschicht?«

»Freilich. Der ist ganz versessen auf die Treckerfahrerei. Mindestens so wie deiner.«

Brinkmann blickte erstaunt. »Waas? Trecker fahren sie?«

»Na hör mal! Tu nicht so, als wärst du gerade vom Bahnhof gekommen. Die Bengel haben doch ihr Dingsda gemacht, ihre Fahrerlaubnis.«

»Mensch, Franz!« Der Polier griff zum Glas. »Das muß ich erst runterschlucken.«

»Stimmt was nicht?« fragte Pohl.

Brinkmann, mit besorgtem Gesicht, äußerte seine Zweifel. Die Zweifel kamen aus dem Mißtrauen, das er in den letzten Tagen immer wieder unterdrückt hatte. Sollten sie wirklich die Prüfung gemacht haben, Fünfzehnjährige, noch nicht trocken hinter den Ohren? Dieser Fuhrmann wußte nicht, was bei einer Kraftfahrerausbildung gefordert wurde. Vielleicht hatten sie ihm etwas vorgeflunkert und trieben wilde Sachen? Die Bedenken des Poliers wuchsen, als Pohl von dem Geld sprach, das sein Junge als ersten Lohn nach Hause gebracht hatte.

»Achtundzwanzig Mark, Simon. Jeder von den dreien hat soviel verdient, sagt meiner. Ordentlich stolz war er. Brüderlich geteilt, sagte er noch.«

»Hast du seine Fahrerlaubnis gesehen?«

»Gewiß doch. Das war so eine weiße Karte.«

»Gelesen, Franz? Richtig angesehen?«

»Nö, so genau nicht. Hab nicht immer die Brille parat. Meinst du, die beschwindeln uns?«

Brinkmann stand auf, marschierte durch die Küche. »Die jungen Burschen heutzutage sind pfiffig. Ich habe dufte Knoten auf den Baustellen erlebt. Die machen Korken, du hast keine Ahnung. Wenn unsre nun schwarz fahren? Ohne Fahrerlaubnis? Wie schnell ist was passiert. Die Väter müssen dafür geradestehen. Du und ich.«

Dem Fuhrmann wurde nun auch unbehaglich. Früher hatte Simon allerhand von seinem Frank gehalten. Aber nun? Damals waren sie zu ihm gekommen, Schuldirektor Bertram, Fräulein Trapp und der Polier. Hier in der Küche hatte es eine harte Auseinandersetzung gegeben. Längst erledigt, die alten Geschichten. Pohl hatte seinen Jungen nicht wieder mit dem Riemen verdroschen. Und der Bengel war seither wie umgewandelt.

»Ihre Nachtschicht kommt mir spanisch vor«, sagte Brinkmann. »Ich möchte das mal sehen.«

»Willst du nach Riebast?«

»Ja. Die Sache läßt mir keine Ruhe.«

»Ich komme mit, Simon. Wir nehmen meine Kalesche.«

Die Männer kippten ihren Wein hinunter, bugsierten den Kutschkarren aus der Remise und spannten die Schimmelstute ein. »Hüo!« brummte der Fuhrmann. Mutter Pohl schloß hinter ihnen das Tor.

Fiet – fiet, machten die rostigen Federn der Wackelkalesche. Franz Pohl schnalzte mit der Zunge. Das klang in der Abendstille, als ginge ein Knallfrosch los. Die Stute Rosinante hoppelte, fiel in Trab. So ein Wägelchen war die reinste Spielerei für sie.

»Du, Simon!«

»Hm?«

»Was ich mal fragen muß – willst du deine Familie erweitern?«

»Wieso denn das?«

»Ach, bloß wegen der Bauerei auf dem Dachboden. Und die Luise Sander ist wirklich nicht davonzuweisen. Da kann ich bloß gratulieren.«

Brinkmann blickte geradeaus. Er sah auf die zuckenden Ohren der Stute. Es gab viel Mücken heute abend. Er brannte sich eine Zigarre an. Diesen Franz kannte er schon von der Dorfschulbank her. Der fragte nicht bloß aus Neugierde, der freute sich mit, das war herauszuhören.

»Auf das Gratulieren möchte ich lieber noch warten, Franz, bis alles seine Ordnung hat. Seit wann bist du so eilig? Möchtest dir wohl als Brautwerber was verdienen?«

Pohl lachte. Er wußte nun Bescheid. Mit knallenden Schnalzern trieb er Rosinante an. »So ein faules Luder. Die ist keine Abendspazierfahrt gewohnt.«

Der Schimmel trabte über die Muldenbrücke. Seine Ohren spielten. Er hatte sich warmgelaufen.

Die Stadt lag hinter ihnen. Unendlich spannte sich der tintenblaue Himmel. Nur ein Stern gab ihm Licht, einsam, weit. Zu beiden Seiten der Chaussee wuchsen schwarze Baumschatten aus dem blauen Dunkel. Die Federn des Wägelchens zirpten. Rosinante lief mit erhobenem Kopf und gesteiften Ohren, trapp, trapp, trapp.

Am Dorfeingang blitzte eine Taschenlampe auf. »Halt! Hier Polizeihelfer.«

»Brrr!«

»Warum haben Sie kein Licht?«

Henner Mertens, mit gestempelter Armbinde, machte heute abend Dorfstreife.

»Nicht so streng, Kollege«, sagte Brinkmann, »sonst geht der Schimmel durch. Wir suchen unsere Jungen. Die sollen hier Nachtschicht machen, als Traktoristen. Weißt du davon? Ein Polizeihelfer müßte so etwas wissen.«

Rosinante schnaubte.

Henner Mertens beleuchtete die beiden Männer. Sein Lampenstrahl blieb an Brinkmanns Gesicht hängen. Die Ähnlichkeit mit Frank war unverkennbar.

Pohl brannte die Sturmlaterne an. Der Polizeihelfer stieg auf den Wagen. »Fahrt los. Ich zeige euch, wo sie arbeiten.«

»Hüo!« Rosinante trabte an.

»Die Jungen kenne ich schon lange«, sagte Henner. Von der zertöpperten Wodkaflasche erzählte er und vom Miststapeln. Bei der ausgebrannten Scheune bedeutete er dem Fuhrmann zu halten. In der Ferne brummte ein Traktor. »Hört ihr sie? Etwa zwei Kilometer geradeaus liegt die Senke. Dort pflügen sie Brachland.« Henner sprang ab.

»Halt mal, Kumpel«, rief der Polier. »Fahren die Burschen auch vernünftig?«

Henner lachte. »Das werdet ihr schon sehen.« Er verschwand im Dunkel.

Der Weg ging leicht abwärts. Pohl mußte die Zügel straffen. Scheinwerferlicht zitterte über die Böschung.

»Stopp, Franz. Bind den Schimmel an. Sie brauchen uns nicht zu sehen.« Brinkmann löschte die Sturmlaterne.

Schweigend standen die beiden Männer am Rande des Brachfeldes. Wie ein Leuchtkäfer kroch der pflügende Trecker durch die Nacht. Manchmal hiel er, setzte zurück. Das Ödland war hart und verkrautet. Eine Gestalt sprang ab, werkte im Licht des Heckscheinwerfers. Eisen klirrte. Rufe. Und dröhnend zog die Maschine weiter.

Simon Brinkmann und Franz Pohl erlebten ein Stück des uralten Menschheitskampfes um die Nutzbarmachung der Erde. Wie oft schon hatten sie pflügende Traktoren gesehen. Doch dieses nächtliche Erleben prägte sich ihnen tief ein; denn die Herren jener Maschine dort waren ihre Söhne.

Der Wecker klingelte. Simon Brinkmann stand auf. Sein Junge neben ihm blinzelte.

Frank hatte im Traum noch auf dem Traktor gesessen. Abgrundtief war der Pflug in die Erde gedrungen. Die Maschine hatte gedröhnt, als wolle sie bersten. Doch das Dröhnen kam vom Wecker. Mit einem Schlage war es still.

Mühsam öffnete Frank die Augen. Noch eine Stunde, dann würden die Partisanen hier sein. Er rang mit seiner Müdigkeit. Er wollte nicht wieder einschlafen. Ob Irene auch kam?

Eine Weile dämmerte er vor sich hin. Das Klappen der Tür und die festen Schritte draußen sagten ihm, daß der Vater zum Bahnhof ging. Gähnend kroch er aus dem Bett.

Unter der grünen Ballonmütze lag ein Päckchen. Nanu? *Dein Proviant* hatte Vater mit seinem breiten Bleistift auf das Papier geschrieben. Dick bestrichene Brote lagen darin und zwei Eier, noch ein bißchen warm. Frank freute sich. Die Freude spornte seine Tatkraft an. Er ging in Boxstellung, hüpfte vor und zurück, hieb Schwinger und Gerade in die Luft. Das kalte Pumpenwasser machte ihn vollends munter.

Er sah den Aufzug im Giebelfenster. Mein Vorschlag, dachte er und ließ das Seil über die Rolle laufen. Der Polier hat recht, allein kann man damit nichts anfangen.

Auf dem Boden waren die Wände der zweiten Stube schon angelegt, vier Steine hoch. Frank griff zur Maurerkelle. Er probierte den Kellenschwung, wie er ihn beim Vater beobachtet hatte. Schwapp, einen Klacks Mörtel auf die Mauer. Hoppla, der war vorbeigesaust. Noch einen Klacks. Jetzt die Stirnseite des Ziegels bestrichen. Pitsch, ein bißchen gerückt und geklopft, und der erste Stein paßte genau. Es ging viel langsamer als beim Polier, aber es machte Spaß. Schritte auf der Treppe. Wer kam? Irene!

Seit dem Abend, da der Vater heimgekehrt war, hatte Frank sie nicht mehr gesehen. Die üble Nacht auf der Landstraße stand dunkel in seiner Erinnerung. Er wußte nur noch, daß er hilflos war und störrisch in dieser blödsinnigen Trunkenheit. Bei jedem Gedanken an Irene hatten ihn Zweifel und Selbstvorwürfe gequält. Als sie jetzt vor ihm stand, war es ganz schlimm.

»Guten Morgen, Frank.« Sie zog ihr Kopftuch aus dem Lederbeutel, band es um. »Finde ich großartig, daß du deinem Vater mauern hilfst.«

»Er hat keine Ahnung«, sagte Frank. »Er ist zur Bau-Union.«

»Wie? Ihr spielt immer noch Verstecken?«

»Irene, nicht so. Und wenn du mich zehnmal für einen Schwächling hältst, weil ich in der Kneipe ...«

Sie drückte den Zeigefinger auf seinen Mund. »Pscht! Kein Wort mehr davon. Du sollst dich bloß mit deinem Vater vertragen.« Sie lächelte. »Alter Dickkopf! Oh, nicht in den Finger beißen. Den brauche ich zum Mauern.«

Er hätte sie am liebsten umarmt. Aber Kahlkopf und Pepo polterten die Treppe herauf. Pepo markierte Wanzes Großsprecherbaß: »Leute, wo steht das Klavier?«

Die Jungen trugen grüne Ballonmützen. Irene müßte auch eine haben, dachte Frank. Er lehrte seine Partisanen die Kunst des Kelleschwingens. Jeder mauerte ein Probestück. Sie legten Bretter auf den Boden, als »Mörtelfänger«, weil sehr viel danebenklatschte. Die Lehrzeit dauerte nur eine Viertelstunde. Tempo hieß ihre Parole. Sie wollten viel schaffen, ehe der Polier zurückkam. Frank holte die Reservekelle aus dem Schuppen. Zwei Partisanen mauerten, zwei transportierten Steine und Mörtel. Der Aufzug quietschte, die Rolle wurde heiß.

Irene setzte die Steine genauer als Pepo und Kahlkopf. »Sie hat ein angeborenes Augenmaß«, sagte Frank.

Zum Frühstück blieb keine Zeit. Sie aßen ihre Brote nebenher. Jeder zählte seine vermauerten Ziegel. Bei zwanzig war Schichtwechsel. Die Kellen wanderten von Hand zu Hand.

Mauern wäre der schönste Beruf, behauptete Pepo. Was gäbe es Nützlicheres, als Wohnungen zu bauen? Die anderen protestierten. Sie führten die Wichtigkeit ihrer zukünftigen Berufe an. Was war denn die wichtigste Arbeit?

Sie konnten sich nicht einigen, aber sie erfanden großartige Titel.

»Hallo, Studienrätin Irene, wo bleibt der Mörtel?«

»Bautechniker Pepo, leg die Wasserwaage an, deine Reihe wird krumm und schief.«

»Kollege Kahlkopf, du schäbiger Innenarchitekt, eine Mauer ist kein Wandbild. Deine Primelei hält den ganzen Betrieb auf.«

»Schlaf nicht ein, Frank. Als Oberingenieur solltest du mal die Rolle schmieren. Das Gequietsche zerrt an unseren Nerven.«

So ging es hin und her in fröhlicher Spöttelei.

Mittags war die große Seitenwand fertig. Irene paßte den letzten

Ziegel ein. Befriedigt überblickten die Partisanen ihr Werk. Zwar hatte die Mauer hier und da eine Beule, doch der Verputz würde alles glätten. Pepo zählte die Steine. Dreihundertachtzehn Stück hatten sie vermauert. Und ein ansehnlicher Vorrat lag auf dem Dachboden. Sollte der Polier da nicht endlich ein bißchen Respekt kriegen?

Sie nahmen ihr Badezeug und fuhren los. An Hellers Hutladen stoppten sie. Alle vier gingen in das Geschäft. Frank kaufte sein erstes Geschenk für Irene: eine grüne Ballonmütze.

Die Mütze stand gut zu ihrem braunen Haar. »Ein bißchen schiefer rücken, Irene«, sagte Pepo. »Ja, jetzt bist du Klasse. Und nun ab.« Das Schwimmbad toste vom Stimmengelärm. Eulenbergs Jugend genoß die letzten Ferientage.

Die Partisanen liefen zum Wasser. »Greifen!« rief Frank. »Ich bin dran.« Er tauchte, bekam ein Bein von Irene zu fassen und zog sie tief hinab. Als sie japsend auftauchte, war er schon am Bassinrand. Sie erwischte Kahlkopfs Zehen beim Hechtsprung. Hin und Her ging die Greifjagd. Dann hockten sie erschöpft auf den Steinfliesen und atmeten tief. Die Sonne brannte.

»Guckt mal!« Pepos Daumen wies zum Sprungturm. »Kennt ihr den?« Drüben, am Geländer, stand Ede Senkpiel, eine eckige Sonnenbrille auf der Nase und die Kofferheule vor der Brust. Das Mädchen neben ihm war älter als er, vielleicht siebzehn oder achtzehn. Es hatte rotschimmerndes Haar. Der grüne Badeanzug war oben und unten sehr knapp. Das rotgrüne Mädchen wiegte die Hüften im Schlagertakt. Beide leckten Eis am Stiel.

»Irene«, sagte Pepo, »würdest du Ede mal wieder zu einem Partisanenabend einladen? Vielleicht mit dieser Zimtzicke?« Irene schwieg.

Frank lief zum Sprungturm. »Na, Ede? Wie geht die Ausbildung? Du wolltest doch bei uns mitmachen, damals?«

Senkpiel guckte gestört durch seine eckige Sonnenbrille. Dieser Brinkmann hatte ihm jetzt gerade gefehlt. Was sollte Heidrun denken, wenn der ihn wie einen Schuljungen zur Rede stellte? »Mach keinen Wind«, sagte er lässig zu Frank. »Ich habe euch in Riebast beim Mistkarren gesehen. Ohne mich, mein Lieber. Was seid ihr denn? Täuscher und Mistkratzer!«

Frank trat einen Schritt näher. »Das sagst du lieber nicht wieder.«

Ede lachte und schielte zu Heidrun. Er war heute stark. »Brinkmann, kleiner Mistkäfer, wenn ich den Mund aufmache, geht ihr hoch. Dann kommt euer Schwindel ...«

Mehr konnte Ede nicht sagen. Frank hatte ihn gepackt. Es ging unheimlich schnell. Heidrun wich zurück. Senkpiel kippte hinterrücks über das Geländer und klatschte ins Wasser, mit Sonnenbrille, Stieleis und Kofferheule.

Simon Brinkmann ging mit langen Schritten durch den Heckenrosenweg. Er hatte seinen Arbeitsvertrag bei der Bau-Union abgeschlossen. In vierzehn Tagen würde er als Polier den Schulbau in Eulenberg beginnen. Er besaß Erfahrungen mit Großbauten. Erfahrene Fachleute wurden gesucht. Aber vorher wollte er daheim mit dem Gröbsten fertig werden.

Im Hof stutzte er. Es fehlten mehrere hundert Ziegel, das sah er sofort. Der Mörtelhaufen war auch zusammengeschrumpft.

Eine Ahnung überkam ihn.

Er lief die Bodentreppe hinauf. Verblüfft stand er vor der großen Wand. Dieser Bursche! Der zeigt es mir aber. Und gar nicht schlecht gemauert für einen Anfänger. Kann er unmöglich allein geschafft haben.

Wie ein heiratslustiger Star pfiff Simon vor sich hin, als er zum Kindergarten marschierte. Klaus und Katrinchen stürzten auf den Vater los. Er fing sie mit seinen starken Armen und flüsterte ihnen etwas ins Ohr. Sie strampelten vor Freude. »Komm, Vati, gleich rennen wir hin!«

Im Fahrradgeschäft wählten sie lange. Sieben blitzende Männerräder zeigte ihnen der Verkäufer. Katrinchen gefiel das Blaulackierte am besten. Blau war ihre Lieblingsfarbe. Simon Brinkmann kaufte das blaue Rad. »Geben Sie ein Sitzkörbchen dazu«, sagte er. »Für unsere kleine Stupsnase. Sie soll auch mal mit ausfahren können.« Der Korbsitz wurde sofort ausprobiert. Katrinchen fühlte sich wohl darin. Sie bearbeitete das Glöckchen am Lenker. Kling – klang – kling! Die Straße gehörte ihr und dem Vater auf Franks neuem Fahrrad. Klaus hatte Mühe, mit seinem Roller zu folgen. Am Konsumladen stiegen sie ab. Katrinchen trippelte hinein und zog Tante Sander vor die Tür, wo sie das blaue Rad mit dem Körbchen bestaunen mußte.

Frau Sander hatte den Polier noch nie so vergnügt gesehen. »Eure

Freude steckt geradezu an. Was ist denn los bei Brinkmanns?«

Schmunzelnd rückte Simon an seiner Schirmmütze. »Meinen Arbeitsvertrag habe ich. Als Bauführer. Und das Wichtigste: Den Jungen habe ich. Mit Frank ist so ziemlich alles im Lot.«

Es wurde ein langer Einkauf bei Tante Sander. Zwei Netze voll Tüten und Büchsen hängte der Vater an den Fahrradlenker. Mit Geklingel landeten sie im Heckenrosenweg. Frank war noch nicht da. »Er muß suchen«, sagte Klaus und versteckte das Rad im Schuppen.

Katrinchen patschte in die Hände. »Oh ja, suchen!«

Der Polier zog die Maurerhose an und bumste mit seinen Klotzpantinen die Treppe hinauf. Haben die Anfänger eine Wand geschafft, dachte er, dann muß ich heute auch eine hochmauern.

Kurz darauf kam Frank. »Suchen, suchen!« rief Katrinchen. »Du kriegst was ganz Schönes. Rate mal.« Wollten sie ihn verulken? Nein, ihre Aufregung war echt. Er rätselte und suchte.

»Wasser, Wasser«, flüsterte Klaus. »Jetzt wird es schon wärmer. Immer wärmer. Feuer, Feuer!«

Frank durchstöberte den Schuppen. Er lüpfte die Zeltbahn. Vor ihm stand das blitzneue Rad. Ein Freudenlärm brach los. Vater Brinkmann guckte aus dem Giebelfenster. Frank saß schon im Sattel. Wie ein Rennfahrer kurvte er um die Pumpe. Kling – klang – kling! Er bremste, hob Katrinchen in den Korb am Lenker. Klaus krabbelte auf den Gepäckträger und klammerte sich an Franks Hosenbund. Sie sausten zur großen Probefahrt los. Irene sollte das neue Fahrrad sehen.

Der Polier blickte ihnen nach. Er brannte sich eine Zigarre an, griff zur Kelle. Die Arbeit lief heute wie geölt.

## *Ärger in der neunten Klasse*

Der letzte Ferientag ging zu Ende. Irene schnitt Umschläge für ihre Schulbücher. »Mutsch, gefällt dir Herr Brinkmann?« Luise Sander blickte überrascht in das verschmitzte Gesicht ihrer Tochter. »Was bewegt dich zu dieser Gewissensfrage?«

»Ich denke, ihr könntet vielleicht mal heiraten.«

»Ach! Und wenn? Wäre das meiner Tochter nicht recht?«

»Doch, doch. Dann würden wir also Brinkmann heißen. Finde ich nicht schlecht.«

»Wo du gleich hindenkst! So etwas braucht seine Zeit. Außerdem gehören zwei dazu. Lassen wir das Thema.«

»Mutsch, ich glaube, er liebt dich.«

»Mädchen!« Frau Sander war rot geworden. »Wie ... wie kommst du darauf?«

»Das merke ich. Und mir gefällt er auch. Du könntest dich ruhig ein bißchen mehr um ihn kümmern. Sie essen dauernd Büchsenfisch. Geh mal hin, sieh dir die Zimmer an, die er baut. Ein geschickter Mann. Der macht was aus dem alten Häuschen.«

So ein Naseweis, dachte Luise Sander. Das Läuten an der Flurtür kam ihr gerade recht.

Draußen stand Karin Trapp mit Klaus und Katrinchen. Die Lehrerin war bei Herrn Brinkmann gewesen, wo die Kleinen jeden Abend den Fortgang der Bauarbeiten beguckten und mit Eimer und Schippe helfen durften.

»Tante Sander, Tanter Sander«, sprudelte Klaus hervor, »morgen ist ein Fest bei Vati. Die Stuben sind fertig. Ihr sollt alle kommen. Er hat schon einen Kranz.«

»Richtfest«, ergänzte Karin Trapp. »Klaus meint den Richtkranz. Ich bin auch eingeladen.« Sie erzählte von der neuen Schule. Polier Brinkmann hatte ihr die Bauzeichnungen in allen Einzelheiten erläutert. Und dann folgte die schlimme Botschaft für Irene. Herr Ebeling war als Klassenlehrer für die neunte Klasse vorgesehen.

»Nein!« rief Irene enttäuscht. »Und Sie?«

»Ich übernehme wieder die achte. Beschluß der Schulleitung. Denkst du, mir gefällt das? Aber den Deutschunterricht gebe ich weiterhin bei euch. Herr Ebeling ist ein tüchtiger Fachlehrer. Sei vernünftig, Gruppensekretär Irene. Später wirst du dir auch nicht die Menschen aussuchen können, mit denen du arbeitest.«

Irene fiel es schwer, vernünftig zu sein. Ihre Freude auf den Schulanfang war dahin.

Wanze trottete durch die Puschkinallee. Der Morgen war schwül. In den Linden zeterten die Spatzen. Ein Müllauto ächzte vorbei. Die Gullis stanken. Wird Regen geben, dachte Wanze. Regen ist gut. Den brauchen wir. Dann kommt unser Pflug besser durch, und man wird nicht mehr grau wie ein Mehlmann. Hoffentlich entdeckt Mutter meine zerfetzte Hose nicht. Die muß mir Oma flicken.

»Na, Wanze, alter Priemeltopp! Schläfst wohl noch?« Ede Senkpiel stand vor der Litfaßsäule.

Wanze grinste. Pepo hatte ihm geschildert, wie Ede am Sprungturm über Bord gesegelt war, mit Eis am Stiel, mit Sonnenbrille und Kofferheule. »Mann«, sagte Wanze, »mir wird gleich kodderig, wenn ich dich sehe.« Er hatte vier Frühschichten hinter sich, ganz allein auf dem »Pio«. Fast zwei Hektar hatte er umgepflügt. Dieser geschniegelte Senkpiel war ein Affe in seinen Augen. Der mußte Pfeffer kriegen. »Sag mal, du Tiefseetaucher, heult deine Wimmernudel auch unter Wasser? Muß interessant sein, so ein Experiment.«

»Pinsel!«

»Höh! Ich kenne einen Oberpinsel, der hat gebettelt bei unserem Partisanenfest, weil er mitmachen wollte. Schon vergessen?«

In Senkpiel stieg der alte Ärger hoch. »Mich macht ihr nicht dumm mit dem Partisanengefasel. Habt ihr überhaupt die Fahrerlaubnis? Einen Käse habt ihr.«

»Ist das vielleicht Käse?« sagte Wanze und zog seine Schichtfahrerkarte hervor. »Hier! Und Geld haben wir schon verdient, eine Masse. Da glotzt du dumm aus der Wäsche, ha.«

Purzel kam gelaufen. Das Haar über ihrer Stirn wippte wie ein Entensterz.

Sie hatte sich eine neue Frisur zugelegt.

»Kinder«, plapperte sie, »eine Lust habe ich auf die Schule. Na ja, ihr auch, man sieht es. Edgar, wie steht's mit meinen drei Mark? Ehrenwort, hast du gesagt. Zum Schulanfang soll ich sie wiederkriegen.«

Ede murmelte eine Ausrede.

Im Strom der vielen Schüler gingen sie durch das Tor der Diesterweg-Schule. Herr Ebeling hatte die Hofaufsicht. Er ließ keinen in die Räume.

Drinnen schrillte die Klingel, ein lang anhaltender, fast vergessener Ton.

»Antreten!« rief Herr Ebeling. »Bewegung, Herrschaften! Die lieben Ferien sind vorbei.«

Nach dem Hissen der Fahne begrüßte Direktor Bertram die Schüler. Er sprach über die Hilfe beim Schulbau. »Unsere volle Kraft dem

Unterricht«, sagte er. »Und was noch bleibt, wollen wir für die neue Schule geben.«

Im Raum der neunten Klasse war es eng. Jeder suchte sich eilends einen Platz neben Freunden. Es herrschte noch Ferienstimmung. Man hatte sich viel zu erzählen.

»Der Eber kommt!« rief Elvira und huschte zu ihrer Bank.

Das Stimmengewirr verstummte. Herr Ebeling trat ein, lang, hager, mit strenger Miene. Er rückte seinen Schlips zurecht und blickte auf die Schüler.

»Will keiner melden?« fragte er.

Ede Senkpiel ging nach vorn »Achtung!« Er wartete, bis sich niemand mehr rührte. Dann sah er den Lehrer an. »Klasse neun zum Unterricht bereit.«

»Gut, Senkpiel, immer selbständig. Ich hoffe, daß sich meine Stammklasse auch weiterhin bewährt. Und die aus der 8a wollen sich gefälligst ein Beispiel nehmen. Henke, laß das Schwatzen. Ich sehe alles. Guten Morgen!«

Der Gegengruß kam schwach.

»Setzen!« Herr Ebeling marschierte hin und her, die Hände auf dem Rücken. »Es wird sich schon herumgesprochen haben, daß ich eurer Klassenleiter bin.«

»Mahlzeit!« brummte Wanze.

Der Lehrer hatte es gehört. Er blieb stehen. »Wer war das?«

Einige kicherten.

Wanze schob sich von der Bank hoch.

»Soso, Wanzleben! Was beliebtest du zu sagen?«

»Nichts weiter. Ist mir bloß so rausgerutscht.«

Das Kichern erfüllte den Raum. Als der große Mann auf Wanze zuschritt, wurde es still. »Wie war deine Betragensnote im letzten Zeugnis, Freundchen?«

»Drei«, sagte Wanze.

»Hmhmhm. Schon faul. Und bei mir wirst du noch schlechter wegkommen, wenn du gleich so anfängst. Ich verlange Disziplin. Wir hatten eine gute Klassenparole in der 8b. Die soll auch hier gelten. Edgar, sag sie ihm.«

Ede Senkpiel sprang auf. »Eiserne Disziplin heißt die Parole.«

»So ist es. Wiederhole, Wanzleben.«

Wanze schwieg.
»Du weigerst dich?«
»Was soll ich denn wiederholen?«
»Die Klassenparole, Söhnchen.«
Wanze, mit trotziger Baßstimme, wiederholte Herrn Ebelings Worte: »Die Klas-sen-pa-ro-le, Söhnchen.«
Schallendes Gelächter.
Der Lehrer schlug das Klassenbuch auf, trug etwas ein.
Das Gelächter brach ab.
»Die erste Zensur in dem neuen Buch ist leider eine Fünf«, sagte Herr Ebeling. »Brinkmann, was grinst du? Steh auf! Komm vor, Brinkmann, komm. Schreib an die Tafel: Eiserne Disziplin.«
Frank nahm Kreide und schrieb. Die Klasse brüllte. An der Tafel stand: Eierne Disziplin.
Herr Ebeling, der sein Lieblingswort so verunstaltet sah, bekam ein starres Gesicht. »Wegwischen!«
Senkpiel flitzte.
»Ich bitte mir Ruhe aus!« Der Lehrer klopfte auf den Tisch. »Von einer neunten Klasse erwarte ich etwas anderes. Brinkmann und Wanzleben, ihr schreibt die Klassenparole auf. Vorerst zwanzigmal. Bis morgen. Ihr lernt es noch. Und für Staatsbürgerkunde bereitet jeder ein Kurzreferat vor. Thema: Die wichtigsten politischen Ereignisse in den Monaten Juli und August. Jeder nimmt sich einen Monat vor. In den Zeitungen steht alles. Setzen.«
Pepo meldete sich. »Herr Ebeling, Frank ist wirklich schwach in Rechtschreibung.«
Erneute Heiterkeit brandete auf.
»Bist du vielleicht auch schwach, Pohl?«
»Ein bißchen«, sagte Pepo, und um seine Mundwinkel zuckte es.
»Das ist traurig, Freund. Da mußt du üben. Eiserne Disziplin, ebenfalls zwanzigmal für den Anfang. Verstanden? Schönschrift will ich sehen. Übung macht den Meister.« Der Lehrer lächelte; denn die Klasse war jetzt stumm. Er diktierte den Stundenplan. Danach begann der Mathematikunterricht, Wiederholung von Regeln und Lehrsätzen. Die Schüler hatten viel vergessen. Herr Ebeling setzte ihnen tüchtig zu.
In der Pause gab es eine erregte Diskussion zwischen den Partisanen. »Wo soll das hinführen?« fragte Irene. »Ihr wißt doch, daß er

streng ist und so ... so pinnig. Warum fordert ihr ihn heraus? Hauptsache, man lernt was in seinem Unterricht.«

»Mit Schikane und Strafarbeiten nicht«, erwiderte Frank.

Wanze sagte: »Am besten, wir schaffen sofort Klarheit. Sonst triezt er uns das ganze Schuljahr. Wir müssen zu Berti gehen. Heute noch. Berti ist gerecht.«

»Gleich beim Direktor beschweren?« Irene war dagegen. »Ihr seid genauso schuld.«

Wanze ahmte Ebelings ironischen Tonfall nach: »Töchterchen, reiß dich zusammen. Eiserne Disziplin, kapisko?«

»Ach, du mit deiner Blödelei. Das macht alles bloß schlimmer.«

»Sollen wir etwa Papagei spielen? Wiederhole, wiederhole. Ist doch Kaspertheater. Als ob wir Hosenkacker wären.«

Es klingelte.

Die zweite Stunde bei Lehrer Ebeling begann. »Setzen! Ohren spitzen!« sagte er in seiner knappen Art. »Die Klasse braucht einen Vertreter. Ich denke an Edgar Senkpiel. Er ist der älteste Schüler. Sozusagen Klassenältester.«

Hörte Herr Ebeling das unwillige Gemurmel nicht?

»Also, Edgar, du sorgst dafür, daß hier alles klappt.«

»Jawohl, Herr Ebeling.«

Da stand Kahlkopf auf. »Wir haben einen FDJ-Sekretär gewählt, und das ist Irene Sander. Die meisten der Gruppe waren dabei, auch der Pionierleiter. Irene vertritt uns.«

Das war ein mutiges Wort. Die ganze Klasse freute sich. Bloß Ede nicht. Und der Lehrer runzelte die Stirn.

»Gewählt ist gewählt«, rief Frank, »Dieser Schleicher Senkpiel kommt nicht in Frage. Den will keiner.«

»Laß den rüden Ton, Brinkmann. Du hast dich gefälligst zu melden, wie das in der Schule üblich ist.«

Frank erwiderte: »Ich habe mich gemeldet. Eine ganze Weile schon. Darf man hier bloß jawoll sagen? Fräulein Trapp hat uns immer angehört.«

Der Lehrer wurde einen Augenblick unsicher. Er rief Irene auf, die den Arm gehoben hatte. Alle sahen zu ihr.

»Herr Ebeling, ich möchte vorschlagen, daß sich die Gruppe ganz ruhig mit Ihnen ausspricht. Weil das heute kein guter Anfang war.

Eine offene Aussprache, wo jeder seine Meinung sagen darf, die könnte vieles bessern.«

»Was heißt Meinung sagen! Im Unterricht bestimmt der Lehrer. Noch immer. Jetzt ist keine FDJ-Beratung.«

»Vielleicht Mittag, Herr Ebeling. Wir machen anschließend eine Gruppenversammlung, halb eins. Kommen Sie?«

»Da habe ich keine Zeit. Setzen, Sander. Jetzt ist Unterricht. Edgar

Senkpiel, du besorgst mir alle Geräte wie früher. Mathezeug, Landkarten et cetera. Weißt ja Bescheid. Das hat gar nichts mit der FDJ zu tun.«

»Jawoll, Herr Ebeling.«

Wanze hustete wie ein brustkranker Greis. Es war greulich anzuhören. Und krächzend stieß er heraus: »Eisern parieren, Leute. Jawoll, jawoll. Ähmha.«

Herr Ebeling verlor die Geduld. Er wies den Spötter hinaus.

Bedrückende Stille hing im Raum, als Wanze die Tür zuklappte. Verschlossene Gesichter, mürrische Antworten, keine Mitarbeit. Nur Ede meldete sich, sonst niemand. Hatte das der Lehrer gewollt? Nach kurzer Zeit schickte er Senkpiel zur Tür. Der sollte Wanzleben holen. Aber draußen stand keiner. Ede zuckte mit den Schultern. Wanze war zu Direktor Bertram gegangen.

Die FDJ-Versammlung der neunten Klasse mußte verschoben werden. Direktor Bertram hatte die Gruppenleitung zu sich bestellt. Er wartete mit Herrn Ebeling und Alfred.

Sie traten in sein Zimmer: Irene, Harri Behnke aus der früheren 8b und Kahlkopf. »Nehmt Platz«, sagte der Direktor. »Wie ist es zu den Differenzen gekommen? Irene berichte. Bitte genau und ganz sachlich.«

Irene erzählte.

»Kollege Ebeling, haben Sie Einwände gegen Irenes Darstellung?« fragte Bertram.

»Hm, also, nicht direkt. Bloß, ich gebe zu bedenken, daß eine Schülerin befangen ist. Die Sander kann das bloß aus ihrem Gesichtswinkel sehen. Es war glatte Auflehnung, vom ... vom Standpunkt des Lehrers.«

»Darüber später«, sagte Bertram. »Irene ist immerhin Gruppensekretär. Ich möchte noch Alfred hören. Er kennt die betreffenden Schüler vom Zeltlager. Ich vermute, er weiß mehr über sie als wir.«

Alfreds Gedanken wanderten in die Muldenaue. Er schilderte die Tätigkeit des Lagerrates, den Frank geleitet hatte. »Ich konnte mir keine willigeren Helfer wünschen«, schloß er. Dann fügte er hinzu: »Vielleicht schlägt die Gruppenleitung vor, was man in der neunten Klasse verändern sollte.«

»Gut, Alfred.« Direktor Bertram wollte die Vorschläge hören. »Sagt eure Meinung frei von der Leber weg.«

Kahlkopf fing an. »Wir wünschen uns einen gerechten Lehrer.

Strafarbeiten sind nicht gut. Herr Ebeling dürfte nicht so kommandieren. Und den Senkpiel dürfte er nicht vorziehen.«

Irene faßte sich kurz: »Kameradschaft soll der Lehrer mit uns halten. Jeder müßte sagen dürfen, was er denkt, ohne dafür bestraft zu werden.«

Harri Behnke, der ein Jahr lang in Herrn Ebelings Klasse war, überlegte eine Weile. Die offene Meinungsäußerung fiel ihm schwer. Er sah Irene an. Sie nickte ihm zu, und er faßte sich ein Herz. »Herr Ebeling ist sehr streng. Das kennen wir. Die aus der 8a kennen das nicht. Die haben sich ein Boot gebaut, und Fräulein Trapp hat sie unterstützt. In unserer Gruppe war nichts los. Das soll jetzt anders werden, aber der Lehrer müßte uns dabei helfen.«

Bertram lächelte. »Allerhand, was ihr da abladet. Leider habt ihr die Selbstkritik vergessen. Liegt denn alles bloß am Lehrer?«

»Wir werden in der Gruppe beraten«, erwiderte Irene.

Direktor Bertram saß noch lange mit Herrn Ebeling zusammen.

Zu dem kleinen Richtfest im Heckenrosenweg hatte Simon Brinkmann auch alle Partisanen eingeladen. Ohne ihre Hilfe wären die Bauarbeiten noch nicht soweit. Der Partisanentraktor hatte heute Ruhepause. Die Jungen waren sich nicht schlüssig, wie es nun während der Schulzeit weitergehen sollte.

Der Polier hielt eine fröhliche Rede. Frank staunte. Er hatte seinen Vater nie so reden hören.

Die Abendsonne breitete einen festlichen Schimmer über den gedeckten Gartentisch. Es wurde geschmaust und getrunken. Fräulein Trapps Tonbandgerät spielte Operettenmelodien. Klaus und Katrinchen verwöhnten Raudi mit allerlei Hundeleckerbissen.

Karin Trapp erfuhr, was in der neunten Klasse vorgefallen war. »Da habt ihr mich schön reingelegt«, sagte sie betrübt.

»Wieso denn Sie?« fragte Wanze.

»Es fällt auf mich zurück. Das sind Ihre Schüler, wird man sagen. Ihre Schüler können sich nicht einordnen.«

Die Jungen waren betroffen.

»Wir wollen doch bloß, daß die spöttische Kommandiererei aufhört«, warf Frank ein.

»Mit Aufsässigkeit erreicht ihr bei Herrn Ebeling das Gegenteil. Wollt ihr ständigen Unfrieden? Kampf gegen den Lehrer, der euch unterrichtet und weiterbringen will? Zeigt ihm, was ihr leisten könnt, dann wird er euch achten. Denkt mal an unsere frühere Klasse zurück. Damals gab es auch Schwierigkeiten zwischen euch und mir. Schwierigkeiten lassen sich nicht an einem Tage aus der Welt schaffen, ihr ungeduldigen Brauseköpfe. Werdet ihr die Strafarbeiten schreiben?«

»Nein!«

»Doch. Ihr solltet es tun. Das wird keine zehn Minuten dauern. Tun euch zehn Minuten weh? Man muß sich überwinden können. Bleibt nicht an Kleinigkeiten kleben.«

Nach der Richtfestschmauserei, als die Frauen mit den Kleinen gegangen waren, räumten Irene und Kahlkopf den Tisch ab. Polier Brinkmann marschierte mit qualmender Zigarre durch den Hof. Seine Gedanken weilten bei Luise Sander.

In der Stube saßen Frank, Wanze und Pepo, jeder einen Zettel vor sich. Alle drei blickten auf die Wanduhr. »Jetzt!« sagte Frank. Sie schrieben um die Wette: Eiserne Disziplin. Die Uhr tickte, die Federn kratzten über das Papier. Wanze brauchte knapp vier Minuten. »Geschafft!« brüllte er. »Eilschrift, los, los!«

Frank war nach fünf Minuten fertig. Pepo pinselte am längsten. Die ersten Wörter waren gut zu lesen, die letzten nicht mehr.

Der Polier guckte über ihre Schulern. »Wofür soll denn das gut sein?« murmelte er und schüttelte den Kopf.

Am nächsten Morgen trat Direktor Bertram mit Herrn Ebeling vor die neunte Klasse. Er ließ Frank, Wanze und Pepo nach vorn kommen. »Für wen lernt ihr hier in der Schule? Für euren Lehrer? Frank, antworte.«

»Für uns lernen wir, Herr Bertram. Für unseren Beruf.«

»Aha. Genau das ist der Kernpunkt. Den habt ihr übersehen, wie mir scheint. Wer den Unterricht stört, schädigt nicht nur sich, sondern auch die anderen. Leuchtet euch das ein?«

»Wir wollten nicht stören«, sagte Frank.

»Das könnt ihr künftig beweisen. Aber ein Späßchen wolltet ihr mit dem neuen Klassenlehrer treiben? Josef Wanzleben, mal ehrlich.«

»Nein, Herr Bertram.« Wanze zeigte sein frömmstes Gesicht. »Ich war bloß enttäuscht, weil wir dachten, Fräulein Trapp behält unsere Klasse. Und dann hagelte es gleich in der ersten Stunde Strafarbeiten.«

Der Direktor kannte den Schelm Wanze genau. Und er parierte dessen Hieb sofort. »Zugegeben, die Strafarbeiten waren keine glückliche Lösung. Darüber sind wir uns alle einig.« Bertram blickte zu dem Klassenlehrer, der mit saurem Gesicht neben ihm stand. »Aber daß Herr Ebeling Disziplin verlangt, ist seine Pflicht. Er hat vor einem Jahr die 8b übernommen. Das war die schwierigste Klasse der Schule. Und sie ist unter seiner straffen Leitung in Ordnung gekommen. Deshalb habe ich ihm die neunte Klasse gegeben. Nun muß sich jeder hier erst reinfinden. Ihr solltet daran denken, daß ein Lehrer es nicht immer dreißig Schülern recht machen kann. Wir sind auch nur Menschen.«

Der Direktor nahm den Stuhl, setzte sich hinter die letzte Bank und hospitierte in Herrn Ebelings Geographiestunde. Die Mitarbeit der Klasse war schwach. Der Schwung fehlte. Ebeling mußte jeden Schüler namentlich auffordern und die erwünschten Antworten geradezu herausbohren. Die drei Schüler kamen häufig dran. Doch Frank und Wanze waren Briefmarkensammler und eifrige Leser von Reiseberichten. Sie wußten in Afrika Bescheid, und die Lehrerfragen brachten sie nicht in Verlegenheit. Nur Pepo blieb manche Antwort schuldig.

Ebelings Unterricht hat Hand und Fuß, dachte Bertram. Nur den richtigen Ton findet er nicht. Eine harte Nuß, ihm das zu stecken. Als die Hausaufgabe gestellt wurde, meldete sich Wanze. »Hier, Herr Ebeling, die Strafarbeit. Eiserne Disziplin, zwanzigmal.« Er ging mit seinem Zettel zum Lehrer, von leisem Kichern der Klasse begleitet.

Auch Frank und Pepo trugen ihre Strafarbeiten nach vorn.

Herr Ebeling blickte finster. »Erledigt. Setzen.« Er atmete auf; denn es klingelte zur Pause.

Für die nächste Stunde stand Deutsch auf dem Plan der neunten Klasse. Direktor Bertram sagte zu Ebeling: »Wollen Sie mitkommen in Kollegin Trapps Unterricht? Man muß seine Klasse mal als stiller Beobachter erleben. Ich lasse Sie in der 7b vertreten.«

Nach der Pause stutzten die Schüler. Nanu? Jetzt sitzt auch der Eber dahinten bei Berti. Die nehmen uns aber genau unter die Lupe. Doch bald vergaßen sie, daß zwei kritische Männer in der Klasse waren. Fäulein Trapp erschien, grüßte lächelnd.

»Bitte setzen.«

Nach wenigen Minuten war es still im Raum.

»Wir brauchen die Arbeitshefte für Notizen. Sonst nichts. Natürlich noch die Köpfe zum Denken.« Alles kam leicht, freundlich.

Pepo neigte sich flüsternd zu Frank.

»Peter Pohl, geh doch bitte an die Tafel«, sagte Fräulein Trapp. »Du wirst gebraucht.«

»Mach bloß keinen Mist«, zischte Frank. Pepo ging vor.

»Wir wollen über unseren Hausaufsatz sprechen. Schreib das Thema an, Peter: Ein Mensch, der großen Eindruck auf mich machte.«

Pepo schrieb. Die Kreide knirschte. Manche Mädchen hielten sich die Ohren zu. Auch Fräulein Trapp verzog den Mund. Das Knirschen ging ihr durch und durch. Pepo schrieb alles richtig. Nur das Fragezeichen am Ende der Überschrift stimmte nicht. Rasch wurde der kleine Fehler geklärt.

»Denkpause«, sagte die Lehrerin. »Wer hat euch am stärksten beeindruckt? Als Mensch, als Persönlichkeit, als Vorbild.«

Schon kamen die ersten Antworten: »Ernst Thälmann.«

»Die Kosmonautin Valja.«

»Mein Vater.«

»Dein Vater?« fragte Fräulein Trapp die kleine spitznasige Gerda Schubert. »Kannst du das begründen?«

Während Gerda erzählte, warum sie ihren Vater so verehrte, überlegte Irene. Wen nehme ich? Fräulein Trapp? Nein, das sieht komisch aus. Vielleicht Herrn Bertram? Sie konnte sich nicht entscheiden.

Die Schüler waren mit allen Gedanken bei der Aufgabe.

Überraschend schnell ging die Stunde zu Ende. Lehrer Ebeling verließ grübelnd den Klassenraum.

## *Der Schwindel platzt*

Die Atmosphäre in der neunten Klasse beruhigte sich allmählich. Herr Ebeling gab keine Strafarbeiten mehr auf. Zwar hielt er weiterhin die Zügel straff, aber von »eiserner Disziplin« redete er nicht mehr. Direktor Bertram, der noch mehrmals in Ebelings Unterricht hospitierte, war erleichtert. Frank brauchte mittags keine Fischbüchsen mehr auszulöffeln. Er hatte jetzt jeden Tag ein warmes Essen in der Schulküche. Pepo aß mit ihm. Dann klemmten beide ihre Büchertaschen auf die Gepäckträger und radelten nach Riebast. Das Wettfahren hatten sie bald aufgegeben; denn der Kapitän war mit dem neuen, blaulackierten Stahlroß technisch überlegen.

Wanze konnte seit Beginn der Schule keine Treckerschicht mehr fahren. Der Postinspektor hatte etwas gemerkt. Er wetterte gegen die »Herumtreiberei«.

Zweimal täglich kontrollierte er seinen Jungen: nach dem Mittagsschläfchen und gegen halb sechs, wenn er vom Amt heimkam. So wurde Wanze geheimer Schulaufgabenexperte der Partisanen.

Abends, wenn die Familie vor dem Fernseher saß, durfte er für zwei Stunden an die frische Luft. Er raste zum Heckenrosenweg und half den zurückgekehrten Schichtfahrern bei ihren späten Hausaufgaben. Es wurden meistens Galopparbeiten, von denen kein Lehrer befriedigt war.

Das brachte dem Gruppensekretär Irene neuen Kummer. Konnte sie schweigend zusehen, wie sich Frank und Pepo absonderten? Sie mußte die beiden aufrütteln. »Partisan ist ein Ehrenname«, sagte sie. »Ihr schlaft im Unterricht und mogelt mit euren Hausaufgaben. Ist das vielleicht Partisanenart?«

»Bloß bis zu den Herbstferien«, erwiderte der Kapitän beschwichtigend.

»Dann verliert ihr den Anschluß. Was soll aus deinem Ingenieurplan werden, Frank?«

Er war zuversichtlich. »Holen wir alles nach. Wir sind doch nicht schwach auf der Brust. Du könntest uns lieber ein bißchen beim Aufsatz helfen.«

»Damit es noch mehr Ärger gibt? Nein. Denkt ihr gar nicht an die Gruppe? Fünfhundert Stunden wollen wir beim Schulbau leisten. Da werden alle gebraucht, auch ihr.«

»Schippen kann jeder«, knurrte Pepo und packte den Lenker seiner alten Klappermühle, »aber Treckerfahren kann nicht jeder. Komm, Käptn.«

Frank sagte: »Wir werden schippen helfen, ist doch klar. Bloß heute nicht. Vielleicht am Sonntag. Irene, du vergißt, daß uns die Genossenschaft in Riebast braucht. Sechs Hektar Ödland haben wir umgebuddelt, tief gepflügt. War ein hartes Stück. Sechs Hektar! Da wird im Frühjahr Futter wachsen. Ist das vielleicht nichts? Und nun sollen wir den Trecker einfach stehenlassen? Unseren Pio? Das geht nicht.«

Irene wurde unsicher. Anfangs hatte sie die Fahrleidenschaft der Jungen für Abenteuerlust gehalten. Es war mehr, das spürte sie jetzt. Und sie war traurig, daß sie so geringen Anteil dabei hatte.

Die beiden Schichtfahrer jagten davon. Frank drehte sich um. Er winkte. Irene hob den Arm. Wenn es bloß gut geht, dachte sie und ging zum Pfaffenberg.

»Irene!« rief eine Stimme hinter ihr: Ede Senkpiel. Er war froh, sie allein zu treffen. Sie besaß das Vertrauen der Gruppe. Und im Baustab der Schule war sie auch. Nur bei Irene hatte Ede noch Hoffnung, etwas zu gelten. Die anderen beachteten ihn nicht mehr. Mit vielen Worten suchte er ihr zu beweisen, daß er kein Heuchler war, wie ihm einige in der Gruppenversammlung vorgeworfen hatten.

»Edgar«, sagte sie, »quassel nicht so viel. Tu lieber was.«

Er beteuerte: »Ich werde jede Aufbauschicht mitmachen.«

Sie glaubte seinen Worten nicht, er merkte es. Aber diesmal wollte er es ihr wirklich beweisen.

Die Schulbaustelle am Pfaffenberg war ein kahler Sandhügel, von Kiefern umrahmt. Ringsum lagen Materialstapel. Polier Brinkmann dirigierte die anrollenden Transporte.

Sechzig Schüler und ein Dutzend Lehrer sammelten sich um ihren Direktor. Feierliche Stille. Direx Berti machte den ersten Spatenstich. »Auf gutes Gelingen!« rief der Polier mit fröhlicher Stimme. Eine emsige Schaufelei hub an. Das Förderband schnurrte.

Nach drei Stunden hatte die Aufbaukolonne allerhand Boden bewegt. Aber es war nur ein geringer Bruchteil des notwendigen Erdaushubes.

»Mehr Technik brauchen wir«, sagte Kahlkopf zu Irene, als sie ihre Schaufeln säuberten. »Was ist schon ein Förderband? Stell dir vor, wir hätten einen Kran. Der Käptn müßte hier sein. Der würde den Kran beschaffen und die Erde nur so rausschwenken.«

Das ist die Idee, dachte Irene. »Du, Kalle, wenn wir so ein Ding nun selbst besorgen? Ich weiß schon was. Werde gleich mal beim Polier vorfühlen.«

Irene begleitete Simon Brinkmann auf dem Heimweg. »Gibt es keinen Kran bei Ihrer Bau-Union?« fragte sie. »Zum Ausschachten, meine ich.«

»Gewiß, da gibt es mehr als einen. Aber eure Schule hat sich zu den Erdarbeiten verpflichtet. Für einen Kranfahrer dürfte ich keine Arbeitsstunde verrechnen. Alle Baukosten sind genau aufgeschlüsselt. Den Kran könnte ich anfordern. Der ginge auf das Ausrüstungskonto. Aber wer bedient ihn?«

»Ist das schwierig?«

Simon wußte gleich, woran Irene dachte. »Vielleicht fragst du mal den Traktoristen Frank. Mir scheint bloß, er hat nichts für den Schulbau übrig. Sonst wäre er wohl heute gekommen.«

»Er hilft bestimmt«, sagte sie.

Simon zweifelte. »Na? Du stehst ihm wieder mal tüchtig bei. Der Unterricht kümmert ihn jedenfalls wenig. Vor lauter Treckerfahrerei kommt er kaum zum Schlafen.«

Irene grübelte. Was weiß er von dem Trick der Jungen? So einem Mann macht keiner was vor. Wahrscheinlich weiß er alles. Unsere Gruppe müßte eine Kranausbildung auf die Beine bringen. Da wären auch Frank und Pepo dabei. Sie dachte an den RTS-Direktor Gutjahr. Ob der uns helfen wird? Ich muß zu Herrn Gutjahr gehen.

Es war Sonnabendnachmittag. Eine milde Septembersonne überglänzte das Land. Die Luft roch schon ein wenig nach Herbst. In den Chausseebäumen quarrten die Krähen. Sie äugten nach dem Traktor. Mit schwerfälligem Flügelschlag strichen sie ab. Der Partisanentrekker rollte nach Eulenberg. Wanze lenkte ihn. Endlich konnte er mal wieder fahren. Sein Postinspektor hatte ihn beurlaubt; denn sonnabends gab es keine Hausaufgaben. Wanze drückte scharf aufs Gaspedal. Er fuhr »mit steifem Knie«, wie die Fachleute sagen. Im Anhänger saßen Frank und Pepo. Ein Strohbund war ihr Polster. Der Hänger sprang wie ein wilder Gaul auf der ausgemergelten Landstraße. Die beiden mußten sich am Seitenbrett festhalten.

Pepo schrie dem Kapitän ins Ohr: »Fährt ja idiotisch, dieser Wanze.«

»Laß ihn doch.« Frank wischte sich die Fusseln des Altweibersommers aus dem Gesicht. »Soll er fahren, wo er die ganze Woche eingesperrt war. Unseren Pio kriegt keiner tot.«

»Aber auf der Rückfahrt bin ich dran.«

»Klar. Ist doch ausgemacht.«

Das Gestucker warf sie hin und her. Wanze fuhr wirklich wie ein Irrer. Vielleicht machte ihn die Freude über das Geld so verrückt? Sie hatten heute im Büro ihren zweiten Lohn erhalten. Er war brüderlich geteilt worden. Einundsiebzig Mark kamen auf jeden. Keiner der drei Jungen hatte bisher soviel selbstverdientes Geld in die Tasche gesteckt. Das machte den sonnigen Tag noch heller. Pepo dachte an ein neues Fahrrad. Kapitän Frank erwog, ob sie zusammensteuern und ein Partisanenmoped kaufen sollten. Drei Mann und ein Moped? Das würde Schwierigkeiten geben, selbst unter guten Freunden.

»Hast du schon den Aufsatz?« fragte Pepo.

»Nö.« Frank wollte jetzt nicht an den Aufsatz denken.

Aber Pepo fragte weiter: »Wen nimmst du als Vorbild?«

»Kortschagin«, sagte Frank.

»Wer ist denn das?«

»Mann, Pawel Kortschagin war der größte Held der sozialistischen Revolution. So ziemlich der größte. Kommt gleich nach Lenin. Ein tolles Buch. Mußt du lesen.«

»Ah, ein Buch. Gar nicht dumm. Da brauchst du bloß abzuschreiben, was?«

»Quatsch. Schreib doch mal ein paar hundert Seiten ab. So einfach ist das nicht. Und du? Wen nimmst du?«

»Fidel Castro«, sagte Pepo stolz. Die verblüffte Miene des Kapitäns machte ihm Spaß.

Frank ärgerte sich, daß er nicht auf Fidel Castro gekommen war, weil der die Revolution gegen die Schmarotzer als Partisan angefangen hatte. Doch sein Pawel war so gut wie der tapferste Partisan. Von dem wußte er am meisten. Das ganze Leben Pawel Kortschagins kannte er. Zweimal hatte er Ostrowskis Buch gelesen. Geradezu verschlungen hatte er es. Er wollte so ein Kerl sein wie dieser Pawel. Der Anhänger rumpelte in die Chausseekurve. Wanze holte alles aus dem »Pio« heraus.

Die Gedanken der beiden Freunde waren bei ihren Aufsatzhelden. Eulenbergs Kirchturm tauchte auf, noch verschwommen, aber langsam wurde sein Umriß deutlich. Wie ein Pastellbild stand die Stadt gegen den silberhellen Himmel: das Bergschloß über den Dächern, der wuchtige Backsteinturm und die vielen Schornsteine, rot und grau, violett, gelb und schwarz.

Die Partisanen träumten von erregenden Taten. Der leuchtende Tag und die unbeschwerte Fahrt mit dem Lohn ihrer Arbeit in der Tasche beflügelten die Träume.

Mittags, beim Geldempfang, war Agronom Hübner im Genossenschaftsbüro erschienen. Er brachte einen Sonderauftrag für die Schichttraktoristen. Acht Ballen Torfmull waren vom Eulenberger Güterbahnhof zu holen. Hübner wollte Lagergeld sparen. Und die Gärtner brauchten den Torfmull. »Machen wir«, hatten die Jungen gesagt. Noch nie waren sie mit ihrem »Pio« in Eulenberg gewesen. Das bißchen Herzklopfen wurde von der Freude übertönt. Los geht's! Ha, eine zünftige Wochenendpartie! Mal freiweg fahren? Was kann schon passieren? Selbst der vorsichtige Agronom hatte keine Bedenken.

Wanze war schneidig aus dem Maschinenhof gekurvt. Und jetzt fuhr er immer noch »mit steifem Knie« drauflos, obwohl sie die Stadt erreicht hatten.

»Halt!« schrie der Kapitän. »Anhalten!«

Wanze wollte nicht hören.

Als er über die Muldenbrücke donnerte, balancierte Frank auf der Anhängergabel nach vorn. Er puffte den versessenen Fahrer ins Kreuz. »Stopp!«

Endlich hielt Wanze. Frank gab ihm letzte Instruktionen: »Die Stadt ist keine Rennbahn, verstanden? Höchstens dritter Gang. Sonst wirst du abgelöst. Und setz die Brille auf. Sicher ist sicher. An der Turmstraße biegst du links ein. Wir fahren hinten rum.«

Wanze schob das Brillenungetüm auf die Nase. Insgeheim wünschte er, jeder Eulenberger sollte ihn am Lenkrad sehen. Doch die Partisanen hatten Grund genug, sich nicht sehen zu lassen.

Frank und Pepo verschwanden hinter der Anhängerplanke.

In der Turmstraße war wenig Verkehr. Wanze fühlte sich ganz sicher auf der vertrauten Maschine. Nur die Brille störte ihn. Er zerrte sie herunter.

Ein Lastzug kam ihm entgegen. Wanze fuhr scharf rechts. Ob ich runterschalte?

Plötzlich wischte von hinten ein Moped vorbei. Es schwankte, schlitterte hin und her. Hatte es den »Pio« gestreift? Da knallte schon das Blech aufs Pflaster. Der Fahrer flog über den Lenker. Ein Schrei. Wanze, von jähem Schreck durchzuckt, trat auf die Bremse. Das Anhängergestänge rasselte. Der Trecker stand. Dicht vor dem linken Rad krümmte sich der gestürzte Mann.

Frank und Pepo sprangen herunter. »Was ist denn?«

Wanzes Hals war trocken. Seine Füße stemmten sich immer noch gegen Bremse und Kupplung. Er schluckte. Woher kamen auf einmal die vielen Menschen? Was sollte er tun? Er riß die Handbremse hoch und stellte den Motor ab. Als er vom Trecker stieg, zitterten ihm die Knie.

Der Verunglückte stöhnte. Einen halben Meter weiter, dachte Wanze und mußte sich anlehnen.

Die weiße Mütze eines Verkehrspolizisten tauchte auf. »Zurücktreten! Machen Sie Platz!« Er suchte Zeugen.

Ein Krankenauto brachte den Verletzten weg.

Wanze kam erst wieder richtig zur Besinnung, als er im Wagen des Unfallkommandos saß und den Hergang schildern mußte. Vorher hatte der Hauptwachtmeister drei Zeugen angehört. Er ließ sich die Fahrerpapiere zeigen.

Feine Schweißpünktchen standen auf Wanzes Stirn. Jetzt bin ich

geliefert. Frank und Pepo draußen schwitzten und litten mit ihm. Ihre Angst war umsonst. Der Polizist betrachtete nur das Bild im Personalausweis. Die Geburtsdaten verglich er nicht. Lächelnd reichte er die Papiere zurück. »Sauber reagiert, Kollege Traktorist. Eindeutige Schuld des Mopedrenners. Gute Fahrt!«

»Danke«, flüsterte Wanze, und eine Tonnenlast fiel von ihm.

Das Unfallkommando fuhr ab.

Kapitän Frank hieb dem so gnädig Entlassenen auf die Schulter. »Mann, Mann, haben wir Dusel gehabt.«

Wanze reckte sich. Er spürte neue Kräfte. Sauber reagiert, ha! Seine Knie bibberten nicht mehr. Lachend bestieg er die Maschine, ließ den Motor an. Frank und Pepo kletterten in den Hänger.

Die letzten Neugierigen gingen weiter. Nur ein Mann stand noch da. Er hatte alles beobachtet. Wanze legte gerade den Gang ein, als der Mann herantrat. Es war Postinspektor Wanzleben.

Die Kupplung schnappte, der »Pio« machte einen Hopser, das Motorengebrumm verröchelte.

Dem Jungen blieb der Herzschlag für eine Weile weg. Das Verhör, was dann folgte, war qualvoll. Auf offener Straße räumte der Inspektor Wanzes Taschen aus. Er kassierte Fahrerlaubnis, Personalausweis und den Schichtfahrerlohn, die sauer verdienten einundsiebzig Mark. »Sofort nach Hause!« kommandierte er.

Die Gruppe der neunten Klasse war zur Sonntagsschicht am Pfaffenberg verabredet.

Frank hatte schlecht geschlafen. Er fuhr zu Sanders. Dort mußte er mit Kaffee trinken. Klaus und Katrinchen wollten auch am Pfaffenberg schippen. »Da können wir euch nicht brauchen«, sagte der große Bruder. Klaus war beleidigt. Seit drei Tagen ging er nämlich in die Schule, stolz, mit dem großen Lederranzen, mit Büchern und Heften. Daß er nicht beim Schulbau helfen durfte, kränkte ihn.

Frau Sander tröstete die Kleinen. »Vati braucht euch doch. Im Heckenrosenweg gibt es heute viel zu tun. Wir machen die Dachstübchen blank und räumen sie ein.«

Frank brachte Irenes Rad aus dem Keller. Sie legte die Hand auf seinen braunen Arm. »Fein, daß du gekommen bist. Nächste Woche kriegen wir den Kran. Vielleicht auch einen Ausbilder. Du machst doch mit?« Er lächelte gequält. »Was hast du, Frank?«

»Wir sind aufgeschmissen«, sagte er und erzählte von der Unglücksfahrt.

In ihren Augen stand Besorgnis. »Werdet ihr bestraft?«

Er hob die Schultern. »Kommt auf Wanzes Vater an. Vielleicht rennt dieser Inspektoraffe zur Polizei und zeigt seinen eigenen Jungen an. Und mich. Und Pepo.«

»Ist er so schlimm?«

»Das stellst du dir nicht vor. Er hat Wanze gleich gefilzt. Auf der Straße. Wie einen Verbrecher. Und angebrüllt. Das Geld hat er ihm auch weggenommen. Der macht ihn fertig. Komm, wir peilen mal ein bißchen.«

Sie fuhren zu Wanzlebens Wohnung.

Frank pfiff vor dem hohen Mietshaus. Dreimal kurz, dreimal lang. Sie blickten hinauf, warteten. Nichts. Wieder ertönte der Partisanenpfiff. Aber nur ein Star in der Linde flötete Antwort.

»Ich werde einfach fragen, ob er zum Schulbau mitkommt«, sagte Irene. Sie ging hinein. Nach wenigen Minuten kehrte sie zurück und schüttelte betrübt den Kopf. »Er darf nicht. Ganz schön angefahren hat er mich, dieser Postonkel.«

»Ein Ekel«, sagte Frank und stieg aufs Rad. Er grübelte. Wie kann man Wanze helfen? Ich muß mit dem Polier sprechen, ihm sagen, wie alles gekommen ist. Vielleicht geht er zu diesem Inspektor.

Oben, hinter der Scheibe, stand Wanze. Er wollte das Fenster öffnen. Da fuhren Frank und Irene ab. »Weg vom Fenster!« sagte der Vater und schloß die Tür hinter sich.

Das Verhör ging weiter. Gestern nachmittag hatte es begonnen. Noch wußte Herr Wanzleben nichts Genaues. Er fragte und bohrte, er drohte und schimpfte. Dem Jungen war flau im Magen. Er hatte kein Abendessen und kein Frühstück bekommen. Zwanzig Stunden ohne einen Bissen! Das war hart für Wanze. Zweimal hatte er einen Schwächeanfall markiert. Richtig vom Stuhl gesackt war er. Aber der Inspektor zerrte ihn hoch. Er ließ sich nicht täuschen. Unerbittlich forschte er.

Mittags, als Bratenduft durch die Wohnung zog, wurde Wanze mürbe. Er sagte alles. Der Vater war fassungslos. Sein Sohn – ein Betrüger und Fälscher!

Es wäre gar keine echte Fälschung, behauptete Wanze. »Bloß dieser dämliche Unterschriftenstempel ...«

Der freche Ton raubte dem Inspektor die letzte Beherrschung. Er holte aus. Wanze deckte den Schlag ab, sprang zurück.

»Hierher kommst du!«

»Nein!« Wanze hielt sich außer Reichweite. Er war schneller als der korpulente Mann. Ein Stuhl polterte zu Boden.

»Bleib stehen, sag ich!«

»Hilfe!« Wanze brüllte mordsmäßig. »Ich lasse mich nicht schlagen. Hiilfee!« Das Gebrüll erwies sich als gute Waffe. Mutter und Oma eilten herbei. »Mann, vergiß dich nicht! Was sollen die Nachbarn denken?«

Herr Wanzleben besann sich auf seine Inspektorenwürde. Damit war es jetzt traurig bestellt. Diese Schande! An ihm blieb es hängen. Warum hatte er auch jenen Stempel nicht besser verwahrt vor den langen Fingern dieses mißratenen Sohnes? Aber reiner Tisch mußte gemacht werden, radikal, das stand fest. Zur Polizei? Damit würde er sich selbst anklagen. Väter haften für ihre unmündigen Kinder. Plötzlich kam ihm die Erleuchtung. Zum Klassenlehrer mußte er gehen. Herr Ebeling war ein Kulturbundfreund. Mit dem konnte man reden. Wenn der Fall in der Schule geahndet wurde, blieb die Polizei aus dem Spiel. Der Lehrer mußte den Anstifter finden. Sicher war es Brinkmann.

Mit Donnerstimme verkündete der Vater das vorläufige Urteil: »Strenger Stubenarrest!«

Wanze wurde vom Familientisch verbannt. Er hockte in seinem Zimmer, eingeschlossen, verzweifelt, mit knurrendem Magen. Die Wohnung lag drei Stockwerke hoch. Keine Dachrinne war in Reichweite, kein Blitzableiter, keine Wäscheleine zum Abseilen. Nicht die geringste Fluchtmöglichkeit bestand.

Nebenan begann das trübe Mittagsmahl. Niemand sprach. Nur Teller und Schüsseln klapperten. Die Frau hatte verweinte Augen. In der Oma nagten Zorn und Mitleid. Keinem schmeckten die Kalbsschnitzel. Der Hausherr trank heute mehr vom sonntäglichen Rotwein, als seinem übersäuerten Magen gut tat. Er rülpste, hüstelte in die Serviette und verlangte Natron.

»Aber etwas muß der Junge doch zu essen kriegen«, sagte Frau

Wanzleben nach dem Kompott. »Seit gestern hungert er. Das ist unmenschlich.«

»Nein!« Die Inspektorenfaust knallte auf den Tisch. Das Geschirr wackelte. »Hier hilft nur Strenge und Konsequenz. Ihr habt ihn immerzu verwöhnt. Nun seht ihr das Ergebnis.«

Der Streit wurde sehr heftig. Drüben legte Wanze das Ohr an die Tapete und hörte zu. Die Frauen siegten. Wenigstens einen Teller Essen mußte der Junge bekommen. »Aber ohne Fleisch!« bestimmte Herr Wanzleben und gab grollend den Schlüssel der Arreststube her. Die Oma trug den Teller hinüber. Sie hatte ein Schnitzel unter den Kartoffelberg gemogelt.

»Armer Junge«, flüsterte sie, »hier, iß schnell.«

Wanze war ins Bett gehuscht. Er krümmte sich, als plagten ihn Schmerzen. Hungerstreik, hatte er beschlossen. Zum Skelett wollte er abmagern. Ganz klein würde der Vater noch werden.

Der Geruch des Essens schwebte im Zimmer. Ein lieblicher, betörender Duft. Er drang dem Ausgehungerten bis ins Mark. Es war ein heroischer Kampf. Doch Partisan Wanze blieb standhaft. »Ich kann nicht«, hauchte er. »Bring das weg, Oma. Der Geruch macht mich verrückt. Ich muß gleich brechen.« Er stopfte die Nase ins Kissen, um nichts mehr zu riechen.

»Mein Gott auch! Bist doch nicht krank, Josef?« Wanze stöhnte. Die Oma nahm den Teller mit hinaus und brühte Pfefferminztee.

An diesem Nachmittag bekam Inspektor Wanzleben allerhand von den Frauen zu hören. Er machte sich bald davon, um Lehrer Ebeling aufzusuchen. Den Schlüssel vom Zimmer des Jungen steckte er ein. Abends traf er auf feindliche Stimmung im Familienkreis.

Wanze hatte sich mit Pfefferminztee vollgepumpt. Unter Aufbietung der letzten Willensreserven brachte er es fertig, auch das Abendbrot zu verschmähen. Nicht mal eine Eiersuppe nahm er an. Er klagte über schreckliches Leibzwicken. Die Oma traktierte ihn mit heißen Umschlägen.

Frau Wanzleben kramte in der Hausapotheke. Sie beriet mit der Oma: Stärkungsmittel oder Rizinus? Vielleicht beides?

Der Inspektor schimpfte:

»Bringt euch nur um! Genau das will der Simulant. Er verstellt sich so raffiniert, wie er die Fälschung betrieben hat. Und ihr geht ihm auf den Leim.«

Wanze hörte die streitenden Stimmen. Er war matt und knabberte an den Fingernägeln. Die Zeit schlich. Als es drüben endlich ruhig wurde, durchstöberte er sein Zimmer. Nichts Eßbares zu finden? Ein altes Schulbrot vielleicht? Nur verschimmelte Kastanien fielen ihm in die Hände. Und die Bonbondose mit Kaugummi, die er schon lange vermißte.

Kastanien soll man doch essen können? Irgendwo hatte er das gelesen. Er löste die Schale mit dem Taschenmesser, biß in den verschrumpelten Fruchtkern. Puh! Wie Seife. Aber irgend etwas mußte er gegen den quälenden Hunger tun. Er versuchte, ihn mit zerkauten Gummibröseln zu besänftigen. Das half gar nichts. Sollte er die Mutter herausklopfen? Und was war morgen? Nein, durchhalten!

Die Nacht schien endlos. Wanze fand keinen Schlaf. Lesen konnte er auch nicht. Die Buchstaben tanzten vor seinen Augen. Er konnte kaum noch denken. Längst war der Kaugummi verschrotet. Und die zerschnitzelten Kastanien hatte er mit Tee hinuntergewürgt.

Als der erste Frühschimmer über die Dächer kroch, nickte er ein. Schlimme Träume plagten ihn.

Am Morgen sah der Arrestant so weiß aus wie das zerwühlte Laken. Er röchelte und spie grünen Schleim.

Herr Wanzleben telefonierte nach einem Arzt.

## *Alles kommt ans Licht*

Irene traf Frank und Pepo im Schulhof. »Hab ich einen Muskelkater«, stöhnte sie. »Mir tut alles weh. Aber soviel hat noch keine Klasse am Schulbau geschafft. Berti wird über unsere Sonntagsschicht staunen.«

An der Tür stand Kahlkopf. Er wartete auf die Partisanen. Soeben hatte er im Sekretariat ein Telefongespräch aufgeschnappt. »Wanze ist krank«, flüsterte er.

Der Kapitän spitzte die Lippen und pfiff leise. »Krank? Guck an.«

»Es ist aber ernst«, sagte Kahlkopf. »Er muß ins Krankenhaus. Seine Mutter hat ihn entschuldigt. Mit dem Magen soll er es haben, ganz ernsthaft.«

Pepo wunderte sich: »Wie macht er das bloß?«

Sie gingen in die Klasse. Wanzes Selbsthilfe stimmte sie zuversichtlich. Keiner glaubte an eine ernsthafte Erkrankung. So etwas kam nicht auf Bestellung.

Nach der ersten Stunde, als die Schüler zur Pause hinausstürmten, rief Herr Ebeling Frank und Pepo zurück.

Sie blieben zögernd an der Tür stehen.

»Kommt her, ihr Knäblein. So schüchtern kenne ich euch gar nicht. Zeigt mal eure Fahrerlaubnis.«

In den beiden Jungen brach eine törichte Hoffnung zusammen. Wie hatten sie glauben können, daß der Postinspektor schweigen würde! »Keine Manöver«, sagte Herr Ebeling. »Ich bin genau informiert.« Frank stutzte. Informiert? Vielleicht kommt das gar nicht von dem Inspektor, wenn Wanze ernstlich krank sein soll? Er dachte an Ede Senkpiel. Ob Ede gepetzt hat? Aus Rache für den Wassersturz? Das muß ich rauskriegen. Er fragte: »Von wem sind Sie denn informiert?«

»Ich habe jetzt zu fragen, Brinkmann.«

»Weiß schon, von Senkpiel. Sagen Sie es nur.«

Ebelings Gesicht verriet nichts. »Die Fahrerlaubnis will ich sehen. Oder wäre euch die Polizei in dieser Angelegenheit lieber? Bitte, ganz nach Wunsch.«

Es gab keinen Ausweg. Sie zogen ihre Schichtfahrerkarten hervor. Der Lehrer griff zum Klassenbuch und verglich die Geburtsdaten. »Aha! Beide geschwindelt. Und das auf einem amtlichen Dokument. Böse Sache. Sehr böse. Habt ihr die Prüfung wirklich gemacht?«

Frank und Pepo nickten.

»Vor der Verkehrspolizei?«

Wieder das stumme Kopfnicken.

»Und wer ist der Anstifter dieser Schwindelei?«

Es war still im Raum. Eine Wespe umkreiste die drei Gestalten. Man hörte das Stimmengewirr vom Schulhof.

»Ich frage noch einmal: Wer hat das angestiftet? Brinkmann! Pohl! Raus mit der Sprache!

Da kann er lange warten, dachte Frank. Er blickte Pepo an. Beide schwiegen.

»Ihr werdet noch sprechen«, sagte Herr Ebeling mit finsterem Gesicht. »Eure Fahrerlaubnis ist eingezogen.« Er marschierte zur Tür.

Die Jungen sahen sich an. Ihr Blick war ohne Hoffnung. Aus. Vorbei mit dem Fahren. Eine stille Frage stand in Pepos Augen: Hast du Angst? Und nach einer Weile murmelte er: »Ausgerechnet der Eber muß uns in die Zange kriegen. Wer kann uns hier raushelfen? Hast du eine Idee, Käptn?«

Frank dachte an seinen Vater. Gestern abend hatte ihm der Polier gesagt, daß er längst Bescheid wüßte über die Treckergeschichte. Sie hätten wie Männer gearbeitet, nun müßten sie den Schwindel auch wie Männer ausbaden. Frank ging zum Fenster. Er horchte auf den Lärm im Schulhof, drehte sich langsam um. »Sind wir vielleicht Verbrecher?«

»Schmu ist Schmu, Käptn. Ebeling macht mit unserem kleinen Dreh bestimmt ein Riesenfaß auf.«

Der Lehrer hatte inzwischen Senkpiel vom Hof holen lassen. Er prüfte auch Edes Fahrerlaubnis.

»Da ist alles in Ordnung«, sagte Ede.

»Aber die hier sind nicht in Ordnung.« Herr Ebeling zeigte ihm Franks und Pepos Schichtfahrerkarten. »Was sagst du dazu?«

Ede druckste herum, strich über die Lockentolle, zerrte an seiner Gabardinehose.

»Senkpiel ehrlich! Du kennst doch die Sache?«

»Bloß ein bißchen. Herr Ebeling.«

»Na und? Das ist Betrug.«

»Ich war nicht dabei, Herr Ebeling.«

»Keine Ausreden. Wer von einer gesetzwidrigen Handlung Kenntnis hat und nichts unternimmt, macht sich mitschuldig. Warum hast du es verhehlt?« Ede sah auf seine Bügelfalte. »Antworte! Angst vor Brinkmann? Der denkt nämlich, du hättest es gemeldet.«

»Nein!« rief Ede. Mehr sagte er nicht.

Die Klingel schrillte.

Ede lief zu Frank. »Du, Brinkmann, der Eber wollte mich ausfragen. Eure Schichtfahrerkarten hat er mir unter die Nase gehalten. Ich soll euch gemeldet haben? Da irrst du dich aber gewaltig. Ich bin kein Verräter. Das mußt du mir glauben.«

Frank glaubte ihm. »Erledigt, Ede. Vielleicht wärst du doch ein brauchbarer Partisan geworden. Na ja, Sense. Wie steht's mit deiner Wasserheule? Kriegst du sie wieder hin?«

»Klar. Die repariert mein Onkel. Der ist Fernsehmechaniker. Kostet keinen Pfennig.«

Herr Ebeling betrat die Klasse.

Pepos Herz pochte. Wird er jetzt loslegen?

Der Lehrer beachtete die beiden Jungen in der hinteren Bankreihe überhaupt nicht. Keinen Blick hatte er für Brinkmann und Pohl.

»Ich glaube, es steht schlecht«, wisperte Pepo, ohne Frank anzusehen. Der Kapitän kritzelte etwas ins Heft, schob es Pepo zu. Da stand: *Mach Dich nicht naß, Alter. Wir werden für unsere Sache gradestehn. Was auch kommt.*

Frank war sehr gefaßt. Er hatte Zeit zum Grübeln in dieser Geographiestunde. Seine Gedanken wanderten hinaus nach Riebast. Er nahm Abschied von dem »Pio«, der ihnen ans Herz gewachsen war. Wer wird nun unseren alten Schlitten fahren? Die Kartoffelernte wollten wir auf ihm noch mit einbringen. Aber sechs Hektar Ödland sind geschafft. Da kann kein Ebeling und kein Postinspektor dran rütteln. Vielleicht hätte nie einer was gemerkt, wenn der Torfmull nicht gekommen wäre. Quatsch, wenn, wenn. Jetzt müssen wir in der Schule rangehen, sonst kriegt Irene noch graue Haare. Fräulein Trapp hat auch schon was gerochen. Heute schreibe ich den Aufsatz. Pawel Kortschagin war in der schwierigsten Lage am stärksten. Den hat nichts umgeschmissen. Und wenn er kippte, ist er immer wieder aufgestanden.

Im Lehrerzimmer der Diesterweg-Schule tagte der Pädagogische Rat. Lehrer Ebeling sprach von betrügerischen Machenschaften dreier Schüler seiner Klasse. Er nannte Brinkmann, Pohl und Wanzleben.

Fräulein Trapp zweifelte an der Beschuldigung. Zwischen ihr und Ebeling herrschte in letzter Zeit eine unfreundliche Spannung. »Betrüger sollen sie sein?« Ein feiner Spott schwang in ihrer Stimme.

»Jawohl, Kollegin Trapp. Leider. Und dazu kann kein Lehrer schweigen. Ich jedenfalls nicht.« Der Mann legte drei Schichtfahrerkarten auf den Tisch. »Da und da und noch mal. Falsche Geburtsdaten. Prüfen Sie selbst. Das nennt man wohl Betrug, oder?«

Die Lehrer wunderten sich über Ebelings Nervosität. Er war doch sonst so kaltblütig und selbstsicher? Manche nannten ihn scherzhaft »Dompteur«. Damals, als er in der berüchtigten 8b die Zügel straffzog, war der Name aufgekommen. Zwei Lehrer vor ihm hatten in dieser Klasse Schiffbruch erlitten. Ebeling setzte sich durch. Aber die jetzige Neunte machte ihm Schwierigkeiten. Nur ihm.

Bertram betrachtete die Fahrausweise. Er strich über seine Glatze. »Nichts, aber rein gar nichts ersparen uns die Burschen! Also mal präziser, Kollege Ebeling. Ohne Umschweife. Was ist passiert?«

Ebeling musterte seinen Direktor befremdet. »Passiert? Älter geschwindelt haben sie sich, alle drei.«

»Ich meine, ob ein Unfall passiert ist?«

»Auch. Aber ohne Verschulden der Schüler, soviel ich weiß. Postinspektor Wanzleben war sehr aufgeregt, als er mir Mitteilung machte.«

»Bitte deutlicher. Womit sind sie gefahren?«

»Auf einem Traktor. Herr Wanzleben hat sie beobachtet und nach dem Unfall gestellt.«

»Diese Abenteurer!« Bertram rieb seine Kopfhaut. »Etwa gestohlen, den Trecker?«

»Das ... das weiß ich noch nicht. Ich hielt es zunächst für meine Pflicht, Sie und das Kollegium zu informieren. Brinkmann und Pohl schweigen verstockt. Wanzleben ist krank.«

»Soso, krank, der Wanzleben. Was fehlt ihm denn?«

»Eine Magengeschichte, hat mir seine Mutter übermitteln lassen. Er mußte ins Krankenhaus.«

Um Bertrams Mund zuckte ein Lächeln. »Kolleginnen und Kollegen, sagte eure Meinung. Karin, mach das Fenster zu.«

Die Diskussion im Lehrerzimmer wurde sehr bewegt. Einer schlug vor, die Polizei zu benachrichtigen, aber das rief nur Widerspruch hervor. Auch Ebeling war dagegen, was ihm Karin Trapp hoch anrechnete. Sie merkte bald, worauf er hinzielte. Er wollte seine große Verhandlung haben. Und er bekam sie. Der Beschluß des Pädagogischen Rates lautete: Genaue Untersuchung; Elternbeirat, Gruppenleitung und die Eltern der Beschuldigten werden geladen. Nach der Sitzung nahm Bertram Ebeling beiseite. »Mich wundert Ihre Heftigkeit. Sie sollten sich von dem Zwischenfall am ersten Schultag nicht beeinflussen lassen. Und noch eins für diese Untersuchung: Wir sind kein Tribunal, wir sind Erzieher.«

»Mich leitet kein persönlicher Groll«, sagte Ebeling ein wenig entrüstet und zugleich unsicher.

Berti strich über seine Glatze. »Ich hoffe es.«

Gruppensekretär Irene war mit Kahlkopf und Harri Behnke zur Verhandlung geladen. Sofort begriff sie, worauf es jetzt ankam. Ihre Mutter hatte für den Elternbeirat die gleiche Einladung erhalten. Irene ging zur RTS. Sie bat Direktor Gutjahr, als Zeuge aufzutreten. Der Mann im Kordanzug sah auf seinen Terminkalender. »Wird nicht möglich sein.«

»Wir brauchen Sie aber ganz dringend«, sagte Irene. »Sie können die Schichtfahrer doch nicht im Stich lassen. Bitte!«

Er lächelte. »Also abgemacht. Zeuge Gutjahr erscheint. Richte deinen Freunden aus, sie sollen ehrlich sein.«

Am Tage der Verhandlung wurde auch dem Kapitän mulmig.

Nachmittags besuchte eine siebenköpfige Gruppendelegation Wanze im Krankenhaus. Strahlend nahm der Patient die vielen guten Wünsche entgegen. Aber blaß war er. Irgend etwas mußte an der Magenkrankheit sein. Pepo wollte es genau wissen.

»Nie wieder hierher«, sagte Wanze. »Ihr denkt wohl, ich bin feige? Laßt euch mal den Magen auspumpen! Da kriegt man einen Schlauch in den Hals gewürgt. Wie ein Bohrer geht der runter. Die Engel habe ich singen hören. Mir schmeckt heute noch kein Essen.«

Der Delegiertenschwarm studierte Wanzes Fieberkurve.

Frank setzte sich aufs Bett. »Unter uns, Alter, wie hast du das fertiggebracht?«

Wanze zwinkerte. Und flüsternd berichtete er: »Mein Vater war reineweg verrückt. Der wollte mich durchs Sieb rühren. Aber ich habe ihm was gehustet. Hungerstreik, versteht ihr. Das ist die schwere Form des Kampfes. Brauchst gar nicht zu feixen, Käptn. Da möchte ich euch mal sehen. Zwei Tage und zwei Nächte lang Kohldampf. Leute, ihr habt ja keine Ahnung. Bloß Kaugummi und alte Kastanien hatte ich. Das haut den stärksten Partisan um. Auf neununddreißigzwo war ich hoch. Mein Arzt weiß alles. Prima Kerl. Er redet nicht drüber. Hat er mir versprochen. Und der Herr Postinspektor ist jetzt ganz klein und brav. Gestern kam er mit Pfirsichen angetrabt. Mein lieber Junge und so.«

Der Krankenbesuch stärkte Frank und Pepo.

Doch abends, als sie im Lehrerzimmer standen, spürten sie

Knieschwäche. Viele Menschen waren versammelt: Eltern, die Gruppenleitung und sämtliche Lehrer der Schule. Die Väter saßen nebeneinander: Polier Brinkmann, Fuhrmann Pohl und Inspektor Wanzleben. »Guten Abend, allesamt«, sagte Herr Bertram. »Bei unseren Treckerexperten soll etwas geklärt werden.« Er wies auf Frank und Pepo. »Ich erteile dem Klassenlehrer das Wort.« Irene schubste ihre Mutter. »Merkst du was? Berti gefällt das Theater auch nicht.« – »Psst!« zischte Frau Sander und gab den Schubs an ihre Tochter zurück.

Herr Ebeling richtete sich hoch auf. »Liebe Eltern! Werter Elternbeirat! Kolleginnen und Kollegen! Ein trauriger Anlaß führt uns hier zusammen.« Er blickte auf sein Manuskript; er hatte alles aufgeschrieben, was er sagen wollte.

Es wurde geklopft. Ein Mann öffnete die Tür. Frank und Pepo fühlten sich etwas besser, als sie das bekannte Gesicht sahen. Irene begrüßte den neuen Gast und stellte ihn vor: »Direktor Gutjahr von der RTS. Die Gruppenleitung hat ihn eingeladen.«

Herr Ebeling guckte verblüfft. Mit gefurchter Stirn wartete er, bis Ruhe eintrat. Dann begann er von neuem. »Werte Anwesende, ich sagte schon, ein trauriger Anlaß ...«

Wieder klopfte es. Die neunte Klasse strömte herein, zweiundzwanzig Schüler, jeder einen Stuhl in der Hand. »Halt, halt!« rief Herr Ebeling verstört.

Kahlkopf stand auf. »Wir beantragen, daß unsere Gruppenfreunde dabeisein dürfen.«

»Genehmigt«, sagte Bertram. »Kollege Ebeling, fassen Sie sich kurz. Ganz kurz, bitte. Das beste ist, wenn Frank Brinkmann berichtet.«

Es war nun sehr eng im Lehrerzimmer. Man mußte zusammenrükken. Schweren Herzens verzichtete Ebeling auf seine große Rede. Aber die Passagen über Disziplin und Verantwortungsbewußtsein wollte er anbringen. Er las sie vom Blatt ab. Dann bat er Herrn Wanzleben, das Geständnis seines Sohnes wiederzugeben.

Der Postinspektor räusperte sich. Längst war der große Zorn verdampft. Daß die Schulverhandlung ein solches Ausmaß annahm, mißfiel ihm. Seine Stimme war matt. Zuletzt sprach er von einem vermutlichen Anführer. Über diesen Punkt hatte er nichts aus Wanze herausholen können. »Mein Junge ist angestiftet worden«, behauptete er. »Ich hoffe, daß der eigentliche Urheber gefunden wird.«

Ebeling ermahnte die Beschuldigten sehr eindringlich zur Wahrheit. Frank erzählte. Seine Worte kamen zögernd. Unverwandt blickte er auf Irene, weil er jetzt Kraft brauchte. Er war ganz ehrlich. Nichts verschwieg er.

Bei der Schilderung des Zetteltricks in Pohls Küche lachten hinten die Schüler. Herr Ebeling wies sie zurecht. Ganz schnell verschwand auch von den Gesichtern einiger Erwachsener das Schmunzeln. Berti untersuchte seinen Kugelschreiber. Der Pionierleiter Alfred blätterte im Notizbuch. Karin Trapp zupfte an ihrem Blusenärmel. Vater Pohl dachte: Diese Wänster! Aber schlau haben sie es angedreht, alles, was recht ist. Das Gesicht des Poliers neben ihm war regungslos. Frank schloß mit den Worten: »Die Idee stammt von mir. Wir wollten fahren und etwas Besonderes leisten. Deshalb haben wir uns älter gemacht.«

Es war still in dem überfüllten Raum. Konnte man die Handlungsweise der Jungen Betrug nennen? Selbst Ebeling kamen Zweifel.

RTS-Direktor Gutjahr meldete sich zu Wort. »Franks Darstellung ist unvollständig. Die wirklichen Leistungen hat er übergangen. Ich möchte einiges ergänzen. Als Vorsitzender des Kreislandwirtschaftsrates bin ich im Bilde.« Er sprach von dem Eifer der Jungen bei der Fahrausbildung und von ihrer Bewährungsprobe, dem Miststapeln. Sie hätten dann mit ihrem »Pio« bei der Erntebergung geholfen und schließlich das Ödland gepflügt, sechs Hektar, in Tag- und Nachtschichten. Sollten sie dafür bestraft werden? Gutjahr zog ein Verordnungsblatt aus der Tasche. »Hier! Im Mai ist diese Dienstanweisung des Innenministers herausgekommen. Darin steht, daß Lehrlinge und Schüler bereits mit fünfzehn Jahren die Fahrerlaubnis der Klasse drei erwerben können. Unsere jungen Schichtfahrer wußten das nicht. Wollen wir ihnen deshalb den Strick drehen?« Er ging zu Frank und Pepo, drückte ihnen die Hände.

Viele Zuhörer klatschten Beifall.

Herr Ebeling war nun gänzlich verwirrt. Er blickte zu Bertram. Der hatte ihn vorher gewarnt. Was sollte Ebeling tun? Berti half ihm aus seiner Verlegenheit. »Ich schlage vor, daß sich die Helden äußern, was sie jetzt tun wollen. Immerhin sind ihre Namen mit falschen Geburtsdaten bei der Verkehrspolizei registriert. Das kann doch nicht so bleiben. Oder, Peter Pohl?«

»Wir ... wir werden hingehen«, stammelte Pepo, »zur ... zur Polizei und alles sagen.«

»Wann?«

Kapitän Frank antwortete für Pepo: »Sobald Wanze gesund ist. Und beim Schulbau wollen wir ordentlich zupacken. Vielleicht mit dem Kran.«

Er sah seinen Vater an, der ihm zunickte. »Damit könnten wir das Dreifache schaffen.«

»Läßt sich machen«, sagte Gutjahr. »Irene hat mich schon bedrängt. Wir stellen einen Ausbilder zur Verfügung. Schlosser Machnitzke leitet die Unterweisung am Kran. Eure gesamte Gruppe kann daran teilnehmen.«

»Bravo!« rief Ede Senkpiel, und von den Schülern kam Beifall.

»Bist du traurig?« fragte Irene.

Frank schüttelte den Kopf. »Ach wo. Es hätte schlimmer kommen können. Fein, daß du Gutjahr rangeholt hast.«

Über ihnen blinkten die Sterne. Sie liefen zum Fluß. Irene balancierte auf der steinernen Uferbrüstung, und Frank hielt ihre Hand. »Hier bin ich schon als kleines Mädchen geklettert«, sagte sie. »Aber da hat mich keiner gestützt.«

Als sie herunterhüpfte, ließ er die Hand nicht los. Wie warm sie ist, dachte er und nahm sich vor, die Hand bis zu ihrer Haustür festzuhalten. Noch nie waren sie so miteinander gegangen. »Komm, Polkaschritt«, sagte sie. »Links zwei drei, rechts zwei drei. Ja, schneller.« Unter ihren Füßen knirschte der Kies. Die Uferlampe spiegelte sich im Fluß. Sie stiegen die Treppe hinauf, Hand in Hand, und schritten über die Brücke.

»Sag mal, Frank, möchtest du älter sein? Ich meine, viel älter. Gleich ein paar Jahre?«

»Hm. Schon.«

»Wie alt?«

»So zwanzig, einundzwanzig. Und du?«

»Achtzehn.«

Sie lachten. Ein Auto flitzte vorbei. Frank sah die Lichtfünkchen in ihren braunen Augen. »Ob du mich noch kennst, wenn du achtzehn bist?«

»Das darfst du nicht sagen.« Sie stupste den Finger auf seinen Mund. Am Brückengeländer blieb sie stehen. »Jetzt startet unser Glücksschiff. Hier im Beutel ist es. Laß mal meine Hand los.«

Er hielt die Hand fest. Mit seiner Linken kramte er das Papierschiff aus ihrem roten Lederbeutel. Sie hatte es während der Verhandlung im Lehrerzimmer gefaltet. »Soll ich?« Er streckte den Arm über das Geländer.

»Ja, du bist Kapitän.«

Das weiße Schifflein segelte hinab. Es wippte auf den dunklen Wellen, wurde immer kleiner, verschwand.

»Wohin mag es schwimmen?«

»Wer weiß«, sagte er. »Vielleicht bis zur nächsten Strombiegung. Vielleicht auch ins Meer.« Sinnend blickten sie über den schimmernden Fluß. Sie sahen das verwirrend bunte Leben auf sich zuströmen, und tausend Fragen wurden in ihnen wach.

»Frank, kannst du dir vorstellen, daß wir nur zwei Stäubchen im Weltall sind?«

»Nein.«

»Ich auch nicht.«

Er hielt ihre schmale warme Hand, bis sie zu Hause waren.

*Inhalt*

Auf großer Fahrt 210
Eine Kanumannschaft bekommt Zuwachs 218
Im Zeltlager 227
Die Sorgen einer jungen Ministerin 237
Ein Dickschädel, dieser Frank 243
Frauen unter sich 252
Besuch aus heiterem Himmel 260
Dschungelkampf und Schweinejagd 269
Karin Trapp gibt nicht auf 273
Ede will Eindruck schinden 281
Ein lahmer Anfang mit der neuen Gruppe 287
Zupacken hilft 292
Hammelbraten am Spieß 300
Ein schneller Abschied 310
Verwirrung 317
Allerlei Überraschungen 324
Franks großer Entschluß 333
Der Anfang einer krummen Tour 339
Die krumme Tour geht weiter 345
Wem gehört Raudi? 358
Hartnäckigkeit führt zum Ziel 370
Irene kommt hinter die Schliche der Jungen 379
Schweinemist und andere Widerstände 391
Die Partisanen gewinnen eine Schlacht 402
Franks Niederlage 409
Überall Spannungen 419
Vater und Sohn 428
Ärger in der neunten Klasse 443
Der Schwindel platzt 454
Alles kommt ans Licht 466

DRITTES BUCH

# Frank bleibt Kapitän

Spät ist Frank eingeschlafen. Er atmet ruhig, regt sich nicht, nur das Phantasiezentrum seines Hirns arbeitet noch.

Bis weit nach Mitternacht hat er gelesen. Das erregende Buch über die Entdeckungsfahrt des Christoph Kolumbus ist seinen Händen entglitten. Im Traum sieht er sich selbst als Admiral des Ozeanischen Meeres auf dem Flaggschiff »Santa Maria«.

Die Männer der Besatzung zweifeln, ob sie jemals die Heimat wiedersehen werden. Tag für Tag nichts als Meer und Stürme und einförmige Schiffskost. Wohin wird sie diese Fahrt mit westwärtigem Kurs führen? Ans Ende der Welt? Oder nach dem ersehnten Indien, wo es sagenhafte Schätze geben soll?

Admiral Frank Brinkmann, mutig und willensstark, hält auf strenge Disziplin der Seeleute. Unerschütterlich glaubt er an das Gelingen seiner Entdeckungsfahrt und an eine ruhmreiche Heimkehr. Tiefe Freude erfüllt ihn, als endlich, nach zwei Monaten, aus dem Mastkorb der Ruf ertönt: »Land voraus! Land in Sicht!«

Nein, das ist gar kein Ruf, den der träumende Junge vernimmt. Das ist ein gewaltiger Donnerschlag, der ihn aus dem Schlaf reißt.

Die Leselampe brennt noch. Benommen richtet er sich auf, sieht die Blitze vor dem Fenster der Giebelstube zucken. Und wieder ein Donnerschlag, der auch seinen Bruder Klaus im Nebenbett weckt.

»Frank, Frank, was ist denn?«

»Ein Gewitter. Brauchst keine Angst zu haben. Das tobt sich in der Aue aus.«

»Und die Blitze?«

»Nichts weiter als elektrische Spannungen zwischen den Wolken. Die entladen sich über der Mulde.«

Von nebenan hören sie Getrappel. Katrinchen schluchzt. Dazwischen Irenes Stimme und beruhigende Worte der Mutter, die heraufgeeilt ist.

Jetzt öffnet Frau Brinkmann die Tür der Jungenkammer. »Anziehen, ihr zwei, rasch, rasch!«

»Warum?« fragt Frank.

»Bei Gewitter zieht man sich an.«

»Ist doch gleich vorbei.«

»Anziehen, hab ich gesagt. Und sofort runterkommen, man weiß nie, was passiert.«

Frank zieht sich nicht an, er bleibt am Fenster. Nur Klaus läuft hinunter.

Als das Donnergrollen verhallt, liegen beide Jungen wieder in ihren Betten und sprechen über die Blitzgefahr. Dabei lauschen sie dem Regen, der aufs Dach pladdert.

Die Verkaufsstellenleiterin Luise, ehemals Sander, hatte vor zwei Monaten den Bauführer Simon Brinkmann geheiratet. Mit ihrer Tochter war sie nach der stillen Hochzeit in den Heckenrosenweg gezogen. Seitdem bemüht sie sich, allen vier Kindern gleichermaßen eine gute Mutter zu sein. Katrinchen und Klaus hängen an der Frau, bloß der eigenwillige Frank macht ihr zuweilen Schwierigkeiten. Und das ist auch Irenes Kummer.

Als Mutti Brinkmann Katrinchen beruhigt hat, geht sie ins Stübchen der Jungen. »Frank«, sagt sie, »du solltest nicht so störrisch sein. Ich verlange doch nichts Unmögliches. Bei Gewitter muß man sich auf alles gefaßt machen. Wie schnell kann ein Blitz einschlagen.« Sie wünscht gute Nacht, löscht das Licht.

Frank, noch der erträumte Admiral Kolumbus, hat die Mahnung nur mit halbem Ohr gehört. Er denkt an die drei Schiffe der Kolumbusflotte. Die hatten keine Motoren und ließen sich auch nicht rudern. Nur mit Windkraft sind sie die ganze weite Strecke vorangekommen. Müßten wir mit unserem Kanu auch versuchen …

Der junge Tag ist erwacht. Eulenberg, das Städtchen an der Mulde, sieht aus wie frisch gewaschen. Nach dem nächtlichen Gewitterregen glänzen die Dächer im Morgenlicht. Über der Aue schwebt noch ein feiner Dunstschleier.

Von dort kommen sie, die »Laubenpieper«, wie Franks Mannschaft von Ede Senkpiel genannt wird: Irene, schlank und braun, daneben der Kapitän mit seinem Paladin Pepo und dem Bastler Kahlkopf, dessen Haare trotz Anwendung verschiedener Mixturen noch immer nicht recht gedeihen wollen. Alle vier wohnen in der Gartensiedlung am Rande der Aue. Und Wanze wohnt nicht weit weg. Morgens holen sie den Spaßvogel zum gemeinsamen Schulweg ab.

Schon von weitem sehen sie ihn an der Haustür stehen. Er reißt die Arme hoch, brüllt: »Leute, schönster Tag des Jahres! Schöner als Weihnachten!«

»Schrei nicht so«, sagt Pepo, »hör lieber zu. Der Käptn plant was Neues. Ein Segel soll aufs Kanu, mit der Paddelei ist Sense.«

»Segel? Das ist gut. Hätten wir längst schon machen sollen.« Wanze schiebt sich neben Frank. »Du, Alter, geht's mit einem Segel auch stromauf?«

»Manchmal«, sagt Frank. »Rückenwind braucht man, Schiebewind und viel Segelfläche. Aber das haut nicht immer hin. Sobald der Wind umschlägt, gehn wir baden.«

»Wieso?«

»Weil kein tiefer Kiel unterm Kanu ist. Der Wind drückt uns weg. Schwerter müssen dran, zwei Seitenschwerter, die verhindern das Driften, das seitliche Abtreiben.«

»Na und? Machen wir.«

»Das sagst du so hin. Ich sehe da Probleme. Erst mal Alublech kriegen, etwa drei Millimeter stark. Dann das Befestigen, knifflige Sache. Hab die halbe Nacht nach dem Gewitter überlegt.«

Seinen Kolumbustraum erwähnt Frank nicht, der sitzt tief in ihm.

Sie erreichen den ehemaligen Gasthof „Zur Muldenaue«, der seit einem halben Jahr ihre provisorische Teilschule ist.

»Hoffentlich entläßt uns der Eber gleich, wenn wir die Flebben haben«, sagt Pepo, »dann nichts wie ab ins Schwimmbad.«

Keiner der fünf hat eine Schultasche dabei. Alle ohne – so war es gestern in der Neunten vereinbart worden. Sie hatten abgestimmt. Ede Senkpiel enthielt sich der Stimme. Er, der Bravste, schwieg zu dem Mehrheitsbeschluß, verschwand als erster.

Nun, im Gasthausgarten treffen sie auf Ede und wundern sich. Auch der Klassenälteste ist ohne Büchertasche gekommen.

»Was denn, Butler, sehe ich recht?« fragt Wanze. »Kein schlaues Buch heute? Wirst wohl endlich vernünftig.« Er sagt es so laut, daß alle ringsum aufhorchen.

Ede nimmt prompt den Köder an. »Du hast ja keine Ahnung von Vernunft. Ich war nie gegen gemeinsames Handeln.«

»Hähä! Von wegen gemeinsam. Das ganze Schuljahr quergeschossen, bloß immer um den Eber geschwänzelt. Jawoll, Herr Ebeling, jawoll, jawoll.«

»Ach du … du Wanzenkopp bist mir viel zu dämlich mit deiner ewigen Blödelei.«

»Das sag lieber nicht noch mal, Ede.«

»Und ob ich das sage. Hast bloß überall die große Klappe und nichts dahinter.«

Wanze, grimmiges Gesicht, geht auf den Klassenbutler zu. Der überragt ihn um einen halben Kopf. Aber Wanze, untersetzt und kampflustig, rückt mit geballten Fäusten vor.

Nun wird es interessant an diesem Julimorgen, der so taufrisch erwacht ist. Ein dichter Kreis von Schülern umsteht die Streithähne. Doch es bleibt bei Beschimpfungen; denn Frank tritt dazwischen.

»Stopp!« ruft der Kapitän. »Keine Keilerei am letzten Schultag. Soll uns der Eber vielleicht fünf Stunden beschäftigen heute?«

Die Zuschauer murren. Viele würden gern sehen, wie Ede das Jackstück vollkriegt.

»Ich bin für einen fairen Wettkampf«, schlägt Frank vor. »Im Schwimmbad nämlich. Erstens: Beide kraulen fünfzig Meter. Zweitens: Jeder holt einen Pfennig aus dem Wasserbecken. Ich spendiere fünf einzelne Pfennige, die unterm Sprungbrett versenkt werden. Und zuletzt ein Köpper vom Zehnmeterturm. Wohlgemerkt Kopfsprung! Der Verlierer zahlt dem Sieger eine Tüte Eis. Mir natürlich auch als Schiedsrichter. Einverstanden?«

Wanze grinst und nickt, läßt die Fäuste sinken. Der Käptn kennt meine Stärke. Im Tauchen schaff ich diesen Ede spielend, hab eine gute Lunge. Und von ganz oben traut der sich nie im Leben, der Kacker.

Ede blinzelt in die Morgensonne, winkt lässig ab. »Ich hab heute was Besseres vor.« Damit dreht er sich um, verläßt den Kreis.

»Schnelle Entscheidung«, sagt Frank. »Held Ede kneift mal wieder, möchte sich nicht mit Ruhm bekleckern.«

Die Zuschauer kichern. Wanze boxt sich gegen die Brust wie ein Gorilla.

Purzel tritt vor Frank hin. »Du, ich hab mich freigeschwommen, bin jetzt im tiefen Wasser ganz sicher. Darf ich manchmal wieder im Kanu mitfahren?«

»Freilich, Purzelchen. Mußt mir bloß mal was vorschwimmen. Weißt ja, ich bin verantwortlich. Wenn du durchs große Bassin kommst, ist alles klar.«

»Schaffe ich ohne Schwierigkeiten«, sagt Purzel. Die kleine dickliche Schwatztante hatte in der achten Klasse zu den Kanubauern gehört. Als einzige war sie sitzengeblieben und besaß nur noch wenig Kontakt zur alten Gruppe.

»Wann paddelt ihr wieder, Käptn?«

»Weiß noch nicht. Wir wollen was ändern am Boot. Ein Segelkanu soll draus werden.«

»Prima. Ich halte mich an Kahlkopf ...«

Da ertönt hinter ihnen die helle Stimme von Fräulein Trapp: »Bitte klassenweise antreten!«

Drei Lehrer warten auf ihre Schüler, geleiten sie in die provisorischen Unterrichtsräume.

Die rote Backsteinschule am Ostrand von Eulenberg hat über zweihundert Jahre auf dem Buckel. Man sieht es ihr an. Sie platzt sozusagen aus den Nähten. Schichtunterricht ist die Folge, alles andere als ein Vergnügen für Schüler und Lehrer. Höchste Zeit, daß die neue Schule am Pfaffenberg fertig wird.

Seit vier Monaten werden die oberen Klassen in der ehemaligen Gaststätte »Zum Muldental« unterrichtet. Kein schlechter Tausch für die Schüler; denn im großen Gasthofgarten kann man sich während der Pausen austoben. Und die Kegelbahn, noch einigermaßen intakt, verlockt viele zu einem Pausenmatch mit den hölzernen Kugeln.

Am heutigen Tage, nach dem Streit zwischen Wanze und Ede, besitzt die Kegelbahn keine Anziehungskraft. Wohl jeder denkt an sein Zeugnis. Wie wird es ausfallen?

Herrn Ebelings Klasse betritt das sogenannte Vereinszimmer, in dem einst wer weiß wieviel Hektoliter Bier durch durstige Kehlen rannen. Der Raum riecht noch immer nach Kneipe. Die wackligen Gartenstühle quietschen.

Lehrer Ebeling, Eber genannt, trägt heute als einziger eine Mappe, was ihn verständlicherweise nicht erfreut. Er packt die Zeugnishefte aus. Durch die Birken draußen flimmert das Morgenlicht. Die Vögel zwitschern. Sonnenkringel tanzen auf den Tischen, huschen über die verräucherten Wände.

Erwartungsvolle Stille.

Ebeling marschiert hin und her, die Hände auf dem Rücken, wie meist im Unterricht. »Ich sehe«, beginnt er, »keiner hat seine Bücher dabei. Das grenzt schon fast an Erpressung. Als wenn der Lehrer nichts mehr zu sagen hätte.«

Lange Atempause.

»Doch leider habt ihr Glück, ich muß es gestehen. Nur zwei Stunden Unterricht am letzten Schultag, vom Direktor angeordnet.« Die Klasse freut sich, der Lehrer hüstelt. »Also laßt uns die kurze Zeit zur Rückschau auf das vergangene Schuljahr nutzen.«

Längst nicht mehr erwähnt Otto Ebeling die Parole von der »eisernen Disziplin«. Sein Verhältnis zu der anfangs aufsässigen Kanutruppe hat sich gewandelt. Das ist dem Einfluß Direktor Bertrams und vor allem der Deutschlehrerin Karin Trapp zu verdanken.

Alle Schüler verehren das zierliche Fräulein. Wer Probleme hat, kann jederzeit zu ihr kommen, findet ein offenes Ohr und helfenden Rat. Ebeling dagegen vertritt das autoritäre Prinzip, ist unnahbar streng und äußerst pinnig. Das mag mit seinen Fächern Mathematik, Physik und Technisches Zeichnen zusammenhängen. Regeln und Formeln sind die Spezialstrecke des korrekten Mannes. Er war Bauzeichner gewesen, ehe man ihn 1948 für den Lehrerberuf geworben hatte.

»Denkt mal nach«, sagt er, noch immer auf und ab marschierend, »was hat euch das Schuljahr gebracht? Wie weit ist jeder in der Neunten gekommen? Aber bitte, vergeßt die Selbstkritik nicht.«

Schweigen. Zwar denken alle, aber sie denken mehr an die bevorstehenden Ferien. Was hinter ihnen liegt, ist überstanden. Keiner meldet sich.

»Na, Edgar Senkpiel, Klassenältester mit deinen fast siebzehn Lenzen, sag ein Wort.«

Ede, noch sauer über die Blamage draußen, stammelt: »Da ... da wäre bloß zu sagen, daß ich bei Ihnen mächtig weitergekommen bin.«

»Mächtig? Das ist mir zu allgemein, Edgar, und ein bißchen dick aufgetragen.«

»Na ja, in Mathe hab ich mich verbessern können, auch in Physik, bloß das Technische Zeichnen macht mir noch Schwierigkeiten. Brauch ich aber später nicht als Industriekaufmann.«

»Irrtum, Knäblein«, erwidert Herr Ebeling, »im Leben braucht man alles mal.« Er lehnt sich ans Fensterbrett, blickt zu Irene. »Und du, Irene Sander, wie denkst du über die zur Debatte stehende Sache? Willst doch Lehrerin werden.«

»Ja, das will ich, ist mein größter Wunsch. Ende Juli fahre ich zum Aufnahmegespräch.«

»Hm, viel Erfolg dabei. Aber jetzt interessiert mich deine Meinung über das Schuljahr.«

Irene zögert, streicht eine widerspenstige Locke aus der Stirn. Frank dreht sich um, nickt ihr aufmunternd zu, und sie faßt Mut. »Wenn ich ganz ehrlich sein soll, am besten gefällt mir der Deutschunterricht. Und Staatsbürgerkunde bei Herrn Bertram. Da kann jeder freiweg seine Meinung sagen.«

»Bei mir etwa nicht?«

»Manchmal schon, doch es macht wenig Spaß bei Ihnen, Herr Eber ... Verzeihung, Herr Ebeling.«

Die Klasse feixt über Irenes Versprecher. Der Mann am Fenster verzieht keine Miene.

Frank meldet sich.

»Brinkmann, bitte!«

»Unsere Klasse ist kein Kollektiv geworden. Manche haschen bloß nach guten Zensuren und vergessen die Kameradschaft dabei. Es hängt doch nicht alles bloß von den Noten ab.«

»Auf die Leistung kommt es an, Brinkmann, in der Schule und später im Leben. Das Zeitalter der hochentwickelten Technik braucht allseitig gebildete Menschen.«

»Aber Zensuren allein machen es nicht«, erwidert Frank beharrlich. »Ich kenne einen, der war Musterschüler, Prüfungsabschluß ›sehr gut‹. Hat dann in der Praxis versagt, ist Traktorist geworden.«

»Was gar nichts bedeutet, Brinkmann. Traktorist ist ein verantwortungsvoller Beruf. Du hast dich ja selbst mal darin versucht. Künftig werden immer mehr komplizierte Maschinen die Produktivität unserer Landwirtschaft erhöhen. Dein Beispiel hinkt. Jener Mann wird sich entwickeln, kann vielleicht mal Ingenieur werden.«

»Nee, schafft der nicht.«

»Und warum nicht?«

»Weil er säuft. Jeden Tag nach Feierabend hockt er in der Kneipe, läßt sich vollaufen. Verdient ja genug mit seinen Hektarrekorden.«

»Eine Ausnahme«, sagt Herr Ebeling unwillig.

Frank kontert sofort: »Was nützt dem nun sein ›Sehr gut‹ im Abgangszeugnis?«

»Eins vergißt du, Junge. Natürlich gibt es zuweilen Versager, auch im Sozialismus. Das ist ein langwährender Entwicklungsprozeß. Etwas Neues braucht seine Zeit, um sich gegen alte eingefahrene Gewohnheiten durchzusetzen ...«

In diesem Augenblick wird der Disput unterbrochen. Direktor Bertram eilt herein, winkt ab, als die Schüler aufstehen wollen. »Es geht um unseren Schulbau«, sagt er. »Spätestens im kommenden Schuljahr wollen wir einziehen. Der Dachstuhl steht bereits. Heute werden die letzten Balken zusammengefügt. Dazu ist nach altem Brauch ein Richtfest fällig. Ihr habt am Rohbau mitgearbeitet, jedenfalls die meisten von euch, und die gehören dazu. Ebenfalls der Elternbeirat, der sich tüchtig eingesetzt hat. Also, Sonnabend zwölf Uhr am Pfaffenberg.« Schon verläßt der glatzköpfige Bertram mit langen Schritten das Vereinszimmer.

Herr Ebeling gibt Zeugnisse aus, läßt seine Schüler einzeln vortreten, sagt, was er von jedem hält.

Man sieht freudige und enttäuschte Gesichter. Aber gerecht hat sie der Eber beurteilt, wie sie feststellen.

Nach dem Gespräch über die Lehrstellen endet der letzte Schultag vor den Ferien. Schubsend und lärmend stürmen sie hinaus in die ersehnten Sommerferien.

## *Die Katastrophe*

Frank und drei seiner Getreuen sind nicht mit ins Schwimmbad gegangen. Der Gedanke, mit dem Kanu segeln zu können, läßt ihnen keine Ruhe.

»Vielleicht kriegen wir bei Schrottzärche Alublech«, sagt Pepo.

Frank klopft ihm auf die Schulter. »Mann, Pepo, die Idee. Zärche! Daß ich nicht selber draufgekommen bin.«

Sie stehen vor Zärches Gerümpelhof, zählen ihr Geld, legen es zusammen.

Der Kapitän will nicht mit zu dem Alten. »Der schmeißt mich raus, hab ihn mal um ein Bleirohr beschummelt. Ihr müßt das Geschäft machen, aber laßt euch von dem Fuchs nicht übers Ohr hauen.«

Das rostige Glockenspiel über der Eisenpforte scheppert. Eine

Frau watschelt herbei, unförmig dick, graue Haarzotteln, flinke Mausaugen. »Was wollt ihr?«

»Können wir Meister Zärche sprechen?«

»Mein Mann liegt im Krankenhaus.«

Wanze bringt ihr Anliegen vor: »Aluminiumblech brauchen wir, ungefähr einen Quadratmeter, für ... für ein Boot, als Seitenschwerter.«

»Geld mit?«

»Freilich«, sagt Kahlkopf.

Die Frau deutet auf den Schrottberg. »Selber suchen, aber Tempo.«

Frank, auf der Mauer hockend, äugt hinüber, ein Holunderbusch deckt ihn. Er hört jedes Wort, springt in den Schrotthof. »Tag, Frau Chefin! Die drei sind meine Kumpel. Wir wollen was basteln.«

»Beeilt euch gefälligst«, sagt die Frau, »hab noch anderes zu tun.«

Nach einer Viertelstunde des Suchens zerren sie zwei Alubleche hervor, schon oxydiert und verschrammt. »Die gehen«, sagt der Kapitän, »kriegen wir hin.«

Schon ist die Frau bei ihnen, schätzt die Stücke ab. »Jedes fünf Mark.«

Frank schüttelt den Kopf. »Neenee, Chefin, Schrottpreis, nicht Neupreis. Sind doch Abfälle.«

»Denkste, Bengel. Alu von dieser Stärke ist wertvoll heutzutage. Wieviel Geld habt ihr denn?«

Die Frage läßt Frank vermuten, daß sie zu handeln bereit ist. »Vier Mark für beide«, sagt er. »Sie können doch jungen Sportsfreunden mal ein bißchen entgegenkommen.«

»Auch das noch! Sportsleute werden vom Staat unterstützt, wir haben um unsere Existenz zu ringen. Ihr ahnt ja nicht, wie schwer das Leben für unsereins ist.«

Sieht man ihr an, denkt Frank und sagt: »Den Rest würden wir später bringen, Sie können mein Schulzeugnis als Pfand behalten.«

»Nichts da, verschwindet.«

Die Jungen geben nicht auf. Sie bitten, daß ihnen die zwei Aluplatten zurückgelegt werden.

Da überkommt Frau Zärche ein Gedanke. »Beladet den Hänger dort, dann läßt sich über den Preis reden.«

Ohne Zögern packen die vier zu, beladen den Hänger mit Schrott.

Schwerarbeit bei manchem Stück, das sie nur gemeinsam hochhieven können. Die Sonne knallt vom Himmel. Sie schwitzen, ziehen die Hemden aus, legen ihre Zeugnishefte daneben.

Das alles sieht die dicke Frau. Sie steht im Schatten der Bretterbude. Wie gern hätte sie so einen fixen Sohn, der ihr die Geschäftslast abnehmen und den Altstoffhandel führen könnte.

Die Schrottlader beeilen sich. Als der Hänger beladen ist, waschen sie sich an der Leitung, prusten und spritzen und albern. Frau Zärche reicht ihnen ein Handtuch. Geld fordert sie nicht mehr für die Blechstücke. Sie hat Spaß an der Freude der Jungen. Die bedanken sich, schieben ihre Zeugnisse wieder unter die Hemden und traben davon mit den beiden Kielblechen. Am nächsten Kiosk kaufen sie sich Eis, die Portion zu dreißig Pfennig.

»Ausdauer hat was für sich«, sagt Frank und schleckt sein Vanilleeis. »Denkt mal zurück an unseren Kanubau. Hätten wir da nicht durchgehalten, wären wir nie zu unserem Boot gekommen.«

Während der vergangenen Gewitternacht war das Unglück passiert, doch sie ahnen nichts, sie spinnen von ihrem Segel auf dem Kanu. Wanze will seiner Oma ein Leinenlaken »aus dem Kreuz leiern«, wie er sagt. Und Pepo versichert, daß Frau Pohl die Segel nähen werde.

In Brinkmanns Schuppen schneidet Frank ein Modell der Seitenschwerter aus Pappe. Er und Karl der Kahle haben alle Maße im Kopf. Mit einem Dorn reißen sie die Modellformen aufs Blech.

»Schlosser Machnitzke sägt uns das bestimmt aus«, sagt Frank, »den kenne ich gut, wird mein Lehrmeister.«

Draußen prüfen Pepo und Wanze die Wäschestützen der Frau Brinkmann. Sie finden eine stabile Stütze mit geradem Wuchs, die als Mast geeignet ist. Zwei dünnere Stangen sollen Mastbaum und Gaffel bilden. Die Hölzer werden abgeschmirgelt und gleich gefirnißt.

Mitten in die Arbeit platzt Klaus mit seiner Hiobsbotschaft: »Frank! Frank! Das Kanu ist zertrampelt! Von den Pferden. Völlig kaputt.«

Sie fassen es nicht, sie rennen zu Pohls Weidekoppel, die am Muldeufer liegt. Der halboffene Schuppen dient als Regenschutz für die Pferde. Hier haben die Bootsbauer ihr Kanu kieloben gelagert.

Sie klettern über den Koppelzaun, hasten zum Schuppen, sehen die großen Löcher im Bootsrumpf, dessen dünne Jalousieleisten zersplittert sind.

Betroffen schweigen die Jungen. Nach einer Weile findet Wanze das erste Wort. »Aus der Traum vom Segelkanu«, sagt er leise, wie für sich selbst. Und der Bastler Kahlkopf fügt hinzu: »Das läßt sich nicht mehr reparieren, ist bloß noch Feuerholz.«

Frank steht neben dem zertrümmerten Kanu, ist wie vor den Kopf geschlagen. Ein Kapitän, der sein Schiff verloren hat, kann nicht stärker erschüttert sein. Er sinkt auf die Knie, packt ächzend das Wrack, rüttelt daran. Alles hin, geht es ihm durch den Kopf, alle Mühe umsonst. Verzweifelt blickt er von den Trümmern auf seine Gefährten. »Hätte ich jetzt einen Colt«, sagt er grimmig zu Pepo, »ich würde euren verdammten Hengst abknallen.« Doch gleich besinnt er sich, schluckt. »Wir sind ja selber schuld.«

Der Rapphengst Bodo, voll Saft und Kraft, umschmust die rossige Fuchsstute Klara, weicht nicht von ihrer Seite. Und den Jungen dämmert, was sich in der Gewitternacht unter dem Schuppendach zugetragen haben mag.

Der Fuhrmannsohn Pepo hebt die Schultern. »So sind Pferde nun mal, Käptn. Die haben eine unheimliche Kraft in den Hufen. Vadder mußte die alte Schimmelstute Rosa dem Schlächter übergeben. Sie fraß kaum noch, hatte Darmkolik, war nicht mehr zu retten. Dafür hat er den Hengst gekauft. Gar nicht teuer, das Rassetier, bloß ein bißchen zu feurig. Vielleicht hat Klara aufgenommen und kriegt ein Fohlen.«

Frank lehnt müde am Schuppenpfosten. »Macht's gut, ihr drei, laßt mich allein. Ich muß damit erst fertig werden.« Seine Hände streichen über die Bootstrümmer. »Kahlkopf hat recht«, murmelt er, »auszubessern ist hier nichts mehr.« Und denkt: Wir hätten das Kanu zwischen den Uferweiden aufbocken sollen. Waren zu faul, zwei Böcke in die Erde zu rammen.

Hinter ihm ist nur Pepo stehengeblieben. »Frank, du tust doch den Pferden nichts?«

»Bist woll behämmert. War doch bloß der erste Schock vorhin, wie ein Wutkrampf. Schon vorbei. Was können die Gäule dafür.«

»Du, Alter, ich wüßte was.«

»Raus damit.«

»Wie wär's mit einem neuen Boot? Größer und gleich als Segler auf Kiel gelegt?«

Der Kapitän denkt eine Weile nach, schüttelt dann kaum merklich den Kopf. »Nein«, sagt er zu seinem Kumpel Pepo, »schaffen wir nicht. Das hier hat schon allerhand Arbeit und Schweiß gekostet.«

Vor seinen Augen steht die Zeit, da sie ihr Kanu gebaut und mühsam jedes Stück Material gesammelt haben. »Nein«, wiederholt er, »aussichtslos. Woher das Material nehmen?«

»Ob uns Krambusch helfen kann?«

»Der hat auch kein Holzlager. Und in der Zehnten müssen wir ranklotzen. Da wird einiges verlangt. Will doch jeder so gut wie möglich abschneiden.«

»Aber wenn ... wenn wir nun ein gebrauchtes Boot kaufen? Man müßte eine Anzeige in die Torgenauer Zeitung setzen. Bei Torgenau liegt der große Baggersee mit Verbindung zur Elbe. Und Boote dort, sag ich dir, alle Typen bis zur Segeljacht. Vielleicht ist dort was billig zu kriegen?«

»Billig, billig! Hast keine Ahnung, was Boote kosten.«

»Versuchen könnte man es trotzdem. Muß ja kein Seekreuzer sein.«

Warum nicht? denkt Frank. Pepos Vorschlag weckt einen winzigen Hoffnungsschimmer in ihm. Der Gedanke an ein größeres Boot hilft ihm ein bißchen über den Kummer hinweg.

Schweigend gehen sie zu Mutter Pohl, bei der es Erbsensuppe mit Bockwurst gibt. Von dem zertrümmerten Kanu sprechen sie nicht.

Vater Pohl ist steif vom Rheuma, das ihn seit zwei Wochen plagt. Stöhnend humpelt er an Krücken durch die Küche, schimpft auf den trockenen Sommer und die Gewerbesteuer, die er trotz seiner Krankheit laufend entrichten muß.

Pepo übermittelt ihm die Einladung von Direktor Bertram zum morgigen Richtfest; denn er habe doch etliche Fuhren für den Schulbau gemacht und nichts dafür berechnet.

»Acht Fuhren«, sagt der Mann, »da möchte unsereins schon beim Richtfest dabeisein, laß ich mir nicht nehmen. Der Bertram denkt an mich. Aber gehen kann ich nicht bis zum Pfaffenberg, unmöglich. Ich muß die Kalesche nehmen. Peter, du holst nachher Klara von der Koppel. Der Rapphengst bleibt dort, muß sich bei uns erst eingewöhnen. Striegle Klara, daß sie glänzt wie lackiert. Und die Hufe ein-

schmieren.« Er blickt zu seiner Frau. »Mutter, du fährst doch mit?«
»Ach, Mann, jetzt in der Einkochzeit paßt mir das gar nicht.«
»Dann fahren die Bengel mit. Allein komme ich nicht auf den Bock, ihr müßt mir dabei helfen.«
»Ehrensache, Vadder«, sagt Pepo. Er zieht sein Zeugnis unterm Hemd hervor und reicht es ihm. Frau Pohl kommt mit der Brille, blickt über des Mannes Schulter.
Die Eltern sind zufrieden. Das »Sehr gut« im UTP loben sie.
»Er ist eben mehr für das Praktische«, bemerkt Vater Pohl. »Ich war auch kein Musterknabe, wahrlich nicht. Hauptsache, man kommt im Leben zurecht. Vielleicht übernimmt er mal das Fuhrgeschäft, aber erst soll er einen Beruf lernen. Maschinenschlosser ist gut, kann einer immer brauchen.«
Die Jungen holen zwei Halfter aus dem Stall, traben zum Heckenrosenweg.
Raudi im Zwinger winselt vor Freude. Der Setter darf mit Pepo und Klaus und Katrinchen im Garten um das von Frank gebaute Indianertipi herumtollen.
Der Kapitän sucht Irene. Mit der Mutter spült sie das Geschirr in der Küche.
»Oh, der Herr Frank läßt sich auch mal wieder zu Hause sehen«, sagt Luise Brinkmann. »Mittag ist längst vorbei. Kannst du nicht einmal pünktlich sein? Er gab einen Spruch bei meiner Mutter: Wer nicht kommt zur rechten Zeit, der muß sehn, was übrigbleibt.«
»Danke«, brummt Frank, »ich habe gegessen.«
»Dann zeig mal dein Zeugnis her.«
»Das liegt noch bei Pohls. Zeige ich heute abend dem Vater.« Frank ist an der Tür stehengeblieben. »Irene, komm doch mal einen Moment.«
Sie folgt ihm nach draußen, wo Pepo wartet. Klaus hat ihr von dem zerstörten Boot berichtet, und sie ahnt, wie es in Frank aussehen mag. Mit ganzer Kraft hatte er sich für den Kanubau eingesetzt, hatte die Gruppe durch sein Beispiel immer wieder mitgerissen, bis das Boot vollendet war. Nun hat ihn das Unglück schwer getroffen. Sie empfindet mit ihm, legt die Hand auf seine Schulter, streicht das Haar aus seiner Stirn.
Er nimmt sich zusammen, lächelt matt. »Du kannst uns helfen,

Irene. Eine Kleinigkeit. Pepo ist nämlich was eingefallen. Schreib eine Anzeige für die Zeitung, verständlich, aber kurz, daß sie nicht teuer wird. Wir suchen in Torgenau ein gebrauchtes Boot zu kaufen.«

Er gibt nicht auf, denkt sie und fragt: »Wovon wollen wir das Boot bezahlen, wenn sich jemand meldet?«

»Da finden wir schon einen Weg. Vielleicht schiebt sich was zusammen. Erst mal Angebote kriegen.«

»Wartet«, sagt sie, »muß bloß noch die Küche aufräumen.«

Als Luise Brinkmann wieder in ihrem Konsumladen verkauft, betritt Frank mit Irene und Pepo das Büro der Anzeigenfiliale.

»Bitte?« sagt das Fräulein hinter der Holzbarriere und guckt, als ständen Kassenräuber aus dem wilden Westen vor ihr; denn Pepo trägt seinen breitkrempigen Cowboyhut und hat die beiden Pferdehalfter umgehängt.

»Wir wollen eine Annonce aufgeben, für die Torgenauer Kreiszeitung«, erklärt Irene.

Sie solle den Zettel ausfüllen, in Druckschrift, sagt das Fräulein.

Irene hat sich den Text überlegt. Sie schreibt: »Junge Wassersportler suchen gebrauchtes Boot, möglichst zum Segeln geeignet, auch reparaturbedürftig.«

Das Fräulein setzt die Kennziffer darunter, fordert drei Mark zwanzig. Pepo bezahlt, tippt lässig an die Hutkrempe. Mit der Hoffnung auf günstige Angebote verlassen die drei das Büro.

Sie stehen in Pohls Koppel. Pepo will den Rapphengst von der Stute weglocken. Vorsorglich hat er einige Brotscheiben eingesteckt. Auf Brot ist der Hengst scharf nach der mageren Graskost. Die weichen Pferdelippen schlappen das Brot Stück für Stück von Pepos Hand. Der, ganz fix, streift ihm das Halfter über. Weitere Brotbrocken folgen, und Hengst Bodo läßt sich zum Schuppen führen. Pepo schnallt das Halfter straff, bindet den Schwarzen am Pfosten fest. Jetzt kriegt Klara ihre Portion.

»Ich möchte zu gern mal reiten«, sagt Irene.

»Läßt sich machen«, erwidert Pepo, »Klara ist lammfromm.« Seine verschränkten Hände bilden den Steigbügel. Ein Schwung, und schon sitzt Irene auf dem breiten Pferderücken, hält sich an der Mähne fest. Von Pepo und Frank geleitet, reitet sie durch die Gartensiedlung, reitet in strahlender Nachmittagssonne bis zu Pohls. Unvergleichlich schön findet Irene diesen ersten Ritt ihres Lebens. Noch eine Runde durch den Hof, dann schwingt sie sich hinunter.

Frank fängt sie auf, hat ihre Taille umfaßt. Ganz nahe sind die Gesichter. Rasch küßt er ihren Mund. Mit großen glänzenden Augen sieht sie ihn an.

In diesem Moment erinnert sich Frank jener zufälligen Umarmung im Treppenhaus bei Sanders, als er Klaus und Katrinchen abholen wollte und Irene das Telegramm vom Vater brachte. Damals hatte er zum erstenmal gespürt, daß ihn mehr als nur Freundschaft mit diesem Mädchen verband. Ein seltsames, bislang ungekanntes Gefühl war in ihm erwacht.

Während beide Pepo beim Pferdeputzen Gesellschaft leisten, muß Frank immer wieder auf Irene blicken. Nur sie und der Sohn des Fuhrmannes hatten zu ihm gehalten, als er in der achten Klasse noch verächtlich Speckfrank genannt wurde. Pepo war von Anfang an der treue Kumpel gewesen. Irene jedoch hatte mehr für ihn bedeutet. Das wird Frank jetzt so recht bewußt. Er möchte hingehen und sie in die Arme schließen und noch einmal ihre Lippen spüren.

Da hören sie Vater Pohls Stimme. »Peter, Peter, hilf mir …« Frank und Pepo rennen ins Haus. Der rheumageplagte Mann ist über die Schwelle gestolpert. Mit den Krücken und seinen steifen Gelenken hat er sich nicht halten können. Hilflos liegt er am Boden. Die Jungen tragen ihn ins angrenzende Schlafzimmer. Er ächzt, atmet schwer. Pepo reicht ihm Tee und eine Schmerztablette.

»Vadder, du mußt Geduld haben und liegenbleiben. Ein Rheumakranker braucht Ruhe, sonst wird es nicht besser mit dir. Möchtest du noch was?«

»Einen Schnaps könnte ich vertragen.«

»Das wäre Gift für dich. Es ist auch keiner da.«

»Aber Stachelbeerwein steht in der Kruke auf dem Küchenschrank.«

»Da gehe ich nicht ran, hast du mir selber verboten.«

Pepo deckt den Vater sorgsam zu, wendet sich an Frank. »Tschüs, Käptn. Ich bleibe hier, bis unsere Mutter zurückkommt.«

»Du, Peter«, brummt Pohl, als Frank hinausgeht. »Mutter braucht nichts von meinem Sturz zu erfahren. Ich will beim Richtfest der neuen Schule dabeisein. Versteht du doch.«

»Klar, Vadder. Aber jetzt bleibst du im Bett. Ich bringe dir ein Glas Stachelbeerwein.«

Frank erzählt Irene auf dem Heimweg, wie es früher bei Pohls stand. »Da war der Alte streng und hart zu Pepo. Hat ihn rücksichtslos mit dem Koppel vermöbelt. Bis Fräulein Trapp und Direx Bertram eines Tages die Striemen sahen. Gleich sind beide dem Mann auf die Bude gerückt. Es gab eine heftige Auseinandersetzung, wie ich von Pepo weiß. Beide drohten mit Anzeige wegen Kindesmißhandlung. Es gelang ihnen, unterstützt von der Mutter, den sturen Kommißkopp zur Vernunft zu bringen. Seitdem kriegt Pepo keine Senge mehr. Und jetzt ist der Alte wie verwandelt, hält große Stücke auf seinen Jungen. Weißt du, was er manchmal sagt? Jaja, hat Pferdeverstand, der Bengel, alles, was recht ist.«

»Eine komische Kruke, dieser dürre Mann«, sagt Irene, und im stillen vergleicht sie ihn mit Simon Brinkmann.

»Mich hat gewundert«, fügt Frank hinzu, »daß Pepo damals nicht ausgerissen ist. Aber bald merkte ich, wie sehr er an seiner Mutter hängt. Und an dem Pferd Klara.«

Irene bricht einen dünnen Zweig aus der Hecke, steckt ihn Frank ins Haar. »Du, ich muß dich mal was Heikles fragen. Warum bist du eigentlich immer so grantig und abweisend zu Mutti? Sie will nur dein Bestes, aber du scheinst es nicht zu merken.«

Sein Gesicht verfinstert sich. »Und du«, entgegnet er, »du scheinst nicht zu merken, daß sie ständig an mir rumnörgelt. Ich hätte nichts als das Boot im Kopf, sollte mich lieber um nützlichere Sachen kümmern. Dabei habe ich einen Stapel Winterholz gehackt und die Waschküche frisch geweißt.«

»Ist doch selbstverständlich, Frank, daß alle zu Hause helfen.«

»Sage ich etwa nein, wenn irgendwas anliegt? Aber was ich sonst tue, lasse ich mir nicht vorschreiben. Von wegen, jeden Tag rumstromern. Bin ich ein Stromer? Auch meine Haare passen ihr nicht. Soll ich die vielleicht mit Pomade einschmieren, daß sie wie angekleistert liegen? Und unsere Stube muß sorgfältiger aufgeräumt sein, und die Fingernägel hätte ich zu pflegen. Lauter solche Dinger verpaßt sie mir, du kriegst gar nicht alles mit. Es kotzt mich manchmal an, Irene.

Ich habe nun mal kein Talent zum braven Bubi, den sie aus mir machen will.«

»Das will sie aber nicht, du bist voreingenommen. Ist es denn so schwer, ein bißchen auf dein Äußeres zu achten und Ordnung in deinen Sachen zu halten und pünktlich zu sein und freundlich zu ihr?«

»Hör auf. Den Ton kenne ich, der reicht mir.«

»Sei bitte nicht gleich eingeschnappt. Daheim soll es friedlich zugehen. Kannst froh sein, wieder eine Mutter zu haben.«

»Stiefmutter«, sagt Frank.

»Oh, das ist aber sehr ungerecht. Für dich sorgt sie genauso wie für uns alle, trotz ihrer Arbeit. Sie hat es nicht leicht mit der Verkaufsstelle und dem Haushalt für sechs Personen. Was da für Arbeit dranhängt, siehst du nicht, machst ihr bloß Ärger und legst jedes Wort auf die Goldwaage. Hast wohl ganz vergessen, daß sie schon im vorigen Jahr Klaus und Katrinchen betreut hat, damit du ins Zeltlager konntest?«

Frank schweigt, überdenkt sein Verhalten. Hat Irene recht? Oder ist sie zu sehr von der Mutter beeinflußt? Ich werde nur noch ja sagen, jaja und weiter nichts.

Der Abend senkt sich auf die Aue.

Über dem Horizont steht der feuerrote Sonnenball. Sein Glutschein taucht das Wolkengebirge in violettes Licht, das im dunklen Blau verglimmt.

Hinter Pohls Weidekoppel schiebt sich ein buhnenartiger Vorsprung in den Fluß. Hier sitzen die Kanufahrer am Feuer. Das Reisigholz knistert.

Pepo hat Hendrik mitgebracht. Hendrik Förster stammt aus der ehemaligen 8b, aber Senkpiels Angeberei war ihm zuwider, nun hat er sich Franks Truppe angeschlossen. Sein sehnlicher Wunsch ist, später mal Matrose zu werden.

Der Kapitän berichtet von ihrer Zeitungsannonce. Er verliest Irenes Text, läßt abstimmen, wer für den Kauf eines gebrauchten Bootes ist. Vielleicht könne man es als Segler herrichten, meint er.

Alle sind dafür, bloß einige äußern Bedenken wegen des Geldes.«

»Da tippt ihr an den wunden Punkt«, sagt Frank. »Das Geld, was wir nicht haben, noch nicht haben, plagt mich auch. Pepo, ihr hättet euch einen Esel statt des feurigen Hengstes anschaffen sollen.«

»Wieso Esel?« fragt der Fuhrmannsohn verwundert.

»Weil wir einen Bricklebrit brauchen, aus dem nach Kommando die Taler purzeln. Esel streck dich! Kapiert?«

Als das Gelächter verstummt, fährt der Kapitän in seiner Rede fort. »Leider haben wir nicht das Märchenglück mit dem Goldesel. Außer Pepos Idee, eine Annonce aufzugeben, fiel uns nichts Besseres ein. Ich denke, wir warten erst mal ab, was kommt.«

Hendrik Förster, ein flinker Junge, ruft: »Bankraub, alle maskiert und Pistolen vorgehalten!«

Wieder lachen sie; denn Hendriks Vater leitet die Sparkasse von Eulenberg.

Es scheint, als sei das Kanuunglück schon verschmerzt. Aber der Schein trügt. Bei einigen sitzt es tief, am tiefsten bei Frank und dem Bastler Kahlkopf. Man sieht es ihnen an.

Indessen ist die Sonne hinter dem Horizont verschwunden. Nur ein blaßroter Schimmer gibt noch Licht. Im Dämmerschein tragen sie das Kanuwrack ans Feuer. Es soll einen ehrenhaften Feuertod sterben.

»Halt!« ruft eine Männerstimme. »Hände hoch, ihr seid umzingelt.«

Sie erschrecken im ersten Augenblick, dann feixen sie. Es sind Karin Trapp und Erwin Vogler, der Stellvertreter des Bauführers Simon Brinkmann. Nicht nur seinem Kollegen Simon ist Erwin von Rostock nach Eulenberg gefolgt, der viel stärkere Magnet heißt Karin. Vor einem Jahr hatte sie den jungen Maurer bei einem Besuch in Rostock kennengelernt, und der Funke war zwischen ihnen übergesprungen. Briefe gingen hin und her. Die anfängliche Zuneigung vertiefte sich. Erwin zog es in die Muldestadt zu der zierlichen Lehrerin.

Beide reichen den Versammelten die Hand. Pepo schürt das Feuer, legt dürre Zweige nach.

Erwin betrachtet das zertrümmerte Boot. »Owei, völlig hin. Aber man sieht noch, daß es ein schnittiges Indianerkanu war. Und ihr habt es selber gebaut, wie mir Fräulein Trapp sagte.«

»Fast allein, aus Holzabfällen, bloß beraten vom alten Krambusch«, sagt Kahlkopf. »Wir wollten ein Segelkanu draus machen.«

Und Pepo berichtet, was in der vergangenen Nacht geschehen sein mochte. Wie bestätigend wiehert hinter ihnen der Rapphengst Bodo, den die Sehnsucht nach Klara umhertreibt.

Sie sitzen um den prasselnden Reisigberg. Fräulein Trapp erzählt von ihrer ersten Segelfahrt auf der Ostsee mit Erwin, der ein geübter Segler sei.

»Ist mein Hobby«, sagt Erwin. »Schon von den ersten Schuljahren an zeichnete ich Boote und Schiffe aller Typen, phantastische Dinger dabei. Mutter riet mir, Maler zu werden. Aber mit vierzehn türmte ich von daheim, wurde in Hamburg Schiffsjunge auf einem Frachter. Dort lernte ich einiges von der christlichen Seefahrt kennen. Hart, das Bordleben, sag ich euch, alles andere als christlich. Es reichte mir. In Rostock wurden Maurer gesucht. Nach zwei Jahren Lehrzeit arbeitete ich mit Simon Brinkmann zusammen. Damals verdiente ich weit mehr als bei der Seefahrt und trat dem Segelklub bei. Am liebsten segelte ich mit einem Renner der Drachenklasse namens Delphin, der flitzte nur so durch die Wellen.«

»Und das haben Sie aufgegeben, Rostock, die Ostsee, den Segelklub?« fragt Wanze.

»Tja, eine andere Bindung war stärker, wenn du das verstehen kannst.« Lächelnd blickt Erwin zu seiner Begleiterin. »Außerdem gibt es hier in der Nähe den großen Torgenauer See und das Zadewitzer Bruchwasser. Hab die Gegend durchstreift und schon mit einem Segelklub Fühlung aufgenommen ...«

Ganz schnell muß ihn Frank unterbrechen. »Herr Vogler, können auch junge Wassersportler in den Klub eintreten?«

»Sicher, Frank. In Rostock waren sogar zwölfjährige Krabben Mitglieder.«

»Ich ... ich meine, auch wenn wir kein Boot besitzen?«

»Warum soll das nicht möglich sein? Jeder Klub sorgt für Nachwuchs und hat klubeigene Boote. Ich werde mich in Torgenau erkundigen und euch anmelden, wenn ihr wollt. Wieviel seid ihr?«

»Sechs«, sagt der Kapitän. »Alle hier vertreten. Im Paddeln geübt und gute Schwimmer.«

»Frank hat vorigen Sommer Purzel aus der Mulde gerettet, die war schon am Abblubbern«, wirft Wanze ein.

Sie schieben die gesplitterten Kanureste ins Feuer. Nur den Bugsteven auch Eichenholz, der heil geblieben ist, reißt Frank von dem Gestell. Dieses eine Stück will er für sich bewahren; denn der Kanubau war seine Idee.

Der Pfaffenberg
und
einige „Bergnuppel“

Zischend fressen die Flammen den Farbanstrich und das trockene Holz. Hochauf lodern sie, spiegeln sich im Wasser. Es knattert und prasselt. Erinnerungen an unvergeßliche Stunden werden wach. Der Rauch zieht über den raunenden Fluß, verliert sich in dämmriger Ferne.

Noch lange sitzen sie vor der Glut, erzählen von ihren Bootsabenteuern. Erwin spinnt tolles Seemannsgarn aus seiner Schiffsjungenzeit, was alle vergnüglich stimmt. Und dann schildert er die erste Begegnung mit Fräulein Trapp in Rostock. Dort habe sie dem Simon Brinkmann energisch zugesetzt, weil er sich nicht um seine Kinder in Eulenberg kümmerte.

Der Mond ist blaßgelb am dunklen Himmel aufgetaucht, als sie heimwärts gehen. Franks Mannschaft vertraut auf Erwin Vogler, den Segelsportler. Irgendwie wird er ihnen schon helfen.

## *Richtfest am Pfaffenberg*

Die Sage berichtet, daß in alter Zeit auf der Berghöhe von Eulenberg ein Mönchskloster gestanden habe. Alle Gemäuerreste sind im Lauf der Jahrhunderte verschwunden, kein Kellergewölbe mehr zu finden, nur die Bezeichnung Pfaffenberg hat sich bis heute erhalten. Der Berg ist längst besiedelt, nach dem Kriege entstanden neue Wohnblocks. Die jungen Bewohner werden von der übrigen Stadtjugend »Bergnuppel« genannt.

Vom Platz der neuen Schule reicht der Blick weit über die Aue mit dem silbrig glänzenden Band des Flusses.

Zwei lebenserfahrene Männer setzen sich mit allen Kräften für den Schulbau auf der Pfaffenhöhe ein: Direktor Bertram und Bauführer Simon Brinkmann. Berti ist es mit seinen beharrlich wiederholten Eingaben und Anträgen gelungen, den langwierigen Weg durch die Behördeninstanzen zu bewältigen und die Baugenehmigung zu erlangen. Simon indessen, den Praktiker, fesselt die schwierige Aufgabe. Innerhalb eines Jahres wollen die zwei Besessenen »ihre« Schule bezugsfertig melden können. Nun, nach knapp vier Monaten, steht bereits der Rohbau mit dem gerichteten Dachstuhl. Eine Rekordzeit. Lehrer und Elternbeiratsmitglieder leisteten freiwillige Arbeitseinsätze. Auch Schüler der oberen Klassen, voran die damalige 8a mit Fräulein Trapp, halfen, wo gutwillige Hände nur helfen konnten. Dadurch wurden einige Fachkräfte für wichtigere Arbeiten frei.

Zum Tag des Richtfestes erscheint im Eulenberger Kreisblatt ein Artikel: SCHULNEUBAU AM PFAFFENBERG DANK HILFE DER BEVÖLKERUNG IN ERSTER ETAPPE VORFRISTIG ABGESCHLOSSEN!

Im Heckenrosenweg sorgt Irene dafür, daß Klaus und Katrinchen schmuck aussehen. Sie erklärt ihnen, was ein Richtfest ist. Stolz trägt Klaus sein Jungpionierhalstuch. Katrinchen möchte natürlich auch ein Tüchlein mit Knoten haben. Also bindet ihr Irene den gelben Seidenschal der Mutter um. Das leuchtende Gelb paßt gut zu ihrem Kleid mit den himmelblauen Pünktchen.

Halb zwölf kommt die Mutter auf dem Moped angeknattert. Ihre Kolleginnen vertreten sie im Konsum; denn als Frau des Bauleiters soll sie am Richtfest teilnehmen, Simon wünscht es. Die Schule ist sein erstes großes Bauvorhaben in Eulenberg, wobei er zeigen kann, was in ihm steckt.

»Irene, Frank, geht schon mit den Kleinen voraus«, ruft Frau Brinkmann, »ich ziehe mich rasch um.«

Frank aber will mit der Kalesche zur Baustelle fahren, er hat es Herrn Pohl zugesagt. Und schon gibt es wieder Differenzen zwischen Stiefsohn und Stiefmutter. Es fehle ihm an Familiensinn, wirft sie dem Jungen vor und nennt ihn einen Starrkopf. Das hätte sie nicht sagen sollen, Starrkopf schon gar nicht. Hat er sich nicht wochenlang, als die schlampige Tante Hedwig weggezogen war, um die Kleinen gekümmert? Freilich mit Irenes Hilfe, aber er allein trug damals die Verantwortung für seine Geschwister.

Ein Wort gibt das andere, bis Frank sich umdreht und zu Pohls läuft.

Pepo schirrt im Hof die Fuchsstute Klara vor den leichten Einspänner. Sie schieben den rheumasteifen Fuhrmann hinauf. Vater Pohl ergreift die Zügel, beide Jungen neben ihm winken der Mutter, und mit hü und hott und Zungenschnalzen geht es ab.

Vor dem Rohbau am Pfaffenberg sind schon eine Menge Leute versammelt.

»Dunnerlüttchen«, brummt Pohl beim Anblick der Schule, »die ist ja mächtig schnell hochgeschossen.« Mit Unterstützung seiner Begleiter hangelt er vom Kutschbock. Pepo reicht ihm die Krücken. Direktor Bertram begrüßt den lahmenden Fuhrmann, geleitet ihn zu der provisorischen Tafel aus Gerüstbohlen, wo zwischen den Maurern und Zimmerleuten die Ehrengäste sitzen.

Das kleine Fest für die Bauleute und ihre Helfer beginnt Schlag zwölf mit einem Trompetensolo von Hendrik Förster. Auf dem First des Dachstuhles hissen zwei Lehrlinge den Richtkranz. Die bunten Bänder flattern, während das Trompetensolo verklingt.

Bauleiter Brinkmann, weißes Drillichzeug, blauer Schutzhelm, begrüßt die Gäste im Namen seiner Kollegen. Er dankt all denen, die gemeinsam mit den Bauarbeitern zwei Wochen Planvorsprung erreicht haben. Als Abschluß seiner kurzen Rede sagt er: »Möge das Werk unserer Hände künftigen Generationen im Frieden dienen.«

»Wie gut Vati das kann«, wispert Klaus seinem Bruder Frank ins Ohr.

Katrinchen sitzt auf Irenes Schoß, um alles sehen zu können. Am liebsten möchte sie den Paps jetzt umarmen, aber das geht nicht. Man bittet ihn mit Direktor Bertram und Frau Weiland, der Vorsitzenden des Elternbeirates, zu Schulrat Wenzel. Die drei werden als Aktivisten der sozialistischen Arbeit ausgezeichnet. Beifall und Gratulationen von allen Seiten.

»Noch ein Wort an die Schüler«, sagt Herr Wenzel. »Die meisten von euch, ihr jungen Freunde, haben zwanzig und mehr freiwillige Aufbauschichten geleistet. Euer Einsatz ist vorbildlich. Ich möchte euch als Jungaktivisten bezeichnen. Eure Namen werden im Ehrenbuch der neuen Schule stehen.«

Während er dies sagt, flitzen Frank und Wanze in den Bau. »Achtung, Achtung!« brüllt Wanze. Ein Trompetenstoß von Hendrik folgt. Und die beiden bugsieren eine mannshohe, weißgestrichene Sperrholztafel aus der Türöffnung. Darauf ist in großen Druckbuchstaben geschrieben:

BAUEN IST EINE LUST
DOCH HABEN WIR NICHT GEWUSST
WIEVIEL SCHWEISS ES KUST

Die Heiterkeit der Gäste und Bauleute bildet den Auftakt zum Richtfestschmaus. Es gibt Kesselgulasch mit Paprika auf ungarische Art, von Fräulein Trapp und Frau Weiland über offenem Feuer gekocht. Erwin Vogler klopft mit kundiger Hand den Zapfhahn ins Bierfaß, Irene und Katrinchen verteilen Brause an die jungen Leute.

Bald ist der riesige Gulaschkessel geleert, das Bier schäumt in den Gläsern, und man wird fidel an der langen Tafel. Bürgermeister Kofke, einst Zimmermann gewesen, erzählt, wie er als Stift in der schlimmen braunen Zeit von groben Gesellen geschunden wurde. Das regt die Männer um ihn an, von ihrer Vergangenheit zu sprechen. So manche Story geben sie zum besten, während die Schüler den Bau durchstreifen.

Als dann das Bierfaß keinen Tropfen mehr hergibt, gebietet Simon Brinkmann Feierabend.

Einige Schülerinnen räumen die improvisierte Festtafel ab. Der Bauleiter und sein Stellvertreter sind froh, diesen Tag ohne Panne überstanden zu haben. Das Schild der Jungen mit dem Spruch von der Baulust solle an der Fassade bleiben, meint Erwin, dann habe man jeden Tag was zu schmunzeln.

Brinkmanns Gedanken wandern. Er überlegt die zunächst fälligen Arbeiten, hat den Kopf voller Pläne und Termine. Wie ein Nachtwandler marschiert er um den Rohbau. Vor sich sieht er die fertige Schule, von Sträuchern umsäumt, mit dem Pausenplatz für sechshundert Schüler, die hier lernen werden, was das Leben von ihnen fordert. Auch Klaus und Katrinchen sieht er in der turbulenten Schar, muß an die zweiklassige Dorfschule von Mönkwitz denken, wo der frömmelnde Kantor ihnen seine Weisheiten eintrichterte. Dem verknöcherten Schulmeister waren die Bienen und sein großer Garten und das Orgelspielen in der Kirche wichtiger als der Unterricht.

## *Heimliche Segelfahrt*

Frank läuft täglich zum Anzeigenbüro. Er läuft umsonst dorthin. Immer wieder nichts, kein Angebot auf die Annonce.

Das Fräulein, verwundert über seine Beharrlichkeit, zeigt ihm den gedruckten Text im Torgenauer Kreisblatt. Sie vertröstet den Jungen.

Mancher lasse sich Zeit mit einer Antwort, sagt sie.

Seine Hoffnung sinkt von Tag zu Tag. Die anderen läßt er seine Enttäuschung nicht merken. Abwarten, denkt er.

Als zehn Tage ohne Zuschrift verstrichen sind, überkommt ihn ein neuer Gedanke: Hinfahren, selber sehen, wie es mit den Booten am Torgenauer See steht.

Nach dem Mittagessen fahren sie zu viert los, treten in die Pedale, daß die Ketten knarren. Frank hat es am leichtesten. Mit seinem noch ziemlich neuen Rad gibt er das Tempo an.

»Klackssache, so ein paar Kilometerchen«, sagt Wanze, »die ziehen wir auf einen Ritt durch.«

Pepo und Kahlkopf haben Mühe, mit ihren alten Drahteseln den beiden zu folgen.

Der Tag ist heiß, die Sonne knallt vom Himmel. Baden wäre besser, denkt Pepo und schimpft im stillen auf den Kapitän mit seinen verrückten Einfällen. Er beißt die Zähne zusammen, tritt und tritt, als wolle er den Sieg einer Friedensfahrtetappe aus dem Feuer reißen.

In Wiedenborn müssen sie verschnaufen, leisten sich vier Brausen. Der Kapitän verteilt Pfefferminzpastillen. »Langsam auf der Zunge zergehen lassen, dann helfen sie gegen den Durst. Es ist nicht mehr weit.« Er mustert seinen Kumpel Pepo. »Schlapp, Alter?«

»Ich doch nicht! Von mir aus bis morgen früh.« Pepo ahnt nicht, was noch kommen wird.

Weiter fahren sie im scharfen Tempo. Wald säumt die Straße, gibt ihnen Schatten. Endlich taucht der See auf, eine riesige Wasserfläche. Nur undeutlich erkennen sie das andere Ufer. Was ist schon die Mulde dagegen!

Sie steigen ab, werfen die Räder ins Gras, sehen die Boote dahinziehen. Dutzende von weißen Segeln: Jollen, Kajütboote und große Jachten.

Lange stehen sie vor dem Bild.

Frank denkt: Einmal, ein einziges Mal in so einem Ding sitzen und fahren und kreuzen und wenden!

Sie radeln der Stadt zu. Dicht am Ufer finden sie eine Bootswerft, fragen sich zum Meister durch.

»Mit gebrauchten Segelbooten handeln wir nicht«, sagt der bärtige Mann.

»Und ein neues«, fragt Frank, »ein ganz einfaches, was kostet das?«

»Junge, soviel Geld hast du noch nicht beisammen gesehen. Oder etwa in der Lotterie gewonnen?«

»Das nicht«, sagt der Kapitän, »trotzdem interessiert uns der Preis.«

Der Bärtige blickt sie der Reihe nach prüfend an. »Unter fünftausend ist da nichts zu machen. Dauert auch seine Zeit, und einer eurer Väter müßte es bestellen, die Hälfte als Vorauszahlung.«

Nach diesem Tiefschlag essen sie eine Bockwurst am Bahnhof, mampfen bedrückt, denken an die fünftausend Mark.

Der Kapitän überwindet als erster die Flaute. »Wißt ihr was? Wir werden segeln, sind doch nicht umsonst hierhergefahren.«

»Und ein Boot?« fragt Kahlkopf.

»Wird gekapert.«

»Nee, für Klauen bin ich nicht.«

»Mann, wer redet denn davon. Wir klauen nicht, wir borgen bloß, für eine Nacht, verstehst du? Es ist Vollmond. Früh wird das Boot wieder am gleichen Liegeplatz festgemacht.«

Schweigen.

Frank wartet, leckt den Mostrich vom Daumen. »Wer macht mit? Jedem ist die Heimfahrt freigestellt.«

Keiner fährt heim, sie wollen es wagen.

Wanze telefoniert nach Eulenberg. »Hallo, Mutti! Wir ... wir haben Panne. Und kein Flickzeug und die Geschäfte schon zu.«

»Wo seid ihr denn?«

»In Torgenau, kleine Radtour.«

»Was soll nun werden?«

»Wir übernachten in der Jugendherberge. Ist ganz billig, Mutti. Sind morgen vormittag wieder zurück. Irene soll den anderen Eltern Bescheid sagen, Pohls und Schönbrods. Hörst du? Geh zu Irene.«

Wanze legt den Hörer auf. »Leute, alles klar. Wir sind rückenfrei.«

Die Sonne sinkt, als sie an den See zurückfahren.

Dort hocken sie im Farnkraut, vor dem Zaun des Klubgeländes. Weit hinten die Fahrräder, unsichtbar, getarnt. Drüben legen die Boote an. Jeden Handgriff der Segelleute beobachten sie: festmachen, abtakeln, Segel einrollen, Persenning verschnüren.

Der Kapitän versteht schon einiges von der Segelei. Aus der Bibliothek hat er sich das Buch über den Segelsport geholt und bis zur letzten Seite gelesen. Er kennt die meisten Bootstypen, teilt seinen Gefährten flüsternd mit, was für ein Segler jetzt einläuft.

Sie haben viel Zeit bis zur Dämmerung. Über zwanzig Boote sind mittlerweile am Steg festgemacht worden. Es ist eine Art Schulung, die Frank mit seinen spähenden Freunden vornimmt. »Der ›Pirat‹ dort«, wispert er, »hat zehn Quadratmeter Segel mit Fock, dem Vorsegel. Liegt gut im Wasser, bloß bei steifem Wind, wenn gewendet wird, muß man aufpassen, auch beim Kreuzen.«

»Was heißt kreuzen?« fragt Pepo.

Der Kapitän erklärt ihm leise die Zickzackfahrt gegen den Wind.

»Und das geht?«

»Siehst du doch. Das herabgelassene Schwert verhindert die Abdrift. Kreuzen ist überhaupt die Kunst des Segelns. Wer das nicht kann, geht baden. Auf unserer Mulde könnten wir nicht kreuzen. Zu schmal, und die Uferbüsche fangen den Wind ab.«

»Dann war das also mit deinen Seitenschwertern eine fixe Spinne?«

»Möchte ich nicht sagen. Hier zum Beispiel, auf dem großen See, würden die Seitenschwerter helfen, schräg gegen den Wind anzukommen. Ganz früher, als es noch keine Dampfmaschinen gab, fuhren alle Schiffe mit Windkraft. Dauerte natürlich viel länger, und im Sturm waren sie ziemlich hilflos. Manche haben wochenlang auf der Stelle gelegen, wenn eine Flaute kam.«

Ob Pepo das begreift, denkt Wanze.

Sie haben Glück. Heute abend gibt es keine Flaute über dem Torgenauer See. Der Wind frischt sogar etwas auf, bläst stetig von Ost.

Das Gelände des Bootsklubs ist menschenleer geworden. Nur in der Kantine sitzen noch drei Männer beim Skat, die Jungen sehen es durchs Fenster. Lange warten sie, spähen und warten.

In Frank kribbelt die Ungeduld. »Los!« zischt er. »Schnell über den Zaun. Einen Hund haben die hier nicht, der hätte uns längst gewittert.«

Barfüßig schleichen sie über den Schwimmsteg. Der Mond ist hell, jeder Mast zu erkennen. Plötzlich hören sie Stimmen, gleiten nieder auf die Planken.

Aha, die Skatbrüder aus der Kantine! Schlüssel klappern, das Zauntor wird verschlossen, die Gestalten verlieren sich im Dämmerlicht unter den Bäumen.

»Hier«, wispert Frank, »das Boot nehmen wir. Eine H-Jolle, hab ich schon vorhin angepeilt. Ist schnittig und schnell.«

Eilig knüpfen sie die Persenning ab, lösen die Bootshalterung. Der Kapitän heißt das Großsegel. »Erst ohne Fock«, sagt er und setzt sich ans Ruder. »Abstoßen!«

Kahlkopf drückt die Jolle mit dem Bootshaken vom Steg. Das Segel flappt, faßt Wind. Sie spüren, wie der Booskörper vibriert und dem Steuerruder gehorcht. Lautlos gleitet die Jolle hinaus auf den mondüberglänzten See.

Frank lacht glucksend vor sich hin. »Jungs, das hat geklappt. Jetzt hoch mit der Fock! Wanze, du machst Fockaffe. Los, los, bewege dich, an Bord muß alles ruck, zuck gehen.«

Großsegel und Fock sind gestrafft, das Boot kriegt schnelle Fahrt. Den Jungen kommt es vor, als flögen sie auf einem Gespensterschiff übers Wasser. Unsagbar glücklich sind die vier. »Einfach Klasse, der Renner«, sagt Wanze. »Ich hätte nie gedacht, daß Segeln solchen Spaß macht.«

»Fockschot etwas nachlassen!« kommandiert der Kapitän und erklärt noch einmal das Wendemanöver beim Kreuzen.

Kaum hörbar gluckst das Wasser unter den Planken. Weit hinten zeichnet sich die Silhouette der Stadt ab. Am nahen Ufer schlägt eine Nachtigall. Und der Himmel voller Sterne.

Als der Mond verblaßt und das erste Frührot heraufdämmert, hat jeder mehrmals am Steuerruder gesessen und sich mit der Jolle vertraut gemacht. Auch die Wende haben alle probiert. Jetzt heißt es zum Klub zurückfinden. Die Morgenbrise ist schwach, das Boot macht nur kleine Fahrt.

»Wo die Nacht bloß hin ist«, sagt Pepo, »ich hätte weiter und weiter segeln können.«

Der Kapitän ist besorgt; denn es wird immer heller. Endlich sehen sie das gelbe Kantinengebäude. Den Angler sehen sie nicht. Sie machen am Steg fest, takeln ab.

»Raus aus dem Boot!« brüllt plötzlich eine Männerstimme hinter ihnen.

»Abhauen!« zischt Frank. Er wirft sich dem Mann entgegen, umklammert ihn, bis seine Freunde vorbeigerannt sind. Der Angler ist dem Jungen an Kräften überlegen, mit hartem Griff macht er ihn wehrlos.

Zeit gewinnen, denkt Frank, daß sie türmen können. Ich werde schon irgendwie davonkommen. Ächzend windet er sich unter dem Griff, sieht noch, wie die Gefährten über den Zaun klettern.

Sein rechtes Schultergelenk schmerzt. Er läßt sich auf die Planken fallen. »Sie verrenken mir den Arm«, sagt er. »Ich habe Ihnen nichts getan.«

»Ach! Einbrechen ist wohl nichts!«

»Uns ging es bloß mal ums Segeln, wirklich. Wir sind Wassersportler.«

»Und da steigt man so mir nichts, dir nichts in ein fremdes Grundstück? Feine Sportlermethode.«

»Die Jolle ist unversehrt«, sagt Frank, »kein Kratzer dran. Gucken Sie doch nach.«

Darauf fällt der wütende Mann nicht rein. Er pfeift gellend, schreit »Emil!« Und noch einmal: »Eemiiil!«

Aus dem Bootsschuppen tritt ein junger Bursche, trabt herbei. »Was ist denn hier los?«

»Wirst du gleich erfahren«, sagt der Angler. »Aber erst schnappst du dein Rad, telefonierst bei Böhmes zur VP. Hier muß Polizei her.«

## *Ein Ausweg*

An diesem verhängnisvollen Morgen bietet sich für den Kapitän keine Fluchtmöglichkeit, sosehr er auch umherspäht und den Griff ums Handgelenk auf seinem Rücken zu lockern versucht. Der Angler hält ihn unentrinnbar fest. Als das Polizeiauto eintrifft, gibt Frank jeden Fluchtgedanken auf.

Ich werde ganz offen sagen, wie es war. Doch sogleich kommen ihm Bedenken, weil er dann die Namen der anderen angeben müßte. Wäre das Verrat? Und einfach dumm stellen? Kenne sie nicht, zufällig getroffen? Nein, das würde mir keiner glauben.

Mit zwiespältigen Gedanken sitzt er im VP-Revier. Vor ihm Hauptwachtmeister Kern, daneben der grimmige Angler als Tatzeuge und die noch grimmigere Frau Lorenz, Eigentümerin jener Segeljolle. Eine Polizistin tippt das Protokoll.

Zu seinem Glück hat Frank den Personalausweis in der Gesäßtasche. Er solle Namen und Adressen der Beteiligten nennen. Nach einigem Zögern sagt er, daß alles seine Schuld sei, er habe die anderen zu der nächtlichen Segelfahrt überredet. Aber das hilft ihm nichts. Und weil er nicht lügen will, muß er die Namen seiner Gefährten preisgeben. Sie seien Wassersportler, haben nur mal ein paar Stunden segeln wollen und dann die Jolle ohne einen Kratzer zurückgebracht.

»Die ganze Nacht auf dem See?« fragt Hauptwachtmeister Kern ungläubig.

»Wir sehnten uns doch nach einer Segelpartie. Keiner war müde.«

»Etwa ohne Licht?«

»Es war Mondschein, wir konnten uns gut orientieren. Mit unserem Kanu, das wir früher besaßen, sind wir auch schon nachts auf der Mulde gefahren. Das war schwieriger.«

Prüfend sieht ihm der Hauptwachtmeister ins Gesicht. »Belüge mich nicht, Junge.«

»Ehrenwort«, sagt Frank, »stimmt alles. Ich bin allein schuld.«

»Und einen Befähigungsnachweis hat wohl auch keiner von euch?«

»Nein«, sagt Frank.

Der Polizist wendet sich an die zwei Kläger. »Ist etwas gestohlen worden? Oder beschädigt?«

Beide müssen das verneinen. Aber es sei Einbruch gewesen, behauptet der Mann.

»Wir sind keine Einbrecher«, erwidert Frank, »sind bloß über den Zaun und zu der Jolle hin.«

Dem Hauptwachtmeister ist so ein Bootsdelikt während seiner langjährigen Dienstzeit noch nicht vorgekommen. Er glaubt dem Jungen, hält die Sache für eine Lappalie und sucht sie rasch zu erledigen. »Die Täter sind festgestellt, Motiv und Hergang geklärt. Wir schicken das Protokoll zur VP nach Eulenberg, meine Genossen dort werden über das Weitere entscheiden.«

»Ihre Strafe müssen die Bengel kriegen«, sagt der Angler. »Ich denke an eine Arbeitsauflage in unserem Klub, da können sie sich nützlich machen beim Teeren der Schuppendächer.«

Hauptwachtmeister Kern läßt den Vorschlag über die Arbeitsauflage mit ins Protokoll aufnehmen.

»Und die Eltern müssen von dem Treiben ihrer Früchtchen benachrichtigt werden«, fügt Frau Lorenz hinzu.

»Wird in Eulenberg geschehen«, sagt Kern und läßt Frank das Protokoll unterschreiben. »Nun verschwinde, du Nachtsegler. Und laßt künftig die Finger von fremdem Eigentum, sonst werdet ihr als Diebe belangt.«

Der Kapitän ist frei, doch fühlt er sich höchst unwohl in seiner Haut. Schwer liegt die Last der letzten Stunde auf ihm. Warum muß das Polizeiprotokoll nach Eulenberg? Der Polizist hätte doch gleich hier das Arbeitspensum festlegen können. Wir würden schuften wie Schwerarbeiter, um die Sache aus der Welt zu schaffen. Draußen überlegt er: Soll ich noch mal hinein und ihm das sagen? Nein, vielleicht wird's bloß noch schlimmer, wenn die Alte wieder keift.

Frank bereut die Segelfahrt nicht, ärgert sich bloß, daß sie zu spät angelegt hatten. Die Zunge ist ihm trocken, und der Hunger meldet sich. Eine Flasche Milch und drei Brötchen kauft er für den Rest seines Geldes, marschiert kauend aus der Stadt.

Hinter dem letzten Haus sieht er die spiegelblanke Fläche des Sees. Kein Segel weit und breit, nur zwei Fischerkähne bei den Reusen.

Die Müdigkeit überkommt ihn. Er träumt ein bißchen von einem eigenen Boot.

Lange muß er suchen, bis er sein getarntes Rad im Unterholz findet. Bei der Heimfahrt fällt ihm jeder Kilometer schwer.

Bloß gut, denkt er, daß Irene heute nacht nicht dabei war. Es gäbe unheimlichen Krach mit ihrer Mutter. Die wird sowieso ein Faß aufmachen, wenn sie von der Polizeisache erfährt. Hätte Irene unsere Segelfahrt überhaupt mitgemacht? Wahrscheinlich nicht, aus Angst vor der Mutti. Ob sie jetzt noch zu mir steht? Ich sage ihr vorläufig kein Wort. Früher war es anders zwischen uns, früher konnten wir über alles reden, und sie verstand mich immer. Woran liegt das? An mir etwa? Oder an Luise?

Der sonst so selbstsichere Frank quält sich mit wirren Gedanken und müden Beinen nach Eulenberg.

»Ich möchte bloß wissen, was Frank hinter unserem Rücken treibt«, sagt Luise Brinkmann mittags zu ihrer Tochter. »Die ganze Nacht aus dem Haus, und nun schläft er wie ein Bär. Einfach nicht wach zu kriegen.«

Irene ruft Klaus und Katrinchen zum Essen, legt die Gedecke auf. Es gibt Gemüse quer durch den Garten mit Fleischklößchen und Schokoladenpudding.

»Wo bleibt Frank?« fragt Katrinchen.

»Er muß ausschlafen«, erwidert Irene.

»Wo war er denn?«

»Ich weiß es nicht, frag ihn selbst, wenn er runterkommt.«

Frank hat keine Zeit für Katrinchen, als er zwei Stunden später aufgestanden ist. Er löffelt den Rest der kalten Gemüsesuppe, ißt eine dicke Scheibe Brot dazu.

»Mach doch Butter und Wurst drauf«, sagt Irene.

»Muß gleich zu Pepo«, antwortet er mürrisch und schlingt das trokkene Brot hinunter.

»Ist was passiert?« fragt sie.

Ohne zu antworten, hastet er hinaus. Irene bleibt grübelnd zurück. Franks Verhalten schmerzt sie. Auf einmal vertraut er mir nicht mehr. Vielleicht ist in der Nacht was Schlimmes vorgefallen? Oder nimmt er mir übel, daß ich ihm wegen Mutti die Meinung gesagt habe? So empfindlich wird er doch nicht sein. Aber irgendein Kummer bedrückt ihn …

Frank denkt an den Vater, während er zu Pepo jagt. Ich werde ihm alles sagen, gleich heute abend. Damit nehme ich Luise den Wind aus den Segeln.

Pepo schippt die soeben abgeladene Winterkohle in den Keller. Ächzend richtet er sich auf. »Na, Alter, biste auch entwischt?«

»Irrtum«, sagt Frank. »Ganz dicke Luft. Komm mit zu Wanze und Kahlkopf, wir müssen beraten. Eure Kohlen kriegen wir immer noch rein.«

Bald darauf sitzen die vier heimlichen Segler in Schönbrods Garten, essen Knorpelkirschen, während Frank berichtet: »Ich konnte nichts gegen den Alten machen. Der hielt mich fest wie eine Bulldogge, hat mir fast den Arm ausgekugelt. Ein junger Bursche rief die Polizei an. Als das Polizeiauto kam, war ich geliefert.«

»Mensch, Mensch, auch noch Polizei«, sagt Wanze und denkt an seinen strengen Postinspektor.

»Sollte ich schwindeln bei der Vernehmung?« fragt der Kapitän. »War verdammt in der Klemme. Hab die Wahrheit gesagt, die ganze Wahrheit und nahm alles auf mich. Auch eure Namen mußte ich nennen. Sie hätten sowieso alles rausgekriegt und uns als Lügner und Bootsdiebe hingestellt.«

»Was nun?« will Kahlkopf wissen.

»Das Polizeiprotokoll geht von Torgenau nach Eulenberg. Die hier werden uns mit den Eltern vorladen.«

Ein harter Brocken, an dem sie zu schlucken haben. Jeder ahnt, was es für Ärger in den Familien geben wird. Sie überlegen, suchen einen Ausweg. Wanze fällt vor lauter Angst ein rettender Gedanke ein. »Wie wäre es, Leute, wenn wir uns der hiesigen Polizei stellen, alle vier, bevor das Protokoll kommt? Ich meine, ehrlich beichten, wie der Käptn in Torgenau, und uns freiwillig zur Arbeit im Segelklub verpflichten.«

»Mann, das ist der Vorschlag!« ruft Frank. »Ich denke, gleich morgen. Aber erst zu Fräulein Trapp. Die kommt bestimmt mit und sagt für uns gut. Dann werden die Eltern vielleicht gar nicht vorgeladen.«

Ho, wie sie der Gedanke belebt! Sie schwingen sich auf die Räder.

Karin Trapp wohnt im Hasenwinkel der Gartensiedlung. Ein Häuschen mit zwei Stuben, Küche und einer Dachkammer. Oma Berger, die Eigentümerin, ist vor vier Wochen zu ihrem Sohn nach Düsseldorf gezogen. Sie hat ihrer bisherigen Untermieterin die Nutzung des Häuschens überlassen. Aber eine Wohnungszuweisung dafür kann Karin erst erhalten, wenn sie verheiratet ist. Also wird sie mit Erwin Vogler schleunigst in den Ehestand treten. Der Hochzeitstermin liegt bereits fest.

Vergnügt trällert sie vor sich hin beim Putzen der Räume, die Erwin renoviert hat. Plötzlich hört sie das Klingelkonzert vor der Gartenpforte und eilt hinaus. »Guten Tag, Jungs. Auf Besuch bin ich noch gar nicht eingerichtet.« Sie knöpft ihren Arbeitskittel zu. »Wir haben nämlich gemalert und tapeziert.«

»Macht nichts«, sagt Wanze, »die Gartenbank reicht für uns.«

Sie sitzen zwischen Cosmea und Levkojen und Kartäusernelken. Nein, Tee solle sie nicht machen, es gehe nur um eine Frage.

Der Kapitän trägt das Anliegen vor. Sie erfährt von dem heimlichen Segelabenteuer und seinen Folgen. Sogleich versteht sie, was die Jungen bedrückt. »Selbstverständlich will ich euch helfen, aber ob mich die Polizei an Stelle eurer Eltern akzeptieren wird, ist fraglich.«

»Sie sind doch unsere Lehrerin, Sie kennen uns genau. Wenn das nicht wirkt!«

»Gut, versuchen wir es. Müßt sagen, daß ihr die Schuppendächer des Segelklubs umgehend teeren werdet. Freiwillig, das macht Eindruck. Ich schlage vor, Treffpunkt morgen früh acht Uhr. Morgen ist Sprechtag.«

»Danke«, sagt Frank. »Und was ich noch fragen möchte, wann heiraten Sie?«

»Genau in vierzehn Tagen«, sagt sie. »Warum, Frank?«

»Weil wir für Sie Spalier vor dem Standesamt bilden wollen.«

»Oha! Da muß ja mein Bräutigam allerhand Kleingeld unter die Leute streuen, das soll nämlich Glück bringen.«

»Glauben Sie daran?«

Karin Trapp lacht und verabschiedet sich von den Besuchern, denen nun etwas leichter ist, als sie ihre Stahlrösser besteigen.

»Los, wir fahren zu mir!« ruft Wanze. »Ich weiß noch was, ich telefoniere nach Torgenau.«

Wanzes Oma ist Überraschungen von ihrem Enkelsohn gewohnt. Sie stellt Limonade für seine Freunde auf den Tisch, während Wanze im Telefonbuch blättert und die Nummer des Sportklubs »Adria« wählt.

»Guten Tag. Hier spricht Josef Wanzleben aus Eulenberg. Und wer sind Sie bitte?«

»Klubwart Böhme. Worum geht es?«

»Wir haben gestern nacht eine Jolle der Frau Lorenz unerlaubt benutzt. Wollen die Arbeitsauflage ableisten. Morgen mittag sind wir dort.«

»Na, dann kommt man, gibt allerhand Arbeit bei uns. Hoffentlich redest du nicht bloß.«

Das klingt zweifelnd, und Wanze beteuert: »Wir kommen bestimmt, und wenn wir uns Schwielen holen.«

Der Mann brummt noch etwas Unverständliches, dann ist der Kontakt unterbrochen.

»Josef«, sagt die Oma, »was habt ihr da wieder ausgefressen?«

»Keine Sorge, Omchen, wird morgen schon ausgebügelt.«

»Wenn dein Vati etwas davon merkt, gottogott, ich weiß ja nicht ...«

»Liebes Omchen, vergiß es. Er darf nichts erfahren. Ich kann mich doch auf dich verlassen?«

»Freilich, Junge! Und Mutti wird auch schweigen, dafür sorge ich.«

Wanze umarmt seine Oma. Und die heimlichen Segler radeln zu Pohls, schippen eilends die Winterkohlen in den Keller, achtzig Zentner. Es sei Training für die Arbeit morgen, sagt Kahlkopf.

Abends ist Frank wie gerädert. Wo er letzte Nacht gewesen sei, fragt der Vater nach dem Essen. Der Kapitän sagt alles, bekennt seine Schuld und versichert, daß sie die Sache in Ordnung bringen werden, morgen schon, beim Sportklub und der Polizei.

Simon Brinkmann überlegt. Wie war ich denn damals? Lausejungenstreiche genug, aber von der Polizei sind wir nie belangt worden. Der Trottel von Dorfgendarm war viel zu dußlig, uns auf die Schliche zu kommen. Soll Frank die Sache selber ausbaden.

»Bist fast sechzehn«, sagt er, »mußt allein wissen, was du tust. Hast es früher auch gewußt, als ich in Rostock war. Kapitän nennen dich deine Freunde. Nun beweise, was in dir steckt. Mach klar Schiff, Sohnemann.«

Mehr sagt Simon Brinkmann nicht. In seinen Worten liegt Anerkennung und Erwartung zugleich.

Der Weg zum Eulenberger Polizeiamt wird den Jungen sauer. Sie sind froh, daß Karin Trapp sie hineinbegleitet.

Ein VP-Leutnant hört den Kapitän an. Zum Schluß seiner Beichte sagt Frank: »Wir übernehmen jede Arbeitsauflage im Segelklub, haben schon mit dem Klubwart telefoniert.«

Fräulein Trapp leistet den reuigen Nachtseglern Beistand. Sie zählt ihre Arbeitsstunden beim Schulbau auf und äußert, daß sie der Schulrat als Jungaktivisten bezeichnet habe.

»Dann beweist eure Aktivität gefälligst auch im Torgenauer Segelklub«, sagt der Leutnant und macht sich Notizen. »Ich erwarte eine schriftliche Bestätigung von der Klubleitung über den geleisteten Einsatz.« Mit einem Kopfnicken sind sie entlassen.

Draußen atmen sie erleichtert auf. »Das hätten wir hinter uns«, sagt

Frank. »Jetzt Proviant und Arbeitsklamotten holen, dann ab wie die Feuerwehr!«

Wanze fragt Fräulein Trapp, ob die Eltern noch vorgeladen würden, wenn die freiwillige Strafarbeit abgeleistet sei.

»Vermutlich nicht, falls ihr die geforderte Bestätigung recht bald bringt. Sie müßte vorliegen, ehe das Polizeiprotokoll aus Torgenau hier eintrifft.«

»Schaffen wir!« ruft Wanze. »Wiedersehn und grüßen Sie den Segelfreund Erwin Vogler von uns.«

Nach einer halben Stunde treffen sie sich an der Muldenbrücke und starten im gewohnten Tempo, Frank voran. Was bedeuten schon dreißig Kilometer, wenn man ein Verschulden gutzumachen hat! Sie schweigen und schwitzen während der Fahrt, jeder von dem Willen erfüllt, die Arbeit so schnell wie möglich zu erledigen. Frank weiß, daß sein Ruf als Kapitän auf dem Spiele steht, weiß auch um die Zuverlässigkeit seiner Gefährten. Und er legt ein strammes Tempo vor.

Ohne Pause erreichen sie das Torgenauer Klubgelände und melden sich bei Herrn Böhme, dem Klubwart. Der Alte, blaue Schiffermütze, Zigarrenstummel im Mundwinkel, mustert die vier Jungen. Nach dem kurzen Telefongespräch gestern hat er nicht erwartet, daß sie kommen würden. Zunächst müssen sie unterschriftlich bestätigen, auf eigene Gefahr und mit Erlaubnis der Eltern hier zu arbeiten. Kurzes Zögern von Frank. Was bleibt ihm? Er unterschreibt, nach ihm die anderen.

Böhme weist ihnen das Teerfaß sowie zwei Leitern, Eimer und Teerbürsten. »Vier Schuppendächer«, sagt er, »insgesamt etwa fünfhundert Quadratmeter. Gewissermaßen für jeden ein Dach. Da oben werdet ihr dampfen wie meine Zigarre.«

Er hat recht, sie dampfen bald; denn die Dachpappe ist heiß, und die Sonne brennt. Gut, daß sie alte Treter tragen und ihre schäbigsten Hosen. Die schwarze Anstrichbrühe läuft wie Wasser aus den Teerbürsten.

Manche Sportler, Jungen und Mädchen dabei, blicken zu ihnen hoch. Es hat sich herumgesprochen, was für Vögel da oben die Teerbesen so hurtig bewegen. Aber Spott und Schweiß nehmen sie gelassen hin, ihr Arbeitseifer bleibt den ganzen Tag über ungebrochen.

Jede Stunde legen sie eine kurze Pause ein, recken und strecken sich, halten die Köpfe unter den Wasserhahn.

Halb sechs machen sie Feierabend, während Boot um Boot mit der Abendbrise hinaussegelt. Sehnsüchtig blicken die teerbeschmierten Dachanstreicher den weißen Dreiecken nach.

Klubwart Böhme reicht ihnen eine Flasche mit Lösungsmittel und einen Pott Schmierseife. »Kommt ihr morgen wieder, Jungs?«

»Und ob, Meister! Gleich früh geht's mit Volldampf weiter.«

Zwar sind sie ausgedörrt und müde, aber das bisher Geschaffte erfüllt sie mit Befriedigung.

Auf der Heimfahrt witzelt Wanze: »Als geübte Teerkolonne könnten wir uns allerhand Feriengeld verdienen. Eine Zeitungsannonce, und es kämen Aufträge die Masse.«

Das erinnert den Kapitän ans Torgenauer Kreisblatt. Ob ich noch mal im Anzeigenbüro nachfrage?

»Du riechst aber komisch«, sagt Katrinchen daheim zu Frank.

»Das ist der Duft von Männerschweiß und harter Arbeit«, erwidert der Kapitän.

Luise Brinkmann schickt ihn in die Waschküche. »Ausziehen und abseifen, aber gründlich! Die Teersachen laß gefälligst draußen, sie verstänkern das ganze Haus.«

Während Frank sich abschrubbt, berichtet Simon seiner Frau und Irene, was ihm Frank über die heimliche Segelfahrt und ihre Folgen gestanden hat.

»Soso«, sagt Luise spitz, »mit der Polizei hat er nun schon zu tun. Schlimm genug. Wird Zeit, daß du ihn als Vater an die Kandare nimmst.«

»Aber Luise! Warum so heftig? Ist er nicht unser Kind wie Irene und Klaus und Katrinchen?«

»Von mir läßt er sich ja nichts sagen. Und du? Du siehst nur den Schulbau und vernachlässigst seine Erziehung.«

»Bleib bitte sachlich. Ich beobachte wohl seine Entwicklung, und vor mir verheimlicht er nichts.«

»Simon, der Bengel braucht eine feste Hand.«

»Ach was! Verständnis braucht er und ein gewisses Maß an Freiheit, aber keine Gängelei. Jetzt macht er die Segelgeschichte aus eigener Einsicht wieder gut durch den Arbeitseinsatz. Ist doch immerhin positiv.«

»Und die Anzeige bei der Polizei? Auch positiv? Am Ende bringt er unsere Familie noch in Verruf.«

»Verruf? Manchmal bis du kleinbürgerlich, Luise. Das gefällt mir gar nicht, und Frank macht es störrisch. Sei ehrlich, du magst ihn nicht.«

Die Frau schweigt.

Hinter der angelehnten Tür steht Frank, will hinein, zögert, weil er die Auseinandersetzung hört. Jetzt tritt er in die Küche, rotgeschrubbt, nur mit der Badehose bekleidet. Er möchte nicht, daß sich der Vater und Luise wegen ihm streiten. Entschlossen sagt er: »Ich ziehe aus, heute noch!«

»Ausziehen? Warum?« fragt der Vater.

»Das wißt ihr alle drei genauso wie ich.«

»Unsinn, Frank. Du hast mit Klaus dein Stübchen. Niemand treibt dich weg.«

»Ich will aber hier keinen Unfrieden stiften.«

»Es ist eine Meinungsverschiedenheit, weiter nichts. Wird sich alles klären.«

Trotz umwölkt Franks Gesicht. Er sieht Irene an. Sie senkt den Blick. Frau Brinkmann wendet sich zum Küchenschrank. Beide sagen kein Wort.

Der Vater nach einer Pause: »Wohin willst du denn ziehen, wenn ich fragen darf?«

»Zu Pohls, in Pepos Zimmer.«

»Und wovon willst du leben?«

»Ich habe Geld auf dem Sparbuch, über hundert Mark. Kann noch mehr verdienen.«

»Wirst doch die Schule nicht aufgeben in deiner Verbohrtheit?«

»Den Abschluß mache ich, das steht fest. Später kann ich im Lehrlingsheim wohnen, vielleicht schon während des letzten Schuljahres. Der Lehrvertrag ist ja so gut wie abgeschlossen.«

»Mein Junge, das überschlaf erst mal. Morgen sprechen wir in Ruhe darüber. Wer rennt denn gleich weg.«

»Ich renne nicht weg, hab es offen gesagt. Und dabei bleibt es.« Frank verläßt die Küche.

Der Vater weiß wohl, daß sein Junge die Ehe nicht gefährden will, weiß auch, daß er ihn jetzt weder umstimmen noch zwingen kann. Er hat noch ein langes Gespräch mit Luise.

Irene sitzt daneben am Küchentisch, betroffen von Franks Entschluß. Ihre Bindung zur Mutter ist stark, dennoch melden sich Zweifel in ihr. Ist es Mutti recht, daß Frank auszieht? Vielleicht möchte sie es? Und er, der Dickkopf, er macht sich gleich davon, denkt nicht an mich in seinem Zorn. Ob ich ihn umstimmen kann?

Indessen rafft Frank oben das Notwendigste zusammen. Der Campingbeutel und ein Karton bergen seine Habe.

»Bleibst du für immer bei Pepo?« fragt Klaus, der einiges von dem Streit unten mitgekriegt hat.

»Mal abwarten, was wird«, antwortet Frank.

»Und dein Werkzeug im Schuppen?«

»Kannst du benutzen. Halte es aber beisammen, ich brauche alles noch.«

»Und Raudi?«

»Der gehört euch.« Damit schultert Frank den Campingbeutel, greift zum Karton. »Tschüs, Brüderchen.«

An der Haustür erwartet ihn Irene. Sie faßt seinen Arm. »Frank, bleib! Du darfst uns nicht verlassen, du gehörst doch zu uns.«

Einen Moment zögert er, schüttelt dann den Kopf. »Es geht nicht. Jetzt kann ich nicht mehr umkehren. Mußt du verstehen.« Er reicht ihr die Hand. »Mach's gut. Wir sehen uns ja immer mal wieder …«

Lange blickt ihm Irene nach, aber nicht ein einziges Mal dreht er sich um.

Halb acht klingelt Frank an Pohls Hoftor. Pepo öffnet, sieht Beutel und Karton. »Hast du Stunk daheim?«

»Und wie, Mann. Kann ich bei euch schlafen?«

»Klar, Alter.« Pepo freut sich.

Drinnen guckt Mutter Pohl verwundert auf den späten Gast. »Was kommt denn da für ein Reisender?«

Frank erklärt, daß ihn Luise nicht verknusen könne und dauernd an ihm rumnörgle. Weil er zu Hause kein Störenfried sein wolle, suche er ein anderes Quartier.

»So was!« sagt Frau Pohl. »Du bist doch nicht unleidlich, wie ich dich kenne.«

Pepo nimmt Frank den Campingbeutel von der Schulter. »Mutter, laß ihn bleiben. Wo wir ganz alte Freunde sind. Ich bin dann nicht mehr so allein.«

Die Frau fragt nicht weiter. Wenn ihr Goldsohn etwas will, gibt sie meistens nach. Und Frank, den sie mag, tut ihr leid. Ist eben eine Stiefmutter, die Luise, denkt sie. Hat vielleicht Bange um Irene wegen dem großen Bengel im Haus.

Die Tür zu Vater Pohls Krankenstube steht offen, er hat alles gehört. »Mal rein mit euch«, ruft er.

Sie gehen alle drei zu dem rheumakranken Mann.

»Guten Abend, Herr Pohl«, sagt Frank. »Ich wünsche Ihnen gute Besserung.«

»Wird schon wieder werden, Junge. Bei euch hängt der Haussegen schief? Kommt in der besten Familie vor. Freilich kannst du bei uns bleiben. Platz genug. Bist ausgerissen, was?«

»Ach wo. Hab Vater klipp und klar gesagt, daß ich lieber bei Pepo wohnen möchte, weil mich hier keiner anmeckert.«

»Hm. Und was meint er dazu?«

»Vater hat es mir nicht verboten. Sie kennen ihn ja. Gegen seine Frau ist er die Ruhe selber. Ich ... ich will euch ja nicht ewig zur Last fallen, bloß als Übergang.«

»Last ist Quatsch«, sagt Pohl. »Ihr zwei könnt mit Klara leichte Fuhren machen, bis ich wieder auf den Beinen bin. Das Geschäft muß weitergehen.«

In der Küche kriegt Frank zwei Stullen mit Griebenschmalz und ein Glas heißen Holunderbeersaft. Der Saft beruhige das Gemüt, bemerkt die Frau. Dann richtet sie das zweite Bett in Pepos Stube her.

»Du, Käptn«, sagt Pepo, als beide in den Betten liegen, »vorhin habe ich Hendrik getroffen und ihm von unserem Seglerpech erzählt. Der Knabe will morgen mit zum Teeren kommen, aus Solidarität.«

»Primissima«, sagt Frank. Seine Gedanken weilen bei Irene. War es richtig, so Knall und Fall auszuziehen? Nun gerät sie noch mehr unter den Einfluß ihrer Mutter. Hätte sie nicht gleich bei dem Streit zu mir stehen können? Nein, kein Wort, kein Blick. Das an der Haustür war nicht echt. Habe ich mich in ihr getäuscht? Hängt sie gar nicht so an mir, wie ich dachte? Vielleicht war es Luises Absicht, uns auseinanderzubringen?

Noch lange grübelt er, bevor ihn der Schlaf umfängt. In dieser Nacht träumt er von einer riesigen Teerfläche, die er mit Irene durchwaten muß. Sie bleibt stecken, klebt fest. Er müht sich, sie herauszuziehen, aber es gelingt ihm nicht. Schwitzend plagt er sich, zieht und zieht …

Früh wird Hendrik, der Trompeter, am Treffpunkt begrüßt. »Bis wann hast du Zeit?« fragt der Kapitän.

»Den ganzen Tag.«

»Dann können wir die Schmiererei heute schaffen.«

Als sie um neun im Segelklub von den Rädern steigen, staunt Klubwart Böhme. »Gleich fünf heute?«

»Tja, Meister«, erwidert Frank, »gute Kumpel halten zusammen.«

Und die Kumpel gehen ans Werk. Ihre Bürsten flitzen über die Teerpappe. Hoho, wir sind doch keine Schwächlinge! Kahlkopf arbeitet unten als Schlepper, füllt die Eimer mit Teer, und Hendrik hievt sie am Seil nach oben. Was die für Saft verbrauchen, denkt Kahlkopf.

Mittags haben sie drei Schuppendächer fertig. Sie essen ihre Stullen, löschen den Durst an der Leitung.

Nach kurzer Pause besteigen sie das letzte, das größte Schuppendach. Die Sonne sticht, der Schweiß rinnt ihnen am Körper herunter. Sie sind wie eine Aktivistenkolonne aufeinander eingespielt. Wanze arbeitet als Gießer. Er schwappt alle paar Schritte eine Pfütze Teer aufs Dach, die anderen verteilen rasch die schwarze Brühe.

Der Nachmittag wird lang und heißer noch als gestern.

Endlich, halb fünf, steigen sie die Leiter hinab. Geschafft!

Nach gründlichem Schrubben und einer Wasserschlacht am Ufer sind sie erfrischt. Aber Hunger!

In der Kantine bestellt Frank für jeden Kartoffelsalat und Brathering. Die Wirtin häuft ihnen reichliche Portionen auf. Wie Wölfe fallen sie darüber her.

Ein Mann im weißen Leinenanzug setzt sich zu ihnen und mustert sie. »Na, Jungs, ihr habt allerhand fertiggebracht in kurzer Zeit, eine dumme Sache und eine gute Sache. Ich bin der Klubvorsitzende Lorenz. Die von euch ganz frech geborgte Jolle gehört meiner Schwester.«

Den Teervögeln ist nicht wohl jetzt, der Mann sieht es. Frank schiebt seinen Teller beiseite, will aufstehn.

»Moment noch, Großer«, sagt Lorenz. »Ich habe Erwin Vogler aus Eulenberg kennengelernt, der hat mir von euch erzählt. Ihr seid doch die Kanubauer?«

»Sind wir«, bestätigt Wanze. »Aber wir haben kein Boot mehr, das Kanu ist hin.«

»Trotzdem könnt ihr bei uns Mitglied werden, auch ohne eigenes Boot. Wendet euch an Heinrich Böhme, der betreut den Seglernachwuchs.«

Frank denkt an die Bescheinigung für den VP-Leutnant, und er bittet Herrn Lorenz darum. »Wir müssen die Bestätigung unserer Arbeit vorlegen, wegen der Anzeige von Frau Lorenz.«

»Verstehe«, sagt der Vorsitzende, »sollt ihr gleich haben. Die Sache ist damit für den Klub erledigt, was ich vermerken werde.«

Sehr froh fahren sie heim, Frank mit dem gestempelten Papier unterm Hemd. Morgen früh will er es dem Leutnant bringen.

## *Das Mädchen vom Lande*

Ria heißt sie, sechzehn Jahre, kurzer Haarschnitt, stämmig wie ein Junge, bloß der Busenansatz unter ihrem Nicki weist sie als Mädchen aus. Und die wohlgeformten Beine; denn sie trägt Shorts, verständlich bei der Affenhitze.

Wanze holt sie vom Bus ab, schwingt ihren Koffer auf die Schulter, markiert den starken Mann. Über drei Ecken ist er mit dieser Ria Bobek aus Gräbnitz verwandt.

»Lange nicht gesehen«, sagt er nach der ersten Begrüßungsverlegenheit. »Bist mächtig aufgeblüht inzwischen.«

»Und du bist noch der alte Spottvogel.« Lächelnd zeigt Ria die blitzweißen Zähne. Ihr Gesicht gleicht einem appetitlichen Tafelapfel: runde Wangen, ein paar winzige Sommersprossen und volle rote Lippen, ob echt oder geschminkt kann Wanze auf Anhieb nicht erkennen. Fast handbreit ist sie größer als er, was ihn ein wenig irritiert. Er hat sie als Pummelchen in Erinnerung.

»Das Landei!« hatte er vorhin daheim gesagt und wollte sie nicht abholen. Darüber war sein Vater zornig geworden. »Wir sind den Bobeks zu Dank verpflichtet, von früher her, aus der schweren Nachkriegszeit. Du holst das Mädchen ab, basta! Und benimm dich nicht wie ein Stoffel. Schließlich ist sie eine Schwippkusine von dir. Bis ihre Ausbildung anfängt, wird sie bei uns wohnen.«

Wanze beobachtet seine Schwippkusine von der Seite. Fast griechisches Profil, denkt er, bloß die vorstehenden Zähne stören ein bißchen.

Flott marschiert sie neben ihm, fragt dies und jenes. Klack, klack machen die hochhackigen Sandalen, deren Riemchen bis über die Knöchel reichen. Wie eine mit den Dingern so sicher gehen kann?

Der Koffer hat Gewicht, er drückt auf die linke Schulter. Doch Wanze wechselt die Tragseite nicht, weil Ria dann aus seinem Blickfeld käme. »Treibst du Sport?« fragt er.

»Klar, im Sommer hauptsächlich Schwimmen, sonst Volleyball und Seilgymnastik und so. Ihr habt doch ein großes Schwimmbad hier, oder war das damals geflunkert?«

»Denkste. Sogar mit Zehnmeterturm. Springst du von zehn Metern?«

»Werde es vielleicht mal probieren. Unser Mühlenteich zu Hause ist über drei Meter tief. Da haben die Burschen ein Sprungbrett gebaut. Bin viel gesprungen. Heute, nach der stuckrigen Fahrt in dem Backofenbus, möchte ich gern baden.«

»Können wir doch«, sagt Wanze. »Kraulst du?«

»Ein bißchen, bloß für den Hausgebrauch. Lieber ist mir Brustschwimmen.«

»Ich bin bester Taucher unserer Klasse, hab die Prüfung als Rettungsschwimmer gemacht.«

Gibt ganz schön an, der Knabe Josef, denkt sie und fragt: »Soll ich dir mal den Koffer abnehmen?«

»Ach wo, schaffe ich spielend.«

Nun schweigen die beiden vor sich hin. Bloß das Klack-klack der Sandalenhacken klopft in den Sommertag.

Am Anfang der Hochstraße, wo Wanzlebens wohnen, setzt er den Koffer ab, atmet tief durch. »Dort unten«, erklärt er, »siehst du die Muldenaue. Den Fluß kenne ich wie meine Hosentasche, haben wir bei vielen Paddelfahrten erkundet. Unser Kanu, mit Käptn Frank selbst gebaut, existiert leider nicht mehr, sonst hättest du mitfahren können. War ein schnittiges Ding, echtes Indianerkanu.«

Wieder ein prüfender Blick von ihr. Sie glaubt ihm kein Wort. »Wer ist dieser Käptn Frank?« will sie wissen.

»Mein bester Freund. So einen Kumpel findet man selten. Wirst ihn noch kennenlernen.«

In der Wohnung oben wird Ria von Frau Wanzleben und der Oma herzlich begrüßt. Sie öffnet den Koffer, überreicht der Hausfrau eine fette Ente als Mitbringsel. Die Oma erhält ein kleines, aber fein arrangiertes Strohblumengesteck. Und für Herrn Wanzleben legt Ria eine Kiste Zigarren Marke Jägerfreude auf den Tisch. Auch Wanze, der Kofferträger, geht nicht leer aus. Eine lange Schlackwurst bekommt er. »Du ißt doch gern«, sagt Ria, »das hab ich noch in Erinnerung von eurem letzten Besuch in Gräbnitz.«

Sie trinken Kaffee, essen Quarkkuchen. Wanze kaut schweigend. Ihn wurmt, daß er unbeachtet am Tisch der drei Frauen sitzt. Die haben sich unglaublich viel zu erzählen von ihrem Familienkram. Er beguckt seine noch teergeschwärzten Fingernägel, geht in die Küche, schrubbt die Nägel mit heißem Seifenwasser. Obwohl er sich fast die Finger verbrüht, kriegt er die letzten Ränder nicht weg.

Ria bezieht ihr Stübchen, kleidet sich um: luftiges Sommerfähnchen und Badelatschen. Wanze führt sie ins Schwimmbad, das wenige hundert Meter hinter der Hochstraße liegt. Die Oma hat ihm eine Mark zugesteckt, er kann für beide den Eintritt bezahlen und noch zwei Tüten Eis.

Als Ria aus der Kabine kommt, trägt sie einen Bikini. Der sitzt ziemlich straff, oben wie unten, steht ihr aber trefflich. Wie ein Landei sieht sie wirklich nicht aus, denkt Wanze. So kann der Mensch sich irren.

Auf der Spielwiese sitzen seine Freunde. Auch Purzel aus der achten Klasse ist dabei. Die drüben wundern sich, ihn mit einem Bikini-Mädchen zu sehen.

Wanze führt das Mädchen vom Lande hinüber. »Tag, Leute. Ich stelle euch meine neuste Eroberung vor. Sie heißt Ria Bobek, stammt aus Gräbnitz und ist meine Schwippkusine.« Er weist auf die Gruppe im Gras. »Hier, Ria, dieser müde Haufen war mal die berühmte Kanutruppe Eulenbergs, jetzt abgekämpft vom letzten Abenteuer auf den Dächern eines Sportklubs. Kennzeichen: schwarze Nagelränder bei den Jungen. Bloß Irene und Purzel haben sich da zurückgehalten.

Nun finde mal den Käptn raus.«

Ria braucht nicht zu suchen. Frank steht auf, tritt vor sie hin. »Du, wir kennen uns doch. Ich bin in Mönkwitz aufgewachsen und habe fast zwei Jahre lang die Gräbnitzer Schule besucht.« Er gibt ihr die Hand. »Hast dich ganz schön gemausert.«

»Du aber auch«, sagt Ria. »Käptn geworden, sieh einer guck. Offen gesagt, hab dich damals für eine taube Nuß gehalten.«

Alle lachen, auch der Kapitän. Und schon erzählt Frank von der alten Heimat, erwähnt den Mühlenteich von Gräbnitz. »Dort habe ich schwimmen gelernt. Bei den Forellen, um die Müller Ruppert immer besorgt war. Aber das Baden ließen wir uns nicht verbieten.«

»Ihr wart eine freche Jungenmeute«, sagt Ria. »Bloß Dämlichkeiten im Kopf, und du meistens der Anstifter.«

Eine Weile unterhalten sie sich noch, bis alle aufbrechen und ins Wasser rennen und Greifen spielen.

Irene ist enttäuscht von Frank. Sie hat sich auf das Wiedersehen nach seinem Auszug gefreut. Er aber meidet ihre Nähe an diesem Nachmittag. Sie hat ein grüblerisches Gesicht, obwohl sie mit herumtollt. Das Bikini-Mädchen wird von ihr zweimal kräftig unter Wasser gedrückt.

Nach fröhlicher Tummelei ist es für Frank selbstverständlich, Ria neben Wanze bis zur Hochstraße zu begleiten. Irene guckt den dreien nach, und ein Stachel regt sich in ihrer Brust.

Abends, beim Füttern im Stall, sagt Pepo: »Das Bikini-Mädchen mag ja ganz dufte sein, aber Irene war wenig begeistert von ihr. Nicht bemerkt, Alter, was sie für eine Flappe zog?«

»Doch«, erwidert der Kapitän.

»Sie hängt an dir, weiß jeder, der euch kennt.«

»Mach dir keinen Kopf darüber, Pepo. Sie hängt an Muttis Rockzipfel. Beide wissen alles von der Polizeigeschichte. Seitdem bin ich ab, ein mißratener Bengel, wie die Frau Mutter sagt. Hätte ich sonst bei euch Quartier gesucht? Wer nicht weiß, zu wem er halten soll, der kann mich mal. Ist sie etwa mit zum Teeren gekommen wie Hendrik, den niemand aufgefordert hat? Sie steht unter dem Mutterpantoffel, und die liebe Mutti mag mich nicht. Da liegt nämlich der Hund begraben. Als ob unser Nachtsegeln ein Verbrechen gewesen wäre. Der Bengel bringt uns noch in Verruf – das habe ich zufällig gehört. Bloß mein Vater vertraut mir.«

Ria Bobek hat vierzehn Tage Zeit, bevor ihre Ausbildung beginnt. Es sind unbeschwerte Ferientage, in denen sie sich Wanzes Freundeskreis anschließt. Während des sonnigen Juliwetters gehen sie jeden Tag schwimmen, spielen Greifen und Volleyball, springen vom Turm und tauchen um die Wette.

Schon nach wenigen Tagen gehört Ria wie selbstverständlich zur Gruppe der Wassersportler. Sie hat einiges über den Kanubau erfahren, kennt das Unglück auf Pohls Koppel, weiß von der nächtlichen Segelfahrt.

Tolle Burschen, denkt sie und überrascht alle mit einer Einladung: Am Wochenende werde in Gräbnitz das fünfhundertjährige Bestehen des Dorfes gefeiert. Ihr Vater sei Bürgermeister und lade ihre neuen Freunde zum Fest ein.

Was sich da so abspielen werde, möchte Pepo wissen.

»Allerhand Volksbelustigungen«, sagt Ria. »Preisschießen, große Verlosung, Ringreiten, Aalgreifen, Schweinekegeln und andere Späße.«

Pepo hat eine Idee. »Wieviel Kilometer sind es etwa bis Gräbnitz?«

»Knapp fünfundzwanzig. Wir liegen nicht weit vom Torgenauer See, das größte und älteste Dorf des Kreises.« Ria erzählt von der Chronik, die ihr Vater verwahrt. »Eine ganz alte Schwarte. Die wurde in einem eisernen Kasten unterm Schutt der zerschossenen Kirche gefunden. Darin ist das Gründungsjahr der Dorfsiedlung an der Lesso angegeben. Interessant, die Eintragungen, aber nur mit der Lupe zu lesen. Ihr glaubt nicht, wie primitiv die Menschen damals gelebt haben.«

Pepo behält seine Idee für sich, erst muß er mit dem Vater und der Mutter sprechen. Am anderen Tag aber verkündet er triumphierend: »Wir brauchen keine Fahrräder und keinen Bus, wir kutschieren mit unserem Kremser nach Gräbnitz!«

»Können Purzel und ich auch mit?« fragt Irene.

»Was denn weiter! Der Kremser faßt mindestens zehn Mann und zwei auf dem Bock. Kannst Klaus mitbringen und beim Schmücken des Wagens helfen. Wir müssen fürstlich anrücken. Birkengrün und bunte Bänder. Das gehört zu Pohls Kremserfahrten. Diesmal gratis, obwohl Vadder sonst ziemlich knausrig ist. Wenn ich auch nur Klara einspannen darf, die zieht uns paar Männeken ohne Anstrengung.«

Wanze, angeregt von seinem Postinspektor, hat vorgeschlagen, Ria etwas von der Umgebung Eulenbergs zu zeigen.

Nach einer Wanderung zur alten Schiffsmühle beim Dorf Grana setzen sie mit der Fähre über die Mulde. Im Gasthaus »Zum Fährmann« essen sie Eierplinsen, frisch aus der Pfanne und billig. Danach streifen sie durch den Lübbisch, ein Vogelparadies mit dichtem Unterholz, das sich entlang des Muldendammes hinzieht.

Der Trompeter Hendrik erweist sich als Vogelkenner. Den Kukkucksruf kann er täuschend ähnlich nachahmen, auch das Gurren der Wildtauben und den trällernden Finkenschlag. Er fiept auf einem Blatt; es klingt wie das klagende Rufen eines Rehkitzes.

Zwischen Damm und Fluß ist die Wiese frisch gemäht, sieht aus wie gepflegter Fußballrasen.

»Los, ein Hockeyspielchen!« ruft der Kapitän und zieht seinen Tennisball hervor. Der Ball fliegt hoch, fliegt von Hand zu Hand.

Die Jungen holen geeignete Knüppel aus dem Unterholz jenseits des Dammes. Schon sind zwei Mannschaften ausgerüstet. Beide Mädchen stehen sich knüppelbewehrt im Tor gegenüber, und das Spiel beginnt.

Sie rennen und bolzen und schwitzen eine halbe Stunde lang. Vier zu sieben gewinnt Franks Mannschaft, Irene hat sich als Torsteherin bewährt.

Durch den Lübbisch bummeln sie heimwärts, ruhen am schattigen Waldteich aus. Bis auf den Grund kann man sehen.

»Eine Erfrischung wäre jetzt gut«, sagt Ria zu Irene. »Ich habe Lust zum Baden. Los, mach mit.«

»Ohne?«

»Klar, bloß nicht zimperlich.« Irene will sich nicht ausschließen. Die Mädchen verschwinden hinterm Haselbusch. Gleich darauf plätschern sie wie Nixen im Teichwasser. Da zögern die Jungen nicht: Hemd aus, Hose abgestreift und schnell hineingesprungen. Das Wasser ist erfrischend kühl, es kribbelt auf der Haut.

Als sie dann weiterwandern und alle eine Weile schweigen, denkt Frank: Noch nie haben wir mit Mädchen nackt gebadet. Was war denn dabei? Gar nichts. Man hat kein nasses Zeug am Bauch und fühlt sich herrlich frei. Aber daß Irene gleich mitgemacht hat? Ob sie mal allein mit mir so ganz ohne baden würde? Luise Brinkmann dürfte es nicht wissen.

Über ihnen steht ein Rüttelfalke, steht wie festgenagelt am Himmel. Hendrik zeigt hinauf. »Der Falke erspäht die huschende Maus am Boden, hat unglaublich scharfe Augen.«

»Und wie kann er da oben dauernd auf einer Stelle stehen?« fragt Kahlkopf.

Hendrik breitet die Arme aus, flattert mit den Händen. »So gehen seine Flügel, natürlich unheimlich schnell, daher der Name Rüttelfalke.«

Die Nachmittagshitze läßt nach. Es riecht nach reifendem Korn. Vor ihnen taucht der Schloßturm von Eulenberg auf. Sie sprechen über die Kremserfahrt, verabreden sich für den Abend bei Pohls.

»Heute wird der Wagen klargemacht«, sagt Pepo, »und morgen früh schmücken wir ihn, damit das Grünzeug ganz frisch ist.«

Zwei Stunden später waschen Ria und Irene den verstaubten Kremser. Der trägt ein knalliges Heckschild: »Pohls beliebte Kremserfahrten«. Frank schmiert die Radachsen. Dabei hilft ihm Klaus; er hält den Schmiertopf und ist reineweg aus dem Häuschen, daß er morgen mit nach Gräbnitz fahren darf. Pepo striegelt die Stute, während Wanze das Pferdegeschirr auf Hochglanz wienert.

Bauführer Brinkmann erscheint im Hof und begrüßt die geschäftige Schar. Frank macht ihn mit Ria bekannt. »Sie hat uns eingeladen, sie und ihr Vater. Der ist Bürgermeister in dem fünfhundertjährigen Dorf, wo ich mal zur Schule gegangen bin, damals, ehe wir nach Eulenberg zogen.«

Simon nimmt seinen Sohn beiseite. »Wie steht es mit dem Segelklub in Torgenau? Und mit der Polizei?«

»Alles in Ordnung, Vater. Die Arbeitsauflage war ein harter Brokken, wir haben geschuftet und geschwitzt. Der Vorsitzende dort hat unseren Einsatz bescheinigt. Erledigt, sagte der VP-Leutnant, als ich den gestempelten Zettel vorlegte.«

Brinkmann der Ältere holt einen Zehnmarkschein aus der Brieftasche. »Nimm das als Zehrgeld für die Jubiläumsfeier. Freut mich, daß ihr Klaus mitfahren laßt. Katrinchen ist ja noch zu klein für so eine Fahrt, obwohl sie schon geplärrt hat.«

Damit geht Simon ins Haus, um den kranken Fuhrmann zu besuchen.

»Ah, der Simon«, sagt Frau Pohl. Sie wehrt gleich ab, als Brinkmann Kostgeld für seinen Jungen bezahlen will.

»Komm mir nicht von der Seite, sind doch wie Zwillingsbrüder, unser Peter und dein Frank. Wo drei satt werden, kriege ich auch den vierten satt. Und Dummheiten, ach Jottchen, die macht jeder Junge mal. Ich weiß Bescheid, Peter sagt mir alles, was so passiert. Traurig für dich, daß Frank ausziehen mußte.«

»Er mußte nicht«, entgegnet Simon, »er wollte es, der Dickkopf.«

»Jaja, brauchst nichts weiter zu sagen. Ich kenne die Luise Sander, immer adrett und korrekt, bloß manchmal zu pinnig. Hat ja bloß ihre Irene um sich gehabt all die Jahre, und nun gleich vier Kinder. Einfach ist das wahrlich nicht für sie.« Die rundliche Frau schnappt nach Luft, ihre Bronchien rasseln. »So hat jeder sein Päckchen zu tragen, und das Leben geht weiter von Tag zu Tag. Ich wünsche, daß sich bei euch alles wieder einrenkt. Frank kann bleiben, solange er will. Gib dem Peter was aufs Sparbuch, dann sind wir quitt. Er ist ja so ein sparsamer Junge, manchmal reineweg geizig, ganz wie der Alte.«

»Wie geht's ihm denn, deinem Fuhrmann?« fragt Simon.

»Nicht gut. Der kann sich kaum rühren. Immer bloß Tabletten und Rheumatee, den er nicht mag. Heute ist er wieder ganz gnatzig. Am liebsten möchte er nämlich die Kinder selber nach Gräbnitz kutschieren. Na, das habe ich ihm aber ausgeredet. Von wegen einen süffeln mit alten Bekannten und dann wieder halbtot sein und tagelang ächzen und stöhnen, nee, nee.«

Simon lächelt über die resolute Frau. »Kann ich mal zu ihm?« fragt er.

Amanda Pohl öffnet die Kammertür. »Kriegst Besuch, Vater.«

Brinkmann begrüßt seinen ehemaligen Jugendgefährten. Er setzt sich neben das Bett und sieht, wie Rheumatismus einen rührigen Menschen lähmen kann.

»Ich komme schon wieder hoch«, krächzt Pohl. »Braucht alles seine Zeit. Aber eine Kur, wie der Arzt meint, mache ich nicht. Meine Amanda versorgt mich wie eine richtige Krankenschwester. Die ist Gold wert. Man müßte bloß mal hin und wieder ein Schlückchen in die Kehle kriegen. Dafür hat Amanda kein Ohr.«

»Aber ich«, sagt Simon und zieht eine Taschenflasche aus der

Jacke. Er rubbelt den Korken am Glas, daß es zwitschert. Sogleich greift der dürre Pohl zu.

»Sachte mit den jungen Pferden«, warnt Brinkmann. »Es ist ein heilsamer Magenbitter, nur in kleinen Schlucken zu genießen. Und laß dich nicht von Amanda erwischen, sonst bin ich bei ihr unten durch.«

Pohl nimmt gierig drei Schlucke, verbirgt die Flasche unterm Kopfkissen. »Kannst öfter mal kommen, Simon, alter Schwede.«

Sie haben allerhand zu bereden über ihre Söhne, die im nächsten Jahr eine Lehre als Motorenschlosser beginnen werden. Dann kramen sie alte Erinnerungen aus. Die gemeinsame Jugendzeit im Dorf Mönkwitz wird vor ihren Augen wach.

## *Fünfhundertjahrfeier*

In der Frühe betritt Klaus als erster Pohls Hof. Heimlich hat er sich von zu Hause weggeschlichen, ohne Frühstück, so sehr freut er sich auf die Fahrt. Wie kann er ahnen, daß Irene schon vor ihm aufgestanden ist und rasch das Haus mit Fahrrad und Anhänger verlassen hat.

Dort kommt sie, durchs Tor, den Anhänger mit Birkenzweigen beladen. Die Zweige stammen von der Baustelle am Pfaffenberg.

»Gut'n Morgen, Kläuschen! Ich hätte dich bestimmt geweckt, wollte bloß erst das Grünzeug herbringen. Nun können wir beide den Wagen schön machen. Wenn die anderen kommen, werden sie staunen.«

Sie rollen die Plane des Kremsers ein. Im Bericht des Radiosprechers hieß es, daß die Hitzeperiode weiterhin andauern werde.

Bei den Wagenrädern beginnen sie. An jede zweite Speiche wird ein Zweigchen gebunden, sehr fest, damit unterwegs nichts verlorengeht. Das ist eine Pusselarbeit und dauert seine Zeit. Dann schmükken sie mit großen Zweigen die Seitenbretter, danach den Kutschersitz. Kritisch betrachten sie ihr Werk.

»Sieht aus wie ein grüne Laube«, sagt Klaus, »wie eine Sommerlaube auf Rädern.«

Das finden auch Ria und Wanze, die sich mit dem Trompeter Hendrik eingefunden haben.

Wo bleiben Frank und Pepo?

Die sitzen in der Küche, löffeln süße Haferflockensuppe und kauen Musbrote dazu. Plötzlich hören sie das Trompetensignal vom Hof. Es schmettert in den Morgen. Schon sind Kapitän und Kutscher hoch, reißen das Fenster auf. Da steht der grünbelaubte Kremser, daneben die Reisegruppe. Hendriks Trompete blitzt im Morgenlicht.

Vorbei mit der Frühstücksruhe. Lärmende Begrüßung.

Pepo umkreist den Wagen. »Fein gemacht«, sagt er und saust in den Stall, schüttet Klara das Futter vor. Heute kriegt die Stute drei Hände voll Hafer extra.

Frank holt die Bänder aus der Küche, zwanzig breite Bänder in allen Regenbogenfarben. Ringsum am Wagen werden sie befestigt, während Irene und Klaus ihr versäumtes Frühstück in Mutter Pohls Küche nachholen.

Draußen schirrt Pepo die Stute vor den Wagen. Amanda Pohl bringt vorjährige Strohblumen, blaue, rote, gelbe, weiße. Damit schmückt sie das Geschirr des Pferdes. »Peter«, sagt sie, »sollst noch zu Vater kommen, ehe ihr abfahrt.«

Pepo steht vor dem Krankenbett, Vater Pohl hebt ächzend den Kopf. »Junge, schieb mir das Kissen unter. Ja, so ist's recht. Ihr lärmt im Hof, als würde eine Schwadron verladen. Wieviel seid ihr denn?«

»Neun mit mir und dem kleinen Klaus, alle Fliegengewicht.«

»Hm«, brummt der Mann im Bett, »das geht, aber jage mir die Stute nicht, immer mal Pause machen. Denk an Futtersack und Tränkeimer.«

»Alles dabei, Vadder. Der Wagen ist gewaschen und geschmiert. Pohls Kremser sieht gut aus und rollt wie auf Kugellagern. Wir können uns sehen lassen.«

»Gehört sich so, Junge. Grüß den Bürgermeister Hannes Bobek von mir. Wir sind alte Bekannte aus früheren Zeiten. Am liebsten wäre ich selber mitgefahren, sag ihm das.«

»Wird gemacht, Vadder. Aber nun muß ich los, die draußen warten. Hörst du den Trompeter?«

»Der Bengel hat mich doch geweckt. Bläst nicht übel, alles, was recht ist, bloß zu laut in der Morgenstunde.«

»Wiedersehen, Vadder.«

»Hm. Und laß dir Zeit mit Klara. Du behältst die Zügel, dich kennt die Stute ...«

»Aufsteigen!« ruft Pepo im Hof. Heute hat er das Kommando. Sorgsam schließt er die hintere Wagenklappe. »Daß mir keiner rausfällt!«

Die Meute feixt. Mutter Pohl reicht Irene einen Proviantkorb hinauf.

Klaus, wohl der Glücklichste von allen heute, darf neben Pepo auf dem Kutschbock sitzen und die Kurbelbremse bedienen.

Mit einem letzten Trompetenstoß geht die Fuhre ab, begleitet von Amanda Pohls guten Wünschen.

Die Sonne steht schon ziemlich hoch, als der Kremser im Schatten einer alten Eiche hält. Alle springen herunter und vertreten sich die Beine. Pepo hängt Klara den Futtersack um. Drüben, gesäumt von Erlenbüschen, plätschert ein Flüßchen dahin, kaum vier Meter breit.

»Die Lesso«, sagt Ria. »Hier habe ich meine erste Forelle gefangen, mit der Hand, reiner Zufall, aber stolz bin ich gewesen. Es war eine Regenbogenforelle, matt schimmernd wie Perlmutt. In unserer großen Glasvase ließ ich sie schwimmen, und wer kam, mußte sie bewundern. Morgens lag sie tot im Glas. Große Trauer, aber ein schönes Begräbnis hat sie gekriegt.«

Barfüßig watet die Kremserbesatzung ins kalte Wasser und späht nach Forellen. Aus der Fischsuche wird eine Wasserschlacht. Durchnäßt laufen sie zum Wagen.

Pepo tränkt die Stute. »Klara muß noch eine Weile verschnaufen«, sagt er. »Ihr könnt inzwischen Pilze suchen. Meine Mutter ißt sie gern. Der verdanken wir, daß ich den Kremser nehmen durfte, unser Vadder wollte nämlich nicht so recht.«

Ein Eichelhäher schimpft im Forst. Den ganzen Waldweg hat er Pferd und Wagen mit Gezeter verfolgt. Hendrik ahmt seine Rätschen nach, bis der Warner verstummt.

Zehn Minuten später trifft Frank an der Kiefernschonung auf Irene. Beide entdecken fast zu gleicher Zeit die Pfifferlinge. Irene hat ihren noch feuchten Pulli ausgezogen, trägt nur ein dünnes Hemd. Darunter zeichnen sich die Spitzen ihrer Brüste ab. Im Pulli sind schon etliche Maronen und ein Schwammpilz. Frank schneidet die

Pfifferlinge ab, gibt sie in den Pulli und legt seinen handgroßen Steinpilz darauf.

»Sag, warum bist du so störrisch zu mir?« beginnt Irene.

»Ich? Faß mal an deine eigene Nase. Du sperrst dich, seit das mit der Polizei war. Hältst nicht mehr zu mir aus Angst vor deiner Mutter.«

»Und du? Du guckst bloß noch nach dieser Ria, hab ich längst gemerkt.«

»Unsinn. Warum bist du dann überhaupt mitgefahren? Willst mich wohl überwachen? Das, Irene, das steht dir gar nicht.«

Mit rotem Kopf rennt sie davon, Tränen in den Augen.

Hinter der Schonung begegnet ihr Ria. »Nanu! Wir freuen uns alle auf das Fest, und du heulst hier im Walde.« Irene will sich abwenden, aber Ria hält sie fest.

Drüben geht Frank vorbei, am Boden nach Pilzen spähend. Er sieht die Mädchen nicht. Oder will er sie nicht sehen? Rasch wischt Irene die Tränen vom Gesicht.

Ria ahnt etwas. »Worum geht es?« will sie wissen. »Etwa um mich? Du warst von Anfang an ziemlich komisch mir gegenüber. Mal ehrlich, bist eifersüchtig, Mädchen, ich sehe es dir an. Aber dazu besteht nicht der geringste Grund. Ich habe nämlich einen festen Freund, daß du es weißt. Der ist drei Jahre älter, dient jetzt bei der Armee. Jede Woche schreiben wir uns. Ich kann dir seinen letzten Brief zeigen, wenn du mir nicht glaubst.«

Irene, sehr erleichtert jetzt, sagt leise: »Nimm es mir nicht übel, bitte, ich … ich wußte nicht …«

»Ach was. Verstehe ich doch, wenn du Frank so sehr magst. Erledigt und vergessen.«

Die beiden wandern eingehakt zurück. Frank sieht sie kommen und wundert sich.

Nach und nach treffen alle Pilzsucher am Kremser ein. Ihre Beute ist beträchtlich. Die pilzkundige Ria sortiert untaugliche aus. Dann frühstücken sie. Amanda Pohls Proviantkorb wird bis auf die letzte Stulle geleert, und beide Flaschen mit Apfelsaft machen die Runde.

»Um eins beginnt der Festumzug«, sagt Ria. »Wir sind bald dort.«

Schon von weitem sehen sie die Dächer des Dorfes, rote Tupfer im Grün der Linden. Dazwischen das Weiß frischgekalkter Häuser. Vor dem Ortseingang hängt ein Schriftband über der Straße: WILLKOMMEN ZUR FÜNFHUNDERTJAHRFEIER!

Die Dorfstraße trägt ein festliches Gesicht. Fahnengeschmückte Häuser, Girlanden, Blumen in Vorgärten und Fenstern.

»Gräbnitz hat fast dreitausend Einwohner«, erklärt Ria. »Ein reiches Dorf, das sich mitten im Sommer ein großes Fest leisten kann.«

»Etwas muß ich dich fragen«, sagt der Kapitän. »Warum willst du hier weg? Es zieht dich doch in die Stadt?«

»Nein, Frank. Ich liebe unser Dorf. Und wenn ich als Schwester ausgebildet bin, gehe ich zurück. Dann wird es hier ein Landambulatorium geben, in dem ich arbeiten kann. Nach Vaters Willen sollte ich Agronomin oder Zoologin in der LPG werden. Aber das liegt mir nicht. Ich möchte einen Beruf haben, der meinen Interessen entspricht.«

Hinter der Kurve sehen sie die Menschenmenge am Feuerwehrdepot. Der Kremser fährt dicht heran. Auf den Wagenbänken stehend, können sie alles überblicken. Bürgermeister Bobek hat soeben die Festansprache beendet. Beifallklatschen und ein Tusch der Feuerwehrkapelle. Als der Tusch verklingt, hebt Hendrik Förster seine Trompete und schmettert ein Signal in den Himmel. Neugierige Blicke richten sich auf den Kremser. Was sind denn das für junge Leute? Seht nur, Ria Bobek dabei.

Der Bürgermeister umarmt seine Tochter und begrüßt ihre Freunde aus der Stadt. »Reiht euch in den Festzug ein. Ich habe heute allerhand um die Ohren. Jeder Jugendliche erhält zehn Billetts, ihr als Gäste natürlich auch. Gegen eins dieser Papierchen könnt ihr kostenlos an irgendeiner Vergnüglichkeit teilnehmen, ob Schießen oder Kegeln oder sonstwas.« Herr Bobek reicht Ria eine Billettrolle und eilt davon.

Der Zug marschiert ab, voran die Kapelle mit Tschingterassabum. Wenn sie zu spielen aufhört, gibt ein Trommler den Marschtakt an, und sogleich setzt Hendriks Trompete ein. Kann der Junge blasen! Die Feuerwehrmusiker und der Eulenberger Bläser ergänzen sich ohne Absprache, sie brauchen keine Noten.

Im Festzug sieht man die uralte Spritze mit Handpumpe und hölzernen Rädern, gezogen von zwei Pferden. Dahinter das moderne Feuerwehrauto. Es folgen Ackergeräte aus früheren Zeiten auf Leiterwagen, Kühe als Zugtiere. Einer der Wagen zeigt Bauern beim Dreschen, die mit Dreschflegeln das Stroh bearbeiten. Und wie sie schwitzen, die armen Kerle. Nach ihnen eine Getreidekombine, von der Bäuerin Lydia Krause gelenkt. Auf ihrer Spur der stärkste Traktor des Dorfes.

Auch der Ausrufer fehlt nicht: rote Schnapsnase, hängender Schnauzbart, Riesenpulle in der Jackentasche. Er markiert den angetrunkenen Wackelgreis, schüttelt die Handglocke und verkündet: »Achtung, Achtung! Auf dem Festplatz jibt es für nur zwei Jroschen einen Schlag Speckerbsen aus der Julaschkanone. Juten Appetit wünscht der Jemeindeaujust von anno dunnemals.«

Dann kommt der geschmückte Kremser mit Trompeten-Hendrik. Neben ihm Nachtwächter Uhlemann, langer Mantel, den Spieß geschultert, die Laterne vor der Brust. »Hört, ihr Leute, laßt euch sagen, die Glocke hat jetzt eins geschlagen ...«

Den Schluß des Zuges bilden die Kinder. Blumenkränze im Haar der Mädchen, während die Jungen Papierfähnchen schwenken und Allotria treiben.

Immer mehr Erwachsene schließen sich an, ziehen hinterdrein zum Festplatz.

Mitten auf der Fußballwiese ein Karussel für die Kleinen und eine Schiffsschaukel für die Größeren. Rundum verschiedene Stände von der Schießbude über die »Bier-Tankstelle« bis zur Kegelbahn. Rummelplatzmusik dröhnt in den Ohren. Während der Speckerbsenabfütterung füllt sich der Platz. Die Menge belustigt sich schwitzend unter der gleißenden Sonne. Es gibt viele Möglichkeiten, Geld oder Billetts loszuwerden und das Glück zu versuchen.

Pepo schirrt die Stute ab, läßt sie am Rande der Wiese grasen, mit langer Leine festgezurrt. Die Gäste aus Eulenberg bummeln über den Platz. Ria hat sich mit Irene und Purzel zu ihren Dorffreundinnen gesellt.

Am meisten interessiert die Jungen das Aalgreifen. Hier stehen dicht bei dicht die Zuschauer und amüsieren sich. Eine lange Schlachtemolle voll lebender Aale bildet das Ziel der Wünsche. Vom fahrenden Rad kann ein Aal aus dem Wasser gegriffen werden. Aber die Anfahrt ist erschwert durch fußtiefen Sand. Der Fahrer muß bis zum Markierungspfahl hinter der Molle im Sattel bleiben. Vorheriges Absteigen mit oder ohne Aal gilt als verpatzt und verloren.

Wanze, ermuntert von seinen Gefährten, geht an den Start, besteigt das Fahrrad, tritt los wie ein Irrer. Aber die Sandstrecke bremst ihn, der Aal glitscht aus seiner Hand, das Rad kippt, Wanze liegt lang. Brüllendes Gelächter.

Nach ihm versucht es der Kapitän. Die Kette ächzt, so kräftig tritt er in die Pedale, hält auch durch bis zur Markierung, doch den gegriffenen Aal kann er nicht halten, der bleibt hinter ihm im Sand liegen.

Einige Billetts riskieren die Eulenberger Jungen beim Aalgreifen, aber keinem gelingt ein Fang. Die Dorfjungen sind ihnen überlegen.

Beim Schießen haben sie mehr Glück. Papierne Rosen tragen sie davon. Nur der Trompeter Hendrik verballert zehn Schuß umsonst, und er hätte doch so gern der blonden Ria eine Rose an den Busen geheftet.

Zwei Reiter erscheinen auf dem Platz, voran der Gemeindeaugust mit seiner scheppernden Handglocke. Die Glocke bahnt ihnen den Weg durch das Menschengewimmel. Sie reiten zum hinteren Fußballtor. Hier sind ein Dutzend geräucherte Wurstringe an der Querlatte aufgehängt. Sie glänzen vor Fett in der Nachmittagssonne. Die Menschen strömen herbei, um das Ringstechen zu sehen.

Der Ausrufer nennt die Reitregel. Nur im Trab dürfe das Tor passiert werden. Mit einem Besenstiel als Lanze sei einer der Wurstringe abzustechen.

»Wer nicht wagt, der nicht jewinnt, wer nicht liebt, der kriegt kein Kind«, brüllt der Gemeindeaugust. »Nur einen Fünfziger Einsatz oder drei Jratisbilletts. Die Würste sind jarantiert frisch aus dem Schmok, wer holt sie runter?«

Ringsum zögernde Männer. Die zwei Zossen tragen nur Halfter und Zügel. Da meldet sich ein Beherzter, zahlt und hat Mühe, den schweren Schimmel zu erklimmen. Er bringt ihn auch zum Traben, doch seine Besenstiellanze trifft ins Leere.

»Mutige Ritter vor!« schreit August.

Die Eulenberger sehen noch zwei weitere mißlungene Versuche. Sie stehen im Gedränge und haben Pepos Verschwinden nicht be-

merkt. Jetzt machen sie lange Hälse; denn dort kommt der Bursche auf Klara angeritten.

Kurze Beratung der Preisrichter. Jawoll, der junge Ritter dürfe es auf eigenem Pferd versuchen, aber erst müsse er runter und dann ohne Hilfe am Start aufsitzen wie jeder andere.

Das Volk murmelt, die Spannung wächst. Wird der Bengel den Männern etwas vormachen?

Pepo, schon abgesprungen, liefert drei Billetts ab, flüstert der Stute beruhigende Worte ins Ohr, klopft ihr den Hals. Nun packt er die dicke Mähne, schwupp, sitzt er oben, greift zum Besenstiel. Ein Zungenschnalzer, ein Schenkeldruck, und Klara trabt an. Pepo hebt die hölzerne Lanze. Ist es Zufall oder Zielsicherheit? Der Junge auf der Stute erwischt einen Wurstring und schwenkt ihn strahlend über dem Kopf.

Wer weiß schon, daß der Gewinner sozusagen mit Klara aufgewachsen ist. Nur die Eulenberger wissen es. Sie johlen und klatschen Beifall. Die Menge ringsum klatscht mit.

Auch Irene und Ria und Purzel haben Pepos Lanzenritt erlebt. Als er wieder auftaucht, gratulieren ihm alle.

Wanze sagt schulterklopfend: »Das Abendbrot für die Heimfahrt hast du Wurstritter gesichert.«

»Irrtum«, erwidert Pepo. »Den Korb voll Pilze kriegt Mutter, und Vater kriegt die Wurst. Du ahnst nicht, wie schwer es ihm gefallen ist, mir Klara und den Kremser anzuvertrauen.«

»Verstehe«, sagt Wanze. »Wir fressen uns nachher bei Bobeks durch. Ria hat uns zu Tee und Kuchen eingeladen.«

Sie treten an die Losbude. Klaus gewinnt einen Mini-Teddy, alle anderen gehen leer aus. Die Nieten sind dicht gesät.

»Jetzt zum Schweinekegeln!« ruft Ria.

Bei den Keglern steht der Hauptgewinn des Tages: ein strammes, sehr molliges Läuferschwein, das im Schweinekasten grunzt und rappelt. Die schmale Kegelbahn ist provisorisch aus rohen Brettern gefügt. Es gehört mehr Glück als Geschick dazu, die Kugel ins Ziel zu bringen.

Ein hünenhafter Jüngling versucht es mit voller Kraft. Die Kugel holpert, rollt hin und her, trifft keinen Kegel. »Ratte« wird so ein Fehlwurf genannt. Es erweist sich, daß Kraft allein auf dieser Bahn nicht hilft. Mit elf Treffern beschließt der Muskelmensch seine fünf Würfe.

Frank guckt in die Liste des Schriftführers. »Sechzehn ist das bisher höchste Ergebnis«, sagt er, »muß doch zu übertreffen sein.« Und gleich versucht er es. Doch mehr als dreizehn Treffer erreicht der Kapitän nicht. Die Jungen nach ihm, obwohl vom »Muldental« her im Kegeln geübt, bleiben unter Franks Leistung.

Als letzte der Gruppe greift Irene zur Kugel, konzentriert sich und wirft. Sieben zählt der erste Wurf. Nicht schlecht. Der zweite wird eine »Ratte«. Aber dann: alle neune!

»Hurra!« schreien ihre Freunde.

Mit den letzten beiden Würfen hat Irene insgesamt dreiundzwanzig Treffer erzielt, die unter ihrem Namen in die Liste eingetragen werden.

»Klasse!« sagt Wanze. »Wie hast du das bloß gemacht, Kindchen, auf dieser ruppigen Bahn?«

Irene zuckt mit den Schultern, überzeugt sich selbst, daß sie nach der Liste führt. Aber der Nachmittag ist noch nicht zu Ende, erst um siebzehn Uhr soll das Schweinekegeln abgeschlossen werden. Da kommen bestimmt noch bessere Kegler, denkt sie.

Alle haben ihre Gratisbilletts umgesetzt und fahren mit dem Kremser zu Frau Bobek, bei der es Tee und Kuchen gibt. Sie möchte die neuen Freunde ihrer Tochter kennenlernen.

Die Gäste langen freimütig zu. Bald sind zwei Kuchenteller leer geputzt. Rias Mutter sorgt für Nachschub, sie kennt den Hunger solcher halbwüchsigen Jungen. Einen Berg von Wurst- und Schinkenbroten stellt sie auf den Tisch. »Wär doch gelacht, wenn ich euch nicht satt kriegte.«

Der Schinken schmeckt großartig, die Teekanne kreist, es gibt viel zu erzählen.

»Bleibst du über Nacht?« fragt Frau Bobek ihre Tochter.

»Nein«, sagt Ria, »auf den Schwof heute abend verzichte ich, möchte lieber mit dem Kremser zurückfahren. Wär ja schäbig, die anderen jetzt zu verlassen. Das will ich nicht.«

»Mir ist es recht, wenn dir deine Freunde gefallen und du dich unter ihnen wohl fühlst. Ich packe noch etwas zu futtern ein. Und grüß die Familie Wanzleben von uns, ich rufe morgen mal an.«

Plötzlich stürmt der elfjährige Sohn von Bobeks ins Zimmer. »Mama, Mama, die aus der Stadt hat das Schwein gewonnen! Irene heißt sie. Ist Sieger beim Kegeln. Sie soll das Schwein abholen.«

Irene springt auf. Ich und ein Schwein? Sie kann es nicht fassen. Was soll ich damit?

Die anderen lachen über ihr verblüfftes Gesicht. »Das Glück ist ein launisches Luder«, sagt Wanze, »aber heute trifft es die Richtige.« Und er greift sich rasch noch ein Schinkenbrot.

Schon sind alle Eulenberger und Ria draußen, besteigen den Kremser. Pepo macht das Pferdegeschirr klar. Mit einem Trompetenstoß geht es in Richtung Festplatz. Zum erstenmal jagt Pepo die Stute.

Der Schweinekasten kostet fünf Mark. Aber was sind schon fünf Mark für eine stramme Jungsau samt Kasten. Frank spendiert das Geld, er hat ja zehn Mark vom Vater bekommen und nichts davon ausgegeben.

Auf der Heimfahrt beraten sie: Was machen wir mit dem Glücksschwein?

»Verkaufen«, schlägt Kahlkopf vor, »und das Geld für den Kauf eines Segelbootes sparen.«

»Guter Gedanke«, meint der Kapitän, »falls ... also falls Irene einverstanden ist. Sie hat schließlich gewonnen.«

»Es gehört aber uns allen«, sagt Irene. »Jeder kann mitbestimmen. Ohne Rias Einladung und Pohls Kremser wäre es nicht zu dieser Fahrt gekommen.«

Sie rätseln, wieviel für so ein Schwein herauszuschlagen sei. Hundert Mark? Oder mehr? Keiner kennt sich mit Schweinepreisen aus, nicht mal das Dorfmädchen Ria.

Nach einer Weile sagt Irene: »Mir ist etwas eingefallen, an das keiner von euch denkt.« Pause. Spannung. »Lange schon grüble ich, was wir Fräulein Trapp zur bevorstehenden Hochzeit schenken könnten. Sie hat allerhand für uns getan, mehr, als ihre Pflicht war. Denkt mal an die achte Klasse zurück. Immer war sie hilfsbereit, wenn wir sie brauchten. Hat uns beim Kanubau unterstützt. Ist sogar nach Rostock gefahren, damit Franks Vater heimkommen und sich um seine Kinder kümmern sollte. Und als Herr Ebeling in der Neunten so scharf anfing, wer hat ihn da gebremst? Karin Trapp! Wie wär's, ihr das Schwein als Geschenk der Gruppe zu geben?«

Lautstarke Zustimmung.

»Klarer Fall!« brüllt Wanze. »Wird fetzig, Leute, wenn wir der Braut in Weiß das zappelnde Schwein überreichen. Und Hendrik muß eine lustige Melodie dazu blasen.«

Heiterkeit auf dem Kremser. Jeder stellt sich das Bild vor.

Pepo ist bereit, die Jungsau bis zur Hochzeit in Pohls Stall unterzubringen.

Jetzt sagt Frank seine Meinung: »Die Hochzeit ist in vier Tagen. Was soll Fräulein Trapp oder besser Frau Vogler mit dem Schwein am Hochzeitstag? So dufte der Spaß auch wäre, es ist doch nicht bloß ein Glücksmaskottchen. Sie könnte es als Festtagsbraten verwenden. Also gleich schenken, denke ich, gleich morgen früh.«

Das gefällt allen.

Der Läufer im Kasten rumst quiekend gegen die Bretter. Er hat Durst und Hunger von dem sonnenheißen Nachmittag an der Kegelbahn.

Kapitän Frank bittet Irene im stillen seine Grobheit beim Pilzsuchen ab. Er rückt dicht an sie heran, drückt ihre Hand.

## *Hochzeit im Hasenwinkel*

Der quiekende Läufer aus Gräbnitz war abends in Pohls Stall einquartiert und versorgt worden. Kein Problem; denn Familie Pohl füttert jedes Jahr ein Schlachteschwein.

Früh wird die Jungsau in den Kasten bugsiert und zum Hasenwinkel getragen. Die Jungen lösen sich ab, das Schwein hat schon beachtliches Gewicht. Samt Kasten stellen sie es vor Karin Trapps Haustür. Ein Trompetensignal ruft die Lehrerin heraus. Sie weiß auf den ersten Blick nicht, was der verdreckte Kasten bedeuten soll, ihre Gedanken sind noch bei den Hochzeitsvorbereitungen. Nach einem Augenblick des Besinnens sieht sie das Schwein.

»Wir bringen als erste ein Hochzeitsgeschenk«, sagt Irene, während Hendrik lustig drauflosbläst. »Der Läufer gehört Ihnen, ein Dankeschön von uns allen. Sie können bestimmt einen Festtagsbraten gebrauchen. Und«, fügt Irene hinzu, »wenn ein Geschenk vorzeitig eintrifft, folgen viele nach.«

»Du lieber Himmel!« ruft Karin Trapp.

Eilig verschwindet die Meute hinter der Hecke. Hendrik tutet im vollen Lauf noch einmal kurz auf der Trompete, und es klingt wie ein Lacher: täterätätä!

Dieser morgendliche Überfall kommt der Lehrerin nicht recht geheuer vor. Ein Schwein als Hochzeitsgeschenk? grübelt sie. Woher mögen sie das Tier bloß haben? Hoffentlich steckt keine krumme Sache dahinter. Ich muß mich erkundigen. Wer könnte denn etwas wissen?

Rasch zieht sie sich um, geht zu Pepos Mutter. Frau Pohl ist gar nicht überrascht, als das Lehrerfräulein in die Küche tritt. Vergnügt erzählt sie die Geschichte, die ihr Junge und Frank gestern abend aufgetischt haben.

Noch immer ein wenig zweifelnd, wendet Karin ihre Schritte zu Wanzlebens Wohnung. Hier wird sie gleich mit Kaffee bewirtet. Frau Wanzleben bestätigt, was Pepos Mutter soeben erzählt hat. Vor zwei Stunden habe Edith Bobek aus Gräbnitz angerufen und von der gelungenen Fünfhundertjahrfeier berichtet, auch von Irenes Keglerglück.

Die Oma schaltet sich in das Gespräch ein. »Ich finde es großartig von den Kindern, ein echtes Glücksschwein als Geschenk zur Hochzeit! Darauf können Sie aber stolz sein.«

Frau Wanzleben gießt der Besucherin Kaffee nach. »Wie geht es denn so mit unserem Sohnemann im Unterricht?«

»Ein bißchen vorlaut, aber durchweg gute Leistungen. Sein Zeugnis kennen Sie ja. Kein Grund zu irgendwelcher Besorgnis. Lassen Sie ihn seine Ferien genießen, die brauchen Schüler wie Lehrer.« Damit verabschiedet sich Fräulein Trapp und eilt stracks zum Pfaffenberg.

Hier sitzen die Maurer im Schatten der Bäume und machen Mittagspause. Direktor Bertram hat durchgesetzt, daß sie von der Schulküche mit warmem Essen versorgt werden.

Die Männer schmunzeln, als Karin die Schweinestory zum besten gibt.

»Erwin, du kannst dich am Polterabend auf was gefaßt machen«, sagt der Putzerbrigadier. »Wir rücken geschlossen an, mit unheimlichem Durst und noch größerem Hunger auf Schweinebraten.«

Am Nachmittag schlendert die Kremsertruppe zur Baustelle. Sie wollen Ria den Rohbau der neuen Schule zeigen, an deren Fundament viele Schüler mitgearbeitet haben.

Erwin Vogler taucht auf. »Kindern ist das Betreten der Baustelle verboten.«

»Wo sind denn hier Kinder?« fragt der Kapitän und dreht den Kopf wie ein Uhu.

»Tja, dann möchte ich euch gleich als Helfer einspannen. Wir brauchen fleißige Hände, hier muß endlich mal aufgeräumt werden.«

Ringsum sieht es ziemlich wüst aus. Gerüststangen, Bohlen und Leitern liegen herum und überall Reststeine, die zu stapeln sind. Auch muß der Anfahrtsweg planiert werden, damit die Lastwagenfahrer nicht mehr bei jedem Transport über die Bauwüste schimpfen. Die Maurer arbeiten am Innenverputz, keiner hat Zeit, für die Baustellenordnung zu sorgen.

Ohne lange zu fackeln, greifen die Besucher zu. Zwischendurch wird Erwin, der künftige Bräutigam, von Wanze befragt, was es als Hochzeitsmahl im Hasenwinkel geben werde. Erwin hebt die Schultern, tut verwundert und sagt, das sei Karins Sache. Die werde schon etwas Leckeres zu brutzeln wissen, kochen und braten und backen könne sie vortrefflich. Der Schalk verrät mit keiner Miene, was er weiß. Den Fleischer solle er für morgen früh zum Schlachten bestellen, hat ihm Karin gesagt.

Bei den Aufräumungsarbeiten fällt Frank die Zeitungsannonce ein. Ob vielleicht doch eine Zuschrift gekommen ist? Nach Feierabend geht er zu dem Fräulein ins Anzeigenbüro.

Ja, sagt sie, ein Brief aus Liebenfelde sei da, schon mehrere Tage alt.

Frank öffnet den Brief nicht, er liest nur den Absender, rennt zu Pepo, findet ihn im Pferdestall.

Hier sind auch Klaus und Irene. Beide sehen zu, wie das Pferd gestriegelt wird. Reiten möchte Klaus, bloß mal ein Stück. Er hat noch nie auf einem Pferderücken gesessen. Er trägt Pepos breitkrempigen Cowboyhut. Der Ritt mit Klara beim Ringstechen in Gräbnitz hat ihn ungeheuer beeindruckt, mehr noch als Irenes Schweinegewinn.

Frank schwenkt den Brief. »Ein Angebot! Irene, mach ihn auf, lies vor, du hast die Annonce geschrieben.«

Der Reitwunsch ist vergessen. Irene liest:

»Werte junge Bootsfreunde!

Ich bin ein alter Mann. Invalidenrentner. Verstehe aber die Jugend und möchte Euch helfen. Mein Neffe fährt bei der Seereederei. War schon immer für Schiffe begeistert. Da hat er im Dorf eine GST-Gruppe gegründet. Seesport. Sie bekamen einen Kutter von der Stadt. Großes Ding für zehn Leute und einen Bootsmann. Mit Ruder und Segel ausgerüstet. Als der Neffe zur See ging, zerfiel die Gruppe. Nun liegt das Boot in meiner alten Scheune. Keiner kümmert sich darum. Ich möchte es Euch überlassen. Bloß die Lagergebühr müßte bezahlt werden. Macht pro Monat fünf Mark, billig berechnet. Wenn Ihr zweihundert Mark Lagergebühr bringt, könnt Ihr den Kutter übernehmen und den ganzen Kram dazu. Ersuche um Antwort, was aus dem Boot werden soll. Schade, wenn es verkommt, wo der Regen schon durchs Scheunendach tropft.

Hochachtungsvoll und sozialistischer Gruß
Albert Römpler Ehemalig LPG-Bauer
Liebenfelde Am Dorfgraben 10«

»Der Brief ist mit Maschine geschrieben«, sagt Irene, »da mag was dran sein.«

Frank ist von dem Strohbund aufgesprungen. »Mönschenskinner, das wird unser Schiff!«

Pepo, der Sparsame, dämpft die Freude des Kapitäns. »Klingt ganz schön, wenn alles stimmt, aber erst mal haben. Wo willst du zweihundert Mark hernehmen?«

»Vielleicht hätten wir das Kegelschwein doch verkaufen sollen«, wirft Irene ein.

»Da ist nichts rückgängig zu machen«, sagt Frank. »Deine Idee war gut, Irene. Problem Schwein erledigt. Wir kriegen den Kutter auch ohne Schwein. Müssen bloß dranbleiben. Ich werde mit Erwin sprechen.«

Nach dieser Beratung hat der Kapitän wieder eine unruhige Nacht. Träumend sieht er sich mit seiner Mannschaft im Kutter, zehn Mann an den langen Riemen. Aber sie brauchen nicht zu rudern, der Wind frischt auf. Sie heißen die Segel und kriegen Fahrt. Rudergänger

Frank hat das Schwertfall gelöst, ihr Schiff ist nun fast kentersicher. Immer heftiger bläst der Wind, wird zum Sturm, doch Frank steuert den Kutter sicher durch die schäumenden Wellen …

Morgens, als die Spatzen im Weinspalier lärmen, fragt sich Frank: Wo bin ich denn? Er segelt noch immer auf dem erträumten Kutter, und das Aufstehen fällt ihm schwer. Pepo hat sein Bett schon verlassen. Mutter Pohl ist besorgt, als Frank noch schlaftrunken und blaß zum Frühstück in die Küche tappt. »Bist du krank, Junge?«

Frank schüttelt den Kopf, und Pepo sagt: »Mutter, der hat ganz andere Sorgen.«

Erwin! denkt der Kapitän, Erwin muß mit nach Liebenfelde.

Der vom Bau beurlaubte Bräutigam Erwin hat zur Zeit kein Ohr für Franks Anliegen, was jeder verstehen kann, bloß Kapitän Frank Brinkmann nicht. Den Brief aus Liebenfelde überfliegt Erwin rasch, sagt bloß: »Keine schlechten Aussichten. Später fahren wir mal dorthin, komm nach der Hochzeit wieder.«

Ein bißchen enttäuscht steht Frank im Hof, sieht zu, wie der Fleischer das Schwein zerteilt. Fräulein Trapp ist aufgeregt, sie erlebt ihr erstes Schlachtefest. Alles muß flink gehen, der Hochzeitstermin naht.

Denen werden wir aber einen Haufen Scherben vors Haus knallen! denkt Frank und macht sich davon.

Am Polterabend geht es im Hasenwinkel fidel zu. Die Kremsermannschaft und eine Kinderschar aus der Siedlung haben angepoltert, aber wie! Karin Trapp verteilt Kuchen an die Glücksbringer. Drei Bleche Kuchen muß sie spendieren.

Jeder von Franks Truppe erhält zuletzt noch eine faustgroße Bulette. »Damit ihr wißt, wie euer Hochzeitsgeschenk schmeckt«, sagt Karin lächelnd.

Als die Brautleute den Scherbenberg wegräumen, was eine althergebrachte Ehrenpflicht ist, rückt die Maurerkolonne zusammen mit Karins Lehrerkollegen an. Sie überreichen ihre Geschenke, singen: »Hoch soll'n sie leben, hoch soll'n sie leben, dreimal hoch …«

Der pfiffige Erwin hat sich von der Schule ein großes Ferienzelt geliehen und im Garten aufgestellt. Hier bewirtet Karin ihre Polterabendgäste. Es gibt saftige Schnitzel und Bockbier dazu. Sie feiern bis in die Nacht.

Früh um neun tritt das frischvermählte Ehepaar aus der Tür des Standesamts. Im Empfangsspalier ganz vorn stehen vier bewährte Kanubauer, die Paddel wie ein Tor schräg hochgehalten. Katrinchen streut Blumen vor die Füße des Brautpaares.

Am Bordstein wartet der geschmückte Kremser, Klara im Geschirr. Pepo kutschiert die Brautleute mit ihren Familiengästen zum Hasenwinkel, Klaus neben ihm bedient die Bremse. Und Hendrik bläst eine fröhliche Melodie auf der blitzenden Trompete.

## *Welch ein Schiff!*

Jeder von Franks Freunden hat den Brief aus Liebenfelde gelesen. Nun hütet der Kapitän das Schreiben wie einen Schatz. Seine Erwartungsfreude steckt die anderen an.

»Was der Mann schreibt, klingt echt«, sagt Irene. Wie kaum ein anderer versteht sie Franks Besessenheit auf ein Boot; denn sie hat den Kanubau von der ersten Idee bis zum Stapellauf miterlebt.

Wie der Kutter beschaffen sei, wollen die Freunde wissen. Bei elf Mann Besatzung und Segelausrüstung müsse es sich um einen ziemlich großen Pott handeln.

»Womöglich«, sagt Wanze, »kann man damit den Ozean überqueren und Fidel Castro besuchen. Wir brauchen nur kräftigen Schiebewind und eine Menge Proviant mit einem Fäßchen Rum.«

Der Kapitän überhört den Scherz. Ihn ärgert, daß er wenig über einen Kutter sagen kann; denn darüber steht nichts in seinem Seglerbuch. Kahlkopf, bester Zeichner der Klasse, weiß mehr. Bei einem Besuch in Brandenburg, das von Wasser umgeben ist, hat er einen segelnden Kutter der GST gesehen. Und gleich skizziert er das Boot mit den zwei Masten aus der Erinnerung.

»Sieht einem der alten Windjammer ähnlich«, meint Wanze. »Darauf lasse ich mich als Erster Offizier anheuern. Sie nehmen mich doch, Genosse Käptn?«

»Du«, sagt Frank, »du wirst höchstens Moses, der geringste Schiffsjunge an Bord.«

Immerhin vermittelt ihnen Kahlkopfs Skizze eine ungefähre Vorstellung, und alle sind gespannt auf das Boot in der Liebenfelder Scheune.

Mittags, während Karin Vogler Hochzeit feiert und den zarten Schweinebraten auftischt, besteigen sie ihre Räder. Wegen Irene und Ria mäßigen die Jungen ihr gewohntes Rennfahrertempo, sie lassen beide Mädchen voranfahren. Ria kennt das Dörfchen Liebenfelde. Es liegt nicht weit von Gräbnitz, nahe der südwärtigen Spitze des Torgenauer Sees. Ihre Gespräche gehen um den Kutter und die Lagergebühr.

Als sie Römplers Gehöft am Dorfgraben erreicht haben, trinken erst mal alle an der Hofpumpe und kühlen sich die erhitzten Gesichter. Der Kettenhund kläfft die Fremden an, kläfft so wütend, daß es den Ohren weh tut.

Ein Mann tritt aus der Tür: Krückstock, breites Hamstergesicht, grüne Weste über dem Bauch. »Karo, Hütte!« brüllt er und geht auf die Besucher zu. »Was ist denn hier für eine Versammlung?«

»Guten Tag«, sagt Frank. »Sind Sie Herr Albert Römpler?«

»Gewiß doch.«

Frank zieht den Brief hervor, reicht ihn dem Mann. »Wir möchten uns das Boot ansehen.«

Der Bauer nimmt die Brille aus der Westentasche, erkennt seine Unterschrift und mustert die Gruppe. »Soso, ihr seid das. Ich dachte, ihr wäret älter. Und Mädchen dabei?«

»Wir sind alle Wassersportler«, erwidert der Kapitän und blinzelt Ria zu.

»Habt ihr das Geld? Die zweihundert Mark Lagergebühr?«

»Kommt später, Herr Römpler, wir möchten erst den Kutter sehen. Das verstehen Sie doch. Wer kauft schon die Katze im Sack.«

»Na, eine Katze ist das nicht gerade. Dieser Brocken von Boot hat mir den ganzen Platz auf der Tenne weggenommen.« Römpler holt den Schlüssel zur Scheune, löst das Vorhängeschloß, zerrt beide Torflügel auf. Das Licht flutet hinein, ein paar Sonnenstrahlen fallen durchs morsche Dach.

Da sehen sie ihn, den Kutter, eilen auf die Tenne, begucken und betasten ihn.

Welch ein Schiff! denkt Frank. Sein Herz puckert vor Freude bis zum Hals. Er schreitet die Länge ab. »Etwa sieben Meter, Breite schätzungsweise zwei Meter«, sagt er. »Ein mächtiges Ding.«

Aus dem Boot nehmen sie die Riemen und das Steuerruder sowie

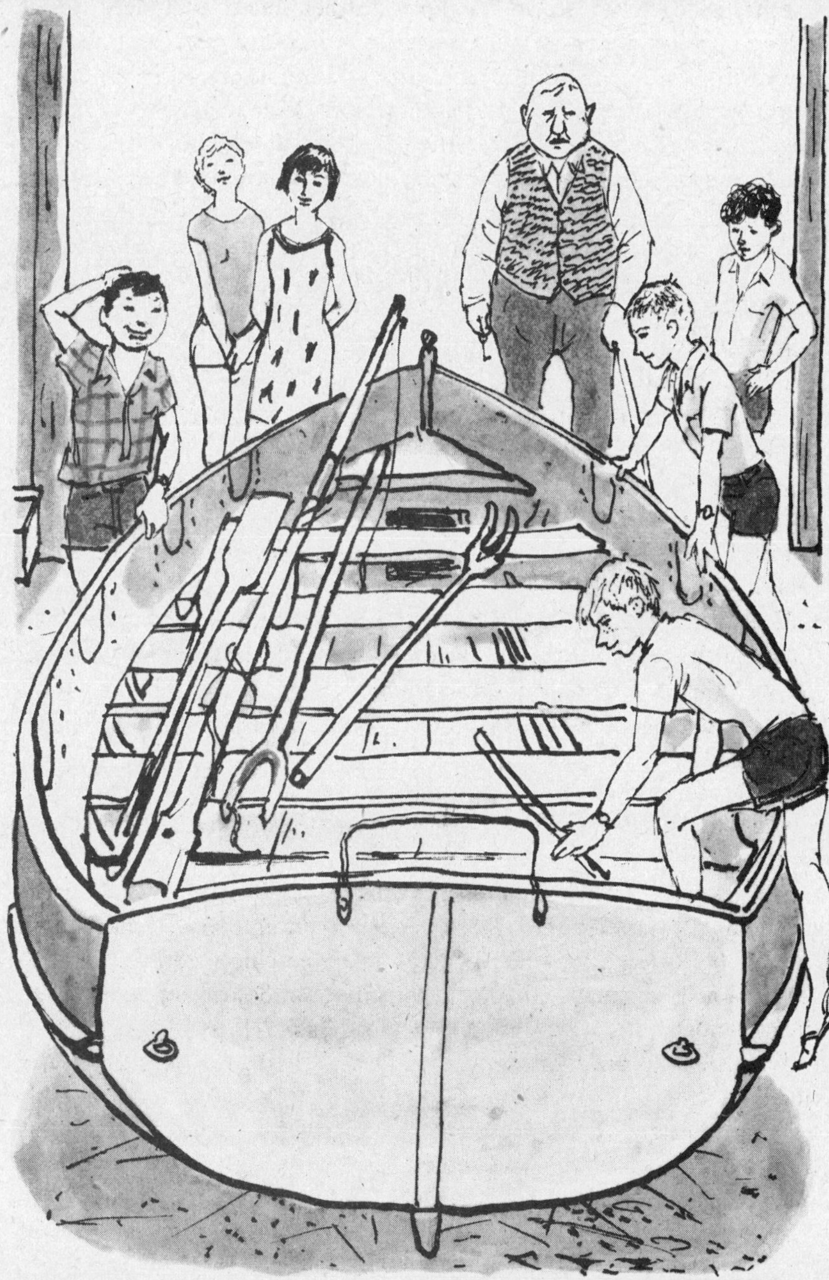

die beiden Masten mit den Segeln, dazu einen Rettungsring samt dem Leinenzeug.

Der Kapitän prüft die seitliche Abstützung; denn der Kutter steht ein wenig schräg auf seinem Kiel: »Alle Mann mit Riemen an Bord!« kommandiert er. »Die Mädchen auf die Backbordseite, die Jungen an Steuerbord. Ihr wißt ja, Backbord ist links, Steuerbord rechts, in Fahrtrichtung gesehen.« Und er schwingt sich auf den Bootsmannssitz im Heck. »Männer an Steuerbord, Riemen einsetzen! Und durchziehen, eins – zwei, eins – zwei ...«

So üben sie eine Weile das Rudern in der Luft. Dann richten sie beide Masten auf, heißen die Segel. Der Kutter wackelt ein bißchen, und ihnen ist, als fahren sie.

Dem alten Römpler dauert das Übungsspielchen zu lange. »Was ist«, fragt er Frank, »nehmt ihr das Boot?«

»Und ob wir es nehmen! Wird demnächst abgeholt. Wie weit ist der See entfernt?«

»Kaum fünfhundert Meter von hier liegt die Badestelle der Dorfjugend, anfangs flaches Wasser.«

»Gut, Meister. Geht alles seinen Gang. Und Sie kriegen die Lagergebühr, dafür sorge ich. Frank Brinkmann ist mein Name, Eulenberg, Heckenrosenweg fünf. Wir sehen uns bald wieder.«

Grübelnd steht der alte Mann im Hof. Dieser große Bengel in kurzer Hose war ihm zu flink mit dem Mundwerk. Ob sie wirklich wiederkommen?

Luise Brinkmann schreibt der Lehrerin und dem Maurer Vogler eine Gratulationskarte. Klaus und Katrinchen tragen Karte und Rosenstrauß zum Hasenwinkel. Dort werden beide mit so viel Kuchen gefüttert, daß sie daheim nichts mehr essen können.

»War feiner Kuchen«, sagt Katrinchen, »mit Mohn und Kirschen und Schlagsahne. Hat Tante Karin alles für die Hochzeit gemacht. Sie war ganz lieb zu uns.«

Luise kennt die Zusammenhänge um das Hochzeitsschwein, Klaus hat ihr nach der Kremserfahrt alles berichten müssen.

»Irene, was ich noch mit dir besprechen wollte«, beginnt sie nach dem Abendbrot, »das gewonnene Schwein war doch dein Eigentum, wenn ich es recht verstehe. Hast du damit nicht zu voreilig gehandelt?«

»Wieso?«

»Mit dem Verschenken, meine ich. Oder hat das Frank bestimmt?«

»Nein!« sagt Irene. Sie sagt es so heftig, daß sich ihre Mutter wundert. »Dieses Schwein gehörte uns allen; denn wir sind eine feste Freundesgruppe. Und die Billetts stammten von Bürgermeister Bobek. Wären Ria und Pepo nicht gewesen, hätte es die Fahrt gar nicht gegeben. Den Vorschlag für die Hochzeit habe ich gemacht, nicht Frank, wie du denkst.«

»Aber hättest du nicht vorher mit mir darüber sprechen können?«

»Es war mein freier Entschluß, Mutti. Du weißt nicht, was wir Fräulein Trapp alles verdanken. Gönnst du etwa unserer Lehrerin das Geschenk nicht?«

»Bewahre, Kind. Du verstehst mich falsch. Ich möchte nur, daß du nicht zu sehr abhängig von den anderen wirst.«

»Bei uns ist keiner abhängig. Mir scheint, du hast ein falsches Bild von Frank. Alle erkennen ihn an. Und er ... er ist der beste Freund, den ich mir denken kann. Versuche bitte nicht, uns auseinanderzubringen.«

»Schon gut, Irene, beruhige dich. Man wird als Mutter doch mal seine Meinung äußern können.«

»Dann solltest du auch meine Meinung berücksichtigen. Über manches denke ich nämlich anders als du.«

Es wird ein schweigsamer Abend zwischen Mutter und Tochter. Irene spielt mit Klaus und Katrinchen »Mensch ärgere dich nicht«. Dann bringt sie beide zu Bett. Klaus darf noch eine Weile im Mädchenstübchen bleiben, weil Irene ein schönes und ganz langes Märchen vorliest.

Unten sitzt Luise nachdenklich über ihrer Strickarbeit. Was ist bloß in Irene gefahren? Reineweg aufsässig. Sie wird mich doch nicht mißverstanden haben? Als ob ich der Lehrerin das Geschenk nicht gönne. Und wie heftig sie Frank in Schutz genommen hat. Mir scheint, dahinter steckt mehr als nur Freundschaft. Im Grunde kein übler Bursche, bloß ein bißchen verlottert, weil er lange ohne Mutter war. Begreift einfach nicht, daß ich sein Bestes will.

Die Gedanken lassen der Frau keine Ruhe. Als die Kinder oben schlafen, kramt sie noch ein bißchen herum, bringt das Wohnzimmer in Ordnung und legt sich zu Bett. Gleich morgen muß ich noch mal mit Irene sprechen, nimmt sie sich vor. Ihr behagt nicht, daß Frank bei den Fuhrleuten wohnt und sein Zuhause meidet. Was sollen die Leute denken? Es sieht ja aus, als hätte ich ihn verdrängt ...

Simon Brinkmann hat keine Ahnung von dem Konflikt zwischen Mutter und Tochter. Er war von Erwin als abendlicher Hochzeitsgast in den Hasenwinkel geladen worden. Es geht fröhlich zu bei der Feier. Die Männer prosten kräftig. Das Essen war gut, der Ungarwein schmeckt vorzüglich.

In vorgerückter Stunde vertraut der alte Herr Trapp dem Bauführer seine früheren Bedenken an: eine Lehrerin und der Maurer, wie könnte das gut gehen? Aber seit er nun den Erwin Vogler kennengelernt habe, halte er viel von ihm. Er sei gewiß der richtige Mann für Karin.

Als sich Simon verabschiedet, sagt er zu Erwin: »Ich kann dir noch drei Tage freigeben zum Einrichten der Wohnung, mehr ist nicht drin bei unserem Arbeitsdruck. Den Jahresurlaub nimmst du im September, der Schulbau geht vor, wir müssen ranklotzen.«

Was Erwin einsieht. Seinen Bauführer läßt er nicht im Stich.

Schon zwei Tage später erscheinen die Jungvermählten auf dem Wohnungsamt, legen ihre Heiratsurkunde vor. Lange müssen sie im Korridor des Rathauses warten. Endlich erfahren sie, daß ihnen die Wohnung im Hasenwinkel zugesprochen sei. Gute Wünsche und zwei strahlende Gesichter. Der Schein mit der Wohnungszuweisung ist für Voglers wohl das schönste Geschenk. Karin, glücklich wie am Hochzeitstag, fallen Irenes Worte ein: Wenn ein Geschenk vorzeitig kommt, folgen noch viele nach.

An Erwins letztem freiem Tag steht Frank mit dem Brief aus Liebenfelde vor ihm und berichtet von der ersten Kutterbesichtigung.

»Dann mal hin, ich möchte das Boot sehen.« Erwin schiebt die Seitenwagenmaschine aus dem Schuppen und tritt sie an. Eine alte EMW, die er zurechtgebastelt hat.

»Können wir Irene mitnehmen?« fragt Frank.

»Klar«, sagt Erwin und fährt zum Heckenrosenweg.

Irene ist freudig erregt, als Frank überraschend auftaucht. Sie steigt in den Beiwagen. Der Soziusmann Frank legt seine Hand auf ihre Schulter. Irenes Haar flattert im Fahrwind.

Keine Viertelstunde vergeht, schon hält das Krad vor Römplers

Haus. Der Bauer beruhigt seinen kläffenden Hund. Es ist ihm recht, daß ein Erwachsener die Sache in die Hand nimmt.

Sehr genau prüft Erwin den Kutter. Er klopft und kratzt mit einem Schraubenzieher am Holz. »Ziemlich ausgetrocknet«, sagt er, »aber nicht morsch. Hier muß Bootslack drauf. Der Kahn hat einige Jährchen auf dem Buckel, die Segel sind verstockt vom langen Liegen, sonst ist alles noch brauchbar. Ihr werdet damit nicht absaufen.«

Wieder erwähnt Römpler die Lagergebühr. Vor deren Bezahlung wolle er den Kutter nicht ausliefern.

Erwin meint, das Geld sei Sache der GST. Frank Brinkmann werde sich darum kümmern, bloß eine entsprechende Rechnung müsse vorliegen.

»Schon parat«, sagt der Alte und holt die Rechnung und gibt sie Frank. Dann verschließt er sorgsam das Scheunentor, als könne ihm über Nacht der Kutter weggeholt und er um die Lagergebühr geprellt werden.

Während die drei Gutachter heimfahren, bedeckt sich der Himmel mit dunklen Wolken. Eins der jähen Sommergewitter zieht auf. Blitze zucken, Donner grollen in der Ferne, kommen näher, und die ersten großen Tropfen fallen. Erwin erreicht gerade noch den Hasenwinkel. Kaum steht die Maschine im Schuppen, prasselt der Regen wie eine Sturzflut hernieder, hüllt die Gartensiedlung in glasigen Dunst.

»Glück gehabt«, sagt Erwin, »wir hätten keinen trockenen Faden am Leibe, wenn mein altes Gespann nicht so brav gelaufen wäre. Und ihr habt auch Glück mit dem ausbaldowerten Kutter, ein Riesenglück. Der Pott ist gut. Ich wollte ihn vor dem Alten nicht zu sehr loben, der ist doch scharf aufs Geld. Wie seid ihr an den rangekommen?«

Irene berichtet von der Zeitungsannonce. Erst sei es aussichtslos gewesen, bis endlich der Brief kam, die einzige Zuschrift.

»Eigentlich hättet ihr eine Prämie für das Aufstöbern verdient. Frank, du mußt in Torgenau erst das Lagergeld rausschinden, dann die feste Zusicherung, daß ihr den Kutter benutzen könnt. Vorher nicht sagen, wo er liegt, verstehst du? Das ist euer Faustpfand. Sonst guckt ihr am Ende in die Röhre.«

So schnell das Gewitter losgebrochen war, so rasch klärt sich der

Himmel wieder auf. Der Sturzregen hat die Schwüle weggespült. Bäume und Sträucher glänzen wie lackiert.

Karin Vogler empfängt die Ausflügler in der Küche mit dem letzten Hochzeitskuchen. »Na, ihr Bootsentdecker, hat sich die Fahrt gelohnt?«

»Und ob!« antwortet Erwin. »Nun liegt es bei ihnen, was sie aus ihrer Entdeckung machen.«

»Wir werden das Kind schon schaukeln«, meint Frank.

Irene nickt bestätigend. »Was Frank sich vornimmt, schafft er auch, das hat er beim Kanubau bewiesen. Ich bin da gar nicht bange.«

Karin Vogler zeigt den beiden ihre Wohnung. Zwar sind es kleine Räume, aber gemütlich mit den alten Eichenholzmöbeln. Nur wenige Bilder an den Wänden, geschmackvoll ausgewählt. Am besten gefallen Irene die Blumenkrüge im Wohnstübchen. Karin Vogler ist vernarrt in Krüge jeder Art, wenn sie nur eine schöne Form haben. Im Dachkämmerchen, für Gäste eingerichtet, zeigt sie ihre Sammlung auf dem Wandbord. Da steht ein Dutzend verschiedener Krüge, die das Auge erfreuen, einige wie antike Amphoren mit zwei Henkeln, andere aus Großmutters Zeiten.

Als sich die Besucher verabschieden, hat der Kapitän noch einen Wunsch an Erwin: »Ich bin mit einem Kutter nicht vertraut, Herr Vogler. Würden Sie mir am Anfang das Wichtigste beibringen? Theoretisch, meine ich, dann fuchsen wir uns schon rein.«

»Mach ich, Junge. Mal ein Stündchen Unterweisung, du bist doch kein Anfänger auf dem Wasser. Und bei eurer ersten Kutterfahrt möchte ich dabeisein. Übrigens, den Herrn Vogler laß künftig weg, ich bin Erwin für dich, ehemaliger Leichtmatrose. Weiter habe ich es bei der christlichen Seefahrt nicht gebracht. Du als Käptn bist mir ja rangmäßig weit voraus.«

»Ach, ein geschenkter Titel«, sagt Frank.

»Stimmt nicht«, widerspricht Irene, »du hast ihn verdient.«

Frank begleitet Irene durch die Gartensiedlung heimwärts. Über ihnen ein heller weiter Himmel. Erwins Hilfsbereitschaft und die Wohnungsbesichtigung haben sie froh gestimmt.

»Du könntest wieder heimkommen«, sagt Irene. »Ich glaube, Mutti sieht manches ein. Die Eltern haben sich ausgesprochen. Es ging drei Tage lang nicht gerade friedlich zu, aber nun wird dir Mutti kaum noch engherzige Vorschriften machen.«

»Weiß man es?« entgegnet Frank. »Ich vertrage mich ganz gut mit Pepo. Seine Mutter nörgelt überhaupt nicht rum. Die ist einfach prima. Ähnlich war unsere Mutter, damals, in Mönkwitz. Eine richtige Mutter vergißt man nie. Als wir nach dem Begräbnis hierherzogen, kam die egoistische Tante Hedwig ins Haus. Der konnte ich nichts recht machen, sollte bloß immer parieren. Du weißt vielleicht noch, wie es zu Hedwigs Zeiten bei uns stand. Das möchte ich nicht noch mal erleben.«

»Du kannst aber Mutti nicht mit dieser schlampigen Hedwig vergleichen. Da besteht ein himmelweiter Unterschied.«

»Laß mir Zeit, Irene. Ich möchte ja gern wieder daheim sein, in deiner Nähe.« Das letzte spricht Frank leise, und er überlegt eine Weile. »Du, am Sonntag könnte ich euch mal besuchen, probeweise, vielleicht zum Mittagessen. Was meinst du?«

»Finde ich dufte. Bloß, sonntags essen wir um zwölf. Du müßtest pünktlich sein.«

»Klar«, sagt er, »hab kapiert, will deinen Feldwebel nicht erzürnen.«

»Feldwebel! Fang nicht schon wieder an. Das ist ein übles Wort für Mutti.«

»Wieso? Bei den Soldaten wird der oberste Feldwebel Mutter der Kompanie genannt.«

»Laß bitte das Gerede, es ist unpassend. Stell dir vor, Mutti hört es mal. Sie hat auch empfindsame Seiten, nicht bloß du.«

»Schon gut. Ich werde mich daran halten.«

Schweigend gehen sie ein Stück nebeneinander. Er rückt immer näher zu Irene, schiebt seinen Arm in ihren Arm, und beide bleiben stehen. Jetzt drückt er sie in die buschige Hecke, umfaßt ihre Schultern und küßt sie auf den Mund. »Wiedersehn, Irene«, flüstert er, streicht über ihr Haar und rennt davon.

Wie beflügelt läuft er durch die Siedlung, möchte laut singen, breitet die Arme aus, möchte fliegen und die Welt von oben betrachten, so leicht ist ihm zumute.

Wanze, den er aufsucht, wundert sich über seine Fröhlichkeit. »Spielst du besoffen? Oder hast du im Lotto gewonnen?«

»Was viel Schöneres, Alter. Weißt ja, der ... der Kutter. Ich war mit Erwin und Irene dort, auf dem EMW-Gespann, ein Knatterding, läuft aber wie Biene. Erwin hat den Kutter fachmännisch geprüft. Wir brauchen ihn nur zu pinseln, sonst ist er gut. Morgen Großangriff auf die GST-Leute in Torgenau, Geld lockermachen und unser Anrecht sichern. Wen nehmen wir noch mit?«

»Alle Jungen«, schlägt Wanze vor. »Macht Eindruck, wenn die halbe Mannschaft aufkreuzt. Ich melde uns gleich telefonisch dort an.«

»Aber nicht verraten, wo der Kutter liegt. Ist unser Faustpfand, verstehst schon. Ruf auch Hendrik an. Ich sage Kahlkopf Bescheid. Acht Uhr, Treffpunkt Muldenbrücke.«

Auf dem Weg zu Schönbrods grübelt der Kapitän: Wie kriegen wir den Kutter ins Wasser? Fünfhundert Meter bis zum See, hat Bauer Römpler gesagt. Tragen ist unmöglich, dazu brauchten wir eine Menge starker Männer. Also Bootswagen! Den müssen wir bauen, der ist wichtig. Im Herbst soll der Kutter ja wieder an Land.

Frank trifft Kahlkopf in Schönbrods Garten beim Schotenpflücken. Karl der Kahle begreift sofort, worum es geht. »Gar kein Problem«, sagt er. »Zwei Räder und eine stabile Achse mit festgeschweißter Auflage für den Kutter.« Schon strichelt er seine Vorstellung in den Sand des Kinderspielkastens. »Wir brauchen den Kutter nur am Bug anzuheben und das Fahrgestell unterzuschieben, bis er in der Waage liegt, dann feströdeln, fertig ist die Laube. Zwei Mann halten die Balance, alle anderen ziehen den einachsigen Karren.«

»Zeichne eine klare Skizze«, sagt Frank, »vielleicht brauchen wir sie schon morgen. Ich überlege, woher wir die Achse mit den Rädern kriegen könnten.«

Die Jungen steigen drei Treppen hinauf zur Dienststelle der Torgenauer Gesellschaft für Sport und Technik. Im oberen Flur hängen vergrößerte Fotos von den verschiedenen Ausbildungssektionen. Auch ein Kutter unter vollen Segeln ist zu sehen, ähnlich wie ihn Kahlkopf mal skizziert hat. Das Plakat daneben mit dem Matrosenkopf trägt die Aufschrift:

SEESPORTLER, MELDE
DICH ZUR VOLKSMARINE!

Hendrik betrachtet nachdenklich das Plakat. »Du, Frank, wir werden doch richtige Seesportler?«

»Sehr bald sogar«, antwortet der Kapitän.

»Dann melde ich mich zur Marine, sobald ich ausgelernt habe. Ist mir lieber als mot. Schütze oder Kanonier. Nicht bloß, weil mir die Matrosenkluft gefällt. Ich möchte auf See.«

»Mit deiner Trompete kommst du überall an«, sagt Wanze. »Brauchst bloß der Musterungskommission was vorzublasen.«

»An Bord wird aber nicht geblasen«, erwidert Hendrik, »da gibt es die Signale mit der Bootsmannspfeife. Ich hab nämlich das Schulschiff Wilhelm Pieck in Warnemünde gesehen und die Matrosen beobachtet. Das sind ganz fixe Kerle.«

Frank klopft an die erste Tür und tritt ein, hinter ihm seine vier Getreuen. »Sport frei!« sagt er sehr forsch.

Der junge Mann hinter dem Schreibtisch blickt auf und nickt. »Was gibt's?«

»Ich heiße Frank Brinkmann, und die hier gehören zu meiner Mannschaft, alle aus einer Klasse. Wir kommen von Eulenberg, wollen Kutter fahren und segeln.«

»Aus Eulenberg? Ist ja der nächste Weg. Dort sind wir aber nicht zuständig.«

»Bei uns gibt es keinen See«, sagt Frank, »und keinen Kutter. Deshalb sind wir hergekommen. Möglich, daß mancher von uns seinen Wehrdienst in der Volksmarine ableisten wird. Einer hat sich schon fest dafür entschieden. Stimmt's, Hendrik?«

»Ja! Beschlossene Sache. Schon lange will ich Matrose werden.«

Der Mann hinterm Schreibtisch stellt sich als Jupp Kilian vor.

»Also, Frank, deine Begründung leuchtet mir ein, und euer Eifer ist anzuerkennen. Aber wir verfügen nur über zwei Kutter und haben vier Mannschaften, die versessen aufs Kutterfahren sind. Den beiden Ausbildern können wir nicht noch mehr zumuten. Unmöglich, euch mit reinzuschieben. Außerdem, der weite Weg von Eulenberg hierher, das haltet ihr auf die Dauer nicht durch.«

Frank bringt seinen stärksten Trumpf noch nicht hervor. »Der Weg«, sagt er, »der stört uns nicht. Und ausbilden können wir uns selber. In Eulenberg gibt es einen ehemaligen Seemann, ist mein Freund, der leitet uns an.«

»Trotzdem, Junge, es geht nicht.«

»Doch geht es. Erstens sind wir auf dem Wasser keine Anfänger mehr. Haben ein Kanu besessen und viele Fahrten auf der Mulde gemacht, leider ist es ohne unsere Schuld zu Bruch gegangen. Und zweitens«, Frank sieht lächelnd auf seine Gefährten, tritt näher an den Schreibtisch, »zweitens gibt es noch einen Kutter, der euch gehört und nicht genutzt wird.«

Jupp Kilian schnüffelt ärgerlich, schüttelt den Kopf. »Dann weißt du mehr als ich.«

»Weiß ich auch«, sagt Frank, und die Jungen neben ihm grienen.

»Mach keine faulen Witze, Sportsfreund.«

»Es ist Tatsache, so wahr ich hier stehe. Wir haben den Kutter gesehen und drin gesessen. Muß bloß Lack drauf. Die gesamte Ausrüstung ist dabei, Steuerruder, Riemen, Segel mit zwei Masten, Rettungsring und Leinenzeug. Bloß kein Anker, den hab ich vermißt.«

»Wo?« will der Mann wissen. »Sag mir, wo?« Immer noch ist er mißtrauisch.

»Das wird erst verraten«, antwortet Frank, »wenn Sie uns ehrenwörtlich zusichern, daß wir ihn benutzen dürfen. Lagermiete ist auch noch zu zahlen, zweihundert Mark.«

Jupp Kilian springt auf, läuft zur Tür, schreit in den Flur: »Hannes! Jochen! Kommt mal zu mir.«

Als die Gerufenen erscheinen, sagt Jupp: »Es geschehen noch Zeichen und Wunder. Die Jungen hier wollen wissen, daß der alte Kutter existiert.«

Frank bestätigt es wiederum, bleibt aber hartnäckig bei der Forderung, den Kutter vorrangig mit seiner Mannschaft benutzen zu können. Das wird ihm fest zugesagt, Zeugen sind genug vorhanden. Er zieht Brief und Rechnung des Bauern Römpler aus dem Hemd.

Der Vorsitzende Jupp liest beides. »Verdammte Schweinerei!« schimpft er und erklärt den Jungen, daß er mit seinen Kollegen erst vor drei Monaten die Dienststelle übernommen habe. In dem schlampig geführten Inventarverzeichnis ihrer Vorgänger sei der alte Kutter abgebucht worden. Wegen fehlender Bergungskräfte vom Eise zerdrückt und abgesackt, hieße es da als Begründung.

»So wird Volkseigentum verschludert«, meint Jochen und schubbert seinen Oberlippenbart. »Vielleicht hat sich damit jemand ein Geschäftchen erhofft? Ich will ja keinen beschuldigen, aber seltsam ist es schon, sehr seltsam. Die Story glaube ich erst, wenn ich den angeblich versunkenen Pott in der Scheune sehe.«

»Kriegt der alte Bauer das Lagergeld?« fragt Pepo. »Sein Köter ist nämlich ziemlich scharf.«

»Es bleibt uns wohl nichts weiter übrig«, sagt Jupp und denkt: Das muß doch stimmen. So überzeugend können die Bengel nicht schauspielern, nein, so nicht, die sind echt.

Kahlkopf mahnt: »Bootslack brauchen wir und Pinsel. Der Kutter soll schleunigst ins Wasser.« Und er zeigt den Instrukteuren seine Skizze des geplanten Bootswagens.

Die Männer gucken sich an, sind nun überzeugt von der Richtigkeit aller Angaben. Jupp schreibt den Auftrag an das Farbengeschäft aus: 5 kg Bootslack, 3 Ringpinsel, grobes Schleifpapier.

Mit Jochen fahren die Jungen einkaufen, essen rasch eine Bulette mit Brötchen, radeln vergnügt am See entlang nach Liebenfelde.

Als der ungläubige GST-Mann Jochen den Kutter auf der Scheunentenne sieht, bleibt ihm erst mal die Sprache weg. Dann überprüft er die Ausrüstung, notiert alles und verhandelt lange mit Bauer Römpler. Der Alte sagt immer wieder, er wisse von nichts, habe keine Ahnung, schiebt alles auf seinen fernen seefahrenden Neffen.

Indessen machen sich die Jungen mit Schleifpapier und Pinsel über den Kutter her.

Frank beguckt Kahlkopfs Bootswagenskizze. Er grübelt, denkt an die Achse eines ausgedienten Pferdewagens. Nein, geht nicht, die Räder würden zu schwer sein und die Spurbreite zu schmal. Draußen untersucht er Pohls Gummiwagen. Wäre ideal, bloß woher so eine Achse kriegen? Aussichtslos.

Plötzlich fällt ihm etwas ein. Mit Zollstock und Skizze jagt er auf dem Rad zum Pfaffenberg. An der Baustelle verwahren die Handwerker ihre Werkzeuge in einem verschließbaren Kastenwägelchen, Pausenkarre genannt. Die einachsige Karrete wird am Lastwagen oder Trecker angehängt und von Baustelle zu Baustelle gezogen.

Frank, auf dem Rücken liegend, schiebt sich unter den Wagen. Die primitive Achse besteht aus einem U-Eisen. An beiden Enden sind Rundstähle als Radlager eingeschweißt. Die Spurweite von Rad zu Rad beträgt zwei Meter.

Genau richtig, denkt Frank. Er kriecht hervor, vergleicht die Maße mit Pepos Skizze.

Hinter ihm taucht Erwin auf. »Was krabbelst du denn hier rum?«

»Es geht um den Bootswagen zum Kuttertransport«, erklärt Frank und zeigt Erwin die Skizze. »Eine Achse mit Rädern brauchen wir. Auf dem Bauhof, in der Gerümpelecke, liegt so eine ausrangierte Karre, ist zu nichts mehr nütze. Dürfen wir davon die Achse mit den Eisenrädern abmontieren, Erwin?«

»Läßt sich machen. Morgen könnt ihr als Schrottsammler die Achse holen. Schrottsammler, kapiert. Ich spreche mit dem Wächter.«

Frank strahlt. »Wir waren schon bei der GST in Torgenau, fünf Mann hoch. Die haben vielleicht Augen gemacht, als ich von ihrem verschollenen Kutter erzählte. Den können wir benutzen, haben ihn gleich lackiert.«

Tags darauf marschieren Frank, Kahlkopf und Pepo zum Bauhof. Karl der Kahle trägt das Werkzeug im Rucksack. Der Wächter weiß Bescheid und läßt die Schrottsammler herein. Sie kippen die vergammelte Pausenkarre um, greifen zu Beil und Stemmeisen, lösen die Achse mit dem angeschweißten Zuggestänge vom Wagenboden. Die Räder lassen sich noch drehen, sie brauchen bloß Schmiere.

»Wie geschaffen für unseren Zweck«, sagt Kahlkopf. »Hast Nase gehabt, Käptn. Nun müssen bloß noch die Auflageeisen für den Kutter drauf. Hab schon meinen Onkel Richard gefragt, der ist Schmied. Ein Könner, sag ich euch, bringt sogar Ranken und Rosen aus Eisen fertig.«

»Und Kostenpunkt für unseren Auftrag?« fragt Frank.

»Ooch, olle Richard macht das umsonst für mich, bei dem hab ich einen Stein im Brett.«

Sie fahren das Gestell mit den ratternden Eisenrädern zu Onkel Richard, und jeder läßt sich von den anderen ein Stück ziehen.

Das Tor der Schmiede ist weit geöffnet. Hitze schlägt ihnen entgegen. Der Schweißbrenner zischt. Im Funkenregen steht ein Mann mit Lederschurz und Holzpantinen. Seine Hand schiebt die Schutzbrille hoch. Er gleicht dem Schmied Wieland aus der alten Sage: reckenhafte Gestalt, buschige Augenbrauen, Hakennase und ein Kinnbart bis zur nackten Brust.

»Tag, Onkel!« schreit Kahlkopf.

Der Hüne stellt den Schweißbrenner ab. »Na, ihr Knobler!« Er betrachtet die Karre, prüft ihre Stabilität. Es macht ihm Spaß, wie pfiffig die Burschen sich zu helfen wissen. Aus der Ecke holt er eine große Blechtafel, gibt Kahlkopf ein Stück Zeichenkreide. »Kalli, skizziere die Bootsrundung, mittlerer Querschnitt, Originalgröße. Brauch ich als Schablone. Danach werden die beiden Flacheisen geschmiedet und dann aufgeschweißt.«

Kahlkopf beginnt zu zeichnen. In Gedanken sieht er den zwei Meter breiten Kutter vor sich. Manchen Strich setzt er mehrmals hin. Jetzt tritt er zurück, beguckt seine Zeichnung. »Onkel Richard, so ungefähr denke ich mir das. Auf den Millimeter kommt es nicht an. Wir werden die gebogenen Eisen polstern, damit der Kutter weich aufliegt.«

»Geht in Ordnung«, sagt der Schmied, »sind kleine Fische. Die beiden Dinger biege ich hin, bloß heute nicht mehr. Hab viel zu tun. Fragt mal in drei Tagen nach.«

Am Sonntagmorgen erwacht Frank ziemlich spät. Wie immer muß er sich erst in den neuen Tag hineinfinden, und das dauert bei ihm seine Zeit. Gestern abend hat er noch lange im Seglerbuch gelesen. Glücklich über die rasche Lösung mit dem Bootskarren, war er eingeschlafen.

Nun sitzt er grübelnd im Bett. Neben ihm schniebst Pepo mit offenem Mund, dreht sich, knurrt, schniebst weiter.

Ein neues Problem beschäftigt den Kapitän. Wie kriegen wir das Achsgestell nach Liebenfelde? Vielleicht zwei Fahrräder vorspannen?

Warum nicht? Die Achsen müssen gut geschmiert sein. Ganz früh fahren wir los, früh ist wenig Verkehr, und es sind keine weißen Mäuse unterwegs. Wir lösen uns jede Viertelstunde ab. Hinten wird vorschriftsmäßig ein rotes Tuch angebracht, kann keiner was wollen.

Er steigt aus dem Bett, geht ans Fenster, blickt in den sonnigen Morgen. Ein Himmel wie Seide, kein Wölkchen zu sehen.

Als er nach seiner Hose greift, poltert das Taschenmesser zu Boden.

Pepo erwacht, blinzelt ins Licht. »Mensch, Alter, hab ich Kohldampf. Laß uns schleunigst frühstücken.«

Da fällt Frank ein, daß heute etwas Besonderes vorliegt. Er hat Irene versprochen, mittags daheim zu essen. Und er nimmt sich vor, pünktlich zu sein. Auch ein frisches Sporthemd will er anziehen, Luise soll keinen Grund zum Meckern haben.

Am Frühstückstisch sagt er zu Frau Pohl: »Heute mittag esse ich bei meinen Leuten im Heckenrosenweg. Muß mich dort mal wieder sehen lassen, hab es Irene zugesagt.«

Aha, die Irene! denkt Mutter Pohl und lächelt. »Das finde ich sehr vernünftig, Frank. Von unserem Kaninchenbraten hebe ich dir ein Stück zum Abendbrot auf.«

Die Jungen besuchen Vater Pohl in der Krankenstube. Es geht ihm heute besser, er hat wieder Lebensmut, möchte am liebsten aufstehen, aber das läßt seine Frau noch nicht zu. Sie reden dies und das, bis Pohl mit dem herausrückt, was in seinen Gedanken umgeht. »Peter, du hast doch Pferdeverstand.«

»Ein bißchen schon«, sagt Pepo, »sonst hätte ich auf Klara nicht die Räucherwurst für dich abgestippt.«

»Jaja, Jungchen. Also, es geht um den Rapphengst. Den hab ich günstig gekauft. Ein schönes Tier, alles, was recht ist. Gestern nun war Blümke bei mir. Die Schnapslerche will Bodo haben.«

»Nö, Vadder, gib ihn nicht weg. Den verschachert Blümke doch weiter.«

»Aber mir bringt es Vorteil. Seinen Wallach bietet er dagegen und zweihundert Mark Draufgeld.«

»Das klingt schon anders«, sagt Pepo. »Es ist sowieso fraglich, ob aus Klara und Bodo ein richtiges Zuggespann wird.«

»Recht hast du. Mutter zweifelt auch daran. Bloß, was ich dich fragen wollte, also, ob Klara von dem Hengst ein Fohlen kriegt? Du warst doch jeden Tag auf der Koppel.«

»Vadder, es sah ganz danach aus. Bodo war reineweg verrückt auf die rossige Stute.«

»Dann lohnt sich's ja doppelt. Ich nehme seinen Wallach, der ist fromm und kann ziehen. Aber mindestens dreihundert muß er drauflegen. Geh raus zur Koppel, Junge, und putze den Hengst. Glänzen muß er wie ein Zirkuspferd. Mittag will sich Blümke Bescheid holen, mittags stehe ich auf, und wenn ich wieder beide Krücken nehmen muß. Mag Mutter schimpfen, wie sie will, Geschäft ist Geschäft. Und sag ihr, daß ich ein kräftiges Frühstück brauche, aber ohne Rheumatee.«

So erlebt Frank, wie sich ein Pferdehandel anbahnt. Auf der Koppel hält er den Hengst am Halfter, während Pepo das schwarze Fell auf Glanz bringt.

Da hören sie Stimmen. Drüben steht Irene mit Klaus und Katrinchen am Gatter. »Guten Morgen!« rufen alle drei im Chor.

Franks Herz schlägt schneller, als er Irene sieht. Gleich denkt er an den Kuß in der Hecke, schmeckt ihn noch auf den Lippen.

»Wir möchten gern reiten«, piepst Katrinchen. »Dürfen wir?«

»Ihr dürft«, ruft Pepo. »Rein mit euch in Pohls Reitbahn.«

Klaus hat einen Beutel voll Brotscheiben dabei. Schon drängen die Pferde heran. Der Hengst schiebt Klara beiseite, doch Pepo bindet ihn an den Schuppenpfosten. »Du wartest schön, Schwarzer, erst ist die Dame an der Reihe.« Und er zeigt den Kindern, wie Klara das Brot von seiner flachen Hand schlappt.

Sie tun es ihm nach, Klaus ohne Bange, doch Katrinchen hat Scheu vor dem Pferdemaul. Rasch zieht sie ihre Hand zurück, als Klara das Brot nimmt. »Huch, die großen Lippen kitzeln aber.«

Erster Reiter ist Klaus. Frank hebt ihn auf Klaras Rücken. »Halt dich an der Mähne fest!« Und der große Bruder geht nebenher, zwei Runden um die Koppel.

Indessen reichen Pepo und Irene dem blitzblank geputzten Rapphengst seine Brotration. Man sieht, wie es ihm schmeckt. Gierig schnappt er nach den Brothappen. Katrinchen steht daneben und patscht vor Vergnügen in die Hände. »Kann ich nun mal reiten?« fragt sie Pepo. Der Fuhrmannsohn pfeift auf zwei Fingern. Klara spitzt die Ohren, und Frank führt sie zum Schuppen. Klaus springt ab, Katrinchen wird hinaufbugsiert. »Hü, Klara«, sagt sie und hat kein bißchen Angst da oben.

Zu beiden Seiten geleiten Pepo und Frank die kleine Reiterin, halten ihre Füße fest, damit sie aufrecht sitzen kann. Nach zwei Runden möchte sie gar nicht mehr runter von dem wiegenden Pferderücken.

Doch jetzt ist Irene dran. Frank hilft ihr hinauf, und allein reitet sie am Koppelzaun entlang, die Schenkel fest an den Pferdeleib gedrückt, wie ihr Pepo empfohlen hat.

Mittlerweile ist es halb zwölf geworden. »Herrje«, sagt Irene, »Schluß mit der Reitstunde, wir dürfen uns nicht verspäten.«

Sie bedanken sich beim Reitlehrer Pepo und eilen mit Frank zum Heckenrosenweg.

Winselnd empfängt sie der Setter Raudi. Frank murkelt ihn im Zwinger. Ein freudiges Wiedersehen.

Luise Brinkmann ruft aus dem Fenster: »Hände waschen und reinkommen zum Essen!«

Frank begrüßt seinen Vater und Luise. Der Tisch ist schon gedeckt, ein Blumenstrauß in der Mitte. Irene trägt auf, Frau Brinkmann teilt aus. Es gibt Sauerbraten und Thüringer Klöße. Die Bratenschüssel duftet appetitlich. Klaus und Katrinchen schwärmen vom Reiten bei Pepo.

»Erst essen, dann könnt ihr plappern«, sagt die Mutter. Sie reicht Frank eine zweite Bratenscheibe. »Iß, Junge, nimm dir Soße dazu, die hat Irene abgeschmeckt. In deinem Alter kann man allerhand vertragen.«

»Danke. Finde ich großartig, mein Lieblingsessen.«

Fünf Klöße verspachtelt Frank. Auch bei den gezuckerten Johannisbeeren hält er sich ran.

»Die hab ich mit Irene abgezupfelt«, sagt Klaus.

»Und ich auch«, ruft Katrinchen.

Nun erzählen die beiden begeistert von den Pferden und ihrem Ritt auf der Koppel. Simon Brinkmann schmunzelt und zündet sich eine Sonntagszigarre an.

Als der Tisch abgeräumt wird, spielen die Geschwister im Garten. Frank muß mitspielen, weil er so lange nicht daheim war, wie Katrinchen sagt. Raudi, aus dem Zwinger befreit, tänzelt um sie herum.

Nach dem Küchendienst kommt Irene, und sie wandern ins Stadtbad. Hier zeigt Klaus dem Bruder, daß er schon quer durchs große Becken schwimmen kann.

Eine nasse Hand patscht plötzlich auf Franks Schulter. Hinter ihm stehen Wanze und Ria. »Mann, Käptn, wie verabredet«, brüllt Wanze. Er trägt einen großen Badeball unterm Arm. »Den Ball hat Papa Wanzleben spendiert. Auf geht's, weihen wir ihn ein.«

Sie tummeln sich auf der Wiese. Der leichte Ball fliegt wie ein Luftballon. Es wird ein fröhlicher Spielnachmittag mit Brinkmanns Kindern.

Ria berichtet von der Nachricht, die ihre Mutter durchs Telefon übermittelt hat. Ein Brief sei gekommen, noch vier Wochen Ferien, die Schwesternausbildung beginne erst Ende August.

»Dann bleibst du wohl vorläufig in unserer Mannschaft?« fragt der Kapitän.

»Was denn sonst«, antwortet sie. »Kannst auf mich rechnen, auch später. Ein bißchen Freizeit werde ich immer haben, mindestens am Wochenende.«

Im Heckenrosenweg verabschiedet sich Frank von Luise und dem Vater. Nein, bis zum Abendbrot wolle er nicht warten, er habe noch einen Besuch bei Voglers vor.

Als ihm Frau Brinkmann die Hand reicht, sagt sie: »Dein Bett steht immer für dich bereit, Frank. Auf Wiedersehn.«

Welch freundliche Töne, denkt er. Irene geht mit ihm hinaus bis zur Pforte. Erst nach einer Viertelstunde kehrt sie zurück, hat glühende Wangen und knallrote Lippen. Luise sieht es wohl, aber sie verkneift sich jede Bemerkung.

## *Lohn der Mühe*

Frank sitzt bei Erwin Vogler im Hasenwinkel, das Seglerbuch und sein Notizheft vor sich. Rasch kritzelt er nieder, was ihm der ehemalige Leichtmatrose erklärt. Manches von der Schiffersprache kennt Frank schon, Neues prägt er sich ein, unterstreicht es dick.

»Das Kuttersegeln hat seine eigenen Gesetze«, sagt Erwin. »So schwerfällig ein Kutter auch aussieht, man kann ihn doch bei steifer Brise ganz schön in Fahrt bringen. Erstens liegt das am Bootsführer, ob der nun Kapitän oder Admiral genannt wird.« Erwin lächelt. »Also mach dich fit, Käptn Frank. Zweitens hängt viel von der Mannschaft ab. Es gibt ein häufig zitiertes Wort: Wir sitzen alle im gleichen Boot. Das wird meist sinnbildlich gebraucht, aber beim Kutterfahren trifft es wortwörtlich zu.«

Frank hat ein Spielzeugschiff mit zwei Segelmasten von seinem Bruder mitgebracht. Daran erläutert ihm Erwin schwierige Begriffe wie fieren, halsen, krängen oder Luv und Lee und manches andere noch. Ein weitgefächertes Sportgebiet, dessen Einzelheiten man begriffen haben muß, um sie in der Praxis anwenden zu können.

Viel möchte Frank bei der ersten Unterweisungsstunde wissen. Er fragt und fragt. Aus der einen Stunde werden fast zwei, bevor der vom Kuttersport besessene Junge zu seinem Quartier wandert.

Pohls essen in der Küche Abendbrot. Frank bekommt ein gebrutzeltes Kaninchenläufchen mit Röstkartoffeln.

Der alte Pohl fühlt sich nicht mehr krank. Bewegung sei das halbe Leben, sagt er und genießt zur Feier des Tages ein Glas vorjährigen Hagebuttenwein. Es ist ihm nämlich gelungen, den Pferdetausch günstig abzuschließen. Dreihundert Mark hat er als Draufgeld für den Wallach erhandelt.

Mutter Pohl fragt: »Und zu Hause, Frank, wie ging es mittags zu Hause?«

»Ach, Luise war ganz friedlich. Dein Bett steht für dich bereit, hat sie gesagt. Aber ich lasse mir Zeit, will keinen Ärger wieder kriegen.«

»Mach das, wie du denkst«, meint Frau Pohl. »Bei uns findest du jederzeit eine zweite Heimat. Dem Peter ist es arg recht, wenn du noch bleibst. Und mir auch.«

Vor dem Einschlafen überdenkt Frank, was ihm Erwin beigebracht hat. Er spricht mit Pepo darüber. Dann schiebt er sein Notizbuch unters Kopfkissen, löscht das Licht und dreht sich auf die Seite. Im Halbschlaf spürt er noch Irenes Küsse vor der Gartenpforte, und ein Lächeln zieht über sein Gesicht.

Am anderen Morgen führt ihm Pepo auf der Koppel den eingetauschten Wallach vor. Eine kräftige weißbraune Schecke, die sich mit Klara verträgt, als seien sie schon lange beisammen.

»Wär schön, wenn uns Klara ein Fohlen bringt«, sagt Pepo. »Aber es dauert eine Weile, ehe man sieht, ob was unterwegs ist.« Er reicht den Pferden Würfelzucker, streift ihnen die Halfter über und schwingt sich auf den Wallach. »Hü, Schecke!« ruft er und schnalzt mit der Zunge.

Der Wallach spitzt die Ohren, schüttelt die Mähne, bleibt stehen. Weder mit Zurufen noch mit Schenkeldruck läßt er sich von der Stelle bewegen. Auch Streicheln und Halsklopfen helfen nicht.

Pepo springt ab. »Der ist keinen Reiter gewohnt, bloß das Zuggeschirr. Ich wollte nämlich mit dir ausreiten.«

»Laß nur, Alter«, sagt Frank, »unsere Kuttermannschaft ist mir wichtiger. Komm, Rundreise, mal versuchen, ob wir alle zusammenkriegen.«

Zwei Stunden später ist die Gruppe vollzählig auf der Spielwiese des Bades versammelt. Sie beraten, wer noch für die Kuttermannschaft gewonnen werden könne.

»Vier neue Kumpel brauchen wir«, sagt Frank. »Kein Ruderplatz soll unbesetzt bleiben.«

»Ich denke an Purzel«, sagt Kahlkopf.

Wanze feixt. »Ist die kleine runde Flasche etwa deine Freundin?«

Kahlkopf verteidigt seinen Vorschlag. »Sie kann jetzt wirklich sicher schwimmen. Zuverlässig ist sie auch.« Und zu Wanze gewendet: »Demnächst will ich sie heiraten, ein Baby ist schon unterwegs, damit du es ganz genau weißt, Mister Schlaumeier. Kannst bei uns Blumen streuen, aber nur rote Rosen, klar?«

Das ist nicht schlecht pariert. Alle lachen. Wanze unterläßt weitere Bemerkungen. Der Vorschlag wird angenommen. Kahlkopf solle Purzel benachrichtigen, meint Frank.

Nun hängt sich Wanze doch noch mal rein: »Sag deinem Purzelchen, daß Rudern entfettet, bloß Handschuhe möchte sie tragen, wegen der Schwielen.«

Kahlkopf zieht ein finsteres Gesicht. Der mit seiner Bikini-Ria! Mager ist die auch nicht grade.

Da meldet sich der Trompeter Hendrik zu Wort. Zwei Freunde habe er in der Nachbarschaft, Udo und Fränzchen. »Die passen in unsere Mannschaft«, beteuert er. »Sie würden gern dabeisein, wollen später auch zur Volksmarine.«

»Einverstanden«, sagt der Kapitän. »Bring sie mit, wenn wir den Kutter zum See transportieren. Damit wäre die Besatzung fast voll, bloß einer fehlt noch. Was haltet ihr von Ede Senkpiel?«

Gemurre in der Runde. Wer mag schon den Angeber. Wanze protestiert am lautesten: »Um Himmels willen! Eher möchte ich meine Großmutter vorschlagen.«

»Ich habe Ede erwähnt«, sagt Frank, »um ihm eine Chance zu geben. Er ist siebzehn und würde ein kräftiger Ruderer sein. Vielleicht ändert sich sein Verhalten, wenn er bei uns richtig mitmacht.«

Irene pflichtet Frank bei. Doch die Mehrzahl stimmt gegen Ede Senkpiel. Hendrik meint, mit dem Affen gäbe es bloß Stänkerei, der könne sich nicht einordnen. Sie streiten heftig.

»Schluß!« sagt der Kapitän. »Hoffentlich finden wir einen zehnten Rudermann.«

Und sie teilen zwei Volleyballmannschaften ein. Klaus darf auf Irenes Seite mitspielen, während Katrinchen im Planschbecken das Schwimmen übt.

Schmiedemeister Richard Schönbrod hat die Flacheisenstücke genau nach der Blechschablone geschmiedet und auf die Radachse geschweißt. Kahlkopf streicht die Bootskarre mit schwarzem Nitrolack an. Er muß rasch pinseln, der Lack trocknet sofort.

»Sieht aus wie fabrikneu«, sagt Frank und bedankt sich bei dem Meister. »Was sind wir Ihnen schuldig?«

Der Mann lacht und streicht über seinen Bart. »Die Primelei könnt ihr gar nicht bezahlen. Haut bloß ab, ihr Tüftler. Ich wünsche euch gute Fahrt mit dem Kutter.«

»Onkel Richard, das vergessen wir dir nie«, ruft Kahlkopf. »Ehrenhalber wirst du in unserem Bordbuch verewigt.«

Beide Jungen ziehen die Karrete zum Hasenwinkel. Erwin, soeben vom Bau gekommen, begutachtet das Gestell, nickt anerkennend. »Saubere Schmiedearbeit. Bloß die Auflageeisen müssen umwickelt werden.«

»Mache ich heute noch«, entgegnet Frank. »Alles schon vorbereitet. Hab eine ausrangierte Wagenplane von Pohls in Streifen gerissen.«

»Und wie wollt ihr den Apparat nach Liebenfelde bringen?«

»Wir spannen zwei Fahrräder vor und lösen uns gegenseitig ab.«

»Oh, ihr habt Nerven. Würde ja eine schöne Plackerei werden. Laßt die Karre hier, ich lade sie auf meinen Seitenwagen. Der hält was aus, hab schon Schwereres transportiert. Kommenden Sonnabend in Liebenfelde, schlage ich vor. Will doch bei der ersten Ausfahrt mit im Kutter sitzen.«

»Geht klar, Admiral«, sagt Frank und salutiert.

Kahlkopf holt sein Rad und fährt zu Purzel, die weit draußen hinterm Muldenwehr wohnt. Er findet sie in der Waschküche. Am liebsten würde sie ihn umarmen, als er hereinkommt, aber ihre Mutter steht dabei.

»Du hast die Kanuzeit mitgemacht«, beginnt Karl der Kahle. »Nun konnten wir den Kutter aufstöbern, für elf Mann Besatzung. Dabei brauchen wir dich, weil du zu den alten Hasen zählst und inzwischen schwimmen kannst.«

Sie sitzen nebeneinander auf der Hofbank, und Kahlkopf informiert Purzel über die Geschehnisse der letzten Tage. »Ihr seid die alten tollen Hechte«, sagt sie. »Ich bin ja so froh, daß ich bei euch wieder mitmachen kann …«

Währenddessen schlendert Frank durch die Hauptstraße. Vor dem Fenster des Ladens für Gebrauchtwaren bleibt er stehen, sieht die Gitarre im Fenster, und blitzartig durchfährt ihn der Gedanke: Die schenke ich Irene zum Geburtstag! Sie soll als Lehrerin ein Instrument spielen können. Musikalisch ist sie auch, kann wunderbar singen, das Gitarrespielen wird ihr nicht schwerfallen.

Er stürmt hinein. »Die Gitarre im Fenster, was kostet sie?«

Die Verkäuferin schlägt in ihrem Buch nach. »Zweihundert Mark plus zehn Prozent Vermittlungsgebühr. Sie haben Glück, junger Mann, das Instrument ist erst gestern eingegangen. So etwas wird sehr gesucht.«

Frank erschrickt über den Preis, aber entschlossen sagt er: »Ich kaufe sie! Kann heute bloß drei Mark anzahlen, das übrige morgen.« Er zählt sein Taschengeld auf den Ladentisch.

Die Frau überlegt. »Gut, ich halte das Instrument bis morgen abend zurück, länger geht es nicht.« Sie schreibt eine Quittung über drei Mark, nimmt die Gitarre aus dem Fenster.

Vorsichtig betastet Frank den dünnen Holzkörper, untersucht ihn, zupft an den Saiten. Die Töne schwingen im Raum. Er stellt sich

Irene vor, inmitten der Gruppe, spielend und singend. Ho, das ist ein Geschenk!

Doch woher soviel Geld nehmen?

Im Eiltempo saust er zum Heckenrosenweg, trifft den Vater nicht an. Wird noch auf der Baustelle sein, denkt er und rennt den Pfaffenberg hinauf.

Dort steht Simon Brinkmann, spricht mit dem Klempnermeister. »Alles klar, Paul. Wann fangt ihr an?«

»Nächste Woche. Ich schicke erst mal zwei Leute ...«

Frank japst, berichtet hastig von der Gitarre.

»Junge, Junge«, sagt der Vater, »zweihundertzwanzig Mark sind eine Menge Geld. Aber für Irenes Zukunft soll uns das nicht zuviel sein. Ich denke, du nimmst zwanzig von deinem Sparbuch, ich gebe zweihundert dazu. Und wir drei Brinkmänner, Klaus und du und ich, wir schenken Irene gemeinsam die Gitarre, sozusagen ein Kollektivgeschenk.«

Das gefällt Frank. »Und wann kriege ich die zweihundert Emmchen?«

»Hast du es eilig. Komm mit nach Hause, ich schreibe dir einen Barscheck aus. Kannst ihn morgen auf der Sparkasse einlösen.«

Mit dem Scheck läuft Frank zu Hendrik. »Mann, zwei Erfolge heute. Die Bootskarre ist fertig, die kutschiert Erwin mit seiner Mühle nach Liebenfelde. Er will Sonnabend mit uns im Kutter fahren. Und ich kann für Irenes Geburtstag eine Gitarre kaufen. Hier ist der Scheck. Du verstehst doch was von Instrumenten.«

»Ein bißchen schon. Mein Vater ist Hobbymusiker, von dem hab ich allerhand gelernt. Aber Zupfinstrumente kann ich nicht spielen.«

»Macht nichts, wichtig ist die Musikalität. Morgen kommst du mit in den Ramschladen und prüfst das Ding.«

In der Frühe des nächsten Tages warten Frank und Hendrik vor der Sparkasse, bis geöffnet wird. Mit dem Geld laufen sie zum Gebrauchtwarenladen. Die Verkäuferin reicht Frank die Gitarre. Hendrik betrachtet sie eingehend, schlägt ein paar Akkorde. »Scheint in Ordnung zu sein, hat einen schönen vollen Klang.«

Das Zubehör besteht aus Tragetasche, Ersatzsaiten und dem Büchlein »Gitarrenlehre«.

Wie Frank nach dem Kauf zumute ist, kann sich jeder denken. Er klimpert Mutter Pohl in der Küche etwas vor.

»Jungchen, die war doch teuer. Woher stammt das Geld?«

»Vater hat das meiste zugebuttert, ich bloß zwanzig Mark von meinem Sparbuch«, sagt Frank. Er hängt die Gitarre über sein Bett in Pepos Kammer. Abends klimpert er noch mal darauf.

»Das Ding wird Irene vom Stuhl reißen«, meint Pepo.

Endlich ist der große Tag herangerückt, der sehnlich erwartete Sonnabend. Am Himmel ziehen leichte Federwolken. Der Wind bläst kräftig von Ost.

»Segelwetter«, sagt Frank auf der Muldenbrücke, ihrem Treffpunkt. Er und Pepo begrüßen Purzel, die als erste dort wartet. Hendrik kommt mit seinen Freunden, den Neulingen Udo und Fränzchen. Der Kapitän fühlt ihnen gleich ein bißchen auf den Zahn. »Schon mal gerudert oder gepaddelt?«

Udo verneint. »Wir sind beide Anfänger, haben aber große Lust. Und was die Mädchen können, schaffen wir auch. Wollen uns auf die Marinezeit vorbereiten.«

»Eins ist wichtig«, sagt Frank, »bei der Stange bleiben, auch wenn es anfangs hart wird. Die Riemen sind keine Angelruten. Man holt sich Blasen, bis die Hände fest sind. Nicht umsonst heißt es, sich am Riemen reißen.«

Als alle versammelt sind, radeln sie in den Morgen durch Wiesen und Felder und Wälder.

In Römplers Gehöft treffen sie den GST-Mann Jochen, der den Start des Kutters sehen möchte. Bauer Römpler, mit Jochen einig geworden, sperrt seinen Kläffer in die Hütte, schiebt ein Brett davor. »Kusch, Karo!«

Sie hören die asthmatische EMW-Maschine heranknattern. Erwin bindet die Bootskarre vom Seitenwagen.

»Stellt euch mal ordentlich hin«, sagt Frank, geht Erwin entgegen, nimmt Haltung an. »Admiral Vogler, ich melde: zehn Kutterfahrer bereit!«

Erwin spielt gleich mit, tippt an seine Schiffermütze. »Danke, Käptn. Ist die Mannschaft frisch und kräftig?«

»Jawoll, Genosse Admiral. Alle gut gefrühstückt und verproviantiert. Bei der Herfahrt hatten wir Schiebewind.«

»Dann laßt uns in See stechen.«

Sie laufen zum Kutter in die Scheune. Admiral Erwin übernimmt das Kommando. »Alle Mann ans Heck und verteilen! Fest zupacken! Jetzt anheben, ja, höher, noch einen Zahn ...«

Schon hat Erwin mit Jochen die Bootskarre untergeschoben. »Langsam nachlassen!«

Rumpf und Kiel liegen auf dem Achsgestell. Erwin hält den Kutter in der Waage, Frank und Wanze rödeln das Boot fest, knüpfen zwei Zugleinen an die Karre. Bauer Römpler hat das hintere Scheunentor geöffnet.

»Kutter marsch!« kommandiert Erwin, und alle ziehen an den Leinen.

Siehe, der einachsige Transportwagen rollt über den Feldweg, der zur Badestelle hin abfällt. Langsam gleitet der Kutter ins Wasser.

»Jetzt schwimmt er«, brüllt Wanze. »Leute, er schwimmt!«

»Leinen vom Kutter lösen«, ruft Erwin, »und den Wagen an Land ziehen.«

Kahlkopf und Frank freuen sich, daß ihr Achsgestell das schwere Boot ohne Bruch getragen hat. Die Tüftelei war nicht umsonst. Jochen ist begeistert von der einfachen Transportlösung.

Sie holen die Riemen, setzen beide Masten, machen den Kutter fahrbereit. Der Wind rauscht im Uferschilf, gibt die Begleitmusik für ihre erste Ausfahrt.

Erwin Vogler sitzt am Steuerruder und teilt die Mannschaft ein: »Frank ist Schlagmann an der Steuerbordseite, hinter ihm Wanze, dann die drei Mädchen. Die Backbordseite wird von den übrigen Jungen besetzt. Und nun Takt halten, Sportsfreunde, weit ausholen und kräftig durchziehen.«

Die Besatzung stellt ihre Riemen senkrecht, legt sie auf Kommando aus. »Achtung, anrudern! Eins – uund zwei, eins – uund zwei ...« So geht es eine Viertelstunde mit dem Wind. Anfangs verheddern sich manche Riemen, aber bald finden alle den Takt. Gemächlich gleitet der Kutter dahin, die Ruderer keuchen und schwitzen.

»Riemen einholen!« ruft Erwin und läßt das Schwert herunter. »Beide Bugleute Segel klarmachen!« Nun erläutert der Bootsführer das Kreuzen und Halsen. »Wenn der Kutter krängt, sich durch den Winddruck zur Seite neigt, müssen alle das Gewicht auf die Gegen-

seite verlagern. Ist ja kinderleicht zu begreifen. Jetzt aufpassen, alle Segel setzen. Achtung, Wende!«

Die Mastbäume schlagen herum, das Tuch flappt, strafft sich, und weiter geht die Fahrt.

»Na also! Die erste Wende geglückt. Wir kreuzen, wollen schräg gegen den Wind zurück ans Ufer.«

Zwar driftet der Kutter ein wenig, aber nach einigen Zickzackmanövern erreichen sie den Badestrand. Als der Admiral aussteigt, übernimmt Frank das Kommando.

»Schot- und Mastbruch!« ruft Erwin. Zu dem GST-Ausbilder Jochen sagt er: »Auf Frank Brinkmann könnt ihr euch verlassen. Der weiß Bescheid, ich habe ihn instruiert. Und seine Mannschaft hat er in der Hand wie ein bewährter Bootsführer.«

Die Truppe stößt vom Ufer ab. Alle brüllen im Chor: »Wiedersehen, Ad-mi-ral!«

Mit vollen Segeln gleiten sie durchs Wasser. Ein unvergleichliches Gefühl, so unter der Sonne dahinzurauschen. Die Wellen glucksen an der Bordwand, die Masten vibrieren, in der Takelage singt der Wind.

Lange lassen sie das Boot vorm Winde treiben, durchfahren den langgestreckten See, versuchen eine Wende. Der Kutter dreht sich, das Kreuzen mißlingt, sie landen im dichten Uferschilf. Ein Bleßhuhn paddelt piepsend mit seinen Küken davon.

»Mittagspause«, sagt Frank.

Sie essen ihre Stullen. Ringsum zwitschert es. Das Schilf ist voller Leben.

Hendrik hebt die Hand. »Psst!« Er deutet nach Steuerbord. »Hört ihr das knarrende Rufen? Da – kärrekiet, kärrekiet. Das ist der Rohrsänger. Wahrscheinlich ein Weibchen, das sein Nest in der Nähe hat und auf uns schimpft. Sie bauen kunstvolle Nester an Rohrhalmen.«

Frank ärgert sich, daß ihm die Wende mißglückt ist. Er überdenkt seinen Fehler. Zu zaghaft beigedreht und an Fahrt verloren. Müssen wir üben. Beim Kuttersegeln gelten eigene Gesetze, hat Erwin gesagt.

Sie staken ihr Boot aus dem Schilf, rudern ein Stück gegen den Wind. Diesmal klappt die Wende. Gleich wiederholt sie Frank und gewinnt an Sicherheit. Nacheinander dürfen die »alten Hasen«, Kahlkopf, Wanze und Pepo, an die Pinne, dürfen Bootsführerkommandos geben.

»Die anderen sind morgen dran«, sagt der Kapitän, »natürlich auch die Mädchen, falls ihr es wagen wollt. Mehr als kentern können wir nicht.«

Nachmittags flaut der Wind ab, kreuzen ist nicht mehr möglich, sie müssen rudern. Mit kleiner Fahrt erreichen sie den Liegeplatz der GST nahe der Stadt. Das Anlegemanöver klappt.

Am Ufer sitzen die Mannschaften der übrigen beiden Kutter. Es sind nur Jungen. Ausbilder Jochen unterrichtet sie.

»Seht nur«, sagt einer, »da sind wahrhaftig Mädchen dabei. Und was für welche, wenn mich meine scharfen Augen nicht trügen. Wo gibt's denn so was?«

Frank geht zu Jochen, meldet: »Erste Kutterfahrt ohne Zwischenfall beendet. Morgen vormittag sind wir wieder hier.«

»Alle?«

»Freilich alle.«

»Und wie geht es den Händchen der Damen?«

»Erstens sind es keine Damen«, sagt Frank sehr laut, »zweitens hat sich noch keine beklagt, und drittens gefällt mir dein Ton nicht, Herr Instrukteur.«

»'tschuldige«, sagt Jochen, »es war nur ein Spaß.« Er weist Frank den Bootsschuppen, wo Riemen und Segel samt Zubehör untergebracht werden.

Als sie den Kutter vertäut haben, gehen sie stolz an dem Jungenhaufen vorbei, wandern nach Liebenfelde, um ihre Räder zu holen. Der Spaß ist auf ihrer Seite. Jeder freut sich auf den Sonntagvormittag.

## *Enttäuschende Elbefahrt*

Fünf Ruder- und Segeltage liegen hinter ihnen. Sie sind nun einigermaßen mit dem Kutter vertraut. Jeder hat an der Pinne gesessen und versucht, die Mannschaft zu dirigieren. Was gar nicht leicht ist. Ein falsches oder unklares Kommando, und das beabsichtigte Manöver geht schief. So manches Mal hat der Kutter bedenklich geschwankt.

Frank behauptet, ihr Schiff sei ziemlich kentersicher, und das will er allen beweisen. Er löst das Schwertfall.

Im Badezeug sitzen sie auf den Ruderbänken. Klaus ersetzt den zehnten Mann, und er gibt sich redliche Mühe, ist auch nicht ungeschickt mit dem langen Riemen.

»Achtung, Riemen einziehen! Jetzt spielen wir wilde Sau. Mal alle wie verrückt schaukeln.« Der Kutter schwankt hin und her. »Weiter, doller!« ruft Frank.

Das Wasser schwappt über den Bordrand, sie haben das Gefühl, schon zu kippen, aber das Boot richtet sich immer wieder auf. Bloß hinterher müssen sie es ausschöpfen.

Wanze macht einen Vorschlag: »Leute, wie wär's mit einer Fahrt zur Elbe? Draußen abkochen und im Zelt übernachten?«

Alle stimmen begeistert zu. Fürs kommende Wochenende wird die Fahrt geplant. Wäre doch gelacht, wenn wir nicht gegen die Elbeströmung ankämen!

Frank aber hat seine stillen Bedenken. Der Elbestrom ist kein seichtes Wasser, nicht zu vergleichen mit der Mulde. Und der breite Kutter läßt sich schwer dirigieren. Doch wendet er kein Wort ein. Zweifel gingen gegen seine Bootsführerehre.

Die Mädchen wissen bereits, was mittags gekocht werden soll. Sie wollen die nötigen Zutaten beschaffen. Purzel wird einen Spirituskocher mit Hartspiritus einpacken. Und Irene meint, Brinkmanns großer Familienkochtopf reiche für elf Kutterfahrer. Am Abend vor der Abfahrt packen sie ihre Rucksäcke und Campingbeutel. Viel Vorfreude packen sie mit hinein. Ria träumt nachts von einem Hirsch mit Riesengeweih, der die Zeltbahn aufschlitzt; sie hat nämlich noch nie in einem Zelt geschlafen.

Früh um neun sitzen sie mit Sack und Pack im Kutter. Irene reicht Hautcreme gegen wunde Hände herum. Sie legen vom Steg ab. Der Morgen ist diesig, die Sonne noch verschleiert. »Hoffentlich hält sich das Wetter«, sagt Pepo.

»Achtung, Riemen einsetzen!« kommandiert Frank. »Eins – uund zwei ...«

Während sie dem Kanal zusteuern, macht sich eine leichte Brise auf. Nur eine Mütze voll Wind, aber sie setzen alle Segel, die helfen ein bißchen schieben, so daß die Kanaldurchfahrt wenig Ruderkraft kostet.

Wanze stellt eine Rätselfrage: »Was war der erste Beruf auf unserer Erde?«

Purzel antwortet: »Jäger und Sammler.«

»Nein, Arzt! Dem Adam im Paradies wurde nämlich eine Rippe rausoperiert, um Eva zu schaffen. Haa, haa.«

Jetzt fragt Pepo: »Wo liegt der Hase am wärmsten?«

Sofort weiß es Klaus, der im Bug auf dem Rettungsring hockt. »In der Bratpfanne!« ruft er.

Aber nun Irene: »Es fliegt ein Männlein übers Land, gewickelt und gewackelt, es trägt ein Kleid von lauter Tand, gezickelt und gezackelt. Was ist das? Ihr kennt es alle.«

Nachdenkliches Schweigen im Boot.

»Seht mal hinüber.« Sie zeigt zum Ufer. »Da, ein Schmetterling.«

Die fröhliche Rätselei dauert an, bis sie die Elbe erreichen. »Achtung!« ruft Frank. Der Bug des Kutters gerät in die Strömung und wird herumgedrückt. »Backbord kräftig durchziehen, Steuerbord gegenrudern!«

Mit Mühe schaffen sie es, zwischen zwei Buhnen zu gelangen. Hier ist ruhiges Wasser. Eine Weile verpusten sie. Die Hände brennen von den Riemengriffen, noch sind nicht alle Blasen abgeheilt.

»Die Elbe ist kein Flüßchen«, sagt der Kapitän, »hat jeder sofort gemerkt. Wir wollen so weit wie möglich stromauf, dann wird uns die Rückfahrt leicht. Also von Buhne zu Buhne durchkämpfen. Los, an die Riemen und mit voller Kraft um jeden Buhnenkopf!«

Acht Buhnen schaffen sie, dann sind ihre Kräfte erschöpft. Ein Waldstück erstreckt sich fast bis zum Ufer. Sie beschließen, hier zu übernachten. An der Buhne legen sie den Kutter fest, sichern ihn mit vier Leinen.

Die Jungen bauen das Zwölfmannzelt auf, polstern den Boden mit trockenem Gras.

Purzel gräbt eine Kochmulde, packt ihren umfangreichen Proviantsack aus: drei Wirsingkohlköpfe, junge Kohlrabiknollen, Tomaten, Paprikaschoten, Zwiebeln und ein paar Knoblauchzehen. Zuletzt zwei Gläser Sauerkirschen als Nachtisch. Irene und Ria putzen Gemüse, Purzel schneidet das große, bereits angebratene Rindfleischstück in den Topf und dünstet es mit Speck und Zwiebeln. Der Spirituskocher in der Grube bewährt sich, es duftet schon.

Wanze bummelt heran, hebt die Nase, schnuppert. »Was gibt es denn zu futtern, ihr geliebten Köchinnen?«

»Quer durch den Garten mit einer halben Kuh darin«, antwortet Irene. »Verschwinde! Fang lieber ein paar Fische zum Abendbrot.«

Wanze markiert den Betrübten. »Hab keine Angel dabei. Außerdem sind Elbefische ungenießbar, sie schmecken nach Industrieabwässern. Ich will uns doch nicht umbringen.«

Er darf Kartoffeln schälen. Dabei erzählt er von seinen Kochversuchen, als die Eltern verreist waren und Omchen ihn in der Küche frei wirtschaften ließ. Eierplinsen seien ihm am besten gelungen. Er könne sie über der Pfanne in der Luft herumschleudern wie ein Jongleur.

Die Mädchen kichern. Wanze, von unten spähend, vergleicht sie miteinander. Purzel ist ihm zu mopplig, Irene zu dünn, doch Ria, sein heimlicher Schwarm, gefällt ihm ungemein in dem knappen Bikini. Schade, denkt er beim Ringeln, daß sie ein Jahr älter ist als ich und schon einen Freund hat. Aber sympathisch bin ich ihr, das merkt man.

Er liefert die geschälten Kartoffeln ab, schäkert ein bißchen mit Ria. Dann geht er zu den Jungen, die trockene Kiefern aus der Schonung zerren und zur Buhne schleifen.

Kahlkopf stellt die Kiefernstämmchen pyramidenförmig auf. »Wird ein Feuerchen, wie wir noch keins hatten«, sagt er.

Sie hocken am Ufer, die Füße im Wasser, und beraten über das Nachtgeländespiel. Mit Alarm wollen sie die Mädchen aus dem Schlaf schrecken.

Endlich, Mittag ist längst vorbei, ruft Irene zum Essen. »Heran, wer Hunger hat.«

Und was für Hunger sie mitbringen! Der randvolle Gemüsetopf ist in kurzer Zeit bis auf den Grund geleert. Trefflich hat es geschmeckt, doch satt sind die Jungen noch nicht. Als Zukost verteilt Ria Stullen, belegt mit Gräbnitzer Bauernwurst. Die Knoblauchwurst, eine Spende ihrer Mutter, wollte sie erst zum Abendessen anschneiden.

Plötzlich drehen alle die Köpfe zum Fluß. Ein Boot der Wasserpolizei nähert sich ihrer Buhne. Der weiße Flitzer, die Staatsflagge am Heck, legt längsseits des Kutters an. Zwei Volkspolizisten steigen an Land, betrachten die Feuerholzpyramide auf der Buhne, blicken ins Zelt, treten zum Kreis der Kutterfahrer.

»Wer leitet diese Gruppe?« fragt der noch ziemlich junge Offizier.

Frank steht auf. »Ich bin Kutterführer. Es ist ein Boot der GST von Torgenau.«

»Ausweis, bitte!«

Frank holt seinen Personalausweis vom Zelt.

Der Offizier blättert darin. »Fünfzehn Jahre? Schüler? Wohnhaft Eulenberg?«

»Steht doch alles da«, sagt Frank unwillig.

»Seid ihr etwa ausgerissen?«

»Pah! Weshalb denn? Morgen geht's zurück. Unsere Eltern wissen, daß wir draußen übernachten.«

»Auch die Eltern der Mädchen?«

»Und ob. Sie können ja nachforschen.«

»Hast du einen Berechtigungsschein für den Kutter?«

Frank zuckt mit den Schultern. »Bin Wassersportler, geübt im Paddeln und Rudern und Segeln.«

»Und dieser Steppke da?« Der Offizier deutet auf Klaus.

»Das ist mein Bruder, Ersatzmann beim Rudern, hat Schwimmstufe drei. Der kann Ihnen was vorschwimmen, wenn Sie es verlangen in dem dreckigen Elbewasser.«

Der Mann verlangt es nicht. Er läßt sich berichten, wie es zu der Fahrt gekommen sei. Dann sagt er: »Wildes Zelten ist verboten, auch Feuermachen bei der jetzt herrschenden Brandgefahr, solltest du wissen. Außerdem muß ein Kutterführer der GST mindestens sechzehn sein und die entsprechende Qualifikation nachweisen können. Euer unüberlegtes Abenteuer ist zu Ende. Ich befehle: Zelt abbauen, einpacken, zurückfahren! Sofort! Wir begleiten euch bis in den Torgenauer Kanal. Und laßt euch hier nicht wieder blicken.«

Der Offizier geht zum Ufer, wartet, beobachtet die Gruppe, in der heftig diskutiert wird. Sein Begleiter, ein älterer Polizist, spricht auf ihn ein. Sie scheinen Meinungsverschiedenheiten zu haben.

Jetzt winkt der Ältere Frank heran. »Junge, laß dir was sagen, ich könnte dein Vater sein ...«

»Sind Sie aber nicht«, entgegnet Frank schroff.

»Bleib mal schön ruhig. Zu dem, was der Unterleutnant befohlen hat, noch ein Wort. Es gibt für uns Dienstvorschriften, die müssen wir genau einhalten. Stromabwärts, etliche Dutzend Kilometer von hier, wird die Elbe zur Grenze. Da passiert so mancher Zwischenfall. Kapierst du nun, worum es geht?«

Frank schweigt.

»Sag deinen Freunden, daß wir nicht anders entscheiden können. Seid vernünftig, ihr müßt hier weg.«

Frank ist jetzt nicht vernünftig. Die ganze Fahrt im Eimer, alle Vorbereitungen umsonst. Kein Lagerfeuer, kein Nachtüberfall, um die Mädchen zu erschrecken. Wie stehe ich nun da? Wütend dreht er sich um, geht zu seinen Gefährten. »Einpacken!« sagt er.

Wanze flüstert: »Immer sachte, die sollen warten, vielleicht dauert es ihnen zu lange.«

Aber die Polizisten haben Geduld. Der Fall muß für sie erledigt werden.

Nach einer halben Stunde ist die Kuttermannschaft fahrbereit, länger ließ es sich nicht hinauszögern, alles gepackt und verstaut.

»Riemen hoch!« kommandiert Frank. »Riemen einsetzen und anrudern!«

Sie fahren vorbei an den Buhnenköpfen, der Strom treibt sie, das Polizeiboot tuckert nebenher. Vor dem Kanal eine halbe Wende. »Steuerbord stärker durchziehen, Backbord stopp!« brüllt Frank. Hinter ihm rauscht der weiße Wasserflitzer davon.

Wanze meint, sie sollten am Kanalufer halten und beraten. Der Kapitän ist dagegen. Er läßt die Mannschaft bis zum GST-Liegeplatz rudern. Es wird eine müde Fahrt ohne Segelwind, schier endlos lang und schweigsam.

Als sie den Kutter am Steg vertäuen, senkt sich die Dämmerung über Land und See. Frank hat seinen Zorn verwunden. »Es gibt zwei Möglichkeiten«, sagt er, »entweder auf die Räder und abdampfen wie ein geschlagener Haufen oder hier übernachten, wo uns niemand vertreiben kann.«

Keiner will heimfahren. Sie stellen ihr Zelt auf. Einige Jungen streifen das Ufer ab, bringen trockenes Schilf und Arme voll Weidenzweige und einen vermorschten Stubben fürs Lagerfeuer.

Auf Purzels Spirituskocher summt das Teewasser.

Beim Abendessen lockern sich die Zungen. »Kann schließlich keiner wissen, was man alles nicht darf«, sagt Irene.

»Doch«, erwidert Frank, »ich bin verantwortlich für den Reinfall. Hätte mich vorher erkundigen sollen, zum Beispiel bei dem Instrukteur Jochen.«

Wanze weist den Selbstvorwurf des Kapitäns zurück. »Ist ja Quatsch mit deinem Reinfall. Wir waren alle für die Elbefahrt, ich zuerst. Unseren Rückzug braucht doch keiner an die große Glocke zu hängen.«

Kahlkopf stimmt ihm zu. »Abgekocht haben wir, gezeltet und die Elbeströmung kennengelernt. Was wollt ihr mehr?«

»Und die Polizeier?« fragt der stille, etwas schüchterne Udo.

»Angst?« fragt der Kapitän zurück.

»Nö. Aber sie waren meiner Meinung nach sehr streng.«

»Dann versetz dich mal in ihre Lage. Angenommen, du wärst Polizeioffizier und hättest gewisse Vorschriften. Du könntest gar nicht anders handeln. Ich war am Anfang auch verdammt wütend. Aber wir haben den Befehl befolgt, die Sache ist erledigt. Es handelt sich ja nicht um ein absichtliches Vergehen.«

Eine Weile reden sie noch hin und her, bis ihre Bedrückung schwindet. Alle versprechen, über den Zwischenfall zu schweigen. Auch Klaus verspricht es seinem Bruder.

Purzels Hartspiritus läßt das Lagerfeuer aufzischen. Sie halten die Flammen niedrig, sitzen um die Glut und erzählen von früheren Nachtüberfällen.

Es ist ein schwüler Abend. Die Jungen wollen sich durch ein Bad erfrischen. »Natürlich ohne«, sagt Wanze, »wir sind doch im Verein der Badehosenschoner.«

Als sie vom Steg springen, tun es ihnen die drei Mädchen nach, auch ohne. Der abnehmende Mond gibt nur schwaches Licht. »Den Spaß hätten wir an der schlammigen Elbebuhne nicht gehabt«, meint Irene.

Im Zelt dann spinnt Frank eine phantastische Gruselgeschichte zusammen. Er habe sie selbst erlebt, allerdings nur im Traum, wie er am Ende bekennt. Da schlafen die meisten schon, müde von den Strapazen des Tages. Und auch er wälzt sich auf die Seite, ist bald eingeschlummert.

Das Trommeln des Regens aufs Zelt macht sie morgens munter. »Neun Uhr«, sagt Fränzchen und gähnt. »Ich könnte bis Mittag weiterpennen.«

Die Mädchen stöhnen über ihren Muskelkater. »Bloß gut«, sagt Purzel, »daß heute kein Ruderwetter ist.«

Nach einem geruhsamen Frühstück im Bootsschuppen packen sie ihre Habe. Frank verstaut die Campingbeutel der Mädchen und das nasse Zelt in Brinkmanns Fahrradanhänger. »Ihr habt gestern gerudert«, meint er, »heute bin ich dran mit Treten. Alle aufsitzen! Ich gebe vorn das Tempo an.«

Schlußmann Hendrik singt: »Und der Regen, der Regen, der rinnt ...«

## *Irenes Geburtstag*

Die pitschnaß Heimgekehrten sagen keinem, was ihnen an der Elbe widerfahren ist. Das bleibt unter der Kuttermannschaft und verbindet sie noch enger miteinander.

Tags darauf fährt Irene zum Aufnahmegespräch in das Pädagogische Institut der Bezirksstadt. Abends kehrt sie freudig zurück, läuft gleich zu Pohls, um Frank und Pepo zu berichten. Es sei nicht schlimm gewesen. Sie werde es vermutlich schaffen, habe der Kommissionsvorsitzende geäußert, bloß gut wäre, wenn sie außer der Blockflöte noch ein Instrument spielen könne.

»Gratuliere, künftige Studienrätin«, sagt Frank mit hintergründigem Lächeln. »Was spendierst du denn auf deinen Erfolg?«

»Warte ab. Zu meinem Geburtstag gibt es allerhand schleckrige Sachen.«

Und sie eilt nach Hause, um der Mutter bei den Vorbereitungen zu helfen.

Kaum ist sie verschwunden, legen Frank und Pepo die Gitarre mit Zubehör in einen riesigen Karton, verschnüren ihn fest und freuen sich auf die Überraschung am Geburtstag. »Sie muß raten, was drin sein könnte«, sagt Frank. »Öffnen darf sie ihn erst, wenn unser Vater kommt. Der will doch auch erleben, was sie für ein Gesicht macht.«

Nun ist Irenes festlicher Tag gekommen. Ganz früh stehen zwei Gratulanten vor ihrem Bett. Klaus und Katrinchen singen:

»Steht der Hahn auf dem Dach,
kräht er laut,
kräht er weit,
guten Morgen, Irene,
dein Geburtstag ist heut.«

Und dann rufen sie: »Wir gra-tu-lie-ren!«

Katrinchen hängt ihr eine Halskette aus bunten Glasperlen um. »Hab ich allein ausgesucht und aufgefädelt.«

Klaus überreicht ein selbstgemaltes Bild, das drei Gestalten im Segelboot zeigt. Erklärend fügt er hinzu: »Der am Steuerruder bin ich, du und Frank wollen grade baden.«

Geschwind steigt Irene aus dem Bett, reibt sich die Augen und hüpft Hand in Hand mit den Geschwistern durchs Stübchen. »Jetzt waschen und anziehen, dann frühstücken wir großartig. Was wünscht ihr euch denn?«

»Schokoladenpudding«, sagt Klaus.

»Mit gelber Vanillesoße«, ergänzt Katrinchen.

Unten gratuliert die Mutter und schenkt dem Geburtstagskind eine bestickte Bulgarenbluse. Gleich probiert sie Irene vor dem Spiegel. Die Stickerei mit viel Grün drin paßt gut zu ihrem braunen Haar.

Nachmittags hat sich Frau Brinkmann freigenommen. Elf Gäste marschieren in langer Reihe durch die Gartenpforte. Alle Kutterfreunde sind es und am Schluß Karin Vogler. Die meisten schenken Bücher; denn Irene ist eine Büchernärrin. Über vierzig Bände stehen in ihrem Regal, und alle hat sie gelesen. Ria und Wanze haben zusammengelegt, drücken ihr das »Große Fremdwörterbuch« in die Hand. Einen Vers hat Ria hineingeschrieben: »Wer manches nicht weiß, den macht es nicht heiß, doch wer alles wissen will, der findet in diesem Buche viel.«

Frank wendet keinen Blick von Irene. Sie gefällt ihm heute in der neuen Bluse besonders gut. Jetzt holen wir unser Geschenk, denkt er und eilt mit Klaus zum Schuppen. Beide schleppen den riesigen Karton an die Geburtstagstafel, die unterm Apfelbaum steht. Sie tun, als wäre die Last wunder wie schwer. »Irene, rate, was drin ist. Doch reingucken darfst du erst, wenn Vater hier ist. Es ist nämlich ein Kollektivgeschenk von uns drei Brinkmännern.«

Was könnte es sein? grübelt Irene. Groß und schwer? Aber sie errät den Inhalt nicht. Die Gäste rätseln mit. Nur Hendrik und Pepo wissen Bescheid, sie schweigen und feixen; denn keiner kommt darauf, auch Karin Vogler und Luise Brinkmann nicht. Sonderbar, denken die beiden Frauen, was haben sich die Brinkmänner da bloß ausgedacht?

Klaus und Katrinchen tragen die Kuchenteller herbei, mehrere Sorten Obstkuchen für den ersten Appetit. Bald folgen zwei Torten, von Irenes Mutter gebracht und aufgeschnitten. Jeder kann sich Schlagsahne aus den Schüsseln nehmen.

»So ein Purzelfest hat sein Gutes«, bemerkt Wanze und mampft mit vollen Backen. Er wendet sich an Irene. »Wie ist denn dein Aufnahmegespräch gelaufen?«

»Besser, als ich dachte. Hatte einen mächtigen Bammel davor.«

»Dann haben sie dich also nicht getriezt?«

»Kein bißchen. Vor allem war von Musik die Rede, weil das mein Wahlfach sein wird. Ein Lied sollte ich vorsingen. Hab das Solidaritätslied von Bertolt Brecht gewählt. Da hatte ich gewonnen. Ihr glaubt nicht, wie leicht mir jetzt ist. War doch schon lange mein Wunsch, Lehrerin zu werden. Seit Jahren träume ich davon. Der schönste Beruf, den ich mir denken kann.«

Die Mutter stellt eine Pfirsichbowle auf den Tisch und füllt die Gläser. »Beschwipst wird keiner davon«, sagt sie.

Frank hebt sein Glas. »Der erste Schluck auf das Geburtstagsmädchen, der zweite auf unsere Kuttermannschaft ...«

In diesem Moment taucht Simon Brinkmann auf. »Halt, halt, ich möchte doch mitprosten.« Er setzt sich neben Irene, stößt mit ihr an, und sie genießen den kühlen Pfirsichsaft.

»Töchting«, sagt der Vater, »willst du nicht dein großes Paket aufmachen?«

Und ob sie will! Simon reicht ihr das Taschenmesser, und sie schneidet den Bindfaden durch. Große Spannung. Was hebt sie heraus? Eine Gitarre mit buntem Trageband. Rundum erstauntes Ah! und Oh! der Gäste.

Die Saiten erklingen unter Irenes Fingern. Ihre große Sehnsucht, die sie nie zu äußern gewagt hatte, ist erfüllt. Man sieht ihren glänzenden Augen die Freude an. Sie beugt sich zum Vater, streichelt seine stoppligen Wangen. Dann schwenkt sie Klaus dreimal herum, läuft zu Frank und schlingt die Arme um seinen Hals. »Danke«, sagt sie leise in sein Ohr, »das war bestimmt deine Idee.«

»Du«, flüstert er, »heute noch packe ich meine Sachen bei Pepo und ziehe um, ziehe wieder zu dir.«

Sie faßt Franks wuschligen Haarschopf, zaust ihn und küßt seine Lippen vor allen Gästen. Daß auch Luise dabeisteht, macht ihr gar nichts aus. Sie fühlt sich glücklich wie lange nicht.

Ihre beschwingte Stimmung geht auf die Geburtstagsrunde über. Simon bringt den Plattenspieler. Eine schmissige Polka erklingt. Schon tanzen mehrere Paare auf dem Beton des Hofes. Frank wirbelt Irene herum, daß ihr weiter Rock flattert. Simon und Luise hüpfen wie junge Leute über den Hof. Klaus und Katrinchen versuchen die ersten Tanzschritte. Und der Setter Raudi tummelt sich freudig bellend zwischen ihnen.

Fast alle Jungen holen Irene und Ria und Purzel zu einem Tänzchen, während Vater Brinkmann die Frau des Kollegen Erwin tüchtig schwenkt. Bloß Wanze rührt sich nicht vom Stuhl. Die Hopserei liege ihm nicht, sagt er zu Pepo. Dafür hält er sich an den Rest der Torte und süffelt Pfirsichbowle.

Bei flotter Musik mit Tanzspieleinlagen vergeht der Nachmittag wie im Fluge. Ausgerechnet Purzel bringt es fertig, Wanze bei der Polonaise vom Stuhl zu zerren und am Schluß der fröhlichen Reihe durch Haus und Garten zu führen.

Nach dem Abendessen sprechen sie von ihren Berufswünschen. Ideale Vorstellungen werden geäußert. Simon Brinkmann lächelt vor sich hin. Da wird das Leben wohl manches zurechtrücken. Auch ich dachte gleich ans Häuserbauen, als ich Maurerstift wurde. Doch wenn ich heute noch mal wählen könnte, käme kein anderer Beruf für mich in Frage.

Zum Abschied geleiten Irene und Frank die Gäste ein Stück durch die Siedlung. Sie singen »Hoch auf dem gelben Wagen ...«

Frank holt sein bißchen Habe von Pohls. Er umarmt Pepos Mutter, drückt dem Fuhrmann die Hand. »Wiedersehn, ihr lieben Quartiereltern. Bleibt gesund und wohlhabend. Möge euch Klara ein munteres Fohlen bescheren.«

Arm in Arm wandert er mit Irene heimwärts. Der Mond taucht den

Heckenrosenweg in fahles Dämmerlicht. Sie blicken zu den Sternen und denken an ihre Zukunft.

Irene wünscht sich, ein Leben lang mit Frank verbunden zu bleiben.

»Ein Leben lang«, wiederholt er versonnen, »das wünsche ich auch. Aber wirst du mich soo lange ertragen?«

»Wart nur ab«, sagt sie, »ich passe auf, daß dein Dickkopf nicht wieder mit dir durchgeht.« Und ganz fest drückt sie ihn an sich.

## *Aus der Schriftstellerwerkstatt*

Mein Erstling »Frank« entstand in dreijähriger Freizeitarbeit neben der beruflichen Tätigkeit als Lehrer. Ein Junge meiner Klasse, ähnlich wie Frank Brinkmann aus der Erzählung, gab mir den Anstoß zur Buchidee. Das Manuskript wurde vom Kinderbuchverlag in ungewöhnlicher Weise angenommen. Ich erhielt nämlich ein Telegramm aus Berlin: ERBITTEN BESUCH ZWECKS VERTRAGSABSCHLUSS SPECK-FRANK.

Schreib weiter, sagte man mir beim Verlag, der Lesehunger unserer jungen Freunde ist groß. So geriet ich unter die Schriftsteller.

Als »Frank« erschienen war, kamen die ersten Leserbriefe mit Meinungen zu dem Buch. Mancher öffnete sein Herz, vertraute mir drükkende Probleme an und erwartete Rat. Vielen der Briefe verdanke ich Ansporn für meine Schreibarbeit, ebenfalls den Diskussionen bei Bücherstunden in Bibliotheken, Pionierhäusern, Schulen und Ferienlagern. Doch briefliche Äußerungen sind intimer, persönlicher, aufschlußreicher.

Immer wieder wollten Leser wissen, wie es Frank und seinen Gefährten weiterhin erging. Damit verknüpften sie den Wunsch nach einem zweiten Band. Und weil ich meine Leserschar nicht enttäuschen wollte, blieb ich den Kanubauern aus Eulenberg auf der Spur. So entstand die Fortsetzung »Frank und Irene«, gewissermaßen als Leserauftrag. Ich hatte ja noch viel zu erzählen über die Abenteuer und Konflikte dieser wagemutigen Gruppe.

Nach Erscheinen des zweiten Bandes häuften sich die Leserzuschriften. Das Interesse an einer weiteren Fortsetzung wuchs. Jahrelang zögerte ich, konnte aber schließlich den vielen Anfragen nicht mehr widerstehen und schrieb den vorliegenden dritten Band – wiederum ein Leserauftrag.

Wohl jeder weiß, daß solche Erzählungen keine Tatsachenberichte sind, aber vieles habe ich erlebt, beobachtet, erfahren. Und die Phantasie, jene unentbehrliche Gefährtin des Schriftstellers, stand mir zur Seite. Alle Personen- und Ortsnamen sind erfunden, das ist so üblich.

Während des Schreibens war mir, als weilte der Hauptheld Frank zu Gast in meinem Stübchen. Jederzeit konnte ich ihn befragen: Käptn, wie denkst du über dies und über das? Was werdet ihr besessenen Bootsfahrer jetzt tun? Manche gedankliche Auseinandersetzung hatte ich mit Frank, bevor ich ein neues Kapitel begann. In jede Person mußte ich mich hineinversetzen, sozusagen in ihre Haut schlüpfen, um sie charakterisieren zu können.

Mit meinen Büchern beabsichtige ich nicht nur Lesevergnügen zu schaffen, sondern möchte die Leser auch zum Nach- und Weiterdenken anregen. Jeder besitzt Phantasie genug, sich die kommenden Lebenswege der Buchhelden auszumalen. Sie werden die zehnte Klasse mit Erfolg abschließen und sich in ihrer Berufsarbeit bewähren, dessen bin ich gewiß. Unter diesem Vorausblick soll der dritte Band den Ausklang meiner Frank-Geschichte bilden.

K. N.

*Inhalt*

Ferien vor der Tür 478
Die Katastrophe 486
Richtfest am Pfaffenberg 500
Heimliche Segelfahrt 503
Ein Ausweg 509
Das Mädchen vom Lande 524
Fünfhundertjahrfeier 532
Hochzeit im Hasenwinkel 543
Welch ein Schiff! 549
Verhandlungen und Tüftelei 557
Lohn der Mühe 568
Enttäuschende Elbefahrt 578
Irenes Geburtstag 585
Aus der Schriftstellerwerkstatt 590